FRANCK THILLIEZ
Sterbenskälte

Buch

In Paris wird kurz vor Weihnachten in einer Gefriertruhe die Leiche eines Journalisten gefunden. Ist Christophe Gamblin einem Serienkiller zum Opfer gefallen, dem er auf die Spur gekommen war? Einem Killer, der seine Opfer lebendig in eiskalten alpinen Gewässern zurückließ? Die Ermittler Lucie Henebelle und Franck Sharko begeben sich auf Spurensuche in die tief verschneiten Alpen. Dort führen Gamblins Aufzeichnungen sie zu einer Klinik, in der man Unterkühlung gezielt für Herzoperationen einsetzt. Doch der größenwahnsinnige Killer, der mit seinen Kälteexperimenten ein uraltes und äußerst gefährliches Ziel verfolgt, ist längst einen Schritt weiter ...

Weitere Informationen zu Franck Thilliez
sowie zu lieferbaren Titeln des Autors
finden Sie am Ende des Buches.

Franck Thilliez

Sterbenskälte

Thriller

Aus dem Französischen
von Eliane Hagedorn
und Barbara Reitz

GOLDMANN

Die Originalausgabe erschien 2012 unter dem Titel
»Atomka« bei Univers Poche, Paris.

Der Verlag weist ausdrücklich darauf hin, dass im Text
enthaltene externe Links vom Verlag nur bis zum Zeitpunkt
der Buchveröffentlichung eingesehen werden konnten.
Auf spätere Veränderungen hat der Verlag keinerlei Einfluss.
Eine Haftung des Verlags für externe Links ist stets ausgeschlossen.

Dieses Buch ist auch als E-Book erhältlich.

Verlagsgruppe Random House FSC® N001967

1. Auflage
Deutsche Erstveröffentlichung November 2016
Copyright © der Originalausgabe 2012 by Fleuve Editions,
Département d'Univers Poche
Copyright © der deutschsprachigen Ausgabe 2016
by Wilhelm Goldmann Verlag, München,
in der Verlagsgruppe Random House GmbH
Neumarkter Str. 28, 81673 München
Umschlaggestaltung: UNO Werbeagentur, München
Umschlagmotiv: FinePic®, München
mb · Herstellung: Str.
Satz: IBV Satz- und Datentechnik GmbH, Berlin
Druck und Bindung: GGP Media GmbH, Pößneck
Printed in Germany
ISBN: 978-3-442-48484-3
www.goldmann-verlag.de

Besuchen Sie den Goldmann Verlag im Netz

Warum sollte das Sterben,
das heißt, der Übergang vom Leben zum Tod,
schwieriger sein als die Geburt,
das heißt, der Übergang vom Tod ins Leben?

Jules Renard, Journal 1887-1910

PROLOG

Dort, vor sechsundzwanzig Jahren

Zu dieser milden Frühlingszeit war das Leben schön in der osteuropäischen Stadt. Spätnachts traten Piotr und Maroussia Ermakow ans Fenster, um das einmalige Schauspiel zu bestaunen: Etwa drei Kilometer entfernt leuchteten kräftige Blau-, Orange- und Rottöne am Himmel. Alle Nachbarn, die sich von Balkon zu Balkon verständigten, waren sich einig: ein grandioses Schauspiel.

Obgleich am nächsten Tag eine gewisse Unruhe in den Straßen spürbar war, spielten die Kinder noch immer mit nacktem Oberkörper im Park, neben dem Riesenrad und dem Autoscooter. Die Bauern verkauften ihr Gemüse auf dem Marktplatz, und die Frauen hielten trotz des Brummens der Hubschrauber und des entfernten Sirenengeheuls ein Schwätzchen. Was sie am Himmel beobachtet hatten, war keine unterhaltsame Darbietung gewesen, doch auch wenn sie darüber sprachen, machten sie sich keine Sorgen. Hatte man ihnen nicht immer wieder gesagt, die Stadt sei so sicher wie der Rote Platz? Außerdem handelte es sich schließlich nur um einen Brand in einer Fabrik, von der man ohnehin nicht genau wusste, was sie herstellte, und von der weder im Radio noch in der *Prawda* gesprochen wurde. Also kein Grund zur Besorgnis.

Fünf Tage später nutzte Andrei Mikhaliow das Durcheinander, in dem sich das Sowjetreich befand, um in das Hochsicherheitsgebäude vorzudringen, das zwölf Kilometer von der Unfallstelle und einhundertzehn Kilometer von Kiew entfernt lag. Der Wald ringsumher war verbrannt, ohne dass es das geringste Anzeichen eines Feuers gegeben hätte. Die Baumstämme und die Äste hatten die Farbe von Rost, die Blätter schienen in Sekundenschnelle vertrocknet zu sein und erinnerten an von der Sonne versengte Schmetterlingsflügel. Andrei nahm einen eigenartigen Geruch wahr, den er jedoch nicht genauer zu definieren vermochte. Im Mund hatte er einen karamellartigen Geschmack, so als hätte sich etwas Unsichtbares auf seine Zähne gelegt. Er warf einen Blick auf das Instrument, das er in der Hand hielt: Die Nadel schlug bis zum Höchstwert aus. Er wusste nicht genau, wie viel Zeit ihm blieb, doch als Chemiker war ihm klar, dass er so schnell wie möglich handeln musste.

Seit besagter Nacht hatte kein offizieller Wissenschaftler mehr einen Fuß in das als streng geheim eingestufte Gebäude gesetzt. Die Dokumente und Protokolle befanden sich noch immer vor Ort, geschützt hinter gepanzerten Türen und bewacht von Männern, die im Fall eines gewaltsamen Eindringens bereit waren, fürs Vaterland zu sterben. Andrei hatte Zugang zu den meisten ehemaligen verbotenen und sensiblen Forschungsanlagen der UdSSR. Er besaß auch eine Genehmigung, um sich in den sieben Meter unter der Erde gelegenen Hochsicherheitsbereich zu begeben. Er passierte acht Wachposten – obwohl sie nur je eine Stunde lang eingesetzt und dann ausgewechselt wurden, bluteten zwei von ihnen bereits aus der Nase – und behauptete jedes Mal, einen Auftrag von Gorbatschow persönlich zu haben. Er atmete tief durch, bevor er den Raum betrat, in dem sich die herausragendsten Biologen, Genetiker und Physiker der Sowjetunion versammelt hatten und in dem die grauenvollsten Experimente durchgeführt worden waren, denen er je beigewohnt hatte.

Fünfzehn Minuten später verließ er diesen Raum im Besitz einer aus dem Anfang des zwanzigsten Jahrhunderts stammenden Niederschrift, mehrerer verschiedener Protokolle und eines kleinen durchsichtigen Behälters, in dem ein eigenartiges Tier schwamm. Als einer der Militärangehörigen sich telefonisch rückversichern wollte, dass Andrei wirklich befugt war, all diese Dinge aus dem *TcheTor-3* mitzunehmen, blieb dem Wissenschaftler keine andere Wahl, als dem Mann mit dem Schlagstock einen kräftigen Hieb auf den Schädel zu versetzen. Bald würde er selbst wegen der Unterlagen, die er jetzt in seinen Händen hielt, für den KGB zum meistgesuchten Mann werden, den es unbedingt zu eliminieren galt.

Am Steuer seines Travia fuhr er über die von Absperrungen und Wachposten gesicherte Zufahrtsstraße. Es war ein Verbrechen, diese armen Männer auch nur eine Stunde hier ausharren zu lassen. Am liebsten hätte Andrei ihnen zugerufen, sie sollten schnellstens ins nächste Krankenhaus fliehen, doch er besann sich anders und erreichte problemlos die Hauptstraße.

Im Süden war der Brand noch nicht unter Kontrolle. Es würde Tage, vielleicht sogar Wochen dauern, bis das gelänge. Eine Armee von Helikoptern warf über dem Flammenmeer Tonnen von Bleibarren ab. Der Himmel hatte die Farbe von alten, verkohlten Zeitungen. Mit Schaufeln und Löschlanzen bewaffnete Männer eilten zwischen den zerstörten Gebäuden hin und her. Ignoranten, die man auf die Schlachtbank schickte und deren Familien man eines Tages eine Urkunde aushändigen würde: *Ruhmreich gestorben für die Sowjetunion.*

Andrei zuckte zusammen, als etwas gegen seine Windschutzscheibe prallte. Dann ein zweites Mal. Es regnete tote Vögel – kleine Stare fielen dutzendweise auf den Asphalt. Der Chemiker betätigte seine Scheibenwischer und bog Richtung Prypjat ab, ein Ort, den er durchqueren musste, bevor er nach Westen fuhr.

Er hatte miterlebt, wie die Stadt erbaut wurde. Eine ruhige Wohngegend, gute Lebensqualität, ein Karussell und ein Autoscooter für die Kinder. Heute sah es hier aus wie in einem Albtraum. Die Bevölkerung war drei Tage zuvor mit über tausend Bussen, die aus Minsk, Gomel und Mogiljow angerollt waren, nach Moskau evakuiert worden. Über die Straßen liefen Gebirgsjäger, die Gesichter mit Schals vermummt, die auf Katzen und Hunde schossen. Man hatte den Besitzern verboten, ihre Haustiere mitzunehmen, da sich die in der Luft vorhandenen Partikel in ihrem Fell festsetzten. Soldaten spritzten die trockenen Dächer der Häuser mit Wasser ab und scheuerten die Wände mit Bürsten, andere gruben die Gärten um, um frische Erde an die Oberfläche zu bringen. *Ein Kampf gegen das Unsichtbare, eine völlig sinnlose Arbeit*, dachte Andrei. An den Holztüren der Häuser waren kyrillische Inschriften zu lesen: »Achtung«, »Familie Bandajewski«, »Wir kommen zurück« oder »Nicht beschädigen, das ist alles, was wir haben«. Andrei wagte kaum, sich vorzustellen, welche Hölle diese Menschen durchmachten, die auch schon die Besatzung und die stalinistische Unterdrückung erlebt hatten. Was sollte aus ihnen werden, nachdem man ihnen ihr teuerstes Hab und Gut genommen hatte? Sie würden nicht in fünf Tagen zurückkommen können, wie man es ihnen versprochen hatte.

Sie würden ihre Häuser nie wiedersehen.

Am Ortsausgang entdeckte Andrei auf einem Feld ein Lasttier unter einer Lederdecke, so als könne dieser Panzer es schützen. Eine alte, gebeugte Frau, ebenfalls in Leder gehüllt, die sich zum Zeitpunkt der Evakuierung vermutlich versteckt hatte, folgte ihm. Ohne Behandlung und Medikamente würde sie in wenigen Wochen sterben.

Die Hände des Russen umklammerten das Lenkrad, dann betätigte er erneut die Scheibenwaschanlage, um die unter den Wischblättern eingeklemmten Vogelfedern zu entfernen. Am Tag nach der Explosion hatte man ihn, ebenso wie alle renommierten Physiker und Chemiker, gegen seinen Willen hierherbeordert. Er musste das Gebiet überfliegen, um mögliche Lösungen vorschlagen zu können. Sämtliche Kontrollgeräte des Hubschraubers hatten verrückt gespielt, und die mit der Polaroidkamera aufgenommenen Fotos waren schwarz. In direkter Nähe des Kernkraftwerks hatte Andrei sogar das Dröhnen der Rotoren nicht mehr gehört, so als wäre er plötzlich taub geworden. In diesem Augenblick hatte er begriffen, dass dieser Tag Tausende von Leben auslöschen und weite Gebiete der Sowjetunion ins Verderben stürzen würde. Nichts würde je wieder so sein wie vorher.

Andrei hielt am Straßenrand und versteckte die Dokumente im Kofferraum, in dem sein spärliches Gepäck untergebracht war. Sein Blick fiel auf das Hakenkreuz, das auf dem Einband des Hefts mit der Niederschrift zu sehen war. Was für eine Geschichte es hatte! Die Nazis hatten es gestohlen, beim Untergang des Dritten Reichs war es in die Hände der Roten Armee gefallen und dann in der tiefsten Ukraine versteckt worden, wo nie jemand nach ihm gesucht hätte. Und heute reiste er damit an ein unbekanntes Ziel. Das kleine Tier schwamm träge im Wasser. Andrei stellte das winzige Aquarium ins Handschuhfach. Dieser Organismus barg den Schlüssel zu Geheimnissen, die die Menschheit von jeher zu lüften versucht hatte.

Fröstelnd ließ Andrei den Motor wieder an. Er wollte so weit wie möglich nach Westen fahren. Er würde sich verstecken, die Grenzen illegal überqueren und sicherlich auch sein Leben aufs Spiel setzen müssen. Aber am anderen Ende des europäischen Kontinents gab es ein Land, von dem er oft gehört hatte. Dort würde er ein neues Leben beginnen und die Forschungsergebnisse, die in der Niederschrift enthalten waren, für einen unglaublichen Preis verkaufen können.

Dieses Land war Frankreich.

Nachdem er über siebenhundert Kilometer ohne Unterbrechung gefahren war, machte Andrei eine Pause, rauchte eine Zigarette und beschloss, seinen Geigerzähler wieder einzuschalten. Diesen Moment hatte er gefürchtet und stundenlang hinausgezögert. Wie vermutet, begann das Gerät zu knistern. Der Wissenschaftler wusste, was ihn erwartete. Als er es an seine Brust hielt, schlug die Nadel aus und zeigte den Höchstwert an.

Radioaktivität vermochte – außer Blei und Wasser – fast alle anderen Materialien zu durchdringen. Andrei hatte Partikel von Jod 131, Strontium 90, Cäsium 137 und Polonium 210 eingeatmet …

Das Atom war in ihm.

Andrei war kein Mensch mehr, sondern ein Kernreaktor, der ebenfalls dazu bestimmt war zu explodieren.

I

DAS LEBEN

Kapitel 1

Heute

Ich hoffe, Sie haben gute Nachrichten für mich, Doktor.«

Die Wanduhr zeigte kurz vor acht Uhr an, und Franck Sharko war an diesem Morgen der erste Patient.

Doktor Ramblaix schloss die Tür hinter ihm und bat den Kommissar, Platz zu nehmen. Die Praxis war sauber, funktionell und anonym. »Leider sieht es ganz so aus, als gäbe es keine Verbesserung. Haben Sie die Medikamente genommen, die ich Ihnen letzten Monat verschrieben habe?«

Sharko massierte sich die Schläfen – der Tag fing nicht gut an. »Meine Mülltonne ist voller leerer Trinkampullen und Tablettenschachteln. Die Blutentnahmen haben nichts Brauchbares ergeben, nur der arme Krankenpfleger ist in der Nähe meines Hauses von einem Junkie angegriffen und ausgeraubt worden. Drei Stiche für einen Hungerlohn.«

Da der Arzt nicht reagierte, fuhr Franck Sharko fort:

»Ich habe all Ihre Ratschläge haargenau befolgt. Sogar den regelmäßigen Geschlechtsverkehr. Und Sie fragen mich, ob ich mich an Ihre Anordnungen gehalten habe?«

Ramblaix blätterte in den Papieren, die vor ihm lagen. Er ließ sich Zeit, denn er war es gewohnt, verunsicherte Männer und Frauen jeglichen Alters vor sich zu haben. »Das dritte Spermiogramm bestätigt eine schwere Asthenozoospermie. Momentan können Sie aufgrund der geringen Beweglichkeit

Ihrer Spermien keine Kinder zeugen. Aber das heißt nichts, wir werden es schon schaffen.«

»Wann? Und wie?«

»Sie haben früher schon Kinder gezeugt. Die Blutuntersuchungen, die wir vorgenommen haben, zeigen weder eine Infektion noch eine Krampfaderbildung in den Hodenvenen oder eine Anomalie des Immunsystems. Sie sind jetzt fünfzig Jahre alt, doch im Hinblick auf die Fortpflanzungsfähigkeit ist das beim Mann kein Alter. Ich habe keine physische Ursache für die Trägheit Ihrer Spermien festgestellt. Vielleicht sollte man sich um die psychische Seite kümmern.«

Sharko war äußerst angespannt. Schon wieder das verdammte Wort *Psyche*. Es schien ihn zu verfolgen, sogar wenn es darum ging, eine Bande von Faulpelzen zu analysieren, die außerstande war, Leistung zu erbringen. Der Arzt fuhr fort: »Stress, Überarbeitung, Schicksalsschläge oder schlaflose Nächte wirken sich auf die Hormone aus. In mehr als einem von fünf Fällen ist die Ursache für vorübergehende Unfruchtbarkeit psychischer Natur. Sie können sich nicht vorstellen, bei wie vielen Paaren, die eine In-vitro-Befruchtung vorgenommen oder einen Adoptionsantrag gestellt haben, plötzlich eine natürliche Schwangerschaft eintritt.«

Der Facharzt wartete auf Sharkos Reaktion, doch er schien gegen eine Wand gesprochen zu haben. Er blätterte in seinem Papierstapel und musterte dann seinen Patienten. Kräftige Statur, struppiges, grau meliertes Haar, breite Hände, die auf den Knien lagen, ein gut geschnittener, perfekt sitzender dunkelblauer Anzug mit Krawatte.

»Ich nehme an, dass Sie seit der Geburt Ihres ersten Kindes – ich glaube, das war vor acht Jahren – schwierige Phasen zu meistern hatten?«

Franck Sharkos Handy vibrierte in seiner Tasche. Ohne es

weiter zu beachten, erhob er sich aufgebracht. »Hören Sie: Ich habe mich drei Mal in Ihrem Kabuff eingeschlossen und vor Pornobildern und Magazinen masturbiert. Ich war weitere drei Mal bei Ihnen, um die eher katastrophalen Ergebnisse abzuholen. Es ist schwer für mich, mit Ihnen darüber zu sprechen. Ich kenne die Psychologen, das können Sie mir glauben. Die Zeit drängt, verstehen Sie? Meine Partnerin ist achtunddreißig Jahre alt, und ich bin nicht mehr der Jüngste. Wir wollen so schnell wie möglich ein Kind, und zwar ohne künstliche Befruchtung, das wird langsam zur fixen Idee.«

»Ich würde Ihnen die In-vitro-Fertilisation gerne noch einmal genauer erklären. Dieses Verfahren funktioniert sehr gut und …«

»Nein, tut mir leid. Weder meine Freundin noch ich werden uns für diese Methode entscheiden, aus … persönlichen Gründen. Ich brauche eine andere Lösung, und zwar sofort. Sagen Sie mir, dass es die gibt, Herr Doktor.«

Der Arzt erhob sich ebenfalls und nickte, als würde er verstehen. Sharko bemerkte einen silbernen Ehering. Dieser Mann war um die dreißig, hatte sicher eine hübsche Frau und auch Kinder – darauf deuteten die Filzstiftzeichnungen hin, die in einer Ecke hingen. Es gab kein Foto von ihnen auf dem Schreibtisch, weil Problempaare die Sprösslinge anderer vermutlich nicht ertragen konnten.

»In zehn Tagen ist Weihnachten. Machen Sie frei, lassen Sie Paris und die Arbeit hinter sich, ruhen Sie sich aus. Und seien Sie geduldig. Je eiliger Sie es haben, desto weniger Chancen haben Sie, dass es gelingt. Sie müssen diese Fixierung auf ein Kind aus dem Kopf bekommen. Das ist der beste Rat, den ich Ihnen geben kann.«

Sharko hätte ihm gerne gesagt, dass diese Fixierung nicht von ihm kam, doch er hütete sich, mehr über sein Privatleben preiszugeben. Mit seiner Vergangenheit könnte er leicht alle Psychiater der Welt in Aufruhr versetzen.

Sie verabschiedeten sich. Am Empfang bezahlte der Kommissar die Konsultation bar. Die Sekretärin fragte nach seiner Versicherungskarte, und er behauptete erneut, sie vergessen zu haben. Also stellte sie ihm eine Rechnung aus, die er bei der Krankenversicherung einreichen könnte, doch sobald er draußen war, zerriss Sharko sie und warf sie in die Mülltonne. Wie immer.

Den Schal um den Hals geschlungen, lief er durch das 16. Arrondissement. Die Luft war kalt und feucht, und der Himmel schien mit grauen Feilspänen gesättigt. Es würde bald schneien.

Der Kommissar war beunruhigt. Schon seit acht Monaten bemühten Lucie und er sich, ein Kind zu bekommen. Und auch wenn seine Partnerin nichts sagte und die Misserfolge hinnahm, spürte Sharko, dass ihre Beziehung darunter litt, und befürchtete, dass sie sich früher oder später verschlechtern würde. Doch im Moment sah er keine Lösung. Er hatte nicht den Mut, ihr seine – wie er hoffte, vorübergehende – Sterilität zu gestehen, doch andererseits fiel es ihm schwer, die Hoffnung auf ein Baby aufrechtzuerhalten. Vielleicht hatte der Arzt recht, vielleicht sollten sie ein paar Wochen ausspannen, um seine Spermien erneut zu motivieren.

Seufzend las er die beiden Nachrichten auf seinem Handy. Die erste war von seinem Gruppenleiter Bellanger. Er sollte zu einem Tatort nach Trappes fahren, etwa dreißig Kilometer von Paris entfernt.

Sharko hatte eine böse Vorahnung. Wenn der Fall bei der Mordkommission vom Quai des Orfèvres landete statt bei der lokalen Kripo, dann handelte es sich um einen schwierigen oder außergewöhnlichen Fall. Oder beides.

Die zweite Nachricht war von Lucie. Bellanger hatte sie aus demselben Grund angerufen. Die Frau, mit der er seit eineinhalb Jahren sein Leben und die Arbeit teilte, war schon auf dem Weg in den Süden der Hauptstadt.

Dieser neue Fall verhieß ein tolles Weihnachtsgeschenk.

Und dieser Idiot sprach von Urlaub …

Kapitel 2

Auch nach all den Jahren und den Problemen und trotz der geliebten Menschen, die er durch seinen elenden Job verloren hatte, war der Nervenkitzel beim Eintreffen am Tatort noch immer unverändert. Wer war das Opfer? In welchem Zustand war es? Welches Profil hatte der Mörder? Ein Sadist, ein Psychopath oder, wie in achtzig Prozent der Fälle, ein armer verlorener Typ? Sharko erinnerte sich zwar nicht mehr genau an seine erste Leiche, konnte aber auch nach über zwanzig Jahren nicht die Explosion der Gefühle vergessen, die sie bei ihm ausgelöst hatte: Abscheu, Wut, Erregung. Und diese Welle überspülte ihn seither bei jedem neuen Fall.

Er ging durch den Garten zu dem Einfamilienhaus, das von hohen Hecken umgeben war. Wie jedes Mal liefen die Profis des Makaberen, Köfferchen in der Hand, Handy am Ohr, geschäftig umher: Polizisten der örtlichen Dienststelle, Kriminaltechniker, ein oder zwei Vertreter der Staatsanwaltschaft, Kripobeamte, die Jungs von der Rechtsmedizin … Das Chaos erinnerte ihn an einen Ameisenhaufen, in dem aber jeder genau wusste, was er zu tun hatte.

In dem Haus war es eisig kalt. Manchmal erkannte Sharko auf den Gesichtern der Männer den Ausdruck von Erschöpfung, doch heute drückten ihre Mienen Verstörtheit und

Unverständnis aus. Nachdem er einigen die Hand geschüttelt hatte, ging er über den von den Kriminaltechnikern mit Absperrbändern gekennzeichneten Weg in die Küche. Auf dem gefliesten Boden lagen gefrorene Fleisch- und Eispackungen und andere angetaute Tiefkühlprodukte. Kommissarin Lucie Henebelle, die als Fünfte und Letzte in Bellangers Team gekommen war, diskutierte mit dem Rechtsmediziner Paul Chénaix. Als sie Sharko sah, nickte sie ihm zu. Die Hände in den Taschen vergraben, trat er zu den beiden, begrüßte seinen Freund Paul und sagte dann nur: »Und?«

»Da hinten ist es passiert.«

Alle Kollegen vom Quai des Orfèvres wussten, dass Lucie und Sharko liiert waren, aber die beiden Ermittler verhielten sich diskret – nie eine zu lange Umarmung oder Vertraulichkeiten in der Öffentlichkeit. Alle kannten ihre Geschichte und das Gewaltverbrechen an Lucies Töchtern Clara und Juliette. Doch das gehörte zu den Tabuthemen, über die nur hinter verschlossenen Türen und dann, wenn das Paar nicht in der Nähe war, gesprochen wurde.

Sharko folgte Lucies Blick und ging dann zu der Nische im hinteren Teil der Küche, in der die Elektrogeräte standen.

Am Boden der großen, ausgeräumten Gefriertruhe lag ein gekrümmter männlicher Körper, der nur mit Unterwäsche bekleidet war. Die Lippen waren blau, der Mund weit geöffnet wie zu einem letzten Schrei. Gefrorene Wassertropfen umgaben die Augen. Das blonde Haar war mit Reif bedeckt, die Haut, vor allem die oberen und unteren Gliedmaßen, von Schnittwunden übersät.

Neben der Leiche lagen eine Taschenlampe und ein Haufen Kleider: eine zerschnittene Jeans, ein blutiges Hemd, Schuhe und ein Pullover. Sharko betrachtete die purpurfarbenen Spuren an den Wänden, ein Rot, das sich von dem strahlenden Weiß des Eises abhob. Er stellte sich vor, wie das Opfer mit allen Mitteln versucht hatte zu entkommen, wie der Mann an die Wände der Truhe geschlagen hatte.

Lucie trat mit verschränkten Armen zu ihm. »Wir haben versucht, ihn rauszuholen, aber er ist festgefroren. Als wir hier angekommen sind, war die Heizung ausgeschaltet, wir haben sie auf höchste Stufe gestellt, damit es wieder etwas wärmer wird. Die Kollegen vom Erkennungsdienst bringen Elektroheizkörper mit. Wir müssen warten, bis er angetaut ist, um Gewebeproben entnehmen, die DNA bestimmen und ihn herausnehmen zu können. So ein Mist!«

»Er ist nur oberflächlich gefroren«, fügte der Rechtsmediziner Paul Chénaix hinzu. »Ich habe eine Körperinnentemperatur von neun Grad gemessen. Die Gefrierstärke und -zeit haben nicht ausgereicht, um das Herz zu erreichen. Anhand der technischen Merkmale des Tiefkühlschranks und meiner Tabellen kann ich den Todeszeitpunkt im Labor recht genau eingrenzen.«

Sharko betrachtete die Lebensmittel, die am Boden lagen. Der Mörder hatte die Gefriertruhe geleert, um sein Opfer darin einzusperren. Offenbar ein skrupelloser Typ. Sein Blick wanderte zu Lucie. »Wie ist die Leiche entdeckt worden?«

»Ein Nachbar hat die Polizei gerufen. Das Opfer heißt Christophe Gamblin und wurde als Besitzer des Hauses identifiziert. Er ist vierzig Jahre alt, Junggeselle und arbeitet als Journalist bei *La Grande Tribune*, einer Zeitung, deren Büro sich am Boulevard Haussmann befindet. Sein Hund hat um vier Uhr morgens im Garten gebellt. Es ist ein Cocker, der nach Aussage des Nachbarn niemals über Nacht draußen blieb. Die Tür wurde nicht aufgebrochen. Entweder hat Christophe Gamblin seinem Mörder geöffnet, oder sie war nicht abgeschlossen, weil er den Hund noch hereinlassen wollte. Die örtliche Polizei hat die Unordnung in der Küche bemerkt und die Gefriertruhe mit Zangen geöffnet. Sie war mit einer dicken Kette und einem Vorhängeschloss gesichert, damit der Deckel nicht geöffnet werden konnte. Das siehst du auf den Fotos.«

Sharko strich über den Metallrand, der an mehreren Stellen eingedellt war.

»Er war lebendig da drin eingesperrt. Und er hat versucht rauszukommen.«

Er seufzte und sah Lucie in die Augen. »Alles okay?«

Ohne ihre Betroffenheit zu zeigen, nickte sie und fragte dann leise: »Du bist heute Morgen früh losgefahren. Warst du nicht im Büro, als Bellanger angerufen hat?«

»Ich habe auf dem Périphérique im Stau gestanden. Mit diesem neuen Fall werde ich den liegengebliebenen Papierkram nicht so schnell aufarbeiten können. Und du? Bist du gestern spät nach Hause gekommen? Du hättest mich doch wecken können.«

»Du hast ausnahmsweise mal gut geschlafen. Ich wollte noch unbedingt einen Bericht abschließen, der heute Morgen der Staatsanwaltschaft vorliegen musste.«

Lucie beugte sich über ein Loch in dem glatten Deckel der Gefriertruhe. Dann sagte sie in normaler Lautstärke:

»Hier, sieh mal, das hat er mit einer Bohrmaschine gemacht, die wir gefunden haben, leider ohne Fingerabdrücke. Im Garten steht ein Geräteschuppen, dessen Tür aufgebrochen wurde. Diese Art Schlösser kann man leicht öffnen. Vermutlich stammen die Bohrmaschine, das Schloss und die Kette von dort. Draußen ist der Boden hart gefroren, also haben wir keine Fußspuren gefunden.«

Die Kriminaltechniker brachten die Elektroheizungen. Sharko bedeutete ihnen mit einer Handbewegung zu warten.

»Wozu sollte das Loch gut sein? Wollte der Mörder verhindern, dass das Opfer erstickt?«

Nachdem er Latexhandschuhe übergestreift hatte, klappte er den Deckel der Truhe zu und beugte sich über die kleine Öffnung.

»Oder aber …«

»… er wollte ihm beim Sterben zusehen. Beobachten, wie sehr er sich wehrt und kämpft.«

»Scheint dir das wahrscheinlicher?«

»Ganz sicher. Auf dem Loch lag eine kleine Glasplatte. So konnte er alles sehen, ohne dass es zu einem Kälteverlust kommen konnte. Er hat das Glas nach Gebrauch abgewischt, also haben wir keine Fingerabdrücke gefunden. Was eventuelle DNA-Spuren angeht, so müssen wir abwarten.«

»Ein Pedant?«

»Anscheinend. Das erklärt auch die Taschenlampe, die er neben Christophe Gamblin gelegt hat. Da Gamblin nicht im Dunkeln bleiben wollte, hat er sie eingeschaltet und somit seinem Peiniger die Möglichkeit gegeben, ihn zu beobachten. Das muss grauenvoll gewesen sein. Und falls er noch genug Kraft hatte, um zu schreien, hat ihn niemand gehört. Die Wände der Truhe sind dick, und das Haus steht allein.«

Die Hände auf den eisigen Sarg gelegt, schwieg Lucie. Ihr Blick wanderte zum Fenster, hinter dem die ersten Schneeflocken tanzten. Sharko wusste, dass sie in der Lage war, sich in die Opfer hineinzuversetzen. In diesem Augenblick lag Lucie in Gedanken an Christophe Gamblins Stelle in der Tiefkühltruhe. Sharko hingegen versuchte eher, sich in den Mörder hineinzudenken. Das Loch war in den Deckel und nicht in eine der Seitenwände gebohrt worden. Weil er ihn von dort aus besser beobachten konnte? Oder wegen des Wunsches nach Dominanz? Hatte er durch diese Öffnung mit seinem

Opfer gesprochen? Der Peiniger hatte sich Zeit gelassen, ohne in Panik zu geraten. Das erforderte eine verdammte Portion Kaltblütigkeit.

Warum hatte er sich für diese Todesart entschieden? Gab es irgendeine sexuelle Konnotation bei der Tat? Hatte er Christophe Gamblin schon länger beobachtet? Kannte er ihn? Die bevorstehende Obduktion, die Analysen und Durchsuchungen würden sicher einige Antworten bringen.

Sharko schob sanft seine Kollegin und Partnerin zurück und klappte den Deckel wieder auf, betastete noch einmal die Leiche und den Boden daneben.

»Im Wohnzimmer …«, sagte Lucie. »Wir haben an einem Stuhl Klebeband und Blutspuren gefunden. Dort ist er gefoltert worden, und man hat ihm, vermutlich mit einem Messer, die Schnitte an den Gliedmaßen und am Bauch zugefügt. Dann hat man ihn hierhergeschleift, am Boden ist überall Blut. Schließlich hat der Mörder ihn in der Truhe eingesperrt und beim Sterben beobachtet.«

Die Arme noch immer verschränkt, trat sie ans Fenster. Sharko wusste, wie sensibel sie war. Seit dem Drama um ihre Zwillinge fiel es Lucie bisweilen schwer, einen klaren Kopf zu bewahren. Sie wohnte auch den Obduktionen nicht mehr bei. Wenn es Ermittlungen gab, in die Kinder verwickelt waren, wurde sie nicht hinzugezogen.

Doch der Kommissar beschloss, im Moment nicht weiter darauf einzugehen, sondern sich ganz auf seine Beobachtungen zu konzentrieren. Er betrat das Wohnzimmer und betrachtete den Stuhl, die Fesseln, das Blut … Die Beamten durchsuchten die Schubladen. Sharko fiel ein gerahmtes Bild auf, das einen Mann und eine Frau zeigte. Sie waren geschminkt, trugen Hüte und bliesen in Luftrüssel. Sie waren

24

glücklich. Der Mann, das Opfer, war blond und schlank, und sein Blick verriet echte Lebensfreude.

Doch irgendjemand hatte beschlossen, diesem Leben ein Ende zu setzen.

Er kehrte in die Küche zurück und wandte sich an den Rechtsmediziner. »Warum hat er die Kleidung des Opfers in die Gefriertruhe gelegt? Glaubst du, er hat es vor oder nach dem Tod getan? Vielleicht war es eine symbolische Handlung, und er …«

Chénaix und er waren Freunde. Ein- bis zweimal im Monat aßen sie zusammen oder gingen etwas trinken. Der Arzt begnügte sich nicht damit, Obduktionen durchzuführen, er nahm gerne an den Ermittlungen teil, diskutierte mit den Beamten und wollte über die Ergebnisse informiert werden.

»Das hat nichts mit Symbolik zu tun. Ich denke, das Opfer war bekleidet, als man es in die Truhe gesperrt hat. Natürlich muss man sich die Kleidungsstücke genauer ansehen, wenn sie aufgetaut sind, aber die Schnitte in der Jeans und dem Hemd deuten darauf hin, dass er ihn nicht ausgezogen hat, um ihn zu foltern. Das hat das Opfer in der Kühltruhe selbst getan.«

»Das musst du mir erklären.«

»Hast du nie einen erfrorenen Obdachlosen einsammeln müssen? Manche von ihnen werden nackt aufgefunden, ihre Kleider liegen neben ihnen. Das Phänomen, das bei großer Kälte eintritt, bezeichnet man als paradoxes Entkleiden. Das passiert zumeist kurz vor dem definitiven Bewusstseinsverlust. Dieses Verhalten wird durch eine Veränderung im zerebralen Metabolismus ausgelöst. Sagen wir, das Gehirn rastet aus, und das Opfer macht oder redet Unsinn.«

Lucie betrachtete ihr Spiegelbild in der Fensterscheibe. Draußen schneite es. Wenn ihre Mädchen da gewesen wären, hätten sie gejubelt, ihre Handschuhe und Jacken angezogen, um hinauszulaufen. Später hätten sie dann Schneemänner gebaut und sich laut lachend Schneeballschlachten geliefert.

Unendlich traurig blieb sie am Fenster stehen und atmete tief durch. »Wie lange hat es gedauert, bis er tot war?«, fragte sie, ohne sich umzudrehen.

»Auf den ersten Blick sind die Einschnitte nicht tief. Er ist vermutlich ohnmächtig geworden, als die Körpertemperatur unter achtundzwanzig Grad gesunken ist. Das geht sehr schnell, wenn die äußere Temperatur bei minus achtzehn Grad liegt. Die Berechnungen werden es bestätigen, ich würde mal sagen, eine Stunde.«

»Eine Stunde kann sehr lang sein.« Sharko richtete sich auf und rieb sich fröstelnd die Hände. Zahlreiche Fotos vom Tatort waren gemacht worden, den sie sich später aus allen Perspektiven ansehen könnten, wann immer sie wollten. Es hatte keinen Sinn, länger in diesem verdammten Raum zu bleiben. Also ließ er die Kriminaltechniker ihre Arbeit machen. Die Männer in Weiß schlossen die Türen, schalteten die Elektroheizkörper und über der Gefriertruhe starke Spots ein. Mit Hochdruckgebläse oder Schweißbrennern hätten sie den Prozess beschleunigen können, wären aber das Risiko eingegangen, Beweise zu zerstören.

Das Licht der Scheinwerfer ließ die Eiskristalle glitzern und fiel grell auf den grausig verstümmelten, nackten Körper. Diese eisige Grotte war seine letzte Zuflucht gewesen, in der er sich in der Hoffnung auf Wärme zusammengerollt hatte.

Fröstelnd näherte sich Sharko erneut der Truhe und runzelte die Stirn. Er beugte sich tiefer hinab. »Träume ich, oder ist da unter seinem Ellenbogen etwas ins Eis geritzt?«

Lucie reagierte nicht, sie starrte noch immer, die Arme verschränkt, in den düsteren Himmel.

Hinter ihrem Rücken trat Chénaix zu dem Toten und bückte sich ebenfalls. »Stimmt, er hat versucht, etwas zu schreiben.« Er richtete sich auf und wandte sich an die Kriminaltechniker: »Schnell, helft uns, die Leiche rauszuziehen, ehe das Eis schmilzt.«

Ohne Lucies Hilfe machten sie sich ans Werk, und schließlich gelang es ihnen, Christophe Gamblin aus seiner Gruft herauszuheben.

Der Kommissar versuchte zu entziffern: »Man könnte meinen, es heißt … ACONLA oder … Mist, ein paar Buchstaben sind schon verwischt.«

»Statt einem C könnte es auch ein G sein und das L ein I. Das würde AGONIA ergeben. Das lateinische Wort für Agonie. Das passt doch zu dem, was er durchgemacht hat, oder?«

Kapitel 3

Das Gesetz schützt eine lebende Person, nicht aber die sterblichen Überreste, die zum Gegenstand der juristischen Grauzone werden. Im rechtlichen Sinne war Christophe Gamblin jetzt also keine Person mehr, sondern eine Leiche. Und so enthüllte die Durchsuchung seiner Wohnung mit jeder Stunde mehr von seiner Privatsphäre. Rücksichtslos wurden sämtliche Schubladen geöffnet, in seinen Papieren gewühlt und Rechnungen gesichtet, man versuchte herauszufinden, wen er wann in letzter Zeit getroffen hatte, und es wurden Nachbarn und Freunde befragt.

Ohne weitergehende Nachforschungen erfuhr man, dass er im Haus seines geschiedenen Vaters lebte und einen Kredit für sein Auto abzahlte. Auch eine erste Liste seiner verschiedenen Abonnements war bereits erstellt. Neuere Fotos zeigten ihn in Gesellschaft einer Frau – es war die mit dem Hut und dem Luftrüssel – und von Freunden, vermutlich bei einer privaten Feier. All diese Leute mussten befragt werden. Seinen armen Hund hatte man ins Tierheim gebracht. Die Polizisten drangen in sein Leben ein, erfuhren von seinen Freizeitbeschäftigungen und untersuchten seine Bettlaken. Sein ganzes Haus wurde auf den Kopf gestellt.

Während die Kollegen die Nachbarschaftsbefragung durchführten, machten sich Lucie und Sharko gegen dreizehn Uhr auf den Weg ins 9. Pariser Arrondissement zur Redaktion der *La Grande Tribune*. Das war die auf den beruflichen Visitenkarten des Opfers angegebene Adresse, und möglicherweise hatte man ihn dort auch zum letzten Mal lebend gesehen. Hintereinander fuhren sie mit ihren Autos durch den sacht rieselnden Schnee und parkten eine Stunde später in der Nähe des Boulevard Haussmann in einer Tiefgarage.

Dort trafen sie sich und gingen gemeinsam nach oben. Der Wind pfiff durch die Eingänge und ließ die Schals flattern. Die Weihnachtsdekoration und der Schnee verliehen den Grands Boulevards eine festliche Note.

Traurig betrachtete Lucie die großen roten Kugeln, die über der Straße hingen. »In Lille haben wir mit den Mädchen den Weihnachtsbaum immer schon am ersten Dezember aufgestellt. Ich habe beiden einen selbst gemachten Adventskalender geschenkt. Mit kleinen Überraschungen – für jeden Tag eine.«

Sie schob die Hände in die Taschen und verstummte. Sharko wusste nicht, was er sagen sollte. Er wusste nur, dass Feiertage, Schulferien und Spielzeugwerbung für sie beide schwer zu ertragen waren. Jedes Geräusch, jeder Geruch weckten in Lucie Erinnerungen an ihre Töchter, ließen sie wieder aufleben wie kleine Flammen, die sich ständig neu entzünden.

Sharko kam lieber wieder auf ihren grausamen Mordfall zu sprechen. »Ich habe unterwegs Neues erfahren. Man hat Christophe Gamblins Handy gefunden, aber keinen Computer. Dabei geht aus den Rechnungen hervor, dass er sich vor gut einem Jahr einen neuen PC gekauft hat.«

Lucie brauchte eine Weile, um sich von ihren Gedanken zu lösen und auf das Gespräch zu konzentrieren. »Keine Anzeige wegen Diebstahl?«

»Nein. Und seine Internetverbindung läuft über Wordnet … Da werden wir kein Glück haben.«

Lucie verzog das Gesicht. Wordnet gehörte zu jenen Providern, die nie, nicht einmal im Todesfall oder im Rahmen polizeilicher Ermittlungen, Informationen über ihre Kunden preisgaben. Es waren zwar Gesetze geplant, um den Zugang zu vertraulichen Daten zu ermöglichen, doch für den Augenblick mussten sie ohne diese auskommen. Alles, was sie sich erhoffen konnten, waren Ort und Zeitpunkt der Logins in seinen Internet-Account, und auch das nur für die letzten sechs Monate. Keinesfalls bekamen sie Zugriff auf seine E-Mails, die Seiten, die er aufgerufen hatte, oder seine Kontakte.

»Dann könnte also der Mörder den Computer mitgenommen haben. Vielleicht eine Story, an der Gamblin gearbeitet hat? Eine Internet-Bekanntschaft? Eine Möglichkeit, die absolute Macht über sein Opfer zu erhalten?«

Sharko zuckte die Schultern.

»Was das ins Eis geritzte Wort angeht, so haben die Recherchen über *Aconla* nichts ergeben, die über *Agonia* sind aussagekräftiger: der Titel eines Buchs, eines italienischen Films, der Name einer Marketingagentur. Und es ist auch, wie Chénaix bemerkt hat, der lateinische Ursprung des Wortes ›Agonie‹.«

»Warum hätte er etwas auf Latein schreiben sollen?«

»Robillard wird sich der Sache annehmen. Er sichtet auch die Telefonrechnungen, aber das ist ein wahrer Dschungel. Unzählige Nummern. Gamblin war Journalist. Das Telefon war sozusagen seine dritte Hand.«

Die Büros von *La Grande Tribune* waren in einem ehemaligen Parkhaus untergebracht und fielen durch eine besondere Architektur auf. Die Tageszeitung beschäftigte mehr als hundertdreißig Journalisten sowie vierzig Korrespondenten und erschien in einer Auflage von über einhundertsechzigtausend Exemplaren. Über die ehemalige spiralförmige Auffahrtrampe, die mit grauem Teppichboden ausgelegt war, gelangte man von einem Stockwerk ins nächste. Die beiden Ermittler waren im dritten Stock mit dem Chefredakteur verabredet. Mitarbeiter eilten umher, andere saßen hinter hohen Papierstapeln an ihren Computern. Seit einer Weile machte die Erkundung des Weltalls Schlagzeilen. Der Leiter der russischen Raumfahrtbehörde hatte bekannt gegeben, schon sehr bald bemannte Flüge ins All vornehmen zu können, da man an der Verringerung der langen Flugdauer arbeite.

Alle Anwesenden blickten zu den Ermittlern, und ein angespanntes Schweigen machte sich breit. Ein Mann im Anzug mit undurchdringlichem Gesichtsausdruck … eine Frau mit Pferdeschwanz, in Jeans, Schuhen der Marke Rangers und kurzem Blouson, der üblichen Dienstlederjacke, unter dem sich die Pistole abzeichnete … Ohne Zweifel waren alle Mitarbeiter bereits vom Chefredakteur, dem die Polizei am Vormittag Bescheid gegeben hatte, über den Mord an Christophe Gamblin informiert worden.

Sébastien Duquenne empfing die beiden Polizisten mit ernster Miene. Er schloss die Tür des kleinen, vollgestopften Büros und bot ihnen einen Platz an. »Grauenvoll, was da passiert ist.«

Sie tauschten ein paar Banalitäten aus, dann bat Lucie den großen, hageren Mann, der ungefähr Mitte vierzig war, von seinem Kollegen zu erzählen.

»Soweit ich weiß, war er zunächst als Gerichtsreporter tätig, dann in der Redaktion für Vermischtes. Wir arbeiten zwar seit sechs Jahren zusammen, aber man kann nicht behaupten, dass ich ihn gut gekannt habe. Meistens verfasste er seine Artikel zu Hause und schickte sie mir per Mail. Er hat allein gearbeitet, ohne Fotografen. Unabhängig und ein findiger Kopf, aber diskret.«

»Über welche Themen hat er geschrieben?«

»Er beschäftigte sich hauptsächlich mit blutrünstigen Geschichten, widerwärtige Fälle der übelsten Sorte wie Unfälle, Bandenkriege, Morde … Früher hat er seine Zeit im Gerichtssaal verbracht und sich Horrorgeschichten angehört. Fünfzehn Jahre Verbrechen am laufenden Band, das war's.« Er räusperte sich, als ihm bewusst wurde, dass die beiden, die ihm gegenübersaßen, auch keinen beneidenswerteren Job hatten. »Er hat nie versucht, zu anderen Zeitungen zu wechseln. Ich glaube, trotz allem hat es ihm hier gefallen. Er traf Leute und hatte seinen Arbeitsbereich.«

»Hat er seine Arbeit geliebt?«

»Ja, er war sehr engagiert.«

»War er viel unterwegs?«

»Ja, ständig. Aber er blieb in der Gegend, Paris und die Randbezirke. Das war sein Jagdterritorium. Unsere Zeitung gehört zu einer Gruppe, die auch mehrere Regionalblätter herausgibt, von denen jedes seinen eigenen Nachrichtenteil und eine eigene Rubrik Vermischtes hat. Nur das wichtige politische Tagesgeschehen machen wir gemeinsam.«

»Wir würden gerne seine letzten Artikel sehen.«

»Kein Problem. Ich lasse sie Ihnen möglichst bald zukommen. Geben Sie mir eine E-Mail-Adresse, an die ich sie schicken kann.«

Sharko reichte ihm seine Visitenkarte und machte mit den Standardfragen weiter. Dem Chefredakteur zufolge hatte Christophe Gamblin an seinem Arbeitsplatz keine besonderen Probleme. Er verstand sich mit allen Kollegen gut, Feindschaften gab es keine, höchstens mal eine Meinungsverschiedenheit, das war alles. Wenn er in der Redaktion war, arbeitete er im Großraumbüro, nicht immer am gleichen Schreibtisch, aber ausschließlich auf seinem eigenen Laptop.

Lucies Blick fiel auf das Organigramm, das an der Wand hinter ihm hing und Fotos und Namen der Mitarbeiter zeigte. Die Tage ihrer Anwesenheit in der Redaktion waren durch kleine farbige Aufkleber markiert. »Sagen Sie, ich sehe da auf Ihrer Tafel ein Bild und einen Namen, ›Valérie Duprès‹ … Wir haben sie auch in Christophe Gamblins Wohnung auf einem Foto gesehen. Es scheint so, dass sie seit sechs Monaten nicht mehr hier war. Ist sie krank?«

»Nein, eigentlich nicht. Sie hat ein Sabbatjahr genommen und will ein Buch über ein Thema schreiben, für das sie auf der ganzen Welt recherchieren muss. Valérie ist eine investigative Journalistin, ständig auf der Suche nach allem, was man vor uns verheimlicht und verbirgt. Sie ist sehr begabt.«

»Worum geht es in ihrem Buch?«

Er zuckte die Schultern. »Das weiß niemand. Soll eine große Überraschung werden. Wir haben zwar versucht, mehr herauszubekommen, aber Valérie versteht es immer, ihre Geheimnisse zu wahren. Doch ich bin überzeugt, dass ihr

Buch Aufsehen erregen wird. Valérie ist brillant und von ihrer Arbeit besessen.«

»Christophe Gamblin und sie schienen sich sehr nahe zu stehen.«

Der Chefredakteur nickte. »Stimmt, aber ich glaube, sie waren nicht zusammen. Valérie ist vor etwa fünf Jahren zu uns gekommen, und sie haben sich auf Anhieb verstanden. Dabei ist Valérie keine einfache Kollegin. Leicht paranoid, extrem verschlossen und supernervig, wenn Sie mir diesen Ausdruck gestatten. Eine Enthüllungsjournalistin, wie sie im Buche steht.«

»Können wir ihre Adresse haben?«, fragte Sharko.

Während er die Anschrift, die ihm Sébastien Duquenne gab, in seinem Notizbüchlein notierte, erhob sich Lucie und trat an die Tafel mit den Fotos. »Hatten Sie den Eindruck, dass Christophe Gamblin in den letzten Wochen spezielle Sorgen hatte? Hatte sich sein Verhalten verändert?«

»Ganz und gar nicht.«

»Ihrer Tafel zufolge hat er sich Ende November und Anfang Dezember mehrmals freigenommen. An verschiedenen Tagen – mal dienstags, mal donnerstags, in der darauffolgenden Woche montags. Wissen Sie, warum?«

Sébastien Duquenne schloss das Personalverzeichnis auf seinem Bildschirm und wandte sich um.

»Nein, natürlich nicht. Aber er schien eine seltsame Art zu haben, seine Freizeit zu nutzen. Ein Kollege hat ihn, als er eigentlich gar nicht da sein sollte, im Archiv im Erdgeschoss gesehen. Soweit ich weiß, recherchierte er in zehn Jahre alten Archiven.«

»Können wir mit dem Kollegen sprechen?«

Kapitel 4

Im Souterrain des Verlagshauses gab es keine Fenster. Betonwände, niedrige Decken, alle zwei Meter ein Pfeiler – ein umfunktioniertes Parkhaus. Neonlichter erweckten den Eindruck von Tageslicht. Einige ehemalige Stellplätze waren für Büromaterial reserviert, dort stapelten sich alte Computer und Tonnen Papier, die nie jemand sortiert hatte.

In Begleitung eines Journalisten namens Thierry Jaquet liefen Lucie und Sharko zwischen Reihen mehrfarbiger Kartons hindurch, in denen sämtliche Exemplare der Regionalausgaben seit 1947 lagerten. Jaquet war noch recht jung. Er trug Jeans, Turnschuhe und eine Brille mit eckigen Gläsern, die ihm das Aussehen eines coolen Intellektuellen verlieh.

»Wir kommen manchmal hierher, um alte Geschichten oder Quellen für unsere Artikel auszugraben. Die meisten von uns ziehen immer noch Papier den digitalen Dateien vor. Außerdem haben wir hier Gelegenheit, in Ruhe zu stöbern und uns vom Lärm und der Hektik in der Redaktion zu erholen, verstehen Sie? Hier habe ich Christophe das letzte Mal gesehen. Wir haben ein wenig geplaudert, aber ich bemerkte sofort, wie sehr er auf der Hut war. Er wollte offensichtlich lieber allein sein.«

Lucie betrachtete die endlosen Regalreihen. »Was genau suchte er?«

»Das weiß ich nicht. Zu mir sagte er nur, dass er für private Zwecke recherchiere. Ich hatte wirklich den Eindruck, ihn zu stören, und bedrängte ihn nicht weiter. Aber ich habe die Kartons gesehen, die er auf den Tisch gestellt hatte. Die einen waren dunkelblau, die anderen rot. Das sind die Farbcodes für die Regionen Rhône-Alpes und Provence-Alpes-Côte d'Azur. Ich glaube, er suchte etwas aus dem Millenniumsjahr, und ich erinnere mich genau an einen Schuber, auf dem fett die Ziffer 2001 stand, ein blauer der Region Rhône-Alpes.«

»Kannten Sie Christophe gut?«

»Nicht besonders. Wir haben nur selten zusammengearbeitet und trafen uns höchstens bei Redaktionssitzungen.«

»Was kann jemanden dazu bewegen, während seines Urlaubs hier zu arbeiten?«

»Keine Ahnung …«

Sie befanden sich nun am Ende des Gangs in der hintersten Parzelle, zwischen den akkurat geordneten Kartons mit den neuesten Zeitungen. Jaquet zog einen blauen Schuber mit der Aufschrift »Rhône-Alpes – erstes Quartal 2001« hervor und leerte ihn – ungefähr neunzig Zeitungen, die er rasch durchblätterte.

Sharko runzelte die Stirn. »Wie wollen Sie denn die Nummern finden, die er sich angesehen hat?«

»Christophe hat den Raum mit mehreren Exemplaren unter dem Arm verlassen, vermutlich, um zu Hause weiterzuarbeiten. Wenn wir Glück haben, hat er sie nicht wieder zurückgebracht.«

Einer plötzlichen Eingebung folgend, schnappte sich auch Lucie einen Karton mit der Aufschrift 2001 und tat es dem Journalisten gleich. Bei Christophe Gamblin gab es kein Archiv. Hatte er seine Unterlagen woanders hingebracht? Hatte der Mörder sie mitgenommen?

Nach ein paar Minuten wurde Jaquet fündig. »Bingo! Sehen Sie, die Ausgabe vom achten Februar 2001 fehlt.«

»Gibt es eine Kopie davon?«

»2001 ist nicht allzu lange her. Wir müssten eine digitalisierte Version im Computer finden können. Und wenn nicht, kontaktieren wir die betreffende Redaktion und fordern deren Exemplar an. Wenn Sie wollen, schaue ich mal in der Datenbank nach.«

Sharko warf einen Blick auf die anderen Schuber und seufzte. »Ja, bitte. In der Zwischenzeit durchsuchen meine Kollegin und ich alle Ablagen für die Regionen Provence-Alpes-Côte d'Azur und Rhône-Alpes. Wenn ich richtig verstanden habe, blau und rot … und zur Sicherheit sämtliche Kartons ab 2000.«

Die fehlenden Exemplare aus einer Serie von etwa dreihundertfünfundsechzig Zeitungen pro Jahr zu finden, das war an sich keine unüberwindbare Aufgabe, man brauchte nur ein wenig Geduld.

Nach ein paar Minuten kehrte Jaquet zurück und nickte.

»Ich habe die digitalisierte Ausgabe von 2001 in der Datenbank gefunden. Die können Sie haben.«

»Perfekt!«

Er half ihnen bei der Suche. Zu dritt schafften sie die Arbeit in knapp mehr als einer Stunde und wussten, welche Ausgaben Christophe Gamblin mitgenommen hatte. Insgesamt vier aus den Jahren von 2001 bis 2004. Zwei von 2001 und 2002 für die Region Rhône-Alpes und zwei für die angrenzende Region Provence-Alpes-Côte d'Azur aus den Jahren 2003 und 2004. Lucie schrieb gewissenhaft die Daten in ihr Notizbuch, das sie immer bei sich trug. Dann folgten die beiden Polizisten Jaquet zu einem Computer. Sharkos Gehirn arbeitete bereits auf Hochtouren. Gab es einen Zusammenhang zwischen Christophe Gamblins geheimnisvoller Recherche und seinem entsetzlichen Tod?

Im Computer fand der Journalist die gewünschten Ausgaben – vollständig digitalisiert – und speicherte sie in einer eigenen Datei ab. Sharko gab ihm die E-Mail-Adresse von Pascal Robillard, ihrem Spezialisten für Datenabgleich. Dank des Journalisten würden die digitalisierten Zeitungen elektronisch in den folgenden fünf Minuten übertragen sein.

Die beiden Ermittler bedankten sich und teilten Jaquet mit, er werde vermutlich – wie alle Kollegen, die Gamblin in den letzten Tagen gesehen hatten – in Kürze für seine Aussage zur Kripo am Quai des Orfèvres bestellt werden. Dann verließen Sharko und Lucie das Verlagshaus und liefen über die Boulevards, auf denen sich bereits eine feine, weiße Schicht gebildet hatte. Der Schnee blieb liegen, ein schlechtes Omen für den Straßenverkehr. Lucie schob ihren roten Schal nach oben. Sie schaute auf die Uhr: fast fünfzehn Uhr.

»Ich sterbe vor Hunger. Wollen wir etwas im Hallenviertel essen, bevor wir ins Hauptquartier zurückfahren? Eine Pizza bei Signorelli?«

»Valérie Duprès wohnt in der Nähe von Havre-Caumartin, nur ein paar Schritte von hier entfernt. Lass uns lieber schnell irgendwo in der Nähe eine Kleinigkeit essen, und dann statten wir ihr einen Besuch ab. Was meinst du?«

Kapitel 5

Der Chefredakteur von *La Grande Tribune* hatte ihnen die Anschrift von Valérie Duprès gegeben. Sie wohnte in der obersten Etage eines Altbaus zwischen den Metrostationen Madeleine und Auber in einer ruhigen Einbahnstraße. Obwohl es noch nicht einmal sechzehn Uhr war, begann es bereits, dunkel zu werden. Der Schnee glitzerte im Licht der Laternen, und die Flocken umschwirrten die Passanten wie neugierige Glühwürmchen. Der Winter – den Meteorologen zufolge drohte er besonders streng zu werden – hielt seinen eisigen Einzug.

Die beiden Polizisten durchschritten das Portal, das auf einen gepflasterten Hof führte, und drückten auf den Klingelknopf der Sprechanlage, Wohnung Nummer 67. Sie warteten, die Hände tief in den Taschen vergraben, die Köpfe eingezogen. Da sie keine Antwort erhielten, klingelten sie so lange bei irgendwelchen Nachbarn, bis sie schließlich jemand einließ.

Sharko löste seinen Schal und inspizierte den Briefkasten der Wohnung Nr. 67, der überquoll. »Schlechtes Zeichen, so viel Post. Die Dame dürfte seit Längerem nicht mehr hier gewesen sein.«

Lucie stellte fest, dass es keinen Lift gab. Sie verzog das Gesicht, beugte sich hinab und massierte ihren Knöchel.

»Geht es wieder los?«, fragte Sharko.

»Ach, nur ein kurzer stechender Schmerz. Ist nicht schlimm.«

»Wer keinen Sport treibt, verletzt sich auch nicht.«

»Lass deine dummen Sprüche.«

Sie machten sich an den Aufstieg in die sechste Etage, er voran, sie hinterher. Lucie legte regelmäßig eine Pause ein. Ihre Muskeln hassten das Treppensteigen. Oben angelangt, wollte Sharko gerade an der Tür klingeln, hielt jedoch in der Bewegung inne. Er ging in die Hocke, betrachtete das Schloss und legte einen Finger auf die Lippen.

»Aufgebrochen.«

Beide wichen zurück.

»Es würde mich zwar wundern, wenn noch jemand in der Wohnung wäre«, flüsterte Franck, »aber du rührst dich nicht vom Fleck!«

»Denk nicht mal im Traum daran!«

Genau wie Sharko hielt Lucie ihre Waffe in der rechten Hand. Sie glitt auf die andere Seite der Tür und drehte mit der behandschuhten Hand den Türknauf. Nacheinander schlüpften sie, die Waffen im Anschlag, in die Wohnung und sicherten zunächst die toten Winkel. Nachdem sie das Licht eingeschaltet hatten, inspizierten sie die einzelnen Räume.

Hier herrschte ein heilloses Durcheinander. Schubladen waren herausgezerrt und geleert, Bücherborde umgeworfen worden, überall lagen Papiere herum.

»Nichts im Bad oder im Schlafzimmer«, sagte Lucie, als sie von ihrer Überprüfung zurückkam.

»Im Wohnzimmer und in der Küche auch nichts.«

Lucie bewegte sich vorsichtig durch den Raum, um nicht auf die Papiere zu treten. »Alles ist durchwühlt worden, doch die Wertgegenstände scheinen noch da zu sein.«

Langsam ließ die Spannung nach. Sharko verständigte sofort Nicolas Bellanger, während Lucie damit begann, das Wohnzimmer genauer unter die Lupe zu nehmen. Die Wohnung war klein, um die vierzig Quadratmeter, doch in diesem Viertel musste die Miete trotzdem teuer sein. In der Küche waren Kühlschrank und Regale so gut wie leer.

Sharko hatte sein Handy wieder eingesteckt und nahm Lucie beim Handgelenk. »Komm, besser, wir warten auf die Kollegen von der Technik, bevor wir ihnen hier die Spuren versauen. Lass uns in der Zwischenzeit die Nachbarn befragen.«

»Wie zwei artige kleine Polizisten, ja? Eine Sekunde!«

Lucie näherte sich einem blinkenden, an eine Internetbox angeschlossenen Anrufbeantworter, der die Zahl eins anzeigte. Wieder einmal fehlte der Computer, wie Lucie feststellte. Sie drückte auf den Knopf zum Abhören der Nachricht. Der Anruf wurde angesagt: *Nachricht Nummer eins, Donnerstag, fünfzehnter Dezember, neun Uhr dreißig.*

Guten Tag, Madame Duprès, hier das Polizeirevier von

Maisons-Alfort. Heute ist Donnerstag der fünfzehnte Dezember, neun Uhr dreißig. Wir haben ein verirrtes Kind in sehr schlechtem Zustand aufgegriffen, mit einem Zettel in der Hosentasche, auf dem handschriftlich mit blauer Tinte Folgendes geschrieben steht: ›Valérie Duprès, 75, Frankreich‹. Der Junge spricht nicht und wirkt völlig verstört. Er dürfte um die zehn Jahre alt sein, hat blondes Haar und dunkle Augen. Er trägt eine alte Cordhose, abgetragene Turnschuhe und einen durchlöcherten Pullover. Wir haben im Telefonregister von Paris vier Personen mit dem Namen Valérie Duprès gefunden. Wenn diese Nachricht Sie betrifft, melden Sie sich bitte so schnell wie möglich! Hier meine Telefonnummer: Kommissar Patrick Trémor, 06 09 14 …, ich wiederhole: 06 09 14 … Vielen Dank.

Nachdem die beiden die Nachricht abgehört hatten, ging Sharko nachdenklich in den Flur zurück und fasste sich an die Stirn. »Was ist denn das jetzt wieder für eine Geschichte?«

Kapitel 6

In Begleitung des Gruppenleiters Bellanger waren die Männer von der Spurensicherung bereits nach kurzer Zeit eingetroffen: zwei Kriminaltechniker für die Sicherung eventueller DNA- und papillärer Spuren, damit betraut, Gläser, Wäsche und Kleidung einzupacken, ein Fotograf und zur Verstärkung ein Kripobeamter einer anderen Gruppe, weil das Team von Nicolas Bellanger schon genug Arbeit mit dem Mord an Christophe Gamblin hatte.

Die Post im Briefkasten wie auch das Ergebnis der Nachbarschaftsbefragung führten zu der Annahme, dass Valérie

Duprès seit etwa zwei Wochen ihre Wohnung nicht mehr betreten hatte. Niemand im Haus kannte sie näher. Sie ging frühmorgens aus dem Haus und kam spätabends zurück und gehörte nicht zu den Personen, die sich gern auf ein Schwätzchen einließen. Eine verschlossene, nicht gerade sympathische Person, sagten die Leute. War Valérie Duprès auf Reisen? War ihr etwas zugestoßen? Gab es einen direkten Zusammenhang mit dem Mord an Christophe Gamblin? Fragen über Fragen, wie jedes Mal zu Beginn komplizierter Ermittlungen.

Sharko hatte sein Handy zugeklappt und näherte sich Lucie und Bellanger, die vor der Wohnungstür miteinander sprachen. Nicolas Bellanger war knapp fünfunddreißig Jahre alt, hochgewachsen und von sportlicher Statur. Was sein Privatleben anging, so wusste niemand, ob er liiert war, er sprach grundsätzlich nicht darüber. Er joggte öfter mittags mit Lucie und anderen Kollegen im Bois de Boulogne, während sich Sharko an alten ungelösten Fällen die Zähne ausbiss oder aber – allein am Schießstand – zwei bis drei Magazine leer feuerte. Bellanger war drei Jahre zuvor zum Gruppenleiter der Kripo befördert worden und besetzte nun einen Posten, der normalerweise erfahreneren Mitarbeitern vorbehalten war. Der junge Kommissar hatte diese Position durch Protektion erhalten, was ihn jedoch nicht daran hinderte, trotzdem gute Arbeit zu leisten.

»Ich hatte gerade den Leiter des Reviers von Maisons-Alfort am Telefon, den, der das Kind aufgegriffen und die Nachricht auf dem Anrufbeantworter hinterlassen hat«, ließ Sharko die beiden wissen. »Der Junge ist im Keller eines Wohnhauses gefunden worden, völlig verschreckt, offensichtlich traumatisiert. Ein Kollege hat den Zettel in dessen Hosentasche gefunden und die Festnetznummer von Valérie

Duprès im Telefonbuch gesucht. Der Junge befindet sich jetzt zur Untersuchung im Kreiskrankenhaus von Créteil. Wir haben nicht die geringste Ahnung, wer er ist und woher er kommt. Es spricht kein Wort. Am besten, ich fahre mal rüber. Kommst du mit, Lucie?«

»Einer von uns beiden muss hierbleiben, denn die Durchsuchung ist schwieriger als gedacht.«

»Na gut. Angesichts der Wetterlage werde ich wohl eine ganze Weile brauchen. Bis später.«

Sharko verabschiedete sich von Bellanger mit einem Kopfnicken und lief die Treppe hinab. Lucie beugte sich über das Geländer und fing noch seinen sonderbaren Blick auf, bevor er verschwand.

Sie betrat erneut die Wohnung, gefolgt von ihrem Chef. Ein Polizist ordnete Papiere, während einer der Kriminaltechniker die Türklinken, Möbelecken und andere glatte Flächen auf Fingerabdrücke und sonstige Spuren untersuchte.

Der mit der Durchsuchung beauftragte Beamte, Michael Chieux, wandte sich den beiden Ermittlern zu, einen kleinen Beweismittelbeutel in der Hand. »Die Spurensicherung hat eine ganze Menge interessanter Sachen gefunden. Da wären zunächst SIM-Karten. Die klemmten im Knie des Abflussrohrs vom Waschbecken. Der Einbrecher muss geglaubt haben, sie seien in die Abwasserleitung geraten. Leider sind die Seriennummern unleserlich, und die Karten weisen starke Wasserschäden auf.«

Bellanger griff nach dem Beutel und betrachtete die kleinen grünlichen Rechtecke. »Wir wissen, dass Valérie Duprès eine investigative Journalistin ist. Manchmal arbeiten wir mit Journalisten zusammen, die sich an heikle Themen wagen, und daher ist es nicht selten, dass sie mehrere, unter falschem Namen angemeldete Handys besitzen. Die reinsten

Chamäleons. Hast du zufällig entsprechende Rechnungen gefunden?«

»Auf jeden Fall nichts, was mit Telefonen zu tun hätte.«

»Hm … wahrscheinlich handelt es sich um Prepaid-SIM-Karten. Das ist die beste Art, unerkannt zu bleiben. Wenn wir aus den Karten nichts mehr herausholen können, werden wir nie erfahren, zu welchen Telefonnummern sie gehörten.«

Michael Chieux nickte zustimmend und reichte Bellanger einen Personalausweis. »Ausgestellt auf den Namen Véronique Darcin, wohnhaft in Rouen. Aber mit dem Foto von Duprès!«

Bellanger inspizierte den Ausweis sorgfältig. »Das wird Teil ihrer Tarnung sein. Wenn man wie sie heiße Themen angeht, muss man anonym bleiben, seine wahre Identität verschleiern, permanent die Hotels wechseln und so weiter … Das wird uns die Sache nicht erleichtern.«

»Hier … sehen Sie mal, das sind ihre Anträge für Touristenvisa von vor fast einem Jahr. Diesmal auf den Namen Duprès, wahrscheinlich wäre es für sie zu riskant gewesen, die Konsulate zu belügen. Peru, China, Washington, New Mexico und Indien. Vielleicht gibt es noch mehr davon in diesem Durcheinander, denn alles haben wir noch nicht durchsucht. Wenn wir mit den Konsulaten Kontakt aufnehmen, erfahren wir sicher mehr über diese Anträge, insbesondere, was die Reisedaten angeht, und vielleicht auch die anvisierten Städte. Außerdem bekommen wir dann auch heraus, ob Valérie Duprès sich immer noch auf Reisen in einem dieser Länder befindet, was durchaus im Bereich des Möglichen liegt, da es hier keinen Laptop, kein Handy, keine Kamera gibt. Normalerweise besitzen Journalisten eine sehr gute Fotoausrüstung mit hochwertigen Objektiven.«

Bellanger notierte zufrieden die Informationen in seinem Notizbuch. »Sehr gut.« Durchsuchungsprotokolle und Berichte schreiben, Nachforschungen durchführen, Nahestehende und Angehörige informieren und vorladen … Die Liste der verschiedenen Aufgaben, die er unter seinen Mitarbeitern zu verteilen hatte, wurde immer länger.

Lucie hockte sich neben das umgestürzte Bücherregal. Alle möglichen Bücher lagen herum, vom Krimi bis zur Politiker-Biographie. Nach einem kurzen Blick auf die einzelnen Werke erhob sie sich und ging zum hinteren Teil des Wohnzimmers, wo eine Arbeitsecke eingerichtet war. Leselampe, Kopfhörer, Drucker, aber kein Computer. Auch hier waren die Schubladen ausgeleert worden. Sie betrachtete ein paar der herumliegenden Papiere: ausgedruckte Internetseiten, E-Mails an Informanten, Fotokopien irgendwelcher Arbeiten …

Sie wandte sich an Chieux: »Duprès' Chefredakteur sagte, dass sie an einem Enthüllungsbuch schreibt, nur scheint niemand das Thema zu kennen. Hast du Spuren von irgendwelchen Recherchen gefunden? Dokumente oder handschriftliche Notizen?«

»Es wird noch eine Weile dauern, bis wir sicher sein können, aber noch ist uns nichts Besonderes aufgefallen. Vielleicht in den Büchern am Boden dort hinten.«

»Dort habe ich auch nichts gefunden.«

Lucie hatte sich vergewissert, dass – abgesehen von Laptop und Fotoausrüstung – tatsächlich keine Wertgegenstände fehlten oder entwendet worden waren. Bei dem Einbruch handelte es sich sicher nicht um ein klassisches Diebstahlsdelikt, was die SIM-Karten im Waschbecken belegten.

Nicolas Bellanger zog Lucie beiseite. »Ich muss jetzt zum Justizpalast, der Staatsanwalt erwartet mich. Die Autopsie findet in drei Stunden statt, und ein Kripobeamter muss dabei sein. Levallois hat in der letzten Zeit an vielen Autopsien teilgenommen und ist mit der Nachbarschaftsbefragung im Fall Christophe Gamblin voll beschäftigt. Bei dem Verkehr und diesem Schneetreiben wird Sharko nicht rechtzeitig aus dem Krankenhaus zurück sein. Gern bitte ich dich nicht darum, aber ...«

Lucie zögerte ein paar Sekunden. Schließlich warf sie einen Blick auf ihre Uhr: »Quai de la Rapée, um zwanzig Uhr. Gut, ich fahre hin.«

»Bist du sicher, dass du das aushältst?«

»Wenn ich es doch sage.«

Er nickte lächelnd und machte sich auf den Weg.

Lucie ging wieder an die Arbeit. Sie wusste nichts von Valérie Duprès, musste aber irgendetwas finden, um zu verstehen, wer diese Frau war. In Bilderrahmen hingen Fotos von Valérie, die offenbar von einem professionellen Fotografen aufgenommen worden waren. Eine Frau um die vierzig – sehr attraktiv – stand mit Geschäftsleuten in Anzug und Krawatte vor den Gebäuden großer Firmen. Auffallend waren dabei die physischen Veränderungen der Journalistin: mal war sie dunkel, mal blond, mit oder ohne Brille, mal mit kurzem, mal mit langem Haar. Eine Frau wie ein Chamäleon, die ohne Weiteres und abhängig von den Umständen ihr Aussehen und ihre Identität wechselte. Ihr Blick wirkte streng. Was hatten die Nachbarn über sie gesagt? Verschlossen und eher unsympathisch. Unnahbar.

Lucie setzte ihren Rundgang fort. Die Wohnung war nüchtern eingerichtet, funktional und ohne persönliche Note. Im Gegensatz zu der von Christophe Gamblin fand Lucie hier weder ein Fotoalbum noch ein Indiz dafür, dass eine Verbindung zwischen den beiden bestand. Duprès schien noch mehr Einzelgängerin und noch vorsichtiger zu sein als Gamblin.

Die Zeit verflog. Der Fotograf und die Kriminaltechniker hatten die Wohnung bereits verlassen, beladen mit dem Material, das sie im Labor abgeben würden. Michael Chieux hatte jedes für die Untersuchung relevant erscheinende Stück beiseitegelegt und in einem Notizbuch verzeichnet. Ordner mit Bankauszügen, Rechnungen, wichtige Papiere wie die Visumsanträge – das alles würde zum Hauptquartier der Kripo gebracht und ausgewertet werden. Einerseits sollten die Ermittler nicht zu viel abtransportieren, um sich nicht mit unnützer Arbeit zu belasten, andererseits durfte aber nichts übersehen werden.

»Und das, soll das auch noch mitgehen?« Lucie trat zu ihrem Kollegen. Obwohl sie verschiedenen Gruppen angehörten, arbeiteten die Beamten solidarisch zusammen. Sie hatten den gleichen Dienstgrad, duzten, kannten und schätzten einander – von wenigen Ausnahmen abgesehen.

»Was ist das?«

»Ein Karton, der unter dem Bett stand. Er ist voller Zeitungen. Ich habe sie nur überflogen. Es handelt sich um Ausgaben von *La Grande Tribune*. Anscheinend enthält jede von ihnen einen ihrer Artikel. Aber sie schreibt unter dem Pseudonym Véronique D. In erster Linie über heikle Themen wie zum Beispiel den Mediator-Skandal oder die Clearstream-Affäre.«

Lucie bückte sich und nahm die Zeitungen aus dem Karton. Es waren etwa vierzig Ausgaben, die den professionellen Werdegang der Journalistin zu begleiten schienen. Artikel, die wahrscheinlich wochenlange Recherche bedeutet hatten.

Lucie las die Schlagzeilen. Die Ausgaben waren nach Datum geordnet, die neuesten lagen zuoberst, die älteste Zeitung war von Anfang 2011. Offenbar griff Valérie Duprès vor allem sensible Themen der Bereiche Politik, Industrie und Umwelt auf, wie Windenergie, genetisch veränderte Organismen, Biogenetik, Umweltverschmutzung, Pharmaindustrie und Ölpest, was ihr in einflussreichen Kreisen vermutlich viele Feinde eingebracht hatte.

In der Hoffnung auf einen Zufallstreffer griff die Polizistin nach ein paar Exemplaren, die vielleicht in einem Zusammenhang mit den von Christophe Gamblin herausgesuchten Zeitungen standen, ohne allerdings fündig zu werden. Bei ihr stammte die älteste Ausgabe von 2006, dem Jahr, in dem Valérie Duprès bei *La Grande Tribune* angefangen hatte. Lucies Blick fiel auf eine andere Zeitung. Eine nur wenige Wochen alte Ausgabe von *Le Figaro*, vom 17. November 2011. Warum hatte die Journalistin ein Konkurrenzblatt unter ihrem Bett versteckt? Lucie blätterte die Zeitung durch, um zu sehen, ob Seiten fehlten oder ob Duprès einen Artikel markiert hatte. Ihr Blick fiel auf ein grellrosa Post-it, das auf der zweiten Seite klebte, mit der Anmerkung »654 links, 323 rechts, 145 links«. Angesichts dieses irritierenden Hinweises beschloss sie, auch den *Figaro* einzupacken. »Das bedeutet viel Arbeit. Aber gut, wir nehmen alles mit.«

Beladen mit der Ausbeute der Hausdurchsuchung, drei übervollen Kartons mit Papierkram, stiegen die beiden Ermittler die hundertfünfzig Stufen hinauf, die zu ihrer Abteilung im dritten Stock des Polizeihauptquartiers am Quai des Orfèvres führten. Lange vor ihrer Karriere – sie war etwa neunzehn Jahre alt gewesen – hatte Lucie davon geträumt, über dieses alte Parkett und durch die schmalen, schlecht beleuchteten Gänge unter dem Dach gehen zu dürfen. Denn der Quai des Orfèvres war für jeden französischen Polizisten eine Art Mythos – der Ort, an dem die größten Kriminalfälle bearbeitet wurden. Lucie war durch Protektion zu ihrer Position gekommen, insbesondere dank Sharko und dem ehemaligen Chef der Kripo – das war vor anderthalb Jahren gewesen. Sie, die kleine Polizistin aus Lille ... Allerdings hatte sie festgestellt, dass die Magie des Ortes nachließ, wenn man tagtäglich und manchmal auch nachts dort arbeitete. Heute sah sie nur noch eine Handvoll mutiger Männer und Frauen, die gegen das Verbrechen in einer Stadt kämpften, die viel zu groß für sie geworden war. Von Mythos konnte keine Rede mehr sein.

Michael Chieux keuchte, als er seine beiden Kartons in dem angenehmen und geräumigen Büro der Gruppe Bellanger abstellte.

Lucie hatte sich auf einen Stuhl gesetzt und massierte ihren schmerzenden Fuß. Sie war allein mit ihrem Kollegen Pascal Robillard, der in die Überprüfung von Listen und Rechnungen vertieft war. Während die Schreibtische des Gruppenleiters Bellanger und seines Stellvertreters Sharko am Fenster standen, mit Blick auf die Seine und den Pont Neuf, befanden sich die Plätze von Lucie, Robillard und Levallois näher am Gang. In diesem mehrheitlich von Männern besetzten Büro hingen Pläne von Paris, Poster mit Motorrädern oder von Frauen an den Wänden, es gab überquellende Aktenschränke und sogar einen Fernseher. Die meisten dieser Männer verbrachten mehr Zeit hier als bei sich zu Hause.

Pascal Robillard warf Lucie einen Blick zu, der einiges über den Zustand seiner Nerven aussagte. »Soll das alles etwa auch noch bearbeitet werden?«

»Ich fürchte, ja. Hier sind ein paar Visumsanträge, wenn du dir die zuerst vornehmen könntest ...«

Er seufzte. »Jeder will, dass ich sein Zeug zuerst erledige. Ein kleiner, starker Espresso würde mir jetzt guttun. Kommst du mit?«

»Dann aber schnell. In einer halben Stunde muss ich bei der Autopsie sein.«

»Dann hast also du heute das große Los gezogen?«

»Ich hatte keine andere Wahl.«

Die Cafeteria befand sich weiter hinten im Flur in einer kleinen Mansarde, die auch als Küche diente. Dieser Raum war der Treffpunkt aller Kripoleute, ein Ort, an dem sie sich entspannten, Witze rissen und sich über die neuesten Fälle austauschten. Lucie wurde oft zu einer Kaffeepause eingeladen. Die Männer genossen es, mit einer Frau zu plaudern – noch dazu mit einer so hübschen.

Der muskulöse Pascal Robillard warf ein wenig Kleingeld in eine Schale, griff nach zwei Espresso-Kapseln und schob eine davon in die Kaffeemaschine.

»Übrigens, ich habe die vier Zeitungskopien erhalten, die Christophe Gamblin mitgenommen hatte. Noch habe ich sie zwar nicht vollständig durchgearbeitet, aber ich habe trotzdem etwas gefunden, das dich interessieren dürfte.«

Robillard war kein Mann für den Außendienst. Verheiratet und Vater von drei Kindern, bevorzugte er die Ruhe und Sicherheit des Büros, wo er die Intimität und das Privatleben der Opfer studierte und in Ruhe sein Krafttraining machen konnte. Von den Kollegen wurde er wenig originell »der Spürhund« genannt.

»Da alle diese Archivblätter die Regionen Rhône-Alpes und Provence-Alpes-Côte d'Azur betreffen, hatte ich den Einfall, die Telefonrechnungen von Gamblin zu überprüfen, um zu sehen, ob er Nummern mit der Vorwahl 04 angerufen hat. Ich dachte mir, wer weiß, und rate mal ...«

Lucie griff nach ihrem Kaffee, den sie schwarz, ohne Milch oder Zucker trank. Die Nacht würde hart und lang werden, da brauchte sie Koffein pur im Blut. Sie knabberte ein paar

Schokokekse, nachdem auch sie Kleingeld in die Schale gelegt hatte. »Nun sag schon!«

»Ich habe tatsächlich eine mit 04 beginnende Nummer gefunden. Unser tiefgefrorenes Opfer hat nur ein einziges Mal dort angerufen, und zwar am einundzwanzigsten November.«

»In welcher Stadt?«

»Grenoble. Ich habe die Nummer gewählt und bin an das Rechtsmedizinische Institut geraten. Nachdem man mich von einer Abteilung an die nächste verwiesen hat, bin ich zu einem gewissen Luc Martelle durchgestellt worden, einem der Rechtsmediziner von Grenoble. Er erinnerte sich gut an unser Opfer. Gamblin hatte ihm einen Besuch abgestattet und Fragen zu einem speziellen Fall gestellt. Es ging um eine in einem Bergsee ertrunkene Frau.«

Lucie spülte ihre leere Tasse im Waschbecken aus und trocknete sie ab. Wieder blickte sie auf die Uhr. Es wurde Zeit zu gehen.

»Gib mir die Nummer von dem Rechtsmediziner.«

Robillard trank seinen Kaffee aus und zog eine angekaute Süßholzstange hervor.

»Langsam. Ich habe unseren eigenen Rechtsmediziner schon darauf angesetzt. Der Arzt in Grenoble dürfte ihm in der Zwischenzeit alles im Detail erklärt und den Obduktionsbericht gefaxt haben. Heute Abend kannst du am Quai de la Rapée zwei Fliegen mit einer Klappe schlagen.«

»Zwei Leichen zum Preis von einer. Super!«

»Warte! Noch besser. Der Fall geht auf den achten Februar 2001 zurück.«

Lucie horchte auf. »Das Datum einer der archivierten Zeitungen!«

»Genau. Also habe ich nachgeforscht. Der Fall der Ertrunkenen wird dort in der Rubrik ›Vermischtes‹ beschrieben.«

»Du bist ein Genie. Die Kopien der Zeitungen, hast du …«

»Ich habe sie in mehreren Exemplaren ausgedruckt. Es wäre mir lieb, wenn du auch die drei anderen auf Gemeinsamkeiten überprüfen könntest, denn heute bin ich wirklich überlastet.«

»Mach ich. Noch etwas: Dieses Wort, das das Opfer ins Eis gekratzt hat, *Aconla* oder *Agonia* …«

Er zuckte die Schultern. »Nichts. Was *Agonia* betrifft, so habe ich die gleichnamige Marketingfirma angerufen. Die haben nie etwas von einem Christophe Gamblin gehört, und seine Rechnungen belegen, dass er mit der Firma keinen Kontakt aufgenommen hat. Sollte jemand aus der Gruppe das Buch *Agonia* lesen oder den Film sehen wollen, so kann er es gern tun, aber ich glaube nicht an einen Zusammenhang. Sicher ist nur, dass diese Geschichte starker Tobak ist. Und das alles zehn Tage vor Weihnachten … kein gutes Vorzeichen für den Familienurlaub.«

»Wem sagst du das?«

Lucie verabschiedete sich, wandte sich zum Ausgang und ließ Robillard mit seiner Süßholzstange allein. Sie ging ins Büro, griff nach *Le Figaro* und den Kopien von *La Grande Tribune*, lief zur Treppe und machte sich auf den Weg zu dem Ort, den sie über alles hasste und der – dessen war sie sich sicher – den grauenvollen Tod ihrer beiden Töchter wieder aufleben lassen würde: das Rechtsmedizinische Institut von Paris.

Kapitel 7

Dank des steten Verkehrs war die Autobahn A86 noch frei von Schnee, dennoch brauchte Sharko wegen des Schneegestöbers mehr als eine Stunde, um vom Stadtzentrum zu dem nur fünfzehn Kilometer entfernten Krankenhaus in Créteil zu gelangen. Unterwegs setzte er sich mit dem Kommissar von Maisons-Alfort in Verbindung, der sich ebenfalls zur pädiatrischen Station begeben hatte. Auch ihm gab der Einbruch bei einer der vier »Valérie Duprès« auf seiner Liste zu denken.

Die beiden Ermittler trafen sich in der Halle. Wie Sharko trug auch Patrick Trémor Zivilkleidung, sah aber mit seinen Jeans, dem khakifarbenen Rollkragenpullover, der schwarzen Wollmütze und seiner Lederjacke deutlich salopper aus. Seine Stimme war tief und sein Händedruck fest. Der Pariser Kripobeamte schätzte seinen Kollegen gleichaltrig ein, also um die fünfzig.

Nachdem sie sich einander vorgestellt hatten, stiegen sie in den ersten Stock.

Sharko kam gleich zur Sache. »Was ergaben Ihre Recherchen?«

»Noch nicht viel. Wir haben die Nachbarschaft in dem Viertel befragt, in dem der Junge gefunden wurde, aber niemand kennt ihn. Dasselbe gilt für Sozialämter und Kinderheime. Seine Kleidung ist nicht mit Namensetiketten gekennzeichnet. Und es gibt auch keine Vermisstenanzeige. In Kürze wird sein Foto in allen Revieren der Umgebung hängen, und wenn nötig auch im weiteren Umkreis. Dem Arzt zufolge trägt das Kind am rechten Handgelenk den Abdruck eines engen Stahlrings.«

»Das Kind ist angekettet gewesen?«

»Sehr wahrscheinlich.«

Sharkos Gesichtsausdruck wurde undurchdringlich. Ein Fall von Kindesentführung und Misshandlung. Nichts war geeigneter, Lucies alte Wunden wieder aufzureißen. Er fragte sich, wie er ihr heute Abend die Neuigkeiten aus dem Krankenhaus beibringen sollte, falls sie sich danach erkundigte. Er konzentrierte sich auf das Gespräch. »Wir brauchen den Zettel, den Sie in der Hosentasche des Jungen gefunden haben. Für eine graphologische Analyse. Es ist durchaus möglich, dass Duprès selbst den Text geschrieben hat.«

»Sicher, gern, nur … ich habe kurz vor unserem Treffen erfahren, dass der für Ihren Fall zuständige Richter die Staatsanwaltschaft von Créteil eingeschaltet hat. Ist das nur ein Gefühl, oder versucht der Quai des Orfèvres bereits, den Fall zu übernehmen?«

»Davon weiß ich ebenso wenig wie von den Absichten der Richter oder meiner Vorgesetzten. Außerdem haben wir sowieso schon zu viel Arbeit. Hilfe von außen wäre also hochwillkommen. Warum sollte die Kripo da etwas an sich reißen wollen?«

»Wegen der Medien. Der Quai des Orfèvres nimmt sich immer gern solcher Fälle an.«

»Mir persönlich sind die Medien völlig egal. Ich bin hier, weil ich verstehen will, was passiert ist, nicht, um Grabenkriege zu diskutieren. Ich denke, da sind wir einer Meinung.«

Der Kollege schien mit dieser Aussage zufrieden und nickte. Er zog einen gefalteten Zettel aus der Tasche und reichte ihn Sharko. »Hier eine Kopie, das Original folgt.«

Sharko nahm das Blatt und blieb unvermittelt stehen. *Valérie Duprès, 75, France.* Die Schrift auf dem Zettel war unregelmäßig und anscheinend mit zitternder Hand geschrieben.

Wörter, die in aller Hast und unter schwierigen Bedingungen hingekritzelt worden sein mussten. Warum stand da »Frankreich«? Wenn Duprès dies tatsächlich geschrieben hatte, hatte sie sich mit dem Kind vermutlich im Ausland aufgehalten.

Sharko deutete auf einige Flecken. »Diese Spuren, sind das …?«

»Schmutz, Erde, Staub oder dergleichen und Blut, laut Labor. Es ist noch zu früh, um sagen zu können, ob es sich um das Blut des Kindes handelt, was eher unwahrscheinlich ist. Auf der Rückseite des Zettels befindet sich ein Fingerabdruck im Blutfleck. Der ist zu groß für eine Kinderhand. Wir müssen überprüfen, ob er von Valérie Duprès stammt.«

Sharko versuchte, sich die Szene vorzustellen, die zu diesem Ergebnis geführt haben mochte. Die Enthüllungsjournalistin hatte vielleicht dem Jungen zur Flucht aus einem Ort verholfen, wo man ihn gefangen hielt und an dem sie selbst verletzt worden war. Da sich die beiden trennen mussten, könnte sie ihm den Zettel in die Tasche geschoben haben. Hatte auch sie entkommen können? Wenn ja, wo mochte sie jetzt sein, und warum rief sie nicht an?

Er starrte wortlos auf die dunklen Flecken und stellte sich bereits das Schlimmste vor. Der Erkennungsdienst würde schon bald sagen können, ob das Blut von Valérie Duprès stammte. Die von ihr in ihrer Wohnung hinterlassenen biologischen Spuren – ein Haar mit Wurzel an einem Kamm, Speichel auf der Zahnbürste oder Hautschuppen auf ihrer Kleidung – mussten mit den Blutzellen verglichen werden, die ein Techniker sorgfältig dem Papier entnehmen würde. Der Vergleich der DNA-Analysen wäre dann ausschlaggebend.

»Jetzt sind Sie dran«, sagte Trémor.

Langsam gingen die beiden Männer weiter, während Sharko die Fakten berichtete und von dem Journalisten erzählte, den man gefoltert und tot in einer Gefriertruhe aufgefunden hatte; von den Recherchen in den Archiven von *La Grande Tribune*, vom Verschwinden der Kollegin des Journalisten, Valérie Duprès, und von der Durchsuchung ihrer Wohnung.

Trémor lauschte aufmerksam und war von der kollegialen und umgänglichen Art seines Gesprächspartners angenehm überrascht. »Mit welcher Art von Fall haben wir es Ihrer Meinung nach hier zu tun?«

»Ich fürchte, mit einem langwierigen und höchst komplizierten.«

Sie trafen den Arzt, der sich um den kleinen Unbekannten kümmerte. Doktor Trenti führte sie in das Einzelzimmer des jungen Patienten. Das Kind – eine Infusion im Arm und an viele Monitore angeschlossen – schlief. Es hatte kurz geschnittenes blondes Haar, hohe Wangenknochen und war deutlich abgemagert.

»Wir mussten ihm ein Sedativum geben, denn der Kleine ertrug weder die Glukoseinfusion noch alle anderen Nadeln oder Spritzen. Er ist völlig panisch, jedes fremde Gesicht flößt ihm Angst ein. Er war unterzuckert und dehydriert – wir sind gerade dabei, ihn wieder aufzupäppeln.«

Sharko näherte sich. Das Kind schien ruhig und tief zu schlafen. »Was haben die Untersuchungen ergeben?«

»Bis jetzt haben wir nur biologische Standardwerte gemessen, Blutdruck, Blutbild, Elektrolytwerte, Urinprobe. Auf den ersten Blick keine Anomalien, bis auf einen extrem hohen Albuminspiegel, der auf eine Nierenschwäche hindeutet. Jedenfalls hat er keine sexuelle Misshandlung erlitten, und abgesehen von dem Bluterguss am Handgelenk gibt es keine Spuren körperlicher Gewalt. Allerdings weist er ungewöhnliche Krankheitszeichen für ein Kind dieses Alters auf.

Zunächst die Nierenschwäche, von der ich schon gesprochen habe, hinzu kommen Bluthochdruck und Herzrhythmusstörungen. Momentan zeigt der Monitor einen regelmäßigen Herzschlag an, der Puls liegt bei etwa sechzig. Aber ...« Er zog die Krankenakte aus einer Plastiktasche am Bettende und zeigte auf ein Elektrokardiogramm. »Sehen Sie, hier sind die Phasen deutlich zu sehen, in denen sein Herz plötzlich losgaloppiert, dann wieder langsamer schlägt. Wäre der Junge vierzig Jahre älter, wäre er ein perfekter Infarktkandidat.«

Sharkos Blick wanderte zwischen dem Diagramm und dem Jungen hin und her. Er hatte ein hübsches und glattes Gesicht. Höchstens zehn Jahre mochte er alt sein, dennoch war sein Herz bereits ernsthaft angegriffen. »Kennen Sie solche Fälle?«

»Ja, dergleichen kommt gelegentlich vor und kann viele Gründe haben, zum Beispiel eine angeborene Herzkrankheit, eine Anomalie der Kranzgefäße, eine Stenose der Aorta und so weiter. Das müssen wir noch abklären. Aber da ist noch eine Besonderheit: Das Kind hat beginnenden grünen Star.«

»Grüner Star? Ist das nicht eine Krankheit älterer Menschen?«

»Nicht unbedingt. Es gibt verschiedene Varianten, eine davon ist erblich und kommt schon bei kleinen Kindern vor. Dieser Fall dürfte hier vorliegen. Aber das kann man leicht operieren.«

»Dieses Kind ist jedoch nicht operiert worden. Herzrhythmusstörungen, kranke Nieren, grüner Star ... Womit haben wir es hier Ihrer Meinung nach zu tun?«

»Das ist schwer zu sagen, denn der Junge ist vor kaum vier Stunden in meine Abteilung eingeliefert worden. Eines ist sicher: Er ist alles andere als bei guter Gesundheit. Sobald er aufwacht, untersuchen wir ihn eingehender: Kernspin des Gehirns, gründliche Herzuntersuchung und Magendarmspiegelung sowie Augentests. Sein Blut schicken wir ins Labor, um eventuelle Giftstoffe ausfindig zu machen.«

»Haben Sie mit dem Jungen sprechen können?«

»Unser Psychologe hat es versucht. Angesichts seiner Erschöpfung und der Angst war es unmöglich. Wir müssen ihn zunächst beruhigen und ihm versichern, dass ihm hier nichts passieren kann. Das Dumme ist nur, dass wir nicht einmal wissen, ob er uns versteht.« Die Hände in den Taschen seines Kittels, ging der Arzt um das Bett und bat die beiden Polizisten, näher zu treten. »Ich habe das Jugendamt informiert«, fuhr er fort. »Morgen kommt einer der Verantwortlichen vorbei. Der Junge muss versorgt werden, wenn er aus dem Krankenhaus entlassen wird.«

Der Arzt hob das Laken an und wies auf die Brust des Kindes. Auf der Höhe des Herzens befand sich eine sonderbare, drei bis vier Zentimeter breite Tätowierung. Eine Art Baum mit geschwungenem Stamm und sechs gebogenen Ästen, die sich wie Sonnenstrahlen ausbreiteten. Darüber stand in winzigen Ziffern die Zahl 1400. Die Tätowierung war einfarbig schwarz und zeugte nicht gerade von künstlerischen Ambitionen. Eher erinnerte sie an die ungelenken Tattoos, die sich Gefängnisinsassen mit einer Nadel und Tinte selbst stechen.

»Sagt Ihnen diese Zeichnung etwas?«, fragte der Arzt.

Sharko und sein Kollege aus Maisons-Alfort tauschten einen Blick aus. Sharko beugte sich über die Tätowierung und betrachtete sie eingehend. Nach allem, was er in seiner Laufbahn bereits gesehen hatte, fragte er nicht einmal mehr, welche Art Monster einem Kind so etwas zufügen konnte. Er wusste nur, dass diese Bestien existierten, überall, und dass man sie dingfest machen musste, damit sie keinen Schaden mehr anrichten konnten. »Nein, absolut nicht. Man sollte meinen, es handelt sich um eine Art Symbol.«

Der Arzt deutete mit dem Zeigefinger auf die Ränder der Tätowierung.

»Sehen Sie mal hier. Bestimmte Stellen fangen gerade erst an zu vernarben. Ich denke, die Tätowierung ist neu, nicht älter als ein oder zwei Wochen.«

Kommissar Trémor spielte nervös an seinem Ehering. Sein Gesichtsausdruck war wie versteinert.

»Können Sie mir ein Foto dieser Tätowierung zukommen lassen?« Bevor der Arzt antworten konnte, hatte Sharko schon sein Handy gezückt und eine Nahaufnahme von dem eigenartigen Zeichen mit der Nummer darüber gemacht. Aus welcher Hölle mochte dieses arme kleine Geschöpf geflohen sein, das man wie ein Tier gebrandmarkt hatte?

Trémor sah Sharko an und grinste. »Sie haben recht, machen wir's so einfach und effizient wie möglich.« Auch er fotografierte die Tätowierung mit seinem Handy.

Gerade als Sharko sein Telefon einsteckte, vibrierte es: Nicolas Bellanger.

»Entschuldigen Sie mich bitte einen Augenblick«, sagte Sharko und verließ das Krankenzimmer. Erst als er allein im Gang war, nahm er das Gespräch an. »Sharko.«

»Nicolas hier. Nun, wie steht es um das Kind?«

Sharko fasste zusammen, was er soeben erfahren hatte. Nach einem kurzen Wortwechsel räusperte sich Nicolas.

»Hör zu … ich rufe dich aus einem anderen Grund an. Du musst so schnell wie möglich ins Hauptquartier kommen.«

Sharko fand den Ton seines Chefs ungewöhnlich ernst, fast verlegen. Er trat ans Fenster und schaute auf die Lichter der Stadt. »Ich bin nicht weit weg von zu Hause. Wegen des Wetters wollte ich vom Krankenhaus aus gleich heimfahren. Auf den Straßen herrscht das totale Chaos. Sag, was los ist.«

»Ich kann darüber nicht am Telefon sprechen.«

»Versuch es trotzdem! Ich habe über eine Stunde gebraucht hierherzukommen und habe wenig Lust, den ganzen Weg zurückzufahren.«

»Na gut. Die Gendarmerie von einem Kaff in der Bretagne, rund fünfhundert Kilometer von hier entfernt, hat mich angerufen. Vor einer Woche ist im Festsaal des Dorfs eingebrochen worden. Mitten in der Nacht hat jemand die Tür demoliert. An die Wand hat der Einbrecher einen Satz geschmiert. Hör gut zu: *Niemand ist unsterblich. Eine Seele, im Leben wie im Tod. Sie wartet dort auf dich.* Der Satz ist mit einem dünnen Stück Holz oder Ähnlichem geschrieben worden – und mit Blut.«

»Steht das in einem Zusammenhang mit unserem Fall?«

»Im Prinzip nicht, dafür aber mit dir, so viel ist sicher.«

Sharko fühlte sich plötzlich müde und massierte, die Augen geschlossen, die Stirn. »Nicolas, ich beende jetzt das Gespräch, wenn du mir nicht sofort sagst, was Sache ist.«

»Ich erkläre es dir ja schon. Die Gendarmen haben diesen Zwischenfall sehr ernst genommen und ein Labor beauftragt herauszufinden, woher das Blut stammt. Es ist analysiert worden, auch die DNA. Die Analyse hat ergeben, dass es menschlichen Ursprungs ist. Daraufhin ist es in das Zentralregister eingegeben worden, und man hoffte, dass der Täter so dumm war, die Nachricht mit seinem eigenen Blut zu schreiben. Im Register sind sie fündig geworden.«

Pause. Sharko spürte, wie sich sein Herzschlag beschleunigte, als ahnte er, was sein Chef nun verkünden würde.

»Es ist dein Blut, Franck.«

Kapitel 8

La Grande Tribune, *Ausgabe Rhône-Alpes,*
8. Februar 2001

*Nach Informationen der Gendarmerie von Montferrat
ist gestern Vormittag die Leiche einer etwa dreißig-
jährigen Frau gefunden worden. Sie war vollständig
bekleidet und im Besitz ihrer Papiere, als man sie aus
dem eiskalten Wasser des Lac de Paladru in Chara-
vines, etwa einhundertfünfzig Kilometer von Aix-
les-Bains entfernt, zog. Ein Spaziergänger hatte am
Morgen die Polizei alarmiert. Im Rechtsmedizinischen
Institut von Grenoble soll nun eine Obduktion vorgenommen werden, um die Todesursache festzustellen.
Handelt es sich um einen Unfall oder um ein Verbrechen? Momentan scheint Letzteres wahrscheinlicher,
da bislang in der Nähe des Unfallorts noch keine Spur
vom Auto des Opfers gefunden wurde. Man fragt sich
auch, was diese Frau bei eisiger Kälte an einem einsa-
men See zu suchen hatte, an dessen steilen Ufern es
schon wiederholt zu Unfällen gekommen war.*

Olivier T.

Lucie dachte an den trostlosen Artikel, den sie im Auto gelesen hatte. Tod durch Ertrinken, mitten im Winter! Der
Verdacht auf ein Verbrechen. Warum hatte sich Christophe
Gamblin ausgerechnet für diese zehn Jahre alte Meldung
interessiert? War der Fall aufgeklärt worden? Ging es in
den drei anderen Zeitungen aus dem Archiv um ähnliche
Vorkommnisse? Lucie hatte noch keine Zeit gehabt, sie sich

anzusehen – sie war bereits zehn Minuten zu spät dran –, aber im Moment beschäftigte sie vor allem die Frage, warum Christophe Gamblin seinen freien Tag im Untergeschoss von *La Grande Tribune* verbracht hatte.

Sie blieb kurz vor dem roten Ziegelsteinklotz stehen, der zwischen dem Gare d'Austerlitz und dem Seine-Ufer lag. *Das Haus der Toten*, dachte sie, von bösen Vorahnungen geplagt. Ein Ort, an den Menschen gebracht wurden, die vor Kurzem noch gelebt hatten, um aufgeschnitten zu werden. Zu ihrer Linken tauchten Schatten aus dem Eingang der Metrostation Quai de la Rapée auf. Von dort aus sah man Wegweiser zur Bastille und zur Place d'Italie – bei Touristen beliebte Orte. Aber war den Passanten und Autofahrern eigentlich klar, dass in dem unauffälligen Gebäude nur wenige Meter entfernt die schlimmsten Verbrechen von ganz Paris bearbeitet wurden?

Lucie fröstelte. Die schweren Flocken blieben auf ihrem Blouson, auf den Autos und Dächern liegen. Es war, als wäre die Zeit stehengeblieben, und der Lärm, der normalerweise in der Hauptstadt herrschte, plötzlich vom Schnee aufgesogen worden. Im blassen Schein der Straßenlaternen kam sie sich vor wie in der Kulisse eines *Film noir*.

Lucie gab sich einen Ruck und betrat das Rechtsmedizinische Institut. Nachdem der Nachtwächter ihre Papiere überprüft hatte, sagte er ihr, in welchem Raum die Autopsie von Christophe Gamblin vorgenommen wurde. Sie atmete tief ein und eilte durch die langen, von Neonleuchten erhellten Gänge. In ihrem Kopf überschlugen sich die schlimmsten Bilder: Sie sah die kleinen, verbrannten Körper vor sich; sie nahm den Geruch von verkohltem Fleisch wahr, der so unbeschreiblich grauenvoll ist. Die Erinnerung an die Kleinmädchenstimmen wurde in diesen Mauern noch lebendiger und erschreckender. Nie, niemals hätte sie der Obduktion ihrer eigenen Töchter zusehen dürfen. Was sie an diesem Tag durchgemacht und empfunden hatte, war einfach unmenschlich gewesen.

Außerstande, einen klaren Gedanken zu fassen oder zurückzugehen, beschleunigte sie die Schritte, um den Sezierraum zu erreichen. Das helle Licht der Operationsleuchten und die Tatsache, Paul Chénaix und den Fotografen zu sehen, taten ihr gut. Doch dann musste sie sich der nackten weißen Leiche zuwenden, deren Wunden und Blutergüsse von der Hölle zeugten, die Gamblin erlebt hatte.

»Es ist nicht gut, dass du hier bist«, erklärte Paul Chénaix. »Ich nehme an, Sharko weiß nichts davon?«

»Stimmt.«

»Du weißt ja, dass selbst eineinhalb Jahre später eine Übertragung möglich ist. Du …«

»Ich bin bereit, und keine Übertragung. Dieser Tote hat nichts mit meinen neunjährigen Zwillingen zu tun. Ich halte durch. Okay?«

Chénaix fuhr sich mit der Hand über seinen gestutzten Bart, als würde er überlegen.

»Na gut. Also … das Wiegen, Messen und Röntgen ist schon erledigt. Um Zeit zu gewinnen, haben wir auch die ersten Fotos und die äußere Leichenschau bereits durchgeführt. Um zehn Uhr heute Abend wird im Fernsehen ein Konzert von Madonna gezeigt …«

»Und deine Schlussfolgerungen?«

Chénaix näherte sich dem Toten, der jetzt ganz ihm gehörte. Lucie fühlte sich an eine Spinne erinnert, die ihre Beute umwickelt. Sie atmete tief durch und trat einen Schritt vor.

»Die Einschnitte wurden mit einer feinen und sehr scharfen Klinge vorgenommen, ähnlich dieser hier« – Chénaix griff nach einem Skalpell –, »denn sie hat die Kleidung glatt und ohne Zacken durchtrennt. Das Stadium der Wundheilung ist unterschiedlich. Das bedeutet, der Mörder hat an den Armen angefangen, ist dann zum Bauch übergegangen und schließlich zu den Beinen. Achtunddreißig Einschnitte, die dem bekleideten Opfer vermutlich innerhalb einer knappen Stunde zugefügt wurden.«

Lucie hatte ihren Blouson wegen der Kälte in diesem Raum nicht ausgezogen. Es gab hier nichts, was etwas Wärme gespendet hätte. Der Mörder hatte den Toten gequält, ehe er ihn in die Gefriertruhe gesperrt hatte. »Dieser Hurensohn.«

Paul Chénaix wechselte einen Blick mit dem Fotografen und hüstelte. »Es gibt zahlreiche Verletzungen an Knöcheln und Handgelenken. Er war gefesselt und hat vergeblich versucht, sich zu befreien.«

»Sexueller Missbrauch?«

»Nein, dafür gibt es keine Anzeichen.«

Lucie rieb sich die Schultern. Zumindest hatte der Dreckskerl, der Christophe Gamblin verstümmelt hatte, ihm das erspart. »Und nach der Folter das Einfrieren?«

»Vermutlich. Keine der Verletzungen war tödlich.«

»Der Mörder ist zu keinem Zeitpunkt in Panik geraten oder hat sich von Gefühlen mitreißen lassen.«

»Auf alle Fälle waren die Schnitte nicht tief genug, um Gamblin verbluten zu lassen. Hast du dich schon mal an einem Blatt Papier geschnitten? Das ist sehr schmerzhaft, aber es blutet kaum. So ist es auch hier.«

Lucie schwieg lange, bevor sie ihre Fragen stellte. Sie konnte den Blick nicht von den geschundenen Händen abwenden. Sie hatten an dem vereisten Deckel der Gefriertruhe gekratzt, bis sie bluteten. Christophe Gamblin hatte versucht, der tödlichen Falle zu entkommen, versucht, den Tod abzuwehren. Aber es war ihm nicht gelungen.

»Verfügt der Mörder deiner Meinung nach über irgendwelche anatomischen Kenntnisse?«

»Schwer zu sagen. Zu so etwas ist jeder in der Lage. Er hat diese Vorgehensweise gewählt« – Chénaix schnipste mit den Fingern –, »um ihm möglichst große Schmerzen zuzufügen.«

»Hast du den Todeszeitpunkt feststellen können?«

»Ich habe die Temperaturkurven und die technischen Merkmale der Gefriertruhe studiert. Ich denke, der Tod ist gegen Mitternacht eingetreten, vielleicht auch zwei Stunden früher oder später.« Chénaix legte weiter sorgfältig seine Instrumente zurecht. »Nach der Obduktion muss ich mit dir über den Fall von Grenoble reden. Ich habe die Akte heute Nachmittag bekommen. Bist du darüber informiert?«

Lucie dachte an die Zeitungsmeldung, die sie im Auto gelesen und die sie neugierig gemacht hatte. »Pascal Robillard hat mir kurz von der in einem Bergsee ertrunkenen Frau erzählt.«

Paul Chénaix knöpfte mit einer energischen Geste seinen blauen Kittel zu und stellte sich mit ernster Miene hinter den Toten. »Ich nehme jetzt die Kopfschwarte ab und öffne dann den Schädel. Bitte tretet einen Schritt zurück. Lucie, du musst nicht ...«

»Es geht schon, danke.«

Chénaix machte sich an die Arbeit. Er trug keinen Mundschutz. Lucie hatte gehört, eines Tages hätte er bereits an dem Geruch bei der Magenöffnung festgestellt, dass das Opfer Rum getrunken hatte. Sie wich ein Stück zurück und bemerkte plötzlich, dass ihre Knie zitterten. Die erste Phase der Sektion, wenn der Arzt die Gesichtshaut des Toten abzog, um ans Gehirn zu gelangen, war am schwersten zu ertragen. Zum einen wegen des Geräuschs der Säge, der Knochen- und Blutspritzer, aber auch, weil hier das Menschlichste zerstört wurde, das dem Opfer geblieben war: Augen, Nase, Mund.

Der Gerichtsmediziner hielt sich strikt an die Richtlinien für eine Obduktion, während der Fotograf Bilder machte, die später gegebenenfalls bei einem rechtsmedizinischen Gutachten vor Gericht Verwendung finden würden. Entnahme des Gehirns und der Augen-Glaskörper, dann ein Schnitt vom Kinn bis zum Schambein. Innerhalb der ersten Stunde landeten sämtliche Organe unter der Lampe und auf der Waage. Dann wurde jedes einzelne auf sein Aussehen hin untersucht, da die Farbe Auskunft über eventuelle Vergiftungen geben konnte – Himbeerrot für Kohlenmonoxyd, Zinnoberrot für Zyanid –, und danach wurde nach inneren Verletzungen gesucht. Unter dem Inox-Tisch lief eine braunrötliche Flüssigkeit in das Abflussrohr.

Mit präzisen, millimetergenauen Gesten untersuchte der Rechtsmediziner den Mageninhalt und entnahm Proben, die er in zwei Glasröhrchen schob und diese sorgfältig beschriftete. Anschließend kam die Blase dran, von deren Inhalt ebenfalls Proben entnommen wurden. »Voller Urin. Die extreme Kälte hat ihn daran gehindert, sich zu erleichtern. All das muss in die Toxikologie geschickt werden.«

Lucie fuhr sich mit der Hand übers Gesicht. Sie nahm zwar den Geruch nicht mehr wahr – ihre olfaktorischen Sinne waren vermutlich überreizt –, dennoch war der Körper Gamblins insgesamt noch intakt. Der Mann, der vor ihr ausgestreckt lag, schrie seine Leiden, seinen Schmerz und seine Ohnmacht heraus. Lucie dachte an seine Eltern, sie hatten inzwischen sicher von dem Drama gehört und waren am Boden zerstört. Ihre Welt würde nie mehr sein wie vorher.

Sie stellte sich ihre Gesichter und ihre Reaktion vor. War Gamblin ihr einziges Kind? Waren sie noch zusammen?

Lucie fühlte sich in eine andere Zeit katapultiert. Der Sektionsraum wurde plötzlich dunkel. Die Ermittlerin erinnerte sich, wie es in der Nacht an ihrer Wohnungstür geklopft hatte … an die Lampen, die die dunklen Zimmer erhellt hatten, weit von ihr entfernt … an die kleinen, verkohlten Leichen, an denen nur noch die Füße unversehrt waren, weil sie vor den Flammen geschützt gewesen waren.

Das Aufblitzen der Oszillationssäge blendete sie. Plötzlich wandte sie sich um, stieß die Schwingtür auf und lief taumelnd auf den Gang. Sie übergab sich und ließ sich, die Hände vors Gesicht geschlagen, an der Wand hinabgleiten. Um sie herum drehte sich alles.

Kurz darauf erschien Chénaix. »Willst du dich hinlegen?«

Lucie schüttelte den Kopf. Ihre Augen waren feucht, ihre Zunge pelzig. Mühsam richtete sie sich auf. »Tut mir leid, das ist mir noch nie passiert. Ich glaube …«

»Ich mache das schon sauber. Ein kleines Unwohlsein, nichts Schlimmes. Ich führe die Untersuchung allein weiter, und wir sagen, du wärst bis zum Schluss dabei gewesen. Du kannst in mein Büro im ersten Stock gehen und dich im Sessel ausruhen. Ich bringe dir alle entnommenen Proben mit, damit du sie in die Toxikologie schicken kannst.«

Lucie lehnte ab. »Nein, das will ich nicht. Du musst mir noch von dem Bericht aus Grenoble erzählen, du musst …«

»In einer Stunde treffen wir uns oben. Du brauchst einen klaren Kopf, um das aufnehmen zu können, was ich dir zu sagen habe.« Er wandte sich ab und ging zurück in den Obduktionsraum. Während sich die Tür schon schloss, sagte er noch: »Denn das ist eine merkwürdige Geschichte. Sehr, sehr merkwürdig …«

Kapitel 9

Sharko stürmte außer Atem in das Großraumbüro, in dem zu dieser späten Stunde nur noch Pascal Robillard und Nicolas Bellanger arbeiteten. Ansonsten waren die Gänge im Kripo-Hauptquartier am Quai des Orfèvres menschenleer. Die meisten Kollegen der anderen Teams waren nach Hause zu ihren Familien gegangen oder entspannten sich in irgendeiner Bar der Hauptstadt. Als Bellanger Sharko sah, erhob er sich und zog ihn, seinen Laptop unter dem Arm, in ein leeres Büro. Er schaltete das Licht ein, schloss die Tür und klappte den Computer auf.

»Die Gendarmen von Pleubian haben mir Fotos von dem Festsaal gemailt. Sieh sie dir an.«

Sharko, der ihm gegenüberstand, erstarrte, umklammerte die Stuhllehne und musste sich dann setzen. Die Schneeflocken in seinem grau melierten Haar und auf dem schwarzen Mantel begannen zu schmelzen.

»Pleubian, sagst du? Pleubian in der Bretagne?«

»Genau, Pleubian in der Bretagne. Kennst du das Kaff?«

»Das … das ist der Geburtsort meiner Frau Suzanne.«

Sein Blick war auf den Boden gerichtet. Wie lange hatte er den Namen dieser Kleinstadt an der Côtes-d'Armor nicht mehr ausgesprochen? Plötzlich stiegen eigenartige Erinnerungen in ihm auf: der Duft nach Hortensien, nach warmem Zucker, nach überreifen Äpfeln. Er sah Suzanne vor sich, die sich zum Klang keltischer Musik lachend im Kreis drehte. Diese Bilder hatte er für immer verloren geglaubt, doch sie waren noch tief in ihm vergraben.

»Das war er«, flüsterte Sharko.

Bellanger nahm seinem Untergebenen gegenüber Platz.

Wie alle anderen kannte er Sharkos grauenvolle Vergangenheit. Vor neun Jahren war seine Frau Suzanne von einem Serienkiller entführt worden, den Sharko dann kaltblütig erschossen hatte. Als man sie fand, hatte sie den Verstand verloren. Ende 2004 war sie, zusammen mit ihrer kleinen Tochter, ums Leben gekommen. Beide waren in der Kurve einer Nationalstraße von einem Auto angefahren worden. Danach war Sharko in ein bodenloses Loch gestürzt, aus dem er nie wieder ganz aufgetaucht war.

»Wen meinst du mit ›er‹?«, fragte Bellanger.

Der Hauptkommissar versuchte zu verstehen, worauf Sharko hinauswollte. Er hatte von dem Fall Hurault gehört, an dem sein Kollege vor einigen Jahren mit einer anderen Gruppe gearbeitet hatte. 2001 war Frédéric Hurault vom Gericht wegen Unzurechnungsfähigkeit freigesprochen worden, nachdem er in einem Anfall von Wahnsinn seine beiden Töchter in der Badewanne ertränkt hatte. Damals hatte Sharkos Team ermittelt und diesen Mann festgenommen. Nach einem chaotischen Prozess war Hurault in eine psychiatrische Klinik eingewiesen worden. Kurz nach seiner Entlassung im Jahr 2010 hatte man ihn, mit einem Schraubenzieher erstochen, in seinem Wagen im Bois de Vincennes aufgefunden. Die Kriminaltechniker hatten am Tatort Sharkos DNA auf der Leiche entdeckt.

Sharko fuhr sich mit der Hand übers Gesicht und seufzte.

»Im August 2010 hat man auf Huraults Leiche eine Wimper von mir gefunden. Im Dezember 2011 klebt mein Blut in Suzannes Geburtsort an der Wand. Ein Verrückter kennt meine Vergangenheit und die meiner Frau. Er verwendet meine biologischen Spuren und zieht mich in seinen Wahnsinn hinein, um mich direkt zu treffen.«

Nicolas Bellanger drehte seinen Laptop zu Sharko und

zeigte ihm die Fotos. Die Tür des Festsaals war aufgebrochen worden, an der weißen Wand stand eine mit Blut geschriebene Nachricht. »Ich verstehe das nicht. Wie soll er an dein Blut rangekommen sein?«

Sharko erhob sich und trat ans Fenster, das auf den Boulevard du Palais hinausging. Er betrachtete die Bürgersteige und die wenigen Autos, die durch den frischen Schnee schlingerten. Irgendwo da draußen gab es einen Mann, der ihn verfolgte, beobachtete und sein Leben unter die Lupe nahm.

Abrupt wandte er sich zu seinem Chef um. »Wo ist Lucie?«

Bellanger presste verstimmt die Lippen aufeinander. »Ich habe sie zu der Obduktion geschickt.«

Sharko lief im Zimmer auf und ab und konnte sich nicht mehr beherrschen. »Zu der Obduktion? Verdammt noch mal, Nicolas, du weißt doch …«

»Alle waren beschäftigt, es gab niemand anderen. Und sie hat mir versichert, es würde gehen.«

»Natürlich hat sie dir das versichert! Was hätte sie denn sonst sagen sollen?«

Wütend wählte Sharko die Nummer seiner Freundin. Keine Antwort. Besorgt knallte er das Handy auf den Tisch und wandte sich wieder dem Laptop zu. »Alles, was wir jetzt besprechen, darf dem restlichen Team, vor allem Lucie, nicht zu Ohren kommen, okay? Weder die Geschichte noch die Fotos. Ich werde selbst zu geeigneter Zeit mit ihr darüber reden. Gibst du mir dein Wort?«

»Das hängt davon ab, was du mir auftischst.«

Sharko atmete tief durch und versuchte, sich zu beruhigen. Der Tag war grauenvoll gewesen, und der Albtraum wurde von Stunde zu Stunde schlimmer. »Ich habe vor Kurzem verschiedene Blutuntersuchungen vornehmen lassen. Lucie weiß nichts davon.«

»Ist es schlimm?«

»Nein, ich wollte nur sichergehen, dass ich wirklich gesund bin und dass mein Körper noch leistungsfähig ist. Reine Routine. Ich wollte Lucie nicht unnötig beunruhigen. Vor ungefähr einem Monat ist der Krankenpfleger, der mir Blut abgenommen hat, in der Nähe meines Hauses am Parc de la Roseraie angegriffen worden. Man hat ihm einen Schlag auf den Kopf versetzt und ihn ausgeraubt. Papiere, Geld, Uhr. Der Angreifer hat auch sein Köfferchen mitgenommen, in dem sich die Blutproben vom Vormittag befanden, unter anderem auch meine. Das Blut an den Wänden des Festsaals stammt garantiert von diesen Proben.«

Bellanger versuchte zu realisieren, was er da gerade gehört hatte. Wenn das, was Sharko erzählte, stimmte, dann war der Täter ein gefährlicher Psychopath. »Gibt es eine Beschreibung des Angreifers?«

Sharko schüttelte den Kopf. »Soweit ich weiß, nicht. Der Krankenpfleger hat im Kommissariat von Bourg-la-Reine Anzeige erstattet. Ich muss unbedingt wissen, wie weit die Ermittlungen gediehen sind. Vielleicht haben sie eine Täterbeschreibung oder irgendwelche Hinweise.«

Bellanger machte eine Kopfbewegung in Richtung Laptop. »Kannst du mit dieser Inschrift irgendetwas anfangen? Nach allem, was du mir jetzt mitgeteilt hast, ist es eindeutig, dass sich der Unbekannte direkt an dich wenden wollte. Angesichts dieser seltsamen Tat konnte er davon ausgehen, dass das Blut analysiert werden würde und die Spur zu dir führt.«

Beide Hände auf den Schreibtisch gestützt, beugte Sharko sich vor. Auf seiner Stirn pochte eine dicke Ader. »*Niemand ist unsterblich. Eine Seele, im Leben wie im Tod. Sie wartet dort auf dich.* Nein, damit kann ich nichts anfangen. Wer wartet wo auf mich?«

»Denk gut nach. Bist du sicher, dass …«

»Wenn ich es dir doch sage!« Er begann wieder, mit gesenktem Kopf nervös in dem Büro auf und ab zu laufen. Er überlegte, versuchte, den Sinn der seltsamen Nachricht zu verstehen. Doch dafür war er viel zu angespannt.

Bellanger schloss seinen Laptop an einen Drucker an.

»Ich werde die Bretonen informieren, ohne zu viel preiszugeben«, meinte er. »Über welche Anhaltspunkte verfügen wir?«

Sharko faltete den Ausdruck zusammen, schob ihn in seine Tasche und antwortete erst nach einer Weile. »Anhaltspunkte? Keinen einzigen! Hurault wurde in seinem Wagen durch mehrere Stiche mit einem Schraubenzieher getötet, den man nie gefunden hat. Außer meiner DNA gibt es weder biologische noch papilläre Spuren, nichts. Keine Zeugen. Wir haben alles ausgewertet, die Prostituierten und Transvestiten vom Bois de Vincennes verhört, Huraults Nachbarn – alle Hinweise endeten in einer Sackgasse. Diese DNA hat mir unglaubliche Probleme bereitet, ich wäre beinahe im Knast gelandet. Niemand wollte mir damals glauben.«

»Du musst zugeben, dass die Hypothese, jemand hätte eine Wimper von dir auf der Leiche hinterlassen, um dich zu belasten, ganz schön verrückt klingt. Du warst als Erster am Schauplatz des Verbrechens. Sie hätte auch auf diese Weise dorthin gelangen können. Verunreinigung des Tatorts – so was kommt dauernd vor, darum sind wir ja auch alle in der zentralen Datenbank erfasst.«

»Und wenn ich an diesem Tag nicht vor Ort gewesen wäre? Dann hättet ihr die Wimper auch gefunden, und sie hätte mich belastet. Dieser Kerl will mir das Leben zur Hölle machen. Er hat sich über ein Jahr ruhig verhalten, um jetzt, kurz vor Weihnachten, plötzlich wieder aufzutauchen.«

Sharko fühlte sich quasi vergewaltigt. Erst eine Wimper, jetzt sein Blut … Wenn ihm in den letzten Monaten jemand gefolgt war, ihn beobachtet hatte, warum hatte er – ein Bulle – das nicht bemerkt? Er hatte es mit einem gemeingefährlichen Typen zu tun, der ihn offen herausforderte. Wer war es? Jemand, den er festgenommen und der seine Strafe jetzt abgesessen hatte? Der Vater, Bruder oder Sohn eines Häftlings? Oder einer von den Tausenden von Irren, die durch die Straßen der Hauptstadt spazierten? Sharko hatte bereits die Entlassungsberichte durchforstet und sogar in den Archiven nach älteren Fällen gesucht. Erfolglos.

Besorgt dachte er an Lucie, an seine Sterilität, an das Baby, das sie sich mehr als alles auf der Welt wünschte und das sie vielleicht wegen der ganzen Misere nie bekommen würde.

»Lucie und ich werden sicher ein paar Wochen wegfahren«, erklärte er schließlich. »Ich muss wieder zu mir selbst finden, mal durchatmen. Die bevorstehenden Ermittlungen im Fall des Kühltruhen-Opfers und seiner verschwundenen Freundin werden sicher lang und kompliziert werden. Und jetzt noch die Geschichte mit diesem Verrückten. Ich brauche nicht auch noch einen Psychopathen, der mich verfolgt und bedroht. Wir müssen aus unserer Wohnung raus, wir müssen …« Er lehnte sich an die Wand und blickte zur Decke. »Ich weiß nicht, was wir machen sollen. Ich möchte nur ausnahmsweise mal ein ruhiges Weihnachtsfest verbringen, weit weg von diesem ganzen Mist. So leben wie alle anderen auch.«

Bellanger betrachtete ihn wohlwollend. »Es ist nicht an mir, dir zu sagen, was du tun sollst. Aber vor den Problemen wegzulaufen, das war noch nie eine Lösung.«

»Ach, für dich ist also ein Geisteskranker, der mich verfolgt und weiß, wo ich wohne, einfach nur ein ›Problem‹?«

»Ich brauche vor allem euch beide für die Ermittlungen. Du bist der verrückteste und beste Bulle, den ich kenne. Du hast noch nie aufgegeben, und schon gar nicht eine Ermittlung, die noch ganz am Anfang steht. Ohne dich ist die Gruppe nicht mehr die gleiche. Die anderen hören auf dich. Du bist derjenige, der das Ruder in der Hand hat, und das weißt du auch.«

Franck Sharko steckte sein Handy ein. Seine Muskeln und sein Nacken waren steif und schmerzten. Dieser verdammte Stress. Er ging zur Tür, legte die Hand auf die Klinke und sagte, bevor er sie öffnete: »Danke für die Blumen, aber ich möchte dich etwas fragen.«

»Nur zu.«

»Lucie verschwindet oft unter merkwürdigen Vorwänden. Sie gibt vor zu arbeiten, Papierkram zu erledigen. Manchmal kommt sie erst mitten in der Nacht nach Hause. Trefft ihr beiden euch?«

Bellanger riss verwundert die Augen auf. »Ob wir uns treffen, meinst du damit ... Bist du wahnsinnig? Warum sagst du das?«

Sharko zuckte mit den Schultern. »Vergiss es. Ich glaube, heute Abend kann ich nicht mehr klar denken.«

Als er den Raum verließ und auf dem Gang verschwand, hatte er den Eindruck, sein Kopf würde platzen.

Kapitel 10

Als Paul Chénaix das Zimmer betrat, stellte Lucie gerade den Rahmen mit den beiden Kinderfotos zurück. Der Arzt hatte schnell geduscht, das braune Haar nach hinten gekämmt und sich umgezogen. Der dynamische Vierzigjährige mit der ovalen Brille und dem ordentlich gestutzten Bart wirkte jetzt weniger streng, als wenn er einen Kittel trug. Lucie und Sharko hatten schon mehrmals mit ihm zu Abend gegessen und sich über alles Mögliche unterhalten – außer über Tote und Ermittlungen.

»Wenn die Kinder größer werden, sieht man, wie schnell die Zeit vergeht«, sagte Lucie. »Ich würde deine Kleinen gerne kennenlernen. Kommst du demnächst mal mit ihnen und deiner Frau zu uns zum Abendessen?«

Paul Chénaix hielt ein kleines Plastikkästchen mit versiegelten Reagenzgläsern und ein Diktiergerät in der Hand.

»Ja, das könnten wir machen.«

»Nicht ›wir könnten‹. Wir tun es.«

»Also, wir tun es. Besser?«

Lucie schämte sich wegen ihres kurzen Schwächeanfalls. Es hatte eine Zeit gegeben, in der sie alles aushalten konnte, in der sie die abartigsten Verbrechen aufregend gefunden hatte. Dafür hatte sie ihre Kinder, ihr Liebesleben und ihr Dasein als Frau vernachlässigt. Mittlerweile hatte sich alles verändert. Wenn sie nur durch einen Zaubertrick die Uhr zurückdrehen und alles anders machen könnte. Dennoch gelang es ihr, Chénaix anzulächeln.

»Der Nachtwächter war so nett und hat mir einen großen Schoko-Donut gegeben. Meine Mutter hat meinen Labrador Klark übernommen, der solches Zeug liebt. Inzwischen wiegt mein Exhund zehn Kilo mehr.«

»Natürlich nicht gerade Diätkost, aber es hätte dir gutgetan, den Donut vorher zu essen. Entgegen der landläufigen Annahme ist es immer besser, vor einer Obduktion eine Kleinigkeit zu essen, das beugt Schwächeanfällen vor.«

»Ich hatte keine Zeit.«

»Heutzutage hat niemand mehr Zeit für irgendetwas. Sogar die Toten haben es eilig, man muss sie sofort obduzieren. So kommen wir nicht weiter.« Er trat zum Schreibtisch und stellte das Kästchen mit den flüssigen Proben, den Nägeln und Haaren vor Lucie. »Du hast ohnehin nichts verpasst. Alle rechtsmedizinischen Anzeichen deuten auf einen Tod durch Hypothermie hin. Irgendwann hat es das Herz nicht mehr geschafft.« Ohne sich zu setzen, öffnete er eine Schreibtischschublade und zog eine etwa vierzigseitige Akte heraus. »Das ist eine Kopie des Obduktionsberichts, den mir heute Nachmittag mein Kollege aus Grenoble gemailt hat. Wir haben uns am Telefon länger darüber unterhalten. Christophe Gamblin war vor gut drei Wochen bei ihm. Er hat sich als Journalist der Rubrik ›Vermischtes‹ vorgestellt und erklärt, er wolle einen Artikel über Hypothermie schreiben.« Er legte das Dossier auf den Tisch. »Eine eigenartige Geschichte.«

»Ich höre.«

Paul Chénaix nahm auf seinem Bürostuhl Platz und blätterte durch die Seiten. »Die Tote heißt Véronique Parmentier, war zweiunddreißig Jahre alt und Angestellte in einem Versicherungsbüro in Aix-les-Bains. Am siebten Februar 2001 um neun Uhr zwölf hat man die Leiche bei einer Außentemperatur von minus sechs Grad Celsius aus dem Lac de Paladru im Département Isère gefischt. Das Opfer wohnte in dem dreißig Kilometer entfernten Ort Cessieu. Obwohl der Fall bereits zehn Jahre zurückliegt, erinnerte sich Luc Martelle noch sehr gut daran – auch bevor sich Christophe Gamblin nach der alten Akte erkundigt hat. Und zwar wegen der furchtbaren Kälte und wegen der Todesumstände … Und um die Frage vorwegzunehmen, die du mir als Erstes stellen wirst: Der Fall wurde nie gelöst.«

»Du sagst ›der Fall‹. Es war also kein Unfall?«

»Das wirst du gleich verstehen. Weißt du denn, was passiert, wenn jemand ertrinkt?«

»Damit hatte ich noch nie zu tun, erklär es mir.«

»Besteht eine solche Vermutung, fahren die Rechtsmediziner immer zum Tatort, um sich davon zu überzeugen, dass es sich wirklich um Tod durch Ertrinken handelt. Liegt der Todeszeitpunkt noch nicht weit zurück, sucht man zuerst nach Schaumpilzen vor Mund und Nase. Das ist eine Mischung aus Luft, Wasser und Schleim, die sich zwangsläufig als vitale Reaktion beim letzten Atemzug bildet. Es gibt auch andere äußere Anzeichen, die eindeutig sind – Petechien in den Augen, Waschhaut, Zyanose im Gesicht, durch die krampfartigen Zuckungen abgebissene Zunge. Doch bei unserem Opfer hat man keines dieser Anzeichen entdecken können. Das heißt allerdings noch nicht, dass man ein Ertrinken ausschließen kann. Endgültig belegt das erst bei der Obduktion der Zustand der Körperflüssigkeiten.«

»Und? Ist sie nicht ertrunken?«

»Sie ist gestorben, weil man sie unter Wasser getaucht hat.«

»Ich muss zugeben, dass …«

»Dass du es nicht verstehst. Das ist normal. Bei dieser Geschichte ist gar nichts klar.«

Paul machte eine Pause und rückte den Rahmen mit den Fotos seiner Kinder zurecht. Vermutlich überlegte er, wie er einen komplizierten Sachverhalt einfach erklären könnte.

»Als mein Kollege die Leiche seziert hat, hat er keines der klassischen Anzeichen für einen Tod durch Ertrinken festgestellt. Die Lunge war sauber, keine Aufblähungen, kein Perikard- oder Pleuraerguss. Also musste er weitersuchen. Normalerweise gibt es einen eindeutigen Hinweis für den Tod durch Ertrinken, nämlich die Diatomeen. Das sind einzellige Mikroorganismen, die in jeder Art von Wasser vorhanden sind. Beim letzten unfreiwilligen Atemzug atmet der Ertrinkende Wasser ein und damit auch Diatomeen. Die findet man dann bei der Obduktion in der Lunge, der Leber und den Nieren, im Gehirn und im Knochenmark. Am Ort des Ertrinkens, zum Beispiel in einem See, entnimmt man dann drei verschiedene Wasserproben: eine an der Oberfläche, eine auf mittlerer Höhe und eine am Grund. Aber meistens begnügt man sich mit der Oberfläche, an der die Leiche treibt. Ansonsten braucht man Taucher, und das macht alles komplizierter.«

»Ich vermute, man nimmt drei Proben, um die Diatomeen des Wassers mit denen in der Lunge des Opfers abzugleichen.«

»Ganz richtig, sie müssen verglichen werden. Übrigens ist es auch möglich, dass Diatomeen ohne Ertrinken in das menschliche Gewebe gelangen, denn manche Arten sind auch in der Luft vorhanden, die wir einatmen, und in den Nahrungsmitteln, die wir zu uns nehmen. Um also ein Ertrinken an einem bestimmten Ort bestätigen zu können, braucht man mindestens zwanzig Übereinstimmungen bei den im Wasser und im Gewebe entnommenen Proben.« Er schob die Akte zu Lucie. »Aus Martelles Bericht geht hervor, dass es keine einzige Übereinstimmung gab. Das Opfer ist nicht im See gestorben und auch nicht ertränkt worden.«

»Man hat die Frau also woanders getötet und dann dorthin gebracht.«

»Nicht ganz. Halt dich fest, es wird noch seltsamer.«

Er befeuchtete den Zeigefinger und blätterte weiter in dem Bericht. Lucie bemerkte, dass er dabei kurz einen Blick auf seine Uhr warf. Es war 22:05 Uhr. Seine Frau wartete wahrscheinlich auf ihn, die Kinder waren schon im Bett, und Madonna heizte dem Publikum ein.

»Man hat Wasser im Verdauungstrakt der Toten gefunden. Das ist normal, wenn die Leiche mehrere Stunden im Wasser gelegen hat. Es dringt auf natürlichem Weg durch Mund oder Nase ein und bleibt dann in den Eingeweiden. Und rate, was der Vergleich der im Wasser und im Darm entnommenen Proben hinsichtlich der Diatomeen ergeben hat?«

»Keine Übereinstimmungen?«

»Die Flüssigkeiten, und damit auch die Diatomeen, haben sich sicherlich vermengt, also gab es zwangsläufig einige, allerdings nicht genügend. Das Wasser, das im Körper der Toten gefunden wurde, stammte nicht aus dem See. Also hat mein Kollege eine detailliertere Untersuchung veranlasst. Die Charakteristika und die unterschiedliche Konzentration an Chemikalien, vor allem Chlor und Strontium, waren eindeutig: Es handelte sich um Leitungswasser, das *post mortem* durch Mund und Nase in das Opfer eingedrungen ist.«

Lucie strich sich nervös ihr Haar zurück. Es war schon spät, der Tag hatte sie erschöpft, und diese geistige Anstrengung fiel ihr schwer. »Du willst mir also sagen, dass sie nicht ertrunken ist, sondern dass man sie, als sie bereits tot war, in Leitungswasser gelegt und später in den See geworfen hat?«

»Ganz genau.«

»Das ist doch verrückt. Ist die tatsächliche Todesursache bekannt?«

»Vergiftung. Die Toxikologen des Labors hatten einen guten Instinkt, denn diese Art von Vergiftung ist schwer festzustellen. Eingehende Analysen haben einen gefährlich hohen Schwefelwasserstoffgehalt im Gewebe ergeben. Um genau zu sein … 1,47 Mikrogramm in der Leber und 0,67 Mikrogramm in der Lunge.«

»Schwefelwasserstoff, ist das dieses Gas, das nach verfaulten Eiern stinkt?«

»Und das bisweilen aus den Abwasserkanälen oder Klärgruben aufsteigt, ja. Es entsteht, wenn Bakterien organische Stoffe zersetzen. Und man findet es auch in der Nähe von Vulkanen. In schwacher Dosierung kann dieses Gas zum Bewusstseinsverlust führen, atmet man zu große Mengen ein, auch zum Tod.«

»Das Ganze ist völlig unverständlich.«

Chénaix begann, seinen Schreibtisch aufzuräumen – die Stifte in den Becher, die Akten an der Seite gestapelt. Hinter ihm stand ein großer Schrank voll mit medizinischen Zeitschriften und Fachliteratur. »Genau darum haben ja auch die Grenobler Ermittler nichts begriffen. Ich habe schon Tote obduziert, die an Schwefelwasserstoff gestorben sind, aber das waren vor allem Kanalarbeiter. Nur um zu sagen, dass bei einer Vergiftung durch Schwefelwasserstoff nicht zwangsläufig ein Verbrechen vorliegt. Aber hier …«

»Ja?«

»Mein Kollege hat mir erklärt, im darauffolgenden Jahr, im Winter 2002, hätte sich ein identischer Fall ereignet. Eine andere Frau ist im Lac d'Annecy gefunden worden, ebenfalls im Département Isère. Sie wohnte in Thônes, zwanzig Kilometer vom Bergungsort entfernt. Dieselben Schlussfolgerungen: Schwefelwasserstoff und Leitungswasser. Hier in etwas schwächerer Konzentration – 1,27 und 0,41 –, aber dennoch tödlich. Dieses Mal war der Verdacht auf ein Verbrechen eindeutig.«

Lucie spürte, wie ihr Adrenalinspiegel anstieg, sie hatte den Eindruck, dass die Sache eine größere Dimension annahm. 2001 und 2002, das passte zu den Daten der Zeitungen, die sich Christophe Gamblin aus dem Archiv geholt hatte.

»Ein Serienkiller?«

»Meines Wissens hat es zwei weitere Verbrechen gegeben, aber ob man deshalb von einem Serienkiller sprechen kann … Das kannst du besser einschätzen als ich. Auf alle Fälle war der *Modus Operandi* derselbe. Die Ermittler haben alle möglichen Denkmodelle durchgespielt. Ihrer Auffassung nach sind die Opfer durch das Einatmen von Schwefelwasserstoff gestorben, aber sie wissen nicht, wie es sich genau abgespielt hat. Es liegen keine Meldungen vor, dass zu dieser Zeit irgendwo in der Gegend Gas ausgeströmt wäre. Nach offiziellen Feststellungen handelte es sich um chemisch hergestellten Schwefelwasserstoff.«

»Der Mörder war also Chemiker.«

Draußen lief jemand über den Gang. Chénaix winkte einem seiner Kollegen zu, der offenbar nach Hause ging. »Vielleicht, ja. Außerdem glauben sie, dass die beiden Leichen später in eine mit Leitungswasser gefüllte Badewanne getaucht wurden und das Wasser auf diese Art durch die natürlichen Körperöffnungen eingedrungen ist. In den See hat der Mörder sie erst danach geworfen, um eine andere Todesursache vorzutäuschen.«

»Das macht doch keinen Sinn. Warum sollte man eine vergiftete Leiche in einer Badewanne unter Wasser tauchen?«

»Du bist die Ermittlerin. Ich kann dir nur noch sagen, dass der Zeitraum zwischen dem Todeszeitpunkt und der Auffindung der Leichen bei beiden Opfern auf circa zehn Stunden geschätzt wurde. Auf alle Fälle hat es weder Verdächtige noch Festnahmen gegeben. Nur ein paar Spuren.«

»Welche?«

»Luc Martelle ist wie ich, er schnüffelt gerne. Die Sache hat ihn damals sehr beschäftigt, und so hat er sich für die Ermittlungsakten interessiert.« Chénaix öffnete eine Schreibtischschublade und zog einen Stapel Papiere heraus, den er triumphierend hochhielt. »Und nun rate mal.«

»Sag bloß nicht, du hast …«

»… eine Kopie der wichtigsten Ermittlungsunterlagen der Kripo Grenoble. Ich dachte, Franck würde kommen, und ich wusste, das würde ihn interessieren. Du kannst das zusammen mit den beiden Obduktionsberichten mitnehmen.«

»Du bist genial!«

»Na, ich weiß nicht, ob das wirklich ein Geschenk ist, aber gut. Dazu musst du noch wissen, dass Christophe Gamblin versucht hat, an diese Akten zu kommen, aber der Rechtsmediziner hat sie ihm nicht ausgehändigt. Also hat er sich an die Kripo Grenoble gewandt. Eigentlich hätten sie ihm keinen Zugang zu den Unterlagen gewähren dürfen, aber du weißt ja, wie das läuft. Ich bin sicher, er hat die Informationen bekommen, die er gesucht hat. Aber das müsst ihr überprüfen.« Er erhob sich lächelnd und schlüpfte in eine marineblaue Daunenjacke. Dann griff er nach seiner Ledermappe und klemmte sich ein paar Dossiers unter den Arm.

»Vergiss nicht, die Proben in der Toxikologie abzugeben. Sie warten darauf.« Er klimperte ungeduldig mit seinem Schlüsselbund. Schließlich stand auch Lucie auf, nahm die Proben und die verschiedenen Schriftstücke an sich und verließ den Raum. Chénaix schloss hinter ihr ab. Die beiden verabschiedeten sich von dem Nachtwächter, und Lucie bedankte sich noch einmal für den Schoko-Donut.

Als sie draußen waren, knöpfte Paul Chénaix seine Jacke bis zum Kinn zu, zog die Kapuze über das feuchte Haar und stapfte durch den unberührten Schnee. Der Sturm hatte sich verstärkt, die Flocken fielen in dichten Wirbeln und wurden von Böen gepeitscht.

»Dieses Dreckszeug bleibt wirklich liegen. Da brauche ich ewig, bis ich zu Hause bin … Bist du mit dem Auto da?«

Lucie machte eine Kopfbewegung in Richtung ihres Peugeot 206. »Ja, aber ich hätte besser die Metro nehmen sollen. Der Rückweg nach L'Hay-les-Roses wird keine Spazierfahrt. Und noch dazu muss ich vorher die Proben abliefern.«

Chénaix öffnete mit einem Druck auf den Schlüssel die Türen seines Wagens, die Blinker leuchteten kurz auf. »Bis bald.«

»Vergiss nicht, dass wir uns noch wegen Franck treffen müssen.«

»Wegen Franck? Ach ja, stimmt. Ruf mich an, wir gehen die nächsten Tage abends mal was trinken.«

Er entfernte sich. Lucie ging zu ihrem Auto und stieg ein. Sie ließ den Motor an, schaltete die Heizung auf die höchste Stufe und blieb, den Kopf voller Fragen, noch eine Weile vor dem Rechtsmedizinischen Institut stehen. Sie dachte an den Mörder aus den Bergen. Sie stellte sich den Mann vor, wie er dastand und seine in der Badewanne liegenden Opfer betrachtete. Diesen Mann, der sich anschließend in die Eiseskälte wagte, um die Leichen in einen See zu werfen. Jeder Mörder hatte ein Motiv. Welches war das seine?

Lucie seufzte. Ein zehn Jahre alter, ungelöster Fall. Eine Enthüllungsjournalistin, die kein Lebenszeichen von sich gab und deren Wohnung durchwühlt worden war. Ein Reporter, der die alte Akte über die vermeintlich Ertrunkenen ausgrub und in seiner Gefriertruhe starb. Ein umherirrendes, traumatisiertes Kind. Welche Verbindung bestand zwischen all diesen Menschen?

Lucie warf einen Blick auf die Zeitungen aus dem Jahr 2000, die unter den Proben auf dem Beifahrersitz lagen. Es gab auch zwei Ausgaben aus der Region Provence-Alpes-Côte d'Azur. Und wenn der Mörder dort noch immer aktiv war? Und wenn es vier, fünf, zehn Opfer gab?

Was hatte Gamblin da ausgegraben, dass man ihn derart gefoltert und gequält hatte?

Während es im Wagen langsam warm wurde, warf Lucie einen Blick auf die Akte der Grenobler Kripo.

Nach monatelangen Ermittlungen waren einige eindeutige Schlussfolgerungen gezogen worden. Die beiden Toten waren dunkelhaarig, hochgewachsen, um die dreißig und hatten haselnussbraune Augen. Beide waren Skifahrerinnen. Und die Beamten hatten eine weitere Gemeinsamkeit festgestellt: Beide hatten oft die Skistation Grand Revard in der Nähe von Aix-les-Bains besucht. Eine wohnte fünfzig Kilometer entfernt in einem Kaff namens Cessieu, die andere stieg, obwohl sie in Annecy wohnte, regelmäßig im Hotel Le Chanzy in Aix-les-Bains ab.

Die Ermittler hatten erfolglos unter den Saisonarbeitern, den Restaurantangestellten und den Touristen nach dem Mörder gefahndet. Allerdings waren sie so gut wie sicher, dass beide Opfer aus ihren Wohnungen entführt worden waren. Vor allem bei der zweiten Frau gab es kaum Zweifel, da man vor dem Bett eine zerbrochene Nachttischlampe gefunden hatte. Wie hatte sich der Täter den Schlüssel beschafft? Hatte er die beiden Frauen gekannt?

Lucie fasste die Informationen zusammen, die sie überflogen hatte. Zwei Frauen, die sich ähnelten. Vermutlich beide aus ihren Wohnungen entführt, ohne dass die Türen aufgebrochen worden waren. Eine Skistation, in deren Nähe beide wohnten und die sie seit Jahren aufsuchten. Ein Mörder, der die Leichen in Seen in der Nähe ihrer Wohnorte ablegte.

Jemand, der aus der Gegend stammt, dachte sie, *und der den Frauen vermutlich vorher begegnet ist. Und der wusste, wo und wie er sie wiederfinden konnte.*

Sie sah auf ihre Uhr und beschloss, ihre Mutter anzurufen, um sich mal wieder bei ihr zu melden und sich zu erkundigen, wie es ihrem Exhund, dem Labrador Klark, ging. Es war zwar schon spät, aber Marie Henebelle ging nie vor Mitternacht schlafen. Nach einer kurzen Unterhaltung versprach Lucie, zu Silvester in den Norden zu kommen.

Dann fuhr sie langsam Richtung Quai de l'Horloge.

Im Auto roch es eigenartig, und sie begriff, dass ihr noch der Geruch von Christophe Gamblins Leiche anhaftete.

Kapitel 11

Als Lucie gegen 23:30 Uhr heimkam, war das Abendessen bereits fertig; der Duft von Tagliatelle mit Lachs zog durch Sharkos große Wohnung. Die Polizistin legte die Papiere und ihr Handy ab und entdeckte den Ordner Hurault mit Fotos, Polizeiberichten, Zeugenaussagen und Ermittlungsergebnissen auf dem Couchtisch. Er hatte Eselsohren und war ein wenig zerknittert, was darauf hindeutete, dass Sharko ihn nächtelang wieder und wieder durchgearbeitet hatte. Lucie hatte geglaubt, er habe mit dieser Geschichte endgültig abgeschlossen, obwohl sie, wie zehn Prozent aller Fälle der Kripo, ungelöste Fragen hinterlassen hatte. Aber warum hatte er die Akte ausgerechnet jetzt ausgegraben, wo sie doch an einer neuen Sache arbeiteten?

Stöhnend entledigte sie sich ihrer Schuhe und hängte ihr Holster neben das ihres Partners. Franck stand in der Küche, den Anzug hatte er gegen Jeans und Sweatshirt ausgetauscht und war in Hausschuhe geschlüpft. Sie küssten sich kurz, bevor Lucie sich auf einen Stuhl fallen ließ und ihren rechten Fuß massierte.

»Meine Güte, was für ein Tag!«

»Ja, heute war es für uns alle schlimm.« Sharko hatte sein

uraltes Radio eingeschaltet – die Nachrichten wurden gerade übertragen. »Man könnte meinen, der Wettlauf ins All hat wieder begonnen«, sagte er seufzend. »Dieser Wostokow redet gerade vom Jupiter. Was wollen die bloß dort, wo die Stürme mit einigen tausend Stundenkilometern dahinrasen? Mindestens zwölf Jahre hin und zurück würde die Reise dauern. Vielleicht bin ich zu bodenständig, aber ich frage mich, was das Ganze soll.« Er verteilte die Tagliatelle auf die beiden Teller.

Lucie unterbrach die Massage und machte sich über ihr Essen her. »Jupiter hin oder her, ich jedenfalls habe einen Bärenhunger. Ständig. Wie eine Schwangere. Ich sollte einen neuen Test machen.«

Wieder seufzte Sharko. »Lucie, muss das denn alle zwei Wochen sein?«

»Ich weiß, ich weiß. Die Dinger werden immer zuverlässiger, aber laut Packungsbeilage ist eine Fehlerquote, wie winzig sie auch sein mag, nicht auszuschließen. Besser, ich lasse eine Blutuntersuchung machen.«

Langsam wickelte Sharko seine Nudeln um die Gabel. Er hatte überhaupt keinen Hunger. Er atmete tief durch, schaltete das Radio aus und fragte: »Was hältst du davon, wenn wir auf der Stelle alles hinschmeißen und uns für ein Jahr abseilen? Martinique, Guadeloupe, von mir aus auch der Mars, warum nicht? Dort hätten wir Ruhe und Zeit genug, ein Baby zu zeugen.«

Lucie riss die Augen auf. »Du machst wohl Witze!«

»Nein, das ist mein Ernst. Wir nehmen uns ein Jahr Auszeit. Früher oder später müssen wir ohnehin mein Geld ausgeben.«

Seit dem Tod seiner Frau und seiner Tochter waren seine Bankkonten mehr als gut gefüllt, was ihn nicht daran hinderte, seinen Sofas oder seinem antiken Renault 25 bis zum totalen Zusammenbruch die Treue zu halten.

In Gedanken versunken aß Lucie ihre Pasta. Normalerweise waren beide auf der gleichen Wellenlänge. Schlug einer etwas vor, war der andere sofort einverstanden. Das war nun plötzlich anders. Sharkos abstruser Vorschlag kam völlig unerwartet. »Was ist los mit dir, Franck?«

Er legte seine Gabel auf den Tisch und verzog das Gesicht. Er konnte heute nichts essen. »Es ist ... wegen dieses Jungen im Krankenhaus.«

»Erzähl!«

»Der Junge scheint ernsthaft krank zu sein. Das Herz, die Nieren und die Augen sind angegriffen. Man hat ihn gefangen gehalten.«

Lucie trank ein großes Glas Wasser. Sharko zeigte ihr das Foto auf seinem Handy. »Jemand hat ihm die Brust tätowiert, ihn nummeriert wie ein Tier. Sieh mal, er trägt die Spuren einer Metallfessel an seinem Handgelenk. Er war angekettet. Dieser Fall ist mir nicht geheuer. Meiner Meinung nach ist das nichts mehr für uns, verstehst du?«

Lucie erhob sich, umschlang ihn von hinten und stützte das Kinn auf seine linke Schulter. »Und du denkst, wir haben das Recht, dieses Kind seinem Schicksal zu überlassen?«

»Der Junge wird ja deshalb nicht aufgegeben. Wir beide können schließlich nicht alle Kinder der Welt retten. Irgendwann, früher oder später, müssen wir den Job ja doch an den Nagel hängen.«

»Wir distanzieren uns auf ganz natürliche Weise, wenn erst einmal unser Baby da ist. Lass uns noch ein wenig warten, bevor wir den Fuß vom Gaspedal nehmen. Ich brauche Aktion und Bewegung, sonst komme ich ins Grübeln. Die Tage gehen so schnell vorüber. Abends bin ich kaputt. Das ist gut so und verhindert, dass ich zu viel nachdenke. Eine Insel, Palmen? Ich weiß nicht so recht. Ich glaube, ich würde ersticken … und an meine Kleinen denken … ständig.«

Zwar hatten sie das Abendessen nicht ganz beendet, aber sie wollten nun nicht länger am Tisch sitzen bleiben. Es war ohnehin schon fast Mitternacht. Lucie räumte das Geschirr ab und schaltete den Wasserkocher ein.

»War dir schon mal so richtig schwindelig? Kennst du das Gefühl, vor Angst schier zu sterben und sich doch noch dichter an den Abgrund zu wagen? Als ich Kind war und wir in die Berge fuhren, glaubte ich, dieses Gefühl jedes Mal erneut durchleben zu müssen. Ich hasste und liebte es zugleich. Ich hatte es seitdem nie mehr gespürt. Aber heute hat mich genau dieses Gefühl zu der Obduktion getrieben. Ist das ein gutes oder ein schlechtes Zeichen?«

Sharko antwortete nicht. Es war nur noch das Klappern der Teller in der Spülmaschine zu hören. Er presste die Lippen zusammen, denn selbst in diesem Augenblick der Ruhe, vielleicht dem richtigen Zeitpunkt für Geständnisse, war er außerstande, mit ihr über seine Zeugungsunfähigkeit, die Untersuchungen oder über den mit Blut an die Wand der Festsaal geschriebenen Satz zu reden. Seine Angst, Lucie zu verlieren, wie früher wieder allein zu sein und nur noch seine elektrischen Eisenbahnen kreisen zu lassen, war grenzenlos.

Lucie stellte ihm einen Becher mit Pfefferminztee hin und nahm sich selbst einen mit Zitrone. Sie schaute ihm in die Augen: »Ich glaube, Christophe Gamblin, unser Spezialist für Vermischtes, ermittelte in einem Fall von Serienmord.«

»Serienmord«, wiederholte Franck mechanisch. Im Grunde seines Herzens hatte er resigniert, denn Lucie würde den Fall ja doch nicht aufgeben. Sie hatte ohnehin nie etwas losgelassen. Er versuchte, in seinem strapazierten Gehirn ein wenig Ordnung zu schaffen, und verbannte die Bilder von dem Festsaal in Pleubian aus seinem Gedächtnis, um sich auf Lucies Worte konzentrieren zu können.

Lucie setzte ihm die Entdeckungen des Tages auseinander und zog ihn gleichzeitig – den Becher in der Hand – ins Wohnzimmer, legte den Ordner von Frédéric Hurault auf das Sofa und breitete die vier Exemplare von *La Grande Tribune* und *Le Figaro* auf dem Tisch aus. »Ach übrigens, warum hast du denn die Hurault-Akte wieder rausgeholt?«

Sharko zögerte, bevor er antwortete: »Wegen des Jungen im Krankenhaus. Das alles weckte schlechte Erinnerungen … Vorhin habe ich deshalb etwas in den Schubladen gesucht. Warst du an meinen Fotoalben und den Acht-Millimeter-Filmen?«

»An deinen Fotos? An deinen Acht-Millimeter-Filmen? Warum sollte ich? Du hast ja nicht einmal mehr einen Projektor, um sie anzusehen. Außerdem, wie lange hast du sie schon nicht mehr angerührt?«

»Egal, sie waren jedenfalls auf eine bestimmte Art geordnet, und jetzt sind sie es nicht mehr.«

Lucie zuckte mit den Schultern und ließ ihm keine Zeit für weitere Fragen. Stattdessen reichte sie ihm die aufgeschlagene Zeitung von 2002. »Wir täten besser daran, uns mit diesem Fall zu befassen. Lies mal das Angekreuzte!«

Sharko sah Lucie unverwandt an, griff dann zur *La Grande Tribune* und begann laut zu lesen: »*Dreizehnter Januar 2002. Vor zwei Tagen wurde an einem extrem kalten Morgen die Leiche der vierunddreißigjährigen Hélène Leroy aus dem Lac d'Annecy geborgen. Die junge Frau lebte in Thônes, zwanzig Kilometer vom Bergungsort entfernt, wo sie einen Souvenirladen führte. Die Polizei äußert sich noch nicht zu den Todesumständen, doch scheint ein Unfall wenig plau-*

sibel, *zumal das Auto des Opfers vor seiner Haustür stand.*
Wie hätte die junge Frau sich ohne dieses zum See begeben
können? Ist sie entführt und ertränkt worden? Besteht ein
Zusammenhang mit dem Fall Véronique Parmentier, die im
Februar 2001 unter ähnlichen Umständen im Lac de Paladru
aufgefunden wurde? Noch sind alle Fragen offen. Olivier T.«

Sharko legte das Blatt auf den Couchtisch zurück und
überflog den ersten Artikel von 2001, Rubrik Vermischtes,
den Lucie vor dem Rechtsmedizinischen Institut gelesen hatte. Gleichzeitig fasste sie kurz die Erklärungen des Rechts-
mediziners zusammen und berichtete vom Leitungswasser
im Verdauungstrakt der Leiche und vom Transport des mit
Schwefelwasserstoff vergifteten Opfers bis zum See.

Nachdem Sharko den Artikel zu Ende gelesen hatte,
schaute er sich die Ausgaben der Region Provence-Alpes-
Côte d'Azur an. »Und du glaubst, Christophe Gamblin war
einem Serienmörder auf der Spur, der in beiden Regionen
aktiv war?«

»Das muss noch bewiesen werden, aber genau den Eindruck habe ich. Wahrscheinlich hatten die Polizisten der
Nachbarregionen keinen Kontakt, denn die Ereignisse lagen
zeitlich recht weit auseinander, und der Modus Operandi war
nicht genau gleich. Durchaus möglich, dass sie auch nicht
daran gedacht haben, nach Schwefelwasserstoff im Körper zu
suchen. Abgesehen davon war der Datenabgleich per Computer damals noch nicht sehr entwickelt.« Sie blickte auf die
Uhr: »Setzen wir uns ein Limit?«

»Bis ein Uhr, nicht eine Minute länger!«

»Okay, ein Uhr.«

Lucie schob Sharko die Ausgabe des *Le Figaro* zu und
legte die anderen Blätter zur Seite. »Ich geh mal schnell
duschen und ziehe mir einen Schlafanzug an. Schau du in

der Zwischenzeit im *Figaro* nach! Der hat mit den anderen Zeitungen nichts zu tun, und Valérie Duprès hat nie für ihn gearbeitet, Robillard hat das überprüft. Die Ausgabe lag inmitten der Sammlung ihrer eigenen Artikel unter dem Bett versteckt. Ich weiß zwar nicht, wonach wir suchen, aber da muss irgendetwas sein. Und übrigens, ich bin auf das hier gestoßen. Die Seite zwei war mit einem Post-it markiert.« Sie reichte ihm die Fotokopie.

»*654 links, 323 rechts, 145 links*«, las Sharko, »das könnte die Zahlenkombination eines Safes sein.«

»Das habe ich auch gedacht. Aber welcher Safe? Weder bei ihr noch bei Christophe Gamblin haben wir einen gefunden.«

Sie erhob sich, um im Bad zu verschwinden, doch Sharko hielt sie am Handgelenk zurück und zog sie an sich. »Warte …« Er küsste sie zärtlich. Lucie hielt still, gab sich aber seiner Liebkosung nicht wirklich hin. Sharko spürte ihre innerliche Anspannung. Als sie sich von ihm löste, wäre es ein Leichtes gewesen, sie mit einer Geste zurückzuhalten, aber er ließ sie gehen.

Er machte sich an die Arbeit und studierte aufmerksam *Le Figaro*, insbesondere die Rubrik Vermischtes. Fünfzehn Minuten später war Lucie wieder da. Ihr langes blondes Haar war feucht und fiel ihr über den Rücken. Sie duftete betörend. Er betrachtete sie voller Begehren und musste sich konzentrieren, um weiterlesen zu können. Sie küssten sich nicht, machten es sich nicht vor dem Fernseher gemütlich und dachten auch nicht mehr an ihre Zukunft. Im gedimmten Licht der Halogenleuchte versanken sie eher in einer Welt der Finsternis.

Lucie wurde als Erste fündig. Mit einem schwarzen Filzstift umrahmte sie einen Artikel mitten in der Rubrik Vermischtes von *La Grande Tribune* und runzelte die Stirn.

»Hier ist noch einer.«

»Noch ein Artikel über Wasserleichen?«

»Nein, aber es könnte etwas damit zu tun haben. Lies das mal! Die Geschichte ist wirklich erstaunlich.«

Sharko legte *Le Figaro* beiseite, las den Artikel und kratzte sich irritiert am Kinn. Lucie entriss ihm die vierte und letzte Ausgabe, die von 2004 für die Region Provence-Alpes-Côte d'Azur. Das Papier knisterte, als sie hastig die verschiedenen Spalten überflog. Sie schien jetzt zu wissen, wonach sie suchte, und nach kaum fünf Minuten fand sie den relevanten Artikel und markierte ihn schwungvoll. Die beiden Ermittler warfen sich einen Blick zu und verstanden sofort: Die Spur, die Christophe Gamblin verfolgt hatte, war ebenso unglaublich wie furchterregend.

»Das ist der vierte Fall«, sagte Lucie. »Am einundzwanzigsten Januar 2004, im Lac d'Embrun, Hautes-Alpes, in der Region Provence-Alpes-Côte d'Azur. Ich lasse die Einleitung und das ganze Blabla weg … hör dir das an: *Durch einen anonymen Anruf informiert, der eine ertrinkende Frau im nördlichen Teil des Sees ausgemacht hatte, begab sich der Rettungsdienst von Embrun auf der Stelle zum Unfallort. Fünf Minuten später wurde ein Körper geborgen, der bei einer Wassertemperatur von minus drei Grad in Ufernähe trieb. Lise Lambert aus Embrun, fünfunddreißig Jahre alt, war bereits klinisch tot. Ihr Herz schlug nicht mehr, ihre Pupillen waren geweitet, und sie zeigte keinerlei Reflexe. Doch statt den Tod durch Ertrinken zu bescheinigen, wärmte Doktor Philippe Fontès den Körper der Frau langsam auf. Eine Herzmassage wurde nicht vorgenommen, sie hätte bei einer derartigen Unterkühlung den sicheren Tod*

*bedeutet, sollte die Frau tatsächlich noch leben. Das Un-
glaubliche geschah: Ohne weitere Behandlung begann ihr
Herz erneut zu schlagen. Zurzeit befindet sich die Frau in
einer Reha-Klinik in Gap und ist außer Lebensgefahr ...«*
Und so weiter. Der Journalist, ein gewisser Alexandre Savin,
lobt vor allem das Können des Arztes. Sogar ein Foto ist dabei.«

Sharko zog rasch die Bilanz ihrer Entdeckungen. »Dieser
Fall hier vom neunten Februar 2003 ist ähnlich, ebenfalls
in der Region Provence-Alpes-Côte d'Azur, aber diesmal
im Département Alpes-de-Haute-Provence: Lac de Volonne,
neunter Februar. Amandine Perloix, dreiunddreißig Jahre,
wird in einem eisigen See aufgefunden. Irgendjemand ruft
den Notdienst, der Körper wird tot geborgen und auf wundersame Weise wieder zum Leben erweckt. Dieser Bericht
stammt aus der Feder eines anderen Journalisten.«

Lucies Blick wanderte von einem Artikel zum anderen.
Sharko sah die Erregung in ihren Augen. Auch diese Frau
liebte er, eine Wildkatze auf dem Sprung, ganz anders als die
anschmiegsame Lucie. Genau dieser Aspekt ihrer Persönlich-
keit war ihm sofort aufgefallen, als sie sich zum ersten Mal
begegnet waren.

»Wie weit sind wir jetzt?«, fragte sie. »2001 und 2002 haben wir zwei Leichen in der Region Rhône-Alpes. Zwei Frau-
en aus der Gegend – Skifahrerinnen der Station Grand Revard –, aus ihrer Wohnung gekidnappt, mit Schwefelwasserstoff vergiftet, fortgeschafft und tot in einem See geborgen.
2003 und 2004 werden zwei weitere Frauen unter ähnlichen
Umständen entdeckt, können aber gerettet werden. Offenbar
hat niemand einen Zusammenhang hergestellt. Eine andere
Region, ein anderes Département, andere Journalisten. Die
Ermittler aus Grenoble hatten sicher keine Ahnung von die-

sen wundersamen Rettungen, zumal es sich ja diesmal nicht um Mord handelte.«

Sharko erhob sich und holte seinen großen Straßenatlas aus dem Schrank. Auf der Karte markierte er mit Bleistift die Orte, an denen man die Frauen gefunden hatte: Chavarines, Annecy, Volonne, Embrun, dann die Wohnorte der Opfer: Cessieu, Thônes, Digne-les-Bains, Embrun.

»Die am weitesten entfernten Orte liegen mehr als hundert Kilometer auseinander. Die Frauen wurden jeweils in einem See in der Nähe ihres Wohnorts gefunden.«

Er zog einen Kreis um Aix-les-Bains, wo mindestens zwei von ihnen beim Skifahren waren.

»Alles passiert zwar im Gebirge, trotzdem scheint das Ganze nicht richtig zusammenzupassen. Was verbindet die beiden Morde mit den beiden Wiederbelebungen?«

»Klar gibt es eine Verbindung: Erstens hat Gamblin einen Bezug zwischen den Fällen gesehen, und jetzt ist er tot. Zweitens bestehen Gemeinsamkeiten, was die extreme Kälte, die vereisten Seen und die Frauen – immer im gleichen Alter – betrifft. Vergleich mal die beiden letzten Meldungen! Bei den Wiederbelebten hat irgendjemand den Notdienst gerufen, sodass die Opfer in letzter Minute gerettet werden konnten, aber wer? Das ist die Frage.«

»Wir haben auch keine Ahnung, wie die Frauen, die überlebt haben, im Wasser gelandet sind. Sind sie ausgerutscht? Wurden sie hineingestoßen? Sind auch sie aus ihrer Wohnung entführt worden? Und wie kommt es, dass sie nicht ertrunken sind? Normalerweise atmet man Wasser ein und stirbt, weil es in die Lunge dringt, oder?«

Den Blick auf den Boden gerichtet, begann Sharko, nervös auf und ab zu laufen. Plötzlich schnipste er mit den Fingern. »Ich hab's! Du hast recht, es gibt noch eine weitere Verbindung, die wir übersehen haben. Wo ist Christophe Gamblin gestorben?«

Nach einer Weile antwortete Lucie: »In einer Gefriertruhe. Wieder extreme Kälte, Wasser und Eis. Als wäre es ein Symbol.«

Sharko nickte zustimmend. »Der sadistische Mörder beobachtet sein Opfer, wie es nach und nach erfriert, so wie der Täter die Frauen beobachtet haben mag, als sie im eisigen Wasser des Sees langsam untergingen. Das bringt mich auf eine Idee. Der Mörder ist vielleicht dieselbe Person, die den Notdienst gerufen und auch Christophe Gamblin umgebracht hat.«

»Es bleibt eine Theorie, aber sie klingt plausibel.«

Lucie stellte fest, dass nun auch Sharko Feuer gefangen hatte.

Aufmerksam wanderte sein Blick von einem Artikel zum anderen. »Wir haben hier vier Fälle. Und was ist, wenn es irgendwo anders in den Bergen noch weitere tote oder wiederbelebte Frauen gegeben hat? Und wenn unser Mörder weiterhin aktiv ist? Der Journalist hat diese alten Geschichten aus der Versenkung geholt, hat vielleicht die Tatorte aufgesucht. Zumindest wissen wir, dass er im Rechtsmedizinischen Institut und bei der Kripo in Grenoble war.«

»Genau. Er wollte den Täter finden.«

»Und der hat irgendwie Wind davon bekommen und den Journalisten beseitigt.«

Sie schwiegen, aufgewühlt von ihren Vermutungen. Sharko holte sich einen neuen Tee und setzte sich neben Lucie, fuhr mit der Hand durch ihr Haar und streichelte sie zärtlich.

»Noch wissen wir auch nicht, wie beziehungsweise ob sich das Kind im Krankenhaus und Valérie Duprès in die

Geschichte einfügen lassen. Wir haben keine Ahnung, wo sich die Journalistin derzeit befindet, über welches Thema sie recherchiert und ob sie überhaupt noch lebt. Aber wir wissen jetzt, wo wir ab morgen suchen müssen.«

»Zunächst befragen wir die beiden Frauen, die überlebt haben.«

Sharko nickte lächelnd und zog Lucie an sich. Sie schmiegte sich an ihn, küsste ihn auf den Hals und löste sich sanft aus seiner Umarmung. »Ich habe auch Lust, aber heute dürfen wir nicht. Schau auf den Kalender, in zwei Tagen, am Samstag, ist der richtige Zeitpunkt. Die kleinen Lümmel müssen in Hochform sein, wenn wir alle Chancen auf unserer Seite haben wollen.«

Sie beugte sich vor, nahm die Akte der Kripo von Grenoble an sich und schaute auf die Uhr. »Ich werfe noch schnell einen Blick rein, um mir die Geschichte besser einzuprägen. Es ist noch nicht ein Uhr. Du kannst ins Bett gehen, wenn du willst.«

Sharko betrachtete sie liebevoll, aber auch enttäuscht. Voller Bedauern erhob er sich und griff zur Akte Hurault.

»Falls du deine Meinung änderst … ich bleibe noch wach.«

Als er im Flur verschwand, rief ihm Lucie nach:»Franck, wir bekommen unser Kind, koste es, was es wolle, das schwöre ich dir!«

Kapitel 12

Sharko wachte nach Luft ringend auf.

Niemand ist unsterblich. Eine Seele, im Leben wie im Tod. Sie wartet dort auf dich.

Er fühlte sich verloren. Es war zwar nichts weiter als ein

Gefühl, aber es hatte ihn mitten in der Nacht und schweißüberströmt aufgeschreckt.

Leise stand er auf und schaltete ein Nachtlicht ein. 2:19 Uhr morgens. Lucie schlief fest, auf der Seite zusammengerollt, die Arme um ein Kopfkissen geschlungen. Am Boden, inmitten herausgefallener Seiten, lag die Akte Hurault. Lautlos schlich Sharko zum Schrank und holte warme Kleidung und dicke Wanderstiefel heraus. Dann schaltete er das Licht aus und machte einen kurzen Abstecher ins Bad. In der Küche hinterließ er eine Nachricht für Lucie: *Diese ertrunkenen Frauen lassen mir keine Ruhe. Ich fahre etwas früher ins Büro. Bis später. Ich liebe dich.*

Er legte den Zettel gut sichtbar auf den Tisch. Geräuschlos griff er nach seiner Sig Sauer und zog sich im Wohnzimmer die Schuhe an. Dort sah er den aufgeschlagenen *Le Figaro* ohne Notizen oder Anmerkungen. Offenbar war Lucie sehr spät zu Bett gegangen, ohne irgendetwas in dieser Ausgabe gefunden zu haben. Er setzte sich eine schwarze Mütze auf, verließ die Wohnung und schloss die Tür hinter sich ab. Mit dem Fahrstuhl begab er sich in die Tiefgarage. Er konnte selbst kaum glauben, was er jetzt in Angriff nehmen wollte – und dennoch …

Zehn Minuten später fuhr er über die A6 in Richtung Melun, einem etwa fünfzig Kilometer entfernten Ort. Es hatte endlich zu schneien aufgehört. Die orangefarbenen Warnleuchten des Streudienstes zerrissen in kurzen Abständen die Finsternis. Sharko hielt das Steuer umklammert, sein Nacken war steif und schmerzte.

Oktober 2002. Die gleiche Strecke in der Nacht. Wahn, Wut und Angst hetzen mich zu einem Sadisten, der Frauen foltert und ermordet. Ein Monstrum, das man bereits identifiziert hat und jetzt jagt. Der Mann hält Suzanne seit mehr als sechs Monaten gefangen. Ich schlafe nicht mehr, bin eher tot als lebendig, nur noch ein Schatten meiner selbst und träume von Gewalt. Nur der Hass und Adrenalinschübe halten mich wach. Heute Abend werde ich einem Mörder der schlimmsten Sorte gegenübertreten. Man nennt ihn den Roten Engel. Dieses Ungeheuer schiebt seinen Opfern ein altes Fünf-Centime-Stück in den Rachen, nachdem er sie mit unbeschreiblicher Grausamkeit abgeschlachtet hat.

Zehn Jahre war das nun her, und doch schmerzte die Wunde wie am ersten Tag. Die Zeit hatte sie nicht geheilt, lediglich die Erinnerungen in den Hintergrund gedrängt, um die Gegenwart erträglicher zu machen. Vom Verlust einer geliebten Person kann man sich nicht erholen, man lebt weiter ohne sie und hofft, die Leere irgendwie zu füllen. Sharko liebte Lucie mehr als alles auf der Welt, aber auch deshalb, weil Suzanne nicht mehr da war.

Nationalstraße 7, dann die Département-Straßen 607 und 82 … Um diese Zeit gab es keinen Verkehr, die Vororte schliefen. Im Scheinwerferlicht seines Wagens sah er die von den Räumfahrzeugen aufgehäuften Schneewälle. Die ersten Bäume des Waldes von Bréviande tauchten auf, blätterlose Eschen und Eichen, bald so nah nebeneinander stehend, dass sie wie bedrohliche Waffen aussahen. Sharko war nie zu diesem verdammten Ort zurückgekehrt, dennoch erinnerte er sich genau an den Weg. Das Schlimmste bleibt im Gedächtnis haften.

Ein eigenartiges Licht erhellte die eiskalte Nacht. Der Schnee reflektierte den Schein des Mondes und warf gespenstische silbergraue Schatten. Sharkos Auto holperte endlose Minuten über einen Weg voller Schlaglöcher, der nach ein oder zwei Kilometern endete. Sharko kam nicht weiter und musste aussteigen. Genau wie beim letzten Mal.

Meine Waffe im Anschlag, wate ich durch das weitläufige Sumpfgebiet. Auf einer Insel inmitten hoher Farne und Bäume steht die Hütte. Licht dringt durch die Ritzen der geschlossenen Fensterläden und beleuchtet schwach ein Boot am Ufer. Der Rote Engel hält sich mit Suzanne dort versteckt. Es bleibt mir keine andere Wahl, ich muss durch das kalte Wasser schwimmen, durch Entengrütze, Seerosen und vermoderndes Holz.

Franck stolperte über die unter dem Schnee unsichtbaren Wurzeln. Im Schein seiner alten Taschenlampe sahen alle Baumstämme gleich aus. Was wollte er hier eigentlich zu dieser nachtschlafenden Zeit auf einem Weg, den er nicht einmal erkennen konnte? Das war doch Wahnsinn! Und wenn er in die falsche Richtung lief? Wo waren diese verfluchten Tiefmoore, wo die Hütte des Serienkillers, den er damals erschossen hatte? Nach zehn Jahren mochte sie zusammengefallen sein. Vielleicht gab es sie überhaupt nicht mehr.

Die Kälte nagte an Brust und Füßen. Seine Lunge schien bei jedem Atemzug mehr zu vereisen. Dieser Wald wollte wahrhaftig nichts von ihm wissen.

Nirgends entdeckte er Fußspuren. Seit den ersten Schneefällen war niemand hier gewesen. Die Hände auf die Knie gestützt, verschnaufte er einen Augenblick. Um ihn herum knackte Holz, Schnee löste sich von den Bäumen und fiel herab wie tote Vögel. Um ihn herum war kein Laut zu vernehmen – ganz so, als wäre die Zeit stehengeblieben.

Als er schon wieder umkehren wollte, glaubte er plötzlich,

schemenhaft das Holzhaus erkennen zu können. Sharko begann zu laufen und versuchte, die Hände fast auf der Höhe der Schneedecke, das Gleichgewicht zu halten.

Die Hütte stand immer noch mitten auf der schwarzen Insel. Ohne weiter darüber nachzudenken, näherte Sharko sich dem Boot, das am Ufer des Moorgewässers lag, als habe es auf ihn gewartet. Es sah neu aus, und sogar Ruder waren drin verstaut. Vielleicht tappte er direkt in eine Falle, doch jetzt konnte er nicht mehr aufgeben und umkehren. Er löste die um einen Stamm gewickelte Leine, entfernte den Schnee und sprang ins Boot. *Eine Seele, im Leben wie im Tod. Sie wartet dort auf dich.* Dieser Teil der Nachricht erschien ihm plötzlich sonnenklar. Suzanne war in Pleubian geboren worden. Gestorben war sie nicht hier, aber ihr Geist, ihre Seele war an diesem Ort dem Wahn und dem Sadismus dieses Teufels zum Opfer gefallen.

Durchnässt und halb erfroren betrete ich die Hütte und entdecke die schlimmste Form des Horrors. Meine Frau Suzanne, die ich seit mehr als sechs Monaten suche und die ich schon tot glaubte, liegt mit gespreizten Armen und Beinen gefesselt auf dem Tisch, nackt und mit verbundenen Augen – in ihrem Bauch wächst unsere kleine Eloïse. Man hat Suzanne gefoltert. Sie schreit, als ich ihr die Augenbinde abnehme. Sie erkennt mich nicht. Angesichts dieser grauenvollen Szene breche ich schluchzend zusammen. Plötzlich tritt der Mörder ein und richtet eine Waffe auf mich.

Nur einer von uns beiden kann überleben …

Sharko hatte größte Mühe, bei dieser Kälte das Boot zu steuern. In seiner Brust rasselte es, die feuchte Luft quälte ihn, doch trotz seiner Schmerzen ruderte er immer schneller. Er fragte sich, was er ohne das Boot angefangen hätte. Wäre er noch einmal durch diesen morastigen See geschwommen – so wie damals? Die Konturen der Hütte zeichneten sich immer deutlicher ab. Nein, es war kein Traum. Das Holzhaus war heruntergekommen, der Lack abgeblättert, doch ansonsten entsprach es genau Sharkos Erinnerung. Niemand hatte sich seit damals um diese verfluchte Hütte gekümmert, sie schien ihrem Schicksal überlassen worden zu sein.

Sharko fuhr an das weiß verschneite Ufer und sprang, Taschenlampe und Waffe in der Hand, aus dem Boot. Die Szenerie war fantastisch, fast wie eine Tuschezeichnung – zarte Nebelschwaden zogen über das Wasser, das sich bei jedem Windstoß kräuselte. Doch Sharko fühlte sich elend. Jede Faser seines Körpers weigerte sich, dieses Haus zu betreten. Es war, als würde er die Tür zur Vergangenheit öffnen, als müsse er all das Furchtbare, das er vergessen wollte, jetzt noch einmal durchleben.

Die Tür hatte kein Schloss mehr.

Die Waffe vor sich ausgestreckt, trat er vorsichtig ein.

Suzanne mit ihrem gewölbten Bauch, gefesselt auf dem blutverschmierten Tisch. Der Geruch von Schweiß, Tränen und Qual.

Der Strahl seiner Taschenlampe tastete den ersten Raum ab, dann den kleinen, direkt dahinter liegenden. Nichts. Weder Leiche noch Blutbad. Angespannt und wie ein gehetztes Tier keuchend, inspizierte Sharko die Wände. Diesmal gab es keine mit Blut geschriebene Nachricht, nicht den geringsten Anhaltspunkt. Er atmete tief durch. Vielleicht hatte er sich geirrt, und es gab hier nichts zu entdecken? Er dachte an Lucie, die allein und schutzlos zu Hause schlief.

Was mache ich hier eigentlich?

Und er fragte sich auch, ob Wahnvorstellungen ihm wieder einen Streich spielten. Genauso hatte es angefangen: Wahnvorstellungen und paranoides Delirium – eine unheilbare Krankheit, hatten die Psychiater gesagt. Unter seinen Füßen knarrten die morschen und teilweise verrotteten Holzdielen. Sämtliche Fensterscheiben waren zersplittert. Überreste des Mobiliars waren noch da – ein alter Sessel, dessen verrostete Sprungfedern aus dem Bezug ragten. Auf dem Boden deutliche Fußspuren. Also sind im Laufe der Jahre wahrscheinlich viele Leute mit blutrünstigen Phantasien hier gewesen, um sich am Anblick des Verstecks eines Serienmörders zu weiden – zumal die Geschichte damals in der Presse viel Staub aufgewirbelt hatte.

Angespannt, doch ohne übermäßige Hoffnung auf Erfolg suchte er weiter. Plötzlich sah er im Lichtkegel seiner Taschenlampe eine Kühlbox.

Nagelneu.

Ein Zettel klebte daran, auf dem ein einziger Satz stand: »*Beim zwanzigsten Zug scheint die Gefahr vorübergehend gebannt. 48°53′51 N.*«

Franck rieb sich das Kinn. Eine weitere Nachricht, ein neues Rätsel … Auf alle Fälle war es kein Fehler gewesen, diesen Ort aufzusuchen. Seine Hände zitterten. Alles Mögliche konnte sich in dieser Box befinden. Er dachte an das schreckliche Ende eines bekannten Films, als dem Helden mitten in der Wüste ein Paket geliefert wird, in dem er etwas Grauenhaftes entdeckt.

Sharko legte eine Hand auf den eisigen, harten Plastikdeckel, dann richtete er sich auf und ging im Raum hin und her, ohne die hermetisch verschlossene Box aus den Augen zu lassen. Die Ziffern konnten der erste Teil geographischer

Koordinaten sein. Doch der Text der Nachricht blieb ihm unverständlich. *Beim zwanzigsten Zug …* Handelte es sich um einen Rangierbahnhof?

Was tun? Und wenn ihm das Ding um die Ohren flog? Er dachte lange nach und hockte sich dann wieder vor die Kühlbox, legte die behandschuhten Hände an beide Seiten. Er hielt den Atem an und hob den Deckel vorsichtig hoch, seine Waffe sicherheitshalber direkt neben sich.

Die Box war bis obenhin mit Eis gefüllt.

Er leckte sich über die Lippen. Was hatte sich der kranke Geist dieses Monsters, das eine Nachricht mit Sharkos Blut geschrieben hatte, jetzt wieder ausgedacht? Dieser Verrückte konnte jeder x-Beliebige sein, der damals den Fall verfolgt hatte. Ein Zeitungsleser, ein Fernsehzuschauer, jemand, der sich aus irgendeinem blödsinnigen Grund einen Polizisten als Opfer ausgesucht hatte. Sharko legte den Zettel beiseite und leerte die Box aus, bis er auf einen länglichen Glasbehälter stieß, ein verkorktes Reagenzglas. Er leuchtete mit der Taschenlampe den Inhalt an.

Eine weißliche, dickliche Flüssigkeit!

Kein Zweifel: Sperma!

Kapitel 13

Punkt neun Uhr. Bellangers Team hatte sich vollzählig im Großraumbüro hinter geschlossener Tür versammelt. Die Ermittler hielten Kaffeebecher in den Händen und sahen nicht so frisch aus wie am Vortag. Sharko lehnte neben dem Fenster, das auf die verschneite Stadt hinausging. Der Traum von einer Tropeninsel mit weißem Sandstrand war in weite Ferne gerückt. Im Moment tobte eher die Hölle in Sharkos Schädel. Natürlich dachte er an den Inhalt seines Kofferraums, nur wenige Schritte vom Hauptquartier entfernt, wo er die Kühlbox, das Reagenzglas mit dem Sperma und auch seine feuchte Kleidung versteckt hatte, damit Lucie sie nicht in der Wäsche fand. Heute Morgen gegen fünf Uhr war er in die Wohnung zurückgekehrt, ohne Lucie zu stören. Die an sie gerichtete Nachricht hatte er zerknüllt und weggeworfen. Um 7:45 Uhr hatte er das für seine privaten Untersuchungen zuständige Labor angerufen, um nach eventuellen Einbrüchen oder Diebstählen zu fragen. Kurz vor der Versammlung im Hauptquartier hatte er auch das Revier von Bourg-la-Reine kontaktiert, um mehr über den Angriff auf den Krankenpfleger zu erfahren. Aber es lagen keine neuen Ergebnisse vor.

Vielleicht war es ein Fehler gewesen, im Alleingang vorzugehen, anstatt die Kollegen zu informieren, die die Hütte durchsucht und Spuren gesichert hätten. Doch nun waren Gewissensbisse überflüssig. Er hatte die Wahl gehabt, und jetzt war es zu spät.

Sein Blick fiel auf Lucie, die auf ihrem Platz saß und bereits die zweite Tasse Kaffee trank. Er beobachtete sie, dann Bellanger. Sie wären ein hübsches Paar. Doch in ihren Blicken lag nichts, was auf eine eventuelle Beziehung hinweisen könnte. Entwickelte er Verfolgungswahn? Wie ein fremdgehender Ehemann war er an diesem Morgen klammheimlich in sein Bett gestiegen. Hatte er das Recht, Lucie die Wahrheit zu verschweigen? Je mehr Zeit verstrich, umso mehr verstrickte er sich in seine Lügen. Wem gehörte dieses verflixte Sperma? Was sollte er mit dem halben geographischen Code anfangen, mit der unverständlichen Nachricht und dem zwanzigsten Zug?

Nicolas Bellanger stand vor der Tafel, um Notizen einzutragen, und bat um Aufmerksamkeit. Er war schlecht rasiert, und man merkte ihm an, dass er wenig geschlafen hatte. Der Fall begann schon jetzt alle zu erschöpfen. Bellanger fasste die Ergebnisse zusammen und bat jeden Ermittler um einen detaillierten Bericht. Levallois meldete sich als Erster und fasste die gemeinsam mit Kollegen durchgeführte Befragung der Nachbarn, Nahestehenden und Familienangehörigen von Christophe Gamblin zusammen.

»Gamblin hatte laut Zeugenaussagen keine Probleme. Er war ein fleißiger Mann, gern mit Freunden zusammen, häufig im Kino und trank nur selten Alkohol. Hin und wieder hatte er eine kurze Liaison, war aber insgesamt ein eingefleischter Junggeselle. An seiner Arbeitsstelle war in der letzten Zeit nichts Besonderes vorgefallen. Ich habe seine neuesten Artikel gelesen, und wie gewohnt gehörten seine Storys in die Rubrik Vermischtes. Hm, was war da noch? Richtig. Er interessierte sich vor allem für neue Technologien. Internet, iPhone, iPad. Er kommunizierte via Skype und Internet-Telefon, MSN und Facebook.«

»Konntest du mehr über seine Verbindung zu Valérie Duprès erfahren?«

»Ja, ein wenig. Sie waren kein Paar, aber so oft wie möglich zusammen. Sie gingen aus, verbrachten hin und wieder ihre Freizeit zusammen und feierten gemeinsam Silvester. Allerdings wurde Valérie Duprès seit sechs oder sieben Monaten seltener mit ihm gesehen. Im Freundeskreis gar nicht mehr. Anscheinend reagierte Gamblin ausweichend, sobald man ihn nach ihr fragte. Alle wussten, dass sie an einem Buch arbeitete, doch mehr habe ich nicht herausfinden können. Duprès galt nicht gerade als überschwänglich, eher als eine verschwiegene, sogar misstrauische Person.«

»Gibt es irgendwelche Hinweise auf ihr Buch?«

»Nicht, dass ich wüsste, aber wir hatten auch noch keine

Zeit, uns damit zu befassen. Eine mysteriöse Geschichte, so viel ist sicher. Vielleicht hatte Duprès Angst, man könnte ihre Idee klauen. Sicher ist nur, dass sie auch in der Vergangenheit heikle Themen aufgegriffen hat und sich zum Schutz ein Pseudonym zulegen musste. Einige ihrer Bekannten wussten von dem falschen Personalausweis. Diese Véronique Darcin gibt es übrigens wirklich, sie hat das gleiche Alter wie Duprès und lebt in Rouen. Sie ahnt nicht einmal, dass hin und wieder ihre Identität missbraucht wird.«

»In ihrer Wohnung gab es absolut keinen Hinweis auf ihr Buchprojekt«, erklärte Lucie, »weder Arbeitsmaterial noch Notizen. Entweder hat sie alles mitgenommen oder aber der Einbrecher.«

»Ich habe etwas«, warf Pascal Robillard ein und räusperte sich. Seine Sporttasche stand hinter ihm in einer Ecke. »Bei der Durchsicht ihrer Bankkonten fiel mir Folgendes auf: Vergleicht man die Kontenbewegungen mit den Visumsanträgen, so kommt einiges Interessante dabei heraus.«

Er blätterte in dem dicken Stapel Papier, aus dem Post-its in allen Farben herausragten. Bestimmte Zeilen waren mit Marker hervorgehoben. Lucie fragte sich, wie Robillard sich in einem derartigen Wust von administrativem Schriftverkehr zurechtfinden konnte.

Robillard fuhr fort: »Es gibt noch Hunderte von Unterlagen, die ausgewertet werden müssen. Bis jetzt habe ich mich nur mit den auffälligsten Fakten beschäftigt – den größeren Ausgaben und Transaktionen im Ausland. Sie hat im April 2011 in Lima und La Oroya, Peru, dann im Juni in Peking und Linfen, China, Geld abgehoben, Flüge reserviert, Hotels bezahlt oder Autos gemietet.

Ihre letzte Reise, Ende September 2011, hat sie in die USA geführt – Richland im Staat Washington und Albuquerque in New Mexico. In jedem Land hat sie sich jeweils zwei bis drei Wochen aufgehalten.«

Bellanger schrieb die Informationen an die weiße Tafel. »Sicherlich stehen die Reisen im Zusammenhang mit ihrem Buch. Konntest du mehr rauskriegen?«

»Noch nicht. Ich habe nie von diesen Orten gehört und keine Ahnung, was man dort finden könnte, aber darum kümmere ich mich noch. Auf jeden Fall ist sie danach nicht mehr verreist. Dabei hatte sie für November ein gültiges Visum für Indien, aber sie ist nicht hingefahren.«

»Vielleicht hat sie nach oder während ihres Amerikaaufenthalts ihre Meinung geändert?«

Robillard zuckte die Schultern. »Alle Hypothesen sind möglich. Aber da ist noch etwas: In letzter Zeit scheint Duprès nur noch mit Bargeld bezahlt zu haben. Sie hat am vierten Dezember im 18. Arrondissement dreitausend Euro an einem Geldautomaten abgehoben. Dann ist sie abgetaucht und wollte offenbar keine Spuren mehr hinterlassen, was beweist, dass sie an einer besonders riskanten Sache arbeitete.«

Bellanger schrieb mit einem schwarzen Filzstift das Wichtigste an die Tafel: 4. Dezember/3000 Euro. »Okay. Noch etwas?«

Robillard hielt einen Bankauszug in die Höhe, auf dem er mit einem farbigen Marker das Datum »Dezember 2011« hervorgehoben hatte. »Das ist der letzte Bankauszug. Danach gibt es keine Kontobewegungen mehr. Nichts!«

Die Kollegen warfen sich betretene Blicke zu. Sie verstanden sofort, was dieser Satz bedeuten konnte. Bellanger wandte sich wieder an seinen Spezialisten für Datenabgleich. »Und die Telefone?«

»Hm, da gibt es noch eine Menge zu tun, eigentlich alles. Schlechte Nachricht: Die SIM-Karten sind durch den Aufenthalt im Wasser unleserlich – mit denen können wir nichts mehr anfangen. Duprès muss alle Anrufe mit diesen Karten getätigt haben, und mehr werden wir darüber nie erfahren. Ihr Arbeits-Handy hatte sie im Januar abgegeben, bevor sie ihr Jahr Auszeit nahm. Anders ausgedrückt: Seit diesem Zeitpunkt haben wir ihre Spur, was Handys betrifft, verloren.«

»Aber wie haben denn ihre Angehörigen, Freunde oder Gamblin mit ihr Kontakt gehalten?«

»Über ihr Festnetztelefon, vermute ich. Oder aber via Internet, per Skype beispielsweise. Praktisch, gratis und ohne die geringste Spur zu hinterlassen. Wenn wir Glück haben, hat sie Freunden eine ihrer diversen Handynummern gegeben, dann könnten wir bei den Providern mehr über ihre Telefonate in Erfahrung bringen.«

Robillard blätterte in seinen Unterlagen. »Was unser Opfer in der Gefriertruhe angeht, so hatte ich noch keine Zeit, mich im Detail um Gamblins Telefonate zu kümmern. Er hatte ein Abonnement bei dem Provider SFR, und ich habe die Liste seiner Telefonate angefordert. Bestimmte, häufig angewählte Nummern auf den letzten Telefonrechnungen muss ich noch überprüfen. Mit Sicherheit handelt es sich um die von Freunden oder Angehörigen. Uns bleibt zu hoffen, dass auch die Nummer eines von Duprès' diversen Wegwerfhandys dabei ist.«

»Telefonate ins Ausland?«

»Auf den ersten Blick sieht es nicht danach aus. Kurzum, ihr habt verstanden, dass die Sache nicht ganz einfach ist. Es dauert Stunden, bis man die diversen Teilnehmer gefunden, angerufen und befragt hat. Zu viel Arbeit für mich allein.«

Das war mehr eine Forderung als eine Feststellung. Nicolas Bellanger hatte verstanden, worauf Robillard hinauswollte, und nickte zustimmend.

»Also gut, ich kümmere mich um Verstärkung und gebe eine Anzeige bei der Vermisstenstelle auf. Die Organisation wird uns zweifellos mit ein oder zwei Mitarbeitern aushelfen.«

»Prima, die kann ich gut gebrauchen.«

Der Gruppenleiter betrachtete seine Notizen und richtete sich erneut an seine Ermittler. »Okay … Franck und Lucie, wie steht es mit euren Ermittlungen?«

Die beiden Polizisten berichteten über ihre neuesten Entdeckungen, von dem unbekannten Kind im Krankenhaus, von dem Befund der Autopsie und den Artikeln aus den vier Zeitungen. Lucie klärte die Gruppe über ihre gemeinsame Theorie auf, nämlich dass vor acht und elf Jahren jemand mindestens zwei Frauen ermordet und zwei weitere zu ertränken versucht hatte und vielleicht auch für den Mord an Christophe Gamblin verantwortlich war.

»Ein Serienkiller?«, murmelte Bellanger. »Das hat uns gerade noch gefehlt.« Er warf einen Blick auf die vollgeschriebene Tafel, dann auf seine Uhr. »Die Zeit vergeht zu schnell. Was würde eine erste Bilanz dieses ganzen Durcheinanders ergeben?«

Lucie meldete sich zu Wort. »Zwei Journalisten recherchieren jeweils in sensiblen Angelegenheiten: Gamblin über die eigenartigen Todesfälle durch Ertrinken, Duprès über … keine Ahnung. Der eine ist tot, die andere spurlos verschwunden. Schließen wir einen Zufall aus und berücksichtigen wir die Freundschaft zwischen den beiden, sagt uns der gesunde Menschenverstand, dass beide Fälle in irgendeiner Form zusammenhängen.«

»Zwei Fälle und ein Kind in der Mitte«, fügte Sharko hinzu. »Ein Kind, von dem wir nur wissen, dass es Kontakt zu Valérie Duprès hatte und dass es ernsthaft krank ist.«

»Und wir haben einen sadistischen Mörder, der plötzlich aus dem Nichts auftaucht«, ergänzte Bellanger.

Nach gut zwanzig Minuten entließ der Gruppenleiter sein Team. Jeder wusste genau, wo er als Nächstes den Hebel anzusetzen hatte: Robillard würde weiterhin alle Telefondaten der beiden Hauptpersonen auswerten, Levallois die Nachbarschaftsbefragungen fortsetzen, Lucie – ihrem eigenen Vorschlag entsprechend – die in den Jahren 2003 und 2004 wundersam geretteten Frauen befragen sowie die Kripobeamten in Grenoble kontaktieren. Sharko hingegen wollte unbedingt in Paris bleiben und am Quai de l'Horloge prüfen, was die Nachforschungen über Giftstoffe und eventuelle DNA-Spuren ergeben hatten.

Alle machten sich an die Arbeit und waren sich darüber im Klaren, dass sie noch sehr weit vom Ziel entfernt waren.

Kapitel 14

Lise Lambert, Embrun …

Lucie hatte problemlos die Adresse und die Festnetznummer der Frau ausfindig gemacht, die im Januar 2004 im See aufgefunden und wiederbelebt worden war. Doch als sie die Nummer wählte, meldete sich eine alte Dame, die ihr erklärte, Lise Lambert habe ihr das Haus 2008 verkauft und lebe jetzt in der Nähe von Paris. Mit etwas Beharrlichkeit war es Lucie gelungen, dem Gedächtnis der Dame auf die Sprünge zu helfen, sodass sie sich an den Namen des Ortes erinnerte, nämlich Rueil-Malmaison. Aus dem Online-Telefonbuch hatte Lucie dann die neue Anschrift von Lise Lambert herausgesucht.

Sie verabschiedete sich von Sharko, der an seinem Computer saß, und verließ das Großraumbüro. Im Hof beobachteten einige Polizisten belustigt die städtischen Arbeiter, die ein neues Schild mit der Aufschrift »36, Quai des Orfèvres« über dem Eingangstor befestigten. Es wurde immer wieder gestohlen, aber diesmal hatte der Dieb ganze Arbeit geleistet, denn er hatte es verstanden, die Überwachungskamera zu umgehen.

Lucie lief zu ihrem Peugeot 206, der in einer Ecke geparkt war. Manchmal fuhren Franck und sie mit ihren eigenen Wagen, um größere Bewegungsfreiheit zu haben und nicht um eines der Dienstfahrzeuge betteln zu müssen, von denen es ohnehin zu wenige gab.

Nach einstündiger Fahrt über die recht gut geräumten Straßen erreichte sie ihr Ziel. Lise Lambert wohnte in einem kleinen, unscheinbaren Reihenhaus mit verputzter Fassade und einem renovierungsbedürftigen Dach. Doch Lucie stand vor verschlossener Tür. Eine Nachbarin erklärte ihr, die Besitzerin arbeite in einem großen Gartencenter am Ortsausgang, an der Nationalstraße 13.

Lucie war nervös, als sie Lise Lambert gegenüberstand – einer hochgewachsenen, dunkelhaarigen Frau in den Vierzigern mit freundlichem Gesicht und haselnussbraunen Augen. Sofort fiel ihr die Ähnlichkeit mit den beiden ertrunkenen Opfern auf.

Die Angestellte trug eine dicke grüne Jacke mit dem Logo des Geschäfts sowie grüne Halbfingerhandschuhe und war damit beschäftigt, in einem eiskalten Lagerschuppen Säcke mit Blumenerde und Sand auszuzeichnen.

Lucie sprach sie an und stellte sich vor: Kommissarin Henebelle von der Pariser Kripo. Verblüfft unterbrach Lise Lambert ihre Arbeit. »Ich möchte Ihnen im Zusammenhang mit aktuellen Ermittlungen einige Fragen stellen.«

»Gerne, aber ich wüsste nicht, wie ich Ihnen helfen könnte.«

Eilig streifte Lucie ihre Handschuhe ab, kramte in ihrer Tasche und zeigte ihr das Foto, auf dem Christophe Gamblin und Valérie Duprès zusammen zu sehen waren. »Zunächst möchte ich wissen, ob Sie eine dieser beiden Personen kennen.«

»Ja, den Mann habe ich schon gesehen. Er war vor ungefähr zehn Tagen hier.«

Zufrieden steckte Lucie die Aufnahme wieder ein. Es war logisch, dass Gamblin nach seinen Recherchen im Archiv von *La Grande Tribune* und seinem Besuch in Grenoble hier gewesen war.

»Was wollte er?«

»Mit mir reden über … Aber was ist eigentlich los?«

»Wir haben ihn ermordet aufgefunden, und seine Freundin ist verschwunden.«

Lise Lambert legte abrupt den Preisauszeichner aus der Hand. Lucie hatte bei Ermittlungen immer wieder festgestellt, dass der Hinweis auf einen Mord die Menschen erschreckte. Ruhig fuhr sie fort: »Also?«

»Er recherchierte für einen Artikel über Hypothermie. Er wollte mehr über die Umstände eines Unfalls wissen, der mir im Jahr 2004 zugestoßen ist. Und die habe ich ihm erklärt.«

Einen Artikel über Hypothermie … Genau derselbe Grund, den er auch bei dem Rechtsmediziner in Grenoble angeführt hatte. Zweifellos hatte Christophe Gamblin gelogen und die wahren Beweggründe seines Besuchs verheimlicht.

Ohne sich etwas anmerken zu lassen, fragte Lucie weiter:

»Ging es um Ihre wundersame Rettung aus dem eiskalten See? Erzählen Sie mir bitte, was damals geschehen ist.«

Das Gesicht der Frau erstarrte zu einem Ausdruck, den

Lucie als große Angst deutete. Sie ging zur Tür des Lagerschuppens, schloss sie und kam dann zurück. In dem Raum, der direkt an die Gewächshäuser grenzte, herrschten Minustemperaturen. Die Ermittlerin verschränkte die Arme, um sich aufzuwärmen.

»Eine wundersame Rettung, ja. Ich bin von weit her zurückgekommen. Das ist jetzt schon acht Jahre her. Wie die Zeit vergeht.« Lise Lambert zog ein Taschentuch heraus und tupfte sich die Nase ab. »Ich werde Ihnen erzählen, was ich auch schon dem Journalisten gesagt habe. Als ich in besagter Nacht im Krankenhaus aufgewacht bin, wusste ich nicht, was mir widerfahren war. Die Ärzte haben mir erklärt, man habe mich aus dem Lac d'Embrun gezogen und ich sei zehn Minuten klinisch tot gewesen. Zehn Minuten, in denen mein Herz nicht mehr geschlagen hat. Es war grauenvoll, so etwas zu hören. Sich zu sagen, dass man *die* Grenze überschritten hatte.«

Ihre haselnussbraunen Augen waren in die Ferne gerichtet, als ihre Hand eine hölzerne Palette streifte.

Abergläubisch, vermutete Lucie. Aber nach allem, was sie durchgemacht hatte, war das vielleicht verständlich.

»Der Tod … ich habe keine Erinnerung daran.« Sie zuckte die Schultern. »Kein Tunnel, kein helles Licht, kein Verlassen des Körpers oder sonst was. Nichts als Schwarz. Das tiefste und grauenvollste Schwarz, das man sich nur vorstellen kann. Dem Arzt zufolge gab es eigentlich keine Chance, dass ich wieder aufwache. Aber eine Verkettung glücklicher Umstände hat dazu geführt, dass ich überlebt habe.«

»Welche Umstände?«

Lise Lambert spitzte die Lippen und dachte kurz nach.

»Zunächst die Kälte. Als ich ins Wasser gefallen bin, war der Kälteschock so stark, dass meine Organe sozusagen auf

Sparflamme geschaltet haben. Das Blut hat sich sofort aus der Peripherie zurückgezogen, um die lebenswichtigen Organe wie Herz, Gehirn und Lunge zu versorgen. In manchen Fällen, die man noch nicht erklären kann, kommt es zu einem Phänomen, das den Körper augenblicklich in einen Zustand des Winterschlafs versetzt. Je stärker die Körpertemperatur sinkt, desto weniger Sauerstoff verbrauchen die Zellen. Das Herz verlangsamt seinen Rhythmus und bleibt manchmal ganz stehen, das Gehirn läuft untertourig, um sich vor Schäden zu schützen. Ich wiederhole Ihnen hier nur, was man mir erklärt hat.«

Trotz ihrer steif gefrorenen Finger versuchte Lucie, sich einige Notizen zu machen. »Sie haben von mehreren Umständen gesprochen.«

»Ja, der zweite ist relativ unverständlich. Normalerweise hätte mich ein letzter vitaler Reflex dazu treiben müssen, Wasser einzuatmen. Das ist normal, man kann nicht anders, doch auf diese Weise ertrinkt man. Dann hätten sich meine Atemwege mit Flüssigkeit gefüllt, und ich wäre erstickt. Aber ich bin nicht ertrunken. Das bedeutet, dass ein unbewusster Atemstillstand eingetreten ist. Das geschieht zum Beispiel, wenn man niedergeschlagen wird und ins Wasser fällt.«

»Sind Sie denn angegriffen worden?«

»Die Ärzte haben keine Wunden oder Hämatome festgestellt.«

»Drogen oder Betäubungsmittel?«

»Die Blutuntersuchungen haben nichts ergeben.« Sie schüttelte den Kopf, ihr Blick war in die Ferne gerichtet.

»Ich weiß, dass es unverständlich ist, aber genauso hat es sich zugetragen. Der dritte und letzte Umstand war der Anruf. Der Notrufzentrale zufolge ist er um genau 23:07 Uhr eingegangen. Um 23:15 Uhr haben sie mich aus dem

Wasser gezogen. Ich weiß nicht, um welche Zeit ich in den See gefallen bin, aber ohne den Anruf würde ich Ihnen mit Sicherheit heute nicht gegenüberstehen.«

»Weiß man, von wem der Anruf kam?«

»Nein, das hat man nie herausgefunden. Man weiß nur, dass er in einer Telefonzelle, etwa fünfzig Meter vom See entfernt, getätigt wurde. Wirklich in direkter Nähe des Ortes, an dem man mich gerettet hat.«

Lucie überlegte. »War das die einzige Telefonzelle in der Gegend?«

»Ja.«

»Warum hat Ihr Retter das Telefon benutzt, statt selbst einzugreifen?«

»Man kann nicht davon ausgehen, dass jemand einfach so ins eiskalte Wasser springt. Am Telefon hatte die männliche Stimme nur gesagt: ›Schnell, im See ertrinkt jemand.‹ Die Notrufzentrale hat den Anruf aufgezeichnet.

Als ich wieder gesund war, habe ich ihn abgehört, und es war ein seltsames Gefühl, denn der Mann am Telefon sprach von mir. Wenn er mich angegriffen oder ins Wasser gestoßen hätte, warum hätte er dann Hilfe rufen sollen?«

Lucie notierte die Umstände und die Uhrzeit. Die ganze Geschichte kam ihr völlig verrückt vor. »Offenbar können Sie sich nicht erinnern, wie Sie ins Wasser geraten sind«, sagte sie. »Wie sind Sie zum See gelangt? Was ist Ihre letzte Erinnerung?«

Lise Lambert zog ihre Halbfingerhandschuhe aus und legte sie neben den Computer. »Das hat mich der Journalist auch gefragt. Ich sage Ihnen dasselbe wie ihm: Ich saß mit meinem Hund vor dem Fernseher. Zwischen diesem Augenblick und dem, als ich im Krankenhaus aufgewacht bin, ist nur ein großes schwarzes Loch. Die Ärzte haben mir erklärt, der Erinnerungsverlust sei vermutlich auf meinen Scheintod zurückzuführen. Die drastische Senkung des Sauerstoffverbrauchs hat vermutlich mein Gedächtnis daran gehindert, Erinnerungen zu speichern. Ich muss die Stunden vor dem Unfall schlichtweg vergessen haben.« Sie sah auf ihre Uhr und sagte ein wenig ungeduldig: »Es ist elf Uhr dreißig … um zwölf Uhr fünfzehn muss ich an die Kasse. Ich habe nur wenig Zeit, um zu Mittag zu essen. Das ist eigentlich alles, was ich Ihnen sagen kann. Und genau das habe ich auch dem Journalisten erzählt.«

Lucie wollte sich damit nicht zufriedengeben. Sie rührte sich nicht vom Fleck. »Warten Sie, Sie saßen also zu Hause vor dem Fernseher. Wie sind Sie Ihrer Meinung nach an diesen See gelangt?«

»Manchmal gehe ich mit meinem Hund am Ufer spazieren, auch im Winter und abends. Vielleicht war es das. Ich bin sicher ausgerutscht und habe mich gestoßen, ohne dass man hinterher etwas gesehen hätte. Damals hatte ich noch langes Haar und …«

»Hat man Ihren Hund später draußen herumirrend gefunden?«

Sie zuckte die Schultern. »Er war auf jeden Fall vor dem Haus. Nach dem Unfall sind in jener Nacht viele Menschen bei mir ein- und ausgegangen. Vor allem meine Eltern, um ein paar Sachen für meinen Krankenhausaufenthalt zusammenzupacken.«

»Und der Mann aus der Telefonzelle? Sie haben sich doch sicher Fragen gestellt. Haben Sie eine Erinnerung an den Unbekannten? Hat Sie in den Tagen zuvor jemand angesprochen? Gibt es nichts Besonderes, was Sie mir sagen könnten? Es ist sehr wichtig.«

Lise Lambert schüttelte den Kopf. »Erst der Journalist,

jetzt Sie … Warum stellen Sie mir all diese Fragen? Ich habe es Ihnen doch gesagt, ich erinnere mich nicht.«

Lucie klopfte nervös mit ihrem Stift auf das Notizbuch. Sie hatte nichts Entscheidendes herausgefunden. Höchstens eine verbesserte Version dessen, was sie in der Rubrik »Vermischtes« gelesen hatte.

Sie spielte ihren letzten Trumpf aus. »Es gab mehrere.«

»Wie meinen Sie das?«

»Mehrere Opfer. Zunächst eine andere Frau in Volonne in der Nähe von Digne-les-Bains im Département Hautes-Alpes. Dieselben Umstände. Ein Sturz ins eiskalte Wasser, ein anonymer Anruf bei der Notrufzentrale, eine wundersame Wiederbelebung. Zwei weitere Frauen um die dreißig, mit haselnussbraunen Augen, wurden in den Jahren 2001 und 2002 in einem See aufgefunden – diesmal allerdings tot. Offenbar sind sie zuerst vergiftet, dann aus ihrer Wohnung entführt und schließlich, ganz in der Nähe ihrer Wohnung, in eiskaltes Wasser geworfen worden.«

Lise sah Lucie eine Weile an und biss sich auf die Lippe.

»Wussten Sie das?«, fragte Lucie.

Lise Lambert zog mit einem Ruck den Reißverschluss ihrer Jacke zu. »Kommen Sie mit in den Schnellimbiss. Ich werde Ihnen meine Albträume erzählen – wie dem Journalisten auch.«

Kapitel 15

Unmittelbar nach der Besprechung, als Lucie zu Lise Lambert gefahren war und die anderen ihrer Arbeit nachgingen, hatte sich Sharko an seinen Computer gesetzt.

Nachdem er eine Weile gesucht hatte, notierte er eine Adresse auf einem Post-it und schob es in seine Tasche. Dann druckte er das Formular aus, das auf der aufgerufenen Seite angezeigt wurde, rollte es zusammen und steckte es in die Innentasche seiner Jacke. Kurz darauf holte er sich einen wattierten Umschlag aus dem Sekretariat und begab sich zum Erkennungsdienst, der nur etwa hundert Meter entfernt am Quai de l'Horloge lag.

Er stattete den verschiedenen Labors einen Besuch ab, um sich über den Fortgang der Untersuchungen zu informieren. Das graphologische Gutachten bestätigte, dass der Zettel in der Tasche des Jungen von Valérie Duprès geschrieben worden war. Die papillären Spuren in Gamblins Haus stammten alle von dem Opfer und hatten ebenso wenig neue Hinweise ergeben wie die toxikologische Analyse der bei der Obduktion entnommenen Gewebeproben. Was die DNA-Untersuchung anging, so war man immer noch dabei, Gamblins Kleidung auf eventuelle Spuren zu untersuchen … eine Sisyphusarbeit, die viel Zeit in Anspruch nahm.

Schließlich ging Sharko in die Abteilung »Dokumentation und Spurenkunde«. Er begrüßte den Leiter Yannick Hubert, den er gut kannte, und reichte ihm ein Plastiktütchen mit dem Blatt Papier, das er an der Kühlbox gefunden hatte. »Kannst du dir das ansehen? Ich weiß nicht, vielleicht den Klebstoff herausfinden oder die Druckermarke. Und übrigens – das ist eine persönliche Anfrage.«

Hubert willigte ein und versprach, sich der Sache so schnell wie möglich anzunehmen.

Als Sharko das Labor verließ, hatte er zwar keine neuen Hinweise erhalten, aber ein Set zur Entnahme von Speichelproben und Latexhandschuhe in der Tasche. Er ging zu seinem Wagen und ließ den Motor an. Er beobachtete die

Passanten und Fahrzeuge im Rückspiegel. Vielleicht befand sich der Verrückte ja unter ihnen.

Aufmerksam darauf bedacht, dass niemand ihm folgte, fuhr er in das letzte Stockwerk des Parkhauses, das in der Nähe des Boulevard du Palais lag und auf dem es keine Überwachungskameras gab. Er holte das Röhrchen mit dem Sperma aus der Kühlbox und schloss sich im Wagen ein. Rasch streifte er die Gummihandschuhe über und öffnete den Umschlag, der zwei sterile Wattetupfer zur Entnahme von Speichelproben enthielt. Er tauchte sie in das Sperma, bis sie sich mit der Flüssigkeit vollgesogen hatten, dann schob er sie in das erste, für diesen Zweck vorgesehene Kuvert und dieses anschließend in den Luftpolsterumschlag.

Normalerweise arbeitete die Kripo mit den staatlichen Labors des Pariser Erkennungsdienstes zusammen, manchmal aber auch mit einem Privatlabor in Nantes, je nachdem, wie überlastet die Pariser waren oder um welchen Fall es sich handelte. Sharko hätte seine Probe zusammen mit anderen Sperma-Entnahmen verschicken können, aber das wäre zu riskant gewesen. Alles wurde streng kontrolliert, Nachweise waren nötig, ganz zu schweigen von den Problemen mit der Rechnungsadresse. Also war es einfacher und sicherer, über eines der vielen Labors für Gentests zu gehen, die im Internet annoncierten. Sharko hatte sich für *Benelbiotech* entschieden, eine belgische Firma mit gutem Ruf, deren Standort direkt an der französischen Grenze lag. Dort arbeitete man sechs Tage pro Woche und bot die Erstellung eines genetischen Profils an, ausgehend von einer Probe, die eine ausreichende Menge an DNA-Material – wie Sperma, Speichel, Hautschuppen oder Haare mit Wurzel – enthielt. Das Ergebnis sollte bei garantierter Anonymität innerhalb von vierundzwanzig Stunden per Post oder per E-Mail eintreffen.

Dann müsste Sharko es nur noch mit seinen im Zentralregister für genetische Fingerabdrücke gespeicherten Daten vergleichen.

Er fügte das Formular, das er im Internet heruntergeladen und ausgefüllt hatte, hinzu. Darauf war unter anderem die Referenznummer (Probe 2432-S) vermerkt und auch seine Handynummer. Man würde ihn per SMS verständigen, sobald die Ergebnisse an eine E-Mail-Adresse verschickt wurden, die er sich eigens zu diesem Zweck eingerichtet hatte. Im Laufe des Nachmittags würde er die Gebühr von vierhundert Euro via Internet überweisen. Der Umschlag würde innerhalb der nächsten Stunde per Kurier zugestellt. Jetzt brauchte Sharko nur noch abzuwarten. Das Resultat sollte am kommenden Montag in Laufe des Tages eingehen.

Als Sharko, zurück im Büro, gerade seine neue E-Mail-Adresse – eine verrückte Abfolge von Ziffern und Buchstaben @yahoo.com – auf seinem Computer abspeicherte, kam Bellanger zu ihm.

Der Gruppenleiter schien nicht in Form zu sein. »Schlechte Neuigkeiten. Das Revier von Maisons-Alfort hat gerade angerufen, der Junge ist aus dem Krankenhaus verschwunden.«

»Was ist das denn nun wieder für ein Mist?«

Nicolas Bellanger hockte sich auf die Schreibtischkante.

»Eine Krankenschwester hat gestern Abend gegen zweiundzwanzig Uhr auf dem Gang des Krankenhauses einen Mann – dicke khakifarbene Bomberjacke, schwarze Hose, Mütze, Handschuhe, Schal vor dem Gesicht – bemerkt. Er trug ein Kind auf dem Arm, was ihn allerdings nicht daran hinderte, sie niederzuschlagen, als sie ihn aufhalten wollte. Dann ist er die Treppe hinuntergerannt und spurlos verschwunden.«

Sharko murmelte einige Flüche. Genau das war das Problem in den öffentlichen Krankenhäusern, die rund um die Uhr geöffnet und vor allem nachts kaum überwacht waren. Jeder x-Beliebige hatte Zutritt und konnte sich ungehindert auf allen Stockwerken bewegen und die Unaufmerksamkeit oder Arbeitsüberlastung des Pflegepersonals ausnutzen, um die Krankenzimmer zu betreten.

»Gibt es irgendeinen Verdacht?«

»Im Moment nicht. Trémor, der Kommissar von Maisons-Alfort, ist an der Sache dran. Die Krankenschwester, die einen heftigen Schlag ins Gesicht bekommen hat, hat ihren Angreifer nur vage gesehen, und es gibt so gut wie keine anderen Zeugenaussagen. Es wurde Alarm wegen Kindesentführung ausgelöst, aber wir haben nur die Fotos, die aufgenommen wurden, als die Polizei das Kind am Vorabend aufgegriffen hat. Ansonsten gibt es lediglich die Beschreibung des Mannes. Und noch etwas, Trémor hat das Untersuchungsergebnis der Blutflecken bekommen, die auf dem Zettel in der Tasche des Kleinen waren. Sie stammen von Valérie Duprès.«

»Sie war also verletzt, als sie die Adresse aufgeschrieben hat.« Sharko lehnte sich auf seinem Stuhl zurück und blickte zum Fenster. Der Junge würde jetzt wieder dieselben Qualen erleiden müssen, denen er bereits entkommen war. Und Sharko wusste, dass er nicht noch einmal so viel Glück haben würde.

Kapitel 16

Lucie und Lise Lambert fanden einen ruhigen Platz im ersten Stock des Schnellimbisses. Es war noch zu früh zum Mittagessen, doch Lucie nutzte die Gelegenheit und bestellte einen Cheeseburger mit Pommes frites und eine Cola – ein nicht gerade gesundes Menü. Der Duft nach warmem Brot und gebratenem Fleisch hatte ihren Appetit angeregt.

Auf dem Weg hierher hatte sie sich weiter nach Christophe Gamblin erkundigt. Hatte er den Eindruck erweckt, Angst vor irgendetwas zu haben? Allerdings erfuhr sie diesbezüglich nichts Neues von Lise Lambert. Gamblin war normal und ruhig aufgetreten und hatte die Befragung mit Routinerecherchen für einen Zeitungsartikel begründet.

Lise Lambert wickelte ihr Sandwich aus. Dann kam sie von selbst auf das Thema zu sprechen, das Lucie interessierte.

»2007, also drei Jahre nach meinem Sturz in den See, hatte ich plötzlich häufig Albträume und flashback-artige Erinnerungen.« Sie seufzte. »Ich wollte unbedingt weg aus Embrun, von diesem See, den Bergen …, aber mich hier einzuleben, das war auch sehr schwierig.« Sie machte lange Pausen zwischen den Sätzen. Ihre haselnussbraunen Augen waren auf Lucie gerichtet. Augen, die gesehen hatten, was der Tod bedeutet. »Ich weiß noch genau, wie alles angefangen hat. Es war ein sehr heißer Tag mitten im Sommer. Ich wohnte in einem alten Landhaus, und in jenem Jahr hatte ich Probleme mit dem Abwasser. Die Rohre waren verstopft, und ich musste ganz hinten in den Garten gehen, wo sich die Sickergrube befand. Entschuldigung, was ich da erzähle, könnte Ihnen den Appetit verderben, es ist nicht ganz …«

»Machen Sie sich deshalb keine Sorgen.«

»Kurz gesagt, um die Rohre wieder freizubekommen, musste ich Natriumcarbonat hineinschütten, das ich immer vorrätig hatte. Als ich die Abdeckplatte anhob, schlug mir ein starker Gestank nach verfaulten Eiern entgegen, und ich … ich weiß nicht, wie ich es erklären soll. Ich erinnere mich nur, dass ich halb ohnmächtig auf den Kies gesunken bin. Man könnte meinen, an diesem Schwächeanfall wären die Hitze oder der Gestank schuld, aber das stimmt nicht, ich habe vielmehr plötzlich vor meinem inneren Auge eine Reihe unbekannter Bilder gesehen. Es war so, als würde man sie mir in den Kopf hämmern. Seit damals hatte ich längere Zeit fast jede Nacht diese furchtbaren Albträume.«

Lucie legte den Cheeseburger, den sie kaum angerührt hatte, beiseite und beugte sich vor. »Der Geruch nach verfaulten Eiern hat bei Ihnen verschüttete Erinnerungen wachgerufen«, erklärte sie ruhig.

»Ganz genau. Und plötzlich war ich mir ganz sicher: Genau diesen Geruch hatte ich drei Jahre zuvor wahrgenommen, an dem Abend, als ich in den See gefallen bin.«

Jetzt wusste Lucie, dass sie auf dem richtigen Weg war. Mit einem Mal wurde ihr der Zusammenhang zwischen den Morden und den beiden geretteten Frauen klar: der Schwefelwasserstoff mit seinem speziellen Geruch.

»An diesem Abend haben Sie mit Ihrem Hund auf dem Sofa gelegen. Sie haben ferngesehen. Woher hätte der Geruch kommen können?«

»Ich weiß es nicht. Wirklich nicht. Er war um mich herum und *in* mir.«

Lucie erinnerte sich, was ihr der Rechtsmediziner über dieses Gas gesagt hatte. Bei starker Dosierung war das Einatmen tödlich, bei geringerer führte es zum Bewusstseinsverlust. Noch dazu war es im Organismus nicht leicht nachzuweisen, was erklärte, dass die Blutuntersuchungen, die man bei Lise Lambert im Krankenhaus vorgenommen hatte, nichts Verdächtiges ergeben hatten. Hatte der Mörder es als Betäubungsmittel eingesetzt, um zu vermeiden, dass das Opfer im Wasser atmete und ertrank?

Aber warum?

»Erzählen Sie mir von Ihren Albträumen, von den Bildern, die Sie verfolgen.«

»Es ist immer dieselbe Szenerie. Laute Musik spielt, und ich erkenne den Vorspann der Sendung, die ich mir an jenem Abend angesehen habe. Dann bewegt sich ein Schatten an der Decke und an der Wand des Wohnzimmers. Ein Schatten, der größer und kleiner wird, um mich herumtanzt und mir furchtbare Angst macht.«

»Könnte jemand in Ihr Haus eingedrungen sein?«

»Daran habe ich auch schon gedacht, aber das ist unmöglich. Ich schließe meine Tür immer ab. Nichts war aufgebrochen oder durcheinandergebracht. Alle Fensterläden waren geschlossen. Ohne Schlüssel konnte niemand hereinkommen. Andernfalls hätte zumindest mein Hund gebellt.«

»Vielleicht war Ihr Hund auch betäubt und nicht mehr reaktionsfähig. Und wenn nun jemand Ihren Schlüssel gehabt hätte?«

»Nein, nein, den hatte niemand.«

»Vielleicht haben Sie ihn mal verloren und einen Zweitschlüssel machen lassen?«

»Nein, das habe ich auch dem Journalisten schon gesagt. Da bin ich mir ganz sicher.«

»Gut, bitte fahren Sie fort.«

Lises Finger strichen nervös über den Tisch, und Lucie spürte, dass es ihr schwerfiel weiterzusprechen.

»Dann ist alles verschwommen, wie in jedem Albtraum. Plötzlich bin ich nicht mehr im Wohnzimmer, sondern anderswo. Ich habe den Eindruck, irgendwo zu treiben, vor mir zwei riesige Augen, die in regelmäßigen Abständen blinken. Rechteckige Augen, die mir alle paar Sekunden gleißendes Licht ins Gesicht werfen. Doch dann bekommt mein Körper Halt, ich liege auf einer weichen, kompakten Unterlage. Ich glaube, es sind Laken … große Stapel weißer Laken wie Leichentücher, die mich einhüllen. Ich habe den Eindruck, dass ich tot bin und beerdigt werde. Unter mir und um mich herum ist ein Brummen, ein undefinierbares, metallisches und aggressives Geräusch, das irgendwann verstummt. Dann ergießt sich ein enormer Wasserschwall über mich. Er scheint aus dem schwarzen Nichts zu kommen und überflutet mich. Ich habe Angst, ich spüre, dass ich sterbe. Und ich …« Ihre Hände umklammerten den Pappbecher. Sie schüttelte den Kopf. »Ende des Albtraums. Und jedes Mal wachte ich in meinem Bett auf, mit dem Gefühl, ersticken zu müssen, und war schweißgebadet. Das war grauenvoll, aber glücklicherweise ist das mittlerweile vorbei.«

Sie rieb sich die Hände. Lucie versuchte vergeblich, den Sinn des Albtraums zu verstehen. Als sie ihre Notizen beendet hatte, wechselte sie das Thema. »Sagt Ihnen die Skistation Grand Revard etwas?«

Lise zögerte kurz. »Natürlich. Ich … ich bin dort öfter Ski gefahren, bis ich irgendwann damit aufgehört habe. Das war ein Jahr vor meinem Sturz in den See.«

Lucie schrieb wieder in ihr Büchlein. Diesmal hatte sie einen konkreten Anhaltspunkt. Sie war sich fast sicher, dass der Mörder sich dort auf die eine oder andere Weise die Schlüssel zu den Wohnungen seiner Opfer besorgt hatte.

»Ich nehme an, Sie haben im Hotel gewohnt? In welchem?«

»Es hieß *Les Barmes*.«

»Nicht im *Le Chanzy*?«

»Nein, nein, *Les Barmes*. Ganz sicher.«

Enttäuscht notierte Lucie den Namen. In dieser Hinsicht keine Gemeinsamkeiten mit den anderen Opfern. Die Ermittlerin überlegte und stellte weitere Fragen über das Skifahren, ohne jedoch etwas Wichtiges in Erfahrung zu bringen.

Schon bald fielen ihr keine Fragen mehr ein, und sie hatte den Eindruck, von Lise Lambert nichts Neues mehr zu hören. Aber sie wollte nicht erfolglos zurückkehren, sie durfte diese Spur nicht einfach aufgeben. Nicht jetzt.

Spur, Skifahren ... Plötzlich kam ihr eine Idee.

»Sie haben gesagt, Sie hätten endgültig mit dem Skifahren aufgehört. Warum? Ist etwas passiert?«

Lise Lambert schob den Ärmel ihres Pullovers hoch und zeigte ihr eine große Narbe.

»Ich habe mir bei einem Sturz auf einer schwarzen Piste in Grand Revard den Ellenbogen gebrochen. Das war ein Riesenschock. Seither bin ich nie wieder auf die Bretter gestiegen.«

Lucie zuckte zusammen. In ihrem Kopf schrillte eine Alarmglocke. »Nach diesem Unfall hat man Sie doch wahrscheinlich in ein Krankenhaus gebracht?«

»Ja, ich glaube ... es hieß *Les Adrets* in Chambéry.«

Lucie markierte in ihrem Notizbuch den Namen der Klinik. Sie rief sich die Karte aus dem Autoatlas ins Gedächtnis: Chambéry lag genau unterhalb von Aix-les-Bains, innerhalb des Aktionsradius des Mörders. Sie richtete sich auf und zog ihr Handy heraus. »Hat Christophe Gamblin Sie auch danach gefragt?«

»Das weiß ich nicht mehr.«

»Ich komme gleich wieder zurück.« Draußen wählte Lucie die Nummer von Chénaix. Nachdem sie sich begrüßt hatten, erklärte sie ihm den Grund ihres Anrufs. »Es geht noch einmal um die beiden ertrunkenen Opfer und um den Bericht der Kripo Grenoble.«

»Deshalb wollte ich dich auch schon anrufen, ich habe Neuigkeiten. Aber sag du zuerst. Kommst du voran?«

»Ich glaub schon. Aber ich hab leider die Obduktionsberichte nicht vor mir, könntest du mir kurz sagen, ob unsere beiden ermordeten Skifahrerinnen irgendwelche Knochenbrüche hatten, wie man sie sich beim Skifahren zuzieht?«

»Warte mal …«

Lucie, die fröstelnd vor dem Schnellimbiss auf und ab lief, hörte das Rascheln von Papier.

»Ja … also bei der einen das Schlüsselbein und bei der anderen das Schienbein. Das sind die offensichtlichsten Verletzungen. Es gibt viele andere, die …«

»Vielleicht haben sich die Ermittler nicht weiter um das Krankenhaus gekümmert, in dem die Frauen behandelt wurden?«

Schweigen.

»Natürlich, alle Skifahrer, so gut sie auch sein mögen, haben irgendwann mal einen Unfall. Und in Anbetracht des Heilungsprozesses der Knochen haben die Rechtsmediziner den Bruch in beiden Fällen lange vor dem Todeszeitpunkt datiert. Kurzum, nichts, um die Kollegen aufmerksam werden zu lassen. Die Obduktionsberichte sind über sechzig Seiten lang und enthalten viele solcher Details. Meist lest ihr Bullen sie gar nicht richtig. Glaubst du, da steckt was dahinter?«

»Ob ich das glaube? Ich bin mir so gut wie sicher. Könntest du überprüfen, ob die beiden Opfer im selben Krankenhaus behandelt wurden? Es heißt *Les Adrets* in Chambéry.«

»Tut mir leid, ich habe auch keinen leichteren Zugang zu solchen Informationen als du, das gehört zur Privatsphäre, da kann ich nichts tun … Aber warte mal. *Les Adrets*, das sagt mir etwas. Das ist doch ein großer Krankenhauskomplex, oder?«

»Keine Ahnung.« Lucie hörte das Klicken der Maus.

»Ja, genau«, bestätigte der Rechtsmediziner. »Im Internet sehe ich, dass es sich um ein wichtiges Klinikum handelt, vor allem die Kardiologische Abteilung hat einen guten Ruf. Viele Italiener und Schweizer kommen über die Grenze, um sich hier operieren zu lassen. Das Ärzteteam gehörte zu den Wegbereitern einer besonderen Operationstechnik, nämlich der kalten Kardioplegie.«

»Was ist das?«

»Durch die Injektion einer kalten kardioplegischen Lösung wird ein künstlicher Herzstillstand herbeigeführt, um so besser den Herzmuskel operieren zu können. Nach der Operation wird das Herz durch das umgekehrte Verfahren, also eine langsame Erwärmung des Blutes, reaktiviert.«

Seine Erklärungen schienen Lucie einleuchtend: Herzstillstand durch Kälte, Wiederbelebung des Muskels durch Erwärmung … Der Tod, das Leben, die Kälte … Eine Analogie zu dem, was den Opfern in den Seen widerfahren war. Das konnte kein Zufall sein. Die Ermittlerin war jetzt fast überzeugt, dass der Mörder in dem Krankenhauskomplex arbeitete oder gearbeitet hatte. Dort war er vermutlich den Opfern nach ihren Skiunfällen begegnet. Hatte auch Christophe Gamblin diese Spur entdeckt?

»Tausend Dank, Paul. Du hast gesagt, du wolltest mich auch gerade anrufen?«

»Ja, ich habe soeben das Ergebnis der toxikologischen Untersuchung für das Gefriertruhen-Opfer bekommen. Erinnerst du dich an das viele Wasser im Magen und in der Blase?«

»Ja.«

»Es war salzig und hatte einen überaus hohen Anteil an Bakterien. Die Laboranten haben Mikropartikel von Kreatinen, Hautschuppen und Haare unterschiedlicher Herkunft darin gefunden.«

Plötzlich hatte Lucie die Kälte vergessen. Das Handy ans Ohr gepresst, stand sie wie erstarrt mitten auf dem Parkplatz. »Haare unterschiedlicher Herkunft, sagst du? Was hat das zu bedeuten?«

»Ich bin mir nicht hundert Prozent sicher, aber ich habe den Eindruck, dass es sich um Weihwasser handelt.«

»Weihwasser?«

»Das ist eine durchaus plausible Vermutung. In welcher Art Salzwasser könnte man organische Rückstände verschiedener Personen feststellen?«

»In einem Brunnen? Im Meer?«

»In Brunnen gibt es kein Salzwasser, und Meerwasser enthält andere Elemente. Nein, dieses Wasser muss sich in einem Weihwasserbecken befunden haben, in das die Menschen ihre Finger stecken. Meiner Meinung nach hat dein Mörder das Opfer gezwungen, Weihwasser zu trinken, um den Teufel auszutreiben.«

Lucie verschlug es die Sprache. Sie dachte kurz nach und fragte dann: »Und bei den anderen Opfern? Hat man da auch …«

»Ich verstehe, worauf du hinauswillst, aber in den Obduktionsberichten ist dazu nichts zu finden. Ich muss jetzt aufhören. Ja, und gestern Abend habe ich Madonna verpasst, und meine Frau hat das Konzert nicht aufgezeichnet. Das ist echt nicht cool.« Chénaix legte auf.

Noch immer leicht benommen, lief Lucie zurück in den Schnellimbiss. Jetzt auch noch Weihwasser, um den Teufel auszutreiben! Sie schob diese abartige Theorie zunächst beiseite und sagte sich, dass sie vielleicht eine Gemeinsamkeit bei den Opfern gefunden hatte – das Klinikum *Les Adrets*.

Sie kannte zwar das Motiv des Mörders noch nicht, aber sie wusste, dass sie auf der richtigen Spur war.

Sie leerte ihr Tablett in die Mülltonne und bedankte sich bei Lise Lambert.

Als sie wieder in ihrem Wagen saß, rief sie Nicolas Bellanger an, um ihn über ihre Entdeckungen zu informieren. Sie wollte nach Chambéry fahren und dort ermitteln. Der Gruppenleiter hingegen wollte zunächst die Lage analysieren, eventuell die Grenobler Kripo einschalten, da sie ursprünglich für den Fall zuständig gewesen war. Lucie, die ihn gut kannte, setzte ihre ganze Überzeugungskraft ein, um ihn davon abzuhalten. Wenn die Pariser Mordkommission den Fall löste, wäre das ein Pluspunkt für Bellanger. Sie versicherte ihm auch, dass die Staatsanwaltschaft das Rechtshilfeersuchen sicherlich so abfassen würde, dass der Kompetenzbereich der Kripo über den Pariser Raum hinaus ausgeweitet würde. Dann könnte sie ganz legal in der Region Rhône-Alpes ermitteln, und zwar zunächst, ohne dass sich die Kollegen aus Grenoble einmischen würden. Sie sprachen noch fünf Minuten, dann legte Lucie lächelnd auf. Sie wusste, dass sie gewonnen hatte.

Doch schon bald darauf zog sich ihr Magen zusammen. Sie würde vielleicht höchstpersönlich einen Frauenmörder stellen müssen, der sich seit über zehn Jahren in den Bergen versteckt hielt.

Kapitel 17

Während Lucie mit Sharko sprach, lief sie nervös im Schlafzimmer auf und ab. Sie packte ihre Sachen in einen von Sharkos alten Koffern – ein unmögliches Lederding, das aber wenigstens Rollen hatte.

»Weißt du, ich wäre auch gut mit Levallois zurechtgekommen. Grenoble ist schließlich nicht am Ende der Welt!« Dann steckte sie das Schmerzgel, mit dem sie ihren Knöchel regelmäßig einrieb, in die Gürteltasche. »Außerdem glaube ich, dass Nicolas ohne dich nicht klarkommt, er ist jetzt schon überfordert.«

»Hat Nicolas dir das gesagt?«

Lucie sah ihn verwundert an. Der Ton, den er anschlug, gefiel ihr gar nicht. Doch sie zog es vor, darauf nicht zu reagieren. »Nein, aber man spürt, dass er dich in seiner Nähe haben möchte.«

Die Hände hinter dem Rücken verschränkt, trat Sharko seufzend ans Fenster. »Pack bitte genügend Kleidung ein. Es ist durchaus möglich, dass wir morgen nichts erreichen. Dann könnten wir zumindest das Wochenende dort unten verbringen. Chambéry ist eine hübsche Stadt. Und da wir beide nichts vorhaben … Oder musst du am Sonntag irgendwo hin?«

Lucie runzelte die Stirn. Diesmal reichte es ihr. »Warum bist du plötzlich so eigenartig? Zuerst Ferien auf Guadeloupe, jetzt Chambéry. Wir kommen doch mit unseren Ermittlungen gut voran. Ein Kind ist verschwunden, und du willst von hier weg? Warum willst du mich unbedingt aus Paris weglocken? Außerdem – einen laufenden Fall aufzugeben, das passt so gar nicht zu dir.«

»Ich gebe nichts auf. Aber ich darf dich daran erinnern, dass wir nicht die Einzigen sind, die arbeiten. Ich denke nur ein bisschen an uns, das ist alles.« Der Kommissar sah aus dem Fenster, das auf den Parc de la Roseraie hinausging. Es wurde schon dunkel, und die Zweige bogen sich unter dem Gewicht des Schnees. Aufmerksam betrachtete er die Bürgersteige, dann wandte er sich wieder zu Lucie um. »Vergiss meine anthrazitfarbene Krawatte nicht und den Anzug, der dazu passt. Den trage ich zu allen wichtigen Anlässen. Und falls wir diesen Dreckskerl zufällig festnehmen würden, wäre das einer.«

Eine Stunde später machten sie sich auf den Weg. Die Fahrt in den Süden verlief nicht besonders entspannt. Zwar hatte sich Sharko im Schein der kleinen Leselampe in die Lektüre von *Le Figaro* vertieft, doch Lucie spürte, dass er angespannt war und sich irgendwie ausgegrenzt fühlte. Er verhielt sich anders als normalerweise. Etwas, das über die Ermittlungen hinausging, schien ihn zu beschäftigen. War es wegen des Kindes, das sie nicht bekommen konnten? Fühlte Franck sich in seiner Männlichkeit gekränkt? Und wenn es diesmal auch wieder nicht klappte? Lucie sagte sich, dass man vielleicht genauere Untersuchungen ins Auge fassen müsste. Sie ging auf die vierzig zu, und womöglich nahm ihre Fertilität ab, weil der dramatische Tod ihrer Zwillinge ihre biologische Uhr aus dem Gleichgewicht gebracht hatte. Vielleicht hatte Franck damit ein Problem, auch wenn er nicht darüber sprach.

»Da steht wirklich nichts drin, verdammt noch mal!« Sharko warf die Zeitung ungeduldig ins Handschuhfach, drehte sich zur Seite und schlief schließlich ein. Lucie, die jetzt schon die ersten Bergtäler in der Dunkelheit erahnen konnte, konzentrierte sich auf die Straße.

Vor der Abfahrt hatte sie versucht, Amandine Perloix, das zweite wiederbelebte Opfer, zu erreichen, die in einer kleinen Stadt in der Provence wohnte. Lucie hatte sie nicht erreicht, also würde sie, wenn es sein musste, hinfahren. So hatte es wahrscheinlich auch Christophe Gamblin gemacht.

Hinter Lyon hielten Lucie und Sharko an einer Autobahnraststätte und aßen eine Kleinigkeit.

Anschließend übernahm Sharko das Steuer. Doch die

Strecke über die Autobahn entpuppte sich als eine wahre Qual, denn plötzlich befanden sie sich inmitten von Urlaubern – vollbeladene Wagen mit brüllenden Kindern auf dem Rücksitz und Skiern auf dem Dach. Doch schlimmer war der Nieselregen, der anstrengend für die Augen war, die Scheiben verschmierte und auf der Fahrbahn zu gefrieren schien. Die Außentemperatur betrug minus ein Grad Celsius, die Straßen wurden gefährlich glatt, und die Autos fuhren auf allen drei Spuren unter fünfzig Stundenkilometern.

Lucies Peugeot 206 fuhr durch dunkle Täler und an leuchtend weißen Bergen vorbei, bis sie schließlich gegen Mitternacht Chambéry erreichten. Aus der Ferne erinnerte die Stadt an eine große, auf den Felsen ausgestreckte Katze.

Als sie endlich ausstiegen, streckten Sharko und Lucie sich ausgiebig. Die Luft war feucht und kalt. Der Reisedienst hatte ihnen ein Doppelzimmer in einem Zwei-Sterne-Hotel reserviert – es lebe die Sparsamkeit! Doch Sharko fand auf eigene Kosten ein Drei-Sterne-Haus, das wesentlich angenehmer war und Blick auf die Berge bot.

Nach einer warmen Dusche fielen sie erschöpft ins Bett und schmiegten sich aneinander. Sharko streichelte zärtlich den Nacken seiner Freundin. Weit von Paris und den bedrückenden Geheimnissen entfernt, fühlte er sich viel besser.

»Es tut mir gut, mit dir hier zu sein«, murmelte er. »Ich hoffe, wir können bald öfter solche gemeinsamen Ausflüge unternehmen, aber ohne Mordermittlungen. Du hast dann einen dicken Bauch, und wir können an die Zukunft denken.« Er schwieg eine Weile und fuhr schließlich fort: »Alle Paare denken an die Zukunft.«

Seine Stimme klang sanft, doch Lucie nahm einen vorwurfsvollen Unterton wahr. »Nur ich denke immer an die Vergangenheit, meinst du das?«

»Das habe ich nicht gesagt.«

»Aber gedacht. Du musst mir einfach etwas Zeit lassen.«

»Du kannst dir so viel Zeit lassen, wie du willst. Aber glaubst du wirklich, ein Baby würde alles ändern und verhindern, dass du ständig an deine beiden Mädchen denkst?«

Er bekam keine Antwort. Hatte sie ihm nichts anzuvertrauen, nichts zu sagen? Also wagte er sich auf gefährliches Terrain vor. »Weißt du, es könnte auch genau das Gegenteil eintreten. Bist du dir sicher, dass du das Kind wirklich um seiner selbst lieben würdest?«

»Ja, das bin ich. Wenn ich sie ansehe, werde ich nur noch an die Zukunft und an all die schönen Dinge denken, die wir gemeinsam unternehmen können. Du, sie und ich. Ich will, dass wir glücklich sind.«

Es folgte ein langes Schweigen. Sie liebkosten sich schüchtern. Dabei hätten sie es belassen und einfach einschlafen können.

Doch Sharko konnte nicht umhin, seinen Gedankengang zu Ende zu führen. »Du sagst ›sie‹. Und was, wenn es ein Junge wird?« Er wusste, dass er eine Dummheit gesagt hatte, und biss sich auf die Lippe.

Lucie richtete sich in der Dunkelheit auf und schlug heftig die Bettdecke zurück.

»Scher dich zum Teufel, Sharko!«

Sie schloss sich im Badezimmer ein.

Sharko hörte sie weinen.

Kapitel 18

Das Krankenhaus *Les Adrets* wirkte aus der Ferne wie ein überdimensionaler, länglicher Granitblock, der mitten in der Natur lag. Der ganze Komplex mit etwa zwanzig Gebäuden erstreckte sich über mehrere Hektar, deckte von der Entbindungsstation bis zur Geriatrie alle klinischen Fachrichtungen ab und war das wichtigste klinische Zentrum in der Region Rhône-Alpes. Die Umgebung war traumhaft – wie majestätische Hohepriesterinnen in weißen Gewändern erhoben sich die verschneiten Berge ringsumher.

Nachdem Lucie und Sharko eine Schranke passiert hatten – hier wurden die Autos kontrolliert, um zu vermeiden, dass Touristen die Parkplätze besetzten –, stellten sie den Wagen in der Nähe der Notaufnahme ab. Das Klinikum war riesig, ein wahres Labyrinth. Nach der Fahrt vom Hotel bis hierher auf vereister, glatter Strecke konnte Sharko nun endlich den Motor ausschalten. Mit den Fingerspitzen strich er seine anthrazitfarbene Krawatte glatt.

»Wir machen alles in Ruhe und eins nach dem anderen. Du gehst in die Kardiologie und versuchst, Informationen über Herzoperationen und Hypothermie zu sammeln, während ich in der Notaufnahme beginne, wo logischerweise die Brüche eingeliefert werden. Dort werde ich auch erfahren, ob die Opfer aus den Seen seinerzeit nach Skiunfällen hier behandelt wurden, und gleichzeitig besorge ich mir die alten Personallisten. Vielleicht finden wir eine Person, die als Täter infrage kommt … Und wir sollten unsere Handys eingeschaltet lassen.«

Lucie nahm die blaue Mappe mit den Obduktionsberichten an sich. Als die beiden aus dem Wagen stiegen, knirschte

Streusalz unter ihren Schuhsohlen, und beißende Kälte ließ sie erschauern, sodass sie fröstelnd die Kragen ihrer Mäntel hochschlugen. Die Farbe des Himmels kündigte weitere Schneefälle an.

»Und vermeide es möglichst, den Leuten auf die Nase zu binden, dass du von der Polizei bist«, warnte Sharko. »Jeder kann unser Mann sein. Wenn er noch hier arbeitet und tatsächlich Christophe Gamblin umgebracht hat, ist er sicher auf der Hut.«

Sie stimmte ihm zu und wickelte sich noch enger in ihren Mantel. Sharko zog sie an sich und wollte ihr einen Kuss geben, doch sie wandte sich ab und ging.

Der Kommissar blieb allein zurück und seufzte. »Blödsinn«, murmelte er, allerdings laut genug, dass Lucie es noch hören konnte.

Professor Ravanel leitete die Abteilung für kardiovaskuläre Chirurgie mit rund dreißig Mitarbeitern. Er stand in seinem großen Büro – in einer Ecke ein Putter und Golfbälle –, als Lucie ihm die Hand entgegenstreckte und sich vorstellte.

Nach der ersten Überraschung forderte der Chirurg Lucie höflich auf, Platz zu nehmen. Sie hatte eine Stunde in der Halle gewartet und zwei Kaffee getrunken, bevor sie zum Abteilungschef gerufen wurde. Ohne die Ermittlungen im Detail zu beschreiben, fragte sie den Arzt, ob ihm der Name Christophe Gamblin etwas sagte – was er verneinte – und ob er von den 2003 und 2004 überraschend wiederbelebten Frauen gehört habe, die aus den Seen Embrun und Volonne gerettet worden waren.

»Nein. Ich pendle zwischen Frankreich und der Schweiz. Wenn ich mich recht entsinne, habe ich damals ausschließlich in der Schweiz operiert.«

Die Stimme des Chirurgen war kräftig und ruhig und erinnerte an die von Sharko. Lucie balancierte die blaue Mappe und ihr Handy auf den Knien, als eine SMS von ihrem Partner eintraf, die sie diskret las: *Passt! Alle vier Opfer sind hier im Krankenhaus behandelt worden. Ich suche weiter. Bist du noch sauer?*

Mit einer gewissen Befriedigung setzte Lucie ihre Befragung fort. »Können Sie mir erklären, was es mit Ihrem Spezialgebiet, der kalten Kardioplegie, auf sich hat?«

»Man könnte sie ebenso gut therapeutische Hypothermie nennen. Normalerweise ist es sehr schwierig, ein Herz zu operieren, wegen der Atembewegungen und der Herzmuskeltätigkeit. Deshalb ist es notwendig, die Aktivität zu verlangsamen oder ganz zu stoppen. Doch das lässt sich mit dem Leben als solches nicht vereinbaren, da die Blut- und damit auch die Sauerstoffversorgung der Organe nicht mehr gewährleistet ist.« Er schob Lucie eine Broschüre mit farbigen, gut verständlichen Zeichnungen zu, die seine Erklärungen illustrierten. »Deshalb kommen zwei sich ergänzende Techniken zur Anwendung. Zunächst eine extrakorporale Blutzirkulation. Wie Sie auf dem Schema sehen, wird das Blut über ein Schlauchsystem aus dem Körper geleitet, dabei abgekühlt, mit Sauerstoff angereichert und in die Arterien zurückgeführt. Auf diese Weise werden Herz- und Lungentätigkeit herabgesetzt, der Körper befindet sich in Hypothermie.«

Lucie betrachtete die Zeichnungen, die einen liegenden Patienten mit geöffneter Brust darstellten, umgeben von gigantischen Maschinen, Monitoren, Flaschen und Schläuchen. Geräte, die das Leben auf der einen Seite aufsaugten, auf der anderen zurückpumpten. Sie hoffte inständig, sich nie einer solcher Operation unterziehen zu müssen.

»Anschließend spritzen wir eine kaliumreiche, sehr kalte Flüssigkeit mit einer Temperatur von etwa vier Grad Celsius in die Koronargefäße, was zum sofortigen Herzstillstand führt. Jetzt können wir den Herzmuskel in aller Ruhe operieren. Der Schlüssel dieser Methode liegt in den kalten Fluiden – erst das abgekühlte Blut, dann die Kaliumlösung –, was den Sauerstoffbedarf des Organismus drastisch absenkt und auf diese Weise die Risiken minimiert.«

Lucie schloss die Broschüre, legte sie auf den Schreibtisch und zog ihr Notizbuch aus der Tasche. »Ich vermute, es besteht ein direkter Zusammenhang zwischen Ihrer Methode und jenen Menschen, die nach einer zufälligen Hypothermie wieder zum Leben erwachen?«

»Da haben Sie völlig recht. Die therapeutische Hypothermie ist aus der Beobachtung natürlicher Phänomene entstanden. In den Vierzigerjahren operierte man an schlagenden Herzen, weil es keine andere Möglichkeit gab. Das war gefährlich und selten von Erfolg gekrönt. Damals glaubte man übrigens, dass Kälte den Bedarf an Sauerstoff im Organismus erhöhe. Die Rettung von Hypothermie-Opfern hat die Forscher dann vor die Frage gestellt, ob Kälte den Körper nicht in einen Zustand des Scheintods versetzt.«

Er blickte zum Fenster hinaus. Auch Lucie bewunderte die Aussicht, die Abwechslung von Paris tat gut.

»Flora und Fauna liefern uns genügend Beispiele dafür. Die Nadelbäume, die Sie dort drüben sehen, wachsen am Berghang und können Temperaturen bis weit unter minus zehn Grad gut aushalten, obwohl der Frost den Stamm durchdringt. Der Eisfrosch ist wahrscheinlich das erstaunlichste Lebewesen in Sachen Hypothermie. Er lebt in den kältesten Gebieten von Nordamerika und hält eine besondere Art von Winterschlaf. Seine Körpertemperatur sinkt fast auf den Gefrierpunkt, er vereist, und würde man ihn in diesem Zustand zu Boden werfen, würde er zerbrechen. Im Frühjahr taut er schadlos wieder auf. Augenblicklich versuchen Forscher, dem Geheimnis dieses Frosches auf die Spur zu kommen.«

Lucie mochte Ravanels ruhige, entspannte Art zu sprechen und fühlte sich wohl in seiner Gegenwart. »Und, ist man dem Rätsel auf die Spur gekommen?«

»Noch nicht, aber ich bin sicher, dass dies bald der Fall sein wird. Eines weiß man bereits: Die Fähigkeit, den Tod durch Kälte zu überlisten, existiert auch in den menschlichen Zellen dank der Flexibilität des Stoffwechsels. Im Mai 1999 fand man eine norwegische Skifahrerin, eine Studentin, deren Oberkörper in einem vereisten Wasserfall gefangen war. Sieben Stunden nach ihrem Unfall wurde sie, unterkühlt und ohne Puls, geborgen, aber sie lebte … Mitsukata Uchikoshi, ein Japaner, der sich verletzt im Gebirge verlaufen hatte, hat vierundzwanzig Tage ohne Wasser und Nahrung überlebt. Bei seiner Rettung befand er sich in einer Art Winterschlaf, und seine Körpertemperatur betrug nur noch zweiundzwanzig Grad Celsius.« Der Professor rückte den Stift in seiner Kitteltasche gerade. Seine Gesten waren präzise und besonnen. Ein Mann, der es gewohnt war, in der Öffentlichkeit aufzutreten und zu sprechen. Er fuhr fort: »Viele Fälle zeigen, dass uns trotz Evolution ein paar tierische Reflexe erhalten geblieben sind, wie zum Beispiel unser Anpassungsvermögen im Wasser. Wird ein menschlicher Körper in Wasser mit einer Temperatur um die siebzehn Grad getaucht, versucht er, sich zu akklimatisieren: Das Herz schlägt langsamer, es kann sogar zum Stillstand kommen, der Blutstrom konzentriert sich auf die wichtigsten Organe, und die Lungenbläschen füllen sich mit Blutplasma. Doch in den meisten Fällen endet dieser Anpassungsversuch mit dem Tod, wenn auch einige außergewöhnliche Fälle zu neuen Forschungsansätzen ermutigen.«

Lucie notierte rasch die für sie wichtigsten Fakten und kam auf ihr Anliegen zurück. »Vorhin sprachen Sie von Kalium, um einen künstlichen Herzstillstand herbeizuführen. Wir, bei der Polizei, kennen diesen Stoff gut. Er ist gefährlich und als ›todbringende Substanz‹ eingestuft worden.«

Der Chirurg grinste breit. »Eine so gut wie nicht nachweisbare Mordwaffe, zumal ein Körper Kalium produziert, sobald seine lebenswichtigen Organe nicht mehr funktionieren. Einfallsreichtum und Intelligenz Ihrer Mörder sind offenbar grenzenlos.«

»Wenn Sie wüssten … Auch ich könnte Ihnen anhand von Bildern anschaulich zeigen, wozu sie in der Lage sind.«

»Das glaube ich Ihnen aufs Wort.«

Lucie erwiderte sein Lächeln und fragte: »Könnte ebenso wie Kalium auch Schwefelwasserstoff die Herztätigkeit vorübergehend stoppen?«

Der Professor zog seine buschigen Augenbrauen zusammen. »Woher wissen Sie das?«

Lucie spürte, dass sie in die richtige Kerbe geschlagen hatte. Der Mann reagierte nicht so, als würde sie Unsinn reden. Es blieb ihr keine andere Wahl, sie musste Farbe bekennen, um mehr zu erfahren. »Was ich Ihnen jetzt erzähle, muss unbedingt unter uns bleiben.«

»Sie können sich auf mich verlassen.«

»Ich bin hier, weil ich einen Angestellten dieses Krankenhauses verdächtige, zwei Frauen umgebracht und zwei weitere betäubt in vereiste Seen geworfen zu haben.«

Gaspar Ravanel blickte sie, die Lippen zusammengepresst, unverwandt an. Dann fragte er: »Meinen Sie jemanden aus meinem Team?«

»Könnte ich mit dieser Annahme richtigliegen?«

»Absolut nicht. Meine Mitarbeiter sind zuverlässig. Von der Krankenschwester bis zum Arzt. Alle Profile wurden bei der Einstellung sorgfältig geprüft, und wir führen regelmäßig Personalgespräche. Unser Klinikum hat einen guten Ruf und ist in ganz Frankreich bekannt.« Er hatte sich aufgerichtet und war jetzt in der Defensive.

Lucie hakte nach: »Das will ich Ihnen gerne glauben. Ich denke nicht, dass die gesuchte Person bei Ihnen arbeitet. Es dürfte sich eher um jemanden handeln, der sich um Unfallopfer kümmert, die mit Knochenbrüchen in der Notaufnahme eingeliefert wurden. Er wird jedoch Ihr Fachgebiet kennen. Die Operationen unter Hypothermie, der herbeigeführte Herzstillstand und der Scheintod müssen ihn faszinieren. Vielleicht ist es jemand, der nicht in Ihr Team aufgenommen wurde, oder ein Pfleger, der sich für Gott hält, oder aber es handelt sich um eine Hilfskraft, die auf verschiedenen Stationen arbeitet. Fällt Ihnen da jemand ein?«

Prof. Ravanel schüttelte den Kopf. »Nein. Das Personal wechselt häufig, und auch ich bin regelmäßig abwesend. Hier wimmelt es von Mitarbeitern, Studenten inbegriffen.«

Lucie öffnete ihre Mappe und reichte dem Arzt zwei bedruckte Seiten. »Hier sind Auszüge aus den Obduktionsberichten zweier Opfer und die Ergebnisse der toxikologischen Untersuchung. In beiden Fällen befindet sich Schwefelwasserstoff im Körper. Der Täter hat mindestens vier Frauen angegriffen. Zwei von ihnen hat er wahrscheinlich mit diesem Gift betäubt und in eisiges Wasser geworfen. Dann hat er in der Nacht den Notruf verständigt, und die Frauen konnten gerettet werden.«

Zum ersten Mal während dieser Unterhaltung schien der Arzt aus dem Gleichgewicht zu geraten. »Sie reden doch wohl nicht über so etwas wie suspendierte Animation?«

»Suspendierte Animation? Was bedeutet das?«

Der Arzt lehnte sich in seinem Sessel zurück und schien besorgt zu sein. »Augenblicklich laufen eher geheime Forschungen zu diesem Thema. Man hat herausgefunden, dass zahlreiche Zellen auf natürliche Art Schwefelwasserstoff produzieren, besonders das Gehirn. Diese Entdeckung war umso erstaunlicher, als man Schwefelwasserstoff im Zweiten Weltkrieg als chemische Waffe eingesetzt hat. Deshalb hat man sich in der Folge mit dieser in geringer Dosierung in unserem Organismus vorhandenen Komponente genauer befasst. Vor allem im Krebszentrum Hutchinson in Seattle hat man anhand von Mäuseversuchen eine ernst zu nehmende Studie erstellt.«

Lucie notierte: *Gehirn stellt H2S her, Krebszentrum Seattle, Studie, Versuche mit Mäusen …*

»Es gab zunächst viele Misserfolge, doch dann entdeckten die Forscher, dass die Mäuse, nachdem sie eine bestimmte Menge Schwefelwasserstoff inhaliert hatten, in eine Art Scheintod verfielen. Die Atemfrequenz sank von über hundert auf unter zehn pro Minute, und der Herzschlag verlangsamte sich erheblich. In einer kalten Umgebung fiel ihre Körpertemperatur drastisch, und die Mäuse verharrten in einem ›organischen Standby‹. Ein paar Stunden später wurden sie aufgewärmt, und sie benahmen sich danach so, als sei nie etwas geschehen, und wiesen keinerlei Schäden auf.«

Er griff nach einem Blatt und begann zu zeichnen. »Sie haben sicher schon mal ›Reise nach Jerusalem‹ gespielt, oder? Eine Gruppe umkreist Stühle, und sobald ein Signal ertönt, müssen sich die Teilnehmer setzen, doch es fehlt ein Stuhl, und die Person, die keinen Platz gefunden hat, scheidet aus.

Nun stellen Sie sich eine organische Zelle wie einen Tisch mit Stühlen rundherum vor. Dort platzieren sich die für die Atmung der Zellen nötigen Sauerstoffatome. Können Sie den Vorgang visualisieren?«

»Ja, kann ich.«

»Man hat herausgefunden, dass Schwefelwasserstoff den Sauerstoffatomen wie bei der ›Reise nach Jerusalem‹ die Plätze wegnimmt. Deshalb verabreichten die Forscher den Mäusen eine kleine Dosis H2S. Tatsächlich besetzt der Schwefelwasserstoff bei diesem ›Spiel‹ acht von zehn Plätzen, und die Zelle muss mit den beiden verbliebenen Sauerstoffatomen streng haushalten. Verstehen Sie?«

»Absolut.«

»Wahrscheinlich ist genau das, allerdings auf natürliche Weise, unserer Skifahrerin und dem Japaner widerfahren. Die Forscher vermuten, dass ihr Körper mehr Schwefelwasserstoff produziert hat, um den Sauerstoffkonsum zu senken.«

Lucie versuchte, die Informationen zu verarbeiten und wie Puzzleteile zusammenzusetzen. »Sie sprechen von Versuchen mit Mäusen. An Menschen sind sie noch nicht vorgenommen worden?«

»Auf keinen Fall! Sie können sich bestimmt vorstellen, dass viele Jahre Forschung nötig sind, jede Menge Tests und Tausende von Seiten Protokolle, bevor man an Menschenversuche auch nur denken kann. Vor allem mit einem derart gefährlichen Gift. Mit klinischen Versuchen wird man frühestens in fünf oder zehn Jahren rechnen können. Aber die Möglichkeiten sind enorm. Durch eine Inhalation von Schwefelwasserstoff könnte man Patienten in diese Art reversiblen Todeszustand versetzen und bleibende Schäden während des Transports ins Krankenhaus vermeiden, beispielsweise im Fall eines Herzinfarkts.« Gaspar Ravanel griff wieder nach den Autopsieberichten. »Aus welchen Jahren stammen sie?«

»2001 und 2002.«

»Das ist mir unverständlich. Die spezifische Erforschung von Schwefelwasserstoff ist nicht älter als drei Jahre. Die Entdeckung seiner eventuellen Anwendbarkeit ist eigentlich nur auf Zufälle zurückzuführen. Zum Zeitpunkt Ihrer Berichte gab es noch gar nichts zu diesem Thema.« Er dachte kopfschüttelnd nach. »Nein, unmöglich!«

»Für Sie unmöglich. Sie sind Arzt, Forscher und retten Menschenleben. Aber stellen Sie sich einen Wahnsinnigen vor, der zufällig diese Entdeckung macht, oder wie auch immer er an sie herangekommen ist, und sie sorgfältig hütet. Er wartet keine Protokolle ab. Er fühlt sich an keine Gesetze gebunden und löscht gewissenlos Leben aus. Bedenken Sie diese Möglichkeit und sagen Sie mir, was Ihnen zu diesen Verbrechen einfällt.«

Ravanel zögerte, dann schob er die Berichte in Lucies Richtung und deutete auf ein Blatt. »Hier sehe ich eine H_2S-Konzentration von 1,47 Mikrogramm in der Leber des Opfers, und bei der 2002 gefundenen Frau liegt der Wert bei 1,27 mg, eine schwächere, aber immer noch tödliche Dosis. Was die Fälle von 2003 und 2004 betrifft, so sagten Sie, die Opfer hätten in einem Zustand der Hypothermie überlebt, ist das richtig?«

»Genau.«

»Was bedeuten dürfte, dass die H_2S-Dosierung geringer war.« Er schwieg eine Weile und fuhr dann zögernd fort: »Ich wage kaum, eine solche Hypothese aufzustellen, doch ich fürchte, die Person, die Sie suchen, hat an Menschen Experimente mit einer Methode durchgeführt, die sie auf die eine oder andere Art entdeckt hat, aber die offiziell noch nicht existiert. Das bedeutet auch, dass diese Person alle Geräte und Voraussetzungen besitzt, um eine auf ein Tausendstel Gramm genaue Dosierung vorzunehmen. Aber sie besitzt zweifellos auch Aufzeichnungen und handschriftliche Notizen zu den Formeln, die diese Ergebnisse dokumentieren.«

Lucie fand die Antwort ebenso plausibel wie folgerichtig, und sie fragte: »Aber wozu die vereisten Seen?«

»Um beide Techniken zu kombinieren und die Wirkung zu verbessern. Das Inhalieren von H_2S verlangsamt die Körperfunktionen, und das eiskalte Wasser des Sees versetzt die Testperson in einen reversiblen Todeszustand. Die beiden ersten Versuchspersonen waren ein Misserfolg, zu viel H_2S, und sie sind gestorben, bevor sie in den See geworfen wurden, die beiden folgenden hingegen waren ein Erfolg, die richtige Dosierung war gefunden. Normalerweise verlaufen Stürze in vereistes Wasser tödlich. Der Körper will sich zwar anpassen, doch ein Überleben ist eher ausgeschlossen. Aber stellen Sie sich eine Testperson vor, deren Vitalfunktionen bereits verlangsamt sind, die, sagen wir, auf dem Weg ist zu sterben, aber die im eiskalten See keinen tödlichen Kälteschock erfährt, sondern im Gegenteil die richtigen Bedingungen, um diesen ›Standby-Zustand‹ zu bewahren.«

Die Vorgehensweise des Täters schien nun einleuchtender. Lucie stellte sich einen gescheiterten Arzt vor, einen verrückten Wissenschaftler, einen leidenschaftlichen Erforscher organischer Chemie, der mit Menschenleben spielte. Dann dachte sie über die Opferprofile und ihre Gemeinsamkeiten nach: Sie alle waren junge Frauen, dunkelhaarig, hochgewachsen und schlank, mit haselnussbraunen Augen. Der Mörder litt vermutlich unter verschiedenen Störungen – er mochte ein experimentierfreudiger Psychopath, ein Sadist, sein der in der Lage war, jemanden zu entführen und aufgrund seines Forscherdrangs zu töten. Welcher Moment brachte ihm Befriedigung? Wollte er beweisen, dass er den Tod beherrschen konnte? Wollte er Personen aus dem Jenseits zurückholen?

Sie dachte an Christophe Gamblin, zusammengekauert in der Gefriertruhe, an das in den Metalldeckel gebohrte Loch, durch das der Sadist sein Opfer bis zu dessen letztem Atemzug beobachtet hatte, seine Qual, seine *Agonie*. Sie riss sich aus ihren Gedanken und bemerkte, dass sie in ihr Notizbuch kritzelte.

Sie wandte sich wieder Prof. Ravanel zu. »Was bedeutet für Sie das Wort *Agonia*?«

Ravanel schaute auf sein vibrierendes Handy.

»Einen Augenblick bitte …« Er erhob sich, antwortete mit ja und nein, bevor er sein sofortiges Kommen ankündigte, beendete das Gespräch und blieb im Raum stehen. Dann erklärte er, die Hände in den Taschen vergraben: »Diese Unterhaltung war sehr interessant, aber ich muss jetzt leider gehen. Doch um auf *Agonia* zurückzukommen, ja, dieser Terminus sagt mir etwas. Auch hier besteht ein enger Zusammenhang zwischen Leben und Tod. Die Agonie kann mit einer nur noch schwach flackernden Flamme verglichen werden, die in Kürze erlöschen wird. Wenn dieser Prozess eingesetzt hat, ist der Tod unausweichlich.«

Mit einer Handbewegung forderte er Lucie auf, sich ebenfalls zu erheben. Sie liefen gemeinsam durch den Flur bis zum Aufzug, wo der Professor seine Erklärungen abschloss. »Betrachtet man die Sache vom medizinischen Standpunkt aus, so ist das Konzept der Agonie etwas komplizierter als das symbolische Bild der ausbrennenden Kerze. Man gebraucht den technischen Ausdruck somatischer Tod, was bedeutet, die lebenswichtigen Organe – Herz, Lunge und Gehirn – fallen aus. Ist der Patient an Monitore angeschlossen, zeigen diese nur noch flache Linien. Der Tod wird offiziell festgestellt. Doch nur die Organe sind tot. Theoretisch wäre die Rückkehr ins Leben möglich, auch wenn das so gut wie nie vorkommt. Sagen wir, der Organismus ist zwischen zwei Welten – der Patient ist tot, aber noch nicht ganz.«

Die Türen des Fahrstuhls öffneten sich, der Professor drückte die Tür-auf-Taste und fuhr fort: »Nach dem somatischen Tod folgt die Agonie-Phase, die wegen des Sauerstoffmangels zum definitiven Tod der Zellen führt. Diese sterben mit unterschiedlicher Geschwindigkeit ab: In fünf Minuten sind die Neuronen des Gehirns zerstört, in fünfzehn Minuten die Zellen des Herzens und innerhalb von dreißig Minuten die der Leber ... dann folgen nach und nach die anderen Gewebe, bis ein Zustand erreicht ist, den Sie bei der Polizei gut kennen.«

»Verwesung.«

»Richtig, sie beginnt mit dem Zerfall der Proteine und dem Einfluss von Bakterien. Aber Sie haben es bei Ihrem Kriminalfall gesehen – eine Person, deren Vitalorgane nicht mehr funktionieren, die also somatisch tot ist, kann in sehr seltenen Fällen doch wieder zum Leben erweckt werden. Ihre Beispiele der Hypothermie könnten tatsächlich die Definition des Todes verändern, bedenkt man, dass noch vor ein paar Jahrzehnten der Tod offiziell bei Atemstillstand festgestellt wurde.«

Lucie war verstört. Diese Sache mit dem somatischen und dem definitiven Tod bereitete ihr Unbehagen. »Und die Seele? Wann verlässt sie den Körper? Zwischen den beiden Todesphasen? Vor oder nach dem somatischen Tod? Können Sie mir das erklären?«

Der Professor lächelte. »Die Seele? Es gibt nichts anderes als elektrische Impulse. Sie haben die Broschüre über die extrakorporale Blutzirkulation gesehen. Ziehen wir die Schläuche raus, ist alles vorbei. Sie haben doch sicher an Autopsien teilgenommen. Dann wissen Sie das ebenso gut wie ich.« Der Chirurg verabschiedete sich und rief noch, bevor er verschwand: »Halten Sie mich auf dem Laufenden, der Fall interessiert mich.«

Gedankenversunken wartete Lucie auf den zweiten Lift. Die Seele, der Tod, das Jenseits … Nein, es durfte sich nicht einfach nur um elektrische Impulse handeln, da musste noch etwas anderes sein. Lucie war nicht gläubig, aber dennoch überzeugt, dass Seelen irgendwie über den Tod hinaus existierten und dass die ihrer kleinen Mädchen um sie waren, sie sehen konnten.

Fröstelnd ging sie zum Ausgang. Es schneite heftig – dickere Flocken als in Paris. Während sie über das Gespräch mit Professor Ravanel nachgrübelte, fiel ihr Blick auf einen Krankenwagen, der mit heulender Sirene vorbeischoss. Die kleinen rechteckigen Fenster im Heck schienen sie wie neugierige Augen anzublicken.

Blitzartig kam ihr eine Idee.

Sie rannte zu den Schildern am Ende des Parkplatzes, die den Weg zu den verschiedenen Abteilungen wiesen. Eines davon erregte ihre Aufmerksamkeit. Sie öffnete ihr Notizbuch und las nochmals die Angaben von Lise Lambert über ihre Albträume.

Auf der Stelle rief sie Sharko an: »Du musst sofort kommen.«

»Geht jetzt nicht, ich warte auf die Personalliste und …«

»Lass die Liste. Ich hab eine Idee.«

Kapitel 19

Lucie steuerte ihren Peugeot um das Gebäude der Pädiatrie herum, ließ die Verwaltungsgebäude hinter sich und folgte dem Pfeil »Logistik«. Sie sprach mit Sharko, als wäre er nur ein Kollege: »Als der Krankenwagen an mir vorbeifuhr, fiel mir plötzlich der Albtraum von Lise Lambert ein. Sie hatte – das waren ihre Worte – ein schwankendes Licht aus riesigen Augen gesehen. Ich vermute, dass das Licht von den Straßenlaternen stammte und dass die Augen ...«

»... die Heckfenster von dem Transportwagen waren, in dem sie lag.«

»So ist es. Wir wissen, dass Lise Lambert entführt und wahrscheinlich in einem Wagen bis zum See gebracht wurde. Sie hat von vielen weißen Laken gesprochen. Ahnst du, worauf ich hinauswill?«

Sie wechselten einen vielsagenden Blick. In einem abgelegenen Bereich des Klinikums fuhren sie über einen Weg, der von lang gestreckten, gepflegten Gebäuden gesäumt wurde. Dort waren »Instandhaltung«, »Küche«, »Medikamententransport« ausgeschildert und ...

»Wäscherei«, rief Sharko. »Gut gemacht!«

»Hör auf mit deinem ›gut gemacht‹. Versuch gar nicht erst, mir Honig um den Bart zu schmieren, okay?« Trotzdem warf sie ihm ein verschmitztes Lächeln zu.

Sie näherten sich fünf weißen Lieferwagen mit rechteckigen Heckfenstern. Das Gebäude war flach und hatte nur wenige Fenster. Unter einem vorgebauten Schutzdach lag ein großer Haufen von Laken, Bezügen und Kopfkissen. Zwei Frauen und ein Mann machten sich an den Wäschebergen zu schaffen.

»Und was jetzt?«, fragte Lucie.

Sharko zog seine Waffe aus dem Holster und steckte sie in seine Manteltasche. »Was glaubst du wohl?«

Nachdem sie das Auto abgestellt hatten, gingen sie zu einer Glastür am Ende des Gebäudes. Sie führte in einen kleinen Empfangsraum, an den sich ein weit größerer Raum anschloss, aus dem ein tiefes Brummen drang. Lucie warf einen Blick hinein und entdeckte an der hinteren Wand eine Reihe von gigantischen Waschmaschinen mit riesigen Bullaugenfenstern, hinter denen sich die Wäsche drehte.

Eine Sekretärin verständigte telefonisch den Abteilungsleiter, und ein kleiner, kahlköpfiger Mann mit kurzen dicken Fingern und gerötetem Gesicht begrüßte die beiden Ermittler. Er trug einen dicken lila Schal. Sharko schloss die Bürotür hinter sich und übernahm die Befragung. Er sah seinem Gesprächspartner direkt in die Augen und erklärte, dass die Kripo im Rahmen polizeilicher Ermittlungen nach einem Verdächtigen fahndete, der in dieser Gegend arbeitete und einen Transporter fuhr, der denen glich, die auf dem Parkplatz vor der Wäscherei standen.

Alexandre Hocquet runzelte die Stirn. »Und Sie denken, dass er zu meinem Personal gehört?«

Sharko bejahte und stellte weitere Fragen. Lucie und er hatten sich auf unbequeme Stühle gesetzt.

»Wie lange arbeiten Sie schon hier, Monsieur Hocquet?«

»Seit zwei Jahren. Ich habe Guy Valette, den ehemaligen Chef, ersetzt. Der ist jetzt in Rente.« Hocquet bekam einen Hustenanfall. »Entschuldigen Sie, ich werde diese Erkältung einfach nicht los – ich schleppe sie seit Ewigkeiten mit mir herum.«

»Das wird schon wieder. Wie viele Angestellte arbeiten für Sie?«

»Etwa sechzig Personen, und dreiundfünfzig von ihnen arbeiten die ganze Woche.«

»Kennen Sie alle persönlich?«

»Mehr oder weniger. Wir stellen immer mehr Zeitarbeitskräfte ein, das bedeutet einen häufigen Personalwechsel. Aber wir haben ein Team von etwa zwanzig Angestellten, die schon lange bei uns sind.«

»Viele Männer?«

»Eine ganze Menge. Etwa die Hälfte, würde ich sagen.«

»Über wie viele Transporter verfügen Sie?«

»Acht.«

»Verlassen diese auch das Klinikgelände?«

Er nickte, schien ängstlich. Er strich immer wieder über seinen kahlen Schädel und verursachte dadurch hässliche Falten auf seiner Stirn. Seine Augen glänzten. »Ja, ja, ständig. Wir arbeiten in allen Abteilungen des Krankenhauses, aber auch für Pflegeeinrichtungen im Umkreis, insbesondere für die Altersheime und die Kurhäuser von Challes-les-Eaux und Chambéry.«

»Kommt es vor, dass die Angestellten die Wagen über Nacht behalten?«

»Sie kennen das sicher, mal braucht man ein großes Auto für den Transport eines Möbelstücks, mal hat das eigene Auto eine Panne. Mein Vorgänger war sehr kulant und ließ die Angestellten machen, was sie wollten, aber es gab einigen Missbrauch. Ich habe die Schrauben angezogen, die Wirtschaftskrise zwingt dazu. Früher war die private Nutzung gang und gäbe, heute gibt es so was fast nicht mehr.«

Sharko dachte nach. Es gab mehrere Methoden, den Mörder zu fassen. Er konnte in der Personalliste die damaligen Angestellten ausfindig machen, den früheren Abteilungsleiter oder die Angestellten befragen und die Profile analysieren, die zum Täter passen könnten. Er wählte die seiner Meinung nach beste Lösung und fragte:

»Die Bewegungen Ihres Wagenparks dürften genau erfasst sein, und Sie können bestimmt feststellen, wer an welchem Tag welchen Wagen gefahren hat, nicht wahr?«

»So ist es. Wir haben eine Software für diesen Zweck. Die Firma hat die erste Version im Jahr 2000 angeschafft, wir sind jetzt bei der siebten. Alles, was die Logistik betrifft, ist seit mehr als zehn Jahren gespeichert.«

Lucie deutete mit einer Kopfbewegung auf den Laptop, der auf dem Tisch stand. »Können wir uns das mal anschauen?«

Ohne zu zögern, startete Hocquet den Computer. Draußen schneite es so heftig, dass man das Gebirge nicht mehr erkennen konnte.

Lucie und Sharko warfen sich einen besorgten Blick zu.

»Bei diesem Programm können wir die verschiedensten Suchkriterien eingeben«, sagte Hocquet. »Wir können nach Angestellten, Wagen und Datum suchen oder alle drei Stichwörter kombinieren.«

»Dann nehmen Sie Daten! Wir geben Ihnen vier bestimmte. Sagen Sie mir, ob eine Person in dem Zusammenhang mehrmals auftaucht.«

Lucie diktierte langsam aus ihrem Notizbuch: »Siebter Februar 2001 … zehnter Januar 2002 … neunter Februar 2003 … und einundzwanzigster Januar 2004 …«

Der Abteilungsleiter gab die Daten ein und begann die Suchabfrage. Er verglich die unterschiedlichen Listen und sortierte die infrage kommenden Angestellten aus.

»Bitte schön. Fünf Mitarbeiter entsprechen Ihren Kriterien. Zwei Frauen und drei Männer. Nur … eine einzige Person arbeitet noch hier, alle anderen haben die Firma verlassen, und ich kenne sie nicht.«

Aufgeregt traten Lucie und Sharko auf die andere Seite des Schreibtisches und ließen sich die Profile der drei männlichen Mitarbeiter ausdrucken. Die Personalbögen waren vollständig: Foto, Zeitpunkt der Einstellung und des Ausscheidens, Alter und Anschrift.

Eingehend studierte Lucie die Angaben. Einer dieser Männer musste der gesuchte Mörder sein, das Monster, das mindestens zwei Frauen getötet und zwei andere entführt hatte.

Sie deutete auf eines der Profile und sah Sharko an.

»Philippe Agonla. Fällt dir da etwas auf?«

»Agonla. Ja, richtig, natürlich! Das ist der Name, den Gamblin ins Eis geritzt hat, nicht das Wort ›Agonia‹!«

»Das bedeutet, dass Gamblin den Mörder gefunden hatte, Franck …«

Lucie las die Daten über Agonla. Er war 1973 geboren und zum Zeitpunkt des ersten Verbrechens achtundzwanzig Jahre alt. Sein Datenblatt trug den Vermerk: »Im Dezember 2004 aufgrund groben Fehlverhaltens entlassen.«

Das Foto zeigte einen Mann mit kurzen, lockigen, dunklen Haaren. Er trug eine scheußliche Brille mit dicken Gläsern und braunem Gestell. Eine dünne Hakennase saß in seinem kantigen Gesicht. Eine unschöne, schlecht proportionierte Physiognomie, *ein Gesicht, das Angst einflößt*, dachte Lucie. Wohnhaft in Allèves, Rhône-Alpes.

»Ist es weit bis Allèves?«

»Dreißig Kilometer, würde ich sagen. Der Ort liegt weiter oben in den Bergen an einem Wildbach, genau zwischen Aix-les-Bains und Annecy.« Der Abteilungsleiter wandte sich zum Fenster. »Bei dem Schneefall wird es schwierig werden, den Berg raufzukommen. Außerdem hat es da oben in den letzten Tagen besonders stark geschneit. Die Straße dürfte in einigen Abschnitten nicht geräumt sein.

Das wird kein Zuckerschlecken, wenn Sie jetzt dahin wollen.«

»Dieser Agonla ist 2004 entlassen worden. Um welches Fehlverhalten handelte es sich?«

Hocquet erhob sich und trat zu einem Metallschrank. »Das muss hier irgendwo zu finden sein.« Er suchte die Regale nach einem bestimmten Ordner ab, fand ihn und kam damit an den Tisch zurück, schlug ihn auf und blätterte ihn durch. Er überflog einen Text, und je mehr er las, umso mehr weiteten sich seine Augen vor Erstaunen.

»Das ist wirklich eigenartig. Offenbar hat ihn ein Arzt in der orthopädischen Abteilung überrascht, wie er im Zimmer einer Patientin herumschnüffelte, die gerade bei einer Untersuchung war. Er hatte ein Passbild von ihr gestohlen und den Abdruck ihres Haustürschlüssels in der Hand.«

Kapitel 20

In Lucies Wagen fuhren die beiden Ermittler durch eine Umgebung, die Weltuntergangsstimmung suggerierte. Seit sie sich auf den schmalen Bergstraßen befanden, hatte sich der Himmel beängstigend verdunkelt, und ein regelrechter Schneesturm eingesetzt. Die Scheibenwischer arbeiteten mit voller Kraft. Die Scheinwerfer schafften es kaum noch, das Schneegestöber zu durchdringen. Das Navi zeigte an, dass es noch zwölf Kilometer bis zum Ziel waren.

»Die längste Strecke meines Lebens. Siehst du, ohne die Schneeketten wären wir nicht einmal bis hierher gekommen.«

Nach ihrem Besuch im Krankenhaus hatten sie sie gekauft und eine gute halbe Stunde gebraucht, um sie an die Reifen zu montieren. Lucie bemühte sich, in der trüben Innenbeleuchtung des Wagens den Text zu lesen, den der Leiter der Wäscherei ausgedruckt hatte.

»Der Lebenslauf dieses Mannes ist reichlich mager und doch sehr vielsagend. Zwei Jahre Medizinstudium in Grenoble, bevor er auf Chemie umsattelte und dann noch zwei Jahre Psychologie drangehängt hat. Sechs Jahre Studium und kein Abschluss. Diesem Papier zufolge hat er mit dreiundzwanzig Jahren im Psychiatrischen Krankenhaus von Rumilly, Rhône-Alpes gearbeitet und zwar als ›Mitarbeiter im psychiatrischen Pflegedienst‹. Hast du eine Ahnung, was das zu bedeuten hat?«

»Er hat die Klos und die Küche geputzt.«

Lucie kniff die Augen zusammen, das Licht wurde immer schlechter. Sharko fuhr höchstens zwanzig Stundenkilometer.

»Gut. Also dort verbringt er zwei Jahre, bevor er von 2002 bis 2004 in der Wäscherei des Krankenhauses jobbt. Und dann ...«

Sie brach mitten im Satz ab. Franck hatte das Steuer herumgerissen und hupte wie wahnsinnig. Vor ihnen verschwanden rote Hecklichter im Schneegestöber.

»Dieser Idiot hat mich abgedrängt. Ich habe gar nicht gesehen, dass er überholen wollte ...« Er blieb mitten auf der Fahrbahn stehen und stöhnte.

»Du bist mit den Nerven runter«, sagte Lucie. »Soll ich fahren?«

»Es geht schon. Der Typ hat mir einen Schrecken eingejagt, das ist alles. Nur Leute, die hier im Gebirge wohnen, können derart rasen.«

Langsam fuhren sie weiter. Lucie sah eine Ader an Sharkos Hals pulsieren. Das war knapp gewesen – sie hätten im

154

Abgrund landen können. Nachdem sie sich versichert hatte, dass alles wieder in Ordnung war, nahm sie ihre Lektüre erneut auf.

»Zwischen dem Dienst in Rumilly und dem neuen Job im Krankenhaus fehlen im Lebenslauf von Philippe Agonla anderthalb Jahre. Mehr Informationen, bis zu seiner Entlassung 2004, haben wir nicht über ihn.«

»Das sieht mir ganz nach einer langen Reihe von Misserfolgen aus. Er ist nicht nur unattraktiv, sondern hat auch sein Studium in den Sand gesetzt. Er wollte Arzt oder Wissenschaftler werden, doch seine Ambitionen wurden enttäuscht. Sicher intelligent, der Bursche, aber labil.«

»Er beneidet womöglich andere um ihren Erfolg, die Psychologen, dann die Ärzte und Chirurgen in *Les Adrets*. Zweifellos hat er Operationen durch die Fenster der OP-Türen beobachtet, sobald sich die Gelegenheit dazu bot, wenn er seinen Wäschewagen durch das Klinikum schob.«

»Und er konnte in die Krankenzimmer eindringen, wie er wollte. Da war es ein Leichtes, persönliche Dinge zu stehlen und Schlüsselabdrücke anzufertigen.«

Lucie schaltete das Innenlicht aus. Jetzt war es im Wagen stockdunkel. Sie betrachtete die Leitplanke zu ihrer Rechten und ahnte dahinter in der Finsternis den Abgrund. Die in den Himmel ragenden Nadelbäume erinnerten sie an aufgerichtete Lanzen und machten ihr Angst.

»Vielleicht ist das der größte Blödsinn überhaupt, wenn wir ohne Verstärkung dort hinfahren. Wir wissen schließlich nicht viel über diesen Mann.«

»Wenn du willst, kehren wir um.«

»Nein, nein! Außerdem hast du deinen anthrazitfarbenen Anzug an.« Sie lehnte sich zurück und seufzte. »Wir kriegen ihn schon irgendwie zu fassen, diesen Frauenmörder.«

Ihre Anspannung stieg. Trotz all der Jahre Erfahrung mit vielen komplizierten Fällen spürten sie immer noch eine bedrückende Angst, die allerdings nötig war für die Wachsamkeit, die ihr Überleben sicherte. Sharko wusste, dass ein Polizist ohne diese Angst ein toter Polizist war.

Sie schlingerten durch eine ganze Reihe von gefährlichen Haarnadelkurven, bis Sharko plötzlich mitten auf der Straße anhielt. »Ich hab diese Schlitterpartie satt, setz du dich ans Steuer!«

Sie tauschten die Plätze. An besonders schwierigen Stellen fuhr Lucie auf der linken Straßenseite an der Felswand entlang.

Sharko klammerte sich an seinem Sitz fest und schimpfte: »Du fährst ja noch schlechter als ich.«

»Reg dich nicht auf!«

Es ging bergab. Ein schwarzer Schlund schien sich aufzutun, doch in der Ferne blitzten irgendwo Lichter, die ersten Zeichen einer Ortschaft. Obwohl noch früh am Nachmittag, hatten die Einwohner des von der Zivilisation abgeschnittenen Dorfs ihre Lampen eingeschaltet.

Die Leute leben in dieser Abgeschiedenheit wirklich wie Einsiedler, dachte der Kommissar.

Im Schritttempo durchquerten sie den stillen Ort. Keine Passanten, bis auf zwei oder drei Schatten vor einem Krämerladen. Hier herrschte wahrhaftig nicht die Stimmung eines schicken Wintersportortes. Am Ende des Dorfes fuhren sie über eine Brücke. Das Navi wies den Weg entlang eines Wildbachs, der zu dieser Jahreszeit viel Wasser führte. Nach drei Minuten zeigte das Gerät an, dass sie ihr Ziel erreicht hatten. Um sie herum nichts als Tannen, Schnee und Berge.

Sharko wies auf einen Pfad, der durch den Wald führte und breit genug für ein Fahrzeug war. »Dort drüben!«

»Okay. Besser, wir stellen den Wagen so unauffällig wie möglich ab!«

Lucie parkte am Wegrand und schaltete die Scheinwerfer aus. Ihr Partner setzte sich seine Mütze auf, nahm seine Waffe zur Hand und stieg aus. Lucie baute sich vor ihm auf, sodass er stehenbleiben musste. »Heute Abend schlafen wir miteinander! Also, mach keinen Unsinn, hörst du?«

»Dann bist du mir nicht mehr böse?«

»Dir schon, aber nicht deinen kleinen Lümmeln.«

Sie liefen los. Unter ihren Sohlen knirschte der Schnee, und der Wind heulte. Vor ihnen tauchte in der Dunkelheit ein blauer Wagen auf und dahinter ein Lichtschein. Sharko näherte sich vorsichtig dem Renault Mégane und legte die Hand auf den Kühler. »Der ist noch warm. Das dürfte der Wagen sein, der uns vorhin überholt hat.«

Wie Sharko trug auch Lucie keine Handschuhe, denn sie wollte den Sicherungshahn ihrer Sig Sauer spüren. Die Kälte nagte an ihren Fingern. Kaum erkennbare, aber riesig wirkende Fußspuren führten vom Auto bis zum Haus. In Lucies Hals bildete sich ein Kloß. Das alte, aus Naturstein und Holz errichtete Gebäude erinnerte mit seinem heruntergezogenen Dach an einen riesigen Pilz. Alle Fensterläden waren geschlossen, doch durch die Ritzen drang Licht.

Sharko schlich gebückt vorwärts und biss wegen des Geräuschs, das seine Schuhe im Schnee machten, die Zähne zusammen.

Unvermittelt sprangen die beiden zur Seite und versteckten sich hinter den Bäumen.

Die Haustür hatte sich geöffnet.

Eine Gestalt erschien, und ebenso rasch wie unerwartet sprang sie seitlich über die Außentreppe, rannte in den Wald und verschwand. Lucie wollte die Verfolgung aufnehmen, doch schon nach wenigen Metern zwang sie ein stechender Schmerz im Knöchel zum Anhalten.

Sharko überholte sie und rannte durch den Schnee.

Gleich darauf war er nicht mehr zu sehen.

Kapitel 21

Die Waffe in der Hand, stapfte Sharko durch die Schneeverwehungen, stürzte, rappelte sich wieder auf, und nachdem er den Weg überquert hatte, verschwand auch er im Wald. Sofort spürte er, wie sich seine Lunge mit Sauerstoff füllte. Seine Gedanken überschlugen sich. Schemenhaft nahm er eine Gestalt zwischen den Bäumen wahr, doch dann war die Sicht wieder versperrt. Der Mann hatte einen Vorsprung von rund vierzig Metern, vielleicht auch etwas mehr. Die beißende Kälte nahm zu. Sharko versuchte gar nicht erst, seine Waffe für einen Schuss auszurichten, denn seine Hände fühlten sich an wie Eisklötze.

Der Ermittler kam nur mühsam voran, seine Lunge brannte, und die Strümpfe in den dünnen Mokassins waren vollständig durchnässt. Er verfluchte seinen Tick, bei jedem Wetter einen Anzug zu tragen, rang nach Luft und rannte weiter.

Lucie hatte gesehen, wie Sharko plötzlich vor ihr verschwunden war. Auf sich selbst wütend, rappelte sie sich auf. Normalerweise war sie schneller als er, und doch hatte sie ihn weiterlaufen lassen. Sie blies in ihre Hände, um sie zu wärmen, und verharrte eine Weile unentschlossen. Was tun? Sie zog ihre Waffe, entsicherte sie und überlegte erneut.

Nein, mit diesem stechenden Schmerz im Knöchel konnte

sie unmöglich die Verfolgung aufnehmen. Einen Augenblick lang dachte sie noch mal daran, dass sie eigentlich Verstärkung hätten anfordern sollen, ehe sie hierherfuhren. Sie nahm ihr Handy aus der Tasche ... kein Netz. Ihr Blick fiel auf das düstere Haus. Sie lief an den Fichten entlang und bemerkte rechts vom Eingang ein kleines, erleuchtetes Kellerfenster. Sie schlich zur Haustür, schob sie langsam auf und drückte sich mit angehaltenem Atem an die Außenwand. Keine Reaktion. Mit gezogener Waffe wagte sie einen, dann einen zweiten Blick ins Innere. Niemand zu sehen. Vorsichtig betrat sie das Haus, ging ins Wohnzimmer. Keine Schüsse, kein Angriff. Agonla lebte offensichtlich allein, darauf deutete auch die Tatsache hin, dass nur ein Auto auf dem Weg geparkt war. Aufmerksam sah sie sich um. Der Fernseher war eingeschaltet, im Kamin prasselte ein Feuer.

Mit äußerster Wachsamkeit trat sie näher. Die Luft in dem Raum war abgestanden und roch nach geräuchertem Fleisch. Offenbar hatte sich Agonla hier vergraben wie ein Maulwurf. Die Steinwände waren nach alter Tradition verfugt, die hohen Decken wurden von Balken getragen. An einem Sessel lehnten Krücken, die sie an ihre eigene Verletzung erinnerten. Dann entdeckte sie eine mit thermischem oder akustischem Dämmmaterial gepolsterte Tür, die offen stand. Dahinter eine Treppe. Ein Keller. Von dort drang das Licht durch das Fenster nach draußen.

Sharko wünschte sich, das alles möge endlich aufhören. Er mobilisierte seine letzten Kräfte, obgleich er das Gefühl hatte, seine Lunge würde zerreißen und sein Organismus aufgeben. Der Wind kam von der Seite, sodass seine linke Gesichtshälfte zu gefrieren schien. Die Bäume standen immer dichter beieinander, so als hätten sie sich gegen ihn verschworen und wollten ihn erdrücken, ihn demütigen. Meter für Meter arbeitete er sich mühsam durch diese feindselige Umgebung.

Sharko hatte die Zielperson aus den Augen verloren, aber er wusste, dass er aufgeholt hatte. Der andere Mann schien gebeugt und schwerfällig zu laufen. Der Ermittler folgte seinen Fußstapfen, denn an manchen Stellen waren die Schneeberge vierzig bis fünfzig Zentimeter hoch. Er dachte an seinen gestrigen Gewaltmarsch durch das Moor. Es war, als würden sich Vergangenheit und Gegenwart plötzlich überlagern. Er blickte um sich, konnte sich jedoch nicht orientieren. Verliefe er sich und verwischte der Wind seine Spuren, würde er innerhalb von vier oder fünf Stunden erfrieren. Die Natur kannte kein Pardon.

Mit schweren Schritten kämpfte er sich keuchend vorwärts. Er musste Agonla erwischen. Plötzlich ließ ihn etwas aufhorchen, eine akustische Variation in der Monotonie, die wie eine falsche Note in einem Musikstück klang. Sharko blieb stehen und lauschte: irgendwo plätscherte Wasser. Vermutlich der Wildbach. Er musste genau vor ihm liegen. Mit letzter Kraft lief er weiter.

Am Wasserlauf säße seine Beute in der Falle.

Plötzlich sah Lucie am Ende der Stufen einen Körper liegen, der an einen verrenkten Hampelmann erinnerte. Sie riss entsetzt die Augen auf und hielt die Waffe mit beiden Händen vor sich ausgestreckt.

Sie zielte auf Philippe Agonla. Beziehungsweise auf das, was von ihm übrig war. Er lag reglos auf dem Rücken, die Augen weit geöffnet, die Scherben der dicken Brille auf dem Gesicht. Eine dunkle, klebrige Flüssigkeit rann über seinen Hinterkopf. Bereit, jederzeit abzudrücken, stieg Lucie vorsichtig die Stufen hinab. Doch Agonla lebte nicht mehr. Mit zusammengepressten Lippen legte sie zwei Finger an seine Kehle. Kein Puls.

Verblüfft richtete sie sich auf. Wenn Agonla tot hier lag, wen verfolgte dann Sharko?

Sie sah sich aufmerksam um. Die frischen Blutflecke deuteten darauf hin, dass er mit dem Kopf gegen die Wand geschlagen war. Hatte ihn jemand die Stufen hinuntergestoßen?

In diesem Augenblick fiel die Kellertür hinter ihr zu. Überzeugt, dass man sie eingesperrt hatte, rannte Lucie die Treppe hinauf, drückte die Klinke nach unten und öffnete die Tür.

Niemand war da.

Im Hintergrund schlug die Eingangstür im Wind und fiel dann ebenfalls mit einem lauten Knall ins Schloss.

Nichts weiter als ein Luftzug …

Lucie zitterte derart, dass sie sich hinsetzen musste. Sie versuchte, sich wieder in den Griff zu bekommen – das war nicht der richtige Moment, um schlapp zu machen. Sie warf einen Blick auf die Leiche unten an der Treppe. Das fahle Licht zeichnete Schatten auf das starre, grobschlächtige Gesicht mit den hervorquellenden schwarzen Augen.

Hinkend verließ Lucie das Haus und rief Sharko an. Sie schrie, aber ihre Stimme wurde vom Wind verschluckt. Sie stand in der Kälte und suchte vergeblich nach Fußspuren. Sie brüllte weiter ins Handy, doch die einzige Antwort war das höhnische Lachen des Windes.

Endlich zeichnete sich der tosende Wildbach durch den Schneesturm ab. Sharko hatte den Eindruck, ersticken zu müssen. Vor seinen Augen verschwamm alles. Manche Stämme sah er doppelt, die Unebenheiten im Schnee schwankten, wurden größer und wieder kleiner. Bei jedem Geräusch zielte er mit seiner Waffe in die Richtung, aus dem es kam. Mit dem Arm wischte er den Schnee von seinen Wangen und seiner Stirn. Seine Mütze war irgendwo an einem Zweig hängen geblieben, seine Haare waren nass. Die Füße schmerzten und waren tonnenschwer. Wo war seine Zielperson?

Sharko kniff die Augen zusammen. Die Fußspuren führten direkt zur Böschung des Gebirgsbachs. War es möglich, dass der Mann hineingesprungen war, um auf die andere Seite zu gelangen? Das graue Wasser war aufgewühlt und schien tief zu sein. Spitze Felsen ragten aus der Flut, und die wilden Strudel sogen die Schneeflocken auf. Die Strömung war viel zu stark, als dass man auf die andere Seite gelangen konnte.

Aber die Fußspuren …

Den Blick auf das andere Ufer gerichtet, trat der Ermittler verblüfft näher. Plötzlich tauchte vor ihm ein Schatten auf. Sharko wurde gewaltsam beim Kragen gepackt, die Pistole entglitt seiner Hand, und er stürzte in die reißende Flut.

In diesem Moment kroch der Angreifer aus der Mulde, in der er sich versteckt hatte, und beobachtete, wie der Ermittler verzweifelt versuchte, sich irgendwo festzuklammern, jedoch von den eiskalten Wildwassern mitgerissen wurde.

Sharkos Gesicht verschwand unter Wasser und tauchte nicht mehr auf.

Erst jetzt wandte sich der Mann ab und lief in den Wald zurück.

Lucie versuchte noch einmal, Sharko anzurufen.

»Das gibt's doch nicht! Verdammtes Scheißwetter! Verfluchte Gegend!«

Beunruhigt sah sie sich um. Wo steckte Franck? Warum

war er noch immer nicht zurück? Sie sah sich um und entdeckte ein Telefonkabel. Schnell lief sie zum Haus zurück und fand schließlich neben dem Kamin ein Telefon. Sie nahm ab und hörte das Freizeichen. Das gute alte Festnetz! Sie wählte die Notrufnummer. Am anderen Ende der Leitung meldete sich ein Polizist. Lucie erklärte die Situation, so gut sie konnte: Philippe Agonla in seinem eigenen Haus, vermutlich ermordet; die Flucht des Mannes in den Wald. Sie brauchte Verstärkung, und zwar schnell. Sie gab die Adresse an, schlug den Mantelkragen hoch und trat mit gezogener Waffe aus dem Haus.

Sie stellte sich ein Drama vor – Franck, der sich verletzt durch den verschneiten Wald schleppte –, aber dann besann sie sich. Er hatte schon ganz andere Situationen gemeistert. Warum sollte das heute anders sein? Außerdem hatte er seine Waffe. Doch angesichts der Dunkelheit und des großen verschneiten Waldes stieg erneut Angst in ihr auf, und plötzlich nahm ihr eine andere grauenvolle Vorstellung den Atem. Als sie zum Ende des Pfads lief, war ihr Gesicht gerötet, und sie kämpfte mit den Tränen. Mit einem schmerzlichen Schrei stieß sie den Namen des Mannes hervor, den sie liebte: »Franck!«

Stille war die einzige Antwort.

Sie kehrte um, stopfte eine Handvoll Schnee in ihren rechten Strumpf, um den Schmerz an ihrem Knöchel zu lindern, und rannte dann zum Wald.

Jetzt wusste sie, dass etwas Schlimmes passiert war.

Von dem blauen Renault Mégane, in dem Agonlas Mörder gekommen war, waren nur noch die Reifenspuren zu sehen.

II
DER TOD

Kapitel 22

Eine Tasse mit heißem Kaffee in den Händen, saß Lucie zusammengekauert am Kamin.

Stille und Tod umgaben sie.

Sie starrte aus dem Fenster, hinter dem es noch immer
heftig stürmte. Sie war völlig durchnässt und zitterte vor
Kälte am ganzen Leib. Draußen war es fast dunkel, der verheerende Sturm blies durch die Ritzen des alten Hauses. Die
Natur war außer sich und kannte kein Erbarmen.

Sharko, tot?

Nein, damit konnte sich Lucie nicht abfinden.

Ein großer, kräftiger Mann mit Schnurrbart trat näher
und reichte ihr Rettungsdecken. In der Hand hielt er ein
Walkie-Talkie.

»Ziehen Sie sich bis auf die Unterwäsche aus und wickeln
Sie sich in diese Decken, sonst holen Sie sich noch eine Lun-
genentzündung. Es grenzt ja an Selbstmord, diesen Wildbach
durchqueren zu wollen. Stellen Sie sich vor, wir wären fünf
Minuten später gekommen.«

Reglos starrte Lucie den Polizisten an. »Oberkommissar
Bertin« stand auf dem Namensschild an seinem blau-weißen
Parka. Er war etwa vierzig Jahre alt und hatte das für Berg-
bewohner typische kantige Gesicht.

»Wie viele ... wie viele Männer sind draußen am Wild-
wasser?«

»Derzeit drei.«

»Zu wenige, es müssen mehr Männer postiert werden.«

Bertin konnte seine Verlegenheit kaum noch verbergen. Sein Blick wich ihr aus. »Mehr Männer haben wir, außer den beiden hier und mir, nicht zur Verfügung. Wir warten noch auf Verstärkung aus Chambéry. Leider werden sie nicht so bald hier sein, denn bei diesem Wetter kann der Hubschrauber nicht fliegen.«

Lucie missfiel die Art, wie er den letzten Satz ausgesprochen hatte. Es hörte sich an, als wäre es bereits zu spät. Sie würde das Warten nicht mehr allzu lange ertragen. Jede Sekunde, die verging, bedeutete einen Schritt näher in Richtung Tod. Seit wann war Sharko verschwunden? Dreißig, vierzig Minuten? Lucie hatte seine Mütze an einem Ast in der Nähe des Wildbachs gefunden. Er war in das eisige Wasser gestürzt, dessen war sie sich ziemlich sicher. Wie lange konnte ein Mensch bei solchen Temperaturen überleben? Sharko war zwar ein guter Schwimmer, aber die Strömung war sehr stark. Wenn er nicht sofort dem Kälteschock erlegen war, hatten sich vermutlich seine Muskeln verkrampft und …

Nachdenklich starrte sie in die Flammen und dachte, dass nicht alles auf diese Weise zu Ende sein durfte. Sharko war ein kräftiger Typ, unverwüstlich, der nicht so schnell aufgab. Er war aus dem Stoff, aus dem echte Polizisten gemacht sind. Jetzt bedauerte sie ihre kindischen und völlig unbegründeten Streitigkeiten. Sie erinnerte sich an sein Lächeln und an ihre erste Begegnung vor dem Nordbahnhof vor zwei Jahren – sie mit ihrem Mineralwasser, er mit seinem Weißbier und einer Scheibe Zitrone. Sie schloss die Augen und verbarg ihr Gesicht in den Händen.

Ein Bild: *Sharko am Ufer liegend, das Gesicht geschwollen, Arme und Beine blau angelaufen.* Sie rang plötzlich nach Luft, meinte, ersticken zu müssen.

Eine Stimme in ihrem Rücken. »Schauen Sie sich das doch mal an.«

Ein junger Mann, vielleicht fünfundzwanzig Jahre alt, der die Kellertreppe heraufstieg. Als sich Lucie umwandte, hatte sie den Eindruck, er müsse dem Teufel leibhaftig begegnet sein.

Am ganzen Körper zitternd, zog sie rasch ihren Pullover und ihr T-Shirt aus, legte sich die Rettungsdecke über die Schultern und ging, die Zähne zusammengebissen, zur Kellertür. Am liebsten hätte sie geweint und laut Francks Namen gerufen. Er sollte sofort zu ihr zurückkommen und sie in den Arm nehmen. Unten im Keller hatte noch niemand Agonlas Leiche angerührt. Wie die drei Männer vor ihr, stieg sie die Treppe hinunter und trat schließlich auf den kalten grauen Betonboden.

Die gewölbte Decke bestand aus Quadersteinen, die Wände wirkten wie in den Berg gemeißelt. In den Ecken lagen Gartengeräte, Skier und Holz herum.

»Hier hat kürzlich jemand gegraben, das steht fest«, sagte der junge Polizist. »Gaétan und ich haben nichts verändert.«

Angefasst hatten sie bestimmt nichts, ihre großen nassen Stiefel hinterließen jedoch Abdrücke am Tatort. Lucie hatte nicht mehr die Kraft zu reagieren, ihr war es egal. Sharko – sein Gesicht, seine schwarzen Augen, sein warmer Körper an dem ihren – nahm ihr ganzes Denken in Beschlag. Wie in Trance folgte sie den Polizisten.

Alles schien durchwühlt. Große blaue Planen, die wohl dazu gedient hatten, die klapprigen alten Möbel abzudecken, lagen auf dem Boden. In einer Ecke sah man unzählige kleine Tierskelette, wahrscheinlich Mäuse. Reagenzgläser und Pipetten waren mit einer Handbewegung zu Boden gefegt worden. Flüssigkeiten liefen über den Boden. Gaskocher, Körbe,

Benzinkanister und Schläuche lagen überall herum. Man hatte auch die kleinsten Nischen und Winkel durchsucht.

Lucie betrachtete das vergitterte Kellerfenster in der Wand. Der Flüchtige hatte vermutlich ihre Stimmen gehört und ihre Schatten gesehen, als sie und Sharko eingetroffen waren. Wahrscheinlich war er in aller Eile nach oben gestürmt und direkt hinaus in den Wald gerannt.

»Vorsicht, diese Flüssigkeiten verursachen ein Stechen in der Nase.«

Das war Lucie egal, sie wollte sowieso sterben, wenn Franck etwas zugestoßen war. Sie vermied es, in die chemischen Substanzen zu treten, die zu rauchen begannen, als sie sich vermischten. Die zerbrochenen Reagenzgläser waren trocken, so als wären sie schon lange nicht mehr benutzt worden. Lucie schlüpfte unter einem Mauerbogen hindurch und gelangte in den nächsten, kleineren Raum, der wie eine Krypta wirkte. An der niedrigen Decke baumelte eine rote Glühbirne, die eine große eiserne Wanne in ein unheimliches Licht tauchte. Sie war staubbedeckt und hatte weder Rohre noch andere Vorrichtungen für einen Wasserzulauf. In einer Ecke lagen zwei umgestoßene Taucherflaschen sowie eine Gasmaske, die mit ihren beiden runden Augengläsern an eine übergroße Fliege erinnerte.

Um sie herum stank es. Lucie zog sich die Rettungsdecke vor die Nase, sah sich um und entdeckte zwei Tiefkühltruhen, eine davon war sehr groß. Mit den Augen folgte sie den beiden elektrischen Kabeln, die aus einer silbernen Truhe kamen. Ein Kabel war mit einer Steckdose verbunden, das andere mit einem Stromgenerator.

»Für den Fall eines Stromausfalls«, sagte einer der Polizisten. »Er wollte offenbar nicht, dass sich die Tiefkühltruhe ausschaltet.«

Lucie trat näher heran. Die Stimmen um sie herum hallten ihr in den Ohren, doch sie ignorierte sie. Alles schien sich aufzulösen, an Bedeutung zu verlieren.

Franck ...

„Die kleinere Truhe ist randvoll mit Eisblöcken", sagte jemand. „Es war ziemlich schwierig, den festgefrorenen Deckel aufzukriegen. Und die zweite Truhe ... Schauen Sie ruhig hinein, aber machen Sie sich auf etwas gefasst."

Als der Oberkommissar die zweite Tiefkühltruhe öffnete, schreckte er zurück und ließ fast den schweren Deckel wieder fallen. Lucie konnte gerade noch einen Blick hineinwerfen. Schwankend suchte sie Halt an der schmutzigen Wand.

»Grauenvoll«, entfuhr es Bertin. »Wie viele sind denn da drin?«

Er trat zurück und starrte seine beiden Untergebenen ratlos an.

»Okay, okay ... also gut, wir gehen wieder rauf, rühren nichts mehr an und warten auf Verstärkung.«

Das Rauschen in seinem Walkie-Talkie überlagerte die Stimme. Bertin rannte schnell nach oben zum Eingang, gefolgt von Lucie, auf der Suche nach einem besseren Empfang.

»Hier spricht Bertin. Over.«

»Hier Desailly ... wir ... lang ... Wildbach ...«

Es knisterte, die Worte waren zerhackt, kaum verständlich. Bertin drehte sich zu Lucie um, blickte finster drein.

»... auf ... find ... einen Körper ...«

»Einen Körper? Haben Sie gesagt, dass Sie einen Körper gefunden haben?«

»Ja ... unter ... Ufer ... der Brücke ...«

Fast hysterisch riss Lucie ihm das Walkie-Talkie aus den Händen und rief: »Lebt er? Sagen Sie, dass er lebt!«

Stille. Ein unerträgliches Kratzen und Knirschen, dazwischen das Pfeifen des Windes. Lucie lief auf und ab, Kälte und Schmerz schienen ihr nichts mehr auszumachen. Sie glaubte, jeden Moment umzukippen; Tränen schossen ihr in die Augen.

Es konnte nur eine Unglücksmeldung kommen. Sie hatte in ihrem Leben schon so viel Schlimmes erlebt und wusste, dass der Horror keine Grenzen kannte.

Dann die furchtbar schwache und entfernte Stimme, die aus dem Jenseits zu kommen schien: »Wir ... Herz ... schwach ... Puls ... Wir fühlen einen Puls!«

Kapitel 23

Es war dunkel.

Erschöpft und mit den Nerven am Ende stand Lucie, zusammen mit einem Arzt, in der Intensivstation von *Les Adrets*. Draußen hatte sich der Sturm beruhigt, aber es schneite noch immer heftig. Die ganze Stadt schien wie abgeschnitten vom Rest der Welt.

»Es war wirklich knapp«, sagte der Arzt. »Wenn die Rettungskräfte nur eine Viertelstunde später eingetroffen wären, hätten wir ihm bestenfalls noch den Brustkorb öffnen und eine EKB einleiten können.«

»Eine was ...«

»Entschuldigung, eine extrakorporale Blutzirkulation, um das Blut ganz langsam wieder zu erwärmen. Eine warme Kardioplegie sozusagen. In seinem Zustand war er zerbrechlich wie eine Porzellanpuppe. Aber unsere Rettungsmannschaften kennen sich mit Hypothermie aus. Sie wissen, wie man eine zu rasche Erwärmung vermeidet.«

Sharko schlief ruhig und entspannt, an verschiedene

Apparate angeschlossen, die beruhigende Töne von sich gaben.

»Er wird also wieder gesund«, murmelte sie.

»Er war dem Tod schon sehr nahe. Lassen Sie ihm Zeit, sich zu erholen. Wahrscheinlich schläft er bis morgen früh. Er ist weit geschwommen, hat wie ein Wilder gekämpft, um ans Ufer zu gelangen. Sein Körper ist über eine Stunde lang in der Hölle gewesen, und so leicht kommt man aus der Hölle nicht zurück, glauben Sie mir.«

»Ich weiß.«

Er ging hinaus, fügte auf der Türschwelle aber noch hinzu: »Wegen Ihres Knöchels: Vergessen Sie nicht, den Elastoplast-Verband alle zwei Tage zu wechseln. Und laufen Sie nicht zu viel herum.«

»Mein Knöchel ist völlig nebensächlich.«

Er verschwand, und Lucie setzte sich vorsichtig auf die Bettkante. Welche Ironie des Schicksals, sich wieder in dem Krankenhaus *Les Adrets* zu befinden, das sie auf die Spur von Philippe Agonla geführt hatte. Sie drückte die Hand ihres Freundes – diese Hand, die sie auch gehalten hatte, als man ihn in den Krankenwagen schob, eine Hand so kalt wie der Tod.

Er hatte um sein Leben gekämpft.

Er hatte für sie gekämpft.

Sie beugte sich vor, berührte seine Wange, wischte sich mit dem Ärmel ihres Pullovers eine Träne ab. »Du, eine Porzellanpuppe? Dass ich nicht lache. So leicht wird man einen Sharko nicht los. Blöd nur, dass jetzt dein anthrazitfarbener Anzug nicht mehr zu gebrauchen ist.«

Auf diese Weise versuchte sie, sich zu beruhigen, doch die Angst vor dem Alleinsein hatte von ihr Besitz ergriffen. Sie streichelte seine Wange, blieb lange bei ihm sitzen. Wie hätte ihr Leben ohne seine Stärke und seinen Trost wohl ausgesehen?

»Du bist zurückgekehrt in diese Welt, die dir so viel Angst macht«, murmelte sie. »Auch wenn du immer wieder das Gegenteil behauptest, und das beweist, dass du die Hoffnung noch nicht aufgegeben hast.«

Sie betrachtete ihn.

Nach einer Weile kam ein Polizist, den sie noch nie gesehen hatte, und bat sie zu einem Gespräch in die Eingangshalle. Er hieß Pierre Chanteloup und leitete die Ermittlungsabteilung von Chambéry. Er lud sie zu einer heißen Schokolade ein.

Während er wartete, bis sich die Becher füllten, hörte Lucie die Nachrichten auf ihrem Mobiltelefon ab: Nicolas Bellanger machte sich Sorgen, weil er nichts von ihr gehört hatte und auch Sharko nicht erreichen konnte, dessen Handy ebenso wie seine Dienstwaffe ja nun auf dem Grund des Wildbachs lag. Lucie seufzte, sie musste ihm dieses ganze Durcheinander erklären, und zwar bald.

Der Polizist reichte ihr das heiße Getränk. »Wie geht es Ihrem Kollegen?«

»Er kommt durch, er ist robust. Danke für die Schokolade.«

Kurzes Nicken statt einer Antwort. Nicht der Typ, der sich mit Nebensächlichkeiten aufhielt. Er war noch keine vierzig Jahre alt, trug einen ledernen Fliegerblouson mit weißem Wollkragen und Stiefel, ähnlich wie die von Rangern. Sie fanden eine ruhige Ecke für ihr Gespräch.

»Seit geschlagenen fünf Stunden versuchen wir nun schon herauszufinden, was da unten im Keller von Philippe Agonla passiert ist«, sagte Chanteloup. »Die Polizisten aus Rumilly haben alles versaut, wir werden viel Spaß bei der Suche nach Indizien haben.«

»Ich glaube, niemand hat damit gerechnet, so etwas zu entdecken.«

»Ja ... aber Sie sind Kripobeamtin. Solche Funde sind für Sie doch nicht ungewöhnlich, oder? Eigentlich hätten Sie die Situation im Griff haben müssen.«

Lucie beschlich ein ungutes Gefühl, dieser Kerl gefiel ihr überhaupt nicht. Um ihm gleich klarzumachen, mit wem er es zu tun hatte, antwortete sie: »Mein Kollege war in einem eisigen Wildbach verschwunden, er ist dem Tod knapp entronnen. Nicht gerade eine alltägliche Situation, oder was glauben Sie?«

Ungerührt blickte er sie an. »Ich nehme an, Sie haben Informationen für mich.«

»Ja, einige«, erwiderte Lucie.

Chanteloup zog ein Blatt Papier mit Notizen aus der Tasche. Er hatte eisblaue Augen, kalt wie die Wände einer Gletscherspalte. Er räusperte sich. »Gehen wir mal der Reihe nach vor. Sie haben den Polizisten aus Rumilly in groben Zügen erklärt, dass Agonla vermutlich einen Pariser Journalisten, einen gewissen ... Christophe Gamblin ermordet hat, stimmt das? Und was hat Sie auf seine Spur gebracht?«

Lucie nickte. Ohne lange Vorrede schilderte sie ihm, wie die Pariser Ermittler auf die Spur von Philippe Agonla gekommen waren: die Artikel in den Zeitungen, die Befragungen der Überlebenden, der Schwefelwasserstoff, die Wäscherei ...

Chanteloup hörte aufmerksam zu, ohne jede Gefühlsregung. Schließlich biss er sich auf die Lippen. »Was Sie mir da erzählen, wirft allerdings ein ernsthaftes Problem auf.«

»Was für ein Problem?«

»Laut unseren Informationen hatte Agonla 2004 einen Verkehrsunfall. Sein linkes Bein blieb gelähmt, und er konnte nur noch mit Krücken gehen. Schon seit Langem besaß er kein Auto mehr und auch keine anderen Fortbewegungsmittel. Er kam höchstens noch bis zum Lebensmittelladen. Erklären Sie mir doch bitte, wie er sechshundert Kilometer zurücklegen konnte, um Ihren Journalisten umzubringen.«

Völlig perplex trank Lucie einen Schluck von der heißen Schokolade. Ihr war klar, welche Folgen diese Enthüllung haben würde. Hatten Sharko und sie etwa einen Mann verfolgt, der gar nichts mit dem Tod von Christophe Gamblin zu tun hatte? Waren sie einer falschen Fährte nachgejagt? Hatte der Journalist lediglich aus persönlichem Ehrgeiz ermittelt, weil es sein Job war, über aktuelle Geschehnisse zu berichten? Sie fühlte sich verloren und verunsichert.

Pierre Chanteloup fuhr fort: »Was die Frage betrifft, ob es sich um einen Serienkiller handelt, stimme ich Ihnen dagegen zu. Wir haben drei Frauenleichen in der großen Tiefkühltruhe gefunden. Sie waren völlig nackt und schienen … zu schlafen. Unter den übereinander aufgestapelten Leichen befanden sich in kleinen Tüten sieben Passfotos, sieben Fotokopien von Führerscheinen und sieben Schlüssel.«

»Die hat er sich wohl besorgt, als seine Opfer im Krankenhaus waren. Die Kopien der Führerscheine dienten nur dazu, ihre Adressen herauszufinden.«

Chanteloup schaute Lucie an und reichte ihr eine Farbkopie. Die Passfotos waren nebeneinandergelegt und dann eingescannt worden. Brünette Frauen mit klarem Blick und haselnussbraunen Augen, alle offensichtlich sehr jung. *Einfach so aus dem Leben gerissen*, dachte Lucie. Unter jedem Foto befanden sich Vorname und Name der Frau.

»Ihre vier Opfer aus den Seen sind auch dabei«, erklärte Chanteloup. »Véronique Parmentier und Hélène Leroy, beide verstorben, sowie Lise Lambert und Amandine Perloix, die nach einer schlimmen Hypothermie ins Leben zurückkehrten. Das war zwischen 2001 und 2004. Die drei Frauen aus der Kühltruhe stammen ebenfalls aus den Regionen Provence-Alpes-Côte d'Azur und Rhône-Alpes. Sie sind zwischen 2002 und 2003 spurlos verschwunden.«

Verschwunden und nie wieder aufgetaucht, überlegte Lucie. *Das erklärt, warum keine Verbindung zu den Opfern aus den Seen hergestellt wurde.*

»Verschwunden vor Agonlas Unfall«, meinte die Ermittlerin. »Mein Gott, das heißt aber doch …«

»… dass sie seit fast zehn Jahren, tiefgefroren wie ein Stück Fleisch, in seinem Keller liegen.«

Nachdenklich beobachtete Lucie, wie eine Bahre vorbeigeschoben wurde. Sie versuchte, Agonlas Weg, seinen Wahnsinn nachzuvollziehen. Obwohl manche Einzelheiten zutage traten, gelang es ihr noch nicht, in die Abgründe zu blicken und die Motivation des Serienmörders zu verstehen. Auf jeden Fall hatte er völlig unbemerkt mehr Menschen entführt und getötet, als sie ahnen konnte. Eine Ausgeburt des Bösen, die, versteckt in den Bergen, in aller Ruhe agieren konnte.

Die Polizistin nahm das Gespräch wieder auf. »Weiß man schon, wie die Frauen in der Kühltruhe zu Tode gekommen sind?«

»Noch nicht. Die ersten beiden Leichen sind unbeschadet. Laut Obduktion keine Schläge, keine Verletzungen oder Misshandlungen. Der dritte Leichnam, der zuoberst lag und wahrscheinlich das letzte Opfer der Serie war, weist allerdings einen Abdruck auf, der für eine Strangulation mit einem dünnen Kabel oder etwas Ähnlichem typisch ist.«

»Warum soll er denn diese Frau erwürgt haben und die anderen nicht?«

»Keine Ahnung. In dem Keller wurden ein Defibrillator, ein Stethoskop und verschiedene Adrenalin oder Heparin enthaltende Medikamente gefunden. Wir haben unverzüglich Autopsien angeordnet.« Chanteloup seufzte. »Unverzüglich«, wiederholte er. »Bei Opfern, die seit so langer Zeit tot sind, kommt mir das wirklich verrückt vor.«

»Und was wissen Sie bis zum jetzigen Zeitpunkt über Agonla?«

»Keine Vorstrafen. Jeder im Dorf kennt ihn. Meine Leute haben im Café diverse Aussagen gesammelt. Er hat im Haus seiner Eltern gelebt. Es gibt Gerüchte, dass er als Kind geschlagen wurde. Zusammengefasst kann man sagen, dass sein Vater – ein Alkoholiker – schon frühzeitig die Familie verlassen hat. Damals war Agonla gerade zehn Jahre alt, als er fünfundzwanzig war, starb seine Mutter an Krebs. Er musste mit ansehen, wie der Mensch, der ihn bis dahin beschützt hatte, an einer unheilbaren Krankheit zugrunde ging.«

»Ein langer Abstieg in die Hölle. Und diese Machtlosigkeit!«

»Ja, tatsächlich hat Agonla sehr darunter gelitten und sogar versucht, sich umzubringen. Er ist wegen seiner schweren Depression und psychischen Störungen in der Psychiatrie von Rumilly behandelt worden. Dort war er als Techniker beschäftigt. Aus dem Angestellten wurde ein Patient, eine tickende Zeitbombe, ein echter Musterfall für Studenten der Psychologie und Kriminologie.«

Lucie fiel die Lücke von eineinhalb Jahren in Agonlas Lebenslauf wieder ein. Ein Selbstmordversuch, ein längerer Aufenthalt in der psychiatrischen Klinik … Zweifellos war seine Unfähigkeit, seiner Mutter zu helfen – und die der Mediziner im Allgemeinen –, der Auslöser seines mörderischen Wahnsinns.

Sie seufzte und zerdrückte wütend ihren Pappbecher. Agonla würde ihnen seine Motive nicht mehr erklären können. Ihre Gedanken trugen sie weiter zu dem blauen Renault Mégane, der auf dem verschneiten Weg gestanden hatte. Sie hatte ihn gesehen und nicht daran gedacht, sich das Kennzeichen zu merken, weil sie überzeugt gewesen war, dass er Agonla gehörte.

»Vielleicht ist Philippe Agonla gar nicht der Mann, den ich suche«, sagte sie schließlich. »Ich bin aber sicher, dass er der Schlüssel zu einem größeren Fall ist, vor allem im Hinblick auf den ermordeten Journalisten.«

Sie begann auf und ab zu gehen. Durch den elastischen Verband, der ihr Sprunggelenk stützte, hinkte sie kaum noch. »Jemand hat ihn die Treppe hinabgestoßen und getötet. Jemand, der es sehr eilig hatte, hat uns in den Bergen überholt. Als verfolge er die gleiche Spur wie wir.«

»Meinen Sie, es war einer von uns?«

»Nein, nein, das glaube ich nicht. Christophe Gamblin wurde gefoltert und dann in eine Tiefkühltruhe gesperrt. Vielleicht handelte es sich dabei nicht um ein rein sadistisches Vorgehen. Vermutlich sollte Gamblin preisgeben, was er bereits herausgefunden hatte. Ich denke, wenn man spürt, wie der eigene Körper gefriert, sagt man alles, was man weiß. Dadurch hat Christophe Gamblin seinen Mörder auf die Spur von Philippe Agonla gebracht. Der Killer taucht hier auf und schlägt zu. Sicher, er hat Agonla umgebracht, aber ich bin davon überzeugt, dass er im Haus des Serienmörders etwas ganz Bestimmtes gesucht hat. Der Keller wurde immerhin vollständig auf den Kopf gestellt.«

»Vielleicht, vielleicht aber auch nicht«, erwiderte Chanteloup nachdenklich. »Dieser Fall, dieser Mord – wenn Agonla denn tatsächlich ermordet wurde – fällt nun in mein Ressort. Mit anderen Worten, wir übernehmen ab sofort diesen Teil der Ermittlungen.«

»Sie …«

»Sie werden mir alle notwendigen Informationen liefern. Und wir brauchen auch Ihre Aussage. Kommen Sie bitte Montag Vormittag aufs Revier.«

Lucie hasste diesen herablassenden Befehlston. Was hatte sie mit diesen territorialen Befindlichkeiten oder internen Auseinandersetzungen zu tun? Jemand hatte Christophe Gamblin ermordet und gestern fast auch noch Franck. So leicht würde sie denjenigen nicht davonkommen lassen.

»Haben Sie den Keller durchsucht?«

»In den nächsten Tagen werden wir das gesamte Anwesen vom Keller bis zum Garten gründlich unter die Lupe nehmen. Wir müssen wissen, ob es noch mehr Leichen gibt, und wenn wir dafür die Mauern niederreißen müssen. Aber Sie wissen selbst, dass das alles seine Zeit dauert. So einen verdammten Mist habe ich noch nie gesehen. Die Presse wird sich um die Story reißen.«

Lucie hörte kaum mehr hin. Sie dachte an die ausgelaufenen chemischen Substanzen, an die zurückgeschlagenen Planen, das weggeräumte Holz: Der Mann mit dem Renault Mégane hatte nach etwas gesucht, das kleiner war als eine Leiche. Der Täter – Mörder eines Serienmörders – hatte vielleicht versucht, Agonla mit Gewalt in den Keller zu drängen. Und dieser war wegen seines gelähmten Beins auf der Treppe tödlich gestürzt, bevor er das Versteck verraten konnte.

Die Ermittlerin baute sich vor Pierre Chanteloup auf, der einen Kopf größer war als sie, und fragte: »Sind die Leute von der Spurensicherung schon mit ihrer Arbeit fertig?«

»Ja, bis auf die Großdurchsuchung, die im Morgengrauen fortgeführt wird.«

»Erlauben Sie mir, noch mal in den Keller zurückzukehren?«

»Sie machen wohl Witze, oder? Was wollen Sie denn dort?«

»Nur einen Blick hineinwerfen.«

»Unnötig. Ich habe doch schon erklärt, dass wir den Fall übernehmen.«

Ungeduldig zog er ein Notizheft aus seiner Tasche und deutete mit dem Kugelschreiber auf das Blatt.

»Bitte geben Sie mir die Kontaktdaten Ihres Vorgesetzten.«

Kapitel 24

Pascal Robillard naschte Trockenfrüchte aus einer Tupper-Dose, während er unverwandt auf den Bildschirm seines Computers starrte.

Samstagabend, 19:00 Uhr.

Fast alle Büros der Mordkommission waren leer – bis auf die wenigen Wachhabenden. Seit Stunden versuchte der Spezialist für Datenabgleich, die Reise von Valérie Duprès quer durch die Welt zu rekonstruieren. Allein im Großraumbüro, recherchierte er im Internet nach ausländischen Städten, in denen die Journalistin ihre digitalen Spuren hinterlassen hatte.

Es hatte vor etwa acht Monaten angefangen: 14. April 2011, Landung in Lima, Peru. Noch für denselben Tag findet Robillard einen Bankeinzug der Autovermietung Europcar und einen weiteren des Hotels *Hostal Altura Sac* in La Oroya, beide Beträge wurden von ihrem Konto am 3. Mai abgebucht, noch vor ihrer Rückkehr nach Orly am 4. Mai.

La Oroya … eine Stadt mit dreiunddreißigtausend Einwohnern, etwa einhundertsechzig Kilometer von Lima entfernt. An diesem Ort in den Anden Perus wird Kupfer, Blei und Zink abgebaut. Die Fotos, die Google zeigt, lassen nichts Erfreuliches erkennen: trübselige Fabriken aus grünlichem Blech, hohe Schlote, aus denen dichter Rauch aufsteigt, umgeben von den schwindelerregenden Steilwänden der Kordilleren. Es war ein verfluchter Ort, von der Außenwelt abgeschnitten, wo sich das Grau der Gesichter nicht vom Staub der zerklüfteten Felsen abhob. Was hatte Valérie Duprès fast drei Wochen lang hier getrieben?

Robillard vertiefte seine Recherche und entdeckte rasch höchst interessante Fakten. Eine Nichtregierungsorganisation, das Blacksmith Institute, beschuldigte die amerikanische Firma Doe Run Company, Hauptbetreiber der Erzschmelzen, giftigen Rauch in die Luft zu blasen. Die gemessenen Werte überstiegen die gesundheitlich zulässige Menge an Arsen, Kadmium und Blei in der Luft um fast das Fünfzigfache. Rund um den Standort hatte der saure Regen die gesamte Vegetation vernichtet, die Flüsse durch giftige Substanzen wie Schwefeldioxid und Stickstoffoxid verschmutzt und vor allem die Gesundheit der Bewohner gefährdet.

Diese Stadt mitten in den Bergen wirkte wie die Hölle auf Erden. In dem Hotel, in dem Valérie Duprès abgestiegen war, kannte man vermutlich kaum Touristen, denn es beherbergte hauptsächlich leitende Angestellte, Ingenieure und Handwerksmeister, die auf Geschäftsreise waren.

Bei seiner weiteren Suche entdeckte Robillard erstaunliche Informationen. Die Stadt hielt den Weltrekord, was Bleivergiftung betraf: 99 Prozent der Kinder waren betroffen. Diese Krankheit führte zu einer Verzögerung in der geistigen Entwicklung, zu Sterilität und Bluthochdruck, zu verschiedenen Krebsarten und zu Nierenversagen …

Verblüfft lehnte sich Robillard in seinem Stuhl zurück.

Sharkos Worte fielen ihm wieder ein: der kleine blonde Junge aus dem Krankenhaus, schwach und herzkrank, Probleme mit den Nieren. Dieses Kind hatte nichts von einem Peruaner. Robillard notierte sich, den Arzt nach genaueren Angaben zu den Blutanalysen, insbesondere zu den Bleiwerten, zu befragen.

Er trank einen Schluck Mineralwasser und befasste sich mit dem zweiten Reiseziel.

China im Juni 2011. Und wieder verrieten ihm Kontoauszüge, Rechnungen, Fotokopien von Flugbuchungen sehr viel: Landung in Peking, eine Autovermietung, Fahrt nach Linfen, siebenhundert Kilometer von der Hauptstadt entfernt, wo die Journalistin offenbar den größten Teil ihrer Zeit verbracht hatte. Robillard stellte schnell eine Verbindung zwischen der chinesischen Stadt und dem Dreckloch in Peru her. Linfen – die alte chinesische Hauptstadt unter der Regierung von König Xiang – lag im Süden der Bergbauprovinz Shanxi, wo ein Drittel des Kohlebedarfs des Landes abgebaut wurde.

Die Bilder, die er zu sehen bekam, waren schrecklich. Bewohner mit Masken, ständiger Dunst durch die Luftverschmutzung mit Kohlendioxid, Chemie- und Stahlindustrieanlagen in uralten riesigen Gebäuden, so weit das Auge reichte; überall schwarzer, roter und gelber Rauch. Viele Ökologen hielten Linfen für die schmutzigste Stadt der Welt. Fachleute sprachen davon, dass vermutlich mehr als die Hälfte der Wasservorräte nicht mehr trinkbar war, dass Atemwegserkrankungen durch den Kohlestaub rapide zunahmen und katastrophale hygienische Bedingungen herrschten. Die Gesundheit von mehr als drei Millionen Menschen und auch ihrer ungeborenen Kinder stand hier auf dem Spiel. Und die Kohlebergwerke – legal oder nicht – verschlangen immer wieder Leben.

Robillard machte sich Notizen, während vor seinem geistigen Auge nach und nach die Themen des Buches sichtbar wurden, das Valérie Duprès zu schreiben vorhatte: Industrieregionen, Umweltverschmutzung und ihre Folgen für die Gesundheit …

Noch während er versuchte, Verbindungen zu den Entdeckungen von Christophe Gamblin herzustellen, schaute er sich das vorletzte Ziel – Richland im Bundesstaat Washington – an. Landung und Abflug am Flughafen Tri-Cities, Hotel *Clarion*, zehn Tage vor Ort, vom 14. bis 24. September 2011 … Die Internet-Recherche verschaffte ihm mehr Klarheit: Richland wurde auch »Atomic City« genannt. Die kleine Stadt lag in der Nähe von Hanford, der Wiege der amerikanischen Atomindustrie. Dort war *Fat Man*, die über Nagasaki abgeworfene Plutoniumbombe, hergestellt worden. Das Gebiet galt als eine der am schlimmsten verseuchten Regionen der Welt, vor allem wegen der vielen Tausend Tonnen radioaktiver Abfälle im Boden und in den Gewässern. Und diesmal fiel es Robillard leichter, die Verbindung zum letzten Zielort der Journalistin, Albuquerque in New Mexico, herzustellen. Die Stadt lag kaum hundert Kilometer von Los Alamos entfernt, wo nach dem Zweiten Weltkrieg das Manhattan-Projekt entstanden war. Ziel dieses höchst geheimen Projekts war die Erforschung der Kernspaltung. Hunderte gelb-schwarzer Warnschilder mit der Aufschrift »Vorsicht, Gefahr durch Radioaktivität« waren auf den Fotos aus der Wüste zu sehen, in der auf ausgetrockneten Hügeln unter sengender Sonne alte verrostete Autos und Wohnwagen herumstanden.

Los Alamos und Hanford waren eng verbunden durch die Kernwaffenforschung.

Jetzt war Robillard klar, welche Ziele Valérie Duprès

verfolgte: Sie recherchierte über die weltweite Umweltverschmutzung. Kohlenwasserstoff, Chemie, Kohle, radioaktive Abfälle, Schädigungen des Organismus ... Aber wie genau wollte sie das Thema in Angriff nehmen? Schwer zu sagen. Vielleicht hatte sie eine Bestandsaufnahme geplant, um anzuprangern, wachzurütteln, ja sogar anzugreifen. Apropos Angriff: Sie hatte sicher jede Menge Staub aufgewirbelt, war also ein Störfaktor und dadurch in ernste Probleme geraten.

Zufrieden mit seinen Entdeckungen, schaltete Robillard den Computer aus.

Nicht ohne Grund nannte man ihn den »Spürhund«.

Heute kein Krafttraining mehr, es war schon zu spät. Seine Muskeln mussten bis morgen warten.

Mit dem Gefühl, gute Arbeit geleistet zu haben, würde er jetzt nach Hause zu seiner Familie fahren.

Kapitel 25

Eiskalte Luft drang durch das vergitterte Kellerfenster und breitete sich in den unterirdischen Räumen aus. Es war kalt, dunkel, nur zwei nackte Glühbirnen beleuchteten das Ziegelgewölbe, das sich über der zierlichen Silhouette der Frau bedrohlich herabzusenken schien.

Mühelos war Lucie in den Keller von Philippe Agonlas Haus gelangt. Sobald Chanteloup das Krankenhaus verlassen hatte, war sie über die gefährliche Straße zurückgefahren, hatte ihren Kripo-Ausweis gezückt und die beiden Wachposten davon überzeugt, sie in das Haus hineinzulassen. Vielleicht würde es später Probleme geben, aber im Augenblick hatte sie ihr Ziel erreicht.

In diesem Raum herrschte noch dieselbe Unordnung wie

einige Stunden zuvor. Die Kriminaltechniker hatten sich vor allem für die Spuren in unmittelbarer Umgebung von Agonlas Leiche und der großen Tiefkühltruhe mit ihrem makabren Inhalt interessiert. Vom Serienmörder waren nur noch die Blutspuren an den Wänden und auf den unteren Betonstufen geblieben.

Lucie zögerte eine Weile und war kurz davor, wieder nach oben zu laufen und wegzufahren. Es war vielleicht doch keine so gute Idee gewesen, sich allein an diesen Ort zu begeben. Sie schloss die Augen, holte tief Luft und betrat den anderen, etwas kleineren Raum.

Die gusseiserne Badewanne schien geradezu auf sie zu warten. Eine rote Glühbirne, die an einem langen Kabel von der Decke baumelte, verbreitete so wenig Licht, dass sie die ebenfalls roten Ziegelmauern kaum erkennen konnte. Der ganze Raum schien zu bluten. Lucie dachte: *Hier eine rote Glühbirne, drüben eine weiße. Warum?*

Lange starrte sie auf die staubige Emaillewanne und stützte die Hände auf den gelblichen Rand. Dabei versuchte sie, sich die Szene vorzustellen: Eine Frau liegt darin, Todesangst …

Ich darf mich nicht bewegen. Er hat es mir verboten. Er ist nebenan bei seinen chemischen Substanzen. Die gläsernen Pipetten und Reagenzgläser lassen mir das Blut in den Adern gefrieren. Ich zittere vor Angst, habe keine Ahnung, was er von mir will. Will er mich vergewaltigen, umbringen? Dann plötzlich beugt er sich über meinen erstarrten Körper. Er ist kräftig, widerlich, die Gläser seiner hässlichen Brille vergrößern seine Augen. Ich schlage um mich, aber es ist sinnlos. Er presst mir eine Gasmaske auf die Nase. Ich atme den ekligen Geruch von faulen Eiern ein.

Vor Aufregung hielt Lucie die Luft an. Alle Sinne hellwach, warf sie einen Blick in die Runde. Agonla war tot, oben standen zwei Wachposten, es bestand also keine Gefahr. Sie griff nach der Gasmaske, roch daran und verzog das Gesicht: Dem Gummi haftete tatsächlich noch der Geruch von faulen Eiern an.

Sie nahm ihren ganzen Mut zusammen, ging zu der kleineren der beiden Tiefkühltruhen und öffnete sie. Die Spurensicherung hatte das Eis herausgenommen, aber Lucie wusste, dass sie bis oben voll gewesen war. Warum? Sie schaute noch einmal zur Badewanne und stellte sich das erste Opfer darin vor – Véronique Parmentier.

Hier liegt sie, reglos. Agonla denkt, er habe sie mit dem Schwefelwasserstoff nur betäubt, doch in Wirklichkeit macht sie ihre letzten Atemzüge, denn jedes ihrer Organe wird nach und nach durch die zu hohe Gaskonzentration vergiftet. Ihr Herzschlag verlangsamt sich drastisch. Der Mörder wähnt sie im Zustand des reversiblen Todes, aber er hat sie vergiftet. Sie stirbt ...

Lucie betrachtete mit zusammengekniffenen Augen die kleinere Kühltruhe. Plötzlich wurde ihr alles klar.

»Ja, richtig! Jetzt wird er sie mit dem Eis abkühlen.«

Sie hatte laut gesprochen, als wäre Sharko bei ihr. Nun musterte sie die leeren Kanister, die vermutlich dazu gedient hatten, die Badewanne mit Leitungswasser zu füllen, und das Eis aus der Tiefkühltruhe diente dazu, die Wassertemperatur abzusenken.

Parmentiers Körper war wahrscheinlich sehr schnell in einen Kälteschock gefallen. Allerdings war die junge Frau nicht scheintot, sondern wirklich tot. Bei seinem Versuch, den Körper der Frau wieder zu erwärmen, muss Philippe Agonla relativ schnell erkannt haben, dass er gescheitert war, denn der Herzschlag setzte nicht wieder ein. Daraufhin beschloss er, sich der Leiche zu entledigen und sie in den See zu werfen. Dazu zog er sie sorgfältig wieder an, sogar die Schuhe vergaß er nicht. Alles sollte wie ein Unfall aussehen, Ertrinken durch Fahrlässigkeit.

Die Polizistin fuhr zusammen, als sie die Frage hörte:

»Alles in Ordnung, Madame Henebelle?«

Es war die Stimme eines der Wachposten.

»Ja, ja, alles in Ordnung.«

Sie hörte die Tür knarren, kehrte zu ihren Überlegungen zurück und sah sich prüfend in dem blutverschmierten Raum um. Agonla hatte ein Jahr verstreichen lassen, bevor er sich ein neues Opfer suchte. Hatte er Angst, entdeckt zu werden? Hatte ihn sein Scheitern verunsichert? Fest stand jedoch, dass Hélène Leroy 2002 das gleiche Schicksal erleiden musste.

Auch diesmal war während ihres Krankenhausaufenthaltes in *Les Adrets* ein Nachschlüssel angefertigt worden, und man hatte sie ebenfalls entführt. Dann durchlebte sie in diesem Keller die Hölle und starb an einer zu hohen Konzentration von Schwefelwasserstoff.

In ihre Überlegungen versunken, legte Lucie die Hand auf einen Ziegelstein. Philippe Agonla musste angesichts seiner Misserfolge extrem wütend und frustriert gewesen sein. Sie kehrte in den vorderen Raum zurück, den Raum mit dem weißen Licht, und blieb vor dem gefliesten Labortisch stehen, auf dem noch einiges herumlag. Lucie betrachtete die kleinen Mäuseskelette auf der linken Seite. Agonla hatte sich sicherlich bemüht, sein teuflisches chemisches Gemisch an den Tieren auszuprobieren. Sie sah ihn vor sich, wie er das Herz einer toten Maus ertastete und dann spürte, wie es wieder zu schlagen begann – als hätte er den Heiligen Gral entdeckt.

Nach seinen wiederholten Misserfolgen an einem menschlichen Körper wollte er nicht noch ein weiteres Jahr verstreichen lassen. Er hatte an Sicherheit gewonnen, war ungeduldig geworden. Es musste schneller gehen, denn er wollte endlich sein Ziel erreichen. Noch im selben Winter wurde er wieder aktiv. Eine erneute Entführung, das dritte Opfer. Wieder ein Misserfolg! Doch diesmal konnte er es sich nicht erlauben, die Leiche in einen See zu werfen. Er hatte wahrscheinlich die Berichterstattung in der örtlichen Presse verfolgt und hatte Angst, die Polizei könne einen Zusammenhang zwischen den brünetten Frauen mit den Ski-Unfällen im Krankenhaus und den Leichen im See herstellen. Deshalb war die einfachste Lösung, die Tote bei sich in einer großen Kühltruhe aufzubewahren, und das war auch sicherer, als wenn er sie irgendwo versteckt oder vergraben hätte.

Also hatte er die erste Leiche eingefroren, dann eine zweite. Der mörderische Wahnsinn nahm seinen Lauf. Lucie sah Philippe Agonla vor sich, wie er in genau diesem Raum den Strick um den Hals des dritten Opfers legte und zuzog – die oberste Leiche in der Kühltruhe.

Warum war die Frau auf diese Weise umgebracht worden? Hatte sie versucht zu entkommen und wurde wieder eingefangen? Hatte Agonla sie aus Wut getötet? Was hatte sein Ritual gestört? Es sei denn …

Lucie atmete tief durch. Und wenn Agonlas Experiment schließlich doch geklappt hatte? Vielleicht hatte er die Frau tatsächlich in den reversiblen Tod versetzt, sie ins vereiste Wasser gelegt, den Herzstillstand festgestellt, sie dann wieder aufgewärmt und zum Leben erweckt?

Lucie richtete sich auf und überlegte, welche Gedanken und Ängste den Mörder erfasst haben mochten. Zum ersten Mal stand er nun vor einem aus dem Jenseits zurückgekehrten Opfer. Sicher hatte er widersprüchliche Gefühle verspürt – große Freude, aber auch Angst und Beklommenheit. Was sollte er denn nun mit dem Objekt seines Experiments machen? Die Frau wieder freilassen? Natürlich nicht! Möglicherweise hatte er sie noch tagelang bei sich behalten, mit ihr gesprochen und Fragen gestellt, um zu verstehen, was sich auf der anderen Seite, also im Jenseits, verbarg.

Schließlich hatte er sie erwürgt und zu den anderen Leichen gelegt.

Vor dem vergitterten Kellerfenster blieb Lucie stehen. Draußen war es so still, dass man glaubte, die Schneeflocken auf den Boden fallen zu hören. Die Berge wirkten bedrohlich, beklemmend. Die Ermittlerin konnte sich mühelos vorstellen, wie Agonla hier mitten im Wald seiner makabren Beschäftigung nachging. Es gab keine Zeugen, niemanden, der die Schreie hätte hören oder zusehen können, wie er das Opfer hierhertransportierte.

Lucie kehrte zu den Fakten zurück. Agonla war es offenbar gelungen, einen Scheintod zu erzeugen und eine Tote ins Land der Lebenden zurückzuholen. Wie hatte er es angefangen? Woher hatte er die Informationen über Schwefelwasserstoff – ein äußerst giftiges Gas – und über die Art seiner Verwendung bekommen, Jahre bevor offizielle Forschungsergebnisse vorlagen?

Lucie schaute sich das Durcheinander noch einmal an. Der von Sharko verfolgte Mann hatte etwas gesucht. Einen Gegenstand? Sie erinnerte sich an die Worte von Professor Ravanel, dem Experten für kalte Kardioplegie: »*Das bedeutet auch, dass diese Person alle Geräte und Voraussetzungen be-*

sitzt, um eine auf ein Tausendstel Gramm genaue Dosierung vorzunehmen. Aber sie besitzt zweifellos auch Aufzeichnungen und handschriftliche Notizen zu den Formeln, die diese Ergebnisse dokumentieren.«

Aufzeichnungen … Sie selbst hatte für ihre Ermittlungen stets ihr kleines Notizbuch bei sich. Wo waren also Philippe Agonlas Notizen, die Protokolle seiner Experimente?

Während Lucie in Gedanken ihre Analyse fortsetzte, machte sie sich fieberhaft daran, alles gründlich zu durchsuchen. Nach seinem ersten Erfolg hatte der Mörder sein Vorgehen geändert. Er hatte zwar weiterhin seine Opfer aus ihren Wohnungen entführt, sie aber nicht mehr in seinen Keller gebracht, sondern schon im Transporter mit dem Gas betäubt, dabei vermutlich die Maske und eine Patrone mit einer präzisen Dosierung verwendet. Dann hatte er seine Opfer direkt in den eisigen See geworfen und mit der Notrufzentrale telefoniert – genau zu dem von ihm gewünschten Zeitpunkt, zwei, drei, zehn oder vielleicht fünfzehn Minuten nach dem Eintauchen des Körpers in den See.

Warum aber den Rettungsdienst rufen und die Wiederbelebung nicht selbst vornehmen? Um zu verhindern, dass die Opfer sein Gesicht sahen und er sie danach töten musste? Weil seine Rolle hier nicht wichtig war, sondern nur die Tatsache, dass die Frauen ins Leben zurückgeholt wurden? Wollte er seine göttliche Macht genießen und gleichzeitig die Ärzteschaft verblüffen?

Wie weit wäre er ohne den Verkehrsunfall gegangen? Und was hatte er mit seinen Versuchen vor? Wollte er weiterhin mit den Grenzen des Todes experimentieren, sie immer weiter verschieben? Das würde nun niemand mehr erfahren.

Lucie berührte gedankenverloren verschiedene Gegenstände im Raum. Agonla hatte Skier aufbewahrt, aber auch

Spiegel, Haarbürsten und Lippenstifte, in Kartons, die alle durchsucht worden waren. Ihr fiel ein altes Foto in die Hand. Sie betrachtete es im fahlen Licht der Glühbirne. Es zeigte eine schöne brünette Frau mit langem Haar und haselnussbraunen Augen, die vor einem Haus posierte. Vermutlich seine Mutter. Lucie kam der Gedanke, ob Agonla wohl seine eigene Mutter wieder ins Leben zurückholen wollte, indem er versuchte, diese toten Mädchen zu erwecken? Vielleicht wollte er zeigen, dass er, der kleine Angestellte aus der Wäscherei, in der Lage war, der medizinischen Forschung ein Schnippchen zu schlagen.

Sie suchte weiter. Der Mann hatte jahrelang experimentiert, geplant und getötet. Seine Entdeckungen mussten für ihn von äußerster Wichtigkeit gewesen sein. Er hatte sie gut versteckt, vor Feuchtigkeit geschützt, genau an dem Ort, an dem er agierte. Weiter hinten im Raum entdeckte sie ein Stethoskop, einen Defibrillator und zwei große Gasflaschen. Sie schüttelte sie, warf einen Blick unter die Wanne und die Kühltruhen, betrachtete noch einmal die Glühbirne. Rotes Licht hier und weißes Licht drüben. Die unterschiedliche Beleuchtung hatte sie von Anfang an irritiert. Agonla wollte den Raum nicht nur schwach beleuchten, sondern vor allem Unebenheiten unsichtbar machen und Schatten erzeugen. Ihr Blick glitt über die Wände, die nun glatt wirkten.

Plötzlich fiel ihr auf, dass man die Mauerfugen nicht erkennen konnte.

Lucie kehrte eiligst in den Nachbarraum zurück, drehte die weiße Glühbirne heraus, ging zurück, kletterte auf den Rand der Badewanne und schraubte sie anstelle der roten Birne in die Fassung.

Nun erstrahlte der Raum in ganz anderem Licht, die Schatten verschwanden, die Mauerfugen zeichneten sich deutlich ab. Lucie ging die Wände entlang, ließ die Hand über die Steine gleiten, prüfte die Oberfläche. Neben einem Metallspind zwischen den am Boden herumliegenden Konservendosen blieb sie stehen. Hier entdeckte sie zwei nicht verfugte Ziegel. Die Stelle war nahezu unsichtbar und den Technikern anscheinend entgangen, weil sie zu sehr damit beschäftigt waren, Spuren rund um die Leichen zu sichern.

Lucies Herz schlug schneller. Sie kniete nieder, zog vorsichtig die Ziegel heraus und entdeckte ein Versteck in der Wand. Ihre Finger ertasteten eine Plastikhülle, in der sich ein Heft befand.

Als Erstes schraubte Lucie die Glühbirnen wieder ein: die rote in diesem Raum, die weiße drüben. Ein Geräusch im Flur ließ sie zusammenzucken. Sie eilte zum Kellerfenster und sah die Glut einer Zigarette in der Luft tanzen. Sie hielt den Atem an und versuchte, sich zu beruhigen. Zitternd vor Kälte schlug sie das Heft auf.

Es sah aus wie ein ganz normales Schulheft mit blauweißem Einband. Im Innern befand sich ein loses Blatt in etwas kleinerem Format mit einer Zeichnung, bei deren Anblick ihr fast übel wurde. Es handelte sich um eine sehr einfache Darstellung eines Baums mit sechs Ästen. Lucie fiel das Foto auf Sharkos Handy wieder ein, die Tätowierung auf dem Oberkörper des verschwundenen Jungen.

Foto und Tätowierung waren identisch.

Auf den nächsten Seiten – die meisten waren lose und etwas kleiner – tauchten handschriftliche Notizen mit Zahlen und Satzfetzen auf, wobei einiges ausradiert und überschrieben worden war. Lösungsmengen, chemische Formeln, kaum lesbar übereinander Gekritzeltes. Weiter hinten änderte sich das Schriftbild. Sämtliche Notizen waren nun sauber ins Heft eingetragen worden. Beim Überfliegen der Seiten fielen Lucie die persönlichen Angaben zu einigen der Opfer auf: Parmentier, Leroy, Lambert, daneben Gewichtsangaben, Berechnungen und die Konzentrationen der chemischen Elemente.

Die Eintragungen stammten von zwei verschiedenen Personen: eine hatte die losen Blätter beschriftet, die andere direkt die Seiten des Hefts.

Plötzlich vernahm sie draußen ein Geräusch. Just in dem Moment, als Lucie zum Kellerfenster aufblickte, entglitt etwas ihren Händen.

»Sind Sie es, Leblanc?«, fragte Lucie.

Ein Schatten bückte sich. Dampfender Atem drang durch die Öffnung.

»Ja«, sagte die Stimme. »Sie sind jetzt schon eine ganze Weile da unten. Gibt es Probleme?«

»Nein, alles in Ordnung. Ich komme bald nach oben.«

Lucie bückte sich, um das Schwarz-Weiß-Foto, das aus dem Heft gefallen war, wieder aufzuheben. Es war ein sehr altes Bild, dessen unterer Abschnitt verbrannt war. In einem Raum, der klein und sehr düster wirkte, saßen drei Personen, zwei Männer und eine Frau, an einem Tisch. Vor ihnen lagen Papier und Stifte. Sie blickten auf merkwürdige Weise sehr ernst in die Kamera.

Lucie runzelte die Stirn, schaute sich das Gesicht des Mannes in der Mitte genauer an. War es denkbar, dass …

Sie hielt das Foto näher ans Licht.

Birnenförmiges Gesicht, wirres Haar, grau melierter Schnurrbart: Es war tatsächlich Albert Einstein!

Verwirrt legte Lucie das beschädigte Foto ins Heft zurück und verbarg dieses in der Innentasche ihrer Jacke. Sie schob die Ziegelsteine wieder an ihre ursprüngliche Position, prüfte, ob sie etwas verändert hatte, und stieg die Treppe hinauf, als sei nichts geschehen. Kurz grüßte sie die beiden Wachposten und verschwand in der Dunkelheit. Diese Notizen und das geheimnisvolle Foto! Sie waren wichtige Indizien, vielleicht der Schlüssel zu der ganzen Geschichte.

Sie fuhr zurück ins Krankenhaus.

Kapitel 26

Lucie schreckte jäh auf.

Sie wusste nicht mehr, wo sie war, und sah sich rasch um – richtig, im Krankenhaus. Sharko stand hinter ihr und streichelte ihren Nacken, und diese Berührung hatte sie aus dem Schlaf gerissen.

»Sonntagmorgen, fast elf Uhr«, meinte er grinsend. »Ich wollte dir eigentlich frische Croissants bringen.«

Lucie verzog das Gesicht. Sie hatte kaum geschlafen, und ihre Glieder schmerzten.

»Franck! Wieso bist du nicht im Bett?«

In seinem blauen Schlafanzug drehte er sich vor ihr um die eigene Achse.

»Nicht schlecht für einen Auferstandenen, findest du nicht? Auf dem Flur habe ich einen Arzt getroffen, der mir alles genau erklärt hat. Dann ist mir auch noch ein Polizist begegnet. Jetzt weiß ich mehr über Agonlas Tod und die Leichen in der Tiefkühltruhe. Offenbar sind meine Papiere ziemlich ramponiert, mein Handy bleibt verschwunden, mein anthrazitfarbener Anzug ist hin und …«

Lucie schmiegte sich an ihren Partner und umarmte ihn zärtlich. »Ich hatte solche Angst um dich. Das kannst du dir gar nicht vorstellen.«

»Ich weiß.«

»Und unser Streit tut mir wirklich leid.«

»Mir auch. Das soll nicht mehr vorkommen.«

Sharko streichelte ihren Rücken. Als er die Augen schloss, überwältigten ihn seine Gefühle. Ihm lief ein Schauer über den Rücken: Das eisige Wasser drückt ihm die Brust zusammen und raubt ihm die Luft zum Atmen. Seine Glieder werden steif, er wird auf den Grund gezogen. Die Muskeln brennen wie Feuer, doch es gelingt ihm, sich ans Ufer zu retten.

»Ich habe meine Dienstwaffe verloren. Das ist mir noch nie passiert, selbst in den aussichtslosesten Situationen nicht. Aber hier … Ob das was zu bedeuten hat? Ist es Zeit, den Job an den Nagel zu hängen?«

Lucie umarmte ihn. Sie liebkosten sich und flüsterten sich zärtliche Worte zu. Sharko führte sie durch den lichtdurchfluteten Raum zum Fenster. »Schau mal.«

Der Blick war atemberaubend. Die ersten Sonnenstrahlen ließen die Gipfel der Bergkette erstrahlen und tauchten die Landschaft in leuchtende Farben. Autos fuhren durch das Tal. Dieses Leben, diese Natur, dieses Licht tat so gut.

»Die Berge hätten mich fast umgebracht, trotzdem liebe ich sie.«

»Ich hasse sie.«

Sie sahen sich an und brachen in schallendes Gelächter aus. Obwohl ihn die Rippen schmerzten, ließ sich Sharko nichts anmerken. Er erklärte ihr, er wolle – auch gegen den Rat der Ärzte – noch am Nachmittag das Krankenhaus verlassen, da er sich gesund und fit fühle und nur noch leichte Schmerzen habe.

»Weißt du, dass du wirklich sehr sexy aussiehst in deinem blauen Pyjama?«

»Ich könnte gut darauf verzichten.« Lucie umarmte und

küsste ihn wieder. »Ich möchte, dass du die Nacht mit mir im Hotel verbringst. Lass uns endlich unser Baby machen. Unser gemeinsamer Abend gestern ist ja leider ins Wasser gefallen.«

Sharko lächelte und dachte wieder daran, was der Laborarzt gesagt hatte: »*Etwas Ruhe, vielleicht eine Auszeit würden den kleinen Lümmeln wieder neue Kraft verleihen.*« Der hatte gut reden! Ernst schaute er ihr in die Augen. »Dieser Typ, der mich ins Wasser gestoßen hat, war kein besonders guter Läufer. Bei der Verfolgungsjagd war ich nicht sehr schnell, aber er war noch langsamer. Vermutlich ist er nicht mehr jung. Leider bin ich dann gestürzt. Sein Gesicht konnte ich nicht sehen, dafür aber seine Jacke, eine khakifarbene Bomberjacke. Genau die gleiche Jacke trug der Mann, der den Jungen aus dem Krankenhaus entführt hat.«

»Bist du sicher?«

»Hundertprozentig.«

Diese Aussage schockierte Lucie. Sie war froh, nicht in die pädiatrische Abteilung gegangen und dem Blick dieses Kindes begegnet zu sein.

Langes, angespanntes Schweigen.

»Ich glaube, jemand verfolgt die gleiche Spur wie wir«, fuhr Sharko schließlich fort. »Allerdings ist er uns einen Schritt voraus und beseitigt sämtliche Hinweise, die uns weiterbringen könnten. Mit großer Sorgfalt verwischt er alle Spuren. Ich vermute, dass er es war, der bei Agonla die Notizen gesucht hat.«

Sie kramte in ihrer Jacke. »Da sind sie. Dieses Heft enthält chemische Formeln, Skizzen und Anwendungsmöglichkeiten von diesem Schwefelwasserstoff. Agonla spricht auch von Opfern und davon, wie er vorgegangen ist, um sie zu betäuben, mit welchen Mengen, unterschiedlichen Dosierungen …«

Sharko nahm ihr das Heft aus der Hand. »Haben dir die Polizisten erlaubt, das Original zu behalten?«

»Sie wissen nicht, dass ich es gefunden habe. Es war hinter einem Ziegelstein in der Kellerwand versteckt.«

Entsetzt starrte Sharko sie an. »Soll das heißen …«

»Ja, aber ich habe alles wieder an seinen Platz gerückt.«

»Lucie!«

Die Ermittlerin zuckte mit den Schultern. »Diese Notizen betreffen unseren Fall, den uns dieser blöde Leiter der hiesigen Polizei weggenommen hat. Wäre ihm dieses Heft in die Hände gefallen, hätte er alles getan, um uns die Informationen vorzuenthalten. Kommt nicht infrage, ihm auch nur einen einzigen Blick in unsere Ermittlungsergebnisse zu gewähren. Schau lieber mal rein, anstatt zu meckern.«

Er seufzte. Diese kleine Person, die vor ihm stand, war genau die »Lucie Henebelle«, wie er sie kannte.

»Wir müssen lediglich einen Weg finden, wie wir es unbemerkt wieder zurücklegen können. Auf keinen Fall dürfen wir es behalten, schließlich handelt es sich um ein wichtiges Beweisstück.«

Die Lippen zusammengepresst, schlug er schließlich das Heft auf und deutete auf die Skizze auf der ersten Seite.

»Wieder dieses Symbol. Es sieht genauso aus wie das Tattoo des Kindes.«

»Was beweist, dass eine Verbindung besteht.«

Sein Blick wanderte von den losen Blättern zu den Seiten des Hefts. »Die Eintragungen stammen von zwei verschiedenen Personen.«

»Ich weiß. Die Handschrift im Heft und die auf den losen Blättern ist unterschiedlich.«

Sharko betrachtete das Schwarz-Weiß-Foto und riss die Augen auf. »Ist das wirklich Albert Einstein?«

»Höchstpersönlich.«

»Ich kenne zwar den anderen Mann nicht, aber die Frau …
könnte Marie Curie sein?«

Lucie rieb sich Schultern und Oberarme. Sie fröstelte
plötzlich und lehnte sich an die Heizung unter dem Fenster.

»Keine Ahnung.«

»Doch, das ist sie, ich bin fast sicher. Ein unglaubliches
Foto … schade, dass es teilweise verkohlt ist.«

»Beim Anblick dieses Fotos gefriert mir das Blut in den
Adern. Schau doch mal, wie grimmig die drei ins Objektiv
starren. Als ob sie gar nicht fotografiert werden wollten.
Worüber haben sie in dem Augenblick wohl gesprochen?«

Sharkos Neugier war geweckt. Aufmerksam widmete er
sich den Formeln und handschriftlichen Notizen. Sein Blick
verdunkelte sich, er runzelte die Stirn. Schließlich klappte er
das Heft zu. Dabei fiel ihm ein verwischter Stempel am Rand
des hinteren Einbands auf. Er zeigte mit dem Finger darauf.

»Lucie, hast du das gesehen?«

Neugierig kehrte sie zu ihm zurück. »›Fachklinik Michel
Fontan, Rumilly. 1999.‹ Das ist mir gar nicht aufgefallen. Zu
dumm! Rumilly …«

»Dort hat Philippe Agonla doch als Reinigungskraft gearbeitet, bevor er in die Wäscherei des Klinikums *Les Adrets*
wechselte.«

»Und dort wurde er, laut Chanteloup, auch wegen seiner
psychischen Störungen behandelt. 1999, das war doch zur
selben Zeit.«

Während sie noch nachdachten, brachte eine Krankenschwester zwei Tabletts mit dem Mittagessen herein. Sharko
hob die Warmhalteglocke hoch und verzog das Gesicht.

»Heute ist doch Sonntag! Wer soll denn an einem Sonntag
so einen Fraß essen?«

Lucie war nicht so wählerisch und machte sich über das Essen her – Schweinebraten mit Püree. Der Form halber folgte Sharko ihrem Beispiel. Während sie aßen, sprachen sie weiter über ihren Fall. Nach dem Dessert – einem grünen Apfel – las Lucie die auf ihrem Handy eingegangenen SMS vor. »*Hätten Zeit für ein Gespräch. Haben interessante Neuigkeiten. Hoffen, es geht Franck gut. Wenn möglich, vor 15 Uhr anrufen.* Sie ist von Nicolas.«

»Wie hat er es aufgenommen?«, erkundigte Sharko sich.

»Die ganze Sache, meine ich.«

»Ich habe ihn gestern Abend angerufen, bevor ich noch einmal in den Keller gegangen bin. Es war nicht so schlimm, wie ich befürchtet hatte, obwohl er große Angst um dich hatte und uns als ›leichtsinnig‹ bezeichnet hat.«

»Wie üblich. Gut, ruf ihn zurück, aber verrate bloß nichts von dem Heft oder von Einstein oder den anderen Fakten.«

Lucie schloss die Tür und wählte die Nummer ihres Vorgesetzten. Sie schaltete auf Freisprechen und hörte, wie der Gruppenchef das Gleiche tat.

»Danke für den Rückruf. Zuerst eine Frage: Wie geht es Franck?«

»Er darf die Klinik schon wieder verlassen«, erwiderte Lucie und zwinkerte Sharko zu. »Er braucht nur noch einen Anzug.«

»Super …«

»Ich habe auf Freisprechen geschaltet. Franck hört mit.«

»Hallo, Franck. Ich bin noch mit Pascal im Büro. Bevor wir nach Hause gehen, prüfen wir die letzten Ergebnisse. Wir sind fix und fertig. Ist euch klar, dass unser ›Spürhund‹ seit Freitag kein Bodybuilding mehr gemacht hat?«

»Das hat es ja noch nie gegeben!«

»Und es macht ihn ganz nervös. Er wirkt wie ein Vulkan kurz vor dem Ausbruch. Also … wir stehen in Kontakt mit Pierre Chanteloup, Leiter der Ermittlungsabteilung von Chambéry, und mit Eric Dublin von der Kriminalpolizei Grenoble. Aus juristischer Sicht wird die Zusammenarbeit nicht ganz einfach werden, dieser Chanteloup ist recht engstirnig und stellt sich möglicherweise quer.«

»Wem sagst du das!«, rutschte es Lucie heraus. »Ein echter Idiot.«

»Arthur Huart, unser Ermittlungsrichter, ist ziemlich geschickt. Er wird mit den anderen Staatsanwälten kooperieren und größere Scherereien vermeiden. Aber jetzt etwas anderes: Von unserer Seite gibt es eine Menge Neuigkeiten. Könnt ihr mich gut hören?«

Lucie nickte. »Sehr gut sogar«, sagte sie. »Aber vorneweg eine Frage: Gibt es was Neues von dem Kind im Krankenhaus?«

»Nichts. Weder von ihm noch von Valérie Duprès. Wir stecken fest, doch die Ermittlungen gehen natürlich weiter.«

Lucie und Sharko hatten sich nebeneinander auf das Bett gesetzt.

Bellanger fuhr fort: »Was uns betrifft, hat Pascal wirklich gute Arbeit geleistet. Ich mache es kurz. Wir sind ziemlich sicher, dass Duprès über die schmutzigsten Städte und Industriestandorte der Welt recherchiert hat, zum Beispiel über Probleme der Luftverschmutzung durch Kohlendioxid oder Radioaktivität. Wir kennen ihre Reisedaten und konnten ihre weltweite Route nachvollziehen. Gut möglich, dass ihr Fokus auf den gesundheitlichen Aspekten der Geschichte lag. In La Oroya, zum Beispiel, leiden fast alle Kinder an Nieren- und Herz-Kreislaufversagen durch Bleivergiftung. Vielleicht hat sie deshalb gerade diese Stadt im hintersten Winkel von Peru ausgewählt.«

Lucie und Sharko tauschten ernste Blicke. Der Kommissar nahm das Handy in die Hand und sprach direkt ins Mikrofon. »Schädigungen der Nieren und des Herzens? Wie bei unserem verschwundenen Jungen?«

»Das ist auch Pascal aufgefallen. Deshalb habe ich heute Morgen im Krankenhaus von Créteil anrufen lassen. Leider haben wir verwaltungstechnische Probleme mit den Leuten dort. Da das Kind nicht mehr in ihrer Klinik ist, verweigern sie die Durchführung der Blutanalysen. Immer geht es nur ums Geld! Nur darum, wer das bezahlt! Deshalb wollen wir die Proben abholen und von unseren Leuten aus der Toxikologie untersuchen lassen. Wir hatten Glück. Die Proben sind im Krankenhaus noch vorhanden, obwohl sie normalerweise nach einer Woche entsorgt werden, und sie enthalten genügend Blut für weitere Analysen. Also, ich leite gleich am Montag alle nötigen Schritte ein.«

Sharko dachte, dass sich allmählich gewisse Zusammenhänge herauskristallisierten, allerdings noch sehr verschwommen. Drei Wörter tauchten in seinem Kopf immer wieder auf: Radioaktivität, Einstein, Curie.

»Hast du von Radioaktivität gesprochen?«, fragte er.

»Ja, nach China reiste Duprès nach Richland und flog von dort weiter nach Albuquerque in den USA. Zu Orten in der Nähe von Städten, die mit dem Manhattan-Projekt in Verbindung gebracht werden, bei dem bis 1945 unter höchster Geheimhaltung die ersten Atombomben entwickelt und gebaut wurden.«

»Ich habe davon gehört, aber das ist lange her.«

»Richland ist ziemlich bekannt, sehr touristisch übrigens. Man nennt es auch ›Atomic City‹, die Stadt des Atompilzes – für diejenigen, die sich für Geschichte interessieren. Sie ist eine echte …«

Sharko hörte bereits nicht mehr zu. Er schnippte mit den Fingern und richtete sich mit einem Ruck auf. »Lucie, wo ist die Anzeige aus dem *Figaro*?«

»Im Handschuhfach.«

»Bitte hol sie doch mal! Ich glaube, ich habe gerade verstanden, warum Duprès diese Zeitung aufbewahrt hat!«

Sie eilte hinaus. Sharko beruhigte sich und wiederholte für seine Pariser Kollegen, was Lucie ihm eine Stunde zuvor berichtet hatte, sodass sie alle über die gleichen Informationen verfügten. Das Heft erwähnte er nicht. Schließlich tauchte die Ermittlerin mit der zusammengerollten Zeitung in der Hand wieder auf. Sie reichte sie Sharko, der sie schnell durchblätterte.

»Es stand in den Kleinanzeigen, da bin ich mir ganz sicher.« Mit raschem Blick überflog er die Zeilen. Schließlich deutete er auf die Mitte der linken Seite. »Hier, ich habe es gefunden! Es steht unter der Rubrik ›Leserbriefe‹, wo jeder über alles schimpfen darf, deshalb habe ich es beim ersten Mal nicht beachtet. Hört zu, das ist genau das, was in der Zeitung steht: ›*Im Lande Kirt kann man Dinge lesen, die man eigentlich nicht lesen dürfte. Ich weiß um NMX-9 und sein rechtes Bein am Rande des Waldes. Ich weiß um TEX-1 und ARI-2. Ich mag Hafer und weiß, dass dort, wo die Pilze wachsen, noch Bleisärge knistern.*‹ Ende der Mitteilung.«

Es herrschte langes Schweigen. Bellanger bat Sharko, den Text noch einmal vorzulesen, und fragte dann: »Und du glaubst wirklich, dass ein Zusammenhang besteht?«

»Ich bin mir ziemlich sicher. Es könnte sich um eine verschlüsselte Nachricht handeln. Was das mit Hafer zu tun hat, verstehe ich nicht, aber du hast doch gesagt, dass Richland die Stadt des Atompilzes ist. ›*Dort, wo die Pilze wachsen*‹. Und dann auch noch die Sache mit dem Blei. Das Blei im Blut der Kinder ... diese Särge ... Könnten das nicht die Kinder selbst sein, die durch das Blei in ihren Organen zum Tode verurteilt sind? Särge auf zwei Beinen sozusagen. Verstehst du, was ich meine?«

»So in etwa«, erwiderte Bellanger. »Und« – kurzes Schweigen – »glaubst du, dass Duprès die Verfasserin dieser Nachricht ist?«

»Das ist doch offensichtlich. Durch das ›Ich weiß‹ zeigt sie mit dem Finger auf eine Zielperson, bedroht diese sogar. Und sie weiß, dass diese Zielperson auch den *Figaro* aufmerksam liest.«

»Das könnte passen. Auch zeitlich wäre es nicht unlogisch. Duprès kommt Anfang Oktober aus New Mexico zurück, die Anzeige wird einen Monat später im November geschaltet. Und übrigens, Duprès ist nie nach Indien gereist, wie ihr Visumsantrag vielleicht vermuten ließe. Offenbar haben sich nach der Reise in die USA ihre Prioritäten geändert.«

Lucie hörte zu und machte sich Notizen. Sharko rieb sich das Kinn. Die Motive und Ziele von Valérie Duprès nahmen in seinem Kopf langsam Form an. Eine Reise zu verseuchten Industriestandorten. Ein Buch, das die Auswirkungen der Umweltverschmutzung auf die Gesundheit anprangert. Eine Entdeckung in Richland oder in Albuquerque hatte dann plötzlich ihre Zielsetzung verändert und sie schließlich in Gefahr gebracht. Wen versuchte sie mit dieser Kleinanzeige anzusprechen? Welchen Sinn ergab diese seltsame Botschaft? Und vor allem, welche Verbindung bestand zwischen dem Kind im Krankenhaus und dem alten Schwarz-Weiß-Foto der drei Wissenschaftler?

Bellanger unterbrach seine Überlegungen. »Okay, wir werden darüber nachdenken, lassen die Sache aber vorerst ruhen. Pascal wird seinen Sonntag damit zubringen, die kodierte Botschaft zu entschlüsseln, das ist seine Lieblingsbeschäftigung. Macht morgen früh eure Aussagen bei diesem Chanteloup, und wenn es da unten nichts mehr zu tun gibt, dann kommt zurück. Wegen deiner Waffe, Franck, setze ich mich mit der Direktion in Verbindung. Dafür müssen wir dann mindestens drei Kilo Formulare ausfüllen.«

Er verabschiedete sich und legte auf. Sharko strich sich die Haare aus der Stirn und trat ans Fenster.

Dann drehte er sich um und schaute Lucie an, die im *Figaro* blätterte. »Sagt dir das was?«

»Überhaupt nicht, pures Chinesisch.«

»Damit war zu rechnen. Fährst du am Hotel vorbei und holst meine Kleidung?«

»Willst du das Krankenhaus wirklich schon verlassen? Du machst wohl Witze?«

»Keineswegs. Du fährst ins Hotel, und ich regele meine Entlassung mit dem zuständigen Arzt. Dann sehen wir weiter. Entweder wir machen es uns im Hotel im warmen Bett gemütlich, oder wir schauen in der psychiatrischen Klinik in Rumilly vorbei. Was meinst du?«

Lucie ging zur Tür. »Muss ich dir darauf wirklich antworten?«

Kapitel 27

Eisig.

Ein anderes Wort gab es wohl nicht für die Luft, die den beiden Ermittlern entgegenschlug, als sie vor dem steinernen Koloss, der anscheinend direkt aus dem Felsen herausgeschlagen worden war, aus dem Auto stiegen.

Um die psychiatrische Klinik zu erreichen, hatten sie zunächst die ganze Stadt durchqueren müssen, waren am See entlang in die Berge und nach der Brücke noch einen Kilometer auf kurvenreichen Straßen durch lichten Lärchenwald gefahren.

Das riesige Gebäude mit den kleinen Fenstern erstreckte sich über drei Stockwerke und war schneebedeckt, sodass nur der Dachfirst zu erkennen war. In dieser Höhenlage wehte ständig ein eiskalter Wind, der es unmöglich machte, sich längere Zeit im Freien aufzuhalten.

Die abgeschiedene Lage und die Architektur ließen Lucie vermuten, dass das Gebäude ziemlich alt und zu einer Zeit errichtet worden war, als man den Wahnsinn von der Bevölkerung fernhalten und im Niemandsland wegschließen wollte. Jedenfalls waren an diesem späten Sonntagnachmittag keine Besucher zu sehen. Der makellos weiße Parkplatz war, abgesehen von den wenigen Fahrzeugen auf dem für das Personal reservierten Bereich, leer.

Beim Betreten des Gebäudes beschlich Sharko ein ungutes Gefühl. Als ehemaliger Schizophrener – besser gesagt als Schizophrener – kannte er Wahnsinn in seiner schlimmsten Form. Diese abgeschiedene Klinik nahm sicher nicht nur leichte Fälle auf. Winzige Schweißperlen auf der Stirn und unmerklich zitternd, bat er am Empfang um ein Gespräch mit dem Chefarzt.

Man führte die beiden Ermittler durch einen nicht enden wollenden Flur, typisch für diese alten psychiatrischen Krankenhäuser. Der Anblick der hohen Decke und die schlechte Akustik, die alles hohl klingen ließ, erzeugten bei ihm Übelkeit. Sie begegneten keinem einzigen Patienten, nur ein oder zwei Pflegern, die mit fahlen, ernsten Gesichtern aus dem Stationszimmer kamen.

Léopold Hussières war anscheinend schon ewig hier. Der

etwa sechzig Jahre alte Leiter der Einrichtung hatte eine
hohe Stirn und trug eine Brille mit runden Gläsern, die er
abnahm, als die Ermittler eintraten. Warm war es nicht gerade in diesen Mauern, und Lucie zog den Reißverschluss ihres
Blousons hoch. Sie wusste, dass sich Sharko nicht wohlfühl-
te. Wie ein eingeschüchtertes Kind knetete er seine Hände.

»Ich möchte zuerst Ihre Ausweise sehen, wenn Sie gestatten«, sagte der Psychiater.

Lucie reichte ihm ihren Dienstausweis, den er genau prüfte. Misstrauisch verlangte er auch Sharkos Legitimation, der
ihm seinen lädierten Ausweis hinhielt.

»Entschuldigen Sie, er ist leider nass geworden.«

Der Arzt runzelte die Stirn. In seinem weißen, hochge-
schlossenen Kittel, aus dem nur der Kragen seines Pullovers
herausschaute, wirkte er einschüchternd. »Die Pariser Kriminalpolizei hier in den Bergen mitten im Winter? Was ist
denn passiert?«

Nachdem er ihnen ihre Ausweise zurückgegeben hatte,
begann Lucie die Befragung: »Wir möchten etwas über einen Patienten namens Philippe Agonla erfahren. Bevor er
hier behandelt wurde, arbeitete er in dieser Einrichtung im
Pflegedienst.«

Nachdenklich rieb sich der Mediziner das Kinn. »Philippe
Agonla … Mitarbeiter und Patient … Diese außergewöhnliche Kombination würde ich sicher nicht vergessen. Ende
der Neunzigerjahre?«

»1999.«

»Was ist mit ihm?«

»Er ist tot.«

Verblüfft setzte Hussières seine Brille wieder auf und
rollte mit dem Drehstuhl, auf dem er saß, bis zu seinem Ak-
tenschrank. Lucie nutzte die Zeit, um sich den Schreibtisch

genauer anzuschauen. Wenige persönliche Gegenstände, nur ein Familienfoto. Ihr Blick blieb am Kruzifix hängen, das neben einem Behälter mit Stiften stand. Selbst hier, inmitten der Geisteskranken, war Gott präsent. Sie wandte sich Hussières zu, der mit der richtigen Akte wieder hinter seinem Schreibtisch saß und sie rasch durchblätterte.

»Ja, das ist es: Selbstmordversuch, schwere Depression mit Paranoia. Hier ist alles verzeichnet. Er war überzeugt, dass ihn seine verstorbene Mutter überwachte, dass sie sich hinter Möbeln und unter dem Bett versteckte und ihm ins Ohr flüsterte: ›Wo immer du bist, ich kann dich sehen!‹ Er brauchte Hilfe und Betreuung. Wir haben ihn sieben Monate hierbehalten.«

Lucie mochte sich das Martyrium nicht vorstellen, mehr als ein halbes Jahr und von allen vergessen hinter diesen Mauern leben zu müssen.

»War er bei seiner Entlassung völlig geheilt?«

Mit einer abrupten Bewegung schloss er die Akte. »Wir ›entlassen‹ unsere Patienten nicht, Madame, es sind ja keine Gefangenen. Wenn wir nach der Behandlung der Auffassung sind, dass sie keine Gefahr mehr für die Gesellschaft, aber vor allem für sich selbst darstellen, schicken wir sie meistens in ein Rehabilitationszentrum, wo sie noch einige Zeit bleiben. Und um auf Ihre Frage zurückzukommen: Er war nicht geheilt, aber in der Lage, ein Leben in der Gesellschaft zu führen.«

»Können Sie sich an Patienten erinnern, zu denen Philippe Agonla besonders enge Beziehungen pflegte?«

Der Psychiater runzelte die Stirn. »Welche Art von Beziehung?«

»Was weiß ich? Freundschaftliche, kameradschaftliche? Patienten, mit denen er bei Tisch saß oder spazieren ging?«

»Schwer zu sagen, so aus der Erinnerung. Nein, eigentlich nicht. Er war wie alle anderen.«

»Dann werden wir eben die Pfleger befragen«, erwiderte Lucie. »Sie haben einen engeren Kontakt zu den Kranken und können uns sicher diese Frage beantworten.«

Hussières beugte sich vor, das Kinn auf die Hände gestützt. »Ich kenne das Gesetz. Für eine solche Befragung benötigen Sie normalerweise eine Genehmigung, ein Rechtshilfeersuchen oder etwas Ähnliches.«

»Ihr ehemaliger Patient, Philippe Agonla, hat mindestens sieben Frauen entführt und fünf davon umgebracht. Er hat die Frauen mit Schwefelwasserstoff, einem toxischen Gas, vergiftet. Einige der Leichen hat er jahrelang in einer Tiefkühltruhe aufbewahrt. Nachdem er Ihre Klinik verlassen hat, wurde Philippe Agonla zum Serienmörder, Doktor Hussières. Ihre Behandlung war wirklich sehr erfolgreich. Wir können natürlich ein Rechtshilfeverfahren einleiten, eine Menge Staub aufwirbeln und Publicity für Sie machen, wenn Sie das wirklich möchten.«

Nachdenklich nahm der Psychiater seine Brille ab, behielt sie in der Hand, während er sich mit geschlossenen Augen den Nasenrücken massierte.

»Um Himmels willen … was wollen Sie wissen?«

Lucie holte das Heft heraus, das sie in Agonlas Keller gefunden hatte, und schob es über den Tisch. »Zuerst werfen Sie einmal einen Blick darauf. Es stammt aus Ihrem Krankenhaus, wie der Stempel auf der Rückseite beweist. Es gehörte Philippe Agonla. Wir nehmen allerdings an, dass während Agonlas Aufenthalt hier noch ein anderer Patient oder jemand vom Personal auf den losen Blättern Notizen gemacht hat.«

Hussières nahm das Heft in die Hand. Lucie bemerkte,

dass er verwirrt war. Aufmerksam prüfte er den Stempel auf der Rückseite, bevor er es aufschlug. Sein Blick fiel auf die Zeichnung auf der ersten Seite.

»Die Zeichnung sagt Ihnen offenbar etwas?«, fragte Lucie.

Hussières schwieg, biss sich auf die Unterlippe und inspizierte sorgfältig die losen Blätter. Schließlich starrte er auf das Foto der Wissenschaftler »Verbrannt …«, murmelte er und fuhr vorsichtig mit den Fingern über das Bild.

Dann legte er es wieder zurück und schaute die beiden Polizisten an. »Wer weiß eigentlich, dass Sie hier sind?«

Seine Stimme klang vor Angst plötzlich heiser.

»Niemand«, erwiderte Sharko, »nicht einmal unser Vorgesetzter.«

Mit finsterem Blick klappte Hussières die Akte zu und schaute verstohlen auf das Heft. »Bitte gehen Sie!« Lucie schüttelte den Kopf. »Sie wissen ganz genau, dass wir nicht gehen, bevor wir Antworten haben. Unsere Ermittlungen gehen über Philippe Agonlas Tod hinaus. Es ist nur ein erster Hinweis, der uns weiterbringen soll. Unsere Recherchen haben uns hierher in Ihre Einrichtung geführt.«

Hussières blieb noch einen Moment unbeweglich sitzen, griff dann nach dem Heft und stand auf. »Bitte folgen Sie mir.«

Hinter seinem Rücken tauschten Lucie und Sharko vielsagende Blicke aus. Sie hofften, an diesem finsteren Ort Antworten zu finden. Schweigend liefen sie durch die Flure zum Treppenhaus. Stufen und Wände waren aus Stein. Es dämmerte bereits. Durch die hohen Fenster fielen die letzten Lichtstrahlen auf den Boden. Bei jedem Schritt des Psychiaters stieß der Schlüsselbund klirrend an seinen Oberschenkel. Lucie fragte sich, wo sich die Kranken aufhielten. Üblicherweise wanderten die Patienten durch Räume und

Flure, und man hörte überall Stimmen. Aber hier schien alles in Schweigen erstarrt und aus der Zeit gefallen zu sein. Sie musste an Stanley Kubricks Film *Shining* denken und fröstelte.

»Der Patient, den ich Ihnen jetzt vorstelle, heißt Joseph Horteville«, erklärte Hussières. »Er kam im Juli 1986, also vor fast sechsundzwanzig Jahren, zu uns. Somit ist er der älteste unserer siebenunddreißig Bewohner.« Seine Stimme erzeugte einen seltsamen Hall. Während er die Stufen hinaufstieg, wandte er sich zu den beiden Ermittlern um. »Sie fragen sich jetzt wohl, warum eine Einrichtung dieser Größenordnung, die zu ihren besten Zeiten mehr als zweihundertfünfzig Kranke aufnehmen konnte, jetzt nur noch siebenunddreißig Patienten hat. Leider sind wir finanziell am Ende. Bald werden wir unsere Tore schließen müssen. Ich erspare Ihnen die Einzelheiten. Ich denke, Sie haben andere Probleme.«

»Wir fragen uns vor allem, wer dieser Joseph Horteville ist«, erwiderte Sharko.

»Alles zu seiner Zeit. Diese Geschichte ist … kompliziert.« Sie erreichten die dritte Etage.

»In diesem Stock sind die Türen nicht offen. Die hier untergebrachten Patienten benötigen besondere Aufsicht.«

Hussières schloss die Tür auf und betrat einen langen fensterlosen Flur. Neonlampen, die alle fünf Meter an der Decke angebracht waren, spendeten kaltes Licht. Die Wände aus Naturstein erinnerten die beiden Ermittler an einen Keller oder einen unterirdischen Gang. Nach einer Biegung erreichten sie schließlich eine Abteilung mit Patientenzimmern. Die schweren Türen wiesen kleine runde Gucklöcher auf.

Es ist also doch kein Ammenmärchen, dachte Lucie, *diese Orte gibt es tatsächlich noch.*

Auch sie wurde jetzt nervös. Die Männer hinter diesen Mauern hatten vielleicht mit einem Lächeln auf den Lippen ganze Familien ausgelöscht. Würden sie diesen gottverdammten Ort wohl jemals wieder verlassen dürfen? Würden sie in Freiheit zu potenziellen Agonlas? Im Vorübergehen versuchte sie, durch die Luken zu schauen. Die Zimmer schienen unbewohnt. Wahrscheinlich lagen die Patienten, mit Medikamenten ruhiggestellt, im Bett.

Plötzlich tauchte ein Gesicht auf. Lucie wich erschrocken zurück. Der Mann hatte die Lippen geschürzt, die Nase gerümpft. Sein schwarzes Haar war durch einen Mittelscheitel geteilt. Rhythmisch begann er, den Kopf gegen die Luke zu schlagen, ohne die Ermittlerin dabei aus den Augen zu lassen. Er hatte Ähnlichkeit mit Gregory Carnot, dem Mörder ihrer kleinen Zwillinge.

»Alles in Ordnung, Lucie?«

Sharkos Stimme ...

Lucie blinzelte und stellte fest, dass niemand mehr da war. Das Zimmer schien leer. Was Carnot betraf, so war er seit eineinhalb Jahren tot und auf einem Friedhof in der Nähe von Poitiers begraben.

Ein wenig aus der Fassung gebracht, setzte sie sich wieder in Bewegung. »Ja, ja, alles in Ordnung.«

Aber es war längst nicht alles in Ordnung, und das wusste sie natürlich. Sie hatte einen Menschen *gesehen*, den es wahrscheinlich gar nicht gab.

Überall herrschte bleierne Stille. Ab und zu hörte man heisere Schreie, die aus den Eingeweiden des Gebäudes zu kommen schienen. Ein Ort wie aus einem Albtraum. Schließlich blieben sie vor der letzten Tür in einer Nische stehen. Hussières trat vor die Luke und verhinderte somit, dass die beiden Ermittler in das Zimmer hineinschauen konnten.

»Wir sind da. Allerdings muss ich Ihnen vorher noch sagen, dass Joseph Horteville an einer schweren Form psychotischer Störungen leidet und deshalb eine Zwangsjacke trägt. Bitte bleiben Sie an der Wand des Zimmers stehen und nähern Sie sich ihm nicht.«

Sharko runzelte die Stirn. »Ich dachte, es gibt keine Zwangsjacken mehr!«

»Das ist richtig, aber er selbst will sie unbedingt tragen, denn ohne sie würde er sich so lange die Haut von Gesicht und Oberkörper reißen, bis er daran stirbt. In den vielen Jahren ist er gegen Psychopharmaka praktisch resistent geworden, und es gibt nahezu kein wirksames Medikament mehr gegen seine Krankheit. Ich erspare Ihnen lange Erläuterungen. Es reicht zu wissen, dass er eine Gefahr für Sie und sich selbst darstellt.«

Instinktiv ließ Lucie Sharko den Vortritt und blieb einen Schritt hinter ihm zurück. Sie wollte dem Blick von Wahnsinnigen nicht begegnen, denn in der Tiefe ihrer Augen konnte man lesen, was unser Bewusstsein verdrängt und uns daran hindert, die Wahrheit zu sehen.

»Ist er ein Mörder?«, fragte Sharko. Hussières schob den Schlüssel ins Schloss. »Nein, er hat nichts Böses getan, er hat es nur erleiden müssen.

Ich möchte Sie noch warnen, Josephs Gesicht sieht nicht so aus wie Ihres oder meines.« Er unterbrach sich und schaute seinen Gesprächspartnern tief in die Augen. »In diesen Bergen hier sind vor sechsundzwanzig Jahren schreckliche Dinge passiert. Die Bewohner behaupten, der Teufel habe in diesem Tal gewohnt. Sie sind hier, in meiner Klinik, und haben nicht von dieser Geschichte gehört?«

»Wir sind gerade erst angekommen. Erzählen Sie sie uns, bitte.«

Hussières holte tief Luft. »Joseph ist sechsundvierzig Jahre alt und der einzige Überlebende eines verheerenden Feuers. Damals war er gerade zwanzig. Er erlitt schwere Verbrennungen am ganzen Körper und im Gesicht. Mehr als ein Jahr verbrachte er auf der Intensivstation für Schwerstverbrannte, musste zahlreiche Operationen über sich ergehen lassen und kämpfte immer wieder ums Überleben. Heute kann er nicht mehr sprechen, nur noch schreiben, denn durch die Verbrennungen bringt er keine klaren und verständlichen Laute mehr heraus …«

Weiter hinten waren dumpfe Schläge gegen eine Tür und lautes Stöhnen zu hören.

Hussières beachtete sie nicht weiter, senkte aber die Stimme. »Wie ich mich in diesem Raum verhalten werde, mag Ihnen vielleicht seltsam vorkommen. Bitte lassen Sie mich in Ruhe arbeiten und sagen Sie nichts. Dieses Foto und die losen Blätter sind womöglich die fehlenden Teile eines komplizierten Puzzles und vielleicht endlich der Schlüssel, der mir Zugang zu seinem Verstand ermöglicht.«

»Sie sprachen von einem ›einzigen Überlebenden‹. Wie viele Menschen sind denn in dem Feuer umgekommen?«

»Sieben … seine sieben Brüder sind schreiend vor seinen Augen verbrannt. Manchmal sind es ihre Schreie, die er ausstößt, stundenlang.« Als er die Bestürzung in den Gesichtern seiner Gesprächspartner bemerkte, erklärte er:

»Ich spreche natürlich von seinen Glaubensbrüdern. Joseph Horteville war Mönch.«

Lucie schwieg fassungslos. Auch Sharko war erschüttert, fand jedoch als Erster die Sprache wieder.

Mönche …

»War dieser Brand ein Unfall?«

»Unfall, Selbstmord, ein Fall von Besessenheit, der die

völlig hysterischen Mönche dazu gebracht hätte, sich anzu-
zünden? Jede erdenkliche Hypothese wurde geprüft, was zu
zahlreichen Geschichten und Gerüchten führte. In unseren
Bergen werden solche Vorkommnisse leicht mystifiziert.
Fakt ist, dass die Leichen der Mönche in der Bibliothek der
Abtei gefunden wurden. Die Ermittlungen haben offenbart,
dass die Mönche vor ihrem Tod große Mengen Weihwasser
getrunken hatten. Wie Sie wissen, soll es vor dem Teufel
schützen. Wahrscheinlich wollten sie nicht in die Hölle kommen.« Er zuckte die Schultern. »Ich habe meine eigene Hypothese zu dieser Geschichte. Und ich denke, dass Sie gekommen sind, um genau diese Geschichte von mir zu hören.«

Weihwasser … Die beiden Ermittler waren verblüfft.
Lucie fragte mit zitternder Stimme: »Laut Ihrer Hypothese
wurden sie ermordet, nicht wahr?«

Hussières wandte sich langsam von ihnen ab und öffnete
schließlich die Tür.

Kapitel 28

Eine Gesichtsrekonstruktion aus Ton.

Das war das Erste, was Lucie dachte, als sie Joseph Horteville erblickte. Er hatte weder Wimpern noch Augenbrauen
oder Haare. Seine Haut war teilweise kaffeebraun verfärbt
und überall – insbesondere um die Lippen herum und am
Hals – von rosaroten, fast weißen Flecken durchsetzt, um die
Augenhöhlen war sie so straff, dass die Augen hervortraten.
Diese Grimasse war von unbeschreiblichem Leid geprägt.

Er saß in seiner Zwangsjacke auf dem Bett, den Blick auf
den Fernseher gerichtet, der hoch oben an der Wand befes-
tigt war. Seine Welt beschränkte sich auf diese vier Wände,

das Bett mit den abgerundeten Kanten, um Verletzungen zu verhindern, und den kleinen Bildschirm – seine einzige Verbindung zur Außenwelt. Das düstere Zimmer war spartanisch eingerichtet, ein ovales Plexiglasfenster gewährte Ausblick auf Tannen, so weit das Auge reichte. Auf einer Kommode lagen ein Schachhandbuch, daneben ein Stapel unbeschriebener Blätter und ein Bleistift. Sechsundzwanzig Jahre eingesperrt in diesem tristen Grab! Wäre er bei seiner Ankunft hier nicht verrückt gewesen, wäre er es sicher im Lauf der Zeit geworden.

Der Psychiater, der das Heft hinter dem Rücken versteckt hielt, ging auf ihn zu. Die beiden Ermittler blieben nervös an der Tür stehen.

»Es ist bald Zeit für deine Schachpartie. Soweit ich weiß, steht noch eine Revanche mit Romuald aus, nicht wahr?«

Sharko bemerkte, dass sich Hortevilles Augenlider nicht senkten, und fragte sich, ob er überhaupt welche hatte.

Horteville lächelte kaum merklich und rieb das Kinn an seiner Zwangsjacke.

»Wir nehmen die Jacke später ab, Joseph. Ich möchte dir zuerst zwei Gäste vorstellen. Es sind Verwandte von Philippe Agonla. Du erinnerst dich doch an Philippe?«

Josephs wulstige Unterlippe begann zu zittern. Sie hing nach unten, als hätte man mindestens hundert Gramm Silikon eingespritzt. Er nickte und deutete wiederholt mit dem Kopf auf die unbeschriebenen Blätter. Dabei stieß er ein eigenartiges Grunzen aus. Er war klein und hager und wirkte so harmlos wie ein Greis.

»Sehr gut«, sagte Hussières. »Bist du sicher, dass du dir nicht doch die Haut herunterreißen wirst?«

Kopfschütteln. Der Psychiater schaltete das Fernsehgerät aus und rief einen Pfleger. Kurz darauf trat ein etwa vierzig

Jahre alter, breitschultriger, kahlköpfiger Mann ein. Mit ernster Miene nahm er Joseph auf Anweisung des Psychiaters die Zwangsjacke ab, stellte sich dann mit verschränkten Armen in eine Ecke, bereit, jederzeit einzugreifen.

Der Patient, der einen blauen Pyjama trug, legte vorsichtig seine beiden Hände an sein Gesicht und strich sich sanft über die Wangen. Dann wandte er sich den Blättern zu, ergriff mit zitternden Fingern den Bleistift und begann, hektisch zu schreiben. Aufgeregt hielt er den Ermittlern das Blatt hin. Doch der Arzt nahm es rasch an sich, las es und sagte beruhigend: »Philippe geht es gut. Darf ich dir seinen Cousin und seine Cousine vorstellen? Sie sollen dir Grüße ausrichten. Hat er dir nie von ihnen erzählt?«

Joseph sah Lucie und Sharko von der Seite an, schüttelte den Kopf und grunzte. Nachdem er sich mit einem Taschentuch den Mund abgewischt hatte, schrieb er weiter. Als Hussières sich vorbeugte, um die Botschaft entgegenzunehmen, sprang Joseph plötzlich auf und wollte sich Sharko nähern. Ohne eine Miene zu verziehen, ging der Pfleger dazwischen.

»Du weißt, dass du das nicht darfst, Joseph. Geh zurück zum Bett.«

Sharko hatte reflexartig schützend den Arm vor Lucie gehalten. Sein Herz krampfte sich zusammen. Er hatte den Atem des Mannes gerochen, die Qual der Hölle erblickt. Ein Vierteljahrhundert hier eingeschlossen zu leben, von allen vergessen. Wie sollte er sich da seine Menschlichkeit bewahrt haben?

»Was hat er geschrieben?«, fragte Sharko.

»Er fragt Sie, warum Philippe nicht selbst gekommen ist.« Der Psychiater wandte sich seinem Patienten zu. »Er ist nicht gekommen, weil er einen Unfall hatte. Dabei wurde sein Erinnerungsvermögen beschädigt. Doch, doch, es geht ihm gut, mach dir keine Sorgen. Auch wenn er vieles vergessen hat, an dich erinnert er sich sehr genau, an eure Schachpartien und an die angenehmen Zeiten, die ihr miteinander erlebt habt.«

Trotz der Verwachsungen und Narbenwülste drückte Josephs Gesicht deutlich erkennbar Gefühle aus. Nachdenklich wischte er sich mit den Fingerspitzen eine Träne aus dem rechten Augenwinkel und betrachtete sie lange. Lucie vermutete, dass es sich um eine rein physiologische Reaktion und nicht um eine Gefühlsregung handelte.

»Sobald er kann, kommt er dich besuchen, das hat er versprochen«, fuhr Hussières fort. »Er hat dir ein kleines Geschenk geschickt. Schau mal, das hier.«

Joseph nahm dem Psychiater vorsichtig das Heft aus der Hand und lächelte. Dann öffnete er es und ließ die vernarbten Finger über das Papier gleiten.

»Du erinnerst dich doch, nicht wahr? Das sind die vielen Seiten, die du Philippe heimlich gegeben hast? Er hat sie sorgfältig in seinem Heft aufbewahrt.«

Der Mönch nickte bedächtig. Sein Arzt wartete einen Moment, zog dann das Schwarz-Weiß-Foto aus der Tasche und zeigte es Joseph. »Und dieses Foto? Es gehört dir, nicht wahr?«

Erneutes Kopfnicken. Joseph riss ihm das Foto aus der Hand, setzte sich auf die Bettkante und betrachtete es lange. Sein Blick verfinsterte sich und wanderte zu den Ermittlern und an ihnen vorbei, als wären noch weitere Personen im Raum. Er stieß erneut unverständliche Laute aus und schrieb wieder etwas auf. Lucie bemerkte, dass der aufmerksame Pfleger sofort bereit war einzugreifen, als Hussières plötzlich vor Joseph in die Hocke ging und ihm das Blatt Papier aus der Hand nahm. Nachdem er es gelesen hatte, zerknüllte er das Blatt und steckte es in die Tasche.

Hussières räusperte sich. »Nein, nein, natürlich nicht. Du brauchst keine Angst zu haben. Aber kommen wir noch mal auf das Foto zurück, wenn es dir recht ist. Es war weder im Krankenhaus noch hier in deinem Besitz. Du hattest es vor dem Brand irgendwo in der Abtei versteckt. Nicht wahr, Joseph?«

Joseph nickte nervös und legte das Foto beiseite. Seine Hände krallten sich in das Leintuch. Mit einem Blick bedeutete der Psychiater dem Pfleger, sich ruhig zu verhalten. Auch die beiden Ermittler blieben reglos in der Ecke stehen und hörten dem Arzt aufmerksam zu.

»Du hast es irgendwo in der Bibliothek verborgen, deshalb ist es zum Teil verbrannt, nicht wahr? Und du hast Philippe vertraut und ihm das Versteck verraten. Als er aus dem Krankenhaus kam und zum Kloster ging, hat er außer dem Foto nur Asche vorgefunden … Diese Geschichte ist bekannt, aber ich glaube, dass Philippe jetzt möchte, dass du ihm noch einmal beschreibst, was vor dem Brand in der Bibliothek passiert ist. Er hat alles, was du ihm in diesen Mauern anvertraut hast, vergessen und möchte es gern erneut erfahren und verstehen.« Mit diesen Worten schob er Joseph die Blätter zu. »Fang an, du hast alle Zeit der Welt. Von dem Moment an, als vor sechsundzwanzig Jahren der Fremde gekommen ist.«

Joseph blickte die beiden Ermittler ernst an. Lucie hätte gerne weggesehen, gab diesem Wunsch jedoch nicht nach, sondern schaute ihm direkt in die Augen. Joseph leckte sich über die Lippen und nahm ein Blatt Papier zur Hand, ohne den Blick auch nur einen Millimeter von Lucie abzuwenden. Dann senkte er den Kopf und verdeckte mit dem Arm, was er schrieb oder zeichnete. Lucie krallte die Finger in Sharkos Rücken.

Schließlich legte Joseph das Blatt mit der Schrift nach unten auf die Matratze und sah den Psychiater mit eigentümlichem Lächeln an. Hussières drehte es um. Darauf stand: *Willst du mich verarschen? Wieso redest du und nicht diese beiden bescheuerten Bullen?*

Plötzlich stach er mit einer schnellen Bewegung die Spitze des Holzbleistifts in den Handrücken des Arztes. Hussières schrie auf.

Der Mann mit dem verbrannten Gesicht verkroch sich in eine Ecke, lachte und begann, sich die Haut vom Gesicht zu reißen.

Kapitel 29

Sharko und Lucie befanden sich mit Léopold Hussières auf der Krankenstation. Man hatte seine Wunde versorgt, und nun zierte ein Verband seine Hand. Der Geruch von Narkose- und Desinfektionsmittel sowie von frischem Blut hing im Raum.

Der Psychiater hatte sich von dem Fiasko im dritten Stock noch nicht wieder erholt. Er schämte sich vermutlich, dass er sich so plump hatte hereinlegen lassen. Als wäre nichts geschehen, bat er die beiden Ermittler, zu ihm ans Fenster zu treten. Draußen war es schon fast dunkel. Hier und da waren hoch oben am Berghang einzelne Lichter zu sehen.

»Bei klarem Himmel kann man auf dem Gros Foug die Umrisse der Abtei Notre-Dame-des-Auges erkennen. Die Mönche, die dort 1986 unter der Leitung von Abt François Dassonville lebten, gehörten zum Orden der Benediktiner, einer friedfertigen, dem Vatikan untergeordneten Gemeinschaft, deren Gründungsmitglieder sich vor mehr als zweihundert Jahren dort oben niedergelassen hatten. Seit der

Katastrophe steht die Abtei leer und ist den Unbilden des Wetters überlassen. Niemand mochte mehr dort leben, wo angeblich der Teufel sein Unwesen trieb.«

Lucie hatte ihren Stift und ihr Notizheft herausgeholt. »Wir können die Zusammenhänge nur verstehen, Doktor, wenn Sie uns alles erzählen, was Sie über diesen Brand und über Bruder Joseph wissen, vor allem über die mysteriöse Niederschrift und die Sache mit dem Teufel.«

»Ich brauche erst einmal Gewissheit.«

»Welche Gewissheit?«

»Im Laufe Ihrer weiteren Ermittlungen darf niemand außer den beteiligten Beamten erfahren, dass Sie diese Informationen von mir bekommen haben. Vor allem niemand aus dieser Gegend. Ich möchte auf keinen Fall in diese Geschichte hineingezogen werden.«

Die Angst stand ihm ins Gesicht geschrieben. Nervös fingerte er an dem dünnen Goldkettchen herum, das er um den Hals trug.

Sharko bemühte sich, ihn so weit wie möglich zu beruhigen: »Das können wir Ihnen zusichern.«

»Sie müssen mir auch versprechen, dass ich alles, was in diesem Heft steht, fotokopieren darf und dass Sie mich über Ihre Ermittlungsergebnisse auf dem Laufenden halten. Seit sechsundzwanzig Jahren verfolge ich akribisch jede Spur in dieser Sache.«

»Einverstanden.«

Hussières presste die Lippen zusammen, atmete tief durch und begann dann zu sprechen: »Nach Josephs Aufnahme in unsere Klinik kamen fast jede Woche Ermittler zu uns. Joseph war der einzige Überlebende der Feuersbrunst. Die Polizei wollte unbedingt Erklärungen, um nachvollziehen zu können, was passiert war. Doch Joseph schwieg wie ein

Grab. Oft litt er unter Wahnvorstellungen, durchlebte immer wieder das Entsetzliche, mit ansehen zu müssen, wie seine Brüder in den Flammen umkamen. Dann stellte sich plötzlich die Geisteskrankheit ein, die bis heute seinen Verstand beherrscht. Sobald man den Brand erwähnte, begann er, sich selbst zu verstümmeln – der Grund für das Gerücht, er sei vom Bösen besessen. Das war dem Image meiner Klinik nicht gerade zuträglich, glauben Sie mir.«

Hussières forderte die beiden Ermittler auf, in den Flur zu treten, und schloss die Krankenstation hinter sich ab. Ein künstliches weißes Licht hatte inzwischen das Tageslicht ersetzt. Um nichts in der Welt hätte Lucie auch nur eine Nacht in diesen Mauern zubringen wollen.

»Nach einiger Zeit hörte die Polizei auf, Fragen zu stellen. Man hatte keinerlei Beweise für ein Verbrechen gefunden. Wer hätte auch den friedlich zusammenlebenden Dienern Gottes Böses antun sollen und aus welchem Grund? Außerdem verfügten die Ordnungskräfte 1986 noch nicht über die technischen Untersuchungsmethoden von heute. Kurzum, die Ermittlungen wurden eingestellt. Sie sind die Ersten, die nach den vielen Jahren hierherkommen und sich für diesen Fall interessieren. Ich hatte schon geglaubt, das Geheimnis sei für immer und ewig in den Schluchten dieser Berge begraben!«

Hussières öffnete eine Tür. Dahinter befand sich eine enge Wendeltreppe, die nach unten in die Dunkelheit führte. Ein eisiger Luftzug schlug ihnen entgegen. Sharko schlug den Kragen seines Mantels hoch.

»Die Geschichte begann auf höchst ungewöhnliche Weise, unmittelbar bevor die Mönche in den Flammen umkamen. Folgen Sie mir.«

Sie stiegen nacheinander die schmalen, hohen Stufen

der schwach beleuchteten Betontreppe hinunter. Unten angekommen, schaltete der Psychiater das Licht ein, und sie erkannten, dass sie sich in einem Keller befanden, in dem es so kalt war, dass sie ihren Atem sehen konnten. Es schien, als wohnte der Tod in diesen Mauern und würde jedes Leben vernichten.

»Dieses Archiv existiert seit der Gründung des Krankenhauses.«

Unter der niedrigen Decke hallte seine Stimme unangenehm wider. Überall auf den Regalen mit den durchgebogenen schwarzen Holzbrettern lag Staub. Es roch nach Tinte und altem Papier. Lucie zog den Reißverschluss ihres Blousons höher und schlug den Kragen hoch. Als hinter ihnen die Tür ins Schloss fiel, zuckte sie zusammen. Sie sehnte sich nach einer heißen Dusche und einem weichen Bett, weit weg von all diesen Gräueln.

»Hier finden Sie sämtliche Akten. Die ältesten sind aus dem Jahr 1905. Ich brauche Ihnen wohl nicht zu sagen, dass in diesen alten Unterlagen nichts Schönes steht. Sie bergen die dunkelsten Stunden der Psychiatrie.«

Sharko hatte das Gefühl, zu ersticken. Er musste sich beherrschen, um nicht darum zu bitten, wieder nach oben zu gehen. In den engen Regalreihen standen dicht gedrängt Hunderte, ja Tausende Akten. Wie viele Namenlose waren hier mit Elektroschocks behandelt oder durch Lobotomie ruhiggestellt, geschlagen und erniedrigt worden?

Als Hussières in einem der Gänge verschwand, ergriff Sharko unauffällig Lucies Hand. Der kleine Mann zog einen schwarzen Ordner aus dem Regal. »1986 … Josephs inoffizielle Akte. Meine kleinen persönlichen Nachforschungen, wenn man so will.«

Sein Blick war ernst. Diese Geschichte ging ihm noch immer nahe und ängstigte ihn. Lucie spürte, dass es ihm ein Bedürfnis war, sich ihnen anzuvertrauen und über seine Recherchen zu sprechen. Er schlug die Akte auf und zeigte der Kommissarin ein Foto, das von kleinen schwarzen Punkten bedeckt war. Lucie verzog schockiert das Gesicht. Ein fehlerhafter Film? Die Aufnahme zeigte einen Mann mit nacktem Oberkörper auf einem Krankenhausbett unter einem durchsichtigen Plastikzelt.

Sein Körper war eine einzige Wunde. Lucie, die schon viele Leichen gesehen hatte, hatte den Eindruck, dass bei dem Körper auf dem Foto bereits der Verwesungsprozess eingesetzt hatte. Das Fleisch löste sich an manchen Stellen von den Knochen der Arme und Beine. Die angsterfüllten Augen waren weit aufgerissen. Noch nie hatte sie ein lebendes Wesen in einem derartigen Zustand gesehen.

Denn dieser Mann schien tatsächlich noch am Leben zu sein! Sie reichte Sharko das Foto.

»Das ist der Fremde«, erklärte der Psychiater. »Er wurde am dreizehnten Mai 1986 von zwei unbekannten Personen ins Krankenhaus von Annecy gebracht. Als man die anonymen Retter nach ihren und seinen persönlichen Daten befragen wollte, waren sie schon verschwunden. Später habe ich von der Polizei erfahren, dass sich dieser Patient aufgrund seines extrem schlechten Zustands kaum noch ausdrücken konnte. Sie vermuteten jedoch, dass er eine osteuropäische Sprache, vielleicht Russisch, sprach. Das Foto wurde nach drei Tagen im Krankenhaus aufgenommen. Achtundvierzig Stunden später war der Fremde tot.«

Die Stirn gerunzelt, gab Sharko ihm das Foto zurück. »An welcher Krankheit ist er gestorben?«

»Keine Krankheit, sondern Verstrahlung ...«

Lucie und Sharko schauten sich an. Schon wieder Radioaktivität! Sie zog sich wie ein roter Faden durch ihre gesamten Ermittlungen.

Der Psychiater fuhr fort: »Die Strahlung muss so stark gewesen sein, dass kein Messgerät sie anzeigen konnte. Der Mann hatte das Hundertfache der zulässigen Dosis abbekommen, er leuchtete wie ein bengalisches Feuer. Sehen Sie die schwarzen Punkte auf dem Foto? Die radioaktiven Partikel, die von seinem Körper ausgingen, hatten sogar Auswirkungen auf den Film. Ich konnte mir sämtliche medizinischen Daten dazu besorgen. Wenn Sie möchten, zeige ich Ihnen alles. Vielleicht verstehen Sie jetzt, warum mich dieses Foto von Albert Einstein und Marie Curie vorhin so stutzig gemacht hat.«

Trotz der düsteren Atmosphäre versuchte Sharko, sich zu konzentrieren. Die Sache hatte in den letzten Stunden eine völlig unerwartete Wendung genommen. Hussières vertraute ihnen seine Nachforschungen an, da durfte ihm nicht das kleinste Detail entgehen.

»1986 … ein Russe … Verstrahlung … Dazu fällt mir nur Tschernobyl ein«, sagte Sharko.

»Ganz genau, das Kraftwerk explodierte am sechsundzwanzigsten April 1986. Drei Wochen später tauchte der Fremde sterbenskrank hier auf. Offensichtlich hatte er sich während der Explosion in der Nähe des Kernkraftwerks aufgehalten und dann wenige Tage später fluchtartig sein Land verlassen. Es muss ihm gelungen sein, die schweizerische oder italienische Grenze zu passieren und in unseren Bergen Zuflucht zu finden. Dort, wo ihn niemand entdecken würde – in einer Glaubensgemeinschaft. Allerdings schädigte die Radioaktivität unterdessen unbemerkt jede seiner Körperzellen.« Hussières reichte Sharko und Lucie weitere Fotos, schrecklicher noch als das erste. »Dieser Mann ist unter unsäglichen Schmerzen gestorben, innerlich verbrannt wie Tausende von Männern in Tschernobyl, die von der Regierung auf das Dach des Reaktors geschickt worden waren, um zu versuchen, es abzudichten. Man muss sich die Verblüffung der französischen Behörden vorstellen – als plötzlich ganz Europa in einer Art Nuklearphobie erstarrt war. Woher kam dieser bis auf die Knochen verstrahlte Mann? Wer hatte ihn ins Krankenhaus gebracht? Und warum hatte man mit seiner Behandlung so lange gewartet?«

»Hat die Polizei nie eine Verbindung zu den Mönchen hergestellt?«

»Nein, nie! Die Mönche sind vier Tage später, am siebzehnten Mai, verbrannt, dreißig Kilometer von hier. Und nichts ließ darauf schließen, dass der Fremde in ihrer Abtei gewesen war. Alle glaubten, die beiden Ereignisse hätten nichts miteinander zu tun.«

»Aber Sie wussten doch Bescheid. Also hat Ihnen Bruder Joseph davon erzählt, nicht wahr?«

»Joseph verfügte über die wichtigsten Informationen zu dieser Geschichte. Dreizehn Jahre lang weigerte er sich, sie preiszugeben. Aber Philippe Agonlas Ankunft hat alles geändert.«

Er legte die Fotos sorgfältig aufeinander, dann fuhr er fort: »Bei psychischen Krankheiten gibt es bisweilen Dinge, die Außenstehende nicht verstehen können und die bewirken, dass sich Patienten einander annähern. So war es auch mit Philippe und Joseph. Dass Joseph glaubte, der Teufel habe es auf ihn abgesehen, war für die Freundschaft zu Philippe Agonla, der sich durch den Geist seiner Mutter verfolgt fühlte, bestimmt förderlich. Deshalb vertraute sich Bruder Horteville Philippe schriftlich an – so wie er es vorhin auch bei mir gemacht hat. Die beiden nannten diese Art der Kommunikation die

›Sprache der Sprachlosen‹.« Er setzte seine kleine runde Brille auf und drehte mit der verletzten Hand ungeschickt die Seiten um. »Natürlich haben die beiden Männer ihre Korrespondenz geheim gehalten. Philippe Agonla war schlau, die meisten Aufzeichnungen sind meiner Aufmerksamkeit entgangen. Er aß sie auf, zerschnitt sie in tausend kleine Schnipsel und spülte sie die Toilette hinunter. Aber heute ist mir klar geworden, dass er sie auch in dem Heft versteckt hatte, das Sie mir gezeigt haben. Er hat diese Formeln unbemerkt aus meiner Klinik hinausgeschmuggelt.«

Er zog einige Papiere aus Josephs verstaubter Akte. Manche waren zerknüllt, zusammengeklebt oder unvollständig.

»Hier sind die wenigen Botschaften, die ich ohne das Wissen der beiden abfangen konnte. Trotz der großen Informationslücken konnte ich ihren Austausch in groben Zügen nachvollziehen. Am vierten Mai 1986 stand ein ›Mann aus dem Osten‹ völlig entkräftet vor den Toren der Abtei, also acht Tage nach der Explosion des Reaktors von Tschernobyl. Laut Joseph trug er eine alte Niederschrift und ein kleines Fläschchen mit einer durchsichtigen Flüssigkeit bei sich. Darin befand sich meiner Meinung nach …« Er nahm Lucie das Heft aus der Hand und zeigte auf das lose Blatt, auf dem das Symbol der Tätowierung abgebildet war. »Dies hier.«

»Was ist das?«

»Das weiß ich nicht, ich sehe es heute zum ersten Mal. Wie ich schon sagte, diese Blätter, diese Erläuterungen und Notizen sind meiner Aufmerksamkeit entgangen. Sie können sich ja denken, dass ich mit dieser Tätowierung weiter recherchiert hätte. In den Notizen, die mir vorliegen, spricht Joseph von einem kleinen Tier.«

»Einem Tier?«, wiederholte Sharko. »Das ist eine interessante Spur. Bitte fahren Sie fort.«

»Was ich hier sehe, bestätigt meine Vermutung: Die Niederschrift des Fremden enthielt Formeln und wissenschaftliche Ausführungen. Vielleicht war der Mann ein Forscher, ein Wissenschaftler, der sich mit Fragen der Atomenergie befasste. Ich weiß nicht, wer die Niederschrift verfasst hat und was sie genau enthielt, abgesehen von diesen chemischen Formeln. Aber aus der geheimen Korrespondenz zwischen Joseph und Philippe konnte ich schließen, dass sich Joseph im Mai 1986 darangemacht hatte, diese Niederschrift, die er in der Abtei versteckt hatte, nachts heimlich abzuschreiben. Vielleicht ist dieses Foto von Einstein und seinen Kollegen dabei aus dem Manuskript gefallen, und Joseph hat es behalten, um seinen eigenen Schriften mehr Seriosität zu verleihen. Oder er hat es selbst herausgerissen, in dem Bemühen um Glaubwürdigkeit.«

Hussières deutete auf einen Zettel mit Formeln. »Wahrscheinlich hat er in seinem Zimmer im Beisein von Philippe Agonla versucht, einige der alten Formeln aus dem Gedächtnis aufzuschreiben. Joseph verfügt über ein außerordentliches fotografisches Gedächtnis, was ihn zu einem gefürchteten Schachspieler macht.«

Sharko tat sich schwer, die Informationen einzuordnen. Ein Wissenschaftler aus dem Osten, eine geheimnisvolle Niederschrift, ein Mönch und Kopist, der nachts aktiv wird …

»Warum hätte er das Manuskript heimlich abschreiben sollen?«, fragte er. »Ahnte Bruder Joseph, dass mit diesem mysteriösen Text aus Russland irgendeine Gefahr verbunden war?«

Hussières nickte. »Das scheint mir naheliegend, allein schon wegen seines Inhalts. Diese Notizen gehen weit über einfache chemische Zusammenhänge hinaus. Die Mönche wollten nicht, dass jemand in ihrem Kloster herumschnüffelt und ihnen Fragen stellt. Das ist sicher auch der Grund, warum zwei von ihnen den verstrahlten Fremden anonym ins Krankenhaus gebracht haben.«

»Und Ihrer Meinung nach hat man sie alle getötet, um an die Niederschrift zu kommen?«, fragte Lucie. »Dieser sogenannte Teufel …«

»Ja, das glaube ich. Auf irgendeine Weise hat der Mörder – der Teufel in Person – von der Existenz der Niederschrift erfahren und sich nicht gescheut, die Mönche zu opfern, um das Geheimnis zu wahren. Welche Schriften könnten den grausamen Mord an Gottesdienern rechtfertigen, wenn nicht solche, die bestimmte Theorien der Kirche infrage stellen? Wissenschaft und Religion sind noch nie gut miteinander ausgekommen, das wissen Sie ja.«

Er schwieg eine Weile, klemmte sich dann den Ordner unter den Arm und forderte die beiden Ermittler auf, ihm nach oben zu folgen. »Jedenfalls gehe ich davon aus, dass Joseph Philippe Agonla irgendwann verraten hat, wo er die Kopie der Niederschrift versteckt hatte.«

»In der Bibliothek der Abtei …«

»Ganz genau. Und das angekohlte Foto lässt vermuten, dass die Seiten in einem anderen Raum verborgen waren. Doch das Feuer war stärker, und abgesehen von diesem Bild fand Agonla nur Asche.«

Lucie sah Philippe Agonla vor sich, wie er, gerade aus der Klinik entlassen, in die Abtei ging und sich auf die Suche nach dem von Bruder Joseph beschriebenen Versteck machte. Die Enttäuschung musste groß gewesen sein, als er nur Asche und ein halb verbranntes Foto vorfand.

»Als er Ihre Klinik verließ, besaß Philippe Agonla also nur dieses Heft und die herausgeschmuggelten Aufzeichnungen, auf denen Joseph die Formeln aus dem Gedächtnis notiert hatte. Die Kopie der ursprünglichen Niederschrift hatte er nicht, da sie verbrannt war.« Sie warf Sharko einen Blick zu. »Das erklärt seine Experimente, das vorsichtige Herantasten und die Notizen. Agonla hat Lebewesen benutzt – zuerst Mäuse, dann Frauen –, um selbst, ausgehend von Josephs Aufzeichnungen, die exakten Formeln der Niederschrift wiederzufinden und das Geheimnis der suspendierten Animation, des reversiblen Todes, aufzudecken.«

»Und ich glaube, diese Niederschrift enthielt noch sehr viel mehr Geheimnisse«, ergänzte Sharko. »Joseph hatte wahrscheinlich nicht genug Zeit und konnte nur einen Teil des Inhalts abschreiben.«

Schweigend stiegen sie die Treppe hinauf, nur ihre Schritte auf den Steinstufen waren zu hören. Sie kehrten in Hussières' Büro zurück, der damit begann, Fotokopien zu machen. Das monotone Surren des Kopierers erfüllte den Raum, sein grünlicher Schein glitt über die müden und besorgten Gesichter. Neben einem Schrank hing ein weiteres Kruzifix an der Wand, das Lucie noch nicht aufgefallen war. Offensichtlich hatte Hussières vor irgendetwas Angst.

Sie betrachtete das Familienfoto – seine Frau, die beiden Kinder und drei Enkelkinder – und sagte: »Ich hätte da noch eine Frage. Haben Sie irgendeine Ahnung, um wen es sich bei diesem Teufel handeln könnte, der ihre Berge heimsucht?«

»Nicht die geringste, nein. Ich bekomme Gänsehaut, wenn ich an die Geschichte mit der Abtei denke. Jemand hat die Mönche umgebracht, und nur Gott allein weiß, woher er kam und wer er ist.«

»Seit Jahren beherrscht diese Geschichte Ihr Leben. Sie haben mit niemandem darüber gesprochen, nicht einmal mit den Polizisten, die damals die Ermittlungen durchgeführt haben. Haben Sie tatsächlich keine Vermutung, nicht den geringsten Hinweis, der uns weiterhelfen könnte?«

»Nein. Nichts. Tut mir leid.« Er drehte sich um und reichte ihr einen Stoß Blätter. »Die Originale sind für Sie, ich behalte die Fotokopien. Ich habe Ihnen alles gesagt, was ich weiß. Jetzt muss ich mich verabschieden. Es ist schon spät, und ich habe noch viel zu tun.«

Lucie nahm ihm die Seiten ab. »Gut, nur noch eine Kleinigkeit.«

Er seufzte. »Ich höre.«

»Ich möchte, dass Sie mir Josephs Zettel zeigen, den Sie vorhin zerknüllt und in die Tasche Ihres Kittels gesteckt haben.«

Der Psychiater wurde blass. »Ich ...«

»Bitte«, insistierte sie.

Verdrossen griff Hussières in die Tasche, zog ein Papierknäuel heraus und reichte es ihr. Sie glättete es und las laut: *»Ich hoffe, François weiß nichts davon.«*

Neugierig und herausfordernd musterte sie den Psychiater. »Wer ist François?«

Resigniert ließ sich der Arzt auf seinen Bürostuhl sinken.

»Noch ein Mönch hat den Brand überlebt, denn er war am Tag des Feuers nicht in der Abtei: Abt François Dassonville, der Vorsteher der Abtei. Seit dem Unfall lebt er zurückgezogen in den Bergen und kommt nur gelegentlich hierher, um Joseph zu besuchen oder sich nach ihm zu erkundigen.«

Lucie und Sharko warfen sich einen vielsagenden Blick zu. Fast wären sie ohne diese wichtige Information weggefahren.

»Warum haben Sie uns nicht von diesem Mönch erzählt?«

»Warum hätte ich das tun sollen? An dem Abend, als das Feuer ausbrach, befand sich Abt François gerade auf einer

Reise nach Rom. Die Behörden haben ihn nach seiner Rückkehr vernommen. Ihn traf natürlich keine Schuld.«

Sharko trat aus dem Hintergrund an den Schreibtisch.

»Bruder Joseph wirkte ängstlich, als er diese Botschaft schrieb.«

»Bruder Joseph fürchtete den Abt. Das Mönchsleben besteht nicht nur aus Ruhe und Entspannung. Es unterliegt strikten Regeln, die der Abt manchmal mit größter Strenge durchsetzte. Und Joseph ist psychisch sehr labil, das dürfen Sie nicht vergessen.«

»Sie sagen, dass dieser Abt am Abend des Brands in Rom war? Das sind knapp siebenhundert Kilometer von hier. Da wäre doch eine Hin- und Rückreise per Flugzeug, Zug oder sogar mit dem Auto gut möglich, finden Sie nicht? Apropos Auto, wissen Sie, welche Marke der Abt fährt?«

»Keine Ahnung. Auf solche Dinge achte ich nicht.«

»Vielleicht einen blauen Renault Mégane?«

»Ich weiß es wirklich nicht, das sagte ich doch bereits.«

»Wie lange war er schon in Italien, als das Feuer ausbrach?«

»Das weiß ich nicht mehr ... drei, vier Tage vielleicht? Das liegt alles schon so weit zurück und ...«

»Vier Tage ... Als er bereits seit gut einer Woche diesen Russen in seiner Abtei beherbergte, könnte es doch sein, dass Abt François die Sache vielleicht selbst in die Hand genommen und seinen Mönchen befohlen hat, Stillschweigen zu bewahren, den fremden Gast samt dessen Unterlagen zu verstecken und ihn auf gar keinen Fall ins Krankenhaus zu bringen? Hätte er unter diesen Umständen seine Reise nach Rom nicht verschieben müssen?«

Hussières presste die Lippen zusammen und schüttelte den Kopf.

Sharko fuhr unbeirrt fort: »Während er sich in Rom aufhält, vielleicht um von dieser Niederschrift zu berichten, beschließen zwei Mönche, sich über seinen Befehl hinwegzusetzen, und bringen den Sterbenden heimlich und anonym ins Krankenhaus. Was halten Sie von dieser Hypothese?«

»Das ist unmöglich, Sie kennen Abt François nicht. Er ist ein guter Mensch und …«

Wütend schlug Sharko mit der Faust auf den Schreibtisch. »Donnerwetter noch mal! Warum schweigen Sie? Wovor haben Sie Angst?«

Der Psychiater erschrak. Mit zitternden Händen zog er das Foto seiner Familie zu sich heran. »Wovor ich Angst habe? Schauen Sie doch, wo Sie hier gelandet sind! In diesen Bergen hört niemand Sie schreien. Acht Diener Gottes mussten Weihwasser trinken, bevor sie, von heiligen Schriften umgeben, bei lebendigem Leib verbrannt wurden. Stellen Sie sich einmal vor, was … dieser Unmensch meiner Frau oder meinen Kindern und Enkeln antun könnte. Manchmal ist es besser, mit seinen eigenen Dämonen zu leben, als es mit einem wahren Teufel aufzunehmen.« Er riss das Kruzifix von der Wand und schlug es mit lautem Knall auf den Schreibtisch. »Vor diesem Teufel schützt mich auch kein Kruzifix, verstehen Sie?«

Kapitel 30

Wir werfen nur einen kurzen Blick hinein, okay? Wenn ich dich daran erinnern darf, bist nur du noch bewaffnet. Und man kann nicht gerade behaupten, dass unser letzter Einsatz ein Erfolg war.«

Sharko beugte sich vor und untersuchte die beiden Reifenspuren im Schnee. Vor einer Stunde hatte ihnen Léopold Hussières auf einer Karte gezeigt, wo Abt François wohnte. Der Mönch lebte zurückgezogen in der Einsamkeit der Berge, unweit von Culoz, etwa dreißig Kilometer von der psychiatrischen Klinik entfernt.

Der Kommissar richtete sich wieder auf.

»Das Reifenmuster zeigt, dass der Wagen vom Haus zur Straße gefahren ist, auf der wir gekommen sind. Also, nach dem gestrigen Schneefall ist ein Auto von hier weggefahren, und seitdem ist niemand zurückgekommen.«

»Ich bewundere deine Logik. Man könnte meinen, man hätte es mit Sherlock Holmes persönlich zu tun.«

Lucie schlug ihren Jackenkragen hoch und schob die Hände tief in die Taschen. Das Gebäude stand zurückgesetzt in einer Talmulde. Der fast volle Mond tauchte die Landschaft in einen eisblauen Schein. Weit und breit kein Licht, kein Haus. Die Stadt lag tief unten im Tal. Noch ein Ort am Ende der Welt.

Zu Fuß folgten die beiden Ermittler den Spuren. Einen Weg oder eine Straße konnte man unter der gleichmäßigen Schneedecke nicht erkennen. Bei einem länglichen Wohngebäude, vermutlich einer Schäferei, war das Schieferdach teilweise eingefallen, und die dicken Steinmauern schienen sich gegenseitig vor dem Einsturz zu stützen. Im Inneren brannte kein Licht.

Mit der Taschenlampe in der Hand begab sich Lucie auf eine kurze Erkundungstour. Bei jedem Schritt brach sie durch die dünne Eiskruste und versank tief im Schnee. Schwer atmend kehrte sie zu Sharko zurück. »Ich habe durch die Fenster geschaut, offenbar ist niemand da.«

Sharkos Atem bildete weiße Wölkchen. »Zwei Möglichkeiten: Entweder, wir …«

Lucie schlug mit der Faust gegen die Tür und lauschte einen Moment.

»Wir nehmen die zweite Möglichkeit«, fiel sie ihm ins Wort und stampfte gegen die Kälte mit den Füßen auf. »Wir sehen uns da drinnen um, damit wir über die Rolle des Mönchs in dieser Geschichte Klarheit bekommen.« Vorsichtig drückte sie die Klinke der schweren Eingangstür nach unten – erfolglos. »Auf der Rückseite gibt es ein altes verwittertes Fenster. Das lässt sich bestimmt aufdrücken, ohne dass es kaputtgeht.« Sie warf Sharko die Autoschlüssel zu. »Fahr den Wagen weiter nach hinten, falls er unerwartet zurückkehrt. Es wäre doch schade, wenn er gleich wieder die Flucht ergreifen würde. Ich warte drinnen auf dich.«

»Für den Fall, dass er unerwartet zurückkommt? Ich träume wohl! Glaubst du etwa, unsere Abdrücke im Schnee sehen aus wie Hasenspuren?«

»Dagegen können wir aber nichts tun.«

Sharko nickte, zu müde, um Lucie zu widersprechen, und verschwand in der Dunkelheit. Als er nach gut fünf Minuten wieder auftauchte, öffnete Lucie die Eingangstür und leuchtete ihm mit der Taschenlampe ins Gesicht.

»Ich konnte einsteigen, ohne etwas kaputtzumachen.«

»Ist dir vielleicht aufgefallen, dass du mich mit deiner Taschenlampe blendest?«

»Na los, komm schon rein.«

Sie schloss die Tür hinter ihm. Im Lichtstrahl war eine spartanische Einrichtung zu erkennen. Die wenigen Möbel und der alte Röhrenfernseher stammten offenbar vom Trödel. An den Wänden hingen Jagdtrophäen, ausgestopfte Köpfe mit offenem Maul, daneben, an Haken, einige Gewehre. Lucie fröstelte. Beim Anblick der toten Tiere mit den großen schwarzen, aus den Höhlen tretenden Augen bekam

235

sie Gänsehaut.«»Drinnen ist es fast genauso kalt wie draußen. Wo genau sind wir hier eigentlich? Ich habe die Schnauze voll von diesen Bergen und den Eiszapfen, die mir an der Nase hängen.«

Sharko antwortete nicht, er war bereits auf dem Weg zur Küche. Die Schränke waren mit Konserven gefüllt. Im Kühlschrank fand er Milch, Käse und Gemüse, das schon zu schimmeln begann. Ohne ihre Wollhandschuhe auszuziehen, durchsuchte Lucie die Schubladen, entdeckte jedoch nur Küchenutensilien. Nachdem Sharko das Licht eingeschaltet hatte, ging er ins Wohnzimmer. Im offenen Kamin, der aus großen behauenen Steinen bestand, lag graue Asche. Er beugte sich vor, kniff die Augen zusammen und zerrieb ein wenig von der Asche zwischen den Fingern.

»Holz und Papier, würde ich sagen.«

Lucie strich mit den behandschuhten Fingern über ein Kruzifix, das auf einer alten Bibel lag. »Und nun?«

»Nichts nun! Hast du irgendwo eine Rechnung oder amtliche Papiere gesehen?«

Sie öffnete Schränke und Schubladen und ließ den Blick über das große Bücherregal an der Wand schweifen: religiöse Werke, verschiedene Bibeln und wissenschaftliche Bücher über organische Chemie, Botanik, Insektenkunde …

»Bisher nicht«, antwortete sie. »Vielleicht gehört er nicht zu den Leuten, die ihre Dokumente aufbewahren. Außerdem ist es fraglich, ob sich jemals ein Briefträger in diese Gegend verirrt. Ich habe das Gefühl, hier ist das Ende der Welt, und wir wurden zurückversetzt ins tiefste Mittelalter.«

»Das ist nicht nur ein Gefühl, sondern Realität. Es wäre schön, wenn wir den Fahrzeugschein oder sonst ein Wagenpapier finden könnten. Vielleicht besitzt er einen blauen Mégane.«

»Das wäre leider nur ein Anhaltspunkt und kein Beweis.«

Lucie blätterte durch einige kleine Abhandlungen und strich über eine Reihe von Wörterbüchern. Laut Datum auf der Innenseite waren diese mindestens zehn Jahre alt.

»Russisch«, murmelte sie, mehr zu sich selbst. »Warum lernt ein Mönch, der abgeschieden in den Bergen lebt, Russisch?«

»Er hat diese Wörterbücher mindestens fünfzehn Jahre nach Ankunft des Fremden aus dem Osten gekauft. Das passt doch nicht zusammen?«

Sharko warf einen prüfenden Blick aus dem Fenster, bevor sie ins Bad und ins Schlafzimmer gingen. Der alte, abgenutzte Schrank stand halb offen. Lucie fand darin Wollpullover, gefütterte Jacken und Tuchhosen, dicke Socken, Jagdstiefel und ein paar Jeans. Im oberen Fach lag ein großer grüner Parka mit fellbesetzter Kapuze. Einige Fellmützen hingen ordentlich aufgereiht an Haken. Sie untersuchte die Etiketten im Innenfutter. Kyrillische Schrift!

»Wieder Russisch. Er hat nicht nur Russisch gelernt, sondern er war auch in Russland!« Beim Anblick des Kruzifixes, das in einem der hinteren Fächer hing, lief Lucie ein Schauer über den Rücken. Hastig schloss sie die Tür. »Diese verdammten Kruzifixe hängen überall! Irgendwie ist es mir unangenehm, in die Privatsphäre eines ehemaligen Mönchs einzudringen.«

»Sag bloß! Daran hättest du aber früher denken sollen.« Sie seufzte. »Wir wissen überhaupt nicht, wie dieser Abt aussieht. Es gibt kein einziges Foto. Nichts!«

Sie setzten ihre Suche noch eine Weile fort. Aber mehr als einen kleinen Einblick in das einfache Leben eines Mönchs bekamen sie nicht.

Sharko hatte das Gefühl, dass Lucie allmählich die Geduld

verlor. Er ergriff ihre Hand. »Wir sind jetzt schon seit über einer Stunde hier. Selbst wenn dieser François etwas mit unserem Fall zu tun hat, hier finden wir nichts. Es ist schon ziemlich spät … komm, wir gehen.«

Doch Lucie gab nicht auf. »Ich weiß nicht recht. Ich habe den Verdacht, dass wir irgendetwas übersehen und nur an der Oberfläche suchen. Eigentlich müssten wir eine komplette Hausdurchsuchung durchführen lassen, bei der wirklich alles unter die Lupe genommen wird.«

»Was hast du denn erwartet? Eine alte Niederschrift ganz hinten im Eisschrank? Leichen in der Tiefkühltruhe? Komm schon, lass uns gehen!«

»Es ist alles zu sauber, zu ordentlich. Ich glaube, dieser Mann ist extrem misstrauisch. Er hat nicht die geringste Spur, keine Gegenstände oder Unterlagen hinterlassen, aus denen wir mehr über ihn erfahren. Wir haben sein ganzes Haus durchgesehen und nichts gefunden: keine persönlichen Gegenstände, keine Briefe, keine Fotos. Warst du schon mal in so einem Haus gewesen?«

»Ein richtiger Mönch eben: Enthaltsamkeit, einfaches Leben, Selbstlosigkeit. Verstehst du das nicht?«

Zögernd ließ sie den Blick noch einmal durch den Raum schweifen.»Na schön, gehen wir. Aber lass uns noch eine Weile im Auto warten. Irgendwann muss er ja zurückkommen.«

»Und wenn er nicht zurückkommt? Wäre er heute hier gewesen, wäre das Haus etwas wärmer. Meinst du nicht auch? Aber er hat nicht geheizt, und das lässt auf eine längere Abwesenheit schließen. Und selbst wenn er auftaucht, glaubst du, wir können ihn einfach schnappen und vernehmen? Meinst du etwa, er würde ohne Weiteres gestehen, dass er vor sechsundzwanzig Jahren die Mönche verbrannt hat?«

Lucie nickte seufzend. »Okay, du hast gewonnen. Aber morgen, bevor wir nach Paris zurückkehren, setzen wir Chanteloup auf diese Spur an. Wir brauchen jemanden, der mehr über diesen François Dassonville herausfindet und ihn ganz offiziell verhört.«

»Das dürfte die beste Lösung sein. Ich hoffe nur, dass unser Kollege keinen Tobsuchtsanfall bekommt, wenn er erfährt, dass du das Heft aus dem Keller geklaut hast.«

Sie vergewisserten sich, dass sie nichts in Unordnung gebracht hatten, und gingen zum hinteren Fenster des Esszimmers. Lucie hatte es von außen aufgedrückt, und dabei war der Verbindungsriegel der beiden Fensterflügel herausgesprungen.

Sie strich mit der Hand über das alte Holz, von dem die weiße Farbe abblätterte. »Es hat nachgegeben, als ich es aufgestoßen habe. Aber von außen können wir es nicht wieder verriegeln. Mir wäre es lieber, wir schließen das Fenster ordentlich von innen und gehen durch die Vordertür hinaus. Wir können zwar nicht absperren, aber zumindest lässt dann nichts erkennen, dass jemand gewaltsam eingedrungen ist. Vielleicht denkt der Abt, er hätte vergessen abzuschließen.«

»Na klar, und dazu noch die schönen Spuren, die rund ums Haus führen.«

»Du nervst, Franck.«

»Weiß ich.«

Sie wies in Richtung Haustür.

»Da hinten ist ein Holzschuppen. Da sehen wir uns noch schnell um, und dann verschwinden wir.«

Nachdem sie dort auch nichts fanden, stiegen sie ins Auto, drehten die Heizung auf und fuhren die Straße ins Tal hinunter, zurück nach Chambéry.

»Es wird Zeit, dass wir nach Paris zurückkehren. Die Leichen in Philippe Agonlas Tiefkühltruhe, der Wahnsinn in Bruder Josephs Augen und die Tatsache, dass ich dich fast verloren hätte – ich hab genug von diesen Bergen!«

Sie starrte auf die abschüssige Straße, die sich im Dunkel der Nacht verlor. Die Schatten der hohen Tannen am Rande der Schlucht wirkten bedrohlich. Bei dem Gedanken an den Abgrund wurde ihr schwindlig. »Ich glaube, wir sind hier nicht in Sicherheit.«

Sharko dachte daran, was ihn in der Hauptstadt erwartete. Die Ergebnisse der Spermaproben und der Irre, der ihn immer mehr und immer schneller in die Enge trieb. Wie sollte er Lucie vor einem Geisteskranken schützen, der ihnen Böses wollte?

Er presste die Lippen zusammen und sagte schließlich:

»In Paris ist es in Bezug auf die Sicherheit auch nicht besser. Du musst dich vor allem und jedem in Acht nehmen. Sei auf der Hut, wenn sich dir ein Unbekannter nähert oder dich auch nur von der Seite anschaut.«

Sie durchquerten einen Lärchenwald. Die drohenden, hohen Stämme am Rande der kurvenreichen Straße begrenzten die Sicht auf nur wenige Meter.

Lucie warf Franck einen Blick zu. »Wieso fängst du gerade jetzt, mitten im Niemandsland, wieder mit deinem paranoiden Gerede über den Fall Hurault an?«

Sharko zuckte resigniert die Schultern.

»Mensch, Franck, beschäftige dich mit den aktuellen Problemen! Ich rede von ganz konkreten Fakten, von Mord und Entführung. Du wärst in diesem Wildbach fast draufgegangen, weil du nicht aufgepasst hast. Noch nie hast du deine Dienstwaffe verloren, und jetzt auf einmal passiert dir so etwas? Früher hättest du die Tür der Schäferei einfach aufgebrochen, und ich hätte das Auto weggefahren.« Sie

240

schnaubte vor Wut. »Ich weiß zwar nicht, warum, aber mir kommt es so vor, als wärst du in letzter Zeit total neben der Spur. Du bist zwar hier bei mir, aber deine Gedanken sind ganz woanders.«

Unvermittelt hielt Sharko am Straßenrand an. Als der Wagen mit knirschenden Schneeketten zum Stehen kam, stieß er die Tür auf und atmete tief durch. »Du glaubst, du würdest meine Vergangenheit kennen, aber du weißt überhaupt nichts von mir!«

»Im Gegenteil, ich weiß mehr, als du ahnst.«

»Was soll das denn heißen?«

»Nichts, lass mich in Ruhe.«

Er schaute sie lange an, stieg plötzlich aus und lief zum Wald. Lucie konnte seine gebeugte Gestalt nur schemenhaft erkennen. Er schien mit irgendetwas zu kämpfen. Als sie gerade ebenfalls aussteigen wollte, kam er mit etwas Dunklem in den Armen zurück. Er öffnete den Kofferraum und warf eine kleine Tanne mitsamt dem erdigen Wurzelstock hinein. Dann rieb er sich die Hände und stieg wieder ein. Als Lucie auf dem Beifahrersitz Platz nahm und ihn mit ihren großen blauen Augen ansah, fuhr er los und knurrte: »Da hast du deinen blöden Weihnachtsbaum. Bist du jetzt zufrieden?«

Kapitel 31

Montagmorgen, 19. Dezember

7:00 Uhr

Der Wecker hatte das Paar aus dem Schlaf gerissen. Sie waren spät zu Bett gegangen, hatten vorher im Hotelrestaurant zu Abend gegessen, ein wenig getrunken und sich geliebt. Sharko hatte sich bereits rasiert, Jeans und Pullover angezogen. Lucie stand lächelnd vor dem Spiegel und streichelte ihren flachen Bauch. Ein Schwangerschaftstest, den sie schon in der Handtasche hatte, würde zum Jahresende – es wurde empfohlen, ihn erst nach zehn Tagen durchzuführen – bestätigen, dass »es« geklappt hatte.

Nach einem reichhaltigen Frühstück für sie und etwas weniger für ihn fuhren sie zur Gendarmerie in Chambéry, um ihre Aussage zu machen. Anschließend warteten sie auf eine passende Gelegenheit, um mit Pierre Chanteloup allein zu sprechen.

In seinem Büro berichteten sie ihm in aller Ruhe von ihren neuesten Ermittlungsergebnissen: von der Niederschrift, den Ausführungen von Hussières hinsichtlich der Ermordung der Mönche und von der möglichen Verwicklung des Abts François in die Angelegenheit. Und sie erwähnten auch, dass sie sich unmittelbar nach dem Gespräch auf den Weg nach Paris machen und die Kollegen in Chambéry nicht weiter behindern würden. Nachdem Chanteloup mit wachsender Nervosität dem Bericht gelauscht hatte, schien er sehr erleichtert darüber, dass die beiden vorhatten, endlich aus seinen Bergen zu verschwinden.

»Sehr gut, ich werde die Ermittlungen zu dem Brand von 1986 wiederaufnehmen und mich vor allem um diesen François Dassonville kümmern. Nach dem, was Sie mir gerade erzählt haben, können Sie sicher sein, dass wir ihn uns vorknöpfen werden.«

Dann sah er Lucie scharf an. »Meine Mitarbeiter haben mich darüber informiert, dass Sie noch einmal in Philippe Agonlas Keller zurückgekehrt sind. Ich war nahe daran, Ihren Vorgesetzten davon in Kenntnis zu setzen und Disziplinarmaßnahmen zu fordern.«

»Ende gut, alles gut«, erwiderte Lucie ein wenig arrogant.

»Was Sie betrifft vielleicht. Aber was den Fall angeht, sieht es ganz anders aus.«

Sharko erhob sich und zog seinen Mantel an. »Bitte halten Sie uns über Ihre Ermittlungsergebnisse auf dem Laufenden. Gleiches gilt natürlich auch für uns. Die Fäden dieser Geschichte sind derart ineinander verwoben, dass weder Sie noch wir sie allein entwirren können. Also liegt eine Zusammenarbeit in unser aller Interesse.«

Chanteloup nickte. Sharko reichte ihm höflich lächelnd die Hand und fügte hinzu: »Bevor wir nach Paris fahren, hätten wir gerne noch gute Kopien von dem Heft und dem Albert-Einstein-Foto. Wenn's geht, gleich mehrere. Können Sie das für uns in die Wege leiten?«

15:45 Uhr

Lucie döste während der ganzen Fahrt. Sharko kam ins Grübeln. Ausgerechnet jetzt, während der Feiertage zum Jahresende, musste er seine Papiere – Führerschein, Versicherungskarte und so weiter – neu beantragen und sich eine andere Dienstwaffe besorgen. Das hieß, mitten im Weihnachtsgetümmel lange Nachmittage bei Behörden auszuharren.

In Chambéry hatte er noch in aller Eile ein Mobiltelefon gekauft, ein billiges Kartenhandy, und sich die Nummer gemerkt. Damit würde er über die Runden kommen, bis der Verlust seines eigenen Apparats mit dem Provider geregelt war. Trotz des ganzen Durcheinanders musste er immer wieder an die Ergebnisse der Sperma-Untersuchung denken. Die DNA-Bestimmung müsste eigentlich schon in seinem E-Mail-Postfach sein, das er sich eigens dafür eingerichtet hatte. Bis morgen würde er es sicher nicht mehr aushalten. Wenn er später Lucie zu Hause abgesetzt hätte, würde er schnell noch mal zum Quai des Orfèvres fahren, um sich auf seinem PC via Internet in seinen Account einzuloggen.

Es war immer noch extrem kalt, aber seit zwei Tagen hatte es aufgehört zu schneien, sodass zumindest die Straßen schneefrei waren. Rechts und links davon jedoch erstreckte sich eine weiße Mondlandschaft, so weit das Auge reichte. Selbst in Nizza und auf Korsika hatte es reichlich Schnee gegeben. Er konnte sich nicht erinnern, schon einmal einen solchen Winter erlebt zu haben, bei dem das ganze Land unter einer hohen Schneedecke lag …

Als sie etwa fünfzig Kilometer vor Paris waren, wurde Lucie vom Klingeln ihres Handys aus dem Schlaf gerissen. Nachdem sie sich gestreckt hatte, nahm sie den Anruf an. Sharko bemerkte, wie sie buchstäblich in sich zusammensackte und nur mit kurzen Lauten antwortete.

Als das Gespräch beendet war, schlug sie die Hände vors Gesicht und atmete tief durch. Dann wandte sie sich an Sharko. »Es war Bellanger. Er befindet sich mit dem Polizisten aus Maisons-Alfort im Wald von Combs-la-Ville in der Nähe von Ris-Orangis.«

»Patrick Trémor?«

»Ja, Patrick Trémor.« Ihre Finger umklammerten das Handy so fest, dass die Knöchel weiß hervortraten.

»Der Kleine, stimmt's?«, fragte Sharko.

»Sie haben gerade seine Leiche gefunden. Er ist im eisigen Wasser eines Teichs ertrunken.«

Den Kopf an das Beifahrerfenster gelehnt, schaute sie mit leerem Blick hinaus auf die Felder. Sharko hätte am liebsten eine Vollbremsung gemacht, um aus dem Wagen zu springen und seine Wut auf diese ungerechte Welt hinauszuschreien. Er malte sich aus, wie es wäre, den Täter vor sich zu haben, nur einen Moment allein mit diesem Mistkerl zu sein.

Nach einigen Kilometern verzweifelten Schweigens wandte sich Lucie mit entschlossenem Blick an ihn. »Es liegt auf unserem Weg. Lass uns hinfahren!«

»Du nicht, Lucie, es ist ein Kind! Du darfst das Versprechen, das du dir selbst gegeben hast, nicht brechen. Reiß die Wunden nicht wieder auf, die sich gerade zu schließen beginnen.«

»Du kannst die Sache ja hinwerfen. Aber ich mache auf alle Fälle weiter. Ich will diesen Bastard, der so etwas getan hat, zur Strecke bringen.«

17:32 Uhr

Es war ungewöhnlich kalt, unter minus acht oder minus neun Grad. Das Halogenlicht der Scheinwerfer verschluckte die Dunkelheit und erfasste die vor Kälte starren Gestalten in ihren Parkas, deren Reflektoren im Dunkel der Nacht leuchteten. Schritte knirschten auf gefrorenem Schnee.

Lucie und Sharko näherten sich ihrem Chef, der am Ufer des Teichs mit den Polizisten sprach. Unter ihnen befand sich auch Patrick Trémor. Bellanger, im Skimantel und mit einer blauen Mütze auf dem Kopf, löste sich aus der kleinen Gruppe und kam auf sie zu. Sharko fragte sich, ob seine geröteten Augen und das angespannte Gesicht wirklich auf die Kälte zurückzuführen waren. Jedenfalls sah er aus, als wäre er um fünf Jahre gealtert.

»Verdammte Ermittlungen«, sagte er. »Er war doch noch ein Kind.«

Bellanger hatte sein ruhiges und überlegtes Auftreten, das ihn als Gruppenleiter auszeichnete, verloren. Er blickte kurz zu Lucie. Dann wandte er sich Sharko zu. Um nicht auf dem eisigen Boden festzufrieren, trat er von einem Fuß auf den anderen.

»Und wie geht es dir?«

»Muss ja. Diese eisige Kälte macht mir allerdings zu schaffen. Wir sind doch nicht in Grönland.«

Lucie drehte sich um und erblickte eine kleine Menschengruppe neben einem großen Baumstamm. »Ist er dort drüben?«

Bellanger zögerte, wartete einen Moment und suchte in Sharkos Augen eine Antwort. Sharko senkte langsam den Blick als Zeichen der Zustimmung.

»Ja, in einem Leichensack. In zehn Minuten werden die Polizisten ihn in die Gerichtsmedizin bringen. Sie kümmern sich um alles, somit müssen wir uns nicht mit der Autopsie befassen.«

Lucie lief ein Schauer über den Rücken. Die Arme vor dem Oberkörper verschränkt und den Kragen hochgeschlagen, trat sie langsam näher. Die Äste knackten unter ihren Schuhen. Plötzlich hörte sie die zarten Stimmchen ihrer Töchter, die mit jedem Schritt deutlicher zu werden schienen. Sie ballte die Fäuste und versuchte mit aller Kraft, die Laute aus ihrem Kopf zu vertreiben. Mit finsterer Miene traten die Männer zur Seite und gaben den Blick auf den kleinen schwarzen Sack, der auf der Bahre lag, frei. Der lange Reißverschluss glitzerte in dem grellen Licht der Scheinwerfer.

»›Wir wissen noch nicht, ob es sich um Clara oder ihre Zwillingsschwester handelt. Der gesamte Leichnam wurde verbrannt, bis auf die nackten Füße, die offenbar vor den Flammen geschützt waren. Vielleicht lagen sie unter einem großen Stein oder etwas Ähnlichem.‹«

Lucie drehte sich zu dem Mann um, der neben ihr stand.

»Was haben Sie gesagt?«

»Nichts, ich habe nichts gesagt, Madame.«

Lucie senkte betroffen den Kopf. Als sie sich in den Schnee

kniete, um den Reißverschluss zu öffnen, legte sich Sharkos Hand auf ihren Arm und brachte sie zurück in die Realität.

»Das ist nicht nötig. Komm!«

Nur widerwillig ließ sie sich ans Ufer des Sees führen. Dort stand Bellanger, der Folgendes berichtete: »Am frühen Nachmittag kamen Jugendliche zum Spielen an den See. Sie schlitterten über das mit einer dünnen Schneedecke bedeckte Eis und schoben dabei den Schnee zur Seite. Schließlich bemerkte einer der Jungen die Leiche, die mit dem Gesicht nach oben unter dem Eis lag.« Er sprach, als bekäme er kaum Luft. »Eine Stunde später waren die Kollegen aus Ris-Orangis hier. Aufgrund des wegen Kindesentführung ausgelösten Alarms haben sie sofort die Verbindung zu dem Jungen im Krankenhaus hergestellt und Trémor angerufen.« Er seufzte. »Er ist es.«

»Wie …«

Lucie war nicht in der Lage, den Satz zu beenden. Zu lebendig, zu überwältigend waren die Bilder in ihrem Kopf. Juliette war ebenfalls in einem Wald wie diesem aufgefunden worden. *Alles, was von ihr übrig geblieben war, waren zwei Füße so weiß wie Schnee.* Sharko zog sie an sich, strich ihr zärtlich über den Rücken und forderte Bellanger mit einem Nicken auf fortzufahren.

»Nach ersten Erkenntnissen wurde das Kind erwürgt und hier abgelegt. Es zeigt die typischen Würgemale am Hals. Wie ihr seht, sind wir hier nicht weit von der Straße entfernt. Der Mörder hat sich keine besondere Mühe gegeben, die Leiche zu verbergen, um zu verhindern, dass sie rasch aufgefunden wird. Nein …«

»Er wollte sie so schnell wie möglich loswerden«, warf Sharko ein, »aus Angst, durch die wegen Kindesentführung ausgelöste Großfahndung gefasst zu werden.«

Bellanger richtete den Blick auf die zahllosen Spuren.

»Dutzende Spaziergänger sind gestern hier vorbeigekommen. Die Fußabdrücke werden also nicht viel hergeben. Durch die Liegezeit im Wasser … keine DNA oder andere Hinweise.«

»Gibt es Hinweise auf den Todeszeitpunkt?«

»Die Leiche ist gefroren und befand sich unter Wasser, da ist es nicht einfach, einen genauen Todeszeitpunkt zu bestimmen. Der Rechtsmediziner schätzt, mindestens achtundvierzig Stunden, vor allem weil der See vor zwei Tagen noch nicht zugefroren war.«

Sharko rechnete rasch zurück, während Lucie reglos auf die zerbrochene Eisfläche starrte. »Der Mörder ist also unmittelbar nach der Entführung aus dem Krankenhaus hierhergekommen. Wahrscheinlich war das Kind völlig bedeutungslos für ihn.«

Bellanger nickte. Er nahm Sharko beiseite und senkte die Stimme. »Lucie scheint es nicht gut zu gehen. Sie braucht vielleicht etwas Abstand, meinst du nicht auch?«

»Du kannst ja versuchen, sie zu überreden. Sie hat sich mit Haut und Haaren in diese Geschichte gestürzt, da kriegt sie keiner mehr raus.«

Bellanger biss sich auf die Lippe und seufzte. »Bei dem Kind wurde an der Brust ein Stück Haut entnommen. Der Mörder hat wohl das Tattoo entfernt, von dem du mir am Telefon berichtet hast. Vielleicht war er so dumm zu glauben, wir hätten es nicht bemerkt.«

Der Kommissar warf einen Blick über die Schulter und betrachtete zärtlich den Rücken seiner Freundin. Verloren und zitternd stand sie da. Dann wandte er sich wieder zu Bellanger um, der ihn beobachtet hatte.

Um sicher zu sein, dass sie nicht mithörte, entfernten sie

sich noch ein Stück von Lucie. »Hast du die Ergebnisse der Blutanalyse?«

»Ist in Arbeit. Es würde mich wundern, wenn sie schon morgen vorlägen. Aber am Mittwochvormittag wissen wir sicher, woran dieses Kind litt.« Er seufzte verbittert. »Wir müssen das Monster unbedingt fassen, Franck!« Sharko verzog keine Miene. »Vorhin im Auto hat Lucie unbewusst eine interessante Bemerkung gemacht. Sie sagte: ›Lass uns hinfahren, es liegt auf unserem Weg ...‹ Das Kind wurde in Créteil entführt, und wir finden es zwanzig Kilometer weiter südlich an der A6 wieder. Das ist die Autobahn, von der wir gerade gekommen sind.«

»Du meinst also, der Mörder fuhr in südlicher Richtung?«

Sharko dachte an den Mann in der Fliegerjacke, an den blauen Mégane, der sie in den Bergen überholt hatte, an die einsame Schäferei, in der es keinerlei Anzeichen von menschlichem Leben gab, an die Kruzifixe und das Weihwasser. Abt François Dassonville ging ihm nicht mehr aus dem Kopf. Hatte Chanteloup endlich das Fahrzeug des Mönchs identifizieren können? Würde er der Spur nachgehen, wie er es versprochen hatte?

»Offensichtlich. Möglich, dass sich in den nächsten Tagen alles in Chambéry klärt. Wir müssen mit diesem Chanteloup in engem Kontakt bleiben. Ich hoffe, du setzt ihm am Telefon ordentlich zu und lässt ihm keine Ruhe.«

Bellanger nickte. Zwei Männer von der Rechtsmedizin holten die kleine Leiche ab. Es waren kräftige Burschen mit Mützen auf dem Kopf und dicken Nylonhandschuhen. Weiter hinten tauchte das Blaulicht der Einsatzwagen die Umgebung in einen graublauen Schein und verlieh dem Wald ein apokalyptisches Aussehen.

Sharko fuhr fort: »Wir müssen herausfinden, was das Foto

mit den Wissenschaftlern zu bedeuten hat. Wer ist die dritte Person? Aus welchem Grund hat sie sich mit Einstein und Curie getroffen? Ist diese geheimnisvolle Niederschrift, die ein Mann aus dem Osten mitgebracht hat, historisch bedeutsam? Wir brauchen wirklich die besten Fachleute. Ich bringe das alles hier noch zum Quai des Orfèvres.«

»Das kann ich doch übernehmen, ich komme sowieso dort vorbei und …«

»Nein, nein, ich muss in den Akten noch etwas Wichtiges überprüfen. Könntest du nicht Lucie nach Hause bringen? Aber achte darauf, dass sie auch wirklich in die Wohnung geht und hinter sich abschließt.«

Bellanger blickte ihn überrascht an, nickte dann jedoch etwas verlegen. »Wie du willst.«

»Danke …«

»Ich glaube, Pascal ist noch im Büro. Er wird dir von der Anzeige im *Figaro* berichten. Es gibt ein paar sehr interessante Punkte. Ich bin mir eigentlich sicher, dass alles in New Mexico angefangen hat. Ich habe schon eine Dienstreise angemeldet – und zwar so bald wie möglich. Das heißt, wahrscheinlich bereits morgen. Die Direktion hat uns alle erforderlichen Mittel genehmigt, damit wir mit unseren Ermittlungen schnellstmöglich vorankommen. Diese Geschichte erregt langsam wirklich Aufsehen – und jetzt ist auch noch ein Kind involviert.«

»Morgen, meinst du?«

»Ja, du bist ja ans Reisen gewöhnt und verstehst es, Dinge auf den Punkt zu bringen. Hättest du Lust?«

»Keine Ahnung. Was gibt es denn so Wichtiges in New Mexico zu recherchieren?«

»Das erklärt dir Pascal. Aber soweit ich ihn verstanden habe, dürfte sich die Reise lohnen!«

Sharko ging zu Lucie und erklärte ihr, er müsse noch kurz zum Quai des Orfèvres. Sie antwortete nicht, war mit den Gedanken ganz woanders. Ihr Blick folgte dem Leichensack, der weggetragen wurde. Als der Kommissar sie an sich drückte, fiel etwas zu Boden. Er blickte nach unten und sah, dass seine Lebensgefährtin gerade ihre Schuhe hatte fallen lassen.

Sie stand in Strümpfen im Schnee.

Kapitel 32

Nicolas Bellanger hatte sich nicht geirrt. Pascal Robillard saß an seinem Schreibtisch, umgeben von Aktenstößen. Und inmitten dieses Chaos hing seine grell orangefarbene Sporttasche, die er sicher vor mehr als zehn Jahren sehr günstig gekauft hatte. Als er Sharko sah, stand er hastig auf und schüttelte ihm herzlich die Hand.

»Du weißt schon, dass es besser wäre, zu anderen Zeiten in einem Gebirgsbach zu baden?«

»Ja, aber es heißt doch, dass im Winter die Haut davon besonders straff wird!«

Sie grinsten sich an, doch Sharko war mit seinen Gedanken nicht bei der Sache.

»Ich bin froh, dass du da bist«, sagte Robillard und kehrte an seinen Platz zurück.

Sharko zog seine dicke Jacke aus und hängte sie über die Rückenlehne seines Stuhls. Er öffnete eine Schublade, nahm zwei Paracetamol-Tabletten heraus und schluckte sie mit ein wenig Wasser. Was für ein miserabler Tag. Es war fast neunzehn Uhr. Ein paar Beamte, die von Sharkos Rückkehr erfahren hatten, kamen vorbei, um sich nach seinem Befinden zu erkundigen. Gute und schlechte Nachrichten verbreiteten sich bei der Kripo immer rasend schnell.

Als er mit seinem Kollegen wieder allein war, wollte Sharko Genaueres über die laufenden Ermittlungen wissen. Schnell kam Robillard auf die im *Figaro* gefundene Anzeige zu sprechen. »Pass auf: ›*im Lande Kirt kann man Dinge lesen, die man eigentlich nicht lesen dürfte. Ich weiß um NMX-9 und sein rechtes Bein am Rande des Waldes. Ich weiß um TEX-1 und ARI-2. Ich mag Hafer und weiß, dass dort, wo die Pilze wachsen, noch Bleisärge knistern.*‹«

Sharko trat näher an den Bildschirm. Robillard deutete auf eine Karte der Vereinigten Staaten. »Schau mal hier. Albuquerque ist eine Stadt in New Mexico, in der Valérie Duprès vor Kurzem einige Tage verbracht hat. In unmittelbarer Nachbarschaft befinden sich Texas und Arizona. NMX, TEX und ARI sind die Abkürzungen für die drei benachbarten Bundesstaaten. Was die Ziffern dahinter bedeuten, weiß ich allerdings nicht. Vielleicht geographische Koordinaten, die ein bestimmtes Gebiet im jeweiligen Staat kennzeichnen? Dazu konnte ich noch keine Angaben finden. Aber …«

Er zoomte die nähere Umgebung von Albuquerque heran. Die größte Stadt New Mexicos mit dem internationalen Flughafen lag etwa hundert Kilometer von Santa Fe entfernt.

»Siehst du hier, am südöstlichen Ende von Albuquerque? Dort befindet sich die Kirtland Air Force Base, ein wichtiger Stützpunkt der amerikanischen Armee.«

»Könnte man mit ›*im Lande Kirt*‹ übersetzen.«

»Gar nicht übel! Bei dem Sturz ins eiskalte Wasser ist dir offenbar der Verstand nicht eingefroren«, erwiderte Robillard lächelnd. »Glaubt man der Botschaft, hat Duprès in dieser Basis herumgeschnüffelt. Ich will versuchen, mit der

Kommunikationsabteilung Kontakt aufzunehmen, um zu erfahren, ob sie wirklich dort war.«

Robillard beherrschte sein Handwerk. Ohne seinen Bürosessel zu verlassen, konnte er in alle Länder reisen und wichtige Informationen mitbringen.

»Also weiter! ›Im Lande Kirt‹ hat mich auf den anderen Begriff ›am Rande des Waldes‹ gebracht. Es könnte sich um ein weiteres Wortspiel handeln, wenn man es übersetzt … und Bingo!« Er zeigte auf die Karte. »Edgewood! Eine Kleinstadt mitten in der Wüste, etwa vierzig Kilometer von Albuquerque entfernt!«

»Du bist wirklich unglaublich!«

»Na ja, wenn du es genau wissen willst, hat es mich meinen Sonntag und die ganze Nacht gekostet, das herauszufinden. Und das ist noch nicht alles. Die codierte Botschaft hat mir noch ein paar andere interessante Aspekte eröffnet. Valérie Duprès hatte eine sehr ausgeprägte Vorstellungskraft.«

»Sprich nicht in der Vergangenheitsform von ihr. Man kann nie wissen.«

»Du hast recht, man kann es wirklich nicht wissen. Frage: Warum stellst du dich hinter eine Bleiplatte, wenn du eine Röntgenaufnahme machst?«

Sharko zuckte die Schultern.

»Weil sie vor den Röntgenstrahlen schützt«, sagte Robillard. »Blei schirmt Radioaktivität ab. *Bleisärge*, die *knistern*, verweisen nicht auf bleivergiftete Kinder, wie du angenommen hast. Nein, man barg in Bleisärgen radioaktiv verstrahlte Leichen.« Robillard klickte einen seiner Internet-Favoriten an, und ein Gesicht war zu sehen. Sharko riss erstaunt die Augen auf. So ein Zufall – Marie Curie!

»Du kennst dich wirklich aus, Sharko. Stimmt, Marie Curie! Sie starb an Leukämie, ausgelöst durch zu hohe Strahlenbelastung. Sie hat ihr Leben lang mit Röntgenstrahlen und radioaktivem Radium experimentiert. 1934 kannte man bereits die Gefährlichkeit von Radioaktivität. Das Blei ihres Sarges sollte die von ihrem Körper ausgehende Strahlung abschirmen. Es war der erste Sarg dieser Art. Für die meisten Strahlenopfer von Tschernobyl benutzte man allerdings auch Särge aus anderem Material. Tausende Bleisärge auf russischen und ukrainischen Friedhöfen, in denen es noch für sehr lange Zeit knistert. Radioaktive Elemente besitzen eine Halbwertszeit von mehreren Millionen, ja sogar Milliarden Jahren. Es ist wirklich haarsträubend, man darf gar nicht darüber nachdenken! Und es erklärt, warum die verstrahlten Gebiete nie wieder von Menschen bewohnt werden können.«

Sharko schwieg einen Moment. Er dachte an Hussières' Foto des Überbringers des Manuskripts, der verstrahlt und bis auf die Knochen verbrannt auf einem Krankenhausbett lag. Vor seinem geistigen Auge tauchten mitten im Niemandsland riesige russische Friedhöfe auf, die vor Radioaktivität nur so knisterten.

Er sah die mitgebrachten Fotokopien durch und zeigte Robillard die Aufnahme mit den drei Wissenschaftlern. Dieser betrachtete sie eingehend. »Albert Einstein und Marie Curie«, sagte er erstaunt. »Was willst du denn damit?«

Sharko erklärte kurz, was sie gerade herausgefunden hatten. Robillard kannte den dritten Mann auch nicht, verwies jedoch auf Einstein. »Erstaunlich! Ich erkläre dir gerade einiges zu Richland, einer Stadt, die in der Vergangenheit eng mit Los Alamos und dem Manhattan-Projekt in Verbindung stand, und du zeigst mir im gleichen Atemzug ein Foto von Einstein.«

»Hatte Einstein etwas mit diesem Manhattan-Projekt zu tun?«

Ein weiterer Klick auf einen Favoriten. Sharko stellte fest, dass sein Kollege das Thema wie immer sehr sorgfältig recherchiert hatte.

»Einstein ist eigentlich der Initiator, wenn auch ungewollt. Damals befassten sich praktisch alle Wissenschaftler weltweit mit der unglaublichen Energiefreisetzung durch die Kernspaltung radioaktiver Elemente, insbesondere Uran und Plutonium. Einstein, Oppenheimer, Rutherford, Otto Hahn, die Genies der ersten Hälfte des zwanzigsten Jahrhunderts ... Im Oktober 1938 schrieb Einstein einen Brief an Präsident Roosevelt persönlich, in dem er erklärte, dass die Nazis in der Lage seien, Uran 235 zu reinigen, um es als außerordentlich wirksame Kriegswaffe einzusetzen. Er verweist auch auf den Ort, wo sich die Amerikaner Uran beschaffen könnten – im Kongo.«

»Durch seine Annäherung an die Amerikaner wollte Einstein den Deutschen ein Schnippchen schlagen.«

»Wie die meisten Forscher der damaligen Zeit war auch er durch die Machtergreifung der Nazis und Hitlers Wahn beunruhigt. Schon bald nach Erhalt des Schreibens beschloss Roosevelt, das Manhattan-Projekt ins Leben zu rufen, das der höchsten Geheimhaltungsstufe unterlag. Es sollte der Kernspaltung auf die Spur kommen, damit so rasch wie möglich die Atombombe entwickelt werden konnte. Los Alamos beherbergte die bedeutendsten Wissenschaftler der Welt, einschließlich vieler Europäer, und schuf Tausende Arbeitsplätze in dieser entlegenen Wüstenstadt. Die Leute wussten meist nicht, woran sie arbeiteten. Sie transportierten Material, fertigten und montierten Einzelteile, über deren Verwendung sie nichts sagen konnten. Was sieben Jahre später dabei herauskam, ist bekannt: Hiroshima und Nagasaki.«

Sharko fuhr sich mit der Hand übers Gesicht. Robillard

nahm seine Sporttasche, zog seine Jacke an und sagte: »So viel zu den neuesten Nachrichten. Das ist zwar noch längst nicht alles, aber ich muss noch eine Stunde in die Muckibude, sonst roste ich ein.«

»Auf diesem Level ist das kein Sport mehr, sondern pure Quälerei!«

»Wir brauchen alle unser Quantum Leid, oder?«

»Wem sagst du das!«

»Sehen wir uns morgen? Und wenn du eine Erklärung für die Geschichte mit dem Hafer in dieser Botschaft findest, gib mir Bescheid. Denn damit bin ich überhaupt nicht weitergekommen.«

Er verschwand. Wenige Sekunden später hörte Sharko ihn die Treppe hinunterlaufen. Erschöpft sank er in seinen Sessel und seufzte ausgiebig. Er schloss die Augen. Knisternde Bleisärge, verstrahlte Leichen irgendwo verscharrt?

Lange Zeit hing er seinen Gedanken nach und konnte trotzdem nicht verhindern, dass sich sein Privatleben in den Vordergrund drängte. Wieder sah er Lucie mit leerem Blick und in Strümpfen im Schnee stehen. Er fröstelte. Die Psychiater hatten von Übertragung gesprochen, die jederzeit auftreten könne. Augenblicke der Realitätsflucht, in denen sich Lucie an die Stelle ihrer Töchter versetzte. Leichen, die die Gesichtszüge ihrer Mädchen annahmen, Stimmen, die sie in Stresssituationen oder im Zusammenhang mit dem Tod hörte. Diese verdammten Ermittlungen rissen Wunden wieder auf, die gerade zu vernarben begonnen hatten.

Gern hätte er Bellanger angerufen, nur um sich zu vergewissern, dass dieser sich nicht zu lange in der Wohnung aufhielt.

Unsinn …

Seufzend schaltete er seinen Computer ein, suchte in den

Verzeichnissen nach der Datei mit seinem falschen E-Mail-Account, öffnete ihn und loggte sich ein. In der Mailbox befand sich nur eine einzige Nachricht. Der Titel: *Ergebnisse der DNA-Analyse der Probe Nr. 2432-S.*

Besorgt las er den Text.

Die Analysen konnten durchgeführt werden, und die Apparate in dem belgischen Labor hatten einen genetischen Fingerabdruck geliefert. Er bestand aus einer Tabelle mit vielen Zahlen- und Buchstabenkombinationen, die eindeutig den Eigentümer des Spermas identifizierten.

Seinen eigenen Strichcode kannte Sharko nicht auswendig. Für den Vergleich benötigte er Zugang zum FNAEG, dem französischen Zentralregister für genetische Fingerabdrücke. Hierfür musste eigentlich ein bestimmtes Verfahren eingehalten werden: Vorlage eines Amtshilfeersuchens an die zuständige Behörde, die dann den Abgleich vornahm und das Ergebnis per Fax oder Mail an einen Richter oder Staatsanwalt übermittelte. Das konnte Ewigkeiten dauern, vor allem musste man gute Gründe dafür anführen können. Sharko druckte den Inhalt der Mail aus und rief Félix Boulard an, einen alten Bekannten aus der Verwaltung.

»Sharko … das ist ja ewig her. Wie man hört, bist du wieder bei der Kripo?«

»Was denkst du denn? Vor fast zwei Jahren habe ich dort wieder angeheuert. Und bei dir? Verschimmelst du noch immer von morgens bis abends in deinem Büro? Bald ist wieder Weihnachten, nur dass du Bescheid weißt.«

»Es braucht auch Mutige. Urlaub gibt's noch lange nicht. Also sag schon, was kann ich für dich tun?«

Sharko kam direkt zur Sache: »Mir einen Abgleich mit dem Zentralregister besorgen.«

»Mehr nicht?« Ein leichter Seufzer. »Bleib dran, ich werfe die Maschine schnell an. So ... lass hören.«

Sharko hatte bereits erlebt, wie die Datei arbeitete: Mit Hilfe einer Software konnte man nach einem Profil suchen. Nach Erfassen des Strichcodes vollzog der Server in Ecully, in der Nähe von Lyon, einen Abgleich mit Millionen von genetischen Abdrücken. Das Zentralregister enthielt die Daten von Personen, die zur Überprüfung der Identität bei vorläufigen Festnahmen oder nach Straftaten erkennungsdienstlich erfasst worden waren. Außerdem wurden schrittweise auch Berufsgruppen aufgenommen, die an Tatorten zu tun hatten und deren DNA den Tatort verunreinigen konnte. Sharko wusste, dass sowohl sein eigenes als auch Lucies Profil in der Datei zu finden waren.

»Ich gebe dir die fünfzehn Ziffern des Profils durch. Bist du so weit?«

»Leg los«, erwiderte Boulard. »Aber nicht zu schnell, okay?«

Den Computerausdruck in der Hand, diktierte Sharko die Zahlen und Buchstaben.

»Es arbeitet«, sagte Boulard, »deine Angaben werden abgeglichen. Ich rufe dich in ein paar Minuten wieder an. Sollten wir kein Glück haben und sich das Profil ganz am Ende der Datenbank befinden, in allerhöchstens einer Stunde. Auf welcher Nummer?«

»Du siehst sie auf deinem Display. Sollte ich nicht da sein, hinterlass bitte eine Nachricht.«

»Bis später.«

Nervös nutzte Sharko die Zeit, um rasch zu Fuß zur Kriminaltechnik in die Abteilung »Dokumentation und Spurenkunde« zu laufen. Yannick Hubert saß vor einem aufgeschlagenen Pass unter ultraviolettem Licht.

»Schon wieder eine Fälschung?«, fragte Sharko, der hinter ihm stand.

Hubert drehte sich um. Er sah erschöpft aus. Die beiden Männer begrüßten sich schweigend.

»Ja, derzeit sind relativ viele in Umlauf. Die Fälschungen sind sehr gut und auch unter ultraviolettem Licht kaum als solche zu erkennen. Sie bestehen fast alle Sicherheitstests. Aber« – er lächelte – »die Abbildung der Marianne im Wasserzeichen ist spiegelverkehrt. Wie dumm! Alles kopieren die Fälscher perfekt, bis hin zur doppelten Naht. Und dann passiert ihnen eine so grobe Nachlässigkeit. Es ist, als würden sie in der falschen Richtung auf die Autobahn auffahren. Früher oder später macht jeder Fälscher einen dummen Fehler.«

»Unglaublich … Hast du Zeit gefunden, einen Blick auf meinen Zettel mit der seltsamen Botschaft zu werfen?«

»Ich habe dir eine Nachricht auf deinem Handy hinterlassen. Hast du sie nicht bekommen?«

»Mein Handy ist ins Wasser gefallen. Jetzt habe ich eine neue Nummer.«

»Die sind aber auch empfindlich, diese Dinger. Also … die Qualität des Papiers ist ganz normal, ebenso der auf der Rückseite verwendete Klebstoff. Man bekommt beides in jedem Schreibwarenladen. Aber wir haben Glück, es wurde ein Farblaserdrucker verwendet.«

»Was sagt uns das?«

»Schau mal.«

Der Zettel, den Sharko auf der Kühlbox gefunden hatte, lag unter einem Mikroskop, beleuchtet von einer blauen Leuchtdiodenlampe. Der Ermittler blickte durch das Okular und sah ein Mosaik aus gelben Punkten auf einem Gitter mit fünfzehn Quer- und acht Längsspalten.

»Was ist das?«

»Es ist eine für das bloße Auge nicht sichtbare Kennzeichnung ganz unten auf jedem gedruckten Dokument, die sich nur unter einer blauen LED-Leuchte zeigt. Alle handelsüblichen Farblaserdrucker funktionieren auf diese Weise, auch wenn du sie als Privatperson kaufst. Ursprünglich wollte man mit diesem System, das von den meisten Druckerherstellern übernommen wurde, Fälschungen von Geldscheinen oder amtlichen Dokumenten verhindern. Jedes Gitter ist einzigartig und gehört zu einem ganz bestimmten Drucker. Diese gelben Punkte stellen aufeinanderfolgende Hexadezimalzahlen wie F1, 8C, 32 80 dar. Entziffern lassen sich die Zahlen allerdings nur mit Hilfe der Datei des entsprechenden Herstellers, auf die wir natürlich Zugriff haben.« Er schob Sharko ein Blatt hinüber. »Hier die Angaben zu Modell und Marke deines Druckers, dank dieses Rasters zweifelsfrei identifiziert. Ein Xerox-Drucker, der übers Internet bestellt wurde. Ein sehr guter Drucker, der war sicher nicht billig.«

»Das ist ja genial.«

»Nicht schlecht, oder? Ich habe auch bereits deinen Job gemacht und bei der Elektromarktkette Boulanger angerufen, wo er gekauft wurde. 2007 wurde eine Rechnung an einen gewissen Raphael Flamand ausgestellt. Bei der Überprüfung habe ich bemerkt, dass es die angegebene Adresse überhaupt nicht gibt. Die persönlichen Angaben sind also komplett falsch.«

»Mist!«

Er reichte Sharko einen weiteren Zettel. »Hier die Lieferanschrift, ein kleiner Supermarkt, der im 1. Arrondissement auch als Paketshop fungiert. Es würde mich sehr wundern, wenn sich dort jemand an den Abholer erinnert. Aber du kannst ja trotzdem dein Glück versuchen und vorbeifahren.«

»Danke. Glaubst du, der Typ kannte die versteckten Codes?«

»Vermutlich nicht, das wissen nur sehr wenige. Ich glaube, er hat falsche Angaben gemacht, weil er seine persönlichen Daten nicht preisgeben wollte. Er hat sich das Gerät ja auch nicht nach Hause liefern lassen. Leider gibt es solche vorsichtigen Typen. Die können es nicht ertragen, in einer Datei erfasst zu werden.«

Sharko nahm die Rechnungskopie an sich und steckte sie in die Tasche. Der Kerl, den er verfolgte, war extrem vorsichtig und trieb sich in der Nähe des 1. Arrondissement herum. Ob er dort wohl auch lebte? Jedenfalls hatte er sich 2007 einen teuren Farbdrucker gekauft.

Fragen über Fragen.

Weitere Informationen hatte Hubert nicht für ihn. Sharko verabschiedete sich von seinem Kollegen und kehrte nachdenklich zum Quai des Orfèvres zurück. Im Büro blinkte sein Anrufbeantworter. Sharko hörte sich die Nachricht an: *Ich bin es, Boulard. Ich habe dein Profil, ruf mich zurück …*

Die Sache nahm Gestalt an. Man hatte den Eigentümer des Spermas im Zentralregister gefunden. Der Kommissar schluckte und wählte die Nummer seines Kollegen.

Boulard hob ab. »Das Profil, das du mir genannt hast, passt zu einem genetischen Fingerabdruck. Die fragliche Person heißt Loïc Madère.«

Sharko runzelte die Stirn. Loïc Madère, Loïc Madère … dieser Name war ihm noch nicht untergekommen. Beruhigt, dass es nicht sein Profil war, fragte er nach: »Was wissen wir über ihn?«

»Geboren am zwölften Juli 1966. Nach einem Raubüberfall wurde er erkennungsdienstlich erfasst, und man hat einen DNA-Abstrich genommen. Bei dem Überfall in Vélizy kam ein Juwelier zu Tode. Aktenzeichen 1 998/76 398 vom sechsten August 2006. DNA-Entnahme durch den Kripobeamten Hérisson, Kriminalpolizei Versailles. Ich habe einen Blick ins Strafregister und in die Strafvollzugsdatei geworfen.«

Hastig dachte Sharko nach. Der Eigentümer des Spermas war heute fünfundvierzig Jahre alt. Der Name und die Angaben sagten ihm jedoch nichts. Ein Überfall auf einen Juwelier? Was hatte das mit dieser Sache zu tun?

Dann wandte er sich wieder an Boulard. »Die Vollzugsdatei, sagst du? Und wann kam Madère wieder frei?«

»Er kommt noch lange nicht raus. Sitzt noch bis 2026 in Meaux.«

»Bist du dir da ganz sicher?«

»Jedenfalls steht es so in der Datei.«

Sharko verschlug es die Sprache. Wie kam das Sperma eines Mannes, der im Gefängnis saß, in die Kühlbox, die er in der Hütte im Moor gefunden hatte?

Schließlich sagte er: »Kannst du mir die Infos schicken? Und ich habe noch eine letzte Bitte. Könntest du mir einen Besuchstermin mit diesem Loïc Madère für morgen früh, neun Uhr, besorgen?«

Kapitel 33

Sharko verbrachte eine schlaflose Nacht. Lucie zitterte und weinte in seinen Armen, denn der kleine schwarze Leichensack hatte Erinnerungen in ihr geweckt, die sie nicht mehr losließen. Im Gegensatz zu Sharko schlief sie aber irgendwann doch noch ein.

Sharko erhob sich schließlich gegen vier Uhr, legte sich aufs Sofa und sah sich ohne Ton Tiersendungen im Fernsehen an. Er fühlte sich erschöpft und zerschlagen, fand aber trotzdem keinen Schlaf.

Um sieben Uhr stand Lucie auf. Sharko meinte, sie sollte zu Hause bleiben und sich noch ein wenig ausruhen, sie jedoch versicherte, sie fühle sich besser und wolle zur Arbeit. Ohne weiter auf die Ereignisse des Vortages einzugehen, frühstückte sie ausgiebig. Auch der Kommissar tat so, als sei alles in bester Ordnung, trank einen starken Kaffee, zog sich an und brachte sogar ein Lächeln zustande, wenn er mit Lucie sprach.

Als sie gegen acht Uhr die Wohnung verließen, verabschiedeten sie sich mit einem Kuss, und Sharko erklärte, er wolle sich zunächst um seine neuen Papiere kümmern und würde erst mittags ins Büro kommen. Während Lucie zum Quai des Orfèvres fuhr, schlug Sharko nicht den Weg zum Einwohnermeldeamt ein, sondern zur Strafvollzugsanstalt von Meaux-Chauconin-Neufmontiers, fünfzig Kilometer von Paris entfernt.

Noch eine Lüge. Eine mehr.

Félix Boulard, der Polizist der Verwaltungsabteilung, kannte die richtigen Ansprechpartner und hatte für Sharko um neun Uhr einen Termin mit Loïc Madère vereinbart. Die 2005 gebaute Anstalt wirkte wie ein riesiges Schiff, das in einem vereisten Meer festlag. Der eindrucksvolle Betonklotz beherbergte eine Vollzugsanstalt für sechshundert Gefangene und eine Abteilung mit verschärften Haftbedingungen für zweihundert Langzeithäftlinge.

Bei der Eingangskontrolle zeigte Sharko seinen Pass vor, der in gutem Zustand war, da er während seiner Reise nach Chambéry in einer Schublade seiner Wohnung gelegen hatte. Um ihn herum Männer, Frauen und sogar Kinder. Zerstörte Familien, denen ein Bruder, ein Vater oder ein Ehemann fehlte. Im Hof gingen einige Besucher zu kleinen Neubauten, die im Hintergrund lagen. Sharko fragte einen Aufseher danach und erfuhr von dem Experiment, dass sich Häftlinge und ihre Familien in diese Räume zurückziehen konnten.

Gemeinsam mit einer Gruppe von ungefähr zehn Personen lief Sharko zum großen Besucherraum, wo sich Gefängnisinsassen und Besucher ohne Trennwände an Tischen gegenübersitzen und miteinander sprechen konnten. Menschen aller Hautfarben und sozialen Klassen fanden sich hier ein. Es wurden keine Unterschiede gemacht, Privatsphäre gab es allerdings nicht.

Um 8:55 Uhr ließ sich Sharko an dem ihm zugewiesenen Platz nieder.

Um 9:00 Uhr wurden, einer nach dem anderen, die Gefangenen hereingeführt. Schlurfende Schritte, Stuhlrücken, Umarmungen. Der Kommissar fühlte sich unwohl und angespannt, da er nicht wirklich freiwillig hier war. Man hatte ihn manipuliert – und irgendjemand schob ihn wie eine Spielfigur hin und her.

Als sich ein Mann ihm gegenüber hinsetzte, sah er auf. Madère war groß, hager, modisch gekleidet, mit weiter Jeans und teurer Sportjacke. Er sieht gut aus, dachte Sharko, feine Züge, gut geformte dunkle Brauen und leicht schräge Augen, die einen asiatischen Einschlag verrieten. Trotz der harten Bedingungen, unter denen er im Gefängnis leiden mochte, sah man ihm sein Alter nicht an.

»Loïc Madère?«

Der Mann nickte.

»Man hat mir einen Franck Sharko angekündigt. Einen Bullen. Was willst du?«

Madère saß lässig auf seinem Stuhl, die Hände in den Jackentaschen. Sharko hatte seine Hände auf den Tisch gelegt und betrachtete seinen Gesprächspartner aufmerksam.

»Loïc Madère, fünfundvierzig Jahre. Wegen Mordes an einem Juwelier 2006 zu zwanzig Jahren Gefängnis verurteilt. Sie haben kurzen Prozess gemacht, zwei Schüsse mit einer 357er mitten ins Gesicht, dann eine hübsche Verfolgungsjagd durch die Vororte und auf dem Périphérique. Fast filmreif.«

Der Häftling beobachtete in aller Ruhe die Aufseher, die mit strenger Miene an den Tischreihen entlanggingen.

»Hübsch, dein Bericht, aber erstens kenne ich ihn auswendig, und zweitens erklärt er immer noch nicht, was du von mir willst.«

Der Tonfall des Kommissars änderte sich. »Du weißt ganz genau, was ich will.«

Madère schüttelte den Kopf. »Absolut nicht, tut mir leid.«

Sharko seufzte. »Gut, dann will ich dein Gedächtnis auffrischen. Ich suche einen Typen, der in den letzten Tagen bei dir war. Ich könnte ihn über die Besucherliste ausfindig machen, aber ich würde seinen Namen gern aus deinem Mund hören und erfahren, was du mit ihm zu tun hast.«

»Warum sollte ich darauf antworten, und was springt für mich dabei raus?«

Sharko bluffte: »Für dich springt dabei heraus, dass du nicht in einen weiteren Mordfall reingezogen wirst.«

Madère brach in Gelächter aus. »Ich in einen Mord verwickelt? Und wie sollte das, bitteschön, gehen? Schau dich doch mal um, *amigo*. Ich sitze im Knast, und das noch für die nächsten fünfzehn Jahre. Hast du das kapiert?«

»Rück den Namen raus!«

Der Mann zuckte mit den Schultern. »Du bist an der falschen Adresse. Niemand ist zu mir gekommen. Such deinen Typen woanders! Um was für einen Mord handelt es sich überhaupt? Unterhalten wir uns doch ein bisschen, wir haben eine halbe Stunde Zeit. Die Tage sind lang hier, und eine kleine Abwechslung ist immer willkommen. Sogar der Besuch von einem Bullen.«

Sharko zog ein gefaltetes Blatt aus der Tasche und breitete es auf dem Tisch aus. »Was sagt dir das?«

Madère griff nach dem Papier, musterte die Grafik und gab es zurück.

»Wieso steht mein Name da drauf? Was ist das?«

»Deine DNA. Genauer gesagt, deine DNA aus einer frischen Spermaprobe.«

Sharko sah, wie Madère blass wurde, und beugte sich noch näher zu ihm vor. »Dein Sperma habe ich in einem Probenröhrchen gefunden, in der Hütte eines Serienkillers, den ich vor neunzehn Jahren über den Haufen geschossen habe. Es dürfte wohl kaum von hier bis dahin gebeamt worden sein. Du hast dir im Klo oder sonst wo einen abgewichst und irgendjemandem deinen Saft mitgegeben. Ich will den Namen dieses Mannes.«

Madères Gesichtsausdruck entgleiste. Seine Lippen zitterten. »Mein Sperma ... das ... ist ganz unmöglich.«

»Ich garantiere dir, dass es so ist. Gib mir einen Namen!«

Madère stand auf, fasste sich an die Stirn und schob seinen Stuhl zur Seite. Doch da ihn einer der Aufseher im Blick hatte, setzte er sich wieder.

Sharko bedeutete dem Beamten, dass alles in Ordnung sei, und wandte sich wieder an seinen Gesprächspartner.

»Also?«

»Wann? Wann hast du das Sperma gefunden?«

»Freitagnacht. In Eis verpackt, damit es nicht verderben würde.«

Madère schlug die Hände vors Gesicht und stieß zwischen den Fingern hervor: »Gloria ... Gloria Nowick.«

Sharko runzelte die Stirn. In seinem Kopf schrillte eine Alarmglocke. »Die einzige Gloria Nowick, die ich kenne, hat eine Narbe vom rechten Auge über die Wange«, sagte der Kommissar, »die hat ihr ein perverser Freier hinterlassen, als sie noch auf dem Strich ging.«

»Das ist sie. Dann bist du der Bulle, den sie gut kennt? Jetzt erinnere ich mich, sie hat von dir gesprochen. Shark ...«

Beunruhigt fuhr sich der Kommissar mit der Hand übers Gesicht. Gloria Nowick war eine ehemalige Prostituierte, die er vor ungefähr zwölf Jahren von der Straße holte, weil sie ihm unter Lebensgefahr geholfen hatte, einen Mordfall zu lösen. Gemeinsam mit Suzanne hatte er sich um Gloria gekümmert, bis sie einen Job bekam und für sich selbst sorgen konnte. Suzanne und sie waren Freundinnen geworden. Auch wenn er sie seit dem Tod seiner Frau nicht mehr gesehen hatte – Gloria war zur Beerdigung gekommen –, so verspürte er doch immer noch Gefühle für sie wie für eine kleine Schwester.

Er blickte Madère in die Augen und verstand überhaupt nichts mehr. »Sie soll dein Sperma mitgenommen haben? Aber wozu?«

»Woher soll ich das wissen?« Wieder erhob sich Madère, es hielt ihn nichts mehr auf seinem Platz. »Letzten Mittwoch waren wir für eine Viertelstunde allein in dem Familienraum und haben miteinander geschlafen. Mein Sperma war nicht in einem Probenröhrchen, sondern *in ihr.*« Madère beugte sich zu Sharko vor und packte ihn beim Kragen. »Was soll dieser ganze Mist?«

Kapitel 34

Erstaunlich. Wirklich erstaunlich, dieses alte Foto!«

Lucie stand neben Fabrice Lunard, einem Chemiker im Labor des Erkennungsdienstes. Sie hatte schlecht geschlafen und dachte natürlich immer noch an das, was sich am Vorabend im Wald ereignet hatte, und dass sie barfuß im Schnee gestanden hatte. Sie erinnerte sich nicht daran, ihre Schuhe ausgezogen zu haben, hatte auch die Kälte nicht gespürt.

Als sei sie irgendwo anders gewesen. Außerhalb ihres Körpers.

Trotz ihrer Verwirrung versuchte sie, sich zu konzentrieren. Lunard wartete noch, ehe er mit seinen Erklärungen begann. Der Wissenschaftler war noch keine dreißig und wirkte eher wie ein Halbwüchsiger, dabei galt er als einer der besten Kriminaltechniker, ein wandelndes Lexikon, und kaum eine chemische Formel gab ihm Geheimnisse auf. Soeben hatte er die Fotokopien der verschiedenen losen Seiten und die des Heftes studiert, die Lucie in Philippe Agonlas Keller gefunden hatte, wie auch die ausgezeichnete Reproduktion des halb verbrannten Schwarz-Weiß-Fotos.

»Albert Einstein, der Vater der Relativitätstheorie, einer der besten Physiker aller Zeiten. Marie Curie, die einzige Frau, die zweimal den Nobelpreis erhalten hat. 1903 für Physik, 1911 für Chemie und für ihre Arbeiten über Radium und Polonium. Sie hat auch die ›Petites Curies‹ geschaffen, mobile Chirurgie-Einheiten, die im Ersten Weltkrieg zahlreiche Soldaten gerettet haben. Nicht zu vergessen das *Institut Curie* und alles, was sie im Laufe ihrer Karriere für das Wohl der Menschheit getan hat. Eine sehr große Dame!«

»Daran zweifle ich keine Sekunde, aber wer ist der Dritte auf dem Bild?«

»Svante August Arrhenius, ein schwedischer Chemiker, Nobelpreis für Chemie 1903, ebenfalls ein Meister der Mathematik und auf vielen anderen Gebieten. Auf seine Weise ein Visionär.«

Lucie betrachtete den Mann mit der dunklen Fliege eingehender. Arrhenius, ein schwedischer Chemiker. Was hatte er mit den beiden anderen Wissenschaftlern zu tun?

»Haben sich diese drei öfter getroffen?«, fragte Lucie.

»Wahrscheinlich bei allen wichtigen wissenschaftlichen Kongressen jener Zeit. Dort wurden in Sachen Quanten- und Relativitätstheorie, Kernphysik und insgesamt allen Forschungsbereichen des ›unendlich Kleinen‹ immense Fortschritte ermöglicht. Spitzenkräfte, die sich häufig in allen möglichen europäischen Städten trafen. Manche Wissenschaftler hassten sich – wie Einstein und Bohr oder Heisenberg und Schrödinger. Bei diesen Tagungen versuchten die einzelnen Gruppen, die Theorien ihrer Konkurrenten durch mathematische Beweisführungen zu widerlegen. Jedenfalls kannten sie sich alle ausnahmslos. Es gibt ein paar Fotos von Einstein mit Filzhut und Pfeife, in Begleitung von Marie Curie, wie sie irgendwo auf dem Land diskutieren.«

Lunard sah sich das Foto mit einer Lupe an. »Einstein dürfte um die vierzig sein und Curie um die fünfzig. Ich denke, das Bild wurde zu Beginn der Zwanzigerjahre aufgenommen, nicht später, denn Arrhenius starb 1927. Wir stehen am Anfang der Quantentheorie, der Entdeckung der Materie und damit der des Atoms.« Er deutete auf die anderen Büros, in denen seine Kollegen arbeiteten. »Neuigkeiten sprechen sich hier schnell herum. Und natürlich wissen alle über den unglaublichen Fall Bescheid, mit dem ihr euch gerade beschäftigt. Die Geschichte mit der Niederschrift, den vereisten Seen und dem ›reversiblen Tod‹ … da müsst ihr in einem beängstigenden und außergewöhnlichen Fall ermitteln.«

»Ja, außergewöhnlich im schlimmsten Sinn.«

»So sehe ich das auch.«

Lunard legte seine Lupe weg und zeigte auf das Konterfei von Arrhenius. »In seinen Arbeiten gibt es etwas, das dich bestimmt interessieren wird.«

»Ich höre.«

»Kälte faszinierte ihn. Er ist viel in den Ländern des Nordens herumgereist und hat die Eiszeiten und die chemischen Reaktionen der verschiedenen Organismen auf Kälte studiert.«

Lucie lauschte gespannt.

Lunard wies auf die Chemiebücher hinter ihm im Schrank. »Du kannst in jedem dieser Werke nachschlagen und wirst immer auf seine Gleichung treffen. Arrhenius hat eine Formel entwickelt, die bei Wissenschaftlern gut bekannt ist und mit der die Temperaturabhängigkeit chemischer Prozesse berechnet werden kann. Kurz gesagt, je kälter es ist, umso länger dauern die chemischen Reaktionen.«

»Wie bei Leichen, die bei Kälte weniger schnell verwesen.«

»So ist es, und das entspricht genau der Arrhenius-Gleichung. Bei Temperaturen wie der von flüssigem Stickstoff zum Beispiel sind die chemischen Reaktionen so gut wie nicht vorhanden – alle Moleküle erstarren. Nichts wird erschaffen, und nichts vergeht, wenn du so willst. Als hätte Gott die Zeit angehalten.«

Lucie nickte und versuchte, ihre Gedanken zu ordnen. »Kälte und Chemie, da sind wir genau bei unserem Thema.«

»Ja, sollte man meinen. Ich habe keine Ahnung, ob hier wirklich ein Zusammenhang besteht, aber Arrhenius hat für seine Forschungen über Kälte viele Wintermonate in Island zugebracht und Kernbohrungen durchgeführt. Die Proben hat er dann mit nach Schweden genommen und dort analysiert und datiert. Und was findet man in Island häufig?«

»Vulkane?«

»Richtig, und dementsprechend Schwefelwasserstoff im Eis. Eis und Schwefelwasserstoff, das sind genau die Substanzen, die in euren Ermittlungen eine wichtige Rolle spielen, habe ich recht?«

»Glaubst du, die drei Wissenschaftler sind die Urheber jener berühmten Niederschrift, die so viele Tote verursacht hat?«

»Alle drei oder einer von ihnen hat seine Entdeckungen den anderen dargelegt. Ja, es ist durchaus möglich, dass alle drei die Urheber dieser Schrift sind, ansonsten hätte das Foto zwischen den Seiten keinen Sinn.«

»Sonst noch etwas?«

»Nein, im Moment nicht. Aber ich werde versuchen, mehr über die Probebohrungen in Island zu erfahren, es muss Spuren geben und wissenschaftliche Berichte in irgendwelchen alten Archiven. Gib mir noch ein paar Tage Zeit.«

Lucie dankte Lunard und begab sich wieder in den dritten Stock des Quai des Orfèvres. Keiner war im Großraumbüro. Akten und Papiere lagen offen neben eingeschalteten Computern. Wo waren sie nur alle? Hatte Sharko seine Behördengänge erledigt? Sie lief den Flur entlang und hörte Bellangers Stimme in einem Büro. Auf ihr Klopfen hin folgte Stille. Nach einigen Sekunden öffnete der Gruppenleiter die Tür.

Bellanger war kreidebleich. Lucie sah Robillard und Levallois am Tisch, auf dem ein Projektor stand. Die beiden Ermittler sahen völlig mitgenommen aus. Levallois strich mit beiden Händen über sein Gesicht und seufzte.

»Was ist denn hier los? Habt ihr den Teufel persönlich gesehen?«

»So ungefähr.«

Bellanger zögerte. Er stand in der Tür und schien Lucie nicht eintreten lassen zu wollen. »Wir haben Neues aus Chambéry. Dieser Priester, Abt François Dassonville, ist in die Angelegenheit verstrickt.«

Lucie ballte die Fäuste. »Hab ich's mir doch gedacht.«

»Bei der Hausdurchsuchung haben sie furchtbare Fotos bei ihm gefunden, obwohl sie gut versteckt waren. Sie zeigen Kinder. Nach allem, was gestern Abend passiert ist, weiß ich nicht, ob …«

Lucie hörte ihm nicht mehr zu.

Sie schob Bellanger aus ihrem Weg und drängte sich in den Raum.

Kapitel 35

Garges-lès-Gonesse. Die Wohnblocks einer Schlafstadt. Fahrräder, verdorrte Pflanzen in Blumentöpfen, Weihnachtsmänner aus Plastik, die an winzigen Balkonen hingen und an den Fassaden hochzuklettern schienen. Sharko rannte in die Eingangshalle eines der besseren Häuser, in dem nach Madères Angaben Gloria Nowick wohnte. Er rempelte den jungen Typen an, der auf der Treppe seinen Joint rauchte, und lief die vier Etagen zu Glorias Apartment hinauf. Außer Atem hämmerte er an die Tür, und da keine Antwort kam, drückte er mit dem Ellenbogen auf die Klinke.

Die Tür war nicht abgeschlossen.

Er sagte sich, dass dies logisch war, denn man erwartete ihn.

Sharko trat vorsichtig ein, sich stets dessen bewusst, dass es sich um eine Falle handeln konnte. Ohne seine Waffe fühlte er sich verletzlich. Doch trotz dieser Fülle von Rätseln und Puzzleteilen, die er zusammensetzen musste, hoffte er, auch ohne Pistole auszukommen. Zumindest für den Moment.

Was wollte Gloria von ihm? War es möglich, dass sie sich hinter dieser ganzen Maskerade verbarg, von Anfang an? Sharko konnte es nicht glauben. Doch auch die andere, schreckliche Variante wollte er nicht wahrhaben.

In der kleinen Wohnung schien alles an seinem Platz zu sein. Die Kleidung, die Bücher, Nippes – alles schien in Ordnung. In jener Zeit, als Sharko noch Kontakt zu ihr hatte, arbeitete sie in einem Supermarkt, ein harter Job, um sich über Wasser zu halten. Sie war eine couragierte Frau, hatte jedoch selten Glück im Leben gehabt, was auch ihre Verbindung zu Loïc Madère bewies.

Sharko berührte nichts, vor allem durfte er keine Spuren hinterlassen. Langsam ging er in ihr Schlafzimmer. Das Bett war gemacht, in einer Ecke lagen Schuhe und ein paar Kleidungsstücke. In einem Rahmen steckte das Foto des Häftlings. Gloria musste ernsthaft verliebt sein, um sich an einen Mann zu binden, der noch fünfzehn Jahre hinter Gittern vor sich hatte. Auf einem anderen Foto war eine strahlende Gloria am Strand zu sehen. Eine hübsche Brünette um die vierzig, der man die Jahre auf dem Strich nicht ansah, bis auf die Narbe, die für immer bleiben würde.

Sharko verließ den Raum und ging in das Badezimmer, wo er tatsächlich das nächste Rätsel entdeckte.

Mit Lippenstift stand auf dem Spiegel 2°21′45 E geschrieben. Der zweite Teil der GPS-Koordinaten, in sorgfältigen Lettern, die Schrift einer Frau. Man hatte sich Zeit genommen, diese Nachricht zu hinterlassen.

Er merkte sich die Ziffern und verließ kaum fünf Minuten nach seiner Ankunft die Wohnung wieder. Er schloss sorgfältig die Tür hinter sich. In seinem Wagen gab er die beiden Koordinaten in das Navi ein: *48°53′51 N* und *2°21′45 E.*

Es funktionierte! Das Gerät bezeichnete einen Ort in der Nähe der Porte de la Chapelle im 18. Arrondissement von Paris. Die kleine Karte auf dem Display zeigte das Ziel an, das etwas abseits der Straße und in der Nähe von Bahngleisen lag.

Er fuhr los und folgte der Anweisung des Navis. Seine Nerven lagen blank. Diese Stimme schien die seines Widersachers zu sein, der ihn an der Nase herumführte und mit ihm spielte. Er dachte an Gloria, die plötzlich wieder in seinem Leben aufgetaucht war. Sie war für Suzanne und Sharko sehr wichtig gewesen.

Er war zu schnell gefahren und näherte sich schon nach einer halben Stunde dem Ziel. Er bog in einen Kreisverkehr ein, und plötzlich änderte sich die Umgebung. Die geraden und belebten Straßen der Stadt wichen riesigen Lagerhallen von Transportgesellschaften. Überall standen an Laderampen geparkte Laster. Weitläufige asphaltierte Höfe, leere, verschneite Gassen mit den Abdrücken von unzähligen Reifen. Der Renault 25 rollte durch diese Industriezone und hielt am Ende einer Sackgasse. Fünfhundert Meter trennten ihn noch von seinem Ziel, doch der Weg war nicht mehr befahrbar.

Sharko stieg aus, zog Handschuhe und Mütze an, knöpfte seinen Mantel bis zum Kragen zu und ging los, das Navi in der Hand. Immer noch war es kalt, und der Wind blies ihm eisig ins Gesicht, sodass sogar seine Zähne schmerzten. In der Ferne brummten Motoren und Kreissägen. Die Luft schien elektrisch aufgeladen, und der Himmel hatte eine hässliche graue Farbe angenommen.

Sharko lief über ein vereistes Feld und erreichte eine offenbar stillgelegte Bahnlinie. Am Horizont Ruinen, Türme und Hochspannungsmasten. Da fiel ihm ein, dass er sich wahrscheinlich an den Gleisen der *Petite Ceinture* befand, einer Ringbahn rund um Paris, deren Betrieb jedoch in den Dreißigerjahren eingestellt worden war.

Seitdem hatte die Natur wieder die Oberhand gewonnen. Sharko kletterte über ein rostiges Gitter auf die Schienen. Dort hob er eine Eisenstange auf und wandte sich nach rechts, wie es das Navi anzeigte. Bei jedem Schritt knirschte Kies unter der harten Schneeschicht. Es war hier noch kälter als in der Stadt, weil die Böen ungehindert über die weitläufige Einöde fegen konnten. Dann durchquerte er einen halb zugewachsenen Tunnel. Die Lampen waren zerschlagen, und die porösen Ziegel glänzten vor Feuchtigkeit. Eine düstere Atmosphäre. Dahinter verloren sich die Schienen immer mehr unter der wild wachsenden Vegetation. Zu beiden Seiten war von der Stadt nichts mehr zu sehen, nur Gestrüpp, so weit das Auge reichte.

Sharko war auf der Hut und ließ seine Umgebung nicht aus den Augen. Beobachtete ihn jemand? Er suchte nach einer Gestalt, einem Schatten auf dem Erdwall neben den Trassen, nach Spuren im Schnee. Nichts. Das Navi zeigte noch eine Strecke von zweihundert Metern an. Da entdeckte der Ermittler in der Ferne ein alleinstehendes Gebäude, ein stillgelegtes und von Graffiti überzogenes Stellwerk.

Sofort wusste er, dass dieses Haus der Treffpunkt war. Er schaltete das Navi ab, steckte es in die Tasche und rannte halb gebückt an dem wild wuchernden Buschwerk entlang.

Was erwartete ihn diesmal? Eine weitere Nachricht?

Oder …

Die Eisenstange fest in der Hand, lief er so leise wie möglich um das Gebäude herum bis zur Rückseite und stieg dort eine Treppe hinauf. Unter seinen Schuhsohlen knirschten Scherben, alle Fenster waren eingeschlagen. Mit dem Fuß stieß Sharko eine bereits zerborstene Tür auf.

Das Grauen traf ihn wie eine Ohrfeige.

Eine Frau, die man an einen Betonpfeiler gefesselt hatte, war zu Boden gerutscht. Ihr Gesicht war nur noch eine blau-violette Masse und derart angeschwollen, dass man die Augen kaum mehr erkennen konnte, die rechte Wange war aufgeplatzt. Fast getrocknete, rostrote Spuren zogen sich über ihre Hose und den Wollpullover. Neben ihr lag eine blutverschmierte Eisenstange.

Sharko rannte schreiend auf sie zu, denn er hatte gesehen, dass eine blutige Blase auf ihren reglosen Lippen zerplatzt war. Diese Frau lebte noch. Jemand hatte mit einem scharfen Gegenstand den Code »$Cxg7+$« auf ihre Stirn geritzt. Auf ihrer rechten Wange die Narbe. Die alte Wunde am Auge.

»Gloria!«

Fassungslos und den Tränen nahe, beugte sich Sharko über sie. Sie wirkte so zerbrechlich, dass er sie nicht zu berühren wagte. Er sprach mit ihr, versuchte, sie zu beruhigen, und wiederholte immer wieder, dass sie nun gerettet sei, während er mit einem Stück Glas die Fesseln durchtrennte, die in ihre Handgelenke schnitten. Gloria stöhnte leise, sank zur Seite und rang nach Luft. Ihre Nasenlöcher waren von geronnenem Blut verstopft.

Einen Augenblick lang war Sharko völlig verloren und wusste nicht, was er tun sollte. Er hätte mit seinem neuen Handy Hilfe holen können. Aber benachrichtigte er die Polizei, würde die Geschichte mit dem Sperma und der ganze Rest herauskommen und ihm die Situation vollständig entgleiten. Bei seiner Ankunft hatte er, kaum zwei Kilometer von hier, ein Krankenhaus gesehen. Vorsichtig hob er Gloria hoch, trug sie keuchend die Treppe hinunter und, so schnell er konnte, die Schienen entlang. Seine Muskeln schmerzten, doch Willenskraft und Wut trieben ihn voran. Halb bewusstlos lag Gloria in seinen Armen und versuchte zu sprechen, brachte aber nur unverständliche Laute heraus. Dann erbrach sie eine weißliche Flüssigkeit auf Sharkos Mantel.

»Halte durch, Gloria, bitte! In zwei Minuten sind wir im Krankenhaus, zwei kleine Minuten, hörst du?«

Außer sich vor Wut sah der Kommissar, dass man ihr die Zähne eingeschlagen hatte. Welches Monster hatte sie derart zugerichtet? Wer hatte das Sperma aus ihr herausgeholt und in ein Probenröhrchen gefüllt? Vorsichtig legte er Gloria auf die Rückbank seines Wagens und raste ins nahe Krankenhaus. Er ignorierte sämtliche rote Ampeln und scherte sich nicht um die Vorfahrtsregeln.

Gloria war bewusstlos, als sie um 11:17 Uhr in der Notaufnahme des Krankenhauses Fernand-Widal von dem behandelnden Notarzt Marc Jouvier in Empfang genommen wurde. Sie hatte viel Blut verloren, zahlreiche Prellungen erlitten und erbrach immer wieder diese weißliche Flüssigkeit. Jouvier ließ sie auf der Stelle in einen OP bringen.

Sharko, der vor Wut am ganzen Körper zitterte, kümmerte sich unterdessen um die Einlieferungspapiere. Er zeigte seinen ramponierten Dienstausweis und gab vor, ein mit diesem Fall betrauter Kripobeamter zu sein. Auf diese Weise vermied er, dass man die nächste Polizeidienststelle benachrichtigte. Zwar wunderte sich eine der Schreibkräfte, dass er allein war, aber Sharko fand die richtigen Worte, um sie zu beruhigen. Wie gut er doch in der letzten Zeit das Lügen gelernt hatte!

Kein anderer Polizist würde hier auftauchen und die Nase in seine Angelegenheiten stecken.

Doktor Jouvier kam zurück. Ein Mann Mitte dreißig mit kahl geschorenem Schädel, der ebenso müde schien wie Sharko. Er trug einen blauen Kittel und von Jodlösung fleckige Latexhandschuhe. »Es wird wohl länger dauern, die Operation erweist sich als kompliziert.«

»Wie kompliziert?«

»Tut mir leid, im Augenblick kann ich Ihnen nicht mehr sagen. Sie können im Wartezimmer bleiben oder nach Hause fahren, aber bitte stehen Sie nicht hier im Gang herum, das hilft niemandem.«

Sharko kramte in seinen Taschen. »Haben Sie vielleicht ein Stück Papier? Ich habe keine Visitenkarten mehr.«

Der Arzt reichte ihm ein Blatt aus seinem Notizblock. Sharko schrieb seine neue Telefonnummer auf. »Rufen Sie mich an, sobald Sie mehr wissen.«

Jouvier nickte und steckte den Zettel ein. »Nicht schön, was man ihr angetan hat. Auch wenn sie durchkommt, wird ihr Leben nie mehr so sein wie früher.« Er schwieg eine Weile und fügte dann hinzu: »Wissen Sie, was man ihr auf die Stirn geritzt hat, dieses *Cxg7+*?«

Sharko schüttelte den Kopf.

Mit ernster Miene fuhr der Arzt fort: »Das ist ein Schachzug. Der Reiter schlägt die Figur auf g7 und bietet dem König Schach.«

Sofort fiel Sharko die letzte Nachricht ein: *Beim zwanzigsten Zug scheint die Gefahr vorübergehend gebannt.* Also handelte es sich um den zwanzigsten Zug einer Schachpartie ... aber welcher?

Der Arzt verabschiedete sich und verschwand hinter einer Schiebetür.

Sharko verließ das Krankenhaus. Allein in seinem Auto, schlug er mit aller Kraft auf das Armaturenbrett.

Später, nachdem er sich zu Hause umgezogen hatte, stopfte er seine blutverschmierte Kleidung in eine der Mülltonnen im Keller.

Er schwor sich, den Sadisten aufzuspüren, der Gloria derart zugerichtet hatte.

Und er würde den Mann umbringen.

Kapitel 36

Nicolas Bellanger ging nervös und mit ernster Miene auf und ab. Die Rollläden waren heruntergelassen, und der kleine Ventilator des Projektors surrte. Niemand gab einen Laut von sich, und es war, als wäre die Zeit stehengeblieben. Der Gruppenleiter sah Lucie unverwandt an, die unruhig auf ihrem Stuhl hin und her rutschte.

»Pierre Chanteloup hat mich vor ungefähr einer Stunde angerufen. Gestern Morgen hat er von der Zulassungsstelle die Bestätigung bekommen, dass François Dassonville tatsächlich einen blauen Renault Mégane besitzt. Aufgrund der Zeugenaussagen, die Sharko und du hinterlegt habt, und aller anderen Hinweise hat er die offizielle Genehmigung zu einer Hausdurchsuchung erhalten.«

Er griff nach einem Kaffeebecher, der auf dem Tisch stand, trank den Kaffee, zerdrückte den Becher und warf ihn gereizt in den Papierkorb. Lucie hatte ihn selten so angespannt gesehen.

»Dassonville ist immer noch nicht zurück, und den Spuren im Schnee nach zu urteilen, ist er seit eurem Besuch von vorgestern nicht mehr bei sich zu Hause gewesen. Er hat sich aus dem Staub gemacht, zumindest ist diese Hypothese im Augenblick am wahrscheinlichsten. Die Gendarmerie wird sich in den katholischen Einrichtungen umsehen und ehemalige Vorgesetzte befragen. Ich bin nur froh, dass wir uns darum nicht auch noch kümmern müssen.«

Er reichte Lucie ein ausgedrucktes Blatt Papier mit dem Foto von Dassonville.

»Die Aufnahme ist etwa zehn Jahre alt. Wir haben einiges über ihn erfahren. So wissen wir, dass er im Jahr 1986, in dem die Mönche verbrannten, an verschiedenen Kongressen und internationalen Konferenzen über Religion und Wissenschaft in Rom teilgenommen hat.«

Robillard kaute mal wieder auf einer Süßholzstange herum, während Lucie das Foto studierte. Dassonvilles Gesicht war knochig, die Wangen eingefallen, und er trug ein kleines schwarzes Spitzbärtchen.

»Ich habe hier seinen Lebenslauf. Sein Werdegang ist eher ungewöhnlich. Nach einem Philosophiestudium an einem Institut in der Nähe der italienischen Grenze ist er in die Abtei Notre-Dame-des-Auges eingetreten. Zu dieser Zeit wurde sie von einem Prälaten geleitet, der sich für die wissenschaftlichen Neigungen von Dassonville interessierte. Es gab dort einen botanischen Garten und eine riesige Bibliothek, und unser Mann konnte sich in seiner Freizeit ganz der Naturkunde widmen. In den Siebzigern hat er das Kloster vorübergehend verlassen, um in Paris mehrere Semester Physik zu studieren, und außer den Pflichtfächern hat er Seminare in Botanik, Organischer Chemie, Entomologie und was weiß ich noch alles belegt. Einige seiner Arbeiten über die Geschwindigkeit von Verwesungsprozessen bei lebenden Organismen sind veröffentlicht worden. Als sein Vorgänger starb, wurde er der Abt des Klosters. Kurzum, wir haben es mit einem weltoffenen, intelligenten Mönch zu tun, der viele Wissenschaftler kennt und den unsere Niederschrift bestimmt interessiert hätte.« Bellanger spielte nervös mit seinem Kugelschreiber und drückte ständig die Mine raus und rein. »Sechs Männer haben sein Haus gestern Nachmittag vollständig durchsucht und haben eine Reihe von Fotos in einem Umschlag gefunden, der in einem ausgestopften Tierkopf verborgen war. Es gab noch andere Verstecke, aber die waren leer. Der Umschlag war alt und brüchig, und die Ermittler denken, dass Dassonville ihn vermutlich bei der Beseitigung seiner Spuren vergessen hat.«

Bellangers Handy vibrierte. Er warf einen kurzen Blick drauf und stellte es ab. Dann fuhr er fort: »Chanteloup hat diese Fotos gescannt und mir per E-Mail geschickt. Zehn Aufnahmen, die wir uns gerade angesehen haben, bevor du kamst.«

Lucie schluckte. Sie betrachtete den weißen Lichtkegel des Projektors, in dem die Staubkörnchen tanzten. Dieser Strahl hatte Bilder des Todes an die Wand geworfen, davon war sie überzeugt.

»Soll ich starten?«

»Ich bin bereit.«

Bellanger blickte seine Mitarbeiter einen nach dem anderen an und zögerte noch. Er sorgte sich um Lucie, doch dann drückte er auf den Startknopf.

Lucie presste die geballte Faust vor den Mund. Das erste Foto zeigte ein nacktes Kind auf einem Metalltisch, wie es bei Autopsien üblich ist. Sein Kopf war geschoren, seine weit geöffneten Augen starrten ins Leere. Lebte es noch? Schwer zu sagen. Die Farbgebung des Fotos war kalt, und die Haut sah extrem weiß aus. Offenbar stand ein chirurgischer Eingriff bevor.

Die Polizistin zuckte zusammen, als sie die Tätowierung auf der linken Brusthälfte sah, diese Art Baum mit sechs

Ästen, darunter die Nummer 1210. Trotz des Ekels und des Schmerzes, den sie verspürte, versuchte sie, konzentriert zu bleiben und kein Detail zu übersehen. Weiß gekachelte Wände und eine Operationslampe waren auf dem Bild zu erkennen, die Sterilität des Raums war eindeutig.

»Eine OP«, murmelte sie. »Guter Gott, was haben sie mit dem Kind vor?«

Bellanger zeigte das nächste Foto. Ein weiterer tätowierter Junge in der gleichen Lage. Wieder ein Kindergesicht und kleine reglose Glieder auf dem Stahltisch. Wie alt mochte er sein? Zehn Jahre?

Bellanger führte die anderen Aufnahmen vor, immer die gleiche grausige Szene, aber stets ein anderes Kind.

»Geht es noch?«, fragte er mit bemüht ruhiger Stimme.

»Ja, es geht.«

»Die Ziffern der Tätowierungen zeigen Zahlen von siebenhundert bis tausendfünfhundert an. Wir wissen nicht, was sie zu bedeuten haben.«

Er bemerkte, wie Lucies Augen immer größer wurden.

»Jetzt schau gut hin!« Er zeigte das nächste Bild. Diesmal zog sich eine noch frische Narbe über die Brust des Kindes. Ganz offensichtlich war es gerade operiert und wieder zugenäht worden.

Lucie runzelte die Stirn und neigte den Kopf zur Seite. »Ist das nicht der Junge vom ersten Foto?«

Bellanger bejahte. »Ganz genau.«

Er stellte die beiden Aufnahmen nebeneinander. Die linke zeigte den Kleinen vor dem Eingriff, die rechte danach. Die Tätowierung war identisch, die Nummer 1210. Auf dem ersten Bild hatte das Kind die Augen weit geöffnet, und panische Angst war in ihnen zu lesen. Lucie erstarrte auf ihrem Stuhl. Doch sie wollte nicht wie bei der Autopsie von Christophe Gamblin schlapp machen und versuchte, ruhig zu bleiben.

»Was hat man mit ihm gemacht?«

»Das können nur die Ärzte beantworten, allerdings muss es mit seinem Herzen zu tun haben. Und es ist schwer zu sagen, ob das Kind nach der Operation tot oder lebendig ist. Ich schicke die Fotos an Yannick Hubert von der Abteilung ›Dokumentation und Spurenkunde‹, der sie analysieren wird. Auch wenn ich fürchte, dass dabei nicht viel herauskommt, entdeckt er ja vielleicht Anhaltspunkte, die darauf hindeuten, wann und wo die Bilder aufgenommen wurden.«

Bellanger massierte sich müde die Schläfen. Levallois stand auf und lehnte sich an die Wand.

»Ich glaube, Valérie Duprès hat eines dieser Kinder seinem Schicksal entrissen«, meinte Bellanger, »ich weiß zwar nicht, wie, aber sie hat es geschafft. Und sie hat dem Jungen einen Zettel mit ihrer Adresse in die Tasche geschoben, wahrscheinlich, weil die beiden durch die Umstände gezwungen waren, sich zu trennen. Ich vermute weiter, dass unser Mann in der Bomberjacke die Spur des Jungen verfolgt, ihn wiedergefunden, gekidnappt und umgebracht hat.«

Lucie hatte Mühe, den Blick von dem Foto abzuwenden. Sie nickte und sagte: »Nachdem Dassonville den Journalisten Christophe Gamblin unter Folter zum Sprechen gebracht hat, ist er zu Philippe Agonla gefahren, um alles zu beseitigen, was uns auf seine Fährte hätte bringen können. Gut, dass er nicht mehr die Zeit hatte, die Notizen über den reversiblen Tod hinter den Ziegelsteinen zu finden.«

»Die haben Kinder wie Tiere nummeriert, mit diesem Symbol versehen und vor einem chirurgischen Eingriff fotografiert. Allerdings nur ein Kind auch nach der OP. Womit haben wir es hier zu tun? Organhandel?«

»Daran haben wir auch schon gedacht«, warf Robillard ein, »aber das passt nicht mit dem Gesundheitszustand des Jungen im Krankenhaus zusammen. Wer will schon ein schwaches Herz oder kranke Nieren?«

»Vielleicht sollte er ja auch operiert werden.«

Niemand erwiderte etwas, bis Bellanger fragte: »Aber weshalb?«

»Keine Ahnung. Wissenschaftliche Versuche? Die Tätowierung auf der Brust der Kinder muss eine Bedeutung haben. Sie ist vielleicht so etwas wie ein Qualitätslabel.«

»Das haben wir recherchiert und nichts gefunden, auch nicht bei den Symbolen von Sekten oder anderen Vereinigungen.«

»Vielleicht gibt es irgendeine Gemeinsamkeit, die erklärt, warum man sich gerade für diese Kinder interessiert hat?«

Bellanger war von dieser Theorie nur mäßig überzeugt. »Morgen bekommen wir die Ergebnisse der Blutuntersuchung, dann erfahren wir mehr. Wir dürfen nicht vergessen, dass sich alles um diese alte Niederschrift zu drehen scheint. Wahrscheinlich hat Dassonville sieben seiner Mönche umgebracht, um das Geheimnis zu wahren. Ach, übrigens, Lucie, du warst doch im Labor. Gibt es etwas Neues zu der Niederschrift oder dem Foto mit den drei Wissenschaftlern?«

Lucie berichtete ihnen, was sie von dem Chemiker Fabrice Lunard erfahren hatte. Als sie noch gemeinsam über die möglichen Zusammenhänge der einzelnen Informationen nachdachten, trat Sharko ein. Lucie betrachtete ihn neugierig, denn er trug einen anderen Anzug und andere Schuhe.

Bellanger begrüßte ihn. »Also gut … dann fasse ich die Lage noch einmal für dich zusammen, es ist ja erst das dritte Mal«, sagte er zu Sharko. »Ihr anderen setzt die Kleinarbeit fort und zerbrecht euch den Kopf über den Fall. Ihr könnt gehen.«

Die Ermittler verließen wortlos den Raum. Lucie und Sharko wechselten kurz einen Blick.

Bellanger schloss die Tür und wandte sich an Sharko.

»Bevor ich dir alles andere erkläre, noch was anderes: Ich habe von der für Dienstreisen zuständigen Stelle die Zusage erhalten, dass einer von uns sofort nach Albuquerque, New Mexico, fliegen kann. Pascal hat bereits mit Air France Kontakt aufgenommen.«

»Dann ist Valérie Duprès tatsächlich dort gewesen?«

»Erinnerst du dich an ihren falschen Personalausweis? Im Besucherverzeichnis der Air Force Base taucht der Name Valérie Duprès nicht auf, wohl aber der Name Véronique Darcin. Bingo. Das heißt, unsere Enthüllungsjournalistin war« – er blickte auf ein Blatt Papier – »bei der *Air Force Documentation and Resource Library* und hat dort in den öffentlichen Archiven gestöbert. Mehr will uns der amerikanische Militärdienst per Telefon nicht mitteilen. Wir müssen uns mit den nötigen Papieren an Ort und Stelle begeben, um herausfinden zu können, welche Schriftstücke sie eingesehen hat.«

»Logisch. Sie müssen vorsichtig sein – das kann man ihnen nicht vorwerfen.«

»Der Kleinanzeige im *Figaro* zufolge vermuten wir, dass sie anschließend nach Edgewood gefahren ist. Es ist anzunehmen, dass sie diese Entscheidung getroffen hat, nachdem sie etwas Bestimmtes in den Archiven der Air Force gefunden hat. Wir müssen rauskriegen, was sie in diesem Nest mitten im Wilden Westen gesucht hat, und das so schnell wie möglich. Dort liegt vielleicht der Schlüssel zu der ganzen Geschichte.«

»So schnell wie möglich. Die Reise nach New Mexico ist problemlos genehmigt worden … dahinter steckt Druck von oben, oder?«

»Was meinst du? Du hast doch die Zeitungen gelesen. Die Presse ist außer Rand und Band und bedrängt uns. Du kommst gerade aus Chambéry zurück, das ist mir klar, aber wärst du bereit, schon heute Abend um achtzehn Uhr von Orly Süd abzufliegen?«

Sharko beugte sich zu ihm und fragte leise: »Kannst du mir einen Gefallen tun?«

Kapitel 37

Am Flughafen Orly herrschte reges Treiben. Tausende von Urlaubern drängten sich mit ihrem Gepäck in der Abflughalle, um ihre Maschinen, die sie zu sonnigen Zielen brachten, zu erreichen. Familien, Paare, Verliebte, die sich anschickten, die Weihnachtsfeiertage mit einem Cocktailglas in der Hand am weißen Sandstrand zum Beispiel der Antillen oder von Neu-Kaledonien zu verbringen. Die Flüge waren trotz der großen Kälte pünktlich und die Startbahnen frei von Schnee und Eis. Lucie und Franck bahnten sich einen Weg zwischen den Menschen hindurch zum Schalter für den Abflug nach Albuquerque.

»Lass uns alles noch einmal durchgehen«, schlug Sharko vor, der neben Lucie in der Warteschlange stand.

Seufzend zog sie eine kleine Hülle aus ihrer Gürteltasche. »Ich habe nichts vergessen, Franck. Pass, Ausweis, internationales Rechtshilfeersuchen, Rückflugticket und die Liste der Orte, die Valérie Duprès nachweislich aufgesucht hat. Wenn ich ankomme, fahre ich ins *Holiday Inn Express* und von dort zum Dokumentationszentrum der Kirtland Air Force Base. Dort frage ich nach Josh Sanders.«

»Er ist einer der Verantwortlichen für die Archive, er kennt den Grund deines Besuchs und erwartet dich morgen um zehn Uhr. Das sind Militärs, also sei pünktlich!«

»Ich befrage ihn, recherchiere, und in drei Tagen bin ich zurück. Ich weiß ganz genau, was ich zu tun habe. Es wird schon alles gut gehen.«

»Du hältst dich an das, was wir festgelegt haben, rufst regelmäßig an und achtest darauf, dass immer jemand weiß, wo du bist. Und zieh dich warm an, dort ist es genauso kalt wie hier.«

»Das mache ich.« Sie lächelte ihn an, doch Sharko spürte, dass sie seit dem Vorabend sehr angespannt war. Sie sah ihm in die Augen und presste die Lippen zusammen. »Mir geht es gut, okay?«

»Ich weiß, Lucie.«

»Den Eindruck habe ich allerdings nicht. Ich kann dir nicht erklären, warum ich barfuß im Schnee gestanden habe … aber so etwas kommt nicht wieder vor.«

»Du hast dir nichts vorzuwerfen.«

Sie schwiegen und bewegten sich langsam mit der Schlange vorwärts. Sharko war traurig und niedergeschlagen, weil er Lucie für einige Tage wegschickte, aber er hatte keine Wahl. Der Mann, den er jagte, war zu weit gegangen und wurde gefährlich. Lucie war in der Wohnung nicht mehr in Sicherheit. Außerdem würde ein Ortswechsel auch ihr guttun.

Angesichts all der Menschen bemühte sich Sharko, Haltung zu bewahren, doch im Grunde hätte er am liebsten losgeheult. Wegen Gloria und allem, was sie hatte durchmachen müssen, wegen Suzanne und ihrer gemeinsamen kleinen

Tochter. Und auch wegen Lucie, denn er wusste, dass diese Kinder auf dem Operationstisch sie unglücklich machten. Man hatte ihnen bestimmt furchtbare Dinge angetan, und niemand hatte sie retten können. Valérie Duprès hatte es versucht, und jetzt war sie verschwunden. Wohin würden diese Ermittlungen sie führen? Was verbarg sich hinter all dem Grauen und den vielen anonymen toten Kindern?

Lucie reichte der Bodenstewardess ihren Pass und stellte den Koffer auf das Gepäckband. Inmitten von offensichtlich glücklichen Menschen nahmen die beiden noch einen letzten Drink zusammen. Sharko hatte schon immer eine Vorliebe für Flughäfen gehabt, für die besondere Stimmung, die Abschiede und Begrüßungen. Aber heute …

»Schwör mir, dass wir diejenigen zur Stecke bringen, die das getan haben, Franck.«

Statt einer Antwort blinzelte Sharko nur. Kaum hatten sie ausgetrunken, verkündete eine Lautsprecherdurchsage, die Maschine sei zum Einsteigen bereit. Sharko ignorierte das Handy, das in seiner Tasche vibrierte. Außer Bellanger und Doktor Jouvier vom Krankenhaus Fernand-Widal hatte er nur handverlesenen Leuten seine neue Nummer gegeben.

Vor der Sicherheitskontrolle umarmte er seine Freundin, strich ihr sanft eine Haarsträhne aus der Stirn und flüsterte ihr zu: »Wenn du wiederkommst, ist alles fertig. Unser kleiner Weihnachtsbaum aus Chambéry, geschmückt mit Kugeln und Girlanden. Wir essen Austern und trinken Wein. Wenn du willst, erinnern wir uns auch an die Vergangenheit. Aber auf alle Fälle werden wir einen wundervollen Heiligabend verbringen, das verspreche ich dir.«

Lucie nickte, atmete tief durch und streichelte sein Kinn. »Ich möchte dir zu Weihnachten etwas ganz Besonderes schenken, etwas, von dem ich weiß, dass du dich darüber wirklich freuen wirst. Aber bei allem, was in den letzten Tagen passiert ist, weiß ich nicht, ob ich Zeit habe …«

»Psst!«

Er küsste sie zärtlich und ließ sie dann gehen, obwohl es ihm förmlich das Herz zerriss. Er liebte diese Frau so sehr.

»Pass auf dich auf«, murmelte er. »Wir treffen uns spätestens am Vierundzwanzigsten, morgens um kurz nach sieben. Ich erwarte dich dann.«

Sie hielten Augenkontakt, solange sie konnten. Dann verschwand Lucie auf ihrem Weg zu einem fernen Ziel.

Sharko sah, die Fäuste geballt, zu, wie die Maschine abhob.

Anschließend zog er endlich sein Handy heraus und hörte die Nachricht ab.

Es war das Krankenhaus.

Gloria war verstorben.

Kapitel 38

Die Leichenhalle des Krankenhauses Fernand-Widal.

Lange, stille und menschenleere Gänge im Untergeschoss; Mangel an frischer Luft; Geruch nach totem Fleisch.

Nicolas Bellanger telefonierte. Neben ihm lehnte Sharko, die Hand vors Gesicht geschlagen, an einem Betonpfeiler. Der Gruppenleiter beendete das Gespräch und wandte sich zu ihm.

»Mit dem Richter wird es schwierig.«

»Ich weiß.« Sharko seufzte. »Wie weit will er gehen?«

»Vielleicht bis zu einer Suspendierung.«

Der Kommissar antwortete nicht. Das Urteil spielte keine Rolle. Gloria war tot, verprügelt und erniedrigt worden. Und in diesem Moment zählte nichts außer dem Hass und dem Bedürfnis nach Rache, das er empfand.

»Das Team von Basquez übernimmt den Fall, sie kommen gleich«, erklärte Bellanger. »Du kennst die Jungs gut, das erleichtert die Dinge und erspart uns vielleicht die Dienstaufsichtsbehörde. Das hängt davon ab, wie weit du in deinem Alleingang vorgeprescht bist. Verdammt noch mal, was ist bloß in dich gefahren, uns nichts davon zu sagen?«

»Eine Spirale ... eine verfluchte Spirale, in die ich gerutscht bin, ohne es zu bemerken. Letztlich will er mich zerstören. Er lockt mich jedes Mal etwas näher an sich heran.«

Mit sorgenvoller Miene sah Bellanger auf seine Uhr. Das würde wieder ein endloser Tag werden. Er schaute Sharko in die Augen.

»Und wegen diesem ganzen Mist hast du Lucie an deiner Stelle in die USA geschickt, ja? Was erhoffst du dir davon? Dass du innerhalb weniger Tage den Typen selbst zur Strecke bringen und den Rächer à la Charles Bronson spielen kannst?«

»Ich will sie vor allem beschützen. Weit weg von hier ist sie in Sicherheit.«

Bellanger versuchte, sich nicht von der Zuneigung überwältigen zu lassen, die er für seinen Mitarbeiter empfand. Sharko hatte eine Vergangenheit und eine Laufbahn wie kein anderer Ermittler. Brillante Aktionen, aber auch weniger glorreiche Momente, die ihn im Laufe der Jahre zu einem Stammkunden der Dienstaufsichtsbehörde gemacht hatten.

Bellanger schlug absichtlich einen autoritären Ton an.

»Du arbeitest seit dreißig Jahren hier. Du weißt, dass das so nicht geht. Dieser ganze Unsinn führt vielleicht dazu, dass wir auf dich verzichten müssen. Und das hätte mir gerade noch gefehlt.«

Ein Arzt in blauem Kittel und mit Latexhandschuhen kam aus dem Raum, vor dem die beiden Ermittler warteten. Sharko erkannte ihn: Er hatte Gloria in der Notaufnahme in Empfang genommen und ihn später angerufen, um ihn über ihren Tod zu informieren.

»Ich habe sie in die Kühlung gebracht, bis Ihre Leute sie abholen«, erklärte Marc Jouvier. »Ich muss wegen der Papiere mit Ihnen reden.«

Sharko konnte seine Trauer nicht verbergen. Jetzt sprach man von Gloria schon wie von einem weiteren Opfer, als wäre sie nur noch ein Objekt für die Spurenermittlung. Dann dachte er an Loïc Madère, der bald vom Tod seiner Freundin erfahren würde. Auch für ihn, der im Knast saß, würde das ein harter Schlag sein. Wieder eine Geschichte, die mit einem Selbstmord enden könnte.

Er fixierte den Arzt. »Als sie hier ankam, hat sie noch gelebt. Was ist passiert?«

Jouvier, ein großer, kräftiger Typ, schob verlegen die Hände in die Taschen seines Kittels. »Ich will nichts Falsches sagen. Der Obduktionsbericht und die toxikologische Untersuchung werden exakte Ergebnisse bringen.«

»Können Sie uns nicht einen Hinweis geben?«

Der Arzt zögerte, dann richteten sich seine blauen Augen auf Sharko. »Gut, wir hätten sie trotz ihres kritischen Zustandes eigentlich retten können. Die Arterien waren unversehrt, und es gab keine inneren Blutungen. Aber ...«

»Aber?«

Er räusperte sich. Es war ziemlich dunkel, obwohl man das Knistern von Neonleuchten hören konnte.

»Wir glauben, dass es eine Medikamentenvergiftung ist.«

Sharko, der sich an die Wand gelehnt hatte, richtete sich abrupt auf. »Eine Vergiftung?«

»Ja, die Magenspülung hat Überreste von gelatinösen Kapseln und einen starken Geruch nach Alkohol ergeben. Ein explosiver Cocktail, der ihr keine Chance gelassen hat. Als die Chirurgen operiert haben, waren die Organe bereits vergiftet. Und der schlechte Gesamtzustand, die vielen Verletzungen und Blutungen haben es nicht leichter gemacht. Was auch immer wir versucht haben, es war zu spät.«

Sharkos Finger ballten sich zu Fäusten. Er erinnerte sich an den weißen Schaum vor Glorias Mund und an das Erbrochene. »Was glauben Sie, wann man sie gezwungen hat, die Medikamente zu schlucken?«

»Ich würde sagen, eine, maximal zwei Stunden bevor sie hier eingeliefert wurde. Was die Verletzungen und Brüche angeht, so waren die in Anbetracht des Heilungsprozesses schon mehrere Tage alt. Auch die Vagina war verletzt. Diese Frau ist über einen längeren Zeitraum gefoltert worden und hat zweifellos furchtbar gelitten.«

Sharko hatte den Eindruck, ersticken zu müssen. Er rannte die Treppe hinauf an die frische Luft. Die Kälte, die ihm entgegenschlug, tat ihm gut. Frierend richtete er den Blick zu dem diffusen Licht am Horizont. Vor seinem inneren Auge sah er die Gleise, den Tunnel und das verlassene Stellwerk. Glorias Mörder hatte nur wenige Tage vor seinem Eintreffen mit den Folterungen begonnen. Vermutlich hatte er Gloria am Mittwoch entführt, unmittelbar nachdem sie und Madère sich geliebt hatten. Sechs Tage Hölle, Schläge und Demütigungen. Sharko musste sich setzen.

Später fand Nicolas Bellanger ihn in seinem Wagen, die Arme auf dem Lenkrad, den Kopf gesenkt. Er klopfte an die Scheibe. Sharko hob den Kopf und öffnete die Tür. Seine Augen waren gerötet, und Bellanger fragte sich, ob er geweint hatte.

Sharko atmete tief durch und ließ den Kopf an die Nackenstütze sinken. »Das ist unmöglich. Dieser Dreckskerl kann nicht beobachtet haben, wie ich Glorias Haus betrat, und sie gleichzeitig vergiften. Ich erinnere mich genau: Ich war nur kurz in der Wohnung und bin dann direkt nach Paris zu dem Stellwerk gefahren. Es wäre zu riskant für ihn gewesen, mich zu überwachen und erst im letzten Moment zu handeln. Ich habe nur eine halbe Stunde für den Weg gebraucht. Der Mörder ist viel zu vorsichtig, um das Risiko möglicher Staus einzugehen.«

Bellanger antwortete nicht, und Sharko schüttelte den Kopf. »Er wollte, dass sie in meinen Armen stirbt. Er wollte, dass sie in ihrer Todesstunde begreift, dass alles meine Schuld ist.«

Bellanger ging in die Hocke, um auf Sharkos Höhe zu sein. »Es ist nicht deine Schuld.«

»Die Bewohner von Glorias Haus müssen befragt und die Schrift auf ihrem Badezimmerspiegel muss analysiert werden. Und wir müssen auch zu dem Laden im 1. Arrondissement, wo unser Mann vor vier Jahren den Drucker gekauft hat. Wir müssen herausfinden, zu welcher Art Schachpartie er mich herausfordert, das ist sicher wichtig. Wir …«

Bellanger legte ihm die Hand auf die Schulter. »Du weißt, dass du hierbleiben musst, Franck. Es wird eine lange Nacht mit vielen unangenehmen Fragen, aber die Kollegen brauchen alle Hinweise und vor allem Erklärungen, wenn sie vorankommen sollen. Du wirst ihnen die Arbeit nicht unnötig erschweren, oder?«

Sharko nickte und zog dann seufzend den Zündschlüssel ab. »Ich tue mein Bestes.«

Schließlich stieg er aus und schlug die Tür hinter sich zu. Im Schein einer Laterne zeigte ihm sein Chef ein durchsichtiges Plastiktütchen. »Das haben die Chirurgen in ihrem Magen gefunden: ein altes Fünf-Centime-Stück. Glaubst du …«

Er sprach den Satz nicht zu Ende. Sharko hatte sich abgewandt und erbrach sich.

Kapitel 39

Das Büro der Mordkommission, mitten in der Nacht.

Ein kleiner Raum unter dem Dach, erhellt von grellem Neonlicht – ein Ort, an dem man die Schläge während energischer Verhöre nicht hören konnte. An den Wänden hingen Fotos von Verbrechervisagen, Poster, Startnummern von Marathonläufen und persönliche Aufnahmen. Durch das Dachfenster sah man den unergründlichen schwarzen Himmel, an dem kein Stern leuchtete.

Sharko gegenüber saßen Pascal Robillard, Nicolas Bellanger, Oberkommissar Julien Basquez und zwei seiner Leute. Basquez, zweiundfünfzig Jahre alt, gehörte zur alten Garde und hatte seine Laufbahn etwa gleichzeitig mit Sharko begonnen, aber längere Zeit bei der Sitte verbracht und war erst später zur Mordkommission gestoßen. Er lauschte Sharko aufmerksam.

Auf dem Tisch türmten sich neben zerdrückten Zigarettenschachteln und leeren Kaffeebechern Fotos und alte Protokolle. Sharko hatte Mühe zu sprechen. Zehn Jahre lang hatte er versucht, dieses ganze Grauen zu vergessen, und heute schlug es ihm wie ein Peitschenhieb wieder ins Gesicht. Vergeblich bemühte er sich, distanziert zu wirken.

»Ihr kennt alle meine Vergangenheit, die schlimmen psychischen Probleme, die ich früher hatte …«

Verlegenes Schweigen machte sich breit, ausweichende Blicke, Kaffeebecher, die an den Mund geführt wurden. Sharko atmete tief durch. Obwohl er manchmal noch an diese alte Geschichte dachte, wenn sie ihn in Albträumen heimsuchte, hatte er seit langer Zeit nicht mehr darüber gesprochen. Auch Lucie gegenüber hatte er das Thema stets vermieden.

»Alles hat 2002 angefangen, als meine Frau Suzanne entführt wurde. Es hat sechs Monate gedauert, bis man sie gefunden hat. Sechs unendlich lange Monate, in denen ich bis zur Verzweiflung nach ihr gesucht habe und sie manches Mal auch schon für tot hielt. Schließlich begriff ich, dass ihre Entführung mit einer blutigen Mordserie zusammenhing, die die Hauptstadt seit Oktober jenes Jahres in Angst und Schrecken versetzte. Durch die Ermittlungen habe ich herausgefunden, dass Suzanne einem Killer in die Hände gefallen war, dem wir den Beinamen ›Roter Engel‹ gegeben hatten. Ein halbes Jahr lang hat er sie festgehalten und psychisch und physisch gefoltert.« Er blickte lange auf den Boden. »Dann habe ich Suzanne, auf einem Tisch gefesselt, in der Hütte vorgefunden, in der ich jetzt auch das Röhrchen mit dem Sperma entdeckt habe. Suzanne war damals mit unserer kleinen Tochter Eloïse schwanger. Vor ihrer Entführung wusste ich nicht einmal, dass wir ein Kind bekommen würden.«

Bellanger hielt den Atem an. Sharko so reden, sein Leid öffentlich ausbreiten zu hören war ihm unerträglich. Sein Mitarbeiter hatte ein außergewöhnliches Schicksal erlitten.

»Nach ihrer Rettung war Suzanne nicht mehr dieselbe und hat sich auch nie mehr erholt. Zwei Jahre später ist sie zusammen mit unserer kleinen Tochter gestorben, als sie in einer Kurve über die Straße lief und von einem Auto erfasst wurde. Es war grauenvoll.«

Sharko hatte sich erhoben. Er stützte sich mit einem Arm

an der Wand ab. Der Unfall hatte sich vor seinen Augen abgespielt, und manchmal hörte er nachts noch die Schreie seiner Familie.

Er musste all seine Kraft zusammennehmen, um sich wieder seinen Kollegen zuzuwenden.

»Bei meiner letzten Begegnung mit dem ›Roten Engel‹ habe ich dem Ausbund des Bösen ins Gesicht gesehen. Wir alle sind tagtäglich mit furchtbaren Dingen konfrontiert, das brauche ich einem ehemaligen Mitarbeiter der Sitte und euch von der Mordkommission nicht zu sagen. Aber das war noch mal etwas anderes. Dieser Mann verkörperte den gesamten menschlichen Horror – Perversion, Barbarei, Sadismus. Er war ein Mensch, dessen Existenz man sich nicht einmal vorzustellen wagt, und der geboren wurde, um … um Unheil anzurichten.« Er ballte die Fäuste. »Ehe er starb, hat er mir gestanden, es gebe jemanden, der seinen blutigen Parcours verfolgt habe. Einen Schatten, den er unter seine Fittiche genommen hatte, um ihn in die Techniken der Perversion *einzuführen.*«

Langsam beugte Sharko sich über den Tisch und schob die Fotos zu Basquez. Der Oberkommissar griff danach und verzog das Gesicht. Er sah unter anderem die Leiche einer nackten Frau, die kompliziert gefesselt und an Eisenhaken aufgehängt war. Ihr entstelltes Gesicht schien das Leid herauszuschreien.

»Das ist eines der Opfer des ›Roten Engels‹. Er fügte ihnen Schnittwunden zu, quälte sie, stach ihnen die Augen aus … Ich will nicht weiter ins Detail gehen, das könnt ihr in den Akten nachlesen. Sein Frauenhass war grenzenlos. Nachdem er sie getötet hatte, schob er ihnen ein altes Fünf-Centime-Stück in den Mund. Das war seine Signatur. Ein Geldstück, um den Höllenfluss zu durchqueren.«

Die Männer sahen sich ernst an.

Sharko erzählte unverblümt und ohne zu beschönigen. Er reichte ihnen einen weiteren Stapel Fotos. »Zwei Jahre nach dem Tod des ›Roten Engels‹, im Mai 2004, fanden wir in einem Sumpf in der Nähe des Forêt d'Ermenonville die zerstückelten Leichen eines Paares. Der Mann hieß Christophe Laval und war siebenundzwanzig Jahre alt, seine Frau hieß Carole und war fünfundzwanzig. Sie hatten beide ein Fünf-Centime-Stück im Mund. In jener Zeit war ich nicht mit dem Fall befasst, weil ich in den Norden umziehen musste, um mich um meine Frau und meine kleine Tochter zu kümmern. Doch als ich von diesem Verbrechen hörte, habe ich die Ermittler auf genau dasselbe hingewiesen wie jetzt euch: nämlich auf die Möglichkeit, dass diese Tat von einem Mörder begangen worden war, der aus der perversen Schule des ›Roten Engels‹ hervorgegangen ist. Ein Mann, der den Serienkiller bei seinen Morden begleitet und von ihm ›gelernt‹ hat.«

Basquez nahm, die Lippen geschürzt, die Fotos kurz in Augenschein. »Irgendeine Spur?«

»Keine, nur Indizien. Es war das einzige Mal, dass man ein Verbrechen eindeutig ihm zuschreiben konnte. Dieser Fall gehört zu jenen Fällen, die die Mordkommission nie hat lösen können, weil es kein eindeutiges Motiv gab. Warum hatte er getötet? Und warum hat er längere Zeit nichts getan?«

Basquez zwirbelte seinen kleinen grauen Schnurrbart. »Und jetzt taucht er wieder auf und greift dich an.«

»Das hat nicht erst heute angefangen, sondern bereits vor eineinhalb Jahren mit dem Fall Hurault. Man hat eine Wimper von mir auf der Leiche von Frédéric Hurault gefunden. Ich bekam die größten Schwierigkeiten und wäre beinahe für den Rest meines Lebens im Knast gelandet. Zwischen dieser

Zeit und dem erneuten Auftauchen des Mörders – die Nachricht an der Wand des Festsaals von Pleubian – herrschte Funkstille. Er hat sich vermutlich ruhig verhalten, um genau den Ablauf dessen vorzubereiten, was er jetzt gerade ausführt. Ich habe noch nie jemanden erlebt, der so geduldig ist und so überlegt vorgeht.«

»Nichts beweist, dass es einen Zusammenhang zwischen der Akte Hurault und diesem Fall gibt.«

Sharko setzte sich, völlig erschöpft. »Natürlich gibt es keine Beweise, aber ich bin mir ganz sicher. Vor zwei Jahren war ich wegen eines wichtigen Falls, in dem ich ermittelt hatte, überall im Fernsehen zu sehen. Das muss Alarmsirenen im Kopf des Killers ausgelöst und ihn daran erinnert haben, dass ich derjenige war, der vor Jahren seinem Mentor das Leben genommen hatte. Stellt euch seinen Hass und seine Wut vor, die plötzlich neu aufflammen, vielleicht in einem Moment, in dem er am wenigsten damit gerechnet hat. Also hat er sich zum Ziel gesetzt, mich langsam zu zerstören, weil ich in gewisser Weise auch sein Leben ruiniert habe. Wir wissen nicht, wie ein Verrückter, der einen Serienkiller in seinem Wahnsinn begleitet und zwei Jahre später zwei Menschen zerstückelt hat, reagiert. Wir wissen nicht, wie er in den letzten Jahren gelebt und sich entwickelt hat. Sein damaliger Versuch, mich lebenslang hinter Gitter zu bringen, war gescheitert.« Sharko strich sich mit der Hand übers Gesicht und fuhr müde fort: »Heute geht er die Sache anders an. Viel gewalttätiger und berechnender. Er kennt meine Vergangenheit sehr genau, vermutlich durch den ›Roten Engel‹, der meine Frau sechs Monate gefangen hielt. Er kennt wichtige Fakten aus meinem Leben, er weiß, wo ich wohne und arbeite, er sieht meine Reaktionen voraus und konfrontiert mich nach und nach mit den Teilen eines makaberen Puzzles.«

Sharko schlug mit der geballten Faust auf den Tisch.

»Gloria war so ein Puzzleteil, und er hat ihr einen Schachzug in die Stirn geritzt. Wir müssen herausbekommen, was er damit meint.«

Basquez hatte selten so viel Entschlossenheit in den Augen eines Mannes gesehen. Sharko war wie ein wildes Tier, das in die Enge getrieben worden und bereit war, bis zum letzten Atemzug zu kämpfen.

Er klatschte in die Hände und sah auf seine Uhr. »Wir machen eine kleine Pause. Anschließend berichtest du uns von den aktuellen Ereignissen, angefangen bei der mit Blut an die Wand des Festsaals von Pleubian geschriebenen Nachricht. Wir brauchen alle Informationen, alle Details. Ich gehe kurz zum Drogendezernat und gebe dort die vom Mörder hinterlassene Nachricht ab. Fernand Levers ist ein Schachprofi, er kann sie sich mal ansehen.«

Sharko nickte. Es war spät, und die Männer waren müde. Sharko ging zum Wasserspender neben der Kaffeemaschine. Das Blut pulsierte in seinen Schläfen. Nicolas Bellanger trat zu ihm. Die Hände in den Taschen vergraben, gähnte er und lehnte sich an das Treppengeländer. Das in der Etage darunter gespannte grüne Netz, das Selbstmorde verhindern sollte, erinnerte an eine riesige Spinne.

»Wenn du alles erzählt hast, fährst du nach Hause, Franck. Lass sie machen. Basquez ist ein guter Ermittler.«

Sharkos Blick war ins Leere gerichtet. Er trank mechanisch und ohne durstig zu sein. »Ich weiß, aber ich habe den Eindruck, die Ereignisse überstürzen sich und die Zeit arbeitet gegen uns.«

»Ich werden mich bemühen, den Richter davon zu überzeugen, dass dein Verhalten rechtens war. Das wird nicht einfach, aber ich will es zumindest versuchen.«

Sharko war außerstande nachzudenken und verspürte nur den Wunsch, sich ins Bett zu legen. Er reichte seinem Chef den lädierten Dienstausweis. Bellanger nahm ihn, drückte ihn dann aber wieder seinem Kommissar in die Hand.

»Behalt ihn, wir warten ab, was der Richter sagt. Es wäre unmenschlich, wenn ihn eine Geschichte wie deine gleichgültig lassen würde.«

Als Sharko nach Hause kam, schloss er die Tür zweimal hinter sich ab und ließ die Rollläden herunter. Er konnte jetzt nichts weiter unternehmen.

Ohne Lucie schienen ihm die Zimmer unendlich leer. Wie könnte er ohne sie leben? Das war unvorstellbar. Obwohl er völlig fertig war, wusste er, dass er nicht so schnell einschlafen würde.

Gerade als er im Wohnzimmer damit begonnen hatte, den Weihnachtsbaum zu schmücken, rief Basquez ihn an.

Sharko atmete tief durch und hob ab. »Sharko.«

»Unser Schachprofi hat die Partie erkannt, zu der uns der mysteriöse Gegner herausfordern will. Und die verheißt wirklich nichts Gutes.«

Kapitel 40

Nachts, 1:13 Uhr Ortszeit. Die kleinen Leselämpchen erhellten müde Gesichter. Über den Köpfen leuchtete blassrot die Schrift Fasten your seatbelts.

Lucie, die es eilig hatte, endlich anzukommen, schaute durch das Seitenfenster des A320. Unter ihr lag Albuquerque wie ein großes Lichtermeer. Orangefarbene Bänder – die Straßen der Interstate – durchzogen die Dunkelheit in alle

Richtungen bis zum Horizont. Der Himmel war klar und mit Sternen übersät. Im Schein des orange roten Mondes zeichneten sich zerklüftete Reliefs ab, die die Stadt umgaben wie aufmerksame Wächter. Kurz vor der Landung erkannte Lucie das schwarze Wasser eines Flusses. In Erinnerung an die alten Cowboyfilme, die sie früher mit ihrem Vater gesehen hatte, sagte sie sich, dass es sich um den berühmten Rio Grande handeln musste.

Als sie aus der Maschine stieg, schlug ihr kalte, trockene Luft entgegen. Der Ansage des Kapitäns zufolge betrug die Außentemperatur minus fünf Grad Celsius, und der am tiefsten liegende Teil der Stadt befand sich auf einer Höhe von 1490 Metern. Lucie hatte den Mantelkragen hochgeschlagen, Handschuhe übergestreift und streckte sich ausgiebig, ehe sie, mit Pass und internationalem Rechtshilfeersuchen ausgerüstet, den Fuß auf amerikanischen Boden setzte und problemlos die Sicherheitskontrolle passierte. Am Ausgang des Flughafens winkte sie ein Taxi heran und bat auf Englisch, sie zum *Holiday Inn Express* an der 12th Street North West zu bringen. Der Fahrer, ein eher brummiger alter Weißer, trug Hosenträger und ein T-Shirt mit dem Aufdruck *Chuck Norris can clap with one hand.* Die Ausschmückung des Wageninneren ließ darauf schließen, dass er ein überzeugter Patriot war. Schon bald fuhren sie auf die Interstate 141.

Trotz der Dunkelheit nahm Lucie die Atmosphäre des amerikanischen Westens wahr: riesige Autos der Marke Hummer, Pick-ups von Chevrolet und Hinweisschilder mit magischen Namen wie Santa Fe, Las Cruces, Rio Grande Boulevard, dann Leuchtreklamen für verschiedene Drive-ins. Ihr Hotel, ein modernes, in den Rot- und Rosatönen der Canyons gehaltenes Gebäude, lag am Stadtrand. In der

Lobby erinnerten die diskrete Weihnachtsdekoration und der Christbaum an die bevorstehenden Festtage.

Bei der Anmeldung an der Rezeption kam Lucie mit ihrem Englisch ziemlich gut zurecht. Doch der vierzehnstündige Flug und die Zeitverschiebung hatten sie erschöpft, und so war sie froh, als sie endlich die Tür ihres Zimmers hinter sich schließen konnte.

Es war sauber, neutral und funktionell eingerichtet. Nachdem sie schnell geduscht hatte, schrieb sie eine SMS an Sharko.

Bin in meinem Hotel angekommen, alles hat gut geklappt. Ich hoffe, auch bei dir ist alles in Ordnung. Ich liebe dich.

Dann stellte sie den Wecker in ihrem Handy – das sich automatisch in das Netz von Western Wireless eingeloggt und die Uhrzeit angepasst hatte –, ließ sich aufs Bett fallen, strich über ihren Bauch und starrte auf den Ventilator an der Decke.

Sie trug ein Kind unter dem Herzen, das spürte sie, wie nur eine Mutter solche Dinge spüren kann. Diese Frucht, die sie sich so sehr wünschte, würde sich eines Tages in ein kleines Mädchen mit blauen Augen verwandeln. Sie dachte an Sharko und stellte sich seine Reaktion vor, wenn sie ihm die Neuigkeit mitteilte. Sie dachte gern an diesen Moment.

Schließlich schaltete sie das Licht aus. In der Stille ausgestreckt, rauschte es in ihren Ohren. Vermutlich eine Folge des Lärms der Düsentriebwerke und des Höheneffekts. Sie wälzte sich in ihrem Bett hin und her und zog das Kissen über den Kopf, fand aber keine bequeme Stellung. Und je mehr sie sich sagte, dass sie unbedingt schlafen musste, umso weniger wollte es ihr gelingen.

Gegen vier Uhr morgens schlief sie schließlich ein, das Kopfkissen gegen den Bauch gepresst.

Kapitel 41

Als Lucie erwachte, tröstete eine ungemein schöne Aussicht aus dem Fenster sie über die kurze Nacht hinweg. Die Sonne ging hinter dem verschneiten Gebirge auf und tauchte die Stadt in purpurnes Licht. In der Ferne ahnte Lucie die weite trockene Landschaft, die rote Erde und die Schluchten, die den Blick auf Postkartenlandschaften freigaben – die Canyons und Mesas, Tafelberge, die Indianerreservate. Nach der Dusche zog sie Jeans, ein T-Shirt und eine blaue Jeansjacke an. Mit ihren fest geschnürten derben Rangers wirkte sie ein wenig maskulin, und sie fühlte sich sehr entschlossen.

Im Restaurant bestellte sie statt der örtlichen Spezialität, bestehend aus Eiern mit Speck und Fajitas, die sogar am Morgen scharf gewürzt gegessen wurden, lieber ein kontinentales Frühstück und Milchkaffee. In diesem großen und stillen Raum mit vielen ausländischen Besuchern fühlte sie sich ruhig und gelassen, und sie war überzeugt, dass sich von nun an alles, auch ihr Seelenzustand, zum Besseren wenden würde.

Dem Stadtplan zufolge lag die Kirtland Airforce Base etwa zehn Kilometer entfernt in südlicher Richtung. Lucie hatte sich entschieden, ein Auto bei der Avis-Filiale gleich neben dem Hotel zu mieten, und saß nun am Steuer eines *Normal Size*, dennoch eindrucksvollen weißen Pontiac Grand Prix mit Automatikschaltung, einem V6-Motor und dreihundert PS. Für sie, die normalerweise einen Peugeot 206 fuhr, war dieser Wagen riesig, aber einen kleineren gab es nicht. Außerdem fehlte ein Navi.

Also machte sie sich mit einem Stadtplan auf den Weg. Die Fahrt war angenehm. In der Altstadt war der spanische Einfluss spürbar – enge Gassen gesäumt von Häusern aus

Lehmziegeln, bepflanzte Patios, Springbrunnen und schattige Passagen in warmen Gelb-, Rot- und Orangetönen. Überall gab es Weihnachtsbäume, Girlanden und Kugeln. Im Vorbeifahren bemerkte Lucie die vielfältigen Kulturen und Hautfarben. Eine kosmopolitische Stadt, wo die Moderne und alte Traditionen der Indianer zusammentrafen. Als sie sich den Außenbezirken näherte, änderte sich das Stadtbild, und die Straßen wurden beängstigend breit, manchmal sogar fünfspurig. Hohe Geschäftsgebäude, Geldautomaten, die man direkt vom Auto aus bedienen konnte, riesige Werbeschilder an allen Ecken und Tankstellen mit einer Mc-Donalds-Filiale daneben. Nach ein paar Kilometern auf der Interstate 40 nahm sie die Ausfahrt Wyoming Boulevard und fuhr eine Avenue entlang, an der nur Traumvillen standen – offensichtlich lebten hier die Reichen –, und dann breitete sich unvermittelt die Wüste vor ihr aus. Sie durchquerte ein unbebautes, vertrocknetes No-Man's-Land, das neben dem vornehmen Wohnviertel lag. Als sie ihr Ziel in dieser Einöde, den Kontrollposten und den schier endlosen Zaun rings um diesen Komplex, erreichte, musste sie unwillkürlich an die Bilder von geheimen Stützpunkten wie die von der Area 51 und an UFOs denken. Sie war wirklich im Land der Roswell-Legende.

Sie stellte den Wagen auf dem Besucherparkplatz ab und teilte dem wachhabenden Soldaten mit, sie habe einen Termin mit Josh Sanders. Man kontrollierte sie mit einem Metalldetektor und überprüfte peinlich genau ihre Papiere. Sie dachte an Valérie Duprès, der es gelungen war, die Wachen mit ihrem falschen Ausweis zu täuschen und so ihre wahre Identität zu verbergen.

Sanders traf fünf Minuten später in einem geradezu lächerlichen Elektroauto ein, das an die Wagen auf Golfplätzen erinnerte. Sie hatte einen hartgesottenen Soldaten erwartet, aber der hochgewachsene Mann mit dem zurückgekämmten braunen Haar trug Zivil und einen grauen Schal um den Hals. Der Mann, der um die vierzig war, reichte ihr die Hand und stellte sich vor: Kompaniechef Josh Sanders, einer der Verantwortlichen der Abteilung Archive und des Dokumentationszentrums der Kirtland Air Force Base. Lucie erläuterte mit ihrem starken französischen Akzent ausführlich den Grund ihres Kommens: Sie ermittle bezüglich des Verschwindens der Pariser Journalistin Véronique Darcin, die Ende September, Anfang Oktober 2011 hierhergekommen war. Sie zeigte ihm ein Foto.

»Ich erinnere mich an sie«, sagte Sanders und nickte, »und nachdem mich Ihre französische Dienststelle angerufen hat, habe ich unsere Register konsultiert. Sie ist täglich, eine Woche lang, hier in unserem Archiv gewesen. Eine nicht gerade gesprächige Frau, aber freundlich. Und ganz besonders attraktiv.«

Lucie fragte sachlich. »Welche Art von Informationen suchte sie?«

»In erster Linie Dokumente, die sich mit Umweltverschmutzung, aber auch mit der Reinigung von Atomstandorten befassten. Ich habe ihr gesagt, dass sie hier einiges finden würde, denn wir haben Tausende von Akten zu diesem Thema. Vor etwa zehn Jahren waren Einheiten unseres Stützpunktes mit der Säuberung der radioaktiv verstrahlten Region um Los Alamos und Hanford im Staat Washington beschäftigt. Ihre Journalistin wollte mehr über die Methoden und die angewendeten Mittel, die Analysen und die Endlager erfahren.«

»Stört es Sie nicht, wenn jemand Einsicht in solche Dokumente nimmt?«

»Aber nein, zahlreiche Journalisten, Forscher und Historiker kommen hierher, um mehr über die Geschichte der amerikanischen Armee zu erfahren. Vor einiger Zeit kamen Zivilpersonen und besichtigten unsere Anlagen. Früher, als hier noch das *National Museum of Nuclear Science & History* untergebracht war, wurde unsere Basis häufig von Zivilisten aufgesucht, die sich auch unsere anderen Einrichtungen angesehen haben. Doch aus Sicherheitsgründen wurde das Museum verlegt, und Besucher unseres Komplexes werden nun streng kontrolliert.«

Nachdem Sanders ihr einen Besucherausweis ausgehändigt hatte, stiegen beide in das Fahrzeug und fuhren los. Lucie kam sich vor wie in einem Traum: Die Kirtland Air Force Base war eine eigene Stadt in der Stadt. Sie fuhren an einem Krankenhaus, an Schulen und einem Spielplatz vorbei und unendlich lange, saubere und gepflegte Wege entlang. Rechts, am Fuß der Berge, lagen Wohnviertel, hübsche Gebäude mit Kiespfaden und Palmen vor jedem Haus.

»Sie sind beeindruckt, stimmt's?«

»Ja. Das ist gigantisch.«

»Zwanzigtausend Menschen arbeiten hier, wir sind der größte Arbeitgeber vor Ort. Wir haben sechs Hochschulen und Universitäten, zwei Privatschulen, mehr als tausend Wohnungen, Geschäfte, Golfplätze und Kindergärten … Was die Technik betrifft, so sind wir führend auf dem Gebiet der Nanokomponenten, doch unsere Spezialität bleiben atomare Systeme, sowohl im Verteidigungs- als auch im Energiewesen.«

Lucie hatte das Gefühl, einer Werbekampagne beizuwohnen, die demonstrierte, wie leistungsfähig und verdienstvoll die amerikanische Armee war. Alles war zu schön, zu sauber und erinnerte sie an eine Legostadt, eine magische Welt, die

die stets lächelnden Bewohner nie verließen. In diesem Areal lebten Familien, Kinder wuchsen hier auf, obwohl man kaum hundert Meter weiter mit nuklearen Sprengköpfen hantierte.

Endlich erreichten sie ein geschwungenes Gebäude mit hohen Fenstern und beeindruckenden Betonwänden. In riesigen Buchstaben stand an der Fassade *Air Force Documentation and Resource Library.* Sie begaben sich in die monumentale, mit Sicherheitsportalen ausgestattete Bibliothek. Lucie fand den Raum schön, und obwohl er hochmodern war, strahlte er eine ruhige, beschützende Atmosphäre aus. Junge Leute saßen an Holztischen, manche von ihnen in Uniform, und lasen konzentriert in technischen Werken.

Sanders öffnete eine Tür im hinteren Teil des Raums. Einige Stufen führten hinunter zu einem riesigen Saal, durch den sich mehrere Meter hohe Regale zogen. Hier wurden Zehntausende, gar Hunderttausende von Dokumenten aufbewahrt, viele waren nur über Schiebeleitern zu erreichen. Zwei Personen liefen, beladen mit Kartons voller Papiere, durch die Gänge.

»Das ist unsere Dokumentationsabteilung, die Forschern, Historikern und Journalisten frei zugänglich ist. Hier hat Ihre Landsmännin recherchiert. Alles, was mit Geschichte, Technik, den Forschungsergebnissen der wichtigsten Labore und der Air Force Base, aber auch anderer Einrichtungen zu tun hat, kann man hier finden. Täglich gehen über zweihundert neue Dokumente ein. Es handelt sich zumeist um freigegebene Berichte aus ehemaligen Laboren und Forschungsinstituten, die inzwischen geschlossen wurden oder in Kürze schließen werden. Neun ausgebildete Personen arbeiten Vollzeit an der Archivierung und der Aktualisierung.«

Lucie war beeindruckt. »Was verstehen Sie unter ›freigegebenen Berichten‹?«

»Früher vertrauliche, geheime und streng geheime Papiere. Die meisten Dokumente werden nach fünfundzwanzig Jahren automatisch der Öffentlichkeit zugänglich gemacht, außer wenn ein Antrag auf Verlängerung der Geheimhaltung gestellt wird. Kurzum, das alles ist etwas kompliziert.«

Lucie erinnerte sich an den im *Figaro* veröffentlichten Satz: *Man kann im Lande Kirt Dinge lesen, die man eigentlich nicht lesen dürfte.* Sie kannte die komplexen Verwaltungsstrukturen, wusste von den Skandalen, die von Wikileaks oder Enthüllungsjournalisten entfacht wurden und deren Quellen häufig aus ehemals geheimen und nun freigegebenen Schriften stammten. Vielleicht war Valérie Duprès auf so etwas gestoßen.

»Und ... wie kann ich herausfinden, welche Akten ... Véronique Darcin eingesehen hat?«

Sanders ging zu einem Computer. Lucie blickte diskret zu den Überwachungskameras, die in allen Ecken an der Decke hingen.

»Sie muss über unsere umfangreiche Datenbank gegangen sein. Ich hatte ihr einen Zugangscode gegeben, was uns erlaubt, ihre Computer-Recherchen nachzuvollziehen. Sie konnte nach Schlagwörtern, Autoren, Titeln und Themengebieten suchen. Dann zeigt der Computer Dokumentnummer, Titel, Standort in den Regalen und manchmal eine Zusammenfassung an, aber nicht immer. Das hängt von den Informationen ab, über die der Techniker zum Zeitpunkt der Erfassung neuer Dokumente verfügt. Und dann braucht man sich die Akte nur noch zu holen.«

Sanders tippte etwas in die Tastatur und streckte die Hand aus. »Ich lege gerade eine Karteikarte für Sie an, damit Sie frei recherchieren können. Dürfte ich bitte Ihren Pass oder Personalausweis haben?«

Lucie folgte ein wenig skeptisch seiner Aufforderung. Sie hasste es, überall registriert zu werden, und verstand gut, warum Duprès lieber anonym geblieben war. Abgesehen von ihren Kontenbewegungen, wenn sie Hotels bezahlte oder Geld an Automaten abhob, hinterließ sie, den Gebrauch der Kreditkarte ausgenommen, keine Spuren.

Nach ein paar Sekunden überließ Sanders Lucie den Platz. »So, jetzt sind Sie in der Basis eingeloggt und können surfen. Die Bedienung ist extrem einfach. Der Zugangscode der französischen Journalistin war AZH654B. Beginnen Sie Ihre Recherche mit dieser Eingabe. Wenn Sie damit eine Suchabfrage abschicken, sehen Sie, was sie recherchiert hat. Ich muss jetzt gehen, auf mich wartet Arbeit. Fragen Sie oben am Empfang nach mir, wenn Sie fertig sind.«

Lucie notierte den Code in ihr Heft und bedankte sich. Als sie allein war, machte sie sich ans Werk, gab das Passwort von Valérie Duprès ein und startete die Suche. Eine ellenlange Liste erschien auf dem Bildschirm.

Ach, du lieber Himmel ...

Vierhundertdreiundachtzig Zeilen mit unverständlichen Titeln wie *Relevance of Nuclear Weapons Clean-up, Experience to Dirty Bomb Response* oder *The Environmental Legacy of Nuclear Weapons Production* tauchten auf.

Lucie stöhnte. Wie sollte sie sich in diesem Dschungel zurechtfinden? Es war unmöglich, alle gelisteten Dokumente zu konsultieren. Nervös erhob sie sich und dachte nach. Gut, Duprès recherchierte in Sachen Atommüll, doch irgendetwas war der Auslöser für ihr Verschwinden gewesen. Es musste etwas sein, das sie hier gefunden hatte.

Ein ganz bestimmtes Dokument, vielleicht eine Akte, auf die sie nicht hätte stoßen dürfen. *Man kann im Lande Kirt Dinge lesen, die man eigentlich nicht lesen dürfte.* Lucie konzentrierte sich wieder auf den Bildschirm und sortierte die Liste nach Datum und Uhrzeit, um so den Zeitplan und die Logik der Journalistin nachzuverfolgen. In der Kopfspalte war vermerkt, wie lange Valérie Duprès die jeweiligen Dokumente konsultiert hatte. Eine Auswertung führte zu dem Schluss, dass sie verschiedene Spuren verfolgt hatte, ohne die Dokumente wirklich durchzuarbeiten. Man wählt einen weiten Themenkreis, engt ihn immer mehr ein, bis man Elemente findet, die interessant sind. Es war also anzunehmen, dass das Herzstück ihrer Suche sich eher am Ende der Liste befand. Lucie scrollte die Seiten herunter. Dienstag … Mittwoch … Nach zwei Tagen in diesem Gebäude war die Journalistin offenbar fündig geworden. Die Titel und Zusammenfassungen – soweit vorhanden – behandelten nukleare Abfälle, ihre Auswirkungen auf die Gesundheit der Menschen sowie der Fauna und Flora in der Nähe ehemaliger Anlagen. Es war die Rede von der Tritiumbelastung in der Atmosphäre, von verstrahlten Indianerreservaten, kontaminiertem Wasser, Studien über Lachsvorkommen im Columbia River, den Risiken von Leukämie und Knochenkrebs oder genetischen Veränderungen. Damit konnte man so einige Seiten eines Enthüllungsbuches füllen.

Jetzt, so schien es Lucie, hatte sie gefunden, was Valérie Duprès interessierte. Neben den Titeln waren in Klammern die Daten der Freigabe der Texte aufgeführt.

Lucie überflog die lange Liste. Duprès hatte in diesen Archiven eine Goldgrube entdeckt: unendlich viele Dossiers, mit denen sie ihre Theorien stützen konnte. Viel Material für ihr Buch. Lucie scrollte bis zur letzten Seite, wo die Enthüllungsjournalistin wahrscheinlich den Auslöser der ganzen Geschichte entdeckt hatte.

Beim letzten Titel ballte sie die Fäuste. »*NMX-9, TEX-1 and ARI-2 Evolution. Official Report from XXXX, Oct 7, 1965*«.

Fieberhaft zog sie die Kopie der Anzeige aus dem *Figaro* hervor: »*Ich weiß um NMX-9 und sein rechtes Bein am Rande des Waldes. Ich weiß um TEX-1 und ARI-2. Ich mag Hafer und weiß, dass dort, wo die Pilze wachsen, noch Bleisärge knistern.*«

Das war es also. Das Papier war 1995 freigegeben worden. Aber was bedeutete »XXXX« an der Stelle des Autornamens? Der war vermutlich im Originaldokument gelöscht worden. Lucie wollte die Details zum Bericht öffnen, doch nichts außer diesem seltsamen Titel war dort verzeichnet.

Sie merkte sich den Standort und begab sich zu den Archiven, Gang 9, Reihe 2, Fach 3, Dokument-Nr. 34654. Sie fand zwar 34653 und 34655, aber keine Spur von 34654. Ihre weitere Suche blieb erfolglos. Wo war dieses verflixte Dossier? Hatte es Duprès mitgehen lassen? Eine Journalistin mit falschen Papieren war sicher dazu in der Lage.

Lucie sah sich die beiden anderen Dossiers an, aber die hatten keinerlei Bezug zur Atomkraft. Das eine handelte von Militärfahrzeugen, das andere von Radar- und Detektionsapparaten.

Sie räumte sie wieder ein und eilte zurück zum Computer. Die Fährte konnte unmöglich hier enden, das wäre einfach zu blöd. Ärgerlich gab sie den Titel *NMX-9, TEX-1 and ARI-2* in die Suchmaske ein. Das Programm verwies logischerweise auf das Dokument 34654. Ein weiterer Klick zeigte die Liste der Besucher an, die es zuvor konsultiert hatten. Vier Referenzen waren aufgeführt. AZG123J am 21. Dezember 2011 – das war ihr eigener Zugangscode –, AZH654B am 2. Oktober 2011 – das war Valérie Duprès' Code – und AYH232C am

8. März 1998. Und noch ein Leser, AZG122W am Dienstag, den 20. Dezember 2011 um 18:05 Uhr.

Das war gestern!

Die Ermittlerin wurde schlagartig von einer großen Spannung erfasst. Vergeblich versuchte sie, ausgehend vom Zugangscode, die Identität des Benutzers herauszufinden.

Aufgeregt lief sie zum Empfang, ließ Josh Sanders anrufen und erklärte ihm ihr Problem. Sie betonte, dass es sich um einen Kriminalfall handele und dass sie unbedingt die Namen der Personen herausfinden müsse, die besagtes Dossier eingesehen hatten.

»Gestern Abend, sagen Sie?«, fragte der Amerikaner. »Da war ich nicht hier. Mein Kollege muss sich um diesen Leser gekümmert haben.« Er konsultierte den Computer.

»Man benötigt eine Spezialgenehmigung, aber lassen Sie mich machen.«

Lucie blickte ungeduldig auf die Uhr und lief mit verschränkten Armen auf und ab. Man war ihr um ein paar Stunden zuvorgekommen.

»Da sich das Dossier nicht mehr an seinem Platz befindet, könnte es sein, dass es jemand gestohlen hat?«

»Wir haben Sicherheitsportale am Eingang. Alle Werke sind mit unsichtbaren Mikrochips versehen. Und wir haben« – er wies auf die Ecken an der Decke – »Überwachungskameras. Dieses Dokument dürfte schlicht und ergreifend gar nicht existieren. Fehler bei der Eingabe können vorkommen, wie doppelt erfasste Werke oder Abgänge, die nicht registriert wurden.«

Lucie bemerkte, dass er sich in der Defensive befand. Mit derartigen Problemen wollte er nichts zu schaffen haben.

»Ja, vielleicht«, sagte sie. »Zeichnen die Kameras auf?«

»Nein, sie filmen nur. Aber ein Sicherheitsbeamter kontrolliert ständig die Bildschirme.«

Wieder tippte er etwas in die Tastatur und richtete sich dann auf. »Hier habe ich Ihre Informationen. Die erste Person, die das Dokument seit seiner Freigabe gelesen hat, ist Eileen Mitgang. Das war 1998.«

»Vor allem interessiert mich die Person, die gestern Abend hier war.«

Sanders drückte auf eine Taste. »Der Name des Besuchers ist François Dassonville.«

Lucie verschlug es die Sprache. Man suchte Dassonville in ganz Frankreich, dabei war er hier in New Mexico, auf der Spur des besagten Dokuments. Die Ermittlerin war einen Moment lang fassungslos. Was sollte sie ohne dieses Dokument anfangen? Außer …

»Ich brauche unbedingt die Adresse von dieser Eileen Mitgang. Sofort! Bitte!«

Sanders schüttelte den Kopf. »Sie ist nicht in die Datenbank aufgenommen worden. Erst seit den Attentaten von 2001 werden Besucher systematisch erfasst.« Er griff nach seinem Handy. »Ich veranlasse, dass jemand am Kontrollposten in den alten Registern nachsieht. Im Allgemeinen fragt man die Besucher dort nach dem Grund ihres Kommens.«

Die Wartezeit schien unendlich. Als er endlich das Gespräch beendete, wandte er sich zufrieden an Lucie:»Eileen Mitgang war 1998 Journalistin beim *Albuquerque Daily*, ein paar Kilometer von hier entfernt.«

Lucie hatte bereits ihren Blouson und ihre Handschuhe übergestreift.

»Seien Sie so gut und bringen Sie mich bitte schnell zum Ausgang!«

Kapitel 42

Ein Mann sitzt allein auf dem verdreckten Boden. Kalter Wind pfeift durch die eingeschlagenen Fenster und streift sein hartes Gesicht. Der draußen fallende Schnee verdeckt jegliche Spur von Leben.

Und überall nichts als Totenstille.

Sharko war zur *Petite Ceinture* und dem stillgelegten Stellwerk zurückgekehrt, das soeben von Basquez und seinen Männern durchsucht worden war. Vor ihm lagen zwischen den Glasscherben halbkreisförmig aufgereiht die Fotos von dem Festsaal in Pleubian und der mit Blut geschriebenen Nachricht, von der Hütte in dem See, dann die Bilder von einem 2004 ermordeten Pärchen am Rande eines Sumpfs. Ebenfalls die Aufnahmen von Glorias geschwollenem Gesicht und ihrem nackten Körper auf dem Obduktionstisch. Früh am Morgen hatte er darauf bestanden, bei der Autopsie anwesend zu sein, und Basquez, der mit seinem Kollegen, den er seit Jahren kannte, Mitleid hatte, war einverstanden gewesen.

Sharko wollte in allen Einzelheiten wissen, was man der armen Frau angetan hatte.

Um sich in den Kopf des Mörders versetzen zu können.

Er schreckte auf, als das Telefon in seiner Tasche vibrierte. Er las die SMS: *Bin in meinem Hotel angekommen, alles hat gut geklappt. Ich hoffe, auch bei dir ist alles in Ordnung. Ich liebe dich.*

Ich liebe dich … Der Satz klang lange in ihm nach. Ich liebe dich, ich liebe dich … Vor seinen Augen erstand ein ungewolltes Bild – Lucies Körper an Glorias Stelle am Boden liegend. In seine Gedanken vertieft, glaubte er, Lucies warmen Atem an seinem Hals zu spüren und sie um Hilfe flehen zu hören. Er schüttelte den Kopf. Niemals würde er zulassen, dass jemand seiner Lucie etwas antat. Nein, niemals!

Mit einem Seufzer sammelte er die Fotos ein und warf sie, eines nach dem anderen, wie Karten auf einem Spieltisch. Ein leises Rascheln ertönte, als die Bilder auf dem Boden landeten. Eine Bö wehte durch das zerbrochene Fenster und ließ ihn erschauern. Er zitterte am ganzen Leib.

Sharko hatte sich endlich von allen Visionen in seinem Kopf befreit und war ruhig geworden.

Dem Rechtsmediziner zufolge war Gloria mit einer behandschuhten Hand sexuell penetriert worden. Die Blutergüsse an den Schenkeln belegten es schmerzlich. Ihr Henker hatte sie gefesselt, gedemütigt und zusammengeschlagen, genau hier, nur ein paar Zentimeter von ihm entfernt. Der Ermittler erahnte ihre Schreie, ihre Schmerzen und sah die Augen des Mörders sich weiten, als er seine Hände hob und mit der Eisenstange zum Schlag ausholte.

Sein Vorgehen war eiskalt und methodisch – der Mann sah in Gloria nichts als ein Werkzeug, ein Objekt, um Sharko zu treffen. Der Täter war organisiert und überließ nichts dem Zufall. Er gehörte sicher zu den Menschen, die in der Masse untergehen, die ihre Rechnungen bezahlen, ein funktionelles Auto fahren und es regelmäßig warten lassen. Er war auch ein Mann in guter körperlicher Verfassung, der sich leicht fortbewegen und eine Leiche schleppen konnte.

In dem Geschäft im 1. Pariser Arrondissement, in das Sharko sich begeben hatte, konnte sich niemand an eine Person erinnern, die 2007 einen großen Laserdrucker gekauft hatte. Das war vier Jahre her, und der Mann hatte keinen bleibenden Eindruck hinterlassen wie zum Beispiel ein bekannter Schauspieler oder Sportler.

Wo mochte dieser Mistkerl stecken? Was machte er in diesem Augenblick? Sah er sich im Kino einen Film an, oder bereitete er seinen nächsten Schachzug vor?

Schach ... Die Partie, die ihm sein Gegner lieferte, nannte sich die »Unsterbliche«. Der Schachexperte im Quai des Orfèvres war darauf gekommen, als er den ersten Satz der Nachricht sah: »Niemand ist unsterblich.« Es handelte sich um eine der berühmtesten Partien überhaupt, 1851 ausgetragen zwischen Adolf Anderssen und Lionel Kieseritzky. Der Deutsche, Anderssen, spielte Weiß und hatte seinen Gegner mit einem großartig organisierten Matt geschlagen. Zwar besaß Kieseritzky noch alle Figuren, aber sie standen sich selbst so im Weg, dass es nicht abzuwenden war. *Cxg7+* war der einundzwanzigste Zug.

Die gesamte Partie hatte insgesamt dreiundzwanzig Züge. Noch zwei Züge mehr, und der schwarze König wäre schachmatt.

Sharko verteilte die Fotos weiter wie Karten und versuchte in Gedanken, ein Profil zu erstellen. Wenn sich der Mörder mit Adolf Anderssen identifizierte, musste er sich selbst gegenüber sehr streng sein. Anderssen war ein Theoretiker des klassischen Spiels gewesen, ohne geniale Einfälle, eher ein eifriger Konsument von Fachliteratur als ein zwanghafter Kämpfer. Die »Unsterbliche« mit allen vorhandenen, jedoch blockierten schwarzen Figuren konnte auch darauf verweisen, was der Mörder von der Polizei hielt: eine Armee von inkompetenten Idioten, die ihn nicht fassen konnten und die er bloßstellte. Hegte er einen derart grenzenlosen Hass auf sie?

Sharko versuchte, den Mann zu analysieren, sah ihn auch als jemanden, der viel unterwegs war, einen Menschen im Schatten, der wie ein Metronom funktionierte und genau wusste, wann und wo er völlig unerwartet zuschlagen musste. In diesem Augenblick verfolgte er eine Art Mission, ein Ziel – die totale Zerstörung. Er hatte Sharko zum Ziel und Zentrum seines Hasses gemacht, eine Spielfigur, die es zu vernichten galt, aber nicht zu schnell. Aus diesem Grund hatte er womöglich alle anderen Aktivitäten eingestellt, ohne dass es jemand in seinem Umfeld bemerkte, um sich ausschließlich dieser widerwärtigen Rache zu widmen – ebenso ausschließlich wie Anderssen, der Lehrer, der während seiner Schulferien Schach spielte, ohne dass es jemand bemerkt hätte.

… dieses alte Stellwerk, aus allen Blickwinkeln fotografiert …

Sharko schloss die Augen und grübelte weiter. Warum hatte der Mann ausgerechnet dieses Gebäude gewählt? Der Mörder brauchte einen isolierten Ort, an dem ihn niemand sehen, niemand stören konnte. Aber davon gab es Hunderte rund um Paris. Warum also hier?

Sharko breitete einen Plan von Paris aus, den er mitgebracht hatte, und zeichnete die strategischen Punkte ein. Den Drucker hatte der Mörder im 1. Arrondissement gekauft, nicht weit vom 18. Arrondissement entfernt, in dem Sharko sich gerade aufhielt. Garges-lès-Gonesse, wo Gloria entführt worden war. Der Kripobeamte wusste, dass solche perversen Typen zumeist in einem vertrauten Umfeld agierten. Der Mann war mehr als zwanzig Kilometer gefahren, um Gloria hierherzubringen. Lebte er in der Nähe? Woher kannte er diesen Ort?

… die zerstückelten Leichen des Pärchens …

Sharko holte geräuschvoll Luft, ohne das Foto aus den Augen zu lassen. Man ahnte das Martyrium, das sie hinter sich hatten. Sie waren 2004 an einem Sumpf entdeckt worden, umgebracht von dem Mann, der Sharko jetzt verfolgte. Damals hatten die Polizisten von einem guten Kenner der menschlichen Anatomie gesprochen, wegen der Präzision der Schnittführung. Ein kultivierter Typ, klug und gründlich bei seiner »Arbeit«. Warum diese unglaubliche Brutalität? Und warum die lange Pause nach diesem Mord? War das nur eine Demonstration gewesen? Eine Phase affektiver Stabilität? Vielleicht eine Zwangspause wie der Aufenthalt in einem psychiatrischen Krankenhaus oder ein langer Auslandsaufenthalt? Oder hatte er im Gefängnis gesessen?

Das war eigentlich egal. Dieser Verrückte war intelligent und vorsichtig, denn der barbarische Doppelmord von 2004 war trotz aller Anstrengungen der Polizei nie aufgeklärt worden. Darüber hinaus kannte der Täter die Methoden der Kripo, die DNA-Analysen, die Register der genetischen Fingerabdrücke ... Dieses Verbrechen gehörte zu den fünf Prozent der Fälle, die aufgrund der sorgfältigen Planung nie gelöst wurden.

Sharko war wütend, weil er nichts Handfestes hatte, nur das vage Profil und alberne Statistiken: Mit fünfundsiebzigprozentiger Wahrscheinlichkeit handelte es sich um einen Mann weißer Rasse, geschätztes Alter zwischen fünfunddreißig und fünfundvierzig Jahren, sozial integriert, Junggeselle, vielleicht, doch nichts sprach dagegen, dass er eine Familie und Kinder hatte. Ein Typ, wie man ihm jeden Morgen begegnet, ohne auch nur zu ahnen, wozu er in der Lage ist, und der zweifellos einer regelmäßigen Arbeit nachgeht. Und so weiter.

Der Ermittler erhob sich, schlug auf die Wand ein und schrie: »Verdammter Mist!«.

Die Fotos gaben ihm keine weiteren Informationen, der Ort auch nicht, nichts ließ irgendwelche Rückschlüsse zu.

Wo waren seine legendären Eingebungen, die ihn in der Vergangenheit schwierige Fälle hatten lösen lassen? Was hatte er sich erhofft? Allein den Täter zu stellen? Basquez würde sich damit befassen, Glorias Umfeld zu untersuchen, die Nachbarn zu befragen und Vernehmungen bei den Transportunternehmen, ein paar hundert Meter von hier, durchzuführen. Er hatte sicher mehr Chancen, zu einem Ergebnis zu kommen, als Sharko, der sich nur im Kreis drehte.

Er bedauerte, seine Kollegen nicht informiert zu haben, als er die Nachricht von Pleubian verstanden hatte. Zumindest hätten sie Zeit gewonnen und vielleicht den schrecklichen Tod von Gloria verhindern können.

Wie würde Lucie reagieren, wenn sie diese Geschichte erfahren und das ganze Ausmaß seiner Lügen erkennen würde?

Noch einmal sammelte er die Fotos ein und warf sie auf den Boden. Er starrte auf den Beton, seine Pupillen weiteten sich. Er hörte förmlich Glorias Schreie, spürte ihre Angst, ihre Verzweiflung. Er hatte weder Hunger noch Durst, er fühlte die Kälte nicht mehr, alles verschwamm, verlor an Dichte.

Als eine Weile später sein Handy klingelte, kam er wieder zu sich. Es war sein Chef, der ihm eine relativ gute Neuigkeit überbrachte. Man hatte Sharko nicht suspendiert. Er beendete das Gespräch ohne jedes Gefühl der Freude. Mit dem Handrücken klopfte er den Staub von seinem Anzug, warf einen letzten Blick auf den Betonpfeiler und die Blutspuren zu seinen Füßen und verschwand dann.

Im Laufe des Nachmittags holte er sich eine neue Pistole aus dem Waffenlager am Quai des Orfèvres. Eine nagelneue Sig Sauer, achtzehn Schuss, in einem Etui plus Holster. Lange streichelte er den Kolben, ließ den Revolver von einer Hand in die andere gleiten, bevor er ihn auf Höhe der linken Hüfte in das Etui schob. Als er ins Büro hinaufging, zog Bellanger gerade seinen Blouson an.

Sharko trat zu ihm und reichte ihm die Hand. »Ich muss mich wohl bei dir bedanken.«

Nach einem kräftigen Händedruck begrüßte Sharko auch Robillard und wandte sich wieder an seinen Vorgesetzten.

»Gibt es was Neues?«

»Allerdings, aber nichts Erbauliches.«

»Hast du seit Beginn der Ermittlungen schon irgendeinen Hoffnungsschimmer gesehen? Dann erklär mal.«

»Zunächst hat ein Chirurg die Fotos der Kinder auf den Operationstischen angeschaut, insbesondere das des Kleinen mit der frischen Operationsnarbe. Ihm zufolge handelt es sich tatsächlich um eine Herzoperation, bei der eine extrakorporale Blutzirkulation gelegt werden sollte.«

Sharko runzelte die Stirn. »Wie diese Geschichte mit der kalten Kardioplegie …«

»Diese Auslegung scheint mir noch die offensichtlichste, ja.«

Auf diese Überlegungen folgte ein ungutes Schweigen. Von seinem Schreibtisch aus hatte Robillard die Unterhaltung verfolgt.

Bellanger richtete den Blick auf ein Blatt, das vor ihm lag. »Das hier sind die Ergebnisse der Blutuntersuchung des Jungen, den man im See gefunden hat. Das Labor hat sie mir vorhin gefaxt. Es war eine gute Idee, in dieser Richtung nachzuforschen, denn sie haben eine ungewöhnliche Entdeckung gemacht.«

»Was bedeutet?«

»Zuerst einmal der TSH-Wert, das ist ein Schilddrüsenhormon. Der liegt weit unter dem Durchschnitt, was bedeutet, der Junge litt unter einer Schilddrüsenüberfunktion. Es war zwar kein Krebs, aber der Wert war auf jeden Fall für ein Kind dieses Alters nicht normal.«

Sharko wusste Bescheid. Im Zusammenhang mit der Nuklearkatastrophe von Fukushima war viel darüber gesprochen worden, weil diese Drüse das radioaktive Jod aufnahm, das aus dem Kernkraftwerk entwich. Er dachte an die Reise von Valérie Duprès nach Peru und den unglaublich hohen Anteil von Kindern, die dort an Bleivergiftungen litten.

»Wie sieht es mit Blei aus?«, fragte er. »Hat man da auch Ergebnisse?«

»Ja, darauf komme ich jetzt. Ab einem Gehalt von zehn Mikrogramm pro Deziliter Blut muss der Arzt den Gesundheitsbehörden Meldung machen. Bei dem Kind ist ein Drittel davon festgestellt worden, also drei Mikrogramm, was nicht viel ist, aber dennoch auch nicht normal.«

»Nichts war bei diesem Kind normal – weder die Schilddrüsenwerte noch der Bleigehalt …«

»Richtig. Und das ist noch nicht alles. Die Experten im Labor haben auch Spuren von Radionukliden in den Blutzellen festgestellt, insbesondere Uranbestandteile und vor allem Cäsium 137.«

Sharko runzelte erneut die Stirn. Wieder hatten sie es hier mit atomarer Verseuchung zu tun. Er dachte an Lucies Reise, das Foto von Albert Einstein, Marie Curie und die Geschichte mit den knisternden Bleisärgen.

»Uran und Cäsium? Also befand sich das Kind in einer atomverseuchten Umgebung?«

»Wahrscheinlich, ja. Weißt du noch, der Junge hatte beginnenden Star, Herzrhythmusstörungen und geschädigte Nieren. Also viele Probleme, die den Sachverständigen zufolge auf direkte oder indirekte Strahleneinwirkung zurückzuführen sind.«

»Was verstehst du unter indirekt?«

»Es kann sich um eine genetische Problematik handeln, die Krankheiten könnten von strahlenverseuchten Eltern übertragen worden sein. Aber auch Nahrungsmittel und Wasser, die kontaminiert waren, sind denkbar. Nahrung, der man nicht ansieht, dass sie vergiftet ist, und die den Körper nach und nach zerstört.«

Sharko erinnerte sich genau an das Gesicht des Jungen im Krankenhaus, der zunächst ruhig und bei guter Gesundheit schien. Und dennoch wurden sein Organismus und seine Zellen langsam zerstört. Der Kommissar schreckte auf, als Bellanger den Reißverschluss seines Blousons mit einem Ruck hochzog.

»Und wo findet man in Frankreich hohe Werte an Cäsium und Uran?«

»Nirgends. Bei uns gibt es keine derart starke Konzentration. Damit ist geklärt, dass das Kind aus dem Ausland kam.«

»Aber woher?«

»Keine Ahnung. Auf alle Fälle aus einem extrem kontaminierten Gebiet, so viel ist klar. Die Staaten? Russland? Japan? Vielleicht Tschernobyl.«

»Die Ukraine … Das könnte zu dem Mann passen, der vor sechsundzwanzig Jahren vollkommen verstrahlt bei den Mönchen aufgetaucht ist. Dieser sonderbare ›Fremde‹, der mit seiner verfluchten Niederschrift nach Frankreich kam. Ständig stoßen wir auf dieselbe Spur.«

Er schauderte. Tschernobyl … ein Name, der ihm immer noch Angst einflößte und der in traurigem Zusammenhang mit der vor Kurzem stattgefundenen Katastrophe in Asien stand. Sharko hatte damals Reportagen darüber gesehen und erinnerte sich noch gut an die missgebildeten Neugeborenen, ebenso wie die von Strahlen verbrannten Männer und die kahlköpfigen Frauen. Auch das Foto des sterbenden Fremden auf seinem Krankenbett ging ihm nicht aus dem Sinn.

Bellangers Stimme riss ihn aus seinen Gedanken. »Die Jungs im Labor forschen weiter. Sie wollen den genauen Cäsiumwert im Blut des Kleinen bestimmen und dann die nationalen und internationalen Gesundheitsbehörden kontaktieren, um ihn mit dort gespeicherten Informationen über solche Arten von Blutkrankheiten abzugleichen. Hoffen wir, dass wir endlich an eine ernst zu nehmende Spur geraten sind. Eines ist allerdings ganz sicher: Dieses Blut ist krank, kontaminiert, und hat keinen Handelswert. Es kann weder Leben retten, noch eignet es sich zum Verkauf. Es ist nichts weiter als das grausame Ergebnis dessen, was wir Menschen selbst angerichtet haben.« Mit angewiderter Miene steckte er sein Handy in die Tasche und ging in Richtung Flur. »Komm mit! Ich mach mal eben einen Abstecher zur Abteilung ›Dokumentation und Spurenkunde‹. Es geht um die Fotos von den Kindern, die bei Dassonville gefunden wurden. Erinnerst du dich noch an die Bilder, die denselben Jungen, einmal unversehrt und einmal mit einer frisch vernähten Wunde, zeigen?«

Sharko nickte schweigend.

»Wie es scheint, stimmt da was nicht. Irgendetwas ist unlogisch«, erklärte Bellanger.

Kapitel 43

Lucie ordnete sich zügig in den Verkehr ein, erreichte schon bald das Autobahnkreuz Big I der Interstate 25 und der Interstate 40 und fuhr dann ins Zentrum von Albuquerque. Die

Central Avenue, seinerzeit die Route 66, war über Kilometer von Wäschereien, kleinen Geschäften, Restaurants oder Motels gesäumt, deren Aushängeschilder eines verrückter war als das andere. Die Farben Gelb, Blau und Rot überwogen. Dazu noch die Ampeln, die hoch über der Mitte der Fahrbahnen schwebten. Doch Lucie war so sehr in ihre Gedanken versunken, dass sie das Stadtbild kaum wahrnahm. Zweifellos verfolgte auch Dassonville die Spur von Eileen Mitgang. Und wie jedes Mal war er ihnen allen eine Nasenlänge voraus.

Der *Albuquerque Daily* befand sich kaum einen Kilometer von der Universität von New Mexico entfernt. Aufgrund der Ferien war der gigantische Campus verlassen. Eine beeindruckende Ruhe – menschenleere Gebäude, verlassene Basket- und Baseballplätze. Lucie parkte vor dem in Rosa- und Weißtönen gehaltenen und mit Zinnen versehenen Verlagshaus. An den großen Fenstern klebten riesige Fotos, insbesondere die von Tausenden Heißluftballons, die vor dem majestätischen Sandia-Gebirge in den blauen Himmel aufstiegen.

Am Empfang stellte sie sich als französische Polizistin vor, die mit Eileen Mitgang sprechen wolle. Die junge Frau an der Rezeption beäugte Lucie mit einem sonderbaren Blick ein wenig zu lange. Schließlich griff sie zum Telefon, wählte eine Nummer und wechselte leise und mit abgewandtem Kopf ein paar Worte mit ihrem Gesprächspartner. Nachdem sie aufgelegt hatte, lächelte sie dümmlich.

»Sie werden gleich empfangen.«

Lucie nickte und wartete nervös neben einem Getränkeautomaten. Sie hatte niemandem in Paris von ihrer Entdeckung erzählt, sie wollte sich noch eine oder zwei Stunden Zeit lassen, bevor sie die amerikanische Polizei alarmierte. Sie wusste, Sharko würde völlig hysterisch reagieren, wenn er erführe, dass Dassonville in Albuquerque war und sie ihn verfolgte.

Endlich kam ein korpulenter Mann auf sie zu. Sein Hals ähnelte dem Kropf eines Pelikans, seine Finger erinnerten an Würste und seine Gestalt an einen Sumo-Ringer, den man in einen XXL-Anzug gepfercht hatte. Er war gut einen Kopf größer als Lucie, und seine Hände waren so breit wie Teppichklopfer.

»David Hill, Chefredakteur dieser Zeitung. Darf ich wissen, was Sie von Eileen Mitgang wollen?«

»Ich möchte nur mit ihr sprechen.«

Da Lucies Englisch etwas stockend war, sprach auch ihr Gegenüber langsamer.

»Es sind schon zwei Personen ihretwegen hier gewesen. Eine Frau vor etwa zwei Monaten und ein Mann vor kaum einer Stunde. Auch diese beiden wollten mit ihr sprechen. Mir wurde gesagt, Sie seien von der französischen Polizei?«

Lucie schluckte. Vor kaum einer Stunde ... François Dassonville war hier, zum Greifen nah. Sie zog das Foto von Valérie Duprès hervor und zeigte es dem Chefredakteur.

»Ja, ich bin von der Kripo Paris. Diese Frau ist verschwunden, und ich suche sie. Meine Ermittlungen haben mich hierhergeführt. Sie war die erste Person, die Eileen Mitgang sprechen wollte, nicht wahr?«

Er bejahte mit einem Kopfnicken und besorgter Miene.

»Eine französische Journalistin mit Namen Véronique, hm ...«

»Darcin.«

»Darcin, ja richtig. Ich habe ihr gesagt, dass Eileen Mitgang seit 1999 nicht mehr hier arbeitet. Drei Monate nach ihrer Kündigung hatte sie einen schweren Unfall, der sie fast das Leben gekostet hätte. Sie lag über zehn Tage im Koma und ist jetzt behindert.«

1999 – ein Jahr nachdem Eileen Mitgang jenes Dokument

in den Archiven der Air Force Base eingesehen hatte, das jetzt verschwunden war.

»Was war das für ein Unfall?«

»Sie wollte mit ihrem Auto einem Kind ausweichen, das mit einem Ball auf der Straße spielte, und raste in einen Baum. Das Unglück wollte, dass sie das Kind streifte und es starb. Davon hat sich Eileen nie mehr erholt.«

Lucie war zwischen ihrem Wunsch, mehr über Eileen Mitgang zu erfahren, und dem, Dassonville zu verfolgen, hin und her gerissen. Sie überlegte. »Sagen Sie, haben Sie Informationen über den Mann, der vorhin zu Ihnen gekommen ist? Zum Beispiel, was für einen Wagen er fuhr oder eine Hotelanschrift?«

»Nichts. Jetzt fällt mir ein, dass er mir nicht einmal seinen Namen genannt hat. Ich war sehr beschäftigt und hatte es eilig …«

»Können Sie mir die Adresse von Eileen geben?«

»Wenn Sie wollen. Nach ihrem Unfall ist sie in einen Wohnwagen gezogen, im Westen von Rio Rancho, etwa vierzig Kilometer von hier. Sie wurde das Bild von dem Kind nicht mehr los, hat sich von der Welt zurückgezogen und zu trinken begonnen, wie ich hörte. Ich habe keine Ahnung, was aus ihr geworden ist und ob sie überhaupt noch lebt. Jedenfalls habe ich Ihre beiden Vorgänger zu dieser Adresse geschickt.«

Lucie ballte vor Ärger die Fäuste, während Hill nach einem Bleistift und Papier griff.

»Es gibt keine eigentliche Anschrift und auch keine richtige Straße, es wird nicht einfach werden, sie in dieser Wüstengegend mit den vielen Canyons zu finden, denn sie wollte als Einsiedlerin völlig abgeschieden leben. Ich versuche mal, Ihnen einen Plan aufzuzeichnen. Ich bin nicht sicher, dass

Ihr Vorgänger den Weg findet, ich konnte ihm alles nur ganz kurz mündlich erklären.«

Lucie wurde immer nervöser. Vielleicht gab es eine Chance, dass Dassonville den Weg nicht gefunden hatte. Zweifellos schwebte Eileen Mitgang in höchster Gefahr wegen dieses Mörders, der sich in der Gegend herumtrieb.

David Hill setzte sich in einen Sessel und begann zu zeichnen. Der Bleistift wirkte geradezu lächerlich zwischen seinen riesigen Fingern. Lucie blieb stehen und zeigte somit ihre Ungeduld.

»Mit welcher Art von Recherchen beschäftigte sich Eileen vor ihrem Unfall?«

»Der *Daily* ist ein politisch neutrales und finanziell unabhängiges Blatt, eher satirisch und volksnah. Wir lieben Enthüllungen. Seinerzeit hatte sich Eileen für Radioaktivität interessiert, von ihrer Entdeckung am Ende des neunzehnten Jahrhunderts bis in die Jahre um 1980 und auch für ihre Gefahren. Zudem war dieses Thema hier in New Mexico aktuell, und wir dachten, es sei keine schlechte Idee, das Sujet aufzugreifen, denn es gab mit Sicherheit einiges zu entdecken. Natürlich hat sich Eileen insbesondere des Manhattan-Projekts vor und nach dem Zweiten Weltkrieg angenommen. Unglaublich viele Experimente wurden parallel zum Wettlauf um die Entwicklung der Atombombe durchgeführt, und man wollte die Effekte der radioaktiven Strahlen auf Schiffe, Flugzeuge, Panzer und Menschen erforschen. Viele Medien hatten bereits das Thema aufgegriffen, aber nicht auf die Weise, die sich Eileen vorstellte. Sie wollte sich auf unerforschtes Terrain vorwagen und unserer Zeitung somit einen großen Aufmacher liefern.«

Sein Bleistift kratzte über das Papier. Lucie blickte auf die Uhr, lauschte jedoch aufmerksam den Ausführungen des

Chefredakteurs. Seine Worte zu übersetzen erforderte viel Konzentration, und jedes Mal, wenn sie die Stirn runzelte, weil sie etwas nicht verstanden hatte, wiederholte David Hill geduldig das Gesagte.

»Eileen wollte beweisen, dass die Kernenergie das Gefährlichste war, das der Mensch je erfunden hatte. Über Tschernobyl oder Three Mile Island zu schreiben interessierte sie nicht, die Themen waren zur Genüge durchgekaut. Sie suchte einen neuen, originelleren Ansatz.«

Hill erhob sich, ließ ein Geldstück in den Automaten gleiten und wählte eine Cola. Er bot Lucie ebenfalls eine Dose an, aber sie lehnte höflich ab.

»Zum Auftakt schrieb sie einen aufsehenerregenden Artikel über die *Radium Girls*, amerikanische Arbeiterinnen, die in den zwanziger Jahren bei der US Radium Corporation beschäftigt waren. Es handelte sich um eine Firma, die in erster Linie für die Armee Leuchtzifferblätter mit Radium herstellte. Die meisten dieser Frauen sind an Anämie gestorben, erlitten häufig Knochenbrüche und litten an Kiefernekrosen, das alles wegen der radioaktiven Strahlung. In jenen Jahren wurde alles getan, um die Tatsachen zu verschleiern, und man gab sogar den armen Frauen die Schuld. Es war Eileen gelungen, sich die Obduktionsberichte zu besorgen, auf deren Auswertung ihr Artikel basierte. Diesen Dokumenten zufolge waren die Knochen mancher Frauen noch hundert Jahre später hochgradig radioaktiv. Das alles war geschehen, bevor man mehr über die Gefahren der Verstrahlung wusste, aber wer hatte damals schon davon gehört?«

Lucie dachte an das Foto von diesem verstrahlten Mann, das ihr Hussières gezeigt hatte. Sie stellte sich die Frauen vor, die täglich gefährlicher Radioaktivität ausgesetzt waren, obwohl sie doch nur ihren Lebensunterhalt verdienen wollten.

»Eileen hat dann weitergeforscht und Videofilme aus den Vierzigerjahren ausgegraben, die inzwischen freigegeben worden waren und zeigten, wie die Ärzte des Manhattan-Projekts Statistiken für eine ›Toleranzgrenze‹ der Strahlung zu erarbeiten versuchten. Die Diskussionen der Wissenschaftler waren aufschlussreich und verdienten es, unseren Lesern zugänglich gemacht zu werden. So hatten spezialisierte Forscher nach den Bombentests in der Wüste von Nevada die Menge von radioaktivem Strontium in den Knochen von Kindern gemessen. Auf dieser Basis berechneten sie die Anzahl der Bomben, die explodieren durften, bevor die Radioaktivität in den Organen dieser Kinder einen kritischen Wert erreichte. Dieser kritische Wert war variabel und der tolerierte Wert sonderbarerweise je nach Studie bisweilen dreimal so hoch. Eileen hat diesen Fall veröffentlicht, und ihr zufolge gab es Hunderte anderer Fälle.«

Schon wieder Kinder, dachte Lucie. *Wie die Kinder auf den Fotos, die bei Dassonville gefunden worden waren.* Jetzt war sie überzeugt, dass alles zusammenhing: die Nachforschungen von Eileen, die Radioaktivität und die Niederschrift, die der verstrahlte »Fremde« bei sich hatte.

Mal mit seiner Coladose, mal mit seinem Bleistift hantierend, hatte Hill seine Zeichnung immer noch nicht fertiggestellt.

»Eileen hat sich übermäßig in diese Thematik eingearbeitet. Und sie hat völlig Abwegiges und total Unbekanntes über den Wettlauf um die Erforschung der Kernenergie herausgefunden. Ich könnte Ihnen viel erzählen …«

»Jetzt ist Eile angesagt, ich muss sie so schnell wie möglich aufsuchen. Sie wird mir dann alles erklären.«

Er erhob sich. »Lassen Sie mich Ihnen noch schnell ihren letzten Artikel zeigen. Der ist hochinteressant.«

Er verschwand im Flur. Lucie seufzte, denn sie verlor kostbare Zeit. Andererseits hatte sie auf einige Fragen bereits eine Antwort erhalten. Nach ihrem Besuch bei der Air Force hatte sich Valérie Duprès aller Wahrscheinlichkeit nach mit Eileen Mitgang in Verbindung gesetzt. Die beiden Frauen teilten die gleiche Leidenschaft, waren vom selben Thema besessen, und Eileen Mitgang hatte vielleicht ihre Entdeckungen an die französische Journalistin weitergegeben.

Hill tauchte mit einer Zeitung wieder auf. Er schlug sie auf und wies auf einen langen Artikel. »Hier, das ist ihr letzter Sensationsartikel von 1998, ein paar Monate bevor sie uns verließ. 1972 hatte die Air Force bestimmte verstrahlte Gebiete in der Nähe der Indianerreservate bei Los Alamos saniert. Die Bodentruppe hat darüber Berichte erstellt, die Eileen einsehen konnte.«

Lucie horchte auf und betrachtete schockiert das Schwarz-Weiß-Foto in der Mitte des Artikels. Ein riesiger Container, eingegraben in einer Wüstenlandschaft, war angefüllt mit ordentlich gestapelten kleinen Bleibehältern, ein jeder mit dem schwarzen Symbol für Radioaktivität auf hellem Grund und mit der Aufschrift »Danger Radiation« versehen. Um den Container herum sah man grabende Männer in Militärkleidung mit dicken Parkas, Handschuhen und Masken.

Die Bildunterschrift lautete: *1428 versiegelte Bleikästen sollen das Entweichen von Radioaktivität verhindern.*

»All diese Behältnisse enthielten die Kadaver von verstrahlten Tieren«, erläuterte Hill ernst. »Häufchen aus Knochen und Fell, das war alles, was noch übrig geblieben war von dem, was einst Hunde, Katzen und auch Affen waren. Als Eileen dieses Dokument erhielt, wollte sie natürlich mehr wissen. Woher kamen all diese verstrahlten Tiere? Was war mit ihnen geschehen? Also ging sie der Spur nach und recherchierte wie ein Detektiv, suchte wochenlang in freigegebenen Unterlagen, bis sie endlich entdeckte, dass es mitten in Los Alamos ein geheimes Forschungszentrum gegeben hatte, in dem Atomexperimente an Tieren vorgenommen worden waren. Es existierte bereits, lange bevor Amerika die ersten Atombomben über Japan abwarf, und ist gleichzeitig mit dem Manhattan-Projekt aufgegeben worden. Jahrelange grausame Versuche, als hätte das Desaster im Pazifik nicht gereicht.« Er nahm einen Schluck aus seiner Coladose und zeichnete weiter. »Nach dem Erscheinen des Artikels hat sich Eileen immer mehr in dieses heikle Thema gekniet. An ihrem Schreibtisch sah man sie gar nicht mehr, sie war nur noch in Bibliotheken und Archiven, aber sie hatte Verbindung zu ehemaligen Ingenieuren der Labore von Los Alamos oder unabhängigen Forschungskommissionen über Radioaktivität aufgenommen. Sie wollte noch viel mehr herausfinden und nahm dann schließlich fragwürdige Substanzen, um überhaupt durchzuhalten.«

»Drogen?«

»Auch. Ich habe sie dann gebeten zu gehen.«

»Sie haben sie rausgeworfen?«

Hill nickte mit zusammengepressten Lippen. »Ja, so kann man es ausdrücken. Aber ich glaube, selbst nach ihrem Ausscheiden hat sie weiter in der Sache recherchiert. Sie sagte mir öfter, wenn man mit Tieren Experimente dieser Größenordnung durchführte, warum dann nicht auch …«

Lucie dachte wieder an die Kleinanzeige im *Figaro* und an die »*Bleisärge, die noch knistern*«. Aber auch an all die tätowierten Kinder.

»… an Menschen?«, beendete sie seinen Satz.

Er zuckte mit den Schultern. »Ja, davon war sie überzeugt. Sie war sich ganz sicher, in den freigegebenen Akten, die man zu beseitigen vergessen hatte und die im Verwaltungsapparat untergegangen waren, etwas zu finden. Das kam nicht selten vor, und dementsprechend waren solche Dokumente eine wichtige Quelle für unsere Zeitung. Aber meiner Meinung nach sind derartige Versuche mehr als unwahrscheinlich. Kurzum, seit ihrem Unfall hat Eileen praktisch mit niemandem mehr gesprochen und sich mit ihren Entdeckungen in die Einöde zurückgezogen.«

»Können Sie mir das genaue Datum des Unfalls nennen, der sie fast das Leben gekostet hat?«

Er reichte Lucie endlich den fertig gezeichneten Plan.

»Mitte 1999, April oder Mai, glaube ich. Wenn Sie einen Zusammenhang zu Ihren Recherchen suchen, so können Sie mir glauben, dass es keinen gibt. Niemand hat versucht, sie umzubringen. Eileen hat das Kind am helllichten Tag in einer Straße der Stadt getötet – sie war allein am Steuer, und das haben fünf Anwesende bezeugt. Glücklicherweise hat man bei der toxikologischen Untersuchung nichts feststellen können, sonst säße sie jetzt im Gefängnis.«

»Das Dokument, das sie 1998 konsultiert hat, trug den Titel ›NMX-9, TEX-1 and ARI-2 Evolution‹. Sagt Ihnen das etwas?«

»Nein, tut mir leid.«

»Wissen Sie, mit welchen Personen Eileen in Kontakt stand, bevor sie die Zeitung verließ? Fallen Ihnen vielleicht Namen ein?«

»Das ist alles zu lange her, und Eileen hatte mit Hunderten von Leuten der verschiedensten Fachrichtungen zu tun. Meistens hat sie mich erst dann informiert, wenn ihr Artikel stand.«

»Glauben Sie, dass sie in Gefahr war?«

Hill trank seine Cola aus und zerdrückte die Dose in der

Hand. »Nicht unbedingt. Unsere Journalisten decken täglich etwas auf. Natürlich machen wir uns Feinde, aber deshalb wird man doch nicht … verstehen Sie, was ich meine? Das wäre das Ende der Welt!«

Lucie hätte gern noch mehr Fragen gestellt, aber jetzt musste sie sich wirklich beeilen. Nachdem der Chefredakteur ihr den Plan gegeben und den Weg zu der ehemaligen Journalistin erklärt hatte, verabschiedeten sie sich.

Bevor sie sich endgültig zum Gehen wandte, sagte Lucie: »Ich glaube, Experimente an Menschen haben tatsächlich stattgefunden. Der Mann, der vor einer Stunde hier war, weiß das auch, und er versucht, alle Spuren dieser Geschichte zu verwischen.« Sie gab ihm ihre Visitenkarte. »Rufen Sie mich sofort an, sollte er hier noch einmal aufkreuzen. Er wird in ganz Frankreich gesucht.«

Sie ließ den verblüfften Chefredakteur zurück und rannte zu ihrem Auto. Wie Hill sagte, waren es vierzig Kilometer bis zu dem Wohnwagen. Mit aufheulendem Motor fuhr Lucie los und schlug den Weg in nordöstlicher Richtung ein, in der vagen Hoffnung, als Erste das Ziel zu erreichen.

Kapitel 44

Hightech-Material. Nagelneue Zentraleinheiten, in denen Prozessoren surrten. Große Drucker, Binokulare und Kameraobjektive auf Holzregalen.

Yannick Hubert, Spezialist für Bildverarbeitung und Dokumentenanalyse, saß an seinem Arbeitstisch, als Bellanger und Sharko eintraten.

Nachdem sie einige Worte gewechselt hatten, führte er die beiden Ermittler zu zwei vergrößerten Fotografien.

»Ist zwar keine super Qualität, aber das Ergebnis ist gut auszuwerten. Seht es euch genau an.« Er legte die beiden Bilder nebeneinander. »Links ein Kind auf einem Operationstisch, offenbar bei Bewusstsein und ohne die geringste Narbe. Rechts dasselbe Kind mit einer frisch vernähten Wunde auf der Brust. Aber jetzt konzentriert euch mal auf die Umgebung und nicht auf den Jungen. Auf die Details im Raum.«

Die beiden Ermittler musterten aufmerksam die Aufnahmen. Der Bildausschnitt war relativ klein, und der Junge nahm zwei Drittel der Aufnahme ein. Bellanger reagierte als Erster. Er deutete auf den Fußboden, von dem nur ein Stückchen unter dem Operationstisch zu sehen war.

»Scheint so, als wären es andere Fliesen. Darauf habe ich vorher gar nicht geachtet.«

»Auf dem linken Foto hellblaue Fliesen – wie übrigens auch auf allen anderen Bildern –, auf dem rechten sind sie dunkelblau, und auch die Größe ist unterschiedlich. Kennst du viele OPs, in denen man während eines Eingriffs die Fliesen austauscht?«

Sharko und Bellanger wechselten überrascht einen Blick. Der Kommissar betrachtete mit gerunzelter Stirn die Fotografie. »Aber alles andere ist offenbar gleich. Die Lampe, der Tisch, die Materialwagen. Hat man den Jungen in einen identischen Operationssaal gebracht, der nur anders gefliest ist?«

Hubert schüttelte nervös den Kopf. »Das habe ich zu Anfang auch gedacht. Aber dann habe ich mir gesagt: Und wenn es nun der gleiche OP wäre, aber eine gewisse Zeitspanne zwischen den beiden Aufnahmen läge?«

»Eine Zeitspanne?«, wiederholte Bellanger. »Ich muss zugeben, das verstehe ich nicht ganz.«

»Und das wird sich auch nicht ändern, wenn ich euch den Rest erzähle. Hört gut zu.«

Er breitete weitere Fotos auf dem Tisch aus, die nicht vergrößert waren. Neun von ihnen zeigten Kinder mit Tätowierung, die sich offenbar einer Operation unterziehen sollten. Die Bodenfliesen waren jedes Mal hellblau. Auf dem zehnten Bild sah man eines der neun Kinder mit einer frisch vernähten Wunde auf der Brust.

»Zu Anfang habe ich vermutet, der Junge auf dem ersten Foto würde nur untersucht und wäre dann später zur Operation zurückgekommen. Das hieße, er wäre mit einem gewissen Zeitabstand in zwei verschiedenen Operationsräumen gewesen. Das hätte die unterschiedlichen Fliesen erklären können.«

»Klingt in der Tat plausibel.«

»Aber ich war neugierig, und so habe ich mich an die Spezialisten in Chambéry gewandt, die über die Originalaufnahmen verfügen, die man bei Dassonville gefunden hat. Ich hatte nur ausgedruckte Farbkopien und konnte so nicht die Qualität und vor allem nicht das Alter der Originalabzüge beurteilen. Ich habe den Kollegen gebeten zu überprüfen, ob die beiden Fotos vom gleichen Film stammten. Waren sie zur selben Zeit und mit dem gleichen Material entwickelt worden? Stimmten Körnung, Auflösung und Papiersorte überein? Handelte es sich um digitale oder analoge Aufnahmen? Kurz, viele Einzelheiten, die Hinweise auf Alter und Art des verwendeten Apparats zulassen und mit etwas Glück auch auf andere wertvolle Details.« Er sah auf sein Handy, das auf dem Tisch lag. »Vor etwa einer Stunde hat er zurückgerufen, und was er mir erzählt hat, klingt nicht logisch.«

Er fuhr sich mit der Hand übers Kinn und starrte eine Weile nachdenklich auf die Bilder. »Seiner Meinung nach wurde das letzte Foto, das mit der frischen Wunde, auf einem Tintenstrahl-Farbdrucker ausgedruckt. Wenn man es durch ein Vergrößerungsglas betrachtet, sind die Konturen leicht unscharf, und er hat mir erklärt, die Punktdichte entspreche der modernen Technik, das heißt, der benutzte Drucker war höchstens zwei Jahre alt. Und es wurde vermutlich mit einer Digitalkamera aufgenommen. Mit anderen Worten: Wenn der Junge heute noch lebt, muss er in etwa dasselbe Alter haben wie auf der Fotografie, also ungefähr zehn Jahre. Aber ...« Er hob den Zeigefinger. »Aber bei den neun übrigen Bildern verhält es sich anders. Die Hochglanzaufnahmen stammen nicht aus einem Drucker, sondern sind entwickelt worden. Das sieht man unter der Lupe an der feinen Körnung, die eine Vielzahl von Farben enthält – ganz im Gegensatz zu der Kopie aus dem Tintenstrahldrucker, die eine gröbere Körnung aufweist. Das bedeutet, diese Fotos wurden in einer Dunkelkammer entwickelt. Und sie sind das Werk eines Amateurs, dafür sprechen die schlechte Bildeinstellung und die ebenso schlechte Qualität. Das wäre auch logisch, denn in welches öffentliche Labor könnte man so schreckliche Bilder dieser Art bringen?«

»Was willst du uns damit sagen?«

»Dass die neun Fotos mit einer Analogkamera aufgenommen wurden. Auf einem guten alten Negativfilm, der anschließend in einer Dunkelkammer belichtet wurde. Analog gegen digital ... Ist doch sonderbar, oder? Aber jetzt kommt der Hammer. Sie wurden auf Kodakpapier entwickelt, das steht auf der Rückseite. Für die analoge Entwicklung verwendet man natürlich dafür geeignetes Papier, das diverse chemische Komponenten wie Silberhalogenide, Baryt und andere Stoffe enthält. Jedes Papier hat ein spezifisches Grammgewicht und eine spezielle Feinporigkeit. Die Kollegen haben sich bei Kodak erkundigt. Das Papier, auf dem das Foto von dem Jungen mit der frischen Narbe entwickelt wurde, ist seit 2004 nicht mehr im Handel erhältlich – also seit sieben Jahren.« Er deutete auf die nebeneinander liegenden Gesichter. »Zwischen den beiden Aufenthalten im OP liegen fünf Jahre. Aber seht euch den Jungen an – er ist keinen Deut älter geworden.«

Sharko starrte auf die blauen Augen und den rasierten Schädel des Kindes. Dann wanderte sein Blick zwischen den beiden Bildern hin und her. Dieselbe Größe, dieselbe Statur, dieselben Merkmale. Unbehaglich nestelte er an seinem Jackett herum. »Fällt dir dafür irgendeine logische Erklärung ein?«

»Nein.«

Sharko schüttelte den Kopf. Das war nicht nachvollziehbar. »Aber es muss eine geben. Zwei Kinder, die völlig gleich aussehen wie Zwillinge, zum Beispiel? Oder Brüder?«

»Das ist schwer vorstellbar. Und hier, die Nummer unter der Tätowierung ist identisch.«

»Dann handelt es sich vielleicht um zwei verschiedene Fotografen. Der eine arbeitet auch heute noch mit einem alten Apparat und altem Papier. Es gibt noch immer Anhänger von Analogkameras.«

»Glaubst du das wirklich? Wir müssen uns dem Offensichtlichen stellen: Wir stehen vor einem Phänomen, das zum jetzigen Zeitpunkt nicht erklärbar ist.«

Alle schwiegen betroffen. Dann sammelte Hubert die Fotos ein. Bellanger und Sharko bedankten sich und kehrten zum Quai des Orfèvres zurück.

Der Kommissar schüttelte gedankenverloren den Kopf. »Seit vorhin denke ich ununterbrochen über die Geschichte nach, und dabei fallen mir immer wieder die im See ertrunkenen Frauen ein, die klinisch tot waren und wundersam wiederbelebt wurden, und der reversible Todeszustand, der die Vitalfunktionen verlangsamt, und die Mönche, die Dassonville geopfert hat, damit sie nicht reden. Und jetzt noch dieses Kind mit der frisch vernähten Wunde, das alle Naturgesetze zu widerlegen scheint.«

»An was genau denkst du?«

»Ich frage mich wirklich, ob nicht bestimmte Menschen versuchen Gott zu spielen und obendrein kranke Kinder als Versuchskaninchen einsetzen.«

»Gott spielen? In welcher Hinsicht?«

»Indem sie den Tod erforschen. Zu verstehen versuchen, was sich dahinter verbirgt. Den natürlichen Lauf der Dinge aufheben. Wollte das nicht auch Philippe Agonla? Und alles wegen dieser verdammten Niederschrift, die leider 1986 einem Irren wie Dassonville in die Hände gefallen ist.«

Schweigend gingen sie die Treppe hinauf. Sharko stellte sich Kinder vor, die entführt, gefangen gehalten und illegal operiert wurden. Wer konnte so etwas tun? Welche Barbaren spielten hier mit menschlichem Leben?

Auf dem Gang trafen die beiden einen Beamten, der in dem Mordfall Gloria ermittelte. Er eilte mit zwei gefüllten Kaffeebechern zu einem Büro.

Sharko rief ihm zu: »Gibt's was Neues?«

»Kann man wohl sagen! Wir haben jemanden geschnappt.«

Kapitel 45

Lucie hatte Mühe, in Albuquerque die richtige Ausfahrt und die Southern Road zu finden. Es war fast Mittag, und sie hatte unglaublichen Hunger, aber keine Zeit zum Essen. Sie hatte es eilig, und so ignorierte sie ungeniert die zulässige Höchstgeschwindigkeit. Hinter der Stadtgrenze nahm der Verkehr schlagartig ab, und die Wohnblocks wichen einem Western-dekor in den typischen Farbtönen, die im winterlich-kalten Licht dunkelrot wirkten.

Wie auf dem Plan angegeben, bog Lucie mehrmals ab, doch nach vierzig Kilometern vermisste sie den Wegweiser. Verschiedene Feld- und Kieswege, die alle gleich aussahen, führten in die trockene Steppe. Hatte sie die richtige Abzwei-gung übersehen und verpasst? Unentschlossen hielt sie am Straßenrand. Keine Menschenseele weit und breit, nirgends Autos, Geschäfte oder eine Tankstelle, wo sie hätte fragen können. Vielleicht war Hill bei der Wegbeschreibung ein Fehler unterlaufen?

Lucie fuhr weitere zehn Minuten nach Westen, und als sie schon umdrehen wollte, entdeckte sie plötzlich ein rostiges Schild an einem Holzpfahl: Rio Puerco Rock. Den Angaben des Chefredakteurs zufolge musste sie in diese Richtung fahren. Sie riss das Steuer herum und durchquerte eine Art Mondlandschaft.

Erste Kakteen tauchten auf, dahinter das an einen Irrgarten erinnernde Buntsandsteingebirge. David Hill hatte gesagt: »Etwa fünf Minuten immer geradeaus bis zu einem Felsen, der aussieht wie ein Indianertipi, und dann links, glaube ich.«

Glaube ich … Lucie fuhr eine Weile und war schon fast verzweifelt, als sie endlich besagten Felsen entdeckte. Sie bog links ab und sah schließlich Blech in der blassen Sonne glänzen. Sie kniff die Augen leicht zusammen.

Am Horizont zeichneten sich ein Wohnwagen und ein Auto ab.

Wem gehörte es? Der Besitzerin oder …

Lucie verlangsamte das Tempo und stellte ihren Wagen im Schatten der scharfkantigen Steinformationen ab. Sie sah auf ihr Handy – kein Netz, aber das war in dieser Gegend kein Wunder. Sie nahm den Wagenheber aus dem Kofferraum und umklammerte ihn, ehe sie sich auf den Weg zu Eileen Mitgangs Behausung machte. Gebückt schlich sie zu dem Wohnwagen, der ein Sonnenpaneel und auf dem Dach eine Antenne hatte. Daneben türmten sich etwa dreißig alte Reifen, Teile von Autowracks, unzählige leere Flaschen, Benzinkanister und Müllbeutel.

Hinter ihr das Geräusch rollender Steine. Sie fuhr herum und entdeckte im Gestrüpp eine Familie von Präriehunden. Vier verblüffte Augenpaare waren auf sie gerichtet.

Sie atmete tief durch, doch als sie weitergehen wollte, schaute sie plötzlich in den Lauf eines Gewehrs.

»Keine Bewegung, oder du bist tot!«

Eine Frau, die mit ihrem strähnigen grauen Haar und ihren verkniffenen Gesichtszügen an eine Hexe erinnerte, sah sie aggressiv an.

»Was willst du?«

Ihr Südstaatenakzent war so stark, dass Lucie den Eindruck hatte, nur jedes zweite Wort zu verstehen. Unmöglich, ihr Alter zu schätzen. Vielleicht fünfzig oder auch zehn Jahre mehr. Ihre Augen waren pechschwarz. Die Ermittlerin ließ den Wagenheber fallen und hob die Hände.

»Eileen Mitgang?«

Die Frau nickte, die Lippen zusammengepresst.

Lucie blieb wachsam, in ihrem Kopf überschlugen sich die Gedanken. »Ich möchte mit Ihnen über Véronique Darcin sprechen, sie war im letzten Oktober bei Ihnen. Sie müssen mich anhören.«

»Ich kenne keine Véronique Darcin. Mach, dass du wegkommst.«

»In Wirklichkeit hieß sie Valérie Duprès. Lassen Sie mich wenigstens das Foto rausholen.«

Die Frau mit dem grauen Schal nickte. Sie war groß und stand leicht nach vorn gebeugt da. Ihr linkes Bein war offensichtlich kürzer, sodass sich ihr Körper ein wenig zur Seite neigte. Lucie zeigte ihr das Foto und bemerkte sofort, dass Eileen Mitgang Valérie Duprès erkannte. Also begann sie mit ihren Erklärungen – die Reise der Journalistin durch verschiedene Länder der Welt, ihr Verschwinden, die polizeilichen Ermittlungen, um sie wiederzufinden.

Mitgang sprach recht gut französisch. »Verschwinde von hier. Ich habe nichts zu sagen.«

»Ein Mann ist hinter Ihnen her. Sein Name ist François Dassonville. Er hat schon mehrere Menschen getötet, und ich denke, dass er jetzt in diesen Bergen unterwegs ist. Er dürfte also bald hier auftauchen.«

»Warum sollte ein Mörder hinter mir her sein?«

»Das alles hat mit dem zu tun, was Sie offenbar Valérie Duprès erzählt haben. Sie müssen auch mir erklären, was passiert ist. Kinder, die noch nicht einmal zehn Jahre alt sind, werden irgendwo auf der Welt entführt und sterben.«

»Das passiert jeden Tag.«

»Helfen Sie mir zu verstehen, bitte.«

Die ehemalige Reporterin warf einen wachsamen Blick zum Horizont. Ihre Hände umklammerten das Gewehr. »Zeig mir deine Papiere.«

Lucie reichte ihr den Dienstausweis, den Eileen aufmerksam studierte, bevor sie einen Schritt zurücktrat.

»Komm rein, dort sind wir sicherer. Wenn dieser Typ einen Revolver hat und ein bisschen schießen kann, bieten wir hier eine perfekte Zielscheibe.«

Lucie folgte Eileen, die sich bei jedem Schritt verrenkte wie ein Hampelmann. Die beiden Frauen betraten den Wohnwagen. Er war zwar spärlich, aber mit allem Nötigen eingerichtet – altmodische Vorhänge, ein Ecksofa aus den 1960er Jahren, eine Küchenecke und ein kleines Bad mit Dusche. An den Wänden und an der großen Heckscheibe hingen, sich teilweise überlappend, Hunderte von Fotos. Alte und junge Menschen, Schwarze und Weiße. All die Gesichter, die Eileen in Laufe der Jahre fotografiert hatte und die jetzt nur noch verstaubte Erinnerungsstücke waren.

Es gab nur zwei Fenster – die mit Bildern zugepflasterte Heckscheibe, durch die kein Licht mehr eindringen konnte, und ein kleines auf der Seite.

»Ist die Straße, über die ich gekommen bin, die einzige, die hierherführt?«

»Nein, man kann diesen Ort von allen Seiten erreichen. Das ist ja das Problem.«

Eileen nahm schnell ein paar Bilder von der Scheibe ab, um ein Sichtloch zu schaffen, dann wandte sie sich wieder Lucie zu.

»Valérie Duprès, sagst du? Bei mir hat sie sich als Véronique Darcin vorgestellt. Die hat mich hereingelegt und so getan, als wäre sie eine Weltenbummlerin, mit ihrem Rucksack und ihrem Zelt.« Eileen warf einen Blick durch das kleine Fenster. »Sie hat dahinten beim Felsen ihr Lager aufgeschlagen und alles getan, um sich einzuschmeicheln. Ah, das konnte sie. Eines Abends haben wir getrunken ... viel getrunken. Wir haben von der Vergangenheit gesprochen. Und sie hat mich dazu gebracht, meine Entdeckungen zu enthüllen, die ich vor fünfzehn Jahren gemacht habe. Bis ich bemerkt habe, dass ich ihr auf den Leim gegangen war, hatte sie sich schon aus dem Staub gemacht.« Sie erhob sich und schenkte sich einen Whisky ein. »Sie war gerissen, so wie ich früher auch. Willst du auch einen?«

Lucie schüttelte den Kopf. Ihr Blick wanderte immer wieder

zum Fenster. Sie fühlte sich unwohl, weil sie hier drinnenhockte, während Dassonville jeden Moment draußen aufkreuzen konnte.

Eileen trank einen Schluck und wischte sich mit dem Ärmel den Mund ab. »Du sagst, jemand will mich töten? Das wäre ja keine schlechte Sache. Und du meinst, es gäbe einen Zusammenhang mit der alten Geschichte?«

Lucie nickte. »Ja, ich glaube, alles dreht sich um die Recherchen über Radioaktivität, die Sie damals durchgeführt haben, und vor allem um die Dokumente, die Sie 1998 in der Air Force Base eingesehen haben – *NMX-9, TEX-1 and ARI-2 Evolution.* Sie sind verschwunden.«

Eileen starrte auf den Boden. Mit dem Fuß rückte sie ein Stück Linoleum zurecht.

»Die hatte ich. Ich habe nie mit jemandem über meine Entdeckungen gesprochen. Sie sind mit mir gestorben, als ich meinen Autounfall hatte. Als ich mich dann hier niederließ, habe ich alles verbrannt – auch dieses Dokument, wie so viele andere, die ich zusammengetragen hatte. Ich hatte ein Kind getötet, und nichts anderes zählte mehr. Ich konnte es nie vergessen, und alles ist bis heute in meiner Erinnerung eingegraben. Wie ein Fluch.«

Plötzlich riss sie die Tür des Wohnwagens auf und warf mit gezogener Waffe einen Blick nach draußen. Während sie sich umsah, fuhr sie etwas lauter fort: »Du und die Journalistin, ihr kreuzt hier einfach auf und weckt alte Erinnerungen. Komischer Zufall übrigens, sie war Französin, und meine Recherchen hatten mich zu Franzosen geführt. Wahre Monster. Unmenschen.«

Lucies Interesse war geweckt. Sie spürte, dass sie vielleicht kurz vor dem Ziel stand und dass ihre Reise nach New Mexico nicht umsonst gewesen war.

»Sagen Sie mir, was Sie herausgefunden haben, erzählen Sie mir von den Monstern, wie Sie sie nennen. Das ist überaus wichtig, wenn wir weiterkommen und diesen Fall lösen wollen.«

Eileen schloss die Tür wieder und verriegelte sie. Sie betrachtete nachdenklich die bernsteinfarbene Flüssigkeit in ihrem Glas, bevor sie fortfuhr: »Weißt du, was sie in den 1940er Jahren den Tieren im Versuchslabor von Los Alamos angetan haben?«

»Ich habe Ihren Artikel zu dem Thema in der Redaktion Ihrer ehemaligen Zeitung gelesen. Tausende von kleinen Bleisärgen, die die Militärs ausgegraben haben.«

»Man hat die armen Tiere gezwungen, plutonium-, radium- oder poloniumverseuchte Luft einzuatmen. Nach einigen Tagen verbrannte man sie oder löste sie in Säure auf und maß dann den Gehalt an Radionukliden in der Asche oder in ihren Knochen. Man wollte die Kraft der Radioaktivität besser verstehen und den Vorgang, wie der Organismus sie verstoffwechselt.«

Schweigen. Sie hob ihr Glas. »Die Atome … Ist dir eigentlich klar, dass es in diesem Glas mit Alkohol mehr davon gibt als in der Anzahl von Gläsern, die man mit dem Wasser aller Weltmeere füllen könnte? Die Energie, die ein einziges dieser winzigen Dinger freisetzen kann, faszinierte alle. Wie integriert sich Radioaktivität in den lebenden Organismus? Warum ist sie zerstörerisch? Kann sie in bestimmten Fällen auch heilsam sein oder den gesunden Zellen besondere Fähigkeiten verleihen? Aber Atome bleiben für uns immer noch unverständlich. Sie gehören zu jenen Kräften des Universums, mit denen man nicht spielen darf.«

Nach einem Schweigen, das Lucie unangenehm war, erhob sich Eileen Mitgang, nahm eine Fotografie und betrachtete sie nachdenklich. »Nach dem Start des Manhattan-Projekts in Los Alamos wurden dort im Gesundheitsbereich drei große Abteilungen geschaffen: die medizinische, zuständig für die Gesundheit der Mitarbeiter, die Abteilung für medizinische Physik, zuständig für die Labore und die Entwicklung neuer Strahlenmessinstrumente, und eine dritte, die nirgendwo Erwähnung findet. Und genau die interessiert uns.«

»Welche war es?«

»Die biologische Forschung.«

Biologie … Lucie rieb sich fröstelnd die Schultern, bei diesem Wort bekam sie Gänsehaut. Es erinnerte sie an den Horror, den sie bei einer früheren Ermittlung in der Tiefe des Dschungels entdeckt hatte.

Eileen reichte ihr die Hochglanzaufnahme. Sie zeigte einen etwa fünfzigjährigen Schwarzen, der an Krücken ging. Sein rechtes Bein war amputiert, und er lächelte in die Kamera. »Er lächelt, weil er nichts von der Katastrophe weiß, die sich in seinem Körper ausbreitet. Radioaktivität ist geschmack- und geruchlos und völlig unsichtbar.« Sie presste die Lippen zusammen. »Alles, was ich dir jetzt erzähle, ist die reine Wahrheit, so abartig es dir auch scheinen mag. Willst du es trotzdem hören?«

»Ich bin nur deshalb aus Frankreich hierhergekommen.«

Eileen Mitgang sah sie eine Weile prüfend an.

»Dann hör gut zu. Am fünften September 1945, nur drei Tage nach der offiziellen Kapitulation Japans, arbeiteten die amerikanische Armee und Wissenschaftler in dem Forschungszentrum Los Alamos an einem umfassenden Programm über die Wirkung von Radionukliden im menschlichen Organismus. Diese neue Versuchsreihe war eine ›konzertierte Aktion mit dem Ziel, die Nuklearenergie besser zu beherrschen‹.«

Eileen ließ sich Zeit mit ihrem Bericht. Bei jedem Wort verzog sich ihr Gesicht vor Abscheu. Lucie lauschte ihr fasziniert, versuchte aber dennoch, die Umgebung des Wohnwagens im Auge zu behalten.

»Die Forscher lieferten die Kernenergie, die Ärzte die Patienten. Leiter des Forschungsprojekts war Paul Scheffer, ein französischer Spezialist, der weltweites Ansehen genoss. Er war 1931 an der Entwicklung des Zyklotron beteiligt. Das ist ein Teilchenbeschleuniger, der Kernreaktionen auslösen kann. Scheffer gehörte zu den Intellektuellen, die aus Europa in die Vereinigten Staaten emigriert waren und sich an dem Manhattan-Projekt beteiligten, um den wachsenden Einfluss der Nazis einzudämmen und den atomaren Wettlauf zu gewinnen.«

Eileen schaute aus dem kleinen Fenster, und ihr Blick wanderte zu den Steinen, die den Abhang hinunterrollten. Präriehunde ... Dann fuhr sie fort: »Paul Scheffer war ein Genie, aber auch ein gefährlicher Verrückter. Er war davon überzeugt, dass die Kernenergie, die Protonen und Neutronen verbindet, zum Vorteil der Menschheit eingesetzt werden und sogar Krebs heilen könnte. Für ihn war Radioaktivität ein ›magischer Ball‹, der die bösartigen Zellen treffen und zerstören könnte. Er setzte seine eigene Mutter, die damals an Krebs erkrankt war, der Neutronenbestrahlung aus, die der Zyklotron produzierte. Der Zufall regelt die Dinge manchmal schlecht, und ich glaube, es war unser größtes Unglück, dass sich der Zustand seiner Mutter verbesserte und sie noch siebzehn Jahre gelebt hat. Seitdem war Scheffer davon besessen, zu therapeutischen Zwecken die Wirkung von Radioaktivität auf den Organismus zu untersuchen und zu verstehen.«

Eileen lächelte traurig. Diese Geschichte bewegte sie noch

immer. Sie blickte auf das Foto des großen Schwarzen, das sie abgenommen hatte. »Elmer Breteen wohnte in Edgewood. Er wurde 1946 wegen einer Beinverletzung ins Krankenhaus eingeliefert und zwei Monate später – ein Bein war amputiert worden – wieder entlassen. 1947 starb er an Leukämie. Seine Krankenakte im *Rigton Hospital* in New Mexico trug den Vermerk ›HP NMX-9‹ – *Human Product, New Mexico, 9'*. Das neunte menschliche Produkt des *Rigton Hospital*.«

»Menschliches Produkt?«

»Ohne sein Wissen hatte man ihm im Rahmen einer Versuchsreihe des streng geheimen Nutmeg-Programms, das Paul Scheffer leitete, massive Dosen Plutonium ins rechte Bein gespritzt.«

Lucie nahm die vielen neuen Informationen kommentarlos auf. Versuche an Menschen. Natürlich hatte sie mit allem Möglichen gerechnet, doch das, was sie jetzt aus dem Mund dieser Frau hörte, war eine neue Dimension des Grauens.

Eileens Blick verlor sich in der Ferne. »Von Juni 1945 bis März 1947 haben einhundertneunundsiebzig Männer, Frauen und sogar Kinder, die größtenteils, aber nicht alle an Krebs und Leukämie litten, massive Dosen radioaktiver Stoffe verabreicht bekommen – Plutonium, Uran, Polonium, Radium. Sie wurden alle während ihres Aufenthalts im Krankenhaus in das Nutmeg-Programm einbezogen. In den Berichten wurde die Identität der Patienten nicht enthüllt, nur eine Beschreibung des Äußeren, das Alter und Städtenamen wurden angegeben.« Traurig betrachtete sie das Foto von Elmer. »Es war nicht leicht, anhand der wenigen Angaben in den Berichten seine Identität zu klären, aber es ist mir gelungen. Edgewood, ein großer Schwarzer mit amputiertem Bein, der 1947 verstorben ist – das hat letztlich ausgereicht. Solche Art von Nachforschungen beginnen immer auf dem Friedhof.«

Sie saß mit hängenden Schultern da und lächelte. Ein Lächeln, das nichts Fröhliches hatte, sondern nur tiefes Bedauern und Leid ausdrückte.

»Gut, was? Nach all den Jahren habe ich noch die Zahlen der Experimente im Kopf. Wie soll man die je vergessen? Einige Patienten – darunter auch schwangere Frauen, Greise und Kinder – bekamen eine einmalige Dosis von fünfzig Mikrogramm Plutonium gespritzt: das ist der fünfzigfache Wert von dem, was der Organismus ertragen kann. Dann wurden Urin- und Stuhlproben in großen Holzkisten in die Labore von Los Alamos geschickt, wo sie eingehend untersucht wurden. Embryonen wurden entnommen, zerstückelt und aufbewahrt. Einige der Kranken starben schon bald unter furchtbaren Qualen, die man ihrer Krankheit zuschrieb. Andere, wie Elmer, lebten noch ein oder zwei Jahre weiter, bevor sie an Krebs oder Leukämie starben, die entweder durch die Behandlung ausgelöst oder aber verschlimmert worden waren.« Eileen schüttelte nachdenklich den Kopf. »In den meisten Fällen wurden jene Leichen, die nicht von den Familien angefordert wurden, zu Studienzwecken ins Labor überstellt. Der Bericht 34654, den ich entwendet habe, beschreibt das Nutmeg-Programm und verfolgt die Entwicklung von drei Patienten – darunter auch Elmer – in drei verschiedenen Krankenhäusern. Eines in New Mexico, eines in Texas und das dritte in Arizona. NMX, TEX, ARI.«

Lucie fand keine Worte. Sie stellte sich die Wissenschaftler in ihren weißen Kitteln vor, die Injektionen vorbereiteten, Ergebnisse analysierten und Menschen als gewöhnliche Studienobjekte benutzten. Das alles im Rahmen eines von der Regierung und der Armee getragenen und finanzierten Programms. Die Abartigkeit der Menschen kannte, sobald es sich um Macht, Geld oder Krieg handelte, offenbar keine

Grenzen. Da sie spürte, dass ihre Gedanken zu ihren Töchtern wanderten, schüttelte sie den Kopf, konzentrierte sich auf Eileens Worte und machte sich aufmerksam Notizen.

»Im Kern ging es darum, möglichst viel über die Auswirkungen der Radioaktivität auf den Organismus herauszufinden und Systeme zu entwickeln, um Wasser und Nahrung radioaktiv zu vergiften. In militärischer Hinsicht erforschte man, wie Soldaten reagierten, die starken radioaktiven Strahlungen ausgesetzt waren. Das Programm, das der höchsten Geheimhaltungsstufe unterlag, wurde offiziell 1947 eingestellt – zum gleichen Zeitpunkt wie das Manhattan-Projekt. Damals war Paul Scheffer dreiundvierzig Jahre alt und wanderte mit seiner Frau nach Kalifornien aus. Am Radiation Laboratory der Berkeley University war er einer der bekanntesten Nuklearphysiker, und sein einziger, spätgeborener Sohn trat in seine Fußstapfen. Leo Scheffer, der dreiundzwanzig war, als sein Vater starb, wurde ein bedeutender Nuklearmediziner und arbeitete in einem der größten kalifornischen Krankenhäuser. Parallel war er an einem Forschungsprojekt über Nukleartherapie und Stoffwechsel beteiligt – die Brachy-Therapie beinhaltet das Einführen strahlender Substanzen in den Tumor, das heißt eine Bestrahlung von innen – und unterrichtete in Berkeley. 1971 beeindruckte er die wissenschaftliche Welt während eines internationalen Kongresses in Paris, indem er ein großes Glas Wasser mit radioaktivem Jod trank. Anschließend fuhr er mit dem Geigerzähler über seinen Körper, der allerdings nur bei der Schilddrüse ausschlug. Damit erbrachte er den Beweis, dass dieses Organ radioaktives Jod zu fixieren vermag. Damals war er fünfundzwanzig Jahre alt.«

Eine Konferenz in den siebziger Jahren in Paris. Lucie erinnerte sich, dass Dassonville zu jener Zeit in der Hauptstadt

Physik studierte. Vielleicht hatten sich die beiden Männer dort kennengelernt und angefreundet.

Eileen trank ihr Glas in einem Zug leer und schenkte sich nach. Ihre Hände zitterten, und der Flaschenhals schlug klirrend an das Glas.

Lucie griff ein, um sie vom Trinken abzuhalten. »Das ist unvorsichtig. Womöglich taucht hier gleich ein Killer auf und …«

»Lass mich in Ruhe, ja?«

»Sie schätzen die Situation offenbar nicht richtig ein.«

Eileen stieß Lucie zur Seite. »Die Situation? Hast du meine Situation gesehen? Soll ich weitererzählen? Dann halt den Mund!« Sie umklammerte ihr Glas und lehnte sich in ihrem Schaukelstuhl zurück. »Wenn ich mir den Sohn ansehe, habe ich das Gefühl, es mit dem Vater zu tun zu haben«, fuhr die ehemalige Journalistin fort. »Derselbe Wahnsinn im Blick und im Verhalten. Dieselbe gefährliche Intelligenz, dieser krankhafte Drang, die Forschung voranzutreiben. Also habe ich mich etwas mehr für ihn interessiert. Ich wollte meine persönlichen Nachforschungen zu Ende führen. Das ist zur fixen Idee geworden und hat mich meinen Job gekostet.« Sie trank einen Schluck. »Ich könnte dir viel über ihn erzählen, aber ich komme gleich zum Wesentlichen. 1975 finanzierte Scheffer, damals gerade mal neunundzwanzig Jahre alt, ganz in der Nähe des Krankenhauses, in dem er arbeitete, ein Heim für geistig Behinderte. Leo, der reiche Erbe und Wohltäter der Menschheit, eröffnete das Zentrum *Les Lumières*. Eine Einrichtung, in der die Kranken maximal zwei Jahre bleiben konnten, bis man den richtigen Platz für sie gefunden hatte.«

Lucie schielte ängstlich zu der Sichtlücke im Fenster. Die Mittagssonne tauchte die Felsen in ihr gleißendes, grelles Licht.

»Ich habe herausgefunden, dass Scheffer zu dieser Zeit neben seiner Tätigkeit als Arzt und Forscher zahlreiche Reisen nach Massachusetts und zum Oak Ridge National Laboratory in Tennessee unternahm, wo er seine Kontakte hatte. Diese Leute konnte ich damals befragen. Leo Scheffer beschaffte sich dort radioaktives Eisen, das im Zyklotron des Massachusetts Institute of Technology hergestellt wurde, aber auch radioaktives Kalzium, das im Radionuklid-Programm des Oak Ridge National Laboratory produziert wurde. Er gab vor, diese Stoffe zu Studienzwecken in seinem Labor zu benötigen. Das war eine Lüge. Denn in Wahrheit kamen die hoch radioaktiven Substanzen im Zentrum *Les Lumières* zum Einsatz.«

Sie zuckte die Schultern. »Das Zentrum *Les Lumières* wurde von einer Gesellschaft verwaltet, doch seltsamerweise war Scheffer persönlich für die Versorgung und Lagerung der Nahrungsmittel zuständig. Er bestellte unter anderem große Mengen Haferflocken und Milch, was die Patienten zum Frühstück bekamen.«

Lucie horchte auf. Hafer. Die Annonce im *Figaro* wurde immer klarer.

Eileen fuhr fort: »Warum sollte sich ein Wissenschaftler dieser Größenordnung mit der Beschaffung und Lagerung von Nahrungsmitteln für sein Behindertenzentrum beschäftigen? Fünfundzwanzig Jahre später habe ich mit den ehemaligen Angestellten von *Les Lumières* sprechen können, aber die haben Scheffer nicht viel vorzuwerfen. Ein herausragender und großzügiger Mensch. Schwieriger wird es, wenn man versucht, ehemalige Insassen des Zentrums zu finden. Ich konnte keinen einzigen auftreiben.«

Lucie schluckte. Sie stellte eine Frage, deren Antwort sie schon kannte: »Was ist ihnen zugestoßen?«

»Sie sind alle an Krebs, Leukämie, Missbildungen oder Organversagen gestorben. Es besteht kein Zweifel daran, dass Scheffer heimlich an diesen armen Menschen die Experimente seines Vaters fortgesetzt hat. Er fügte den Haferflocken und der Milch radioaktive Substanzen bei.«

»Aber mit welchem Ziel?«

»Vielleicht, um zu verstehen, inwiefern Radioaktivität die Zellen zerstört? Um herauszufinden, woher der Krebs kommt? Um die Krankheit durch Bestrahlungen zu heilen? Um, wie sein Vater, den ›magischen Ball‹ zu finden? Ich habe keine Ahnung. Gott allein weiß, was Scheffer seinem Sohn anvertraut hat. Und auch er allein weiß, welche anderen grauenvollen Experimente die beiden heimlich durchgeführt haben. Neben dem Behindertenzentrum war Scheffer auch mit Gefängnissen und psychiatrischen Kliniken in Kontakt. Orte, deren Leiter sich, gegen eine entsprechende finanzielle Unterstützung, durchaus zu solchen Versuchen bereit erklären konnten.« Sie stellte ihr Glas hart auf dem Tisch ab. Ihre Augenlider flatterten leicht. »Sie sagen, die Journalistin sei verschwunden. In Frankreich?«

»Das vermuten wir, aber wir sind nicht sicher.«

»Leo Scheffer ist auch nach Frankreich zurückgekehrt. Wie ich in seinem ehemaligen Krankenhaus erfahren habe, wurde er abgeworben. Er habe von einem neuen Posten und neuen Forschungen gesprochen. Aber Genaueres konnte mir niemand sagen, und ich habe den Eindruck, dass keiner etwas Konkretes wusste. Auf alle Fälle muss die Herausforderung groß gewesen sein, denn Scheffer hatte einen super Job. Ich hätte meine Nachforschungen vermutlich bis in euer Land fortgesetzt, wenn …« Sie seufzte. »Aber dann passierte der Unfall. Und heute habe ich mich hierher zurückgezogen, mit all diesem Schmutz in meinem Inneren und meiner kaputten Hüfte.«

Lucie bemerkte, wie verkrampft Eileens Hände waren. Sie dachte an die Fotos von den Kindern auf den Operationstischen. Scheffer, mittlerweile um die sechzig und ein bekannter Spezialist für Radioaktivität, der vermutlich grauenvolle Versuche an Menschen vorgenommen hatte, lebte und arbeitete vielleicht noch in Frankreich.

»Wann ist er von den USA nach Frankreich umgesiedelt?«

»1987.«

In Lucies Kopf setzten sich augenblicklich die Puzzleteile zusammen, ihr Blick verschwamm. 1987 … ein Jahr nachdem die Mönche getötet worden waren und die Niederschrift nach Frankreich gelangt war. Ohne Zweifel hatte Dassonville, in dessen Besitz sie sich befand, Kontakt zu dem Wissenschaftler aufgenommen und ihn überredet, nach Frankreich zu kommen. Die beiden Männer hatten sicherlich zusammengearbeitet. Die Ermittlerin dachte an die Schwarz-Weiß-Aufnahme von den drei berühmten Wissenschaftlern und an das, was sie vermutlich in den 1920er Jahren entdeckt hatten. Jene Zeit, in der Scheffer senior an der Entwicklung des Zyklotron beteiligt gewesen war und Kongresse besucht hatte, bei denen sich alle Wissenschaftler von Rang und Namen trafen. Fast ein Jahrhundert später hatte Dassonville Scheffer junior nach Frankreich geholt – wegen seiner Nuklearkenntnisse, seiner eigenartigen Experimente und auch, weil er der Sohn eines finsteren Patriarchen war.

Er hatte ihn sicherlich angeworben, um die verfluchte Niederschrift auszuwerten.

Und zu verstehen.

Lucie richtete sich auf. Sie dachte an Valérie Duprès. Die Journalistin war Scheffer auf die Schliche gekommen, dann hatte sie ihre geplante Reise abgebrochen, um direkt nach Frankreich zurückzukehren. Sie hatte Eileens Arbeit fortgesetzt, vermutlich Leo Scheffer ausfindig gemacht und sich somit in Gefahr gebracht.

Als Lucie aus ihren Gedanken auftauchte und den Blick wieder hob, sah sie Eileen, die, leicht schwankend und das Gewehr in der Hand, zu dem kleinen Fenster ging und einen Blick nach draußen warf.

Doch plötzlich zuckte sie zurück, als hätte sie den Leibhaftigen gesehen.

Kapitel 46

Sharko platzte in das Büro von Julien Basquez, in dem er die halbe Nacht verbracht hatte, um von dem »Roten Engel« zu erzählen. Der Beamte, der den Kaffee geholt hatte, konnte ihn nicht aufhalten.

Dem Oberkommissar gegenüber lungerte ein junger Mann in Handschellen auf einem Stuhl. Ein schlecht rasierter Grünschnabel in Hüftjeans und grün-weißer Jacke. Ohne Vorankündigung schnappte Sharko ihn und riss ihn von seinem Stuhl hoch.

»Was hast du mit Gloria Nowick zu tun?«

Der Junge wehrte sich und brüllte Beleidigungen, der Stuhl fiel um.

Basquez ging dazwischen und zog Sharko am Arm aus dem Raum. »Beruhig dich, ja?«

Wütend strich der Kommissar das Revers seiner Jacke glatt. »Nun sag schon!«

»Du solltest dich lieber zurückhalten und dich nicht einfach so in meine Ermittlungen einmischen! Du hast schon genug Mist gebaut.«

Durch den Lärm aufgeschreckt, kamen die Kollegen auf

den Flur. Basquez erklärte, alles sei in Ordnung, und wandte sich dann an Sharko. »Komm, wir trinken einen Kaffee.«

Die beiden Männer gingen in die Küche. Durch das kleine Dachfenster sah man, dass draußen schon Dunkelheit herrschte, obwohl es erst 16:30 Uhr war. Vereinzelte Schneeflocken trieben im Wind dahin.

Sharko legte ein paar Münzen in das Schälchen und stellte zwei Tassen unter die Maschine. Seine Hände zitterten leicht. »Ich höre.«

Basquez lehnte sich an die Wand. »Nach der Nachbarschaftsbefragung in Glorias Viertel wurden wir durch einen anonymen Anruf auf den Jungen aufmerksam gemacht. Der Informant hat uns gesagt, er habe ihn wiederholt unten in der Eingangshalle gesehen. Der Junge habe sich dort herumgetrieben, als würde er etwas überwachen. Wir sind hingefahren, um noch einmal die Hausbewohner zu verhören, und haben herausgefunden, dass er Johan Shafran heißt und siebzehn Jahre alt ist. Keine Vorstrafen.«

Sharko reichte seinem Kollegen eine Tasse mit Kaffee und trank selbst einen Schluck aus seiner Tasse. »Was hat er mit der Sache zu tun?«

»Der Mörder hat ihn als Wachposten benutzt. Shafran sollte ihn anrufen, sobald du das Gebäude betrittst.« Basquez zog ein Foto aus der Tasche. »Er hatte ein Foto von dir bei sich, das er von seinem Auftraggeber bekommen hatte.«

Sharko betrachtete es. Es war neueren Datums und zeigte ihn, als er in seinen Wagen stieg. Die Umgebung war nicht zu erkennen. Ein Parkplatz, so viel war sicher. Vielleicht der eines Supermarkts. Der Mörder war nur wenige Meter von ihm entfernt gewesen und hatte ihn fotografiert, ohne dass er es bemerkt hatte.

»Shafran kennt also den Killer?«

»Sein Gesicht hat er nie gesehen. Er spricht von einem mittelgroßen Weißen, der eine Steppjacke, einen Schal, eine Mütze und eine Sonnenbrille trug. Er schätzt ihn auf höchstens Mitte dreißig. Wir wollen versuchen, seinem Gedächtnis etwas auf die Sprünge zu helfen.«

»Also keine Chance, ein Phantombild zu erstellen?«

»Wir werden sehen, aber ich glaube nicht.«

»Erzähl mir von ihrem Treffen.«

»Gloria Nowicks Mörder hat letzten Samstag Kontakt mit Shafran aufgenommen. Er hat ihn angesprochen und um einen Gefallen gebeten, für den er ihn gut bezahlen wollte. Er bot ihm fünfhundert Euro auf die Hand; dafür sollte Shafran mehrere Tage die Eingangshalle überwachen und ihm mitteilen, wenn du dort auftauchst. Er hat ihm gesagt, das würde vermutlich Montag oder Dienstag der Fall sein. Der Mann hat ihm nach dem Anruf weitere fünfhundert Euro versprochen. So viel Geld hat Shafran noch nie gehabt.«

»Und die Telefonnummer?«

»Führt zu einem Prepaidhandy. Unmöglich, den Besitzer oder die Nummer herauszufinden. Sie existiert nicht mehr. Wahrscheinlich hat er das Handy inzwischen weggeworfen.«

Sharko trank seine Tasse in einem Zug leer.

Der Mörder hatte alles perfekt vorbereitet.

»Verdammt!« Er stellte seine Tasse in die Spüle, lehnte sich Basquez gegenüber an die Wand und fuhr sich mit den Händen durchs Haar. »Das bestätigt die Vermutung, dass der Mörder in der Nähe des Ortes lebt, wo ich Gloria gefunden habe. Ich habe eine halbe Stunde für den Weg von ihrer Wohnung zum Stellwerk gebraucht. In der Zeit hat unser Mann den Anruf des Jungen bekommen, Gloria mit Medikamenten vergiftet und ist dann geflohen. Er wusste, dass er genug Zeit dafür hatte.«

356

Sharko führte Basquez in sein Büro. Robillard saß, den Blick auf den Bildschirm gerichtet, an seinem Platz. Der Kommissar betrachtete den großen Plan der Hauptstadt, der an der Wand hing. Er deutete auf den Ort, an dem er Gloria gefunden hatte.

»Man muss ein Stück laufen, um zu dem Stellwerk zu gelangen, hin und zurück etwa fünf Minuten. Wenn er mit dem Auto gekommen ist, kann man davon ausgehen, dass er zum Zeitpunkt des Anrufs maximal zehn Minuten von dort entfernt war. Das beschränkt unsere Nachforschungen auf die Arrondissements, die an das 19. grenzen.«

»Wir hatten uns schon gedacht, dass er aus der Umgebung kommt.«

»Was hat der Junge sonst noch erzählt?«

»Als er sich mit dem Mörder getroffen hat, ist dieser zu Fuß gekommen. Doch nachdem Shafran sein Geld bekommen hatte, ist er dem Mann heimlich gefolgt, der seinen Wagen einige hundert Meter entfernt in einer Seitenstraße geparkt hatte. Ein kleiner weißer Renault Clio, eher ein älteres Modell, aber ohne Nummernschilder.«

»Das gibt's doch nicht …«

»Das nennt man Vorsicht, was? Wir haben es wirklich mit einem Perfektionisten zu tun, der nichts dem Zufall überlässt. Vielleicht hat er die Nummernschilder in einiger Entfernung, als er sich unbeobachtet fühlte, wieder angeschraubt. Doch eines könnte uns weiterhelfen – Shafran hat eine Anhängerkupplung bemerkt, weißt du, so ein Ding, das man normalerweise mit einem Tennisball sichert.«

»Ja, verstehe.«

»Aber ich kann mir kaum vorstellen, dass ein Clio einen Wohnwagen ziehen kann. Ich denke eher an einen kleinen Anhänger, beispielsweise für ein Motorrad. Vielleicht ist er damit zum Stellwerk gefahren, um Gloria Nowick zu vergiften. So konnte er sichergehen, nicht in einen Stau zu geraten und auf alle Fälle vor dir da zu sein. Wir werden versuchen, in dieser Richtung weiterzukommen.«

»Du musst diesen kleinen Idioten noch ein wenig in die Mangel nehmen. Setz ihn unter Druck, bis er nicht mehr kann.«

Basquez klopfte Sharko auf die Schulter und verschwand. Der Kommissar stand wie erstarrt und mit geballten Fäusten da, den Blick auf den Stadtplan gerichtet.

»Alles in Ordnung?«, fragte Robillard besorgt.

Sharko zuckte die Schultern und kehrte an seinen Platz zurück. Über seinen Tisch gebeugt, dachte er an Gloria. Mit einer lässigen Handbewegung breitete er die Fotos eines nach dem anderen vor sich aus. Das Profil des Mörders nahm langsam Formen an, und der Bericht von Basquez bestätigte das Bild, das Sharko sich gemacht hatte. Aber merkwürdigerweise konnte er sich nicht vorstellen, dass der Mörder Motorradfahrer war. Diese Maschinen waren gefährlich und in gewisser Weise unberechenbar – das schien ihm nicht zu dem Profil zu passen, das er erstellt hatte.

Kein Wohnwagen, kein Motorrad. Aber was dann?

Sharko dachte nach.

Plötzlich durchfuhr es ihn wie ein elektrischer Schlag. Er suchte in den Fotos und zog das heraus, das die verfallene Hütte zeigte, in der er das Sperma gefunden hatte. Das nächste war eine Weitwinkelaufnahme der Umgebung.

Die Hütte, die Insel, der Sumpf und das Boot.

Das Boot …

Kapitel 47

Du stößt die Tür auf, ich schieße.«

Lucie, die sich an die Wand des Wohnwagens drückte, nickte. Von ihrer Position gegenüber dem Eingang aus konnte Eileen Mitgang zwar das Feuer eröffnen, doch sie schien nicht wirklich sicher auf den Beinen zu sein.

Lucie drehte den Griff, aber die Tür bewegte sich nicht. Auch der zweite Versuch war erfolglos.

»Er hat uns eingesperrt.«

Die Spannung stieg. Lucie zweifelte daran, dass Dassonville eine Waffe hatte, aber sie mussten trotzdem vorsichtig sein, denn in den USA konnte man sich bekanntlich leichter eine besorgen als in Frankreich.

Draußen hörten sie Schritte – ihr Verfolger lief um den Wohnwagen herum.

Gleich darauf schreckte der Geruch nach Benzin und Verbranntem die beiden Frauen auf. Noch ehe sie verstanden hatten, was geschah, züngelten hinter dem Sichtloch in der Heckscheibe die ersten Flammen in die Höhe.

Plötzlich loderte das Feuer auf, vermischt mit schwarzem Rauch.

»Dieser Dreckskerl!«, rief Eileen. »Ich hatte Benzin draußen!«

Mit unsicheren Schritten lief sie zum Seitenfenster. Als sie es einen Spaltbreit öffnete, schlug eine Metallkurbel gegen das Plexiglas, sodass sie sich zwischen Fenster und Rahmen fast die Hand abquetschte. Instinktiv duckte sich die ehemalige Journalistin, richtete sich dann schnell wieder auf und feuerte blindlings einen Schuss ab. Die rote Patronenhülse flog durch die Luft, und in der Metallwand waren drei kleine

Löcher zu sehen. Lucie hielt sich die Ohren zu, denn in dem abgeschlossenen Raum hätte der Knall ihr fast das Trommelfell zerrissen.

»Er will verhindern, dass wir hier rauskommen.«

Draußen waren eilige Schritte zu vernehmen. Offenbar loderten weitere Brände auf. Lucie starrte in die Flammen. Ein neuer Schuss ertönte. Benommen schüttelte sie den Kopf, als erwachte sie aus einem Traum.

»Was machst du denn da!«, brüllte Eileen, »bleib doch nicht mitten im Raum stehen!«

Sie rannte zum Schrank und zog panisch den Inhalt heraus. Konservendosen, Gewürze und ein Dutzend neuer Patronen rollten über den Boden. Draußen wurde der schwarze Rauch dichter, und langsam drangen giftige Dämpfe durch die Türritzen und die Lüftung ins Innere.

»Er verbrennt die Reifen! Er will uns vergiften.«

Lucie rannte in das kleine Badezimmer und kam mit zwei feuchten Handtüchern zurück, die sie in die Ritzen stopfte. Sie saßen in der Falle.

Lucie beschloss, die Initiative zu ergreifen, und entriss Eileen das Gewehr. »Geben Sie mir das, Sie können sich ja kaum mehr auf den Beinen halten. Wenn wir nicht auf der Stelle hier rauskommen, ersticken wir.«

Die Luft war inzwischen unerträglich heiß, und der Qualm brannte in den Augen und erschwerte das Atmen. Den Blouson über ihre Nase hochgezogen, rannte Lucie zur Heckscheibe und nahm in Windeseile die Fotos ab. Doch das Feuer wütete so heftig und der Rauch war so dicht, dass dieser Fluchtweg ausgeschlossen war. Dassonville nährte das Feuer mit Reifen, Benzin, Holz und allem, was ihm unter die Finger kam.

Lucie wandte sich zur Tür und warf sich mit ihrem ganzen

Gewicht dagegen. Endlich gab sie nach und öffnete sich einen Spaltbreit, durch den sie sehen konnte, dass auch hier eine Menge Reifen aufgeschichtet waren, die zu brennen begannen. Die Ermittlerin hielt die Waffe in diese Richtung und drückte blindlings ab. Wieder ertönte ein ohrenbetäubender Knall. Lucie stopfte die Patronen in ihre Tasche, lief zum Seitenfenster und versuchte, es aufzudrücken. Erneut tauchte die Kurbel auf und hämmerte wütend gegen das Plexiglas. Doch es gelang Lucie, den Gewehrlauf als Hebel zwischen das Plexiglasfenster und die Karosserie zu schieben, dann schoss sie noch einmal.

Unvermittelt hörten die Schläge auf.

Im gleichen Augenblick zwängte sich Lucie durch die Öffnung. Ein Schatten tauchte vor ihr auf und verschwand dann aus ihrem Blickfeld. Das Fenster befand sich etwa eineinhalb Meter über dem Boden, darunter züngelten die Flammen.

Die Ermittlerin kletterte nach draußen und sprang.

Eine schmerzhafte Landung für ihren Knöchel. Sie verzog das Gesicht, richtete sich auf, schob mit zitternden Fingern zwei Patronen nach und spannte den Abzugshahn.

Schreie im Wohnwagen, Eileen trommelte mit den Fäusten gegen die Karosserie.

Lucie lief zur Tür und stieß mit einer Eisenstange die qualmenden Reifen zur Seite. Ihre Augen brannten, der Gestank nach verkohlendem Gummi war unerträglich.

Sobald Eileen frei war, rannte Lucie um den Wohnwagen herum. Dassonville hastete zu der Stelle, an der sie ihren Wagen geparkt hatte. Er war schnell und wendig. Trotz ihres Rückstands von dreihundert Metern nahm sie, das Gewehr fest umklammert, augenblicklich die Verfolgung auf. Die Wut verlieh ihr ungeahnte Kräfte und ließ sie den Schmerz im Knöchel vergessen. Sie dachte an Sharko, den dieser verdammte Mönch in den Wildbach gestoßen hatte. Und an Christophe Gamblin, den er in einer Tiefkühltruhe hatte erfrieren lassen.

Sie war dem Teufel in Person auf den Fersen. Jenem Teufel, der seit sechsundzwanzig Jahren in den Bergen des Départements Savoie sein Unwesen trieb.

Sie blieb stehen und legte die Waffe an, doch wegen ihres keuchenden Atems war es unmöglich, exakt zu zielen. Sie drückte zweimal ab, obwohl sie wusste, dass sie nicht treffen würde.

Sie rannte weiter. Bis das Geräusch eines aufheulenden Motors ihre letzten Hoffnungen zerstörte. Dassonville hatte seinen Wagen, ein Stück von ihrem entfernt, hinter einem Felsen abgestellt. Als Lucie ihr Auto erreichte, verschwand er gerade in einer dicken Staubwolke.

Sie ließ in Windeseile den Motor an, doch nach wenigen Metern geriet ihr Pontiac ins Schleudern. Sie konnte in letzter Sekunde bremsen, stieg aus und nahm den Schaden in Augenschein.

Die vier Reifen waren zerstochen worden.

Wütend schlug sie mit der Faust gegen die Tür.

Dann rannte sie zurück zum Wohnwagen.

Eileen Mitgang hinkte mühsam zwischen den mit Regenwasser gefüllten Tonnen und dem Feuer hin und her. Dicke schwarze Rauchwolken stiegen zum Himmel auf. Lucie stellte fest, dass auch das Auto der ehemaligen Journalistin fahruntüchtig war. Der Wohnwagen war zwar an einigen Stellen verkohlt, stand aber noch.

»Ich muss telefonieren«, keuchte sie. »Meine Dienststelle in Frankreich informieren. Wie kann ich das machen?«

Eileens Atem ging pfeifend. »Er hat mir die vier Reifen zerstochen, und ich habe nur zwei Ersatzreifen. Ohne Auto kann man nur zu Fuß gehen. Bis zur nächsten großen Straße, wo man eventuell wieder Empfang hat, dauert es zwei Stunden. Darum lebe ich hier – denn ich wollte von der Welt abgeschnitten sein.«

Sie versuchte weiter, das Feuer zu löschen. Lucie folgte mit den Augen dem kurvigen Weg durch die Berge. Zwei Stunden. Mit ihrem schmerzenden Knöchel würde sie drei brauchen.

Ihr Blick wanderte zu der armen Frau, die zu retten versuchte, was ihr geblieben war.

Ohne ihren Wohnwagen hätte Eileen Mitgang nichts mehr. Lucie griff nach einer Eisenstange und stieß die brennenden Reifen zur Seite.

Sie hatte zwar Dassonville nicht erwischt, aber sie hatte einen neuen Namen – Leo Scheffer.

Kapitel 48

Es gab nicht allzu viele Geschäfte im Raum Paris, die Boote verkauften. Eines befand sich in Élancourt, im Département Yvelines, das jedoch wegen Renovierungsarbeiten seit dem Sommer geschlossen war. Das zweite bot ausschließlich schwere Motorschiffe an, doch das dritte Geschäft am Quai Alphonse-le-Gallo in Boulogne-Billancourt lohnte offenbar einen Besuch.

Aufgrund der Wetterlage zog Sharko es vor, mit der Metro zu fahren. Noch im Büro informierte er Robillard, er habe eine Besorgung zu machen und komme voraussichtlich heute nicht mehr zurück. Er zog sich warm an, streifte Handschuhe über, wickelte sich einen Schal um den Hals und stapfte durch den Schnee bis zur Metrostation Cluny-La

Sorbonne. Er brauchte frische Luft und wollte auf dem Weg mit Lucie telefonieren. Seit sie in New Mexico war, hatten die beiden lediglich kurze SMS ausgetauscht. Dummerweise erreichte er nur ihren Anrufbeantworter und hinterließ eine Nachricht. Sicherlich recherchierte sie eifrig, isoliert in den Archiven der *Kirtland Air Force Base.*

Ein paar Minuten später lief er die Treppe zur Metrolinie 10, ganz in der Nähe der berühmten Universität, hinab. Mit Paketen, Weihnachtsbäumen und bunten Tüten beladene Menschen drängten sich auf dem Bahnsteig. Die Kinder hatten Ferien, es waren nur noch drei Tage bis Heiligabend.

Sharko trat in den überfüllten Wagen und musste stehen. Einen guten Teil der Fahrt verbrachte er damit, einem kleinen asiatischen Mädchen zuzulächeln, das ihn fasziniert anschaute.

Auch für sie wollte er trotz aller Schwierigkeiten in seinem ungeliebten Job weiterarbeiten. Für sie und alle anderen Kinder, damit sie ohne die Angst davor, von Verbrechern wie Dassonville in Keller gesperrt zu werden, aufwachsen konnten.

Eine halbe Stunde später, gegen 18:30 Uhr, stieg er an der Station Boulogne-Pont de Saint-Cloud aus und lief bis zum Quai Alphonse-le-Gallo. Das Hochhaus von TF1 überragte die anderen Gebäude am rechten Ufer der Seine, die dunkel tabakfarben dahinfloss. Die Hände in den Taschen, überquerte der Kommissar einen Parkplatz und betrat den Espace Mazura, ein weitläufiges Gebäude mit einer originellen Fassade, die tatsächlich an die Breitseite eines Schiffs erinnerte. Hier konnte man kleine Boote, Anhänger, Spezialbekleidung und Wasserski kaufen, seinen Schiffsmotor reparieren lassen und auch seinen Bootführerschein machen. Sharko ging zur Abteilung, wo kleine Bootsmodelle aller Art, aller Formen und Farben, aus Polyethylen, Aluminium, mit abgerundetem oder flachem Boden und auch Schlauchboote ausgestellt waren.

Ein Verkäufer kam auf ihn zu. »Kann ich Ihnen helfen?«

Sharko zeigte ihm ein Foto von dem Kahn, den er suchte. »Haben Sie dieses Modell?«

Der Mann betrachtete das Bild und nickte. »Das ist der *Explorer 280* aus Holz. Den haben wir auf Lager. Kommen Sie mit.«

War es möglich, dass Sharko mitten ins Ziel getroffen hatte und endlich seinem Gegner einen Zug voraus war?

Sie begaben sich in eine andere Abteilung. Dort war das besagte Boot ausgestellt. Kein Zweifel. Es handelte sich um den gleichen Kahn und die gleichen Ruder.

Der Kommissar zeigte seinen zerfledderten Dienstausweis mit der Trikolore. »Kripo Paris. Im Rahmen einer Ermittlung möchte ich wissen, ob jemand kürzlich ein solches Boot hier gekauft hat.«

Der Verkäufer zögerte, nickte und schaute in einem Computer nach. »Wir verkaufen dieses Modell nur selten und erst recht nicht in dieser Jahreszeit. Warten Sie, ich sehe nach.« Nach kurzer Suche deutete er auf den Bildschirm.

»*Explorer 280*, am neunundzwanzigsten November dieses Jahres. Offenbar hat der Kunde gleich zwei davon genommen. Wie ich sehe, hat er auch einen Taucheranzug für kalte Gewässer, ein Fangnetz und eine wasserdichte Lampe gekauft.«

»Haben Sie Namen und Anschrift?«

»Nein, er hat bar bezahlt. Ich habe diesen Kunden zwar nicht bedient, aber ich weiß noch, dass sein Wagen mit einem Anhänger auf dem Parkplatz stand und dass ich meinem Kollegen geholfen habe, die beiden Boote darauf zu befestigen. Dann hat der Mann sich verabschiedet und ist weggefahren.«

»Erzählen Sie mir alles, woran Sie sich erinnern können.«

»Über sein Aussehen kann ich nicht viel sagen. Er war dick vermummt. Mütze, Schal und eine Sonnenbrille, die er nicht einmal im Laden abgenommen hat. Er war so um die dreißig und etwa so groß wie ich, vielleicht etwas größer.«

Diese Beschreibung stimmte mit der überein, die Johan Shafran von dem Mann abgegeben hatte.

»Irgendwas Besonderes wie Narben oder Tattoos?«

»Nein.«

»Haben Sie das Autokennzeichen gesehen?«

»Leider nicht. Sein Anhänger hatte übrigens gar keines, und mein Kollege hatte ihn darauf aufmerksam gemacht. Und was seinen Wagen betrifft, so war es ein kleines Modell, ein Peugeot 206 oder ein Renault Clio.«

Sharko war enttäuscht. Das war einfach zu wenig. Er starrte wütend auf das Boot – ein schönes Modell, aber viel zu groß, um es in einer Wohnung zu lagern. Glorias Mörder musste diese beiden Boote irgendwo untergestellt haben. Vielleicht in einer Doppelgarage oder in einem größeren Lager. Der Ermittler dachte an den Taucheranzug und die Lampe. Was hatte dieser Mann mit dem ganzen Zeug vor?

»Haben Sie eine Ahnung, was der Mann mit den beiden Booten anfangen wollte?«

»Ich hole mal meinen Kollegen, der ihn bedient hat. Das ist einfacher. Einen Moment bitte.«

Er verschwand am Ende des Gangs. Sharko rieb sich das Kinn und lief nervös auf und ab. Er konnte sich die Schadenfreude dieses perversen Typen, der mit ihm spielte, bildhaft vorstellen. Sein Plan war gut ausgetüftelt, der Mann funktionierte wie ein Schweizer Uhrwerk, absolut zuverlässig! Was mochte er als Höhepunkt geplant haben? Sharkos

Tod? Wieder musste er an Lucie denken. Der »Rote Engel«
hatte Suzanne sechs endlos lange Monate eingesperrt, und
wenn dieser Schweinehund den Serienkiller nachahmte,
dann …

Er konnte kaum durchatmen und verspürte das dringende
Bedürfnis, auf der Stelle mit seiner Freundin zu sprechen.
Er wählte die Nummer, aber wieder war nur die Mailbox-
Ansage zu hören. Er legte auf, ohne eine Nachricht zu hin-
terlassen.

Der Verkäufer kam in Begleitung seines Kollegen zurück.

»Der Kunde war irgendwie merkwürdig«, erklärte der
zweite Mann, während er Sharko die Hand reichte.

»Was meinen Sie damit?«

»Er schien ganz verrückt nach Insekten zu sein. Zu Anfang
hat er kaum was gesagt, wollte offensichtlich am liebsten
schnell sein Material einpacken und heimfahren. Und dann
hat er plötzlich wirres Zeug geredet. Das dauerte nicht lange,
aber es war bizarr.«

Er blickte in die Ferne. Sharko forderte ihn auf fortzufahren, vielleicht gab es einen Anhaltspunkt.

»Der Mann sagte, er wolle Libellen fangen. Ja, so war es, er
wollte sich in seinem Boot verstecken und in der Mitte eines
Sees die Tiere fangen, weil man sie dort leichter erwischt.
Vielleicht stimmte diese Geschichte ja, aber ich dachte trotzdem, dass etwas mit dem Typen nicht in Ordnung ist.«

Sharko überlegte, so schnell er konnte. Insekten … Er
hatte früher schon einmal mit einem Killer zu tun gehabt,
der bei seinen Morden Insekten verwendete. Auch diesen
Verbrecher hatte er getötet.

Konnte es einen Zusammenhang mit dieser alten Geschichte geben?

Er brauchte nicht mehr nachzuhaken, denn der Verkäufer

fuhr fort: »Der Typ hat dann auch gesagt, er würde Nachtfalter jagen, ebenfalls auf Teichen, und das mit einer besonderen Technik.« Er grinste abfällig. »Offenbar legt er die
Lampe ins Boot, geht mit seinem Taucheranzug ins Wasser
und wartet mit einem Fangnetz. Stellen Sie sich das doch mal
vor! Jedenfalls war der Typ wirklich sehr eigenartig.«

Nachtfalter? Sharkos Herz schlug schneller.

»Hat er vielleicht vom Totenkopfschwärmer gesprochen?«

Der Verkäufer nickte. »Genau. Er wollte Totenkopfschwärmer fangen. Woher wissen Sie das?«

Sharko erbleichte.

Totenkopfschwärmer! Ein morbider Bote, den der Kommissar aus einer besonders aufreibenden Ermittlung kannte,
die schon sechs Jahre zurücklag. Einer der schlimmsten Fälle
seiner Laufbahn.

Bei dem Gedanken an dieses Insekt mit dem eigenartigen
Leib und der Zeichnung eines Totenkopfs auf dem Rücken
erbebte er. Wenn seine Schlussfolgerungen richtig waren,
wusste er jetzt genau, wohin er sich zu begeben hatte.

Dorthin, wo vor langer Zeit der Mörder diese Insekten
gezüchtet und den Falter dann dazu benützt hatte, um seine
finsteren Machenschaften auszuführen.

Kapitel 49

Von Boulogne-Billancourt kehrte Sharko nach Paris zurück,
um seinen Wagen zu holen und dann Richtung Süden zu
fahren, in das Département Essonne, genauer gesagt nach
Vigneux-sur-Seine am Rand des Forêt de Sénart. Auch wenn
das Wetter noch so schlecht und der Weg noch so weit war, er
musste diesen Ort noch heute Abend erreichen.

Der Albtraum wollte kein Ende nehmen, im Gegenteil, er wurde immer schlimmer. Während Sharko im Stau steckte, dachte er über diesen alten Fall von 2005 nach. Damals hatte er es mit einem besonders grausamen Sadisten zu tun gehabt. Der Mann, der bereits mehrere Menschen umgebracht hatte, benützte den Totenkopfschwärmer, um Sharko und seine Gruppe in eine Falle zu locken, wo eine junge Frau auf grausamste Weise umgekommen war. Die Insekten hatten ihn direkt zu einem Schiffsfriedhof dicht bei Vigneux geführt, und er erinnerte sich noch genau an den Namen des alten, schrottreifen Lastkahns, auf dem sich das furchtbare Drama abgespielt hatte. *La Courtisane.*

Glorias Mörder begnügte sich nicht damit, ihm Intimes zu stehlen, wie Blut, eine Wimper und DNA, er wollte darüber hinaus seine Vergangenheit benutzen und unerträgliche Erinnerungen auffrischen, nur um Sharko zu verletzen. Im Laderaum von *La Courtisane* hatte der Kommissar mit ansehen müssen, wie dieses arme Mädchen verblutete, ohne etwas tun zu können. Wieder stieg das Bild der jungen Frau vor seinen Augen auf – der von Messerstichen übersäte, nackte, weiße Körper und ihr ungläubiger Blick. Das Opfer hatte die Hand nach ihm ausgestreckt. Auch diesmal handelte es sich um einen in der Presse hochgespielten Fall. Der sogenannte Insektenmörder war allgemein bekannt.

Sharko konzentrierte sich wieder auf das Hier und Jetzt.

Schnee und Kälte. Und all diese Autos, die kaum von der Stelle kamen.

Er brauchte zwei Stunden, um den Périphérique zu verlassen, und noch zwei weitere, um bis nach Épinay zu kommen. Kaum auszuhalten! Es war schon fast zweiundzwanzig Uhr, und er war fix und fertig, als plötzlich sein Handy klingelte.

Lucie. Endlich. »Mein Liebes!« Ihm war zum Heulen zumute. Ihr durfte auf keinen Fall etwas zustoßen! Niemals!

Lucies zarte Stimme klang leise aus dem Lautsprecher. Sie war so weit weg. »Hallo, Franck, ich habe alle deine Nachrichten erhalten. Ich konnte dich nicht zurückrufen, es gab kein Netz.«

»Sag mir nur, dass es dir gut geht und dass dir nichts Schlimmes passiert ist.«

»Es geht schon, keine Bange. Du scheinst extrem angespannt. Was ist los?«

»Nichts. Sprich du! Erzähl!«

»Ich mache schnell, hier geht es rund. Ich fahre zum Flughafen und versuche, die nächste Maschine nach Paris zu bekommen, dann bin ich morgen, Donnerstag, den zweiundzwanzigsten, zurück.«

Sharko hielt das Handy so fest, dass seine Finger schmerzten. »Hast du etwas herausgefunden?«

»Ja. Zwei extrem wichtige Dinge. Erstens, Dassonville ist hier.«

»Was? Aber …«

»Mach dir keine Sorgen, alles ist gut gegangen.«

»Alles ist gut gegangen? Der Typ ist ein Mörder der schlimmsten Sorte!«

»Er ist auf der Flucht, und ich werde ihn so bald nicht wiedersehen, das ist sicher.«

»Hast du ihn …«

»Nun lass mich doch mal ausreden, verflixt! Ihr müsst jetzt mit der Polizei von New Mexico zusammenarbeiten, und zwar so schnell wie möglich. Ich habe seine Spur vor gut vier Stunden verloren, er ist wahrscheinlich schon über alle Berge. Er war übrigens wegen einer ehemaligen Journalistin nach Albuquerque gekommen, die er aus dem Weg räumen wollte. Sie ist ebenfalls ein wichtiges Element, und sie hat mir einen Namen genannt. Leo Scheffer.«

In Sharkos Kopf ging es drunter und drüber. Dassonville in New Mexico! Er versuchte, sich auf den Verkehr zu konzentrieren, denn hier auf den kleinen Nebenstraßen wurde nicht gestreut, und die Räder seines Wagens versanken im Neuschnee.

»Wer ist denn dieser Scheffer?«

»Ein Spezialist, Doktor der Nuklearmedizin, der die Staaten verlassen hat, um nach Frankreich zu gehen, und zwar – halt dich fest – 1987, ein Jahr nach dem Mord an den Mönchen und nachdem diese Niederschrift aufgetaucht ist. Ich denke, dass Scheffer und Dassonville zusammenarbeiten und dass sie sich in den 1970er Jahren bei wissenschaftlichen Kongressen kennengelernt haben. Meiner Meinung nach hat Dassonville Scheffer 1987 geholt, damit er ihm hilft, die Geheimnisse der Niederschrift zu entschlüsseln.«

Sharko hörte lautes Hupen aus dem Lautsprecher.

»Die fahren hier wie die Verrückten«, erklärte Lucie, »aber, um auf Scheffer zurückzukommen: Er hat alles andere als eine reine Weste. Die Journalistin Eileen Mitgang sagt, er habe Experimente an Menschen durchgeführt, genau wie sein Vater, ein berühmter Physiker, der beim Manhattan-Projekt mitarbeitete. Natürlich habe ich sofort an die Fotos der Kinder gedacht. Kleine Versuchskaninchen!«

Sharko klammerte sich am Steuer fest. Er erinnerte sich an das asiatische Mädchen in der Metro und an sein Versprechen.

»Die Nachricht im *Figaro* richtete sich direkt an Leo Scheffer. Valérie Duprès hatte ihn entdeckt und wollte ihm wahrscheinlich Angst machen oder ihn zu einer Reaktion herausfordern. Dann muss sie den Jungen gefunden haben und hat ihn zumindest eine Zeit lang seinem Schicksal entrissen. Aber jetzt ist sie verschwunden. Scheffer spielt eine wichtige Rolle in unserer Geschichte, ebenso wie Dassonville. Der ehemalige Mönch soll aufräumen und die Spuren verwischen.«

Im Licht der Scheinwerfer erkannte Sharko die ersten Bäume des Forêt de Sénart. Er wusste noch, dass er am Wald bis zu einem Seitenarm der Seine entlangfahren musste. Dann ging es wieder einmal zu Fuß und durch den Schnee weiter.

»Gut«, sagte der Kommissar. »Am besten, du sprichst mit Bellanger und erklärst ihm alles ganz genau. Und sobald du weißt, wann deine Maschine geht, ruf mich wieder an. Ich hole dich am Flughafen ab.«

»Bist du in deinem Wagen? Wie spät ist es in Frankreich? Zweiundzwanzig Uhr?«

»Ich fahre gerade nach Hause. Hier schneit es immer noch, es ist zum Verzweifeln!«

»Gibt es bei euch was Neues?«

Tja, was gab es Neues? Gloria, eine Exprostituierte, von der ich dir nie erzählt habe, ist in einem Stellwerk mit einer Eisenstange geschlagen worden und starb dann im Krankenhaus an einer Vergiftung. Der »Rote Engel« und auch der »Insektenmörder« haben einen geisteskranken Nachfolger, der es auf mich abgesehen hat.

Sharko musste sich zwingen, wieder an den gemeinsamen Fall zu denken. »Ja, es gibt etwas Sonderbares, das eines der Kinder auf den Fotos betrifft. Anscheinend liegen Jahre zwischen den beiden Aufnahmen des einen Jungen, aber er ist nicht älter geworden und hat sich kein bisschen verändert.«

»Das ist doch verrückt!«

»Die ganze Geschichte ist verrückt. Und was den Kleinen aus dem Krankenhaus betrifft, der mit Valérie Duprès in Kontakt stand und den wir tot im See gefunden haben, so liegt jetzt seine Blutanalyse vor. Sein Organismus war mit radioaktiven Stoffen verseucht: Uran, Cäsium 137 und auch mit nicht-radioaktivem Blei. Wir sind zu dem Schluss gekommen, dass er in einem hochkontaminierten Gebiet aufgewachsen ist, wie zum Beispiel Tschernobyl.«

Kurze Pause. Sharko hörte an den Geräuschen, dass auch Lucie immer noch im Auto saß.

»Alles passt zusammen«, sagte sie dann, »ob dieser Junge nun durch seine Umgebung oder absichtlich kontaminiert wurde, Scheffer hat seine Finger im Spiel. Wir müssen jetzt schnell agieren, Franck. Wenn Scheffer mit Dassonville zusammenarbeitet, dann weiß er, dass wir ihn verfolgen. Ich muss jetzt Schluss machen.«

Sharko sah im Licht des zwischen den Wolken auftauchenden Mondes zu seiner Linken die Seine wie eine schwarze Riesenschlange dahinkriechen. Es schneite nicht mehr. Er musste noch einen Kilometer fahren, dann konnte er den Wagen abstellen. Wenn er sich nicht irrte, war dieser große See, auf dem die ausgedienten Lastkähne lagen, nur über einen Fußweg zu erreichen, der fünf- bis sechshundert Meter durch den Wald führte, außer man besaß ein Boot.

»Warte, Lucie! Eines muss ich dir noch sagen … Was immer auch geschehen mag, egal welche Hindernisse auftauchen, ich werde dich immer lieben.«

»Ich liebe dich auch. Ich möchte dich ganz schnell wiedersehen und wünschte, diese ganze Geschichte wäre endlich vorbei. In drei Tagen ist Heiligabend, dann haben wir hoffentlich ein wenig Zeit für uns. Bis morgen!«

»Bis morgen …«

»… meine kleine Lucie«, fügte er hinzu, als sie schon aufgelegt hatte.

Er fuhr den Wagen, so weit es ging, in den Wald und schaltete den Motor ab. Seine Taschenlampe musste nun die Scheinwerfer ersetzen. Schon wieder Wald, schon wieder Wasser. Allein der Anblick der dicken Stämme in der Finsternis verursachte ihm Gänsehaut. Was für ein Horror würde ihn diesmal im Laderaum von *La Courtisane* erwarten?

Er dachte über die Konsequenzen seines Verhaltens nach. Am Quai des Orfèvres würde man ihm wohl kaum verzeihen, sollten seine Vorgesetzten erfahren, dass er schon wieder im Alleingang handelte.

Doch es gab keinen anderen Weg, seinen Gegner zu stellen.

Wie schon vor Jahren, wusste Sharko auch jetzt, dass es wahrscheinlich nur einen Überlebenden geben würde.

Kapitel 50

Nichts hatte sich hier verändert.

Der wackelige Zaun rund um den See stand immer noch, ebenso die Schilder »Gefahr, Betreten verboten«. Im Hintergrund lagen, vom Mondlicht beleuchtet, die dunklen, massigen, halb vom Schnee bedeckten Wracks reglos im Wasser. Rümpfe knarrten, Blech knackte, was den Eindruck erweckte, dass sich etwas Lebendiges in diesem Schiffs-Friedhof regte.

Sharko glitt vorsichtig den rutschigen Hang hinab und lief dann am Zaun entlang nach rechts. Hier überragten ihn die ausgedienten Lastkähne. Die Landschaft war so unwirklich wie in einem Horrorfilm, ringsherum Wald, dann diese Geisterschiffe und überall Schnee. Durch ein großes Loch im Zaun gelangte Sharko ans Wasser. Mit gezogener Pistole ging er ein paar Schritte am Ufer entlang und leuchtete mit der Taschenlampe in jedes Schiff.

Plötzlich schaltete er die Lampe aus und hielt den Atem an.

Etwa hundert Meter entfernt überquerte zwischen zwei Lastkähnen ein Boot den See.

Eine schwarze Silhouette hielt ebenso plötzlich mit dem Rudern inne.

Sharko rührte sich nicht mehr.

Der Strahl einer Lampe suchte das Ufer in Sharkos Nähe ab. Der Ermittler bückte sich und rannte lautlos weiter, der Lichtstrahl folgte ihm. Die Müdigkeit der letzten Tage war verschwunden, ersetzt durch Adrenalin.

Das Licht ging wieder aus.

Der dunkle Schatten ruderte weiter, und der Mond schien auf die kleinen Wellen im Kielwasser des Boots. Offenbar war das Ziel des Ruderers das gegenüberliegende Ufer. Etwas weiter entfernt lag der Kanal, über den die zu verschrottenden Schiffe auf den See gelangt waren. Er war zwar nur etwa zehn Meter breit, aber man konnte unmöglich trockenen Fußes auf die andere Seite gelangen.

So ein Mist!

Rasch verschwand der Kahn schließlich zwischen den Wracks. Hatte der Mörder Sharko entdeckt? Eigentlich war es zu dunkel, als dass der Mann ihn hätte erkennen können.

Der Kommissar war wütend. Er musste jetzt sofort handeln. Er wandte sich nach links, wo man auf einem Weg den See umrunden konnte. Der Schatten bewegte sich auf das andere Ufer zu. Doch der Ermittler gab nicht auf. Er rannte durch den Schnee. Die Eiskristalle knisterten unter seinen Sohlen. Der Weg um den See war mindestens einen Kilometer lang, und Sharko kämpfte sich mühsam über den gefrorenen Boden. Als er das Boot nach ungefähr zehn Minuten wieder sehen konnte, lag es am Ufer.

Und es war leer.

Atemlos, die Waffe fest umklammernd, rannte er zu dem Kahn. Der Wald war nur knapp zehn Meter von ihm entfernt.

Überrascht schaltete er die Taschenlampe wieder ein, um sicherzugehen, dass er sich nicht geirrt hatte.

Verblüfft lief er am Ufer entlang und untersuchte den Boden – im Schnee waren keine Spuren zu sehen. Nichts.

Als hätte sich der Mann in Luft aufgelöst.

Das war unmöglich.

Sharko dachte nach. Es gab nur eine Möglichkeit. Er wandte sich wieder dem Gewässer zu.

Und er begriff.

Dort drüben, genau an der Stelle, von der er gekommen war, stieg eine Gestalt aus dem See.

Der Taucheranzug!, dachte der Kommissar. Er ballte die Fäuste und hätte am liebsten lauf geschrien vor Wut. Der andere Mann schaltete eine starke Lampe ein und richtete sie auf Sharkos Uferseite. Der Kommissar verbarg sich mit einem Satz hinter dem Kahn. Er zielte mit seiner Waffe, auch wenn es völlig nutzlos war, aus dieser Entfernung schießen zu wollen.

Das Licht gegenüber ging in unterschiedlichen Abständen an und aus.

Morsezeichen!

Sharko hatte das Morse-Alphabet vor langer Zeit gelernt, als er noch bei der Armee diente. Wie konnte der Mörder das wissen? Er versuchte, sich zu erinnern – A kurz, lang, B lang und drei Mal kurz …

Gegenüber wurde das Signal wiederholt. Sharko konzentrierte sich.

G.U.T.G.E.M.A.C.H.T.D.A.S.E.N.D.E.D.E.R.P.A.R.T.I.E. K.O.M.M.T.N.O.C.H.

Er zog seinen Handschuh aus und morste zitternd mit seiner Taschenlampe.

I.C.H.B.R.I.N.G.E.D.I.C.H.U.M.

Gegenüber blieb die Taschenlampe eingeschaltet.

Dann war alles plötzlich wieder finster.

Sharko kniff die Augen zusammen, die Gestalt war verschwunden. Er wusste, dass es keinen Sinn hatte, den Mann zu verfolgen. In den zehn Minuten, die er für den Rückweg brauchte, wäre der andere bereits über alle Berge. Er richtete sich auf. Welcher Verrückte lief in einem Taucheranzug herum? War das ein Trick, um keine Spuren zu hinterlassen? Oder die Möglichkeit, bei Bedarf leichter fliehen zu können? Wütend stieg der Kommissar in den Kahn und ruderte durch das grünlich-schwarze Wasser, vorbei an den von Rost zerfressenen, knarrenden Kolossen aus Stahl. *La Dérivante*, *Vent du Sud* … Alle waren sie noch da, genau wie vor sechs Jahren. Jetzt tauchte auch *La Courtisane* aus dem Dunkel auf, ein eindrucksvoller, achtunddreißig Meter langer Lastkahn mit einem riesigen Laderaum. Der Name, der in großen Lettern auf dem Rumpf stand, war im Laufe der Zeit verwittert. Sharko bewegte sich vorsichtig auf eine kleine Leiter zu, machte sein Boot an einer Sprosse fest und kletterte auf das hintere Deck. Er stieg über Taue und Glasscherben. Die Stimmung war irreal. Sharkos Blick wanderte über den Wald, das schwarze Gestrüpp und die hohen, reglosen Bäume, die den See umgaben. Glorias Mörder war vielleicht noch hier, versteckt in der Finsternis, und beobachtete ihn.

Sharko wandte sich den Stufen zu, die in den Laderaum führten. Es roch nach feuchtem Stahl und Eisen und nassem Holz. Es fiel ihm schwer, nach unten zu gehen. Denn er hörte immer noch die Schreie des von Messerschnitten übersäten jungen Opfers. Damals, mitten im Sommer und bei unglaublicher Hitze, lag das Mädchen hier hinter der Metalltür. Heute hingegen lag die Temperatur um den Gefrierpunkt.

Der Mörder hatte ihre Wunden mit Propolis verschlossen ... und das schmolz in der Hitze, als ich die Tür öffnete. Die junge Frau ist auf der Stelle verblutet.

Mit angstvoller Erwartung, die Waffe im Anschlag, legte der Kommissar die behandschuhte Hand auf den Türgriff.

Vorsichtig trat er in den Raum und leuchtete mit der Taschenlampe hinein.

Und dann weiteten sich Sharkos Augen vor Bestürzung.

Die Metallwände waren über und über mit Fotos bedeckt. Hunderte von Bildern, die ihn in allen Lebenslagen zeigten: auf dem Balkon seiner Wohnung, an Suzannes Grab, Nahaufnahmen oder aus gewisser Entfernung fotografierte, ältere und neuere Bilder. Am schlimmsten war das Foto, auf dem er mit Suzanne und der kleinen Eloïse am Meer zu sehen war. Normalerweise bewahrte er es zu Hause in einem Album auf, ebenso wie das Foto daneben, auf dem er im Militärdrillich abgebildet war, mit noch nicht einmal zwanzig Jahren.

Eine Reihe CDs auf einem Tischchen gaben ihm den Rest. Jede war mit einem kleinen Etikett versehen: *Urlaub 1984* oder *Geburt von Eloïse.* Es bestand kein Zweifel, es handelte sich um Kopien der kompletten Sammlung seiner Acht-Millimeter-Filme.

Es lag sogar ein Päckchen mit seinen Visitenkarten auf dem Tisch. Der Mörder war bei ihm zu Hause gewesen, dort, wo Sharko lebte, dort, wo Lucie schlief, und er hatte Zugang zu seinen intimsten Dingen wie auch zu seinen Adressbüchern und Akten gehabt.

Sharko stürzte sich auf die CDs und schleuderte sie auf den Boden. Er raufte sich die Haare, stieß einen Schrei aus und konnte nur mit Mühe seine Tränen unterdrücken. Die Taschenlampe rollte auf den Boden, und Staubkörner tanzten in ihrem gelblichen Schein. Überall lagen Glasscherben und Abfall herum. Der Raum glich der Höhle eines Psychopathen, dessen Bestimmung Zerstörung war – die Kopie, der Klon des »Roten Engels«!

Sharko rang nach Luft: An einer Pinnwand aus Kork hing das Ergebnis seines Spermiogramms! Das Blatt, das er vor dem Labor zerrissen und weggeworfen hatte, war sorgfältig zusammengeklebt worden. Er fühlte sich regelrecht vergewaltigt.

Er durfte jetzt nicht zusammenbrechen. Was tun? Basquez anrufen? Diesmal würde man ihn wegen seines erneuten Alleingangs bestimmt feuern, und dann würde er überhaupt nichts mehr unternehmen können. Aus diesem Grund verwarf er die Idee.

Er richtete sich auf und untersuchte im Schein der Taschenlampe eingehend den Raum – der Schlupfwinkel von Glorias Mörder. Vielleicht hatte er hier seine Pläne geschmiedet und seine Verbrechen vorbereitet. Den Täter hatte Sharko jetzt aufgespürt und hatte damit ihm gegenüber einen Vorteil, den er unter allen Umständen nutzen musste. Nach kurzer Überlegung entschloss er sich, sämtliche Fotos abzunehmen und sie genau zu betrachten. Vielleicht gab es irgendeinen Hinweis, der etwas über seinen Verfolger aussagen würde. Und mit größter Wahrscheinlichkeit gab es Fingerabdrücke auf dem Glanzpapier.

Eine der Aufnahmen zeigte Sharko mit seinen Kollegen im Hof des Quai des Orfèvres. Die Gruppe lachte in die Kamera und reckte die Finger zum Siegeszeichen in die Höhe. Offenbar wurde hier etwas gefeiert. Mit zitternden Händen nahm er das Bild ab.

Es war über dreißig Jahre alt.

Und es gehörte ihm nicht.

Nervös setzte Sharko seine Arbeit fort und stapelte die Fotos aufeinander. Auf einem anderen war er in einer Bar mit Kollegen zu sehen, aber das war auch schon ewig her.

Wer hatte diese Aufnahmen gemacht?

Was hatte das alles zu bedeuten? War dieser Psychopath womöglich ein Kollege? Und wenn es ein Ermittler war, den er von früher kannte?

Sein ganzes Leben, festgehalten auf Hochglanzabzügen.

Mit Sicherheit hatte der Mörder nicht erwartet, dass irgendjemand jemals sein Versteck entdecken würde. Ja, Sharko war dem Spieler mit den weißen Figuren und dem fatalen Zug mit dem Pferd auf g2 zuvorgekommen.

Diesen Glücksfall musste er jetzt nutzen.

Kapitel 51

Zwei Uhr morgens, Donnerstag, 22. Dezember.

Der Einsatz bei Leo Scheffer würde in den nächsten Minuten beginnen.

Zwei Polizeiwagen standen hinter Sharkos Auto in einer verschneiten Straße des vornehmen Pariser Vororts Le Chesnay. Sharko hatte Bellanger angerufen, von ihm die Adresse erfahren, war hierhergekommen und saß jetzt in seinem Renault 25. In dieser Zeit des Wartens konnte er ausgiebig über das Vorgefallene nachdenken. Sämtliche persönlichen Gegenstände, die Fotos, CDs und das Spermiogramm, die er aus dem Lastkahn geborgen hatte, lagen unter einer Decke in seinem Kofferraum.

Endlich umstellten die schwarz gekleideten Männer einer

Eliteeinheit der Kripo, die für diesen Einsatz herangezogen worden war, das große, von einem Garten umgebene Wohnhaus, während Sharko und Bellanger bei den Wagen stehenblieben.

Der junge Gruppenleiter trug eine dick gefütterte Lederjacke und hatte seine Mütze bis zu den Augenbrauen ins Gesicht gezogen. Sharko versuchte, sich auf ihre gemeinsame Ermittlung zu konzentrieren.

»Hast du schon wegen Dassonville Kontakt mit Interpol aufgenommen?«

»Ja. Ich musste einige Personen wachrütteln, das war nicht gerade einfach. Du kannst dir sicher vorstellen, wie die Leute so kurz vor Weihnachten reagieren. Vermutlich kommt die ganze Sache vor morgen früh nicht wirklich ins Rollen.«

Sharko seufzte und blickte in Richtung der Villa. Überall sah man die dunklen Schatten der Elitetruppe diskret über die Wege huschen.

»Was wissen wir über Scheffer?«

»Noch nicht viel. Robillard dürfte jetzt am Quai des Orfèvres eingetroffen sein und mit den Recherchen beginnen. Sicher ist nur, dass er weder vorbestraft ist noch jemals Ärger mit der Justiz hatte.«

»Ich fürchte, dass er den jetzt bekommt.«

Im Schein der Laterne musterte Bellanger seinen Untergebenen, der eine schwarze, am Rand aufgerollte Mütze trug. Sharko war blass und wirkte erschöpft.

»Man sollte meinen, du bist krank. Du brütest doch wohl nichts aus?«

»Es ist die Müdigkeit ... und die Vorstellung, dass dieser Dassonville in New Mexico war, ganz in Lucies Nähe, hat mich ziemlich mitgenommen. Ich hoffe nur, dass diese Geschichte bald vorüber ist.«

Er vergrub die Hände in seinen Taschen, er war wirklich völlig ausgelaugt. Um sie herum regte sich nichts. Die Straßen waren menschenleer, alles schlief.

Plötzlich hörten sie lautes Getöse. Die Einsatztruppe stürmte die Villa. Sharko und Bellanger liefen in den Garten und von dort in die Eingangshalle. Absätze knallten über die Treppe, Türen wurden aufgerissen, tiefe Stimmen bellten Befehle.

Bereits nach zwei Minuten wussten die Beamten, dass niemand im Haus war. Der Leiter der Einsatztruppe führte Sharko und Bellanger in ein Schlafzimmer. Er schaltete das Licht an und wies auf die offenen Schränke, auf Koffer aller Größen und Kleidungsstücke am Boden.

»Ich würde sagen, der Mann hat sich aus dem Staub gemacht, und das in größter Eile. In der Garage steht auch kein Auto.«

Sharko konnte sich nicht entspannen. Würde diese verfluchte Nacht denn nie enden? Nachdem er seine Waffe eingesteckt hatte, ging er ins Bad nebenan. Es war geschmackvoll im griechischen Stil eingerichtet, mit Marmorboden, antiken Kacheln an den Wänden und einem mächtigen Fries, das eine Schlange darstellte, die sich in den Schwanz beißt. Waschlappen, Seife, Zahnbürste, alles war an seinem Platz, was bewies, dass Scheffer in aller Hast die Villa verlassen hatte.

Der Ermittler kehrte ins Schlafzimmer zurück und warf einen Blick auf die luxuriöse Einrichtung, die Gemälde und das unberührte Bett. Scheffer war nicht einmal schlafen gegangen. Dassonville musste ihn sofort informiert haben, als er wusste, dass Lucie in New Mexico war.

»Wir müssen auf der Stelle die Fahndung einleiten. Dieser Dreckskerl muss gefasst werden, bevor er uns durch die Lappen geht.«

Bellanger schaute seufzend auf seine Uhr. »Ja, das tun wir. Es muss sein.«

Auch er wirkte nach diesem neuen Fehlschlag erschöpft. Der Mangel an Schlaf, die unzähligen Stunden im Einsatz und der Stress zermürbten ihn wie alle anderen auch.

Ein Mann der Einsatztruppe erschien auf der Schwelle.

»Sie sollten sich mal den Keller ansehen.«

Auf das Schlimmste gefasst, verließen sie das Schlafzimmer und stiegen in den Keller hinunter. Das Haus war riesig.

»Dieser Typ scheint wirklich 'ne Menge Kohle zu machen. Eine solche Villa in Le Chesnay dürfte ein Vermögen kosten.«

Während sie weitergingen, bemerkte Sharko, dass überall Uhren standen. Zeit schien ein wichtiges Element für Leo Scheffer zu sein. Die Zeiger bewegten sich auf den Zifferblättern, Pendel schlugen aus, und in allen Räumen hörte man die Chronometer ticken. In der Eingangshalle stand ein mit rotem Sand gefülltes gigantisches Stundenglas.

Die Ermittler gingen in den Keller hinunter. Die Luft in dem engen Gang mit den grau gestrichenen Wänden war schlecht. Sie begaben sich in einen schwach erleuchteten Raum, aus dem der Geruch nach Feuchtigkeit und nach Pflanzen strömte. Die schwere Tür war von der Einsatztruppe aufgebrochen worden.

Sharko kniff die Augen zusammen.

Aquarien! Dutzende von Aquarien.

Bläuliches Licht erhellte die Wasserblasen, die in den Behältern aufstiegen, und Wassergewächse bewegten sich sachte hin und her. Es war erholsam, fast hypnotisierend, sie zu betrachten.

Sharko trat mit gerunzelter Stirn näher. Am Boden der Becken klebten an Felsstücken kleine weißliche Tierchen mit zylinderförmigen Körpern und wogenden Tentakeln. Diese Organismen waren höchstens einen Zentimeter lang.

Sharko beugte sich darüber und beobachtete sie. In sämtlichen Aquarien gab es nur diese winzigen Lebewesen und Pflanzen.

»Jetzt wissen wir zumindest, was die Tätowierung auf der Brust der Kinder und die Zeichnung in der Niederschrift zu bedeuten haben. Hat jemand eine Ahnung, worum es sich hier handelt?«

Niemand antwortete, doch eines war Sharko klar, Scheffer steckte bis zum Hals in der ganzen Geschichte. Der Kommissar dachte an die Kinder auf den Operationstischen mit der Darstellung dieser sonderbaren Tierchen auf ihren Körpern.

»Schau dir das hier mal an, Franck.«

Bellanger war in einem kleinen, schwach erhellten Nebenraum verschwunden. Der Kommissar folgte ihm. Dieser Gewölbekeller war ursprünglich vermutlich für die Lagerung von Wein gedacht. Anstelle einer Flaschensammlung entdeckte er einen runden Kühlbehälter, der einer gusseisernen Tonne ähnelte. Auf einem Display leuchtete die Temperaturangabe: -61°. Das Gerät war an einen riesigen Kasten angeschlossen, dieser wiederum an das Stromnetz.

Verdutzt sahen sich die beiden Männer an.

»Machen wir ihn auf?«, fragte Sharko und wies auf einen schwarzen Knopf.

»Ja, los! ... Welche Temperatur herrscht in einer normalen Kühltruhe?«

»Minus achtzehn Grad, soweit ich weiß. Minus sechzig Grad ist eher eine Temperatur, wie man sie zum Beispiel am Nordpol misst.«

Mit gemischten Gefühlen öffnete Sharko das Gerät. Zischend hob sich der Deckel. Eiskalte Luft schlug dem Ermittler ins Gesicht. Die Nase hinter seinem Schal versteckt, die Mütze tief in die Stirn gezogen, beugte er sich vor.

In der kleinen Tiefkühltruhe lagen zahlreiche durchsichtige Säckchen, die wie Gefrierbeutel aussahen. Sharko nahm eines davon so schnell wie möglich heraus, entfernte die Eiskristalle, die sich gebildet hatten, und untersuchte den winzigen Gegenstand darin.

»Was ist das?«

»Sieht aus wie ein Stück Knochen.«

Er griff nach dem nächsten Tütchen, das so etwas wie einen kleinen Fleischwürfel enthielt, dann nach einem weiteren.

»Das ist Blut …«, sagte er und starrte Bellanger an.

Der Gruppenleiter lehnte sich an die Mauer und blies in seine Hände. »Das Ganze muss so schnell wie möglich zur Untersuchung ins Labor. Hier brauchen wir wirklich eine einleuchtende Erklärung. In was, zum Teufel, sind wir da wieder hineingeraten?«

III
DIE GRENZE

Kapitel 52

Allmählich normalisierte sich das Leben am Quai des Orfèvres wieder.

Es war 7:30 Uhr, die ersten Frühaufsteher trafen ein, und die Büros füllten sich nach und nach mit Beamten. Sharko trank einen starken Kaffee nach dem anderen. Er war nicht nach Hause gegangen, um sich auszuruhen. Er stand unter Strom und arbeitete lieber, als sich schlaflos in seinem Bett zu wälzen und den Kopf zu zerbrechen. Wie hätte er sich auch in seiner Wohnung entspannen sollen, nachdem er wusste, dass ein Geistesgestörter dort eingedrungen war? Das Haustürschloss musste ausgewechselt, eine Alarmanlage eingebaut werden. Außerdem musste er sich um Lucie kümmern. Das alles wurde langsam unerträglich.

Was Scheffer anging, so durchsuchten Beamte das große Anwesen, und bald würden die Biologen eintreffen, um die merkwürdigen Tiere in den Aquarien unter die Lupe zu nehmen.

Bellanger wandte sich an Sharko. »Ich fahre ins Krankenhaus Saint-Louis im 10. Arrondissement. Dort arbeitet Scheffer als Leiter der Abteilung für Nuklearmedizin. Und dort wurde er auch zum letzten Mal gesehen. Kommst du mit? Ich muss dir auf dem Weg wichtige Neuigkeiten erzählen.«

Sharko schlüpfte müde in seinen Blouson, er war erschöpft. Die beiden Männer stiegen in den Dienstwagen und fuhren auf den Boulevard du Palais.

»Zunächst einmal haben die Beamten in der Wand von Scheffers Haus einen Safe gefunden. Und jetzt rate mal die Zahlenkombination.«

»654 links, 323 rechts, 145 links?«

»Ganz genau. Die Kombination auf dem Post-it, das im *Figaro* klebte. Im Safe gab es nur noch einen Ordner mit Artikeln über Hypothermie. Wir haben auch herausgefunden, dass Scheffer seit Jahren bei einem relativ kostspieligen Ausschnittdienst angemeldet ist – *L'Argus* –, der für ihn alle Artikel sammelt, die in der Presse über das Thema Hypothermie erscheinen: Fortschritte in der Medizin, chirurgische Eingriffe mittels Kälteeinsatz, Unfalltod durch Ertrinken, Stoffwechsel der Tiere … Er wollte über alles informiert sein, was mit Kälte zu tun hat. Und in diesem Ordner sind auch separat die vier im Laufe der Jahre erschienenen Meldungen aus der Rubrik Vermischtes abgelegt, die sich auf Philippe Agonlas Aktivitäten beziehen.«

»Dieselben, die auch Christophe Gamblin aufgehoben hatte …«

»Genau. Neben einem der Artikel hat Scheffer notiert: ›suspendierte Animation? Wer ist der Mann, der diese Frauen in den See stößt?‹«

Sharko überlegte.

»Aufgrund seines Interesses am Thema Hypothermie und durch die Arbeit von *L'Argus* ist er Anfang 2000 Agonla auf die Spur gekommen.«

»Ja, aber vermutlich ohne den Serienkiller wirklich zu erwischen. Und nun stell dir vor: Valérie Duprès durchwühlt in Scheffers Abwesenheit den Safe und stößt auf diese merkwürdigen Artikel. Weshalb hatte Scheffer sie aufgehoben? Sie beschließt also, Christophe Gamblin zu bitten, die gleichen Nachforschungen durchzuführen. Und dieser beginnt mit den Recherchen im Archiv von *La Grande Tribune*.«

Sharko nickte. »Das macht Sinn. Anschließend foltert Dassonville ihn und zwingt ihn, ihm die Ergebnisse seiner Arbeit preiszugeben. Gamblin erzählt von Agonla und versucht, dessen Namen ins Eis zu ritzen.«

Bellanger schwieg eine Weile, dann sagte er: »Die Putzfrau kommt drei Mal die Woche. Nach ihrer Aussage war Scheffer ein Frauenheld – eine Eroberung nach der anderen.«

»Geld und Sex passen immer gut zusammen.«

»Das ist sicher. Aber jetzt halt dich fest. Valérie Duprès war seine letzte Eroberung, und die Zugehfrau hat bestätigt, dass ihr Verhältnis mit Scheffer über einen Monat, nämlich von Oktober bis November vorigen Jahres, gedauert hat und dass sie offenbar bei ihm wohnte. Scheffer und die Putzfrau kannten Valérie Duprès nur unter dem Namen – na, rate mal …«

»Véronique Darcin.«

»Genau. So wusste Scheffer nicht, mit wem er es in Wahrheit zu tun hatte – für den Fall, dass er sich für das Vorleben seiner Geliebten interessiert hätte. Die Putzfrau konnte uns keine Einzelheiten über die Trennung sagen, aber ab Ende November hat sie Duprès nicht mehr bei Scheffer gesehen. Sie gibt auch an, er habe zu diesem Zeitpunkt sehr besorgt gewirkt. Sie dachte natürlich, der Bruch wäre schuld daran, aber wir beide wissen, dass der Grund vermutlich die Annonce war, die am siebzehnten November im *Figaro* erschienen ist.«

»Liest er ihn jeden Tag?«

»Er hat ihn abonniert und arbeitet ihn jeden Morgen von A bis Z durch. Eine Manie, die Valérie Duprès während ihres gemeinsamen Lebens vermutlich nicht entgangen war. Und die sie clever genutzt hat.«

Jetzt wurde Sharko einiges klar. »Die Teile des Puzzles fügen sich langsam zusammen. Als Valérie Duprès aus Albuquerque zurückkommt, hat sie nur einen Namen im Kopf: Leo Scheffer, jener widerwärtige Typ, der Experimente an Menschen durchgeführt und dann 1987 die USA überstürzt verlassen hat. Unsere Enthüllungsjournalistin spürt ihn auf, will ihre Nachforschungen vorantreiben und um jeden Preis ein Buch veröffentlichen, das Staub aufwirbelt.«

»Dafür ist sie sogar bereit, mit einem Typen zu schlafen, der sie anwidert.«

»Oder ganz im Gegenteil, der sie fasziniert. Wie auch immer, sie dringt in Scheffers Leben ein. Sobald sie in seinem Haus ist, schnüffelt sie in seinen Papieren herum und kann ihm im Bett vertrauliche Informationen entlocken. Aber das ist nicht sicher, denn wenn Scheffer eine düstere Vergangenheit zu verbergen hat, wird er alles sorgfältig versteckt haben und dürfte nicht sehr mitteilsam gewesen sein. Also stellt sie ihm eine Falle. Sie gibt die provokante Annonce im *Figaro* auf, die Scheffer in verschlüsselter Form anklagt und sich auf alte Vorfälle bezieht. Jetzt braucht sie nur noch zu beobachten, wie ihr Liebhaber am Morgen des siebzehnten November beim gemeinsamen Frühstück reagiert. Seine Anrufe belauschen, beobachten, ob er den Safe öffnet, den sie mit Sicherheit schon vor längerer Zeit entdeckt hat. Auf die eine oder andere Art gelingt es ihr, an die Kombination zu gelangen. Und sich dann besagten Ordner durchzuschauen.«

»So kommt sie vermutlich auch auf die Spur der Kinder. In dem Safe gab es mit Sicherheit noch andere Informationen. Vielleicht Aufzeichnungen über Orte, Adressen und Kontakte.«

Die beiden Ermittler schwiegen, in Gedanken versunken. Sharko dachte an Valérie Duprès, die sich in die Höhle des

Löwen gewagt hatte. Er stellte sich ihre Aufregung vor, aber auch ihre Angst und den Ekel vor Scheffer, der das finstere Erbe seines Vaters fortgeführt und in New Mexico grauenvolle Experimente durchgeführt hatte. Das erklärte auch, warum die Wohnung der Journalistin durchsucht worden war: Scheffer oder Dassonville hatten vielleicht nach Kopien, Fotos oder Papieren aus dem Safe gesucht.

Nach einer Viertelstunde parkte Bellanger am Ufer des Canal Saint-Martin. Im Hintergrund erhob sich unter dem wolkenverhangenen Himmel das alte Gemäuer des Krankenhauses. Sharko sah auf seine Uhr. »Lucie kommt um 13:04 Uhr in Orly an. Ich hole sie ab und erkläre ihr, was es mit dem Fall Gloria Nowick auf sich hat. Das kann ich nicht vermeiden, früher oder später erfährt sie es ohnehin.«

»Sehr gut.«

»Glaubst du, man könnte unser Haus überwachen lassen? Ich habe Angst, dass ... dass bald irgendetwas passiert.«

»Das musst du mit Basquez regeln. Aber wenn ich bedenke, wie viele Kollegen im Urlaub sind, wird das nicht einfach sein.«

Sie gingen durch einen Torbogen und dann über einen Innenhof zur Abteilung Nuklearmedizin. Nachdem sie am Empfang ihre Dienstausweise vorgezeigt hatten, wurden die beiden Ermittler schnell von der stellvertretenden Leiterin Yvonne Penning empfangen. Eine hochgewachsene Frau um die fünfzig mit strengen Zügen, die in ihrem weißen Kittel steif dastand. Bellanger stellte sich und seinen Kollegen vor und erklärte, sie seien auf der Suche nach Scheffer. Yvonne Penning setzte sich auf ihren ledernen Bürostuhl, verschränkte die Arme und wiegte sich leicht vor und zurück.

Schließlich bot sie ihnen einen Platz an und sagte:

»Ich habe ihn gestern zum letzten Mal gesehen, etwa

gegen achtzehn Uhr. Normalerweise fängt er seinen Dienst morgens um acht Uhr an. Er kommt nie zu spät und müsste also demnächst hier eintreffen.«

»Es würde mich wundern, wenn er käme«, erwiderte Bellanger, »sein Haus ist leer. Monsieur Scheffer scheint sich abgesetzt und nur das Nötigste mitgenommen zu haben.«

Penning schaute die beiden Polizisten erschrocken an. Der Hauptkommissar zog ein Foto von Valérie Duprès aus der Tasche und reichte es ihr. »Kennen Sie diese Frau?«

»Der Professor hat sie mit ins Krankenhaus gebracht und ihr die verschiedenen Abteilungen gezeigt. Ich habe auch gesehen, dass sie häufig in einem wenige Meter von hier entfernten Restaurant gemeinsam zu Mittag gegessen haben. Aber das liegt sicher schon einen Monat zurück.«

»Ist er oft mit seinen Eroberungen hierhergekommen?«

»Das Privatleben des Professors geht mich nichts an, aber soweit ich weiß, war sie die Erste.«

Sharko konnte sich Valérie Duprès' kleines Spielchen genau vorstellen. Alle Mittel waren ihr recht, um an Informationen zu gelangen. Bellanger zog ein anderes Foto heraus. Auf dem Hochglanzabzug sah man eines der Kinder, das auf einem Operationstisch lag.

»Und sagt Ihnen das etwas?«

Sie schüttelte den Kopf und verzog das Gesicht. »Absolut nicht. Was hat Professor Scheffer damit zu tun?«

»Was genau ist seine Funktion hier im Krankenhaus? Operiert der Professor auch?«

Es folgte ein kurzes Schweigen. Yvonne Penning schien es nicht zu gefallen, dass ihre Frage unbeantwortet blieb, doch schließlich erklärte sie: »Seine zahlreichen Aktivitäten lassen ihm nicht viel Zeit, aber er stellt weiterhin Diagnosen und behandelt die Patienten. Operieren tut er hingegen nicht – in unserer Abteilung wird überhaupt nicht operiert. Hier machen wir Bestandsaufnahmen, stellen anhand von Szintigrafien krankhafte Störungen im Organismus fest.

Wir verabreichen den Patienten Biomarker, anhand derer wir die Reaktion der jeweiligen Organe oder Drüsen beobachten können. Professor Scheffer ist auf die Schilddrüse und Schilddrüsenkrebs spezialisiert. Auf diesem Gebiet ist er international bekannt.«

»Seit wann arbeitet er schon hier?«

»Sicher schon seit zwanzig Jahren. Vorher war er in den Vereinigten Staaten. Sein Vater war ein bekannter Wissenschaftler, der eine wesentliche Rolle in der Entwicklung der Nuklearmedizin gespielt hat.«

»Wissen Sie, warum er die USA verlassen hat und nach Frankreich gekommen ist?«

»Die Familie hat zwar in den Staaten gelebt, aber seine Eltern waren Franzosen. Frankreich ist sein Land und auch das von Marie Curie, die er noch heute grenzenlos bewundert. Es war sicherlich eine Rückkehr zu seinen Wurzeln. Mehr kann ich leider dazu nicht sagen.«

Sharko beugte sich ein wenig vor und schob die Hände zwischen die Knie. Sein Nacken und seine Schultern schmerzten.

»Dürfen wir einen Blick in sein Büro werfen?«

Yvonne Penning bat sie, ihr zu folgen. Die Tür war abgesperrt, doch sie hatte einen Zweitschlüssel. Der Raum war groß, sauber und sehr ordentlich.

Die beiden Ermittler sahen sich rasch um. »Kümmert sich Monsieur Scheffer in Ihrer Klinik auch um Kinder?«

»Das ist der zweite wichtige Punkt in seinem Leben. Der Professor hat 1998 die FOT, die *Fondation des Oubliés de Tchernobyl*, die Stiftung der Vergessenen von Tschernobyl, gegründet. Er hat sehr viel Geld in dieses Projekt investiert. Leo Scheffer hat ein bedeutendes Vermögen von seinem Vater geerbt und kann auch auf die Unterstützung reicher Investoren zählen.«

Die Beamten wechselten rasch einen Blick. Die Spur wurde konkreter.

»Erzählen Sie uns von dieser Stiftung.«

»Sie verfolgt humanitäre Ziele. Anfänglich führte sie ein umfangreiches Programm zur Untersuchung von Kindern durch, die in den kontaminierten Gebieten um Tschernobyl leben. Professor Scheffer hat viel Zeit in Kursk, einer russischen Stadt an der Grenze zur Ukraine, verbracht, um dort ein Diagnose- und Behandlungszentrum für Kinder einzurichten, die mit Cäsium 137 kontaminiert wurden, das noch heute mit hohen Messwerten in Obst, Gemüse und Wasser der verseuchten Gebiete nachzuweisen ist. Fünf Jahre lang fuhren mobile Einheiten in die Ukraine, nach Russland und Weißrussland, um Messungen vorzunehmen und die am stärksten betroffenen Kinder zu behandeln. Ernährungsprogramme auf Pektinbasis wurden entwickelt, weil dieser Stoff den Gehalt an radioaktivem Cäsium im Körper stark senkt. Über siebentausend Kinder wurden bisher in den Zentren behandelt und konnten so wieder etwas Hoffnung schöpfen.«

Sie blickte zu einem gerahmten Foto neben der Garderobe. Es zeigte einen lächelnden Scheffer mit seinem vierköpfigen Team, dem auch eine Frau angehörte. Er hatte ein hageres Gesicht, scharfe Züge und einen schmalen grauen Schnauzbart.

»Das war das russische Team, das für die Stiftung arbeitete«, erklärte sie. »Bedauerlicherweise hat die russische Regierung Scheffers Bestrebungen stark behindert, sodass er 2003 gezwungen war, das Projekt einzustellen. Dass die Katastrophe von Tschernobyl noch heute Auswirkungen hat, hört man dort nicht gern. Aber dennoch hat die *Fondation des Oubliés de Tchernobyl* ihre Arbeit nicht aufgegeben. Ein Jahr später eröffnete sie Diagnosezentren in Niger, ganz in der Nähe der durch Arevas Uranminen verseuchten Dörfer. Dort hat man mit radioaktiven Abfällen Häuser gebaut. Die langfristigen Folgen können Sie sich sicher vorstellen. Und diese Zentren sind noch heute aktiv.«

Ihre Augen glänzten, wenn sie von Scheffer sprach. Auf dem Foto wirkte der Mann zwar nicht gerade verführerisch, aber er hatte eine gewisse Ausstrahlung.

»Die *Fondation des Oubliés de Tchernobyl* finanziert auch den französischen Verein *Solidarité Tchernobyl*. Seine Aufgabe ist es, Kinder aus den verseuchten Gebieten der Ukraine zu holen und für einige Wochen in französischen Gastfamilien unterzubringen. Anschließend kehren sie zu ihren Eltern zurück.« Und wieder deutete sie auf Fotos. Lächelnde Zehnjährige, die vor Bussen posierten. »Die meisten von Cäsium 137 und anderen radioaktiven Substanzen kontaminierten Kinder brauchen Hilfe. Würden sie nicht eine gewisse Zeit in Frankreich verbringen, wo sie sich durch saubere Luft, gesunde Nahrung und geeignete Behandlung erholen können, würden sie sicher ihren Vergiftungen zum Opfer fallen. Die Gastfamilien wissen, dass die Aufnahme dieser Kinder eine Belastung ist, weil sie mehrmals pro Woche mit ihnen ins Krankenhaus fahren müssen, wo sie untersucht und behandelt werden. Aber sie melden sich freiwillig, um den Kleinen ein wenig Erholung und eine sorgenfreie Zeit zu ermöglichen und Ausflüge mit ihnen zu unternehmen.«

Bellanger warf einen Blick auf die Papiere, die auf dem

Schreibtisch lagen. »Und ich vermute, diese Kinder werden in Ihrer Abteilung für Nuklearmedizin behandelt?«

»Ja, vom Herrn Professor persönlich. Er mag sie sehr. Darum bin ich verwundert, dass er einfach so sang- und klanglos verschwunden ist. Ich kenne ihn nun schon über zwanzig Jahre, und noch nie hat er einen Termin mit seinen kleinen Patienten versäumt.«

Bellanger beugte sich vor und starrte sie an. »Wollen Sie damit sagen, dass sich im Augenblick Kinder aus Tschernobyl hier in Frankreich befinden?«

»Vor einer Woche ist ein Bus mit achtzig Mädchen und Jungen direkt aus der Ukraine angekommen, die Weihnachten in französischen Familien verbringen. Mitte Januar kehren sie dann, mit Geschenken beladen, nach Hause zurück.«

Nervös schob der Hauptkommissar ein weiteres Foto zu der Fachärztin. Das Handy, das in seiner Tasche vibrierte, beachtete er nicht.

»Vor einer Woche haben wir dieses Kind herumirrend aufgegriffen. Haben Sie es schon einmal hier gesehen?«

Sie betrachtete die Aufnahme, die einen etwa zehnjährigen Jungen in einem Krankenhausbett zeigte, aufmerksam. »Nein, das Foto sagt mir nichts. Aber wir behandeln hier so viele Kinder, dass ich es nicht beschwören kann.«

»Und die Tätowierung? Haben Sie die schon einmal gesehen?«

Sie schüttelte den Kopf und griff nach einem Zettel, auf dem sie etwas notierte. »Nein, auch nicht. Wegen des Jungen sollten Sie sich an Arnaud Lambroise wenden. Er ist der Vorsitzende des Vereins, die Büros befinden sich in Ivry-sur-Seine. Sie haben Akten über all die kleinen Gäste. Er kann Ihnen sicher weiterhelfen.«

Ivry-sur-Seine, die Nachbargemeinde von Maisons-Alfort.

Dort hatte man den Jungen aufgegriffen, die Anschrift von Valérie Duprès in der Tasche.

Als sie draußen waren, hörte Bellanger die Nachricht auf seiner Mailbox ab, während Sharko einen tiefen Seufzer ausstieß, der als weiße Atemwolke in die eisige Luft aufstieg. Er dachte an Tschernobyl, an seine Entdeckungen auf dem Lastkahn, an all diese Menschen, die das Schlechte verbreiteten, jeder auf seine Art. Woher kam dieses Bedürfnis, zu töten und andere leiden zu lassen? Und was stand ihm noch bevor? Wie würde all das enden? Als er sich in Marsch setzte, hatte er das Gefühl, in einer teuflischen Spirale zu stecken, aus der er sich nicht befreien konnte.

Und Lucie riss er unaufhaltsam mit.

Als ihm auffiel, dass er allein war, wandte Sharko sich um. Bellanger stand, das Handy ans Ohr gepresst, einige Meter hinter ihm. Dann sank sein Arm herab, als wäre er abgestorben. Er sah Sharko traurig und verwundert an.

Der Kommissar ging zu ihm. »Was ist los?«

Benommen schwieg Bellanger eine Weile, ehe er antwortete: »Ich … ich komme nachher mit dir zum Flughafen, um Lucie abzuholen.«

Sharko spürte, dass sein Herz schneller schlug. »Was ist?«

»Sag mal, kannte Lucie Gloria Nowick?«

»Nein, ich habe sie nie erwähnt. Warum?«

»Basquez hat mir eine Nachricht hinterlassen, sie haben endlich die Hunderte von Fingerabdrücken in Gloria Nowicks Wohnung analysiert. Sie befanden sich auf dem Küchentisch, den Möbeln, der Eingangstür. Einige stammen von dem Opfer selbst, andere sind unbekannt, aber es gibt auch Dutzende von …«

Er schluckte mühsam.

»… von Lucie.«

Kapitel 53

Die Mitglieder des Vereins Solidarité Tchernobyl hatten einen der Gemeinderäume im Zentrum von Ivry belegt. Ein angenehmer Ort mit einem Garten, einem Spielplatz und einer Vorschule in der Nähe. Auf dem Parkplatz stand ein gutes Dutzend Autos.

Sharko und Bellanger betraten einen großen Raum, der an eine Kommandozentrale erinnerte. In der Mitte standen lange Tische mit Stühlen, auf denen verschiedene Papiere lagen, an den Wänden hingen Pläne, Telefone klingelten, und die Mitarbeiter liefen geschäftig umher. Auf großen Bildtafeln wurde die Arbeit des Vereins dokumentiert: Übersetzungen und Korrespondenzen, die Aufnahme ukrainischer Kinder, Lebensmittellieferungen, Filme. Sharko bemerkte in einer Ecke ein älteres Ehepaar mit einem blonden Jungen, dem sie die ganze Zeit zulächelten. Der Kleine spielte mit einem Feuerwehrauto, und seine Augen glänzten vor Freude. Sharkos Herz zog sich zusammen, und er wandte sich dem Mann zu, der auf sie zukam.

»Kann ich Ihnen helfen?«

»Wir suchen Arnaud Lambroise.«

»Das bin ich.«

Bellanger zückte sofort seinen Dienstausweis. »Wir möchten Ihnen gerne ein paar Fragen stellen.«

Lambroise, dessen dichtes schwarzes Haar zu einem Pferdeschwanz zusammengebunden war, wirkte überrascht. Er führte die beiden Männer in einen kleinen Nebenraum, in dem man eine provisorische Küche eingerichtet hatte, und schloss die Tür hinter sich. »Was ist los?«

»Wir ermitteln wegen des Verschwindens dieses Kindes

und haben gute Gründe zu der Annahme, dass es mit der Gruppe von letzter Woche angekommen ist.«

Lambroise griff nach dem Foto, das Bellanger ihm reichte. Sharko stand etwas abseits und dachte an Lucies Fingerabdrücke, die man in Glorias Wohnung gefunden hatte.

»Wir haben keine entsprechende Meldung von irgendeiner Gastfamilie bekommen«, erklärte Lambroise. »Und Sie können sicher sein, dass wir sofort informiert werden, wenn ein Kind verschwindet.« Aufmerksam betrachtete er die Fotografie. »Auf den ersten Blick sagt mir das Bild nichts. Aber ich habe natürlich nicht die Gesichter aller Kinder im Kopf. Ich werde nachsehen. Warten Sie bitte einen Moment.«

Er ging hinaus und kam kurz darauf mit einem dicken Ordner zurück.

»Wie ist Ihr Verhältnis zu Leo Scheffer?«, wollte Bellanger wissen.

»Zu Scheffer? Sehr herzlich und professionell. Wenn ein Bus aus der Ukraine ankommt oder wieder abfährt, ist er immer persönlich anwesend, um die Kinder zu begrüßen beziehungsweise zu verabschieden. In menschlicher Hinsicht sind das sehr intensive Augenblicke. Ansonsten sehe ich ihn bei Versammlungen des Vereins, das ist alles.«

Er blätterte den Ordner durch. In Plastikhüllen waren verschiedene Papiere und Karteikarten abgelegt, unter anderem auch ein Passfoto und die persönlichen Daten der Kinder.

»Das ist unsere diesjährige Gruppe. Zweiundachtzig Jungen und Mädchen aus verschiedenen ukrainischen Dörfern, die in zwei Bussen hierhergebracht wurden.«

»Nach welchen Kriterien werden die Kinder ausgewählt? Warum sie und nicht andere?«

»Unsere Kriterien? Zunächst gehen wir nie zweimal in dasselbe Dorf, um möglichst vielen Kindern die Möglichkeit zu einer solchen Reise zu bieten. Und sie stammen alle aus mittellosen Familien. Die endgültige Auswahl übernimmt dann meistens Professor Scheffer.«

»Wie geht er dabei vor?«

»Bei der Reaktorexplosion in Tschernobyl ist Cäsium 137 ausgetreten und durch Wind und Regen auch in den Boden gelangt. Davon waren in mehr oder minder starkem Maße die Ukraine, Russland und Weißrussland betroffen. Anhand von Wetterkarten der Wochen nach der Katastrophe konnte die Stiftung unter Berücksichtigung von Regen und Windrichtungen herausfinden, welche Gebiete sehr stark verseucht waren. Professor Scheffer bringt Kinder hierher, die er für besonders betroffen hält. Und meistens hat er recht, denn Untersuchungen in seinem Krankenhaus ergeben, dass manche von ihnen so extrem kontaminiert sind wie sonst nirgendwo auf der Welt.«

Sein Blick verweilte auf dem Gesicht eines Mädchens. Yevgenia Kuzumko, neun Jahre alt, bildhübsch.

»Mit Hilfe des Professors versuchen wir, die Kinder aus ihrer trostlosen Umgebung herauszuholen. Vor Ort müssen sie sich von den lokalen Produkten ernähren, weil sie sich nichts anderes leisten können. Wir nehmen an, dass über eineinhalb Millionen Menschen ernsthaft mit Cäsium 137 kontaminiert sind. Vierhunderttausend davon sind Kinder, die – den Karten der Stiftung zufolge – in dreitausend verschiedenen Dörfern wohnen. Ganz zu schweigen von Uran oder Blei, das über dem schmelzenden Reaktor abgeworfen wurde, um das Entweichen von Radioaktivität zu stoppen, und dessen Staub sich dann über Hunderte von Kilometern ausbreitete.«

»Aber Cäsium 137 ist der Stoff, der die schlimmsten Krankheiten auslöst, ja?«

»Blei, Cäsium, Strontium, Uran, Thorium – all das ist sehr gefährlich für die Gesundheit. Aber Cäsium ganz besonders, weil es vom Organismus genauso verstoffwechselt wird wie Kalium. Wird es über Nahrungsmittel oder Wasser aufgenommen, findet man Spuren davon in ausnahmslos allen Zellen des menschlichen Körpers. Das Cäsium gibt starke radioaktive Partikel ab, was Kardiomyopathien, Lebererkrankungen, Störungen des Hormon- und Immunsystems und viele andere Krankheiten auslöst. Und Sie können sich sicher die Missbildungen vorstellen, unter denen die Kindeskinder von Tschernobyl zu leiden haben werden.« Er seufzte und schwieg dann eine Weile. »Die russische Regierung hat diesen schleichenden Tod lange geleugnet«, fuhr er schließlich fort. »Ärzte und Forscher sind ins Gefängnis gekommen, weil sie gewagt haben zu behaupten, Tschernobyl würde noch Jahre nach dem Unglück Menschen töten. Ich denke da vor allem an Juri Bandajewski und Wassili Nesterenko, zwei außerordentliche Wissenschaftler.«

Er blätterte weiter. Sharko spürte Wut und Betroffenheit. Wenn der Vorsitzende des Vereins etwas von Scheffers finsteren Heldentaten in den USA ahnen würde … oder von den Verbrechen, die er vermutlich an einigen dieser armen, wie Tiere tätowierten Kinder verübt hatte …

Schließlich schüttelte Lambroise den Kopf. »Das Kind, das Sie suchen, ist nicht dabei, tut mir leid.«

Bellanger beugte sich vor, griff nach dem Ordner und blätterte ihn selbst schnell durch.

»Das ist unmöglich. Alle Hinweise führen zu Ihrem Verein. Zeitlich und geographisch passt alles zusammen. Der Junge war schwer kontaminiert. Er kam aus einem Ihrer Busse, da sind wir ganz sicher.«

Lambroise dachte eine Weile nach. »Jetzt, wo Sie es sagen …« Er schnipste mit den Fingern. »Man hat mir berichtet, einige Kinder aus dem zweiten Bus hätten sich beklagt, als das Gepäck ausgeladen wurde, weil ein paar Taschen geöffnet und durchwühlt worden waren. In dem großen Gepäckraum hat der Fahrer angebrochene Kekspackungen, Kleidungsstücke und leere Wasserflaschen gefunden. Ganz so, als wäre jemand mitgereist.«

Für die Ermittler war die Sache sofort klar. Der Junge aus dem Krankenhaus war mit Hilfe von Valérie Duprès irgendwo aus der Ukraine geflohen. Dann hatte er sich vermutlich im Gepäckraum eines der Busse versteckt und war so nach Frankreich gelangt.

Bellanger legte die Hand auf den Ordner, den er geschlossen hatte. »Wo haben die Busse die ukrainischen Kinder abgeholt?«

»Unsere beiden ehrenamtlichen Übersetzer und die Fahrer waren dieses Jahr in acht Dörfern und haben die Kinder ausgewählt, ehe sie sich auf die fünfzigstündige Reise nach Frankreich gemacht haben. Der Bus, um den es geht, hat vier Dörfer in unmittelbarer Nähe der verbotenen Zone aufgesucht.«

»Können Sie uns eine Liste dieser Dörfer geben?«

Lambroise erhob sich und ging zum Kopierer.

»Wir brauchen auch die Namen der Familien und alle anderen Hinweise, die sachdienlich für unseren Fall sind«, fügte Bellanger hinzu.

»Sie können sich auf mich verlassen.« Er reichte ihnen einen Zettel mit den Namen der Dörfer.

Bellanger faltete ihn sorgfältig zusammen und schob ihn in seine Tasche. »Und noch etwas: Sind früher schon mal Kinder verschwunden, die mit einem der Busse nach Frankreich gekommen sind?«

»Nein, nie. Seit es unseren Verein gibt, ist niemals ein Kind verlorengegangen.«

»Wissen Sie, was aus den Kindern in Ihrem Ordner wird, wenn sie wieder in ihrer Heimat sind?«

»Nicht wirklich. Wir verfolgen ihre Spur nicht weiter. Es gibt zwar meistens einen Briefwechsel mit den Gastfamilien, der über unseren Übersetzungsdienst läuft, aber im Allgemeinen schläft der nach ein oder zwei Jahren ein.«

Bellanger nickte. »Danke für Ihre Hilfe. Sie werden sicher sehr bald zum Quai des Orfèvres vorgeladen, um über Leo Scheffer befragt zu werden. Wir benötigen auch so schnell wie möglich die Karteikarten aller Kinder, die je mittels Ihres Vereins hierhergekommen sind.«

Sie verabschiedeten sich voneinander.

»Ich kümmere mich nach unserer Sitzung darum und schicke sie Ihnen. Aber was genau ist denn mit Leo Scheffer passiert?«

»Das erklären wir Ihnen zu gegebener Zeit.«

Sie gingen zur Tür. Als sie allein waren, fragte Sharko leise: »Was willst du mit den Karteikarten?«

»Die Gesichter vergleichen. Mit denen der Kinder auf den Operationstischen. Auch wenn unsere Aufnahmen schon ein paar Jahre alt sind, man kann ja nie wissen …«

Kapitel 54

Während des Landeanflugs sah Lucie fasziniert aus dem Fenster.

Paris lag unter einer Schneedecke, der Eiffelturm funkelte wie ein Stalagmit. Die Maschine beschrieb eine Kurve, und die Perspektive veränderte sich. Von oben war alles so schön.

Eine Sitzreihe vor ihr drückte ein Mädchen die Nase an die Scheibe und betrachtete verzückt das Schauspiel. Auch Lucies Töchter hätten das gerne gesehen. Sicher hätten sie sich um den besten Platz gestritten. Dabei waren ihre Zwillinge nie geflogen oder auch nur im Hochgeschwindigkeitszug TGV gefahren. Sie würden nie ein Haus kaufen, nie eine erste Liebe erleben, nie mehr ein Tier streicheln oder im Park spazieren gehen.

Sie waren einfach nicht mehr da.

Traurig spielte Lucie mit ihrem ausgeschalteten Handy und war dankbar für die Notwendigkeit, sich auf die Ermittlungen zu konzentrieren. Vielleicht hatte man ihr ja eine Nachricht hinterlassen, um ihr Leo Scheffers Verhaftung mitzuteilen. Vielleicht wussten die Kollegen schon, was den Kindern zugestoßen war, und vielleicht hatten sie einige von ihnen den Klauen dieser Männer entreißen können, die sie quälten.

Die Kleinen hatten nichts verbrochen, sie hatten ein Recht, zu leben und heranzuwachsen.

Der heftige Ruck beim Aufsetzen auf der Landebahn riss sie aus ihren Gedanken. Das Flugzeug rollte zur Parkposition, und die Gangway wurde herangefahren. Ehe sie ausstieg, hatte Lucie den unwiderstehlichen Drang, das kleine Mädchen, das jetzt vor ihr stand, zu berühren. Es ähnelte Clara und Juliette. Mit halb geschlossenen Augen streichelte sie das lange Haar. Die Kleine drehte sich kurz um, lächelte ihr zu und verschwand dann an der Hand ihrer Mutter aus Lucies Blickfeld.

Lucie holte ihr Gepäck ab, ging durch den Zoll und erreichte die Ankunftshalle, in der sich Familien begrüßten, Männer auf ihre Frauen, Kinder auf ihre Väter warteten.

In der Menge entdeckte sie Sharko. Seine kräftige Statur,

die strengen Züge und sein Anzug verliehen seiner stattlichen Erscheinung Klasse. Heute war ihr mehr denn je klar, wie sehr sie ihn liebte und brauchte. Doch als sie auf ihn zuging, begriff sie, dass etwas nicht in Ordnung war. Das bewies Francks gezwungenes Lächeln und vor allem die Anwesenheit von Nicolas Bellanger.

Der Kommissar schloss Lucie in die Arme und küsste sie auf den Hals.

Lucie streichelte seinen Rücken. »Habt ihr Scheffer geschnappt?«, flüsterte sie.

Sharko schob sie ein wenig zurück und sah ihr in die Augen. »Komm, lass uns einen Kaffee trinken gehen.«

Er nahm ihr Gepäck, während sie Bellanger herzlich begrüßte. Sharko beobachtete sie dabei aus den Augenwinkeln.

»Wie war die Reise?«, fragte der Gruppenleiter.

»Gut«, antwortete Lucie einsilbig.

Sie fanden einen relativ ruhigen Platz in einer Cafeteria am Ende der Halle.

Bellanger bestellte drei Kaffee und sah Lucie an. »Im Moment haben wir weder Scheffer noch Dassonville. Während wir auf dich gewartet haben, hat mich Robillard angerufen. Er hat herausgefunden, dass Scheffer gestern Abend überstürzt nach Moskau geflogen ist. Interpol ist mit der Moskauer Polizei in Kontakt und schaltet den Attaché für innere Sicherheitsangelegenheiten bei der Botschaft ein. Er heißt Arnaud Lachery und war vorher bei der Such- und Eingreifbrigade – er ist also einer von uns. Franck kennt ihn von früher.«

Lucie nickte schweigend.

Bellanger fuhr fort: »Interpol veröffentlicht eine dringende Fahndungsmeldung, und wir arbeiten mit den Russen zusammen. Ich habe schon alle nötigen Anträge gestellt, damit wir uns gegebenenfalls auf russisches Territorium begeben können.«

»Und Dassonville?«

»Das Gleiche gilt auch für ihn. Die Behörden in New Mexico und Interpol arbeiten an der Sache. Sie überwachen vor allem die Flughäfen.« Er sah Sharko an und räusperte sich.

»Aber zunächst müssen wir über etwas anderes sprechen.«

»Nun kommt endlich zur Sache und sagt mir, was los ist.«

»Kennst du Gloria Nowick?«

Lucies Blick wanderte vom einen zum anderen. »Warum fragt ihr mich das?«

»Antworte einfach nur«, sagte Sharko.

Sie verabscheute den Ton, den er anschlug, sie kam sich vor wie eine Verdächtige beim Verhör. Trotzdem nickte sie.

»Ich habe sie ein paar Tage vor meiner Abreise getroffen. Bei ihr zu Hause.«

»Warum?«

Lucie zögerte. »Das ist privat. Ich kann nicht ...«

Sharko schlug mit der Faust auf den Tisch. »Sie ist tot, Lucie! Als ich sie in einem alten Stellwerk gefunden habe, war sie gefoltert worden und lag im Sterben! Man hatte sie bis auf die Knochen geprügelt und ihr einen verdammten Schachzug in die Stirn geritzt. Und jetzt antworte endlich auf meine Frage. Warum?«

Diese Nachricht musste die Ermittlerin erst einmal verdauen. Der Kellner brachte den Kaffee und musterte sie neugierig.

Lucie biss sich auf die Lippe. »Weil ich dir ein ganz besonderes Weihnachtsgeschenk machen wollte. Eines, das dich zum Lachen und zum Weinen gebracht hätte. Ein Geschenk, das zu dir gepasst hätte.« Sie spürte, wie die Gefühle sie übermannten, versuchte aber, sich zu beherrschen. »An all den Abenden, an denen ich nicht da war und vorgegeben habe, Akten aufarbeiten zu müssen, habe ich versucht, dich und deine Vergangenheit besser kennenzulernen. Ich habe mich mit alten Kollegen und Freunden von dir getroffen, mit denen du keinen Kontakt mehr hattest, mit Bekannten ... Dazu gehörte auch Gloria.«

Sharko hatte den Eindruck, ein Pfeil würde sein Herz durchbohren, aber er sagte nichts. Lucie versuchte, ihre Kaffeetasse an die Lippen zu führen, doch ihre Hand zitterte zu stark. »Seit Wochen schon trage ich Erinnerungen zusammen. Ich wollte einen Film über dein Leben machen, Franck. Über die glücklichen, aber auch über die traurigen Zeiten. Denn dein Dasein ist wie eine Achterbahn. Ich wollte noch mit Paul Chénaix und einigen anderen sprechen, die dich gut kennen und wichtig für dich sind. Aber ich glaube, die Überraschung ist jetzt verdorben.«

»Lucie ...«

Bellanger erhob sich und legte Sharko eine Hand auf die Schulter. »Ich denke, ihr müsst jetzt miteinander reden. Ich gehe raus, rauche eine Zigarette und telefoniere. Lasst euch Zeit.«

Er entfernte sich.

Lucie ergriff Sharkos Hand und drückte sie. »Hast du geglaubt, ich hätte etwas mit Glorias Tod zu tun?«

Der Kommissar schüttelte den Kopf. »Nicht eine Sekunde.«

»Warum hat man ihr das angetan? Warum hat man sie umgebracht?«

Sharko sah sich kurz um und beugte sich dann vor. »Es ist meine Schuld. Der Irre vom Fall Hurault ist wieder aufgetaucht. Das war kein Tick von mir, Lucie. Es hat am letzten Donnerstag, also am fünfzehnten Dezember, angefangen. Ich habe Blutuntersuchungen vornehmen lassen, um« – Sharko zögerte kurz –, »um zu sehen, ob bei mir alles in Ordnung ist.«

Lucie wollte etwas sagen, aber er ließ sie nicht zu Wort kommen.

»Der Krankenpfleger, der mir das Blut abgenommen hat, wurde überfallen. Und dann hat man mit meinem Blut eine Nachricht an die Wand des Festsaals von Pleubian – das ist Suzannes Geburtsort – geschrieben.«

Er erzählte ihr alles von Anfang an: von dem perversen Mann, der dem »Roten Engel« nachfolgte und nun sein morbides Spiel mit ihm trieb. Von dem Sperma, das er in der Hütte entdeckt hatte, in der Suzanne gefangen gehalten worden war. Von der Spur, die zu Gloria führte, von ihrer Vergiftung und von dem alten Fünf-Centime-Stück, das man in ihrem Magen gefunden hatte. Und auch von seinem Alleingang, ehe das Team von Basquez den Fall übernommen hatte. Von dem makaberen Puzzle, das bei jedem Mal etwas mehr Form annahm. Er hielt die Hände seiner Freundin umklammert und hatte Mühe, seine Rührung zu beherrschen. Er versuchte, in groben Zügen zu berichten, ohne allzu sehr ins Detail zu gehen.

Lucie stand unter Schock. »Ich weiß nicht, wie du es geschafft hast, all diese emotionalen Schläge einzustecken, ohne in die Knie zu gehen«, sagte sie. »Du hättest mit mir darüber reden sollen, ich hätte dir helfen können, ich hätte …«

»Du hattest selbst schon genug Sorgen. Ich sehe noch vor mir, wie du an dem zugefrorenen See barfuß im Schnee standest. Ich wollte es nicht noch schlimmer machen.«

»Darum hast du immer versucht, mich aus Paris wegzuschicken. Du hast mich nach Chambéry und nach New Mexico geschickt, weil du mich schützen wolltest.« Sie schüttelte den Kopf, ihr Blick war ins Leere gerichtet. »Und ich habe nichts bemerkt, verdammt noch mal!«

Verstört lehnte sie sich zurück. Sie konnte ihm nicht böse sein oder ihn tadeln. Sie hätte sich am liebsten an ihn geschmiegt, ihn geküsst und ihm gesagt, wie sehr sie ihn liebte. Aber nicht hier. Nicht inmitten all der Unbekannten. Plötzlich verfinsterte sich ihr Blick. »Wie können wir ihn erwischen, Franck?«

Wir ... Sharko sah sich um, weil er sehen wollte, ob Bellanger schon zurückkam.

»Ich habe trotz Basquez' Ermittlungen noch einen kleinen Alleingang gemacht, aber sag bloß Bellanger und auch keinem der anderen etwas davon.«

Sie hielt den Atem an. Ihr Lebensgefährte arbeitete schon wieder unter Umgehung der Vorschriften, wie er es schon so oft in seiner Laufbahn getan hatte. Sie waren einander sehr ähnlich. Wie verrückte junge Hunde, die man nicht kontrollieren konnte.

»Ich sage nichts.«

»Gut. Beinahe hätte ich den Mörder geschnappt, es war eine Frage von Minuten. Die letzte Spur hat mich zu einem schrottreifen Lastkahn geführt. Im Laderaum habe ich Hunderte Fotos von mir gefunden, die ohne mein Wissen aufgenommen worden sind. Aber es waren auch ältere Bilder dabei, aus meiner Armeezeit, zum Beispiel, und andere, die mich mit ehemaligen Kollegen von der Kripo zeigen.«

»Warte mal, wurde eines der Fotos mit den Kollegen im Hof des Quai des Orfèvres aufgenommen? In den 1980er Jahren?«

Sharko nickte, und Lucie zitterte so sehr, dass sie beinahe ihren Kaffee verschüttet hätte. Sie atmete tief durch und erklärte: »Vor zwei Monaten habe ich unter dem Scheibenwischer eine Werbung gefunden. Das Angebot eines Profis, mit Fotos und Videos einen Film oder ein Album zu einem günstigen Preis zu erstellen. Das hat mich auf die Idee für dein Geschenk gebracht. Ich habe mich mit dem Mann getroffen, und er hat mich davon überzeugt, dass er anhand von Material, das ich ihm liefern sollte, einen Film über dein Leben machen könnte: die alten Videos und Fotoalben aus deinen Schubladen, aber auch aufgezeichnete, niedergeschriebene oder gefilmte Erlebnisberichte und Erzählungen von alten Freunden. Besagtes Foto vom Quai des Orfèvres gehört zu dem Material, das ich ihm gegeben habe. Er weiß alles über deine Vergangenheit, Franck.«

Der Kommissar spürte, wie das Blut in seinen Schläfen pulsierte. Er war alarmiert. »Hast du seinen Namen und seine Adresse?«

»Natürlich. Rémi Ferney. Wir haben uns immer in einem Café im 20. Arrondissement getroffen. Ich glaube, er wohnt in der Nähe.«

Aufgeregt warf Sharko einen Geldschein auf den Tisch. Das 20. Arrondissement passte zu den verschiedenen Hypothesen über den Wohnort des Mörders. »Wir gehen. Und nicht ein Wort zu Bellanger!«

Jetzt erhob sich auch Lucie und fragte, die Stirn gerunzelt: »Was hast du vor? Willst du allein hingehen?«

Der Kommissar antwortete nicht. Lucie nahm ihn beim Arm und zog ihn zur Seite. »Du willst ihn töten, ja? Und dann? Hast du auch nur eine Sekunde an die Konsequenzen deines Handelns gedacht? Daran, was ohne dich aus mir wird?«

Sharko wandte den Blick ab. Sein Körper war verkrampft und schmerzte. Die Stimmen, das entfernte Brummen der Flugzeuge, die Lautsprecherdurchsagen – all das hallte in seinem Kopf wider.

»Sieh mich an, Franck, und sag mir ins Gesicht, dass du bereit bist, alles zu zerstören, nur um dich zu rächen.«

Sharko starrte auf den Boden. Dann hob er langsam den Blick und sah Lucie in die Augen.

»Ich habe bereits Dreckskerle seines Schlages umgebracht, Lucie, und zwar mehr, als du dir vorstellen kannst. Hast du das auch in meiner Vergangenheit gefunden?«

Kapitel 55

Wir wissen jetzt, um wen es sich handelt.«

Sharko und Lucie waren soeben im Büro von Basquez eingetroffen. Der Ermittler blickte von seinem Papierkram auf, betrachtete die beiden eine Weile und richtete dann seinen Blick auf Lucie.

»Meinst du nicht, dass du uns eine Erklärung schuldest, statt hier aufzukreuzen, als wäre nichts gewesen? Erzähl doch mal, was es mit deinen Fingerabdrücken bei Gloria Nowick auf sich hat.«

»Ich habe bereits alles gesagt.«

»Vielleicht. Aber nicht mir.«

Sharko blieb mit finsterem Blick im Hintergrund stehen. Er bedauerte, dass er sich von Lucie hatte überzeugen lassen, aber vielleicht war es doch die beste Lösung.

»Um es kurz zu machen, ich habe alle ehemaligen Bekannten von Franck angesprochen, und Gloria gehörte dazu, weil ich ihn zu Weihnachten mit einem besonderen Geschenk überraschen wollte. Kaum aus Albuquerque zurück, erfahre ich von dieser verrückten Geschichte, die er mir seit über einer Woche verschwiegen hat.«

»Uns auch, wenn dich das beruhigt.«

Sie sah Sharko vorwurfsvoll an und wandte sich wieder an Basquez. »Aber ich habe wirklich den Eindruck, dazustehen wie ein Idiot. Vermutlich war ich diejenige, die ungewollt den Mörder zu Gloria Nowick geführt hat. Ich habe diesen Typen vor zwei Monaten beauftragt, aus verschiedenen Dokumenten einen Film über Sharkos Leben herzustellen. Natürlich kennt er das ganze Leben von Sharko, denn ich habe ihm ja das Material geliefert, Fotos und aufgezeichnete Gespräche. Der Mann heißt Rémi Ferney.«

Basquez griff sofort zum Telefon und ließ nach der Anschrift forschen. Sharko schwieg. Er hatte nur einen Wunsch – diesem Ferney eine Kugel in den Kopf zu jagen.

Basquez wandte sich wieder den beiden zu. »Wir werden sehen. Allerdings stimmt das alles nicht mit den Schlussfolgerungen von Franck überein. Seiner Meinung nach ist der Mörder von Gloria Nowick auch der von Frédéric Hurault. Das ist anderthalb Jahre her. Da kanntest du diesen Ferney ja noch gar nicht, stimmt's?«

»Ferney weiß, wo Franck wohnt, er hat uns wahrscheinlich beobachtet, die Mülltonnen durchsucht, ist vielleicht sogar in die Wohnung eingedrungen. Davon geht Franck jedenfalls aus. Er muss sich richtig Mühe gegeben haben, um mit mir Kontakt aufzunehmen, ohne dass ich Verdacht schöpfe. Der Werbeprospekt an meiner Windschutzscheibe war dafür eine gute Gelegenheit. Wenn das nicht geklappt hätte, hätte er sicher einen anderen Weg gefunden.«

Basquez überlegte, dann griff er erneut zum Telefon und fragte: »Habt ihr die Adresse?«

Er schrieb etwas auf, beendete das Gespräch und erhob sich. »Ich rufe noch schnell den stellvertretenden Staatsanwalt an, sobald er uns grünes Licht gibt, fahren wir los.«

Kapitel 56

Das Viertel Belleville.

Alte Wohnhäuser, die gerade renoviert wurden, belebte Plätze und viele Passanten, die noch in letzter Minute Weihnachtsgeschenke kauften. Sharko umklammerte das Lenkrad und versuchte, dicht hinter Basquez' Wagen zu bleiben. Lucie musterte ihn beunruhigt von der Seite. In den letzten Tagen hatte er sichtbar abgenommen, und er war extrem angespannt.

Würde ihre Beziehung diese grauenvollen Ermittlungen schadlos überstehen? Nur ein Kind konnte wieder ein Gleichgewicht schaffen, da war sich Lucie sicher. Es würde beide zu einem ruhigeren Leben zwingen, das es neu zu gestalten galt. Sobald dieser Fall geklärt war, würde sie eine Pause einlegen. Es musste sein.

Sharko riss sie aus ihren Gedanken. »Du hättest nicht in meiner Vergangenheit herumwühlen sollen.«

Lucie betrachtete die Waffe auf ihren Knien, drehte sie vorsichtig hin und her. »Ich habe nicht nur über dich viel erfahren, sondern auch über mich selbst. Indem ich mich mit deiner Vergangenheit beschäftigt habe, habe ich mich auch mit meiner eigenen beschäftigt. Es hat sogar dafür gesorgt, dass ich mich ein bisschen besser gefühlt habe.«

»Irgendwann müssen wir in aller Ruhe darüber sprechen.«

»Und auch darüber, was du mir am Flughafen gesagt hast.«

Sie waren an ihrem Ziel angelangt. Kaum hatte Basquez seinen Wagen mit eingeschalteter Warnblinkanlage in zweiter Reihe abgestellt, sprangen vier Männer heraus. Sharko parkte seinen Renault direkt dahinter.

Basquez rannte über die Straße zu dem Haus, in dem der

Mann wohnte, den sie suchten, und klingelte aufs Geratewohl bei irgendjemandem. Der Türöffner surrte, und er drückte das schwere Tor der Einfahrt auf. Laut der kurz zuvor erhaltenen Information wohnte Rémi Ferney in einem Loft im Hinterhof des Gebäudes. Hier war es ziemlich dunkel, und durch den gefrorenen Schnee führten zahlreiche Fußspuren – die meisten zum Loft. Die bewaffneten und mit kugelsicheren Westen ausgestatteten Polizisten huschten lautlos an den Wänden entlang zum Eingang. Ohne Vorwarnung brachen sie mit einem kleinen Stemmeisen das Schloss auf und drangen mit gezogenen Pistolen in die Wohnung ein.

Das Loft bestand aus einem einzigen riesigen Raum. Überall an den Wänden hingen wunderschöne Fotos in Großformat – Porträts, Landschaften, Erinnerungen an Reisen in fremde Länder. Durch ein riesiges Glasdach fiel Licht in eine Art Gewächshaus, das mit Fotomaterial gefüllt war. Im hinteren Teil des Raums stand ein überdimensionaler Fernseher, der eingeschaltet war. Basquez, der als Erster eingetreten war, sah einen Kopf mit einer Schirmmütze über die Sessellehne ragen.

Zusammen mit den Kollegen rannte er auf die Person zu und brüllte: »Keine Bewegung!«

Angespannt folgten Lucie und Sharko, der spürte, dass hier etwas nicht stimmte.

Die von sechs Pistolenmündungen bedrohte Gestalt auf dem Sessel blieb unbeweglich sitzen. Je mehr sich die Polizisten näherten, umso stärker wurde der Geruch von Ammoniak, der typisch für eine fortgeschrittene Verwesung ist.

Sharko zögerte, als er sah, wie sich die Gesichtszüge seiner Kollegen veränderten. Sie ließen ihre Waffen sinken und wechselten entsetzte Blicke.

Der Mann mit der Schirmmütze war von einer rötlichen, klaffenden Wunde direkt unter dem Kinn entstellt.

Man hatte ihm die Kehle durchgeschnitten.

Auf seinem Schoß lag eine Schiefertafel, auf der mit Kreide geschrieben stand: »Df6+. *Bald schachmatt.*«

Lucie stand der Leiche gegenüber, sah Basquez, dann Sharko an und sagte seufzend: »Ja, das ist Rémi Ferney. Er ist der Mann, den ich getroffen und dem ich den Auftrag erteilt habe. Ich verstehe überhaupt nichts mehr.«

»Und er ist nicht erst seit gestern tot, sondern seit mindestens einer Woche.«

Sharko begriff nun – das wirre Gerede des Mörders in dem Geschäft, in dem er das Boot gekauft hatte, war eine List, damit sich die Verkäufer an ihn erinnern. Er musste geahnt haben, dass die Polizei früher oder später die Spur des Kahns verfolgen würde, und hatte eine Nachricht hinterlassen, die nur Sharko verstehen konnte.

Und Sharko war darauf hereingefallen.

Basquez sah auf die Tafel und schimpfte: »Dieser Dreckskerl!« Er atmete tief durch, um sich zu beruhigen, und holte sein Handy aus der Tasche.

»Wir rühren nichts an und verschwinden. Wenn es hier auch nur das kleinste Fragment einer DNA-Spur von diesem Mörder gibt, muss es gefunden werden. Kommt!«

Sie gingen auf den Hof zurück. Lucie verschränkte die Arme gegen die Kälte. Jetzt war sie sich im vollen Ausmaß der Gefahr bewusst, in der Sharko und sie schwebten.

»Der Werbeprospekt an meiner Windschutzscheibe war echt und Ferney wirklich ein Künstler. Der Mörder hat ihn in aller Ruhe seine Arbeit machen lassen, die Unterlagen dann gestohlen und ihn ermordet.«

Sie betrachtete Sharko, der wie benommen und mit hängenden Schultern an einer Wand lehnte. Sie schmiegte sich an ihn.

»Wir erwischen ihn!«

»Oder er uns!«

Er schien verzweifelt. Selten hatte Lucie ihn in dieser Verfassung gesehen. Er war nicht der Typ, der aufgab. Das hatten auch die vielen für die Weihnachtsüberraschung befragten Personen bezeugt.

Sharko nahm sich zusammen und sah Lucie in die Augen.

»Wir können nicht mehr in der Wohnung bleiben, nach allem, was heute passiert ist. Wir gehen ins Hotel.«

Kapitel 57

Es tat Lucie weh zu sehen, wie Franck einen Koffer packte und wie ein Dieb aus seiner Wohnung fliehen musste.

Lucie schaute ihm wortlos zu. In gewisser Weise fühlte sie sich dafür verantwortlich und wusste, dass er es tat, um sie zu beschützen. Sie konnte seine Qual und seine finsteren Gedanken nachvollziehen.

An diesem späten Nachmittag des zweiundzwanzigsten Dezember war Sharko überzeugt, dass der Mörder den Todesstoß genau zum Weihnachtsfest geplant hatte.

Die Ausgeburt des »Roten Engels« konnte sich erst dann verwirklichen, wenn sie denjenigen beseitigt hatte, der für das Ende seines Schöpfers verantwortlich war.

»Wir locken ihn in die Falle«, murmelte Sharko, »und schlagen ihn mit seinen eigenen Waffen.« Er ging zum Fenster und schob die Gardine ein wenig beiseite. »Ich weiß, dass du irgendwo da draußen bist. Schau mich an! Ich mache dich fertig!«

Lucie, die sah, dass Sharko nicht in seinem normalen Zustand war, stellte sich ihm in den Weg, als er zu seinem Koffer zurücklief, zog ihn an sich und strich ihm zärtlich über den Rücken. »Er kann uns nicht zerstören. Zu zweit sind wir stärker als er.«

»Er kann uns nicht zerstören«, wiederholte Sharko wie hypnotisiert.

Sie verharrten in dieser Stellung, streichelten einander und schwiegen wie ein Paar, das sich verbotener Liebe hingibt, einer Liebe, auf der ein Fluch liegt. Ein schöner und zugleich quälender Augenblick.

Ein kleiner Lichtfunke in der Finsternis.

Sie mussten von hier verschwinden. Sharko löste sich aus Lucies Armen und machte sich an seinem Kleiderschrank zu schaffen, zog dicke Pullover, Hemden und baumwollene T-Shirts heraus, aber weder Anzug noch Krawatte.

»Mach es wie ich, nimm nur warme Sachen mit und Wäsche zum Wechseln, damit wir es zur Not drei bis vier Tage in der Kälte aushalten können.«

Lucie war wie versteinert. »Wir können doch nicht einfach abhauen, den Fall hinwerfen. All diese Kinder, Franck, sie …«

Sharko packte sie bei den Schultern und blickte ihr in die Augen. »Wir geben absolut nichts auf, weder die Ermittlungen noch die Kinder, im Gegenteil. Vertrau mir!«

Er ließ sie stehen und trug seinen Koffer ins Wohnzimmer. Auch wenn sie nicht recht verstand, was er vorhatte, begann sie ebenfalls, einen Koffer zu packen. Was die Ermittlungen betraf, hatte sie den Überblick verloren, denn die Kollegen hatten noch keine Zeit gehabt, sie auf den neuesten Stand zu bringen. Bereit zum Aufbruch, folgte sie Sharko, der schon an der Tür stand.

»Komm, wir gehen«, sagte er.

Lucie erwiderte mit einem Blick auf die Tanne: »Zu traurig, ein Weihnachtsbaum ohne Geschenke!«

Sharko hatte es eilig, das Haus zu verlassen, und nahm sie bei der Hand.

»Nun komm schon!«

Er hatte ein Taxi in die Tiefgarage bestellt, um das Gepäck einladen zu können, ohne von der Straße aus gesehen zu werden. Als sie endlich in dem wie üblich dichten Verkehr steckten, entspannte er sich.

Er bat den Fahrer, das Radio lauter zu stellen, und flüsterte Lucie zu: »Lucie, wir haben es hier mit einem Raubtier der schlimmsten Sorte zu tun. Er greift seine Beute so schnell an, dass wir gar nicht die Chance haben, richtig zu reagieren. Und die Zeit arbeitet gegen uns. Sein Ziel ist es, uns an Weihnachten zu attackieren, so viel ist jetzt klar. Der Kerl hat seinen Plan für diesen Moment, den Höhepunkt, genau ausgetüftelt. Wahrscheinlich hat er wochen-, sogar monatelang an der Vorbereitung für dieses Schachmatt gefeilt. Ich bin der schwarze König. Er hat mich festgesetzt und erwartet, dass ich beim letzten Zug da bin. Anders kann es für ihn gar nicht sein. Verstehst du?«

»Und auch nur, weil du nicht loslässt. Das weiß er ebenso gut wie ich.«

»Ganz genau. Stell dir also vor, der schwarze König reagiert nicht mehr oder ist verschwunden, schlicht auf dem Schachbrett nicht mehr vorhanden. Was dann?«

»Er verliert die Kontrolle, und das macht ihn verrückt.«

»So ist es. Und dann begeht er womöglich einen Fehler.«

Immer wieder sah Sharko aus dem Heckfenster. Erst als das Taxi auf dem Périphérique angelangt war, fühlte er sich sicher und war überzeugt, dass ihnen niemand gefolgt war. Die Rockmusik, die aus dem Lautsprecher dröhnte, tat ihm gut. Er konnte sich ein wenig entspannen und durchatmen. Lucie war bei ihm und in Sicherheit. Das war das Wichtigste.

Er sah sie lächelnd an. »Armer Schatz, du bist kaum aus New Mexico zurück und hattest noch keine fünf Minuten Ruhe. Und wie ich sehe, hinkst du auch noch ein wenig.«

»Es geht aber schon wieder.«

»Na, dann lass uns plaudern, als sei nichts passiert. Erzähl mir von deiner Reise nach Amerika. Ist es dort schön? Meinst du, wir sollten irgendwann mal hinfahren?«

»Franck, das ist jetzt wirklich nicht dein Ernst …«

»Auch ich wünsche mir ein Kind, Lucie, mehr als alles andere.«

Zum ersten Mal hatte er sich klar zu diesem Wunschkind bekannt. Das war ihm einfach so herausgerutscht. Lucie war sprachlos. Bislang hatte immer sie das Thema angeschnitten, Sharko hatte meist geschwiegen oder höflich genickt, hielt sich jedoch eher zurück. Plötzlich war alles anders. Die Ereignisse schienen ihn körperlich und geistig zu verändern. Er schaute aus dem Fenster und erwartete offenbar keine Antwort. Lucie lehnte den Kopf an die Scheibe und betrachtete die vorbeifliegende Landschaft.

Wohin fuhr das Taxi?

Es war 18:30 Uhr, als der Wagen vor der Schule in Ivry-sur-Seine hielt. Sharko bat den Fahrer zu warten, stieg, von Lucie gefolgt, aus, und sie gingen in den Gemeindesaal. Lucie betrachtete Poster, Fotos und Schlagzeilen – sie befanden sich im Raum des Vereins *Solidarité Tchernobyl*. Sharko gab einem Mann mit langen Haaren ein Zeichen, der mit anderen an einem Tisch saß und diskutierte.

Er entschuldigte sich bei den Mitarbeitern und ging zu den beiden Ermittlern. »Tut mir leid, aber wir sind in einer Versammlung …«

»Unser Anliegen wird Sie nur ein paar Minuten beanspruchen«, unterbrach Sharko ihn. »Das ist meine Kollegin Lucie Henebelle.«

Lambroise nickte höflich, entfernte sich mit den beiden von den anderen und wandte sich wieder an Sharko: »Was kann ich für Sie tun?«

»Uns in die Ukraine bringen.«

»In die Ukraine?«

»Ja. Wir möchten in den Dörfern rund um Tschernobyl Nachforschungen über das verschwundene Kind anstellen und erfahren, was wirklich geschehen ist.«

Als Lucie Tschernobyl hörte, traf es sie wie ein Schlag, aber sie bewahrte Haltung.

Sharko fuhr fort: »Vielleicht könnte uns einer Ihrer Übersetzer begleiten? Wir fliegen dorthin und mieten dann einen Wagen. Wir möchten den gleichen Weg wie der Bus fahren und die Einwohner befragen. Dafür brauchen wir einen Dolmetscher. Wir wollen so schnell wie möglich aufbrechen. Natürlich übernehmen wir alle Unkosten.«

Der Leiter des Vereins schüttelte den Kopf. »Wir haben nur einen Übersetzer, und der ist im Augenblick nicht abkömmlich. Denn …«

Sharko zog das schockierende Foto vom Tatort hervor, das er absichtlich mitgebracht hatte, um Lambroise zu verunsichern.

»Dieser arme Junge ist ertrunken in einem gefrorenen See gefunden worden. Der kleine Ukrainer liegt jetzt in einem schwarzen Leichensack in der Kühlung des rechtsmedizinischen Instituts. Und jetzt sehen Sie sich dieses Bild an!«

Er zeigte das Foto des Kindes mit der großen Narbe, das auf dem Operationstisch lag, und fürchtete schon fast, zu weit gegangen zu sein, aber der Zweck heiligt bekanntlich die Mittel.

Lambroise stand sichtlich unter Schock. Einen Augenblick lang zeigte er keinerlei Reaktion, dann straffte er sich und schaute seine Gesprächspartner an.

»Gut. Sie brauchen nur einen Reisepass und eventuell eine Hotelreservierung. Wann wollen Sie fliegen?«

»So schnell wie möglich, am besten gleich morgen.«

Der Mann wandte sich an die Gruppe. »Wladimir, kannst du mal kommen?«

Ein kleiner Mann mit weißem Haar erhob sich. Er war dünn wie ein Streichholz und sein brauenloses Gesicht so glatt, als sei es aus Wachs gegossen. Es war schwierig, sein Alter zu schätzen, vielleicht um die dreißig. Lambroise gab die Fotos zurück, lächelte und erklärte leise: »Er ist Ukrainer. Auch ein Kind aus Tschernobyl, allerdings hatte er das Glück, erwachsen werden zu können.«

Sharko verstaute die Fotos, während Lambroise sie alle miteinander bekannt machte: »Das ist Wladimir Ermakow. Er wird Sie begleiten.«

Er erklärte dem jungen Mann kurz die Lage. Der Ukrainer nickte, ohne Fragen zu stellen.

Dann verabschiedete sich Wladimir von den beiden Ermittlern und setzte sich wieder zur Gruppe.

»Er kennt die Gegend wie seine Westentasche«, versicherte Lambroise, während er Sharko und Lucie zum Ausgang begleitete, »und er wird Sie genau dorthin bringen, wohin Sie möchten.«

»Ich danke Ihnen«, sagte Sharko aufrichtig.

»Danken Sie mir nicht! Das Gebiet um Tschernobyl ist die Hölle auf Erden. Man muss es gesehen haben, um das zu verstehen. Sie können sicher sein: Diesen verfluchten Ort werden Sie Ihr Lebtag nicht wieder vergessen!«

Kapitel 58

Als sie draußen waren, holte Sharko, die Hände in den Taschen seines Blousons vergraben, tief Luft. Obwohl Lucie und er sich an einen der furchtbarsten Orte der Welt begeben würden, war er doch irgendwie erleichtert, die Hauptstadt verlassen zu können.

»Jetzt musst du mir aber endlich mal alles erklären«, sagte Lucie. »Ich verstehe gar nichts mehr.«

Sharko setzte sich in Bewegung. »Ich erzähle dir alles in Ruhe, wenn wir im Hotel sind. Erst rufe ich noch schnell Bellanger an, um ihm Bescheid zu sagen. Als ich heute Morgen mit ihm hier war, habe ich mir schon gedacht, dass er jemanden in die Ukraine schicken wird.«

Nachdem er mit Bellanger telefoniert und sofort dessen Zustimmung erhalten hatte, fuhren sie ins Zentrum von Paris zurück. Das Taxi setzte sie vor einem hübschen Drei-Sterne-Hotel in der Nähe der Bastille ab. In diesem Fall waren Sharko die Menschenmengen und Touristen und auch das fröhliche Stimmengewirr recht. Es beruhigte ihn, dass sie beide hier und jetzt in Sicherheit waren.

Der Mörder wartete in diesem Augenblick vermutlich auf ihre Rückkehr in die Wohnung, war irritiert und vielleicht sogar ratlos.

Nachdem sie ihre Koffer im Zimmer abgestellt hatten, gingen sie zum Abendessen ins Hotel-Restaurant. Sharko hatte einen Tisch in einer Nische reserviert. Endlich konnte er Lucie den neuesten Stand der Ermittlungen berichten, ihr von den Entdeckungen bei Scheffer, dessen Liebesabenteuer mit Valérie Duprès und von den Tieren in den Aquarien erzählen. Er erklärte ihr auch die Rolle, die Scheffers Stiftung zukam, und sprach von den Kindern, die aus der Ukraine geholt und in französischen Gastfamilien untergebracht wurden. Er erläuterte ihr den Einfluss von Cäsium auf den Organismus und berichtete von den kleinen Kranken, die in der Abteilung für Nuklearmedizin im Krankenhaus Saint-Louis behandelt wurden.

Dann zog er seine Schlussfolgerungen.

»Scheffer wählt persönlich, anhand von Wetterlagen zum Zeitpunkt der Atomkatastrophe, die Kinder aus, die nach Frankreich gebracht werden. Im Rahmen seiner Funktion als Nuklearmediziner untersucht er jedes einzelne Kind. Und wenn wir die Fotos von den Kleinen auf dem Operationstisch betrachten, drängt sich der Gedanke auf, dass Scheffer seine Stiftung für ganz andere Zwecke nutzt. Ihn interessierte vor allem, wie hoch die Konzentration von Cäsium 137 bei den Kindern war.«

»Und natürlich besteht auch ein Zusammenhang mit der Niederschrift. Cäsium hat mit Radioaktivität zu tun und die wiederum mit Marie Curie und Albert Einstein. Jede Spur führt zu dieser verfluchten Niederschrift.«

»Daran besteht kein Zweifel. Bewiesen ist jedenfalls, dass Scheffer Kinder aus der Ukraine nach Frankreich holt, sie hier im Krankenhaus auf den Grad ihrer Kontamination untersucht und später zurückschickt. Die Kollegen überprüfen gerade, ob die Kinder, die in den letzten Jahren hier waren, alle wieder wohlbehalten zu Hause angekommen sind.«

Die Bedienung stellte warme Teller auf den Tisch, und Sharko fuhr leise fort: »Ich bin fast sicher, dass die Stiftung eine Alternative zu dem 2003 geschlossenen Diagnosezentrum von Kursk darstellt, damit Scheffer seine geheimen Aktivitäten fortsetzen konnte. Vor acht Jahren hat er die Untersuchungen vor Ort selbst vorgenommen, um

425

seine fragwürdigen Ziele zu verfolgen. Da brauchte er die komplizierten Transporte von einem Land ins andere noch nicht.«

Lucie stocherte mit der Gabel in den Jakobsmuscheln herum. Sie sahen köstlich aus, doch ihr war der Appetit vergangen. »Du sprichst von einem Diagnosezentrum, das vor acht Jahren existierte. Willst du damit sagen, dass all diese Versuche an den Kindern seit …«

»Seit der Gründung der Stiftung im Jahr 1998. Erinnerst du dich noch an das eine Bild, das mit einer Analogkamera aufgenommen worden war? Das Fotopapier gibt es seit 2004 nicht mehr im Handel. Die Stiftung ist der Schlüssel zu Scheffers Machenschaften, da bin ich ganz sicher.« Sharko klopfte mit dem Zeigefinger auf den Tisch.

»Mein Verfolger ist ein Psychopath, aber er ist nichts gegen einen Typen wie Scheffer. Leute wie er bewegen sich in ganz anderen Dimensionen des Verbrechens und verfolgen rücksichtslos Ziele, die aus ihren irrwitzigen Überzeugungen geboren wurden. Du weißt ebenso gut wie ich, wie weit sie zu gehen bereit sind. Und was sie sich alles einfallen lassen, um nicht gefasst zu werden.«

Ja, das wusste Lucie. »Valérie Duprès werden wir wohl nie wiederfinden«, sagte sie traurig.

»Man darf die Hoffnung nicht aufgeben.«

»Sag mal, Franck, Tschernobyl …«

»Ja?«

»Und wenn ich schwanger bin? Bedeutet das eine Gefahr für …«

»Wir passen auf.«

»Aber wie sollen wir denn in Anbetracht der Radioaktivität aufpassen?«

»Wir fahren nicht in die verbotenen Gebiete, essen die dortigen Produkte nicht und trinken auch kein örtliches Wasser. Und wir sind ja nur kurze Zeit dort, vergiss das nicht!«

Sharko verspeiste schweigend sein Risotto. Beide dachten in diesem Augenblick an diese Verbrecher, die ungestört ihr Unwesen trieben. Sie waren sich ihrer Pflicht bewusst, die sie zwang, diese gefährlichen Ermittlungen fortzusetzen, deren Ausgang ungewiss war.

Hinter ihnen der Mörder.

Vor ihnen die Auswirkungen menschlicher Besessenheit.

Es war zweiundzwanzig Uhr, als sie in ihr Zimmer gingen.

Es schneite wieder. Normale Familien würden sich dieses Jahr über das Weihnachtsfest in einer Märchenlandschaft freuen.

Sharko und Lucie liebten sich und hofften insgeheim, dass eines schönen Tages die Sonne ihr Leben wieder erhellen und ihre Herzen erwärmen würde.

Kapitel 59

Am nächsten Morgen um acht Uhr erhielt Sharko eine SMS von Bellanger: *Treffen in der Biologie. So schnell wie möglich. Tiere im Aquarium identifiziert.*

Schon befanden sie sich wieder am Quai de l'Horloge, in den Laboren der Spurensicherung. Der strategische Knotenpunkt, wo alle Proben, materiellen Beweise und Indizien landeten, um untersucht zu werden. Denn die moderne Polizeiarbeit war eine Mischung aus Technik und Instinkt. Einige der Beamten befürchteten, früher oder später nur noch am Computer zu arbeiten und Dateien zu durchstöbern, statt ihren Dienst mitten im Geschehen des pulsierenden Stadtlebens zu tun.

Dennoch würde es immer Sharkos oder Henebelles geben, doch vor allem ganze Heerscharen von Robillards.

Nachdem die beiden Ermittler mit der Metro von La Bastille bis Châtelet gefahren waren, überquerten sie inmitten der Menschenmenge den Pont Neuf und liefen über den verschneiten Quai de l'Horloge.

Am Eingang wiesen sie sich aus und eilten hinauf zu den Laboren, in denen überwiegend DNA-Analysen durchgeführt wurden. Hier wurden kleine Fetzen von Kleidung und Laken und sämtliche anderen Proben unter die Lupe genommen und ausgewertet. Eine Arbeit, die manchmal, mit etwas Glück, direkt zum Täter führte.

Bellanger stand neben einem Techniker namens Mickael Langlois vor einem der Aquarien von Leo Scheffer. Auf der gekachelten Arbeitsfläche bewegten sich in einer durchsichtigen Schale träge zwei Tierchen im Wasser.

Nachdem sich alle begrüßt hatten, kam Mickael Langlois direkt zur Sache. »Diese sonderbaren Lebewesen sind Hydren. Das sind Süßwasserpolypen, die der Gattung Nesseltiere angehören – wie Anemonen, Quallen oder Korallen.«

Lucie näherte sich mit gerunzelter Stirn. Sie hatte noch nie ein solches Tier gesehen noch davon gehört. Sogleich dachte sie an das Wesen aus der Sage, die Hydra von Lerna, deren Kopf nachwuchs, sobald man ihn abschlug. Denn an die erinnerten sie die winzigen, weißlichen Organismen mit ihren Tentakeln, die sich bewegten wie die Haare der Medusa.

»Sind die selten?«

»Nein, im Gegenteil, sie kommen zahlreich in Wildwassern und auch in stehenden Gewässern vor, oft unter Seerosen verborgen. Aber sie sind schwer zu identifizieren, denn wenn man sie aus dem Wasser holt, fallen sie zusammen und bewegen sich nicht mehr.«

Mickael Langlois nahm ein Skalpell zur Hand. »Seht euch das an!«

Er schnitt eine Hydra in zwei Teile. Der obere Teil bestand aus dem Kopf mit den Tentakeln, der untere aus Stamm und Fuß. Beide Hälften bewegten sich, als sei nichts geschehen.

»Bis morgen haben sich beide Teile zu einer vollständigen Hydra regeneriert. Das ist eine der außergewöhnlichen Besonderheiten dieser Tiere. Egal, ob man nur einen Tentakel oder ein Stück vom Stamm abschneidet, es entsteht eine völlig neue, vollständige Hydra. Dieses Experiment habe ich gestern Abend mit Erfolg durchgeführt. Die beiden Hydren in der Schale sind ein und dasselbe Individuum und stammen vom rechten Tier ab. Die linke Hydra wird noch wachsen, bis sie die Größe der anderen erreicht hat. Genetisch sind sie völlig gleich, haben die gleiche DNA. Klone, wenn ihr so wollt.«

Sharko war sprachlos angesichts dieses sonderbaren Naturschauspiels. Zwar wusste er, dass die Schwänze von Echsen und die Arme von Seesternen nachwuchsen, aber noch nie hatte er von der kompletten Rekonstruktion eines Organismus, ausgehend von einem winzigen Teil, gehört.

»Unglaublich! Wie funktioniert das?«

»Den kompletten Vorgang können wir noch nicht erklären, aber man ist dabei, die ersten Geheimnisse zu entschlüsseln. Alle Lebewesen sind zum Altern und Sterben verurteilt. Das ist in unseren Genen verankert. Dieses Phänomen nennt man Apoptose oder den ›programmierten Zelltod‹. Im Gegensatz zu unserer Logik ist dieser Prozess unabdingbar für den Fortbestand unserer Gattung. Im Laufe eines Lebens beschleunigen verschiedene genetische Programme den Tod der Zellen und verhindern ihre Regeneration. So altern und sterben wir.«

Mit der Spitze des Skalpells berührte er vorsichtig den oberen Teil der Hydra. Ihre Tentakel zogen sich zusammen wie ein brennendes Blatt Papier.

»Zerschneidet man dieses Wesen, beginnen die beiden Teile zunächst zu sterben. Doch die Apoptose stimuliert die umgebenden Zellen, die sofort mit der Rekonstruktionsarbeit beginnen. Auf eine Weise, die wir noch nicht verstehen, ist das Leben hier stärker als der Tod … in gewisser Weise wird das Tier also wiedergeboren.«

Zelltod und Wiedergeburt. Lucie erinnerte sich an die Worte des Spezialisten für kalte Kardioplegie zum Thema somatischer Tod und dem darauf folgenden Zelltod. An jene unterschiedlichen Stadien des Sterbens bis zu dem Punkt, an dem es kein Zurück mehr gibt. Mit der Überzeugung, dass sich letztlich alles um den Kampf gegen den Tod drehte, versuchte sie, die neuen Puzzleteile einzuordnen.

Sie dachte wieder an die Kinder auf dem Operationstisch und fragte: »Die Kinder trugen alle das Symbol einer Hydra als Tattoo. Wenn sie also als Symbol für etwas gilt, woran denkt man als Erstes? An Kampf und Glauben oder eher an Wiedergeburt? Vielleicht auch an Regenerieren oder Klonen?«

»An die Unsterblichkeit«, antwortete der Biologe wie aus der Pistole geschossen, »an die Fähigkeit, in einem nicht alternden Körper ewig weiterzuleben. Das ist der Grund, weshalb sich so viele Forscher dafür interessieren – der Mythos der Unsterblichkeit!«

Die beiden Ermittler blickten sich an. Sharko erinnerte sich an den Fries in Scheffers Bad von der Schlange, die sich in den Schwanz beißt. Uroboros, eines der ältesten Symbole der Unvergänglichkeit des Lebens. Dann dachte er an die vielen Uhren und auch an das Stundenglas in Scheffers Haus …

überall Hinweise zum Lauf der Zeit, dem unaufhaltsamen Weg in den Tod.

Bellanger lief nachdenklich auf und ab und rieb sich das Kinn. »Vielleicht war das gar keine Montage«, sagte er wie zu sich selbst. Er blickte seine beiden Kollegen an und erklärte: »Ich meine die beiden Aufnahmen von dem Jungen, zwischen denen sechs oder sieben Jahre liegen. Sie zeigen möglicherweise tatsächlich die Wirklichkeit. Ein Kind, an dem die Zeit spurlos vorübergegangen ist. Ähnlich wie bei der Hydra.«

Alle waren sich über die Absurdität dieser Äußerung im Klaren, und dennoch, die Tatsachen waren – wenn auch unvorstellbar – nicht zu leugnen. Was für ein Geheimnis hatte Dassonville aufgedeckt, dass er darüber Gott vergessen und seine geistigen Brüder ermordet hatte? Was mochte Scheffer aus den USA nach Frankreich und zur Gründung einer Organisation getrieben haben, die ihm Kinder aus der Ukraine zuführte?

Sharko schüttelte den Kopf, er konnte und wollte all das nicht glauben. Unsterblichkeit war nichts anderes als ein Hirngespinst, so etwas gab es nicht, zumindest nicht bei Menschen.

Was stand in dieser verdammten Niederschrift?

»Mit bloßem Auge kann man erkennen, dass die Hydren in den Aquarien auf der rechten Seite im Gegensatz zu den anderen erheblich schwächer wirken, als würden sie bald eingehen«, sagte der Biologe. »Ich habe Gewebe- und Wasserproben an ein Labor für Zellbiologie geschickt. In den nächsten beiden Tagen erhalten wir vielleicht mehr Informationen. Glauben Sie mir, diese Geschichte irritiert mich ebenso wie Sie.«

»Und was ist mit dem Inhalt der Tiefkühltruhe?«

»Der wird gerade untersucht.«

Ein Handy klingelte. Das von Bellanger.

Lucie betrachtete reglos den unteren Teil der Hydra, der bereits wie eine Pflanze im Frühling zu knospen begann. Ein kleiner Organismus voller Lebensenergie, der auf keinen Fall sterben wollte.

Denn was gab es Schlimmeres als den Tod? Er war nicht nur furchtbar für die Betroffenen, sondern auch für die Überlebenden.

Lucie hatte den Tod ihrer Zwillinge überlebt.

Und das Leben erinnerte sie täglich grausam daran.

Kapitel 60

Robillard und Levallois hatten neue Informationen. Also rief Nicolas Bellanger eine Besprechung mit seinen vier Mitarbeitern ein, sobald er wieder am Quai des Orfèvres war. Nachdem Lucie Kaffee für alle gebracht hatte, schloss er die Tür des Großraumbüros.

Draußen war es so düster, dass man das Licht einschalten musste. Die Gesichter der fünf Ermittler waren wegen der letzten endlos langen Tage von Müdigkeit gezeichnet.

Robillard hätte schon seit dem Vortag bei seiner Familie sein sollen, doch trotz der Vorwürfe und der Fragen »Wo ist Papa« saß er weiterhin bei der Arbeit. Sharko war kurz bei Basquez vorbeigegangen, doch es gab noch immer keine beweiskräftigen Hinweise auf den Mörder von Gloria Nowick. Der Oberkommissar hatte schließlich auf Sharko gehört und einen Wagen zur Überwachung des Hauses in L'Hay-les-Roses abgestellt.

Lucie hatte inzwischen ihre e-Tickets für den Flug nach

Kiew und die Reservierungsbestätigung des Hotels *Sherbone* erhalten. Die Maschine in die ukrainische Hauptstadt sollte um 18:02 Uhr starten. Die Auslandsvertretung bemühte sich, die Reise zusammen mit Wladimir Ermakow, dem Dolmetscher des Vereins, so gut wie möglich vorzubereiten.

Und am nächsten Tag war Heiligabend!

Ein besonderer Heiligabend in der Nähe eines Atomreaktors, der Tausende von Menschen das Leben gekostet hatte. Man konnte sich ein schöneres Reiseziel vorstellen.

Levallois trank einen Schluck Kaffee und begann: »Ich habe Nachricht von den Gesundheitsorganisationen bekommen, die auf radioaktive Verseuchung spezialisiert sind. Sie haben bei dem Jungen eine Cäsium-137-Belastung von eintausendvierhundert Becquerel pro Kilogramm festgestellt.«

»Eintausendvierhundert!«, wiederholte Sharko. »Das ist die Zahl, die man ihm eintätowiert hat. Also drückt sie den Cäsium-Gehalt in seinem Körper aus. Das beweist, dass unser Fall mit diesem Dreckszeug zu tun hat.«

Levallois setzte seine Erklärungen fort: »Becquerel ist eine Einheit zur Messung radioaktiver Substanzen. Um den Wert zu erklären, muss man sich vorstellen, dass der Körper des Jungen, wenn er dreißig Kilo wiegt, über vierzigtausend radioaktive Partikel pro Sekunde abgibt.«

Vierzigtausend! Jeder versuchte zu ermessen, was das bedeutete.

»Und auch wenn er tot ist, hört das nicht auf. Sein Skelett wird noch zehn, zwanzig Jahre lang radioaktiv bleiben. Würde man ihn verbrennen, würde jedes Milligramm Asche so hell wie ein Leuchtturm strahlen. Für immer und ewig.«

Lucie biss sich auf die Lippe. Der Reaktor von Tschernobyl war vor sechsundzwanzig Jahren explodiert, doch die Folgen zeigten sich in den Körpern dieser Kinder. Levallois fuhr fort:

»Bei einer Belastung von über zwanzig Becquerel pro Kilo Körpergewicht ist die Gesundheit auf Dauer ernsthaft gefährdet. Die zuständige Stelle hat bestätigt, was wir schon wussten. Eine so hohe Kontaminierung lässt zwangsläufig auf einen Ort schließen, an dem es starke radioaktive Niederschläge gab. Die Berechnungen sind sehr genau, und was glaubt ihr, worauf sie sich dabei gestützt haben? Auf die meteorologischen Karten, die von der *Fondation des Oubliés de Tchernobyl* erstellt wurden.«

Schon wieder die Stiftung. Der Ermittler reichte Bellanger ein Blatt.

»Gerade habe ich diese hier bekommen, die aufgrund der meteorologischen Bedingungen nach der Katastrophe erarbeitet wurde. Die dunkelsten Stellen kennzeichnen jene Orte, an denen die Cäsium-Belastung im Boden vermutlich am stärksten ist. Wie ihr seht, sind das riesige Flächen. Die größten befinden sich in Russland, Weißrussland und in der Ukraine.«

Er deutete auf eine bestimmte Stelle.

»Doch auch hier, im Westen des Atomkraftwerks, gibt es einen dunklen Fleck. Dort hat der Bus des Vereins letztes Mal die Kinder abgeholt. Wir haben also die Bestätigung dafür, dass der uns bekannte Junge dort in den Laderaum geklettert ist.«

Lucie betrachtete aufmerksam die Karte. Vor ihr lagen riesige verlassene, wüstengleiche Flächen und ein paar Orte, wo das Leben trotz allem weiterging. Große, auf der Karte eingekreiste Bereiche, die an Krebsgeschwüre erinnerten, zeigten eine unvorstellbar hohe Cäsium-137-Belastung an. Letztlich war es nur ein historisches Dokument, das an die meteorologischen Bedingungen nach dem 26. April 1986 und die tödlichen Niederschläge erinnerte. Die Ermittlerin fröstelte. Wie konnten die Menschen noch immer in diesen verstrahlten Gebieten leben?

»Sicher hat sich Valérie Duprès in diese Region begeben«, sagte sie. »Und dort ist sie auch verschwunden.«

Auf diese Bemerkung folgte Schweigen. Sharko ergriff als Erster das Wort. »Hattest du schon Zeit, dir die Ordner anzuschauen, die uns der Leiter des Vereins gegeben hat? Sind dort der Junge oder die anderen Kinder verzeichnet, die wir auf den Fotos auf den Operationstischen gesehen haben?«

»Nein. Keine Übereinstimmungen.«

»Und habt ihr etwas über Scheffers Stiftung herausgefunden?«

Robillard nickte. »Auf den ersten Blick alles sauber und transparent. Meine Internetrecherchen haben ergeben, dass es weltweit etwa hundert reiche Sponsoren gibt, die erhebliche Summen spenden – vor allem, um die Diagnosezentren und Büros im Niger zu unterstützen. Die Angestellten der Stiftung arbeiten vor Ort mit Vertretern von Greenpeace und anderen angesehenen Nichtregierungsorganisationen zusammen. Wir wissen nicht genau, wie viele Spenden die Stiftung bekommen hat, aber wenn man sich anschaut, von wem sie kamen – reichen Geschäftsleuten, Vorsitzenden großer oder multinationaler Firmen –, dann dürfte es sich um erhebliche Summen handeln. Die meisten Spender kommen aus den USA, sogar der texanische Multimillionär Tom Buffett, der sich letztes Jahr eine Reise ins Weltall geleistet hat, zählt dazu. Ich habe die Finanzabteilung darauf angesetzt, denn es wird nicht einfach sein, sich da Einblick zu verschaffen. Ich denke, wenn sich die Stiftung etwas vorzuwerfen hat, dürften die Beweise dafür gut versteckt sein.«

»Wenn du sagst, ›sich etwas vorzuwerfen hat‹, dann meinst du in erster Linie die Veruntreuung von Geldern?«

»Ganz genau. Man täuscht Aktivitäten vor und schafft fiktive Arbeitsplätze, doch der größte Teil des Geldes wird für etwas ganz anderes verwendet. Nach ersten Ermittlungen unserer Finanzspezialisten besitzt Scheffer mehrere Konten in der Schweiz. Der Verein kostet ihn nicht viel, weil die Kinder in Gastfamilien untergebracht werden. Es gibt auch zahlreiche freiwillige Helfer.«

»Warum sollten Typen wie Buffett Geld in Diagnosezentren irgendwo im Niger investieren?«, fragte Bellanger. »Das macht doch keinen Sinn.«

»Oberflächlich betrachtet macht es tatsächlich keinen Sinn«, antwortete Lucie. »Ebenso wenig übrigens wie die Tatsache, dass Scheffer 1975 im Zentrum *Les Lumières* die Lagerung der Nahrungsvorräte verwaltet hat ... ein Vorwand, um radioaktiven Hafer unter die Vorräte zu schmuggeln. Hinter dieser Stiftung verbergen sich die Kinder, die auf Metalltischen operiert werden, und sie hat zwei Journalisten und ein Kind das Leben gekostet.«

»Vielleicht ist ja Valérie Duprès noch am ...«

»Glaubst du das allen Ernstes?«

Bellanger presste die Lippen zusammen.

Pascal Robillard meldete sich zu Wort. »Wenn ihr wollt, habe ich noch andere interessante Nachrichten.«

Wieder richteten sich alle Blicke auf ihn.

»Ich habe eine Antwort von Interpol bekommen. Arnaud Lachery, der Attaché für innere Sicherheitsangelegenheiten bei der französischen Botschaft in Moskau, hat gute Arbeit geleistet.«

»Das wundert mich nicht«, meinte Sharko. »Er ist ein guter Ermittler.«

»Nach seiner Landung in Moskau ist Scheffer weitergeflogen nach« – er sah in seine Notizen – »Tscheljabinsk, ein Ort, der eintausendachthundert Kilometer östlich von Moskau liegt. Eine Millionenstadt aus der Sowjetzeit.« Er drehte den Bildschirm zu seinen Kollegen.

»Sie liegt hier, im südlichen Ural. Das heißt, irgendwo im Nichts. Es ist die einzige Stadt in diesem Teil Russlands, die einen Flughafen hat. Scheffer ist dort vermutlich nur gelandet und dann weitergereist. Arnaud Lachery arbeitet aktiv mit der Moskauer Polizei zusammen, die versuchen, mehr herauszufinden. Ich habe ihnen unsere Akten zukommen lassen, damit sie über alles informiert sind.« Er rief eine andere Internetseite auf, die graue Straßen zeigte, gesäumt von Häusern im kalten sowjetischen Stil. »Ich habe den Eindruck, dass Scheffer in der Umgebung von Tscheljabinsk geblieben ist. Achtzig Kilometer entfernt liegt Osjorsk, eine Stadt, die man *Atomgrad* nannte. Während des Kalten Krieges war sie eine der geheim gehaltenen, abgeschotteten Städte. Sie hatte verschiedene Namen – Tscheljabinsk vierzig, Majak, Kyschtym – und war auf keiner Karte verzeichnet. Ursprünglich handelte es sich um einen Militär-Industrie-Komplex, der der höchsten Geheimhaltungsstufe unterlag. Igor Kurtschatow, der Vater der ersten sowjetischen Atombombe, hatte diesen Standort 1946 ausgewählt.«

»Schon wieder Atomkraft!«

»Ja, schon wieder. Es handelte sich in gewisser Weise um die sowjetische Variante des Manhattan-Projekts. Zu jener Zeit hatte die mit hohen Mauern, elektrischen Zäunen und Wachanlagen gesicherte Stadt über fünfzigtausend Einwohner. Erbaut wurde sie von Sträflingen des Gulags.« Er seufzte und rief eine andere Seite auf. »Dann kam, was kommen musste: 1957 war Osjorsk Schauplatz eines schlimmen Unfalls, dessen Auswirkungen halb so schlimm waren wie die von Tschernobyl. Hier wurde Plutonium 239 für die sowjetischen Nuklearwaffen produziert. Eine Explosion hatte unvorstellbare Mengen an Radioaktivität freigesetzt und Tausende von Zivilisten und Militärs kontaminiert.«

»Davon hat man nie etwas gehört.«

»Ja, die strenge Geheimhaltung der Katastrophe wurde auch erst in den 1990er Jahren aufgehoben, und es gibt nur sehr wenige Informationen darüber. Aber noch heute ist die Umgebung von Osjorsk auf einer Breite von zwanzig und einer Länge von über dreihundert Kilometern verseucht. Denn auch vor der Explosion trat hier radioaktive Strahlung aus, und der sumpfige Boden hat alles aufgesogen wie ein Schwamm. Kurz, heute ist es ein eisiges, verfluchtes Katastrophengebiet, in das niemand mehr einen Fuß setzen mag. Schon ein halbstündiger Spaziergang am benachbarten Karatschai-See würde ausreichen, um den Grenzwert an Radioaktivität für den Rest des Lebens zu überschreiten. Sozusagen die Hölle auf Erden.«

Bellanger massierte sich die Schläfen. »Aber was, zum Teufel, will Scheffer dort?«

»Du meinst, was wollen *sie* dort? Denn den Amerikanern zufolge ist auch Dassonville nach Moskau geflogen. Lachery hat zwar sein weiteres Reiseziel noch nicht bestätigt, aber ich könnte wetten, dass auch er eine Maschine nach Tscheljabinsk genommen hat und von dort weiter nach Osjorsk gefahren ist.«

»Als hätten sie sich im Zentrum der Radioaktivität verabredet.«

»Ganz genau. Lachery hat mir am Telefon erklärt, die beiden würden ein Mal pro Jahr als Touristen nach Russland einreisen. Vor drei Wochen haben sie neue Visa beantragt, und zwar direkt nach Erscheinen der Kleinanzeige im *Figaro*. Sie haben die Gefahr geahnt und sich vorher abgesichert, für den Fall, dass die Dinge hier für sie eine schlimme Wendung nehmen würden.«

Es folgte ein bedeutungsvolles Schweigen. Dassonville und Scheffer befanden sich jetzt Tausende von Kilometern entfernt in einem Land, von dem die französischen Ermittler nicht viel wussten.

Und vielleicht würden die beiden auch nie zurückkommen.

»Hast du mit Lachery über Osjorsk gesprochen?«, fragte Sharko.

Robillard schüttelte den Kopf. »Es ist ja nur eine Hypothese, ich wollte nicht …«

»Tu es trotzdem!«

»Okay.«

Lucie sagte nachdenklich: »Der Ural mitten im Winter, da muss es doch so kalt sein wie am Nordpol. Könnt ihr euch die Temperaturen dort vorstellen?«

»Im Moment sind es zwischen minus zwanzig und minus dreißig Grad«, erklärte Robillard.

»Dreißig … das ergibt eine gewisse Logik.«

»Was für eine Logik?«

»Kälte und Eis, zwei Elemente, die von Anfang an mit den Ermittlungen in Verbindung stehen. Radioaktivität und extreme Kälte an einem Ort, der am Ende der Welt liegt – vielleicht liefert uns das einen Hinweis. Die Schlussfolgerung *eines Aspekts*, der uns bis jetzt entgangen ist.«

Wieder folgte angestrengtes Nachdenken. Schließlich sah Bellanger auf seine Uhr und seufzte. »Ich habe jetzt einen Termin mit dem Staatsanwalt, um den Stand der Dinge zu besprechen. Es wird nicht einfach sein, ihm das zu erklären.«

Er wandte sich an Lucie und Sharko. »Wann fahrt ihr zum Flughafen?«

»Bei dem Wetter gleich nach dem Mittagessen, um rechtzeitig zum Einchecken da zu sein«, erwiderte Sharko. »Der Weg nach Roissy wird kein Zuckerschlecken.«

»Okay. Pascal, damit alles seine Ordnung hat, kontaktierst du bitte noch Interpol, sie sollen den Attaché für innere Sicherheitsangelegenheiten informieren, dass sich die beiden auf ukrainisches Hoheitsgebiet begeben.« Dann erklärte er Lucie und Sharko: »Das Rechtshilfeersuchen für die Russen ist fertig – auch wenn ihr es nicht braucht, habt ihr es für alle Fälle dabei. Wir haben die Kontaktdaten von Lachery und den Moskauer Ermittlern zusammengestellt, mit denen er arbeitet. Ich komme noch einmal vorbei, um euch die Unterlagen zu bringen und euch viel Glück zu wünschen.«

Lucie trat ans Fenster und richtete den Blick auf den bleigrauen Himmel. Sie dachte daran, dass der Körper des kleinen Ukrainers pro Sekunde ebenso viele radioaktive Partikel abgab, wie vor ihren Augen Schneeflocken fielen.

»Ich habe den Eindruck, Glück können wir wirklich gebrauchen«, murmelte sie.

Kapitel 61

Der überfüllte Flughafen Charles-de-Gaulle glich einem riesigen Schlund, der lärmende Reisende verschlang und wieder ausspie. Sharko und Lucie, die ihr Gepäck hinter sich herzogen, bahnten sich einen Weg durch die Menge zum Treffpunkt am Terminal 2F, wo Wladimir Ermakow sie erwartete. Der kleine Mann war an seinem weißen Haar leicht zu erkennen. Er trug eine grüne Camouflage-Hose, Wanderschuhe und einen gefütterten Parka, der bis oben zugeknöpft war.

Im Flugzeug saß Lucie auf dem Mittelplatz, Wladimir am Fenster. Während der Wartezeit bis zum Abflug hatte der Dolmetscher ihnen seine Funktion innerhalb des Vereins erklärt: Besorgung von Papieren und Visa, Abholung der Kinder in den verschiedenen Ländern und Überführung nach Frankreich, sein Einsatz in den Gastfamilien, um die Sprachbarriere zu überwinden, und das ganze Jahr über die Übersetzung ein- und ausgehender Briefe. Er fuhr regelmäßig in die Ukraine und nach Russland, um die Reisen vorzubereiten, die Eltern zu treffen und ihnen die Ziele des Vereins zu erklären. Seit 2005 besaß er die französische Staatsbürgerschaft und engagierte sich aktiv bei den Atomkraftgegnern. Er arbeitete Vollzeit bei der Stiftung *Les Oubliés de Tchernobyl*. Dort verdiente er seinen Lebensunterhalt und fand seine Erfüllung.

»Es tut uns leid, dass wir Sie um das Weihnachtsfest im Kreise der Familie bringen«, sagte Lucie, »aber unsere Ermittlungen sind sehr wichtig.«

»Kein Problem, ich lebe allein und hätte die Festtage mit anderen Mitgliedern des Vereins verbracht.«

Seine Stimme war sanft, und er hatte den charmanten, leicht rollenden Akzent der Menschen aus dem Osten.

»Leben Ihre Eltern noch in der Ukraine?«

»Sie sind tot.«

»Oh, das tut mir leid.«

Wladimir lächelte sie schüchtern an. »Das muss es nicht. Ich habe sie nicht gekannt. Sie haben in Prypjat gewohnt, jener Stadt, die genau neben dem Kernkraftwerk liegt. Mein Vater war beim sowjetischen Militär und ist ums Leben gekommen wie Tausende andere, als sie einige Tage nach der Katastrophe unter dem Kernkraftwerk gegraben haben, um zu den Reaktoren zu gelangen. Meine Mutter ist zwei Jahre nach meiner Geburt gestorben, sie hatte ein Loch im Herzen. Ich selbst wurde eine Woche vor dem Unfall geboren. Ich war ein Frühchen und wurde deshalb ins Krankenhaus von Kiew gebracht. Das hat mir das Leben gerettet …«

Während das Flugzeug seine Parkposition verließ und die Stewardess die Sicherheitsvorschriften erklärte, glitten seine Finger über die Scheibe.

»Vor zehn Jahren bin ich nach Prypjat zurückgekehrt. Die Stadt ist wie erstarrt, alle Uhren sind stehengeblieben. Der Autoscooter und das Riesenrad sehen aus, als hätte man sie mitten in der Bewegung angehalten. Die Bäume wachsen schneller als anderswo, und die Wurzeln sprengen überall den Beton. So, als wolle die Natur plötzlich drohen und verhindern, dass sich dort je wieder menschliches Leben ansiedelt.« Er suchte in seiner Brieftasche und zog schließlich ein kleines Hochglanzfoto von der Größe eines Passbildes heraus. »Das sind meine Eltern Piotr und Maroussia. Die Türen ihrer Wohnung, deren Balkon direkt auf das Kernkraftwerk hinausging, standen weit offen. Dort habe ich auch dieses Foto gefunden und endlich ihre Gesichter gesehen. Die Atomkraft hat sie beide, wenn auch auf verschiedene Art, getötet.«

Er sah Lucie eindringlich an. Seine Augen waren kobaltblau, und die fehlenden Brauen verliehen seinem Blick noch mehr Intensität. Er steckte die Fotografie wieder ein.

»Sie haben mir gestern gesagt, dass Sie die einzelnen Etappen des Busses nachfahren wollen. Aber jetzt können Sie mir die Wahrheit sagen und mit der Geheimniskrämerei aufhören. Was haben zwei französische Ermittler einen Tag vor Weihnachten so weit von zu Hause entfernt verloren? An einem Ort, wo es nur Armut und Radioaktivität gibt.«

Sharko wandte sich ihm zu. »Wir vermuten, dass in diesen Dörfern in den letzten Jahren arme Kinder entführt und dann grausamen Experimenten ausgesetzt wurden. Und wir nehmen an, dass Leo Scheffer, der ehrenwerte Gründer Ihres Vereins, mit ihrem Verschwinden zu tun hat.«

»Monsieur Scheffer? Das ist ganz und gar unmöglich. Sie können sich nicht vorstellen, was er alles für den Verein tut. Er gibt diesen Kindern das Lächeln zurück, die nichts anderes kennen als verseuchte Erde. Ihm ist es zu verdanken, dass es noch Hoffnung gibt und Tschernobyl nicht nur ein Punkt auf der Landkarte ist, verstehen Sie das? Ohne Leute seines Schlages wäre ich vermutlich nicht hier. Er hat mir sehr geholfen.«

»Scheffer hat sein Krankenhaus überstürzt verlassen und ist nach Russland geflohen. Das hätte kein Unschuldiger getan.«

»Nein, Sie irren sich. Der Schuldige muss jemand anderes sein.« Er presste die Stirn an das Fenster und schwieg.

Den beiden Ermittlern wurde bewusst, dass sich Scheffer einen unerschütterlichen Ruf als Wohltäter der Menschheit geschaffen hatte. Er hatte ein Zentrum für Behinderte und eines für kontaminierte Kinder eingerichtet, doch im Hintergrund hatte dieser Teufel sein Werk unbeirrt fortgesetzt.

Die Maschine hob ab. Sharko beobachtete erleichtert, wie sich die französische Hauptstadt immer mehr entfernte. Irgendwo dort im Schatten verbarg sich Glorias Mörder und wartete darauf, seinen nächsten Schachzug ausführen zu können. Mit etwas Glück würde er einen Fehler machen, und Basquez' Männer, die sein Haus überwachten, könnten ihn schnappen.

Er aß die Snacks, die man ihnen kurz darauf servierte, und schlief schließlich ein.

Drei Stunden später zeichnete sich unter ihnen in der Dunkelheit Kiew ab. Ein Lichterkreis auf Hügeln, nur gut hundert Kilometer vom Reaktor Nummer vier entfernt – *Atomka*, wie Wladimir das Kernkraftwerk nannte.

»Im April 1986 hatten die zwei Millionen Einwohner von Kiew das Wetter auf ihrer Seite«, erklärte der Dolmetscher. »Auch ich habe zu den Glücklichen gehört. Meine Eltern hingegen waren auf der falschen Seite. Der Wind hat die radioaktive Wolke nach Nordwesten getrieben, wo dann der Regen die Schadstoffe in den Boden und ins Wasser getragen hat. Weißrussland, Polen, Deutschland, Schweden … alle waren betroffen. Nur Frankreich wurde wundersamerweise verschont, die Himmels-Zöllner haben die Wolke direkt an der Grenze gestoppt.« Er zuckte die Schultern. »So ein Unsinn! Wieder eine schmutzige Lüge der Atomindustrie. Alle haben etwas abbekommen. Auf Korsika haben sechsundzwanzig Jahre nach Tschernobyl Krebserkrankungen der Schilddrüse einen Höhepunkt erreicht. Der Prozentsatz ist dort dreimal höher als im Rest des Landes. Diese Menschen sind der lebende Beweis für die Präsenz der Wolke.«

Während des gesamten Landeanflugs schimpfte Wladimir auf die nuklearfreundliche Regierung, die Atom-Lobby, die radioaktiven Abfälle, die als trauriges Erbe für künftige Generationen verscharrt wurden. Die beiden Ermittler hörten aufmerksam und respektvoll zu. Sein Kampf war nobel und gerecht.

Am Flughafen Boryspil empfing die drei eisige Kälte. Der Himmel war wolkenlos. Lucie empfand den Wind wie einen eisigen, tödlichen Hauch, der Jahre zuvor alle Lebewesen auf seinem Weg dahingerafft hatte. Sie fröstelte.

Wladimir wimmelte die illegalen Taxifahrer ab, die sich auf sie stürzten, winkte einen Wagen der offiziellen Taxigesellschaft heran und nannte dem Fahrer den Namen des Hotels *Sherbone* im Stadtzentrum als Fahrtziel.

»Morgen früh miete ich ein Auto«, erklärte er, sobald sie eingestiegen waren. »Wenn es Ihnen recht ist, brechen wir um zehn Uhr auf. Wir müssen vier Dörfer abfahren, das sind über hundert Kilometer, die wir auf schlechten und vermutlich glatten Straßen zurücklegen müssen.«

»Wir fahren lieber schon um neun los«, erwiderte Sharko. »Wir müssen zuerst zur Französischen Botschaft, wo wir uns mit dem Attaché für innere Sicherheitsangelegenheiten treffen. Das muss sein, wenn wir uns an die Vorschriften halten wollen. Und vielen Dank für alles, Wladimir.«

Schweigend ließen die beiden Ermittler die Stadt auf sich wirken: Man hatte den Eindruck, sie habe mehrere Leben hinter sich. Kathedralen im byzantinischen Stil standen neben Bauwerken aus der Stalin-Zeit, die Parks wurden nach und nach von modernen Hochhäusern verdrängt. Der siebzig Jahre zurückliegende kommunistische Einfluss war noch überall spürbar, und es schien, als würden sich an allen Ecken Spitzel verbergen.

Lucie war in ihrer ganzen Laufbahn als Ermittlerin noch nie so viel gereist wie in letzter Zeit: Kanada, Brasilien, die USA und jetzt Osteuropa … Länder, von denen sie nur die düstere Seite kennenlernte, Städte, die sie nicht besichtigte, weil sie stets einem Mörder auf den Fersen war. Jetzt fuhr sie durch Kiew, aber was wusste sie von der Geschichte all der Menschen hier, die – eine Schapka auf dem Kopf – durch die Straßen liefen?

Der gelbe Wagen fuhr über eine große Brücke, folgte Wegweisern in kyrillischer Schrift und setzte sie schließlich in einer kleinen Straße vor ihrem Hotel ab. Sharko bezahlte, und Wladimir lud das Gepäck aus. Nach Ortszeit war es fast Mitternacht.

Nachdem sie sich an der Rezeption angemeldet hatten,

reichte Sharko Wladimir seinen Schlüssel. »Ihr Zimmer liegt direkt neben unserem im dritten Stock.«

Der junge Dolmetscher lächelte sie müde an. Er schien erschöpft, und Sharko war es fast peinlich, ihn so gedrängt zu haben, sie zu begleiten. Der Aufzug brachte sie nach oben. Wladimir schob den Schlüssel ins Schloss, wandte sich dann aber noch einmal an die beiden Ermittler und sagte: »Wissen Sie, was Tschernobyl auf Ukrainisch bedeutet?«

Sharko und Lucie schüttelten den Kopf.

»Wermut«, erklärte Wladimir. »Wermut ist Gift, aber auch das Gestirn, das in der Offenbarung des Johannes VIII Erwähnung findet. ›*Der dritte Engel blies seine Posaune. Da fiel ein großer Stern vom Himmel; er loderte wie eine Fackel und fiel auf ein Drittel der Flüsse und auf die Quellen. Der Name des Sterns ist* Wermut. *Ein Drittel des Wassers wurde bitter, und viele Menschen starben durch das Wasser, weil es bitter geworden war.*‹« Er schwieg kurz, ehe er fortfuhr:

»›*Schlaft, gute Leute, schlaft in Frieden, alles ist ruhig*‹, das sagten sie, während in meinem Land der Tod in die Luft stieg, der meine Familie auf dem Gewissen hat. Gute Nacht, schlafen Sie friedlich.«

Kapitel 62

Hunderte Quadratkilometer atomverseuchter Landschaft.

Zunächst hatten die Handys kein Netz. Als der Geländewagen dann weiter nach Norden vordrang, schien das Leben mehr und mehr zu kapitulieren. In der kalten Dezembersonne glänzten die Seen, die sich glatt und schimmernd wie das Gehäuse einer Nautilusschnecke bis zum Horizont erstreckten. Die Straße war gesäumt von verwitterten Wegweisern, die umgefallen waren oder schief dastanden, und von kahlen Bäumen, deren Wurzelwerk den Asphalt aufbrach.

Und die flache, weiße Schneedecke, die nicht schmolz und über die nur Tiere liefen – Hasen, Rehe, Wölfe, geboren in Abwesenheit menschlichen Lebens. Und dabei befanden sie sich noch nicht einmal im Sperrgebiet.

Weiter im Norden hingegen trafen sie wieder auf menschliches Leben. Zunächst glaubte Lucie, sie würden durch ein verlassenes Dorf fahren: Die Straßen waren voller Schlaglöcher, die Vegetation hatte die Häuser erobert, und die Zeit schien stehengeblieben zu sein. Doch plötzlich ließ ihr der Anblick einer Gruppe von Kindern, die auf der Schwelle eines verfallenen Hauses hockten, das Blut in den Adern gefrieren.

»Was machen die denn hier?«

Wladimir hielt am Wegrand an. »Sie sind vor der atomaren Verseuchung geflohen. Wir sind in Bazar, an der westlichen Grenze des Sperrgebiets. Die Stadt wurde evakuiert, aber die Menschen sind nach und nach zurückgekommen. Die Wohnungen sind kostenlos, Obst und Gemüse gedeihen im Überfluss und in erstaunlicher Größe. Einige der Kinder und Jugendlichen schließen sich zu Banden zusammen. Hier stellen sich die Leute keine Fragen, sondern machen einfach weiter. Man nennt sie die *Samossiols*, das heißt die Zurückgekehrten.«

Überall brannten Feuer, und Schatten huschten an den Ziegelwänden entlang. Sharko entdeckte an einem Torbogen eine kleine Weihnachtsdekoration. Sie fuhren durch eine Geisterstadt, bevölkert von Menschen, die für niemanden mehr existierten.

Wladimir streckte die Hand zu Sharko aus, der auf dem Beifahrersitz saß.

»Geben Sie mir das Foto der jungen Frau, die Sie suchen.

Ich frage, ob irgendjemand sie gesehen hat, man weiß ja nie. Bleiben Sie im Wagen.«

»Fragen Sie auch nach dem Kind.«

Sharko reichte ihm die Aufnahmen von dem Jungen im Krankenhaus und von Valérie Duprès. Der Dolmetscher verschwand für eine geraume Weile, kam dann zurück und legte die Bilder aufs Armaturenbrett.

»Nichts.«

Schweigend setzten sie ihren Weg fort. Nach einer Weile deutete Wladimir auf einen Stacheldrahtzaun, der sich durch die knorrigen Äste eines Waldes zog.

»Dahinter liegt das verbotene Gebiet. Eine Handvoll Männer arbeitet noch an dem Gebäude des Reaktors Nummer vier, um die Freisetzung des Urans einzudämmen. Zweimal pro Woche wird der Atommüll mit großen Lastwagen nach Russland abtransportiert.«

»Ich dachte, hier wäre alles verlassen und niemand würde sich mehr herwagen.«

»Wissen Sie, die Atom-Lobby will gut dastehen. Dabei bringen sie die radioaktiven Abfälle nur an einen anderen Ort, und das kostet horrende Summen. Statt von Raketen zu sprechen, die sie zum Jupiter schicken wollen, sollten sie lieber dieses Dreckszeug hineinpacken und verschwinden lassen.«

»Hat der Bus Ihres Vereins nie Kinder aus Bazar aufgenommen?«

»Das würden wir gerne tun, aber diese Menschen haben keinen Status und keine Papiere. Sie existieren sozusagen nicht. Also können wir offiziell auch nichts für sie tun.«

Über fünf Kilometer fuhren sie an dem Stacheldrahtzaun entlang und durch die ersten Dörfer, die der Bus aufgesucht hatte: Owrutsch, Polisky ... Jedes Mal hielten sie an, und

Wladimir befragte die Bewohner. Einmal deutete ein Mann die Straße entlang. Wladimir kam im Laufschritt zurück.

»Immer noch nichts«, sagte er. »Nur ein Motorrad, das dieser Mann letzte Woche hier beobachtete.«

»Was für eine Art von Motorrad? Wurde es von einem Mann oder einer Frau gefahren?«

»Das weiß er nicht genau. Eventuell erfahren wir in Vovchikiv mehr. Das Motorrad ist in diese Richtung gefahren.«

Sharko wandte sich zu Lucie um. Vielleicht waren sie auf der richtigen Spur, doch je näher sie ihrem Ziel kamen, desto geringer wurde die Hoffnung, Valérie Duprès lebend zu finden. Die Umgebung war zu feindselig, die Männer, die sie jagten, waren zu gefährlich. Ganz zu schweigen von den Blutflecken auf dem Zettel, den sie bei dem Jungen gefunden hatten.

Nach etwa zehn Kilometern erreichten sie Vovchikiv – ein Relikt aus dem 19. Jahrhundert inmitten der nuklearen Apokalypse. Ausgefahrene Feldwege, Karren voller Kartoffeln, zu Einkaufswagen umfunktionierte Kinderwagen. Nur die Ziegelsteinhäuser, sparsam geschmückt mit Weihnachtsdekoration, sowie einige Fiats und Travia zeugten von einer gewissen Modernität. Einwohner jeden Alters standen in der Kälte vor ihren Häusern und verkauften ihre Blaubeermarmelade, ihre getrockneten Pilze und Konserven. Die Kinder halfen, indem sie die zum Verkauf oder Tausch bestimmten selbst gemachten Viktualien herankarrten und abluden. Beim Anblick all dieser Lebensmittel erinnerte Lucie sich an die Karte, die die Cäsium-Belastung anzeigte, und an die kreisförmige Markierung, mit der dieser Ort hervorgehoben worden war.

Die Radioaktivität war überall, in jeder Frucht, in jedem Pilz.

Und in jedem Organismus.

449

Wladimir hielt auf einem kleinen Parkplatz am Rande des riesigen Waldes.

»Wir befinden uns jetzt in nächster Nähe des Sperrgebiets. Vovchikiv ist eines der letzten Dörfer der offiziell bewohnten Zone zwei. Hier haben wir vier Kinder abgeholt und sind dann siebzig Kilometer in südlicher Richtung gefahren. Ich will die Gelegenheit nutzen, um die Eltern der vier Kleinen zu begrüßen, die gerade in Frankreich sind.«

Wladimir verschwand mit den Fotos der Vermissten hinter einem Haus. Lucie sah sich beunruhigt um. Die hohen Stämme der blattlosen Birken und Pappeln ragten in die Luft wie Mikadostäbchen, die Straßen waren voller Schlaglöcher, der Himmel war zu blau.

»Wie furchtbar«, sagte sie. »Die Menschen in diesen verlorenen Orten sind dem so nahe, was für uns nur ein Wort ist. Hier dürfte nach der Katastrophe eigentlich überhaupt niemand mehr leben.«

»Es ist ihr Land. Wenn du sie von hier vertreibst, was bleibt ihnen dann?«

»Sie werden hier alle qualvoll sterben, Franck. Vergiftet von ihrer eigenen Regierung. An diesem Ort schützt die Muttermilch die Neugeborenen nicht, sie tötet sie. Heute sind alle Blicke auf Fukushima gerichtet, während hier, direkt vor unseren Augen, ein nuklearer Genozid stattfindet. Das ist ganz einfach abscheulich!«

Lucie strich nachdenklich über ihren Bauch. Sharko zog die Mütze tiefer ins Gesicht, schlüpfte in die Handschuhe und stieg aus, um sich die Beine zu vertreten. Er starrte auf den Wald und dachte an das Monster, das sich höchstens dreißig oder vierzig Kilometer von ihnen entfernt befand. Lucie hatte recht – wie konnte man all diese Menschen ihrem traurigen Schicksal überlassen?

Eine Gruppe Jugendlicher beobachtete ihn neugierig. Der Kommissar empfand Mitleid und lächelte ihnen zu. Morgen war Weihnachten, und das einzige Geschenk, das sie bekommen würden, war ihre tägliche Dosis Cäsium 137.

Einer von ihnen trat langsam näher. Er war um die fünfzehn und trug einen alten, löcherigen Mantel. Ein hübscher Blondschopf mit blauen Augen und dunkler Haut, dem sicher in einem anderen Land ein besseres Schicksal zuteilgeworden wäre. Er begann zu sprechen und zog Sharko am Ärmel, als wolle er ihm etwas zeigen.

Wladimir kam atemlos angelaufen.

»Offenbar hat hier niemand etwas Besonderes bemerkt«, erklärte er Sharko.

Wladimir versuchte, den Jungen mit einer heftigen Geste zu vertreiben. »Lassen Sie sich auf nichts ein, er will sicher nur Geld. Gehen wir.«

»Sieht so aus, als wolle er mir etwas zeigen.«

»Nein, nein. Wir müssen weiter.«

»Ich bestehe darauf. Fragen Sie ihn.«

Der Junge blieb beharrlich. Der Dolmetscher sprach mit ihm und wandte sich dann an die beiden Ermittler. »Er sagt, er habe mit der Frau auf dem Motorrad gesprochen, sie hätte hier im Dorf angehalten.«

»Zeigen Sie ihm das Foto.«

Wladimir tat wie geheißen. Der Junge riss es ihm aus der Hand und nickte nachdrücklich.

Aufmerksam sah der Kommissar ihm in die Augen. »Wohin wollte sie? Was suchte sie? Fragen Sie ihn, Wladimir.«

Der Junge antwortete und deutete die Straße entlang. Es folgte ein langes Gespräch mit dem Dolmetscher, der sich dann wieder an die Franzosen wandte.

»Sie wollte versuchen, mit dem Motorrad in das Sperrgebiet zu gelangen, die Wachposten umgehen. Sie hat sich hier als Fotografin ausgegeben und ihnen ein bisschen Geld gegeben. Er, Gordjei, hat sie zum Übergang gebracht.«

»Zu welchem Übergang?«

Gordjei zog Sharko erneut am Ärmel. Er wollte ihn irgendwohin führen.

Wladimir übersetzte: »Er sagt, der liege zwei oder drei Kilometer von hier entfernt in Karasyatychi. Dort gebe es eine alte, holprige Straße, die durch die verbotene Zone, am Kernkraftwerk entlang, zum Glyboke-See führt, dessen Wasser damals zur Abkühlung der Reaktoren benutzt wurde.«

Sharko sah auf den Wald, der hinter ihm lag, und fragte:

»Und hat er das Motorrad auch wieder in die andere Richtung vorbeifahren sehen?«

Der Junge verneinte.

Sharko überlegte kurz. »Fragen Sie ihn, wann es zum letzten Mal geschneit hat.«

»Vor drei oder vier Tagen«, übersetzte Wladimir.

Schade, die Motorradspuren waren sicher nicht mehr zu sehen. Doch Sharko gab nicht auf. »Wir möchten, dass er uns dorthinführt.«

Wladimir schien erstaunt. Er presste die Lippen zusammen. »Tut mir leid … aber ich gehe nicht mit. Ich sollte Sie zu den Dörfern führen, aber es war nicht die Rede davon, sich in das Sperrgebiet vorzuwagen. Ich halte es für keine gute Idee, dass Sie sich an einen so gefährlichen Ort begeben wollen.«

»Das verstehe ich. In diesem Fall fahren wir allein mit dem Wagen, und Sie warten bitte hier auf uns. Das lässt Ihnen Zeit, mit den Familien zu sprechen.«

Widerwillig fügte sich Wladimir.

Lucie zog Sharko beiseite. »Bist du dir sicher? Wir sollten

uns vielleicht an den Botschaftsattaché wenden, bevor wir so etwas machen.«

»Um unsere Zeit mit Papierkram und schönen Worten zu vergeuden? Dieser Typ mit seiner Krawatte hat mich genervt, er wollte uns um jeden Preis seinen eigenen Dolmetscher aufdrängen.«

»Er wollte nur diplomatisch sein.«

»Ein Diplomat hat nichts mit einem Ermittler gemein.«

Der Kommissar lief ein paar Meter in den Wald. Die vereiste Schneedecke knirschte unter seinen Schritten. Das Gesicht wegen der Kälte schmerzhaft verzogen, kehrte er zurück. »Vielleicht ist das Kind durch den Wald gekommen. Der Bus war hier geparkt, und es hat sich unbemerkt im Gepäckraum versteckt. Im Krankenhaus haben sie Spuren von Fesseln an seinen Handgelenken bemerkt. Ich bin überzeugt, dass man den kleinen Unbekannten irgendwo in der verbotenen Zone festgehalten und Duprès ihm bei der Flucht geholfen hat. Anders ist das gar nicht möglich. Und genau dort müssen wir hin.«

»Einfach so, ohne Waffen?«

»Wir haben keine Wahl. Wenn wir etwas Verdächtiges finden, kehren wir um und informieren die Behörden und den Attaché für innere Sicherheitsangelegenheiten. Wir halten uns an die Vorschriften. Okay?«

»Wir halten uns an die Vorschriften? Wirklich witzig! Da ist er ja wieder, der gute alte Sharko, der alle Vorschriften ignoriert und macht, was er will.«

Der Kommissar zuckte die Schultern und trat zu Gordjei. Wladimir übersetzte. »Er führt sie zur Straße und kommt zu Fuß zurück. Dafür möchte er allerdings etwas haben.«

»Natürlich.«

Sharko zückte seine Brieftasche und reichte ihm eine

Hundert-Euro-Note, die der Junge mit einem breiten Lächeln einsteckte. Als sie zum Wagen gingen, war es fast dreizehn Uhr.

Ehe sie einstiegen, fragte Lucie, an Wladimir gewandt:

»Und die Radioaktivität? Was genau haben wir zu befürchten?«

»Wenn Sie aufpassen, nichts. Behalten Sie Ihre Handschuhe an, fassen Sie nichts an und essen oder trinken Sie nichts. Die Radioaktivität ist im Boden und im Wasser, nicht in der Luft – ausgenommen in unmittelbarer Nähe des Reaktors vier. Und wenn ich Nähe sage, dann meine ich in ein paar Metern Entfernung. Wie ich Ihnen vorher erklärt habe, ist der Sarkophag undicht. In weniger als einer Stunde wären Sie tödlich kontaminiert.«

Lucie nickte ihm zu. »Wenn das nicht beruhigend ist … Bis gleich«, sagte sie und reichte ihm die Hand.

»Gut. Seien Sie vorsichtig und verlassen Sie vor allem nicht die Straße. In den Wäldern lungern ausgehungerte Wölfe. Die Natur ist sehr aggressiv geworden und kennt kein Mitleid mit den Menschen.«

Kapitel 63

Ein unbeschreibliches Gefühl von Furcht und Beklemmung hatte die beiden Ermittler erfasst.

Nachdem sie fünf Kilometer auf fast unbefahrbarer Piste in der verbotenen Zone zurückgelegt hatten, erreichten sie einen anonymen, toten Ort. Die Türen zu den Häusern und Wohnungen standen weit offen; kleine Läden schienen trotz allem auf Kunden zu warten; Autowracks lagen verlassen mitten auf den Straßen. Die ungezügelte Vegetation schien alles verschlingen zu wollen. Krumme Äste ragten aus den Fenstern von Gebäuden, aber auch aus rostigen Lastern. Die Eingänge der Wohnhäuser glichen verwildertem Unterholz, und Baumwurzeln hatten den Straßenbelag gesprengt. Mit der Zeit würde hier alles, was von Menschenhand erbaut worden war, den wuchernden Pflanzen zum Opfer fallen.

»Wladimir hatte recht«, sagte Lucie, »in sechsundzwanzig Jahren hätte die Natur an einem normalen Ort nie eine derartige Zerstörung anrichten können. Man sollte meinen, dieses Grünzeug hat sich mit rasender Geschwindigkeit entwickelt, und nicht einmal der Asphalt hält den Baumwurzeln stand.«

Sharko fuhr langsam geradeaus weiter, der Geländewagen kam an manchen Stellen nur mühsam voran.

Kilometer um Kilometer arbeiteten sie sich auf der Strecke voran, vorbei an den Ruinen von Bauernhöfen, Kasernen und Fabriken. Überall warnten dreieckige Schilder mit dem Atomzeichen vor der unsichtbaren Gefahr Radioaktivität. Zu ihrer Linken entdeckten die beiden Ermittler neben der Straße im Wald eine efeuumrankte und von Birken und Buchen umgebene Kirche. Auf einer breiten Straße, die den Wald durchschnitt, lagen umgestürzte Feuerwehrwagen, verrottete Traktoren und andere undefinierbare Wracks.

Lucie hatte den Sicherheitsgurt nicht angelegt und kauerte mit angezogenen Beinen auf dem Beifahrersitz. Die grauenhaften Bilder von Fukushima zogen an ihrem geistigen Auge vorbei.

»Man hat gehofft, dass sich Derartiges nie wieder ereignen würde, und jetzt schau dir Japan an.«

»Daran habe ich auch gerade gedacht.«

»Wenn ich es mir recht überlege, ist diese Reise der helle Wahnsinn. Ich habe wirklich den Eindruck, dass wir durch das Tor der Hölle fahren. Hierher sollte kein Mensch mehr einen Fuß setzen.«

Auf den Weg konzentriert, gab Sharko keine Antwort. Der Zählerstand zeigte an, dass sie rund zehn Kilometer zurückgelegt hatten. Also blieben noch zwanzig bis Tschernobyl und der verfluchten Lenin-Zentrale.

Hinter einer Kurve bremste er abrupt ab. »Hier kommen wir nicht weiter.«

Ein mächtiger, umgestürzter Baum versperrte die Straße.

Sharko ließ unentschlossen den Motor laufen. Es gab keinen Umgehungsweg. »Das darf nicht wahr sein! Wir werden doch jetzt nicht umkehren!«

Ohne Vorwarnung stieg Lucie aus.

»Was machst du denn?«, schimpfte der Kommissar. »Mist!«

Er stellte den Motor ab und folgte ihr. Lucie stand reglos da und sah sich aufmerksam um. Nie hatte sie eine solche Stille erlebt. Ihre Sinne versuchten, das leiseste Geräusch wahrzunehmen. Doch die Welt schien wie in einem Vakuum erstarrt. Sobald sich das eigenartige Gefühl gelegt hatte, lief sie nach links, den riesigen Stamm entlang.

»Geh du nach rechts!«, rief sie Sharko zu. »Vielleicht hat Valérie Duprès einen befahrbaren Weg für ihr Motorrad gefunden.«

»Na schön, aber wenn du ein Tier mit zotteligem Pelz siehst, dann renn schnell zum Auto!«

Die Ermittlerin verschwand im Wald. Die Kälte fraß sich durch ihre Kleidung, und ihre Lunge schmerzte beim Atmen. Um ihre Hände zu wärmen, ballte und öffnete sie immer wieder die Fäuste. Sie stellte fest, dass die Wurzeln des Baums vertrocknet waren. Erneut schaute sie sich um. Nein, die Journalistin hätte hier kein Durchkommen gefunden.

»Komm mal, schnell!«, rief Sharko plötzlich.

Lucie rannte zu ihm auf die andere Straßenseite. Er hockte vor einem verkohlten Motorrad ohne Kennzeichen, das im Schnee lag.

Lucie drückte sich an ihn. »Glaubst du, es ist ihres?«

»Verbrannt, aber nicht verrostet und auch nicht überwachsen. Ja, es gehörte wahrscheinlich ihr.«

»Was mag passiert sein?«

Sharko überlegte nicht lange. Die Antwort war eigentlich klar. »Ich denke, sie hat den Stamm gesehen, ihr Motorrad versteckt und ist zu Fuß weitergegangen. Sie wusste, wo sie hinwollte. Vielleicht hatte sie zu diesem Zeitpunkt den Jungen schon entdeckt und …« Er richtete sich auf. »Meiner Meinung nach haben dieselben Leute den Jungen eingesperrt und das Motorrad verbrannt.«

Sie sahen sich schweigend an. Valérie Duprès musste in der Falle gesessen haben. Vielleicht hatte sie geschrien, aber wer konnte sie in dieser Einöde hören? Lucie blickte hinter dem Stamm auf den Weg, der einer langen eisigen, weißen Zunge glich.

»Dann machen wir es eben wie sie und laufen. Wenn wir nach drei oder vier Kilometern nichts finden, dann kehren wir um. Was meinst du?«

Der Kommissar antwortete nicht sofort. Er betrachtete den Wagen und die Reifenspuren. Die beiden waren allein, hatten kein Telefon, keine Waffe und befanden sich in einem fremden Land. War das alles nicht viel zu gefährlich? Und doch …

»Gut. Laufen wir ein paar Kilometer! Geht das mit deinem Knöchel?«

»Da tut nichts mehr weh. Und solange ich nicht rennen muss, gibt es kein Problem.«

»Okay, dann komm noch mal mit zum Auto.«

Mit einiger Mühe öffnete Sharko die festgefrorene Heckklappe, holte etwas aus dem Gepäck und zog seinen Blouson aus.

»Mach's wie ich! Zieh noch einen Pullover oder ein Sweatshirt unter den Mantel und ein paar Socken zusätzlich an. Hier dürften minus fünfzehn Grad herrschen. Grässlich!«

»Gute Idee.«

Nachdem sie sich warm angezogen hatten, stopfte Sharko alle wichtigen Papiere – die Pässe und das Rechtshilfeersuchen – in seine Taschen. Dann nahm er für alle Fälle noch die Kurbelwelle mit und verriegelte sämtliche Türen. Er reichte Lucie die Hand und drückte sie.

»Wir müssen vorsichtig sein.«

Sie gingen um den Baum herum und weiter auf der von gieriger Vegetation aufgerissenen Straße. Hin und wieder entdeckten sie Tierspuren.

»Die sind ja enorm! Meinst du, das sind …«

»Hirsche oder so was.«

»Na hör mal, die haben doch Hufe!«

»Dann sind es eben Mutanten.«

Um sich Mut zu machen, versuchten sie, Witze zu reißen und über dieses und jenes zu plaudern, während sie dem Weg folgten, der wie ein ausgerollter Teppich vor ihnen lag.

»Franck, was wolltest du mir eigentlich am Heiligabend schenken? Du hast dir doch sicher etwas einfallen lassen.«

Trotz der Anspannung musste Sharko lächeln. »Ja, natürlich. Dein Geschenk liegt in der Wohnung versteckt.«

»Und was ist es?«

»Du bekommst es, wenn wir wieder zu Hause sind. Damit habe ich bestimmt einen deiner Teenager-Träume erfüllt.«

»Du machst es aber spannend!«

Ohne das Dickicht am Wegrand aus den Augen zu lassen,

redeten sie weiter, um den Mangel an Leben und Geräuschen zu kompensieren. Die Straße war in einem derart desolaten Zustand, dass sie auch ohne den quer liegenden Baumstamm nicht hätten weiterfahren können.

Plötzlich wies Sharko auf breite Reifenspuren, die einen Kreis im Schnee beschrieben. Die beiden Ermittler versteckten sich hinter Bäumen und sahen sich um.

»Die stammen von einem Lieferwagen«, sagte Sharko, »und sieh mal dort drüben, da sind Fußabdrücke. Der Wagen ist aus der anderen Richtung gekommen, jemand hat ihn am Straßenrand geparkt, ist ausgestiegen, in den Wald gelaufen, wieder hergekommen, hat dann gewendet und ist den gleichen Weg zurückgefahren. Das muss nach den letzten Schneefällen gewesen sein, das heißt vor maximal drei Tagen. Gehen wir doch mal nachschauen!«

»Und wenn der Typ wiederkommt?«

»Das glaube ich nicht.«

Sie liefen bis zu den Fußstapfen, die tief und von beachtlicher Größe waren und auf einen schweren Mann schließen ließen.

Sie folgten schweigend den Spuren durch das Gestrüpp. Dann stiegen sie über wacklige Stacheldrahtzäune und über umgestürzte Gitter und sahen schließlich ein graues, rechteckiges Gebäude, das einer Bunkerruine glich. Das Dach war eingestürzt, und die brüchigen Mauern waren fast von der Vegetation verschluckt worden.

Die Fußspuren führten zum Haupteingang, eine dunkle Öffnung ohne Tür. An den Wänden und auf zahlreichen Warnschildern war »Radioaktivität« und »Eintritt verboten« zu lesen.

»Wir sollten besser nicht hineingehen«, meinte Lucie.

Sie atmete schwer und war ziemlich aus der Puste.

»Die Schilder scheinen ziemlich neu zu sein. Sie sollen sicher seltene Besucher oder Abenteurer dazu bewegen, kehrtzumachen. Eher ein gutes Zeichen«, erwiderte Sharko.

»Wenn du meinst ...«

Vorsichtig betraten sie die Ruine. Der erste große quadratische Raum war leer, aber im Hintergrund gab es eine Treppe, die in ein Untergeschoss führte. Der Boden war teilweise zerstört, und aus den Mauern ragten Eisenstangen. Auf der einen Wand stand in großen schwarzen Lettern μetor-3. Durch die zerbrochenen Fensterscheiben drangen Sonnenstrahlen, in denen Staubkörner tanzten. Sharko entdeckte einige hellere Stellen, wie sie zum Beispiel entstehen, wenn man Bilder abhängt.

»Da müssen noch vor Kurzem Gegenstände gewesen sein. Alles ist verschwunden.«

Er stieg über große Löcher im Boden und näherte sich der Treppe, während Lucie die anderen, ebenfalls leeren Räume in Augenschein nahm. In einer Ecke fand sie Holz- und Eisenschutt sowie zahlreiche Schilder mit kyrillischer Aufschrift.

Währenddessen lief der Kommissar die Treppe hinab, in der Hand die Kurbel. Die Sonne schien durch ein riesiges Loch mit einem Raster aus unüberwindbaren Eisenstangen. Sharko untersuchte das Vorhängeschloss an der Tür, die er soeben geöffnet hatte. Es war nicht verrostet, aber aufgebrochen worden. Jemand musste hier gewaltsam eingedrungen sein.

Eine dünne Stimme drang wie ein Echo aus weiter Ferne zu ihm: »Wo bist du?«

»Genau unter dir«, rief Sharko.

Die Treppe, die er heruntergekommen war, führte noch eine Etage tiefer, doch sie war von einer Eisschicht bedeckt.

Sharko schlug mit der Kurbel darauf, und dunkles Wasser quoll hervor. Das tiefer liegende Stockwerk war überschwemmt. Angespannt setzte er seinen Weg im Keller fort. Der Raum, den er nun betrat, hatte mehrere Zugänge, doch die Türen waren alle zerstört, und er war leer.

Fast.

In einer Ecke lag eine alte Matratze auf dem Boden. Daneben stand eine mächtige, praktisch neue gelbe Tonne, an der ein Deckel lehnte, der mit dem Symbol für Radioaktivität und mit einem Totenkopf versehen war. In diesem Augenblick betrat Lucie den Raum.

Sharko streckte den Arm aus, um sie zurückzuhalten.

»Bleib stehen! Das Fass ist zwar leer, aber man weiß ja nie.«

Einige Sonnenstrahlen erhellten durch das Loch in der Decke einen Teil des Bodens. Ringsherum war es finster.

Die Ermittlerin erstarrte, den Blick auf die Ecke mit der Matratze gerichtet. »Da, die Kette!«

Auf der Matratze lag eine in der Wand befestigte Eisenkette, die in einem Ring endete.

»Ja, Lucie, ich habe sie auch gesehen ... Wir haben den richtigen Ort gefunden.«

Lucie verschränkte die Arme. Hier hatte man also mit größter Wahrscheinlichkeit die Kinder eingesperrt. Und hier muss Valérie Duprès den Kleinen befreit haben, nachdem sie das Vorhängeschloss mit improvisiertem Werkzeug aufgebrochen hatte.

»Vermutlich hat sie versucht, mit dem Kind zum Motorrad zurückzulaufen«, flüsterte Lucie, »aber ... sie hat es nicht geschafft.«

Sie schwiegen eine Weile. Gut, sie hatten etwas gefunden, trotzdem verspürten sie den bitteren Geschmack des Versagens. Ganz offensichtlich hatten die Entführer alle Spuren verwischt und würden wahrscheinlich nie wieder hier auftauchen.

Lucie lief nervös auf und ab. »Und was machen wir jetzt?«

Sharko seufzte. »Wir gehen zurück zum Auto. Allein können wir das alles nicht schaffen. Wir müssen den Attaché für innere Sicherheit und die Polizeibehörden der Ukraine einschalten.«

Lucie schaute in die leeren Räume nebenan – graue Mauern, keine Fenster – und zurück zur Matratze, während Sharko sich wieder nach oben begab. Wenn man die Kinder hier gefangen gehalten hatte, wo hatte man sie dann operiert? Sie erinnerte sich an die Fotos vom gekachelten Fußboden und der chirurgischen Ausrüstung. Das hier war eine Ruine, zu schmutzig, um komplizierte Eingriffe an den Kleinen vorzunehmen. Dieser Bunker war sicher nur ein provisorisches Gefängnis.

Sie betrachtete die gelbe Tonne – ihre Höhe, ihr Volumen.

»Großer Gott!«

Sie bekam Gänsehaut.

Soeben hatte sie die Kurbelwelle auf den Boden fallen hören.

»Franck!«

Keine Antwort. Ihr Herz begann wie wild zu klopfen.

»Franck!«

So schnell sie konnte, rannte sie die Treppe hinauf.

Franck lag mitten im Raum.

Wladimir, unter einer grünen Kapuze halb verborgen, stand ihr gegenüber im Eingang.

Reglos schaute er ihr in die Augen.

Ein Geräusch im Hintergrund.

Sie hatte kaum Zeit, den riesigen Schatten wahrzunehmen, der sich auf sie stürzte.

Dann das Gefühl, als würde ihr Kopf zerspringen.

Dunkelheit.

Kapitel 64

Zunächst spürte Sharko die Vibrationen eines Motors. Dann öffnete er die Augen.

Er fühlte einen stechenden Schmerz am Hinterkopf, seine Handgelenke brannten. Es dauerte einige Zeit, bis ihm klar wurde, dass seine Hände auf dem Rücken gefesselt waren. Lucie, ebenfalls gefesselt, lag neben ihm in Fond des Lieferwagens, inmitten von Elektrokabeln. Sie begann sich zu bewegen, ihre Augenlider flatterten.

Ihnen gegenüber saß Wladimir mit angezogenen Beinen auf Ersatzreifen, eine Pistole in der Hand. Durch das kleine Heckfenster drang das letzte Tageslicht herein. In Sharkos Sichtfeld tauchte immer wieder Blattwerk auf, sie fuhren also weiterhin durch den Wald.

»So weit hätte es eigentlich nicht kommen sollen«, sagte der Dolmetscher, »aber dieser Idiot musste ja unbedingt auf sich aufmerksam machen und Sie auf diesen Weg schicken. Und Sie sind tatsächlich bis zum *TcheTor-3* gelangt.« Er schüttelte bedauernd den Kopf. »Ich hatte Mikhail, unseren Fahrer, beauftragt, das Motorrad zu entsorgen, das Gebäude vollständig zu leeren und vor allem die verflixte Kette zu entfernen. Ich konnte Sie schlecht weiterschnüffeln lassen, Sie hätten ja doch nur die Polizei alarmiert. Und die hätte uns mit ihren wissenschaftlichen Methoden schnell ausfindig gemacht.« Er biss die Zähne zusammen. »Den Bullen werde ich erzählen, dass Sie mich in Vovchikiv einfach abgesetzt haben und auf eigene Faust weitergefahren sind. Was ja auch in gewisser Weise der Wahrheit entspricht. Ihre Leichen werden nie gefunden werden. Tschernobyl hat wenigstens einen Vorteil – der Ort frisst alles, was man ihm in den Rachen wirft.«

Lucie stützte sich mit schmerzverzerrtem Gesicht mühsam auf die Ellenbogen.

Wladimir sprach weiter. »Damit Sie noch etwas dazulernen: *TcheTor-3* war während des gesamten Kalten Kriegs das sowjetische Forschungszentrum für die Auswirkungen von Radioaktivität. Die radioaktiven Elemente stammten direkt aus dem Atomkraftwerk. Niemand weiß genau, was in dem Bunker wirklich passiert ist. Aber Sie haben vermutlich begriffen, dass diese verdammte Ruine ganz bestimmten Zwecken gedient hat.«

Lucie drückte sich in die Ecke und versuchte, sich von ihren Fesseln zu befreien. Der Strick schnitt in ihr Fleisch, und sie knirschte vor Schmerz mit den Zähnen.

Mühsam artikulierte sie: »Wo ist Valérie Duprès?«

»Halten Sie den Mund!«

Wladimirs Züge waren hart und hatten nichts mehr mit dem Gesicht zu tun, das Lucie und Sharko kannten. Es lag kein Funke Menschlichkeit in seinen Augen. Plötzlich krachten die Achsen des Lieferwagens, und alle Insassen wurden in die Luft geschleudert. Wladimir schlug mit dem Griff der Pistole gegen die Blechwand und schrie den Fahrer an.

Sharko ließ ihn nicht aus den Augen. »Sie Schwein! Sie haben uns mit Ihren netten Worten über humanitäre Hilfe hinters Licht geführt. Warum tun Sie so etwas?«

Mit großem Geschick zog der Mann mit den weißen Haaren das Magazin aus seinem russischen Revolver. Sharko hatte dieses Modell schon am Quai des Orfèvres gesehen – es handelte sich um eine alte Tokarev, eine Waffe, die die Rote Armee während des Zweiten Weltkriegs benutzt hatte.

Wladimir hüllte sich in Schweigen und schaute aus dem Heckfenster. Die Sonne ging unter. Die beiden Ermittler tauschten einen fragenden Blick und bemühten sich angestrengt, ihre Fesseln abzustreifen.

Plötzlich wandte sich ihr Peiniger zu ihnen um. »Versuchen Sie es gar nicht erst!«

»Sie sind ein Kindermörder«, knurrte Lucie.

Wladimir betrachtete sie und hob seine Waffe. »Schnauze!«

»Prügeln Sie! Nur zu. Sie sind nichts als ein Feigling.«

Er atmete tief durch, seine Augen traten fast aus den Höhlen, doch dann ließ er den Arm sinken. »Die Leute hier sind zu allem bereit, um ihrem Elend zu entkommen, aber das können Sie nicht verstehen. Diese Kinder sind ohnehin dem sicheren Tod geweiht. Ihr Körper ist derart mit Cäsium verseucht, dass ihr Herz nach einer Weile aussieht wie ein Schweizer Käse. Ich tue nichts anderes, als die Gören zum TcheTor-3 zu bringen. Dann übernimmt Mikhail sie. Dafür bekomme ich Geld, alles andere geht mich nichts an.«

»Ein gewissenloser Söldner!«

Lucie spuckte ihm ins Gesicht.

Mit gemessener Geste wischte Wladimir seine Wange ab, zog seine Kapuze auf den Kopf und schaute mit einem kaum merklichen Lächeln aus dem Fenster. »Wir sind gleich da.«

Sharko versuchte erneut vergeblich, sich zu befreien.

»Wir haben es überprüft: Von den Kindern der Stiftung ist kein einziges verschwunden«, sagte der Ermittler, um abzulenken.

»Nein, wir haben nicht die Kinder der Stiftung genommen, sondern andere, die nur ein paar Meter entfernt leben, aber denselben Cäsium-Gehalt im Körper aufweisen.«

Der Wagen schlingerte leicht, fuhr dann jedoch wieder geradeaus.

»Das System funktioniert einwandfrei«, fuhr Wladimir fort, »die Kinder werden nie aus denselben Orten entführt, und die liegen Dutzende, wenn nicht gar Hunderte von Kilometern auseinander. In diesem verseuchten Gebiet gehen sie aufs Feld oder zum Blaubeerensammeln und kommen nicht wieder, weil sie auf dem Weg zusammengebrochen sind. Viele von ihnen haben keine Eltern und auch keine Familie mehr, keine Identität. Manchmal bilden sie Banden, nisten sich irgendwo ein und stehlen, um zu überleben. Bazar ist nur ein Beispiel von vielen. Die Polizei kommt ohnehin so gut wie nie in dieses Gebiet, und wenn doch – was soll sie schon unternehmen? In diesen Dörfern leben die Leute außerhalb der Welt. Sie existieren nicht mehr. Es bemerkt kaum jemand, wenn ein Kind verschwindet.«

»Aber warum dieses Auswahlkriterium Cäsium? Warum gerade diese Kinder?«

Plötzlich verschwand die Sonne hinter einem hohen grauen Gebäude aus Beton, das sich in den Himmel erhob. Der Lieferwagen fuhr langsam zwischen Mauern hindurch in eine Stadt, auf der ein Fluch zu lasten schien, und bog häufig ab.

»Zu Ihrer Linken das Monster ... der berühmte Sarkophag, der den Reaktor Nummer vier bedeckt. Er ist undicht, und das Gift strömt weiterhin aus.«

Wladimir schaute kurz durch eines der kleinen Fenster und öffnete seinen Parka, in dem dünne eingenähte Bleiplatten sichtbar wurden.

»Blei«, erklärte er, »das gute Material der russischen Armee gegen Radioaktivität – noch feinere Platten habe ich in der Kapuze. Das mindert das Risiko.«

Er zog den Reißverschluss hoch und setzte die Kapuze auf. Sharko machte sich diskret wieder an seinen Fesseln zu schaffen und war überzeugt, sie lösen zu können, es war nur eine Frage der Zeit. Er musste Wladimir irgendwie ablenken, Fragen stellen, vermeiden, dass er sie beide zu intensiv beobachtete. Auch Lucie versuchte, sich ihrer Fesseln zu entledigen, sobald der Übersetzer in eine andere Richtung schaute. Ihre Kopfschmerzen waren kaum zu ertragen. Sie spürte, dass sie blutete.

»Und was passiert mit den Kindern?«, fragte Sharko.

Wladimir zuckte die Schultern, ohne zu antworten.

»Ich werde Ihnen sagen, was man mit ihnen gemacht hat«, sagte Lucie. »Man gibt ihnen Drogen, tätowiert ihnen den Cäsiumgehalt in ihrem Körper auf die Brust, sperrt sie in Tonnen und transportiert sie zusammen mit dem Atommüll. Eine gute Methode, Kontrollen zu vermeiden. Wer wird schon seine Nase in ein kontaminiertes Fass stecken wollen? Überall lässt man den LKW weiterfahren. Sehr praktisch, Menschen von einem Ort zum anderen zu befördern, ohne aufzufallen. Oder irre ich mich?«

Der Übersetzer kniff die Augen zusammen. »Sehr clever! Und wenn Sie es genau wissen wollen: Mikhail, unser Fahrer, kümmert sich um diese Transporte. Er ist wirklich LKW-Fahrer und bei einer russischen Firma angestellt, die einmal pro Woche den Atommüll abholt. Er ist ein reizender Kerl, das werden Sie noch feststellen.«

Er sprach wie ein Automat, kalt und unbeteiligt. Sharko hatte gute Lust, ihm die Fresse zu polieren. »Und wohin gehen die Ladungen?«

Plötzlich hielt der Wagen an.

Der Motor wurde ausgeschaltet.

Die hintere Schiebetür öffnete sich, und ein bärtiger Riese, Typ Holzfäller, erschien. Er trug eine Jacke mit dem Abzeichen einer ukrainischen oder russischen Firma. Auch er hatte eine Kapuze über den Kopf gezogen, unter der eine spitze Nase herausragte und ein Paar kleiner schwarzer Augen hervorblitzte.

Wladimir reichte ihm die Waffe. »Ich stelle Ihnen Mikhail vor, er kümmert sich ab jetzt um Sie. Sie brauchen gar nicht erst mit ihm zu sprechen, er versteht Sie sowieso nicht.«

»Sie … Sie … Mistkerl.«

»Ihnen wird das ungemein seltene Privileg zuteil, das Wasser des Sees von Glyboke kosten zu dürfen, eines der radioaktivsten Gewässer der Welt. Es gefriert nie.«

Der Fahrer stand reglos und mit zusammengepressten Lippen da und umklammerte seine Waffe.

Plötzlich wurde Lucie unendlich traurig. Sie wollte nicht sterben und hatte Angst. Eine Träne rann über ihre Wange.

»Wir sind zusammen, hörst du, Lucie?«, murmelte Sharko. »Zusammen.«

Sie senkte den Kopf. Wladimir trat einen Schritt zurück, damit sein Komplize Sharko beim Kragen packen konnte. Lucie wollte sich schreiend dazwischenwerfen, wurde jedoch auf ähnliche Weise abgeschleppt. Wladimir verließ den Wagen und schlug die Tür zu, die das gleiche Emblem trug, das auch auf seinem Parka zu sehen war.

»Verdammter Mistkerl«, schimpfte der Kommissar und wehrte sich.

Mit dem Pistolengriff schlug Mikhail so heftig auf Sharkos rechte Schulter, dass er in die Knie ging.

Wladimir öffnete die Schiebetür zur Fahrerkabine, stieg ein und schloss sie wieder, ohne sich auch nur umzusehen.

Kapitel 65

Seit einigen Minuten liefen sie am Ufer des Glyboke-Sees entlang. Lucie und Sharko voraus, hinter ihnen Mikhail, die Waffe auf sie gerichtet. Der Riese hatte eine Brille aufgesetzt, wie sie Polarforscher tragen, und seine Kapuze so fest zugebunden, dass fast keine Haut mehr zu sehen war. Seine Hände steckten in dicken Handschuhen.

Es war, als würde jeder Schritt sie dem Tod näher bringen.

Die Sonne stand am Horizont und überzog die Vegetation mit einem rotglühenden Schimmer. Die Erde unter ihren Füßen war ockergelb, dennoch spendete sie der Flora in der Umgebung die notwendige Lebensenergie. Bäume, Gräser und Wurzeln breiteten sich bis in das tödliche Wasser aus. In der Nähe erhoben sich Halden von vielfarbigen Mineralien, auf denen ausgediente Kräne standen. Im Hintergrund, im Zentrum des Kernkraftwerks, stand der Sarkophag, in dem der Elefantenfuß – Symbol des ganzen Irrsinns – ruhte.

Nach einem beschwerlichen Weg durch dichtes Gebüsch erreichten sie, umgeben von Felsen, eine kleine Bucht, die oberhalb des Sees lag. Hier ging es nicht mehr weiter. Ein verschneites Gewirr aus Dornen und Gestrüpp bildete ein unüberwindbares Hindernis. Lucie und Sharko blieben am Ufer stehen.

Unterhalb der Felsen hing ein nackter Körper in dem Pflanzengestrüpp. Langes dunkles Haar bewegte sich auf dem Wasser wie der Schopf der Medusa. Die Haut begann sich bereits vom Fleisch zu lösen. In regelmäßigen Abständen glitten schwarze, unförmige Schatten von unglaublichen Ausmaßen unter die Leiche und erzeugten kleine Wellen. Dann verschwand mal eine Hand, mal ein Bein im Wasser, um ein paar Sekunden später – angefressen – wieder aufzutauchen. Hier hatte das Leben von Valérie Duprès sein definitives Ende gefunden.

Nackt, exekutiert und der unersättlichen, verstrahlten Natur ausgesetzt. Lucie wurde noch trauriger.

Auch sie würden sterben, und niemand würde je erfahren, was aus ihnen geworden war. Niemand würde ihre Leichen finden. Lucie betete, dass es schnell gehen möge und ohne Schmerzen.

Sharko wandte sich ihrem Peiniger zu. Seine Finger waren von der Kälte und den Fesseln wie gelähmt. »Tun Sie's nicht!«

Der Mann drehte Sharko um, sodass er auf den See blicken musste, und zwang ihn in die Knie. Er zog seine Handschuhe aus.

Frank sagte zu Lucie, die vor Angst wie versteinert war: »Geh zur Seite, damit er dich nicht zum Hinknien zwingen kann. Ich brauche nur noch ein paar Sekunden. Los! Jetzt!«

Der Riese versetzte ihm einen Fußtritt an die Hüfte, damit er den Mund hielt. Sharko rollte mit einem Schmerzensschrei auf den Boden. Lucie biss die Zähne zusammen und entfernte sich rückwärts vom Ufer.

»Wenn du schießen willst, dann schau mir wenigstens in die Augen, Hurensohn!«

Mikhail stieß unverständliche Worte hervor und ging mit einem widerwärtigen Grinsen auf Lucie zu. Er packte sie bei den Haaren und riss sie brutal an sich. Als er sich umwandte, stürzte Sharko mit ausgebreiteten Armen auf ihn zu und rammte ihm seinen gesenkten Kopf in den Bauch.

Die beiden Männer rollten über den Boden, der Russe schnaufte wie ein Stier und gewann, da er erheblich stärker war, rasch die Oberhand. Knurrend richtete er seine Waffe auf Sharko, der Lauf näherte sich langsam Sharkos Gesicht.

Lucie warf sich trotz der Fesseln wutschnaubend auf ihn und fiel auf die beiden Männer.

Ein Schuss löste sich.

Der Knall verlor sich in der Weite ohne das geringste Echo. In der Ferne flog ein Schwarm Vögel auf.

Die drei Körper verharrten reglos, als wäre die Zeit plötzlich stehengeblieben.

Lucie erhob sich als Erste, immer noch von der Detonation halb betäubt.

Sharko rührte sich nicht.

»Nein!«, schluchzte sie.

Der Kommissar öffnete die Augen und schob Mikhail zur Seite. Der Russe rappelte sich mit schmerzverzerrtem Gesicht auf. Seine Jacke war an der Schulter zerfetzt. Franck griff schnell zur Pistole, richtete sie auf seinen Gegner und schaute Lucie kurz an. »Geht's?«

Lucie weinte. Sharko schlug dem Koloss heftig mit dem Pistolengriff ins Gesicht und hielt ihm dann den Lauf an die Schläfe. Seine Halsvene pulsierte, und er setzte zum Schuss an. »Fahr zur Hölle!«

»Tu das nicht!«, schrie Lucie. »Wenn du ihn umbringst, erfahren wir nie, wo sie die Kinder hingebracht haben.«

Der Kommissar atmete tief durch. Er wollte nicht mehr nachdenken, aber Lucies Stimme brachte ihn zur Vernunft. Er straffte sich. Ohne seine Geisel aus den Augen zu lassen, trat er hinter Lucie und löste ihre Fesseln.

»Lass uns schnell verschwinden!«, rief die Ermittlerin.

Sharko schoss zweimal in die Luft, damit Wladimir glaubte, sie wären exekutiert worden. Dann gab er Lucie die Waffe. »Wenn er sich rührt, schießt du!«

Er riss Mikhail die Jacke und die Brille herunter und band ihm die Hände auf dem Rücken zusammen.

»Die Kugel hat dich nur gestreift. Du kannst von Glück reden, du Schwein.«

Sharko stieß ihn brutal in den Rücken, damit er vor ihm herging.

»Hier«, sagte er zu Lucie, »zieh das an.«

»Und du?«

»Mach dir keine Sorgen.«

Sie zog die viel zu große Jacke an und setzte die Kapuze auf, dann liefen sie den ganzen Weg zurück. Mikhail gehorchte wie ein braves Hündchen. Die Dunkelheit breitete ihre riesigen Flügel über dem Kernkraftwerk von Tschernobyl aus. Die Luft wurde feuchter, und die Sterne funkelten am Himmel wie kleine energiegeladene Teilchen.

Sharko fuhr Lucie durchs Haar und betrachtete dann seine blutverschmierte Hand.

»Du blutest.«

Lucie berührte ihren Kopf. »Ich glaube ... Es wird schon gehen.«

Der Kommissar beschleunigte den Schritt. »Das sieht aber nicht so aus. Wir müssen ins Krankenhaus. Wegen des Bluts und wegen ... der Radioaktivität.«

Sie wechselten einen angstvollen Blick. Natürlich wussten sie, dass sie Strahlen ausgesetzt waren, aber welcher Menge?

Lucie kämpfte sich mühsam vorwärts. Die bleigefütterte Jacke wog Tonnen, und die rasenden Kopfschmerzen quälten sie. Außerdem hatte sie seit dem Morgen nichts gegessen oder getrunken. Dennoch fand sie die Kraft weiterzugehen. Verbissen folgte sie diesem Mann, den sie über alles liebte, der sie gerettet hatte und dem sie alles verdankte.

Sie erreichten das letzte schmale Wegstück, über das sie gekommen waren.

Der Transporter stand noch immer dort.

»Lass den Kerl nicht aus den Augen!«, trug Sharko ihr auf.

Lucie hielt den Koloss in Schach, während Sharko aus dem Gebüsch zum zehn Meter entfernten Wagen sprintete.

Der Motor sprang an, doch der Ermittler riss rechtzeitig die Tür auf, bevor Wladimir den Rückwärtsgang einlegen konnte. Er zerrte den Dolmetscher von seinem Sitz herab, schleuderte ihn zu Boden und drückte ein Knie auf seine Schläfe. Lucie näherte sich und brüllte Mikhail etwas zu. Der Russe verstand und setzte sich ein paar Meter vom Übersetzer entfernt, die Hände im Rücken, die Beine gespreizt, auf den Boden.

»Wohin fährt der Laster mit dem Atommüll?«, fragte Sharko.

Wladimir schluckte. Seine Lippen zitterten. »Sie sind Kripobeamter, Sie können nicht …«

Sharkos Hand umklammerte Wladimirs Kehle und drückte zu. Wladimir rang nach Luft.

»Um was wollen wir wetten?«

Der Dolmetscher hustete, als Sharko seinen Griff lockerte und sagte: »Ich höre.«

»Er fährt … nach Osjorsk.«

Sharko warf einen Blick auf Lucie. Sie fasste sich an den Kopf und verzog schmerzerfüllt das Gesicht.

»Was passiert in Osjorsk?«

»Das weiß ich nicht. Ich schwöre, dass ich keine Ahnung habe! Dort gibt es nur radioaktive Abfälle und verlassene Kasernen.«

Sharko sah zu dem Russen hinüber. »Frag ihn!«

Wladimir gehorchte. Als der Bärtige schwieg, schlug Lucie ihm mit der Pistole auf die angeschossene Schulter. Der Mann schrie auf und begann zu sprechen.

»Er sagt, sein Kontakt dort sei Leonid Jablokow.«

»Wer ist das?«

»Er ist der Verantwortliche des Zentrums *Mayak-4* für die Lagerung und Entsorgung der strahlenverseuchten Abfälle«, übersetzte Wladimir die Antwort des Russen.

»Gibt es noch andere Fahrer?«

»Er sagt, er sei der einzige.«

»Was weiß er sonst noch? Warum entführt Scheffer Kinder? Warum interessiert er sich für die Cäsium-Belastung in ihrem Organismus?«

Sharko drückte Wladimir erneut die Kehle zu. Der Dolmetscher war den Tränen nahe.

»Das weiß er auch nicht. Er und ich, wir sind nur Mittelsmänner. Ich arbeite im Verein, Mikhail fährt den Atommüll und führt verschiedene Aufträge aus.«

»Mord, zum Beispiel, ja? Welche anderen Mitglieder des Vereins sind noch in die Sache verwickelt?«

»Niemand. Scheffer hat uns immer direkt angesprochen.«

Sharko warf ihm vernichtende Blicke zu und fragte Lucie: »Was machen wir?«

Die Ermittlerin las in Francks Augen Entschlossenheit und den Wunsch, den beiden eine Kugel zu verpassen.

»Wir übergeben sie den Behörden. Sobald wir wieder ein Netz haben, rufen wir Bellanger an, damit er uns den Kontakt zu Arnaud Lachery und diesem Ermittler in Moskau, Andrej Aleksandrow, herstellt. Das müssen wir tun, Franck.«

Als hätte er nur auf grünes Licht gewartet, riss Sharko Wladimir vom Boden hoch. Er stieg mit den beiden gut gefesselten Gefangenen in den Laderaum des Lieferwagens, während Lucie sich ans Steuer setzte.

Der Motor heulte auf, aber nichts geschah. Besorgt klopfte Sharko an die Trennwand.

»Was ist los, Lucie?«

Keine Antwort.

Er stieg aus, knallte die Hecktür zu und schaute in die Fahrerkabine.

Lucie war in sich zusammengesunken.

Kapitel 66

Die Büros am Quai des Orfèvres waren fast menschenleer.

Am frühen Nachmittag hatten die Ermittler einer nach dem anderen das Gebäude verlassen. Unter Kollegen hatte man sich frohe Weihnachten gewünscht. Mehr als die Hälfte der Beamten kamen erst im neuen Jahr wieder zum Dienst.

Im Großraumbüro des Teams um Bellanger brannte allerdings noch Licht. Der Gruppenleiter hatte beschlossen, Robillard und Levallois freizugeben, und saß jetzt allein vor seinem Computer. Diese beiden Ermittler hatten seit Beginn der Ermittlungen Tag und Nacht gearbeitet, sodass er ihnen ein Weihnachtsfest mit der Familie nicht verwehren konnte.

Bellanger wurde von ein paar langjährigen Freunden erwartet, Singles wie er selbst, denen es noch nicht gelungen war, eine verwandte Seele zu finden.

Leider würde er wieder einmal die Einladung nicht wahrnehmen können.

Sharko hatte vor einer Stunde aus einem Krankenhaus in Kiew angerufen. Lucie war ohnmächtig geworden und wurde gerade eingehend untersucht.

Vielleicht hätte er seinen Kollegen doch nicht freigeben sollen, denn Sharko hatte gerade seinen Bericht abgeliefert:

Zwei unmittelbar in die Sache verwickelte Männer waren soeben der ukrainischen Polizei übergeben worden, und die Leiche von Valérie Duprès war in einem radioaktiven Gewässer in der Nähe des Kernkraftwerks gefunden worden. Er hatte auch von verfallenen sowjetischen Laboren berichtet, in denen Kinder eingesperrt und zusammen mit der nächsten Ladung radioaktiver Abfälle in den Ural abtransportiert worden waren.

Horror pur.

Zur selben Zeit versuchte der zuständige französische Kommissar der Botschaft in der Ukraine die Situation vor Ort zu klären. Auf der russischen Seite bereiteten Interpol, Arnaud Lachery sowie Kommandant Andrej Aleksandrow die Ankunft der beiden französischen Ermittler auf sowjetischem Hoheitsgebiet vor, unterstützten die Ermittlungen und veranlassten die Festnahme von Dassonville und Scheffer.

Kurzum, ein verdammtes Chaos, und das ausgerechnet an einem so schrecklichen wie ereignisreichen Tag.

Während Bellanger auf den Anruf von Mickael Langlois wartete, dem Biologen der Kriminaltechnik, klingelte pausenlos das Telefon. Manchmal hatte auch er genug. Wenn er noch zehn Jahre bei diesem Stress weitermachte, wäre er nur noch ein Schatten seiner selbst.

Heute würde er mit niemandem feiern, sondern den Weihnachtsabend in diesem alten Kasten verbringen. Dieser Lebensstil hatte bereits alle seine Beziehungsversuche im Keim erstickt, aber damit musste er sich wohl abfinden.

»Rund-um-die-Uhr-Bulle« nannten ihn seine Kollegen.

Das Telefon läutete schon wieder. Es war der Biologe.

»Ja, Mickael, ich habe deinen Anruf erwartet.«

»Guten Abend, Nicolas. Ich bin in Scheffers Haus, genauer gesagt, in seinem Keller.«

Bellanger riss überrascht die Augen auf. »Was machst du denn um diese Zeit da unten?«

»Keine Sorge, ich habe die erforderlichen Genehmigungen. Ich musste unbedingt etwas ausprobieren, bevor ich die Weihnachtsfeier genießen kann. Ich habe interessante Entdeckungen gemacht, wenn man das so sagen kann.«

Nicolas Bellanger hörte die Aufregung in Mickaels Stimme. Er schaltete den Lautsprecher seines Telefons ein und stellte es vor sich auf den Schreibtisch.

»Ich höre.«

»Sehr gut. Lass uns chronologisch vorgehen. Zuerst zu den Hydren. Die Kontamination liegt bei fünfhundert bis zweitausend Becquerel pro Kilo, je nach Aquarium. Die auf der rechten Seite haben die höchsten Werte.«

Bellanger erstarrte. Er dachte an die Tätowierungen der Kinder. »Radioaktiv verseuchte Hydren? Wozu dient ein solches Verfahren?«

»Ich glaube, das ergibt erst einen Sinn, wenn ich dir den Rest erklärt habe. Heute Nachmittag habe ich die Untersuchungsergebnisse der in der Tiefkühltruhe gefundenen Stücke bekommen. Es ist jetzt sicher nicht der beste Zeitpunkt, darüber zu reden, aber …«

»Es hilft ja nichts, also schieß los!«

»Jeder kleine Beutel enthält Proben eines menschlichen Körpers. Darin findet man alles: ein Stück Herz, Leber, Niere, Gehirn, verschiedene Knochensplitter, ebenso Drüsen, Hoden, Gewebe. Es handelt sich um ein nahezu vollständiges Inventar unseres Organismus.«

Bellanger fuhr sich mit der Hand über die Stirn und lehnte sich in seinem Bürostuhl zurück. »Wurden sie lebenden Menschen entnommen?«

»Lebend oder gerade verstorben. Keine Spur von Verwesung, ganz im Gegenteil. Zu deiner Information: Sie wurden nicht eingefroren, sondern schockgefroren.«

»Worin besteht der Unterschied?«

»Beim Schockgefrieren oder Schockfrosten wird die Kerntemperatur von etwa minus vierzig bis minus sechzig Grad Celsius sehr viel schneller erreicht als beim klassischen Einfrieren. Schockfrosten wird in der Industrie eingesetzt, um eine längere Konservierung und bessere Qualität zu erreichen.«

Bellanger massierte sich müde die Schläfen. Allerdings befürchtete er, nicht so bald zum Schlafen zu kommen. »Warum mag Scheffer das Schockfrosten eingesetzt haben?«

»Die Frage ist vor allem: Warum hat er verschiedene Proben des menschlichen Organismus schockgefroren? Was wollte er damit erreichen? Du weißt ebenso gut wie ich, dass ein Körper zum größten Teil aus Wasser besteht. Normalerweise entstehen beim Schockfrosten in dem Gewebe Eiskristalle, deren Konzentration zwar geringer ist als beim normalen Einfrieren, aber nicht zu vernachlässigen. Diese Proben waren jedoch völlig glatt. Ich habe sie unter dem Mikroskop untersucht. Es gab keinen einzigen Eiskristall, weder an der Oberfläche noch im Gewebe.«

»Und wie lässt sich ihre Entstehung verhindern?«

»Normalerweise gar nicht. Es gibt lediglich einige Fischarten in der Antarktis, die ein natürliches Frostschutzmittel produzieren, allerdings nur bei minus zwei bis minus drei Grad Celsius.«

»Du sagtest ›normalerweise‹?«

»Ja, normalerweise. Aber jetzt halt dich fest! Ich habe entdeckt, dass diese Gewebeproben mit Cäsium 137 bestrahlt wurden. Der Cäsium-Wert beträgt etwa tausenddreihundert Becquerel pro Kilo.«

Bellanger seufzte.

»Tausenddreihundert … Die Kinder, die über den Verein *Solidarité Tchernobyl* nach Frankreich kommen, weisen ähnliche Werte auf. Unser kleiner verstrahlter Junge im Krankenhaus hatte tausendvierhundert Becquerel pro Kilo.«

»Seltsamer Zufall, oder? Soweit ich feststellen konnte, verhindern die freigesetzten Energieteilchen der bestrahlten Zellen die Bildung von Kristallen. Sie zertrümmern sie gewissermaßen. Cäsium 137 erzeugt Beta- und Gammastrahlungen, die in der Lage sind, einen menschlichen Körper vollständig zu durchdringen und wieder auszutreten. Kurzum, das Radionuklid ist ideal, um die Kristalle zu zertrümmern. Außerdem ist die radioaktive Strahlung temperaturunabhängig und funktioniert also auch bei extremen Minusgraden.« Er räusperte sich und musste dann niesen. »Entschuldige, ich habe mir einen dicken Schnupfen eingefangen. Aber Vorsicht! Alles, was ich dir gerade erzählt habe, ist reine Hypothese. Ich habe noch nie etwas Ähnliches gehört. Soweit ich weiß, gibt es bislang keine Forschungen über Radioaktivität im Zusammenhang mit Schockfrosten.«

»Und worin liegt der Vorteil, die Entstehung dieser Eiskristalle zu verhindern?«

»Der Vorteil? Was passiert, wenn Wasser in die Ritzen eines Steins sickert und dann gefriert?«

»Der Stein platzt.«

»Ja, der Grund sind die Kristalle. Verhindert man ihre Entstehung, vermeidet man das Platzen des Steins. Und wenn man das auf den menschlichen Körper überträgt …«

»… platzen auch die gefrorenen Zellen nicht.«

Bellanger, der ziemlich irritiert war, schwieg. Ganz allmählich nahm in seinem Kopf eine ungeheuerliche Vorstellung Form an – eine Vorstellung, die er nicht zulassen konnte.

Der Biologe riss ihn aus seinen Gedanken. »Als ich das verstanden hatte, dachte ich, Scheffer könnte eine außergewöhnliche Entdeckung gemacht haben. Ich habe mit Fabrice Lunard, unserem Chemiker und Fachmann für organische Reaktionen, darüber gesprochen. Das traf sich gut, denn Lunard hatte soeben Interessantes über Arrhenius – das ist der Wissenschaftler auf dem Foto neben Einstein und Curie – herausgefunden.«

Bellanger zog das Foto aus der dicken Akte, das die drei Wissenschaftler zeigte: Albert Einstein, Marie Curie und Arrhenius.

Mickael fuhr fort: »Lunard hat eine wissenschaftliche Abhandlung gefunden, in der von Arrhenius' Entdeckungen bei seinen Kernbohrungen in Island die Rede ist. Laut dieser Schrift hat der Forscher damals in der Nähe eines Vulkans in einem Eisbohrkern eine tiefgefrorene Hydra entdeckt, die mindestens achthundert Jahre alt war. Bei der Analyse dieser Eisprobe stellte er fest, dass sie Schwefelwasserstoff und radioaktive Teilchen von Vulkangestein enthielt. Doch dort enden seine Forschungen.«

»Und was heißt das?«

»Seltsamerweise gibt es ab diesem Zeitpunkt keine weiteren Unterlagen, kein einziges Ergebnis, als hätte Arrhenius nichts mehr aufgeschrieben.«

»In Wirklichkeit hat er das weiterhin getan, allerdings in der mysteriösen Niederschrift.«

»Ja, das stimmt. Er muss wohl eine außerordentliche und grundlegende Entdeckung gemacht haben, und, Nicolas, ich habe verstanden, welche.«

Bellanger konzentrierte sich. »Du machst mich neugierig.«

»Ich habe noch einmal über die kleinen Hydren nachgedacht, die in Scheffers Keller im Aquarium herumschwammen. Deshalb bin ich hierhergefahren. Es gab etwas, das ich persönlich überprüfen wollte. Ich habe drei bestrahlte Hydren aus jedem Aquarium genommen und sie in den Gefrierschrank gelegt und auf jeden Beutel den entsprechenden Cäsium-Wert geschrieben. Nach einer guten Stunde habe ich sie wieder herausgenommen und den Auftauprozess mit einem kleinen Fön ein wenig beschleunigt.«

Bellanger hatte sich erhoben. Eine Hand auf den Heizkörper gelegt, schaute er auf die Lichter der Stadt. Er hatte die Weihnachtszeit schon immer geliebt, besonders wenn es schneite. Die Straßen lagen unter einer weißen Decke, in warme Winterkleidung eingehüllte Menschen schienen glücklich zu sein. Da konnte man alles andere leicht vergessen, die Verbrechen und die Abgründe …

Er seufzte leise, ihm war schwer ums Herz. Denn er glaubte, verstanden zu haben.

Mickael Langlois' Worte bestätigten seine vagen Vermutungen.

»So ungewöhnlich es auch sein mag, die Hydren mit der höchsten Cäsiumbelastung bewegten sich zuerst, Nicolas. Sie waren … sie waren lebendig, obwohl sie lange Zeit im Schockfroster verbracht hatten! Sie sind hier direkt vor mir in ihrem Aquarium und in bester Verfassung. Ich glaube, genau das hatte Arrhenius zufällig entdeckt: Als seine achthundert Jahre alte verstrahlte Hydra aufgetaut ist, lebte sie! Und in seiner geheimnisvollen Niederschrift hat er die Forschungen und die daraus resultierenden Schlussfolgerungen festgehalten! Eingedenk dieser Entdeckung ist die Hydra vermutlich Symbol und Studienobjekt derjenigen geblieben, die die Niederschrift kannten, und hat ihre Begeisterung und Neugier geweckt. Ist dir die Tragweite dieser Erkenntnisse klar?«

Bellanger starrte einen Moment reglos ins Leere. Dann ging er langsam zum Kleiderständer und nahm sich eine Zigarette aus der Jackentasche.

»Danke, Mickael, frohe Weihnachten!«

»Aber ...«

Er legte einfach auf, blieb, wo er war, die Zigarette in der Hand.

Später versuchte er, Sharko zu erreichen, leider erfolglos. Er hinterließ eine kurze Nachricht auf der Mailbox und bat um einen möglichst raschen Rückruf.

An diesem Abend ging er nicht nach Hause, sondern bemühte sich darum, die zahllosen Verzweigungen dieser Ermittlungen in den Griff zu bekommen. In den anderen Abteilungen – Interpol, Sicherheit der Botschaften – erging es seinen Kollegen vermutlich genauso wie ihm. Auch sie konnten das Weihnachtsfest nicht feiern.

Bellanger sank auf seinen Bürostuhl und stützte den Kopf in die Hände.

Den ganzen Abend über suchten ihn Gesichter namenloser Kinder auf Operationstischen heim. Kinder, deren trauriges Schicksal er nun kannte.

Kapitel 67

Erinnerst du dich? Du hast mir am Flughafen vor meinem Abflug nach Albuquerque versprochen, dass wir am Heiligabend Wein trinken und Austern essen! Und jetzt? Es ist acht Uhr, ich bin im Pyjama, und wir sitzen vor einem scheußlichen Fertiggericht in einer Art Krankenhaus, in dem es nur schwangere Frauen gibt! So viele auf einmal habe ich noch nie gesehen.«

»Das sind Leihmütter, die große Mode in den osteuropäischen Staaten.«

Sharko stocherte lustlos mit der Gabel in seinem Essen herum. Er war gerade aus der Botschaft gekommen, wo er sich mit dem Attaché für innere Sicherheit und dem Polizeichef von Kiew über den aktuellen Stand der Dinge ausgetauscht hatte.

»Zumindest ist dieses Essen typisch, oder? Ravioli mit Püree und Schweinefleisch! Und vergiss nicht, dass wir uns in der besten Klinik der Stadt befinden!«

»Na ja, ein gewisses Misstrauen wäre nicht schlecht. Vielleicht sind diese Ravioli radioaktiv.«

Sie blickten sich an und lächelten zaghaft. Nach Späßen war ihnen eigentlich nicht zumute. Sie hatten beide ihr Leben aufs Spiel gesetzt und saßen jetzt mal wieder vor einem Essenstablett im Krankenhaus.

Lucie richtete sich auf und fing trotz allem an zu essen. Sie war noch lebendig und gesund. Das war das Wichtigste. Das CT ihres Kopfes hatte keine Schäden gezeigt, jetzt wartete sie auf die Ergebnisse der Blutproben. Ihr Kreislaufkollaps war nach Meinung der Mediziner die Folge einer Unterzuckerung in Kombination mit dem Schock und der allgemeinen Erschöpfung. Lucies Verletzung musste nicht genäht werden. Sie trug nur einen dicken Verband um den Kopf. Sharko hatte lediglich eine große Beule davongetragen.

»Mit meinem verletzten Knöchel und dem Stirnband sehe ich wahrscheinlich aus wie Björn Borg.«

»Und bist noch dazu sexy.«

Lucie kam wieder auf ernsthafte Dinge zu sprechen. »Was passiert denn jetzt?«

Sharko schaltete sein Handy ein, das er während der Besprechung in der Botschaft ausgemacht hatte. »Auf ukrainischer Seite gehen die Vernehmungen natürlich weiter, aber die Lage ist schon deutlich klarer.«

»Erzähl!«

»Dieser Mikhail bestätigt, dass Scheffer persönlich Valérie Duprès in dem verlassenen Gebäude gefoltert und getötet hat. Das war Anfang Dezember. Wie wir schon vermutet hatten, wollte Duprès das Kind befreien, wurde aber von Mikhail erwischt, als sie gerade davonlief. Den kleinen Gefangenen hingegen hat der russische Riese nicht gefunden. Aber immerhin hatte er die Journalistin und informierte Scheffer. Er behauptet, der Wissenschaftler habe einen Wutanfall bekommen, als er sie sah. Und nicht ohne Grund, denn ihm dürfte klar geworden sein, dass ihr Liebesabenteuer nur ein Trick gewesen war, und er wusste nun auch, von wem die Anzeige im *Figaro* stammte.«

Die Bilder von Valérie Duprès' nackter Leiche, die im radioaktiven Wasser schwamm, verfolgten Lucie. Ihre Glieder zerfressen von riesigen Fischen … Sie mochte sich den Albtraum nicht vorstellen, den die Unglückliche an diesem schrecklichen Ort durchgemacht hatte.

»Sie haben ihr Handy gefunden«, sagte Sharko. »Eine der Nummern auf der Anruferliste wurde immer wieder gewählt, nämlich die von Christophe Gamblin. Unter der Folter muss die Journalistin wohl gestanden haben, dass sie all ihre Informationen und Recherchen mit ihm teilte. Das hat Scheffer und Dassonville dann auf seine Spur gebracht.«

»Gamblins trauriges Schicksal ist ja bekannt. Er wurde ebenfalls gefoltert, dann in die Tiefkühltruhe in seiner Küche gesperrt … Schließlich gestand er, dass er einem Serienkiller auf die Spur gekommen war, der den Zustand des reversiblen Todes nutzte und vermutlich die Niederschrift kannte. Dassonville gab ihm Weihwasser zu trinken und ließ ihn erfrieren. Ich kenne mich mit Religion nicht gut aus, aber man könnte meinen, dass Dassonville seinem Opfer den Tod leichter machen wollte. Genau wie bei seinen Klosterbrüdern, die er geopfert hatte. Dieser Mönch ist ein Teufel.«

»Das wussten wir … Danach haben die beiden Männer beschlossen, Agonla und alle anderen umzubringen, die direkt oder indirekt mit dieser verdammten Niederschrift in Kontakt gekommen sind.«

Sharko dachte nach. »Mikhail und Wladimir behaupten noch immer, dass sie nicht über die eigentlichen Aktivitäten von Scheffer und seiner Stiftung informiert waren. Der eine wählte die Kinder aus und entführte sie, der andere kennzeichnete sie auf Scheffers Anweisung mit dem Grad ihrer Radioaktivität und brachte sie dann zusammen mit der nächsten Ladung radioaktiver Abfälle in den Ural. Als Gegenleistung bekamen sie von Scheffer größere Geldbeträge. Nach ersten Erkenntnissen haben vierzehn Kinder in den letzten zehn Jahren dieses Schicksal erlitten.«

»Vierzehn, wie grauenhaft!«

»Und das ist nur der sichtbare Teil des Eisbergs. Diesem Mikhail zufolge kümmerte sich der Arzt selbst um die kontaminierten russischen Kinder, solange die Stiftung ihren Sitz noch in Russland hatte. Als sie jedoch des Landes verwiesen wurde und ihren Sitz nach Frankreich verlegte, musste Scheffer eine andere Lösung für die Fortsetzung seiner dunklen Machenschaften finden.«

»Den Verein!«

»Ganz genau. Zu diesem Zeitpunkt kamen dann Wladimir und Mikhail ins Spiel. Unser freundlicher Dolmetscher und der Fahrer haben fünf ukrainische Kinder entführt.«

»Ich hoffe, sie verbringen den Rest ihrer Tage im Knast.«
Der Kommissar biss sich auf die Lippe und kam zum prak-

tischen Teil seines Berichts: »Jemand von der Botschaft holt den Geländewagen und bringt uns auch unser Gepäck. Wir werden sehr warme Kleidung benötigen. Wenn alles gut geht, fliegen wir morgen früh um sieben Uhr zwanzig nach Tscheljabinsk. Nach einer Stunde Flug gibt es einen Zwischenstopp in Moskau und einen Wechsel zu einem anderen Airport. Um zwölf Uhr sieben – mit drei Stunden Zeitverschiebung, also um fünfzehn Uhr sieben – kommen wir im Ural an. Wenn bis dahin mit Interpol und Bellanger alles geregelt ist, treffen wir uns am Flughafen mit Arnaud Lachery und zwei weiteren Kollegen, die uns begleiten werden. Soweit ich verstanden habe, handelt es sich um hiesige Kripobeamte, die Kontakt mit der Polizei in Tscheljabinsk haben. Vor Ort übernehmen sie dann die Ermittlungen. Das bedeutet, wir dürfen zusehen, aber nichts anfassen. Für Paris ist es wichtig, dass es nicht zu einem Zwischenfall auf russischem Boden kommt.«

»Zwischenfall? Obwohl dort seit Jahren Kinder entführt werden?«

Sharko bemerkte, dass ihn Bellanger noch einmal angerufen hatte. Er hörte die Nachricht ab und stand auf.

»Ich rufe rasch den Chef zurück. Bin gleich wieder da.«

Lucie ließ das Essen stehen. Wegen der vielen Glukose-Infusionen, die man ihr ins Blut gepumpt hatte, fehlte ihr der Appetit. Sie ging zum Fenster. Die Klinik in Kiew lag direkt an einer Straße. Auf den verschneiten Bürgersteigen waren nur noch wenige Passanten zu sehen. Alle hatten es eilig, um den Weihnachtsabend im Kreise der Familie oder bei Freunden nicht zu versäumen.

Lucie befand sich in einem schäbigen Zimmer, weit weg von zu Hause. Sie vertrieb ihre Melancholie, indem sie an die Ermittlungen dachte. Die Täter, die den Kindern so viel Schreckliches angetan und so viele Leichen zurückgelassen hatten, würden bald dafür bezahlen und den Rest ihrer Tage im Gefängnis verbringen.

Vielleicht war das letztlich ihr schönstes Weihnachtsgeschenk.

Der Arzt, ein freundlicher junger Mann, etwa dreißig Jahre alt, betrat das Zimmer. Er sprach sie in korrektem Englisch an. »Die Untersuchungsergebnisse sind äußerst zufriedenstellend. Sie bleiben noch eine Nacht hier und können dann wie geplant morgen früh das Krankenhaus verlassen.«

»Sehr gut«, erwiderte Lucie lächelnd. »Ich werde sehr früh aufbrechen.«

Er machte sich ein paar Notizen, ließ sie dabei jedoch nicht aus den Augen.

»Für die nächsten Wochen würde ich Ihnen ein bisschen Ruhe empfehlen. Das wäre besser für das Baby.«

Lucie runzelte die Stirn, überzeugt, sich verhört oder ihn falsch verstanden zu haben.

»Das Baby? Haben Sie Baby gesagt?«

»Ja.«

»Soll das heißen, dass …«

Sie war sprachlos und begann am ganzen Leib zu zittern. Der Arzt lächelte. »Oh, wussten Sie das denn nicht?«

Lucie schlug die Hände vors Gesicht und schüttelte ungläubig den Kopf. Tränen traten ihr in die Augen.

Der Mediziner kam zu ihr und forderte sie auf, sich aufs Bett zu setzen. »Sieht so aus, als sei dies eine gute Nachricht.«

»Sie … Sie sind sich sicher? Absolut sicher?«

Er bestätigte es noch einmal. »Ihre Urin- und Blutproben weisen einen maximalen HCG-Wert auf. Kein Zweifel, Sie sind in der achten Woche schwanger. Das ist der eigentliche Grund für Ihre Erschöpfung und Schwäche.«

Schon wieder ein Schock! »Acht … acht Wochen? Wie kann das sein? Ich habe doch einen Schwangerschaftstest gemacht, außerdem hatte ich letzten Monat meine Regel, und ich …«

»Die Tests aus der Apotheke sind nicht immer zuverlässig. Am besten ist eine Blutprobe, da gibt es keinen Irrtum. Blutungen, die man für die Regel hält, können schon mal vorkommen.«

Lucie war fassungslos und hörte kaum mehr zu. Immer wieder fragte sie ihn, ob er sich auch wirklich sicher sei. Und er bestätigte es jedes Mal gern aufs Neue. Dann fügte er hinzu: »Ich empfehle Ihnen, Ihre Schwangerschaft medizinisch sorgfältig überwachen zu lassen. Sie haben innerhalb kürzester Zeit eine relativ hohe Menge Radioaktivität abbekommen, die fast doppelt so hoch ist wie die zulässige Jahresdosis. Auch der Embryo war der Bestrahlung ausgesetzt.«

Lucies Gesicht verfinsterte sich. »Wollen Sie damit sagen, dass mein Kind in Gefahr ist?«

»Nein, nein, machen Sie sich keine Sorgen. Schädlich wären die Strahlen erst ab der fünffachen Menge. Dennoch dürfen Sie kein Risiko eingehen. Ich werde es in meinem Bericht vermerken. Ionisierende Strahlung wie Scanner oder Röntgenaufnahmen sollten Sie möglichst meiden, um die radioaktive Belastung nicht noch zu vergrößern. Und gehen Sie künftig nicht in der Nähe von Tschernobyl spazieren.«

Er erhob sich. »Allen Anzeichen nach verläuft Ihre Schwangerschaft normal. Kein Zucker oder Eiweiß im Urin, kein Vitaminmangel und keine Röteln. Ich bin sicher, alles wird gut gehen.«

Als sie endlich allein war, weinte sie vor Freude.

Ein Baby, ein kleines Wesen, das sie sich mehr als alles andere gewünscht hatte, entwickelte sich seit fast zwei Monaten unbemerkt in ihrem Bauch.

Als Sharko hereinkam, eilte er erschrocken zu ihr, weil er glaubte, es sei etwas Schlimmes passiert.

»Ich bin schwanger, Franck! In der achten Woche! Ich wusste es! Siehst du, ich hatte recht! Es ist doch Heiligabend!«

Verblüfft blieb Sharko einen Moment reglos stehen. Lucie lief zu ihm und schlang ganz fest ihre Arme um ihn.

»Siehst du, wir haben es geschafft. Unser Baby ...«

Der Kommissar verstand noch immer nicht. Acht Wochen? Wie war das nur möglich? Seit über drei Monaten ging er regelmäßig zum Facharzt. Und seit über drei Monaten streikten angeblich seine Spermien. Gab es eine kleine Möglichkeit, dass die Befruchtung dennoch funktioniert hatte?

»Lucie, ich ...«

Ich muss dir sagen ... was du mir erzählst, ist leider nicht möglich. Oder doch, es ist schon möglich, aber ...

Schließlich überwog die Freude und verdrängte alle anderen Zweifel. Tränen stiegen ihm in die Augen. Also doch, er würde noch einmal Vater werden! Sharko, Papa ... Das klang eigenartig, unwahrscheinlich. Er sah sich mitten in der Nacht in seiner Wohnung vor dem Kinderbett sitzen, das warme Fläschchen in den großen Händen, und konnte schon die durchdringenden Schreie hören.

Jetzt musste er Lucie mehr denn je beschützen.

Ihr durfte nichts zustoßen. Was würde geschehen, wenn sie nach Paris zurückkehrten? Womöglich würde die Hölle weitergehen! Sharko wollte diesen Moment der Freude noch ein wenig länger genießen und bemühte sich, die schrecklichen Dinge, die ihm Bellanger erzählt hatte, aus seinem Kopf zu verbannen.

Lucie brauchte nicht zu wissen, was man diesen Kindern angetan hatte. Nicht jetzt.

Er trat einen Schritt zurück und schaute sie an.

»Ab heute Abend müssen wir an das Baby denken«, erklärte er. »Ich möchte zwar, dass du mich nach Tscheljabinsk begleitest, aber nach Osjorsk darfst du nicht mitkommen. Du bleibst brav im warmen Hotel und wartest auf mich. Abgemacht? Denn in Osjorsk ist die Radioaktivität immer noch sehr hoch. Wir dürfen kein Risiko eingehen.«

Nach kurzem Zögern war Lucie einverstanden ... was sie vor wenigen Stunden noch nicht für möglich gehalten hätte.

»In Ordnung.«

Sie umarmten sich wieder. Sharko vergrub das Gesicht in ihrem Nacken. »Lucie, da gibt es noch eine Sache, die ich wissen muss ...«

»Hm?«

Langes Schweigen.

»Schwöre mir, dass du mich nie betrogen hast und dass das Baby wirklich von mir ist.«

Lucie starrte Franck erstaunt an. Er weinte, das hatte sie noch nie erlebt.

»Wie kannst du nur so etwas denken? Selbstverständlich nicht! Ich habe dich nie betrogen! Und ja, das Baby ist von dir!« Sie sah ihm lächelnd in die Augen. Tränen rannen über ihre Wangen. »Unser Leben wird sich jetzt verändern, Franck. Zum Guten, das verspreche ich dir!« Sie küsste ihn auf die Lippen. »Frohe Weihnachten, Liebster! Das ist mein Geschenk für dich, ein anderes habe ich nicht.«

Kapitel 68

In den letzten Stunden hatte sich Lucies Leben komplett verändert.

Als das Flugzeug in Kiew abhob, konnte sie sich kaum auf

die Ermittlungen konzentrieren. Stattdessen träumte sie von ihrem Kind. Acht Wochen – das war wenig und doch sehr viel. Die meisten Organe des Fötus waren bereits entwickelt. Soweit sie wusste, war er jetzt zwölf Millimeter groß und wog etwa eineinhalb Gramm. Aber eine Fehlgeburt war zu jedem Zeitpunkt möglich. Keine unnötigen Anstrengungen mehr, kein unnötiger Stress. In Frankreich würde sie sofort einen Arzt aufsuchen, sich einen Mutterpass ausstellen lassen und zur Schwangerschaftsberatung gehen, um das Baby gesund zur Welt zu bringen. Sollten sie Sonderurlaub oder ein Sabbatjahr beantragen, wie Franck vorgeschlagen hatte? Warum eigentlich nicht?

Dem Mann an ihrer Seite gelang es nicht, diesen Augenblick voll zu genießen, das spürte sie. Wie sollte er angesichts der schrecklichen Dinge, die in Russland und vor allem in Frankreich geschehen waren, heiter und gelassen bleiben? Dieser Psychopath, der ihnen auf den Fersen war ... Nach letzten Informationen war den Beamten, die Sharkos Haus überwachten, bisher nichts aufgefallen.

Wie sollten sie mit der Freude über die Schwangerschaft umgehen? Wie würde sich ihre Rückkehr nach Frankreich gestalten mit der Angst vor dem Mörder im Nacken? Lucies Miene verfinsterte sich, sie legte die Hände auf den Bauch und schloss die Augen. Es war Weihnachten. Sie wünschte, der Flug würde ewig dauern, die Maschine nie landen.

Internationaler Flughafen Domodedovo Moskau, 25. Dezember 2011, Außentemperatur minus acht Grad Celsius, Himmel wolkenfrei. Die Boeing 737 der Air Ukraine rollte zu ihrer Parkposition, und zahlreiche Passagiere mit Schapkas stiegen aus. An der Zollabfertigung wurden die Ermittler von dem Attaché Arnaud Lachery erwartet. Er wickelte mit dem Zöllner rasch alle Formalitäten ab bezüglich des internationalen Rechtshilfeersuchens und ihres Aufenthaltes auf russischem Boden.

Als der Papierkram erledigt war, begrüßte Sharko seinen Kollegen herzlich. »Es ist bestimmt fünfzehn Jahre her. Wer hätte geglaubt, dass wir uns eines Tages wiedersehen?«

»Vor allem unter diesen Umständen«, sagte Lachery. »Jagst du in deinem Alter noch immer Verbrecher?«

»Mehr denn je.« Sharko drehte sich zu Lucie um. »Kommissarin Henebelle, meine Kollegin und … Lebensgefährtin.«

Lachery wandte sich lächelnd an sie. Er war etwas älter als Sharko, gehörte zur Interventionsgruppe, und man sah ihm den ehemaligen Einsatzpolizisten immer noch an: grobschlächtige Gesichtszüge, kurzer Bürstenhaarschnitt und ein tiefgründiger Blick aus dunklen Augen, die seine korsische Herkunft verrieten.

»Sehr erfreut. Und frohes Fest, auch wenn die Umstände nicht gerade erfreulich sind.«

Sie unterhielten sich angeregt weiter, während Lucie und Franck ihr Gepäck abholten und ihrem Gastgeber in Richtung Ausgang folgten. Draußen verschlug ihnen die trockene eisige Luft den Atem.

Arnaud Lachery setzte seine pelzgefütterte Schapka auf. »Sie müssen sich am Flughafen Bykowo unbedingt eine solche Fellmütze und dicke Handschuhe kaufen. In Tscheljabinsk ist es mindestens zehn bis fünfzehn Grad kälter als hier. Sie können sich nicht vorstellen, wie eisig das ist.«

»Das machen wir. Kommissarin Henebelle bleibt sowieso im Hotel, sie ist … hat gesundheitliche Probleme.«

»Nichts Ernstes, hoffe ich?«

Lucie lupfte ihre Mütze und zeigte ihm den Verband an ihrem Kopf. »Kleines Missgeschick.«

Sie stiegen in einen schwarzen Mercedes S 320, der samt Fahrer unmittelbar vor dem Terminal wartete. Diplomatenkennzeichen, gepanzerte Türen – das ganze Programm.

Lachery bat Lucie, vorn Platz zu nehmen, und setzte sich mit Sharko auf den Rücksitz. »Es sind etwa fünfzig Kilometer bis zum nationalen Flughafen Moskau-Bykowo«, erklärte er. »Andrej Aleksandrow und Nikolai Lebedew erwarten uns dort. Leider führt die Fahrt nicht durch eine für Russland typische Gegend, Moskau ist über vierzig Kilometer entfernt.«

»Wir sind daran gewöhnt zu reisen, ohne zu besichtigen«, erwiderte Lucie lächelnd und warf einen Blick in den Rückspiegel.

»Auf jeden Fall hoffe ich, dass Sie unter anderen Umständen wieder einmal nach Russland kommen. Der Rote Platz, schneebedeckt und weihnachtlich geschmückt, ist eine Reise wert.«

Als die Limousine auf die Schnellstraße einbog, kam er rasch zum Kern der Sache. »Ich glaube, Ihre Ermittlungen haben schlafende Hunde geweckt.«

Er zog die Schapka und die Handschuhe aus, nahm ein Foto aus der Tasche und reichte es Sharko.

»Das ist Leonid Jablokow. Er ist zuständig für ein Team von zwanzig Arbeitern auf der Mayak-4-Basis wenige Kilometer vor Osjorsk. Seine Aufgabe ist es, nukleare Abfälle zu bergen und zu lagern.«

Der Kommissar runzelte die Stirn und reichte Lucie das Foto. Der Mann auf dem Bild hatte eine Glatze, leicht abstehende Ohren und blickte in seinem typisch sowjetischen, schwarz gestreiften Anzug ziemlich unfreundlich in die Kamera.

»Ich habe diesen Mann schon einmal gesehen«, meinte Sharko. »Und zwar zusammen mit dem russischen Team, das

Ende der 1990er Jahre für die Stiftung arbeitete, auf einem Foto in Scheffers Büro.«

»Stimmt«, bestätigte Lachery. »Er war von 1999 bis 2003 für die Stiftung tätig. Wir haben einiges über ihn herausgefunden. Er ist Physiker und hat Anfang der 1980er Jahre über extrem niedrige Temperaturen promoviert. Bis 1998 war er in einem russischen Forschungslabor für Raumfahrttechnik tätig, das der höchsten Geheimhaltungsstufe unterlag. Er war Fachmann für Kryotechnik, das heißt Kältetechnik, und befasste sich mit Lösungen, die lange Raumfahrten ermöglichen.«

Kryotechnik ... Das sagte Sharko etwas!

»In der französischen Presse wurde viel über die Weltraumeroberung der Russen berichtet und über ihre Bestrebungen, Menschen in den Weltraum zu schicken – über die sie allerdings keine weiteren Einzelheiten preisgeben. Kältetechnik könnte einen ausgezeichneten Ansatz bieten. Ist es Jablokow gelungen, Menschen für diese Reise einzufrieren?«

»Darüber ist nichts bekannt. Fest steht dagegen, dass Jablokow aufgrund einer Fehleinschätzung, die einen seiner Mitarbeiter das Leben gekostet hat, entlassen wurde.«

Lucie hatte sich umgedreht und lauschte aufmerksam. Sharko ließ sich ebenfalls kein Wort entgehen.

Arnaud Lachery fuhr mit seinen Erläuterungen fort: »Nach dieser Schlappe hatte sich Jablokow in der Stiftung im humanitären Bereich engagiert. Er hat sich vor Ort aufgehalten und viel über Radioaktivität gelernt, und er wurde häufig mit Scheffer im Kreis von Kindern und in Begleitung dieser Frau gesehen, die in den ersten zwei Jahren ebenfalls Mitglied der Stiftung war.«

Er reichte ihnen weitere Fotos.

Wieder erkannte Sharko die Frau, die auch auf der Aufnahme in Scheffers Büro zu sehen gewesen war – ein faltiges Gesicht mit erschöpften Zügen, tief liegenden, dunklen und wachen Augen.

»Wer ist sie?«

»Volga Gribodowa, heute achtundsechzig Jahre alt. Damals war sie Professorin der Medizin, spezialisiert auf die gesundheitlichen Folgen der Katastrophe von Tschernobyl. Sie fungierte auch als politische Beraterin zum Thema Strahlenschutz. Zwei Jahre bevor die Stiftung aus politischen Gründen Russland verlassen musste, beendete sie ihre humanitären Aktivitäten und wurde Ministerin für Nuklearsicherheit der Provinz Tscheljabinsk.«

»Immer wieder Tscheljabinsk«, sagte Sharko.

»Volga Gribodowa hat dort einen wenig beneidenswerten Job übernommen. Die Umgebung von Osjorsk, etwa einhundert Kilometer von Tscheljabinsk entfernt, gehört zu den am stärksten kontaminierten Regionen der Welt. Tschernobyl ist ein Problem, aber Osjorsk ist ein größeres! Eine Mülltonne mit offenem Deckel, extrem verseucht, und noch dazu wird hier der Atommüll aus vielen europäischen Ländern, unter anderem auch aus Frankreich, gelagert. Volga Gribodowa wurde dorthin versetzt, um Lösungen zu finden, aber jeder wusste, dass es keine gab.«

Die Limousine bog auf eine stark befahrene zweispurige Autobahn ein. Abgesehen von den eigentümlichen Fahrzeugkennzeichen und den Straßenschildern in kyrillischer Schrift wirkte die Landschaft nicht fremd. Verschneite Bäume, so weit das Auge reichte. Lucie betrachtete einen Moment den Fahrer, ein Mann wie in Marmor gehauen. Dann wandte sie sich erneut ihren Gesprächspartnern zu.

»Und raten Sie mal, wer Leonid Jablokow zum Leiter der Mayak-4-Basis ernannt hat?«, fragte Lachery.

»Volga Gribodowa«, antwortete Sharko.

»Ja, gleich einige Wochen nachdem sie ihr Amt als Ministerin angetreten hatte. Dabei war Jablokow, der ja eigentlich Spezialist für Kältetechnik war, nicht gerade prädestiniert für Atommüll. Die Verwaltung der Mayak-4-Basis untersteht direkt der Ministerin. Mayak-4 entstand rund um ein Bergwerk, in dem vor etwa sechzig Jahren Uran gefördert wurde. Heute ist es eine Deponie, in der alle Schweinereien, die kein anderes Land haben will, vergraben werden. Die Umgebung von Mayak gehört zu den hässlichsten, deprimierendsten und gefährlichsten Gegenden der Welt. Niemand möchte dort leben oder auch nur einen Fuß in dieses Gebiet setzen, abgesehen von den Arbeitern, die für die Entladung der Lastwagen und Lagerung der Fässer zuständig sind. Daher meine Frage: Was hecken zwei ehemalige Mitglieder der Scheffer-Stiftung seit Jahren dort aus?«

»Und vor allem, was wollten Scheffer und Dassonville auf ihren Touristenreisen dort?«, ergänzte Sharko. »Und was tun sie jetzt dort?«

Lachery schaute erst Lucie und dann den Kommissar an.

»Das wollen wir herausfinden. Und ich denke, Sie haben verstanden, dass wir aufgrund Ihrer Informationen davon ausgehen, dass die Ministerin und andere hochgestellte Persönlichkeiten in irgendetwas verwickelt sind. Moskau betrachtet Ihre Ermittlungen als äußerst sensibel, nicht nur wegen des Falls selbst, sondern auch weil es um Atomkraft geht.«

»Daran haben wir keine Zweifel.«

»Die russische Föderation ist in Verwaltungsdistrikte aufgeteilt, von denen jeder autonom ist und einen eigenen Gouverneur hat. Kurzum, diese Angelegenheit ist sowohl aus rechtlicher als auch politischer Sicht kompliziert. In

Tscheljabinsk bekommen Sie diskrete Unterstützung von der Distriktpolizei, sie untersteht dem Befehl von Kommandant Aleksandrow, den Sie bald kennenlernen werden. Gemeinsam mit den örtlichen Ermittlern fahren Sie nach Mayak-4 und suchen Ihre Verdächtigen. Aber bitte, überlassen Sie das Eingreifen den anderen.«

»Wir kennen die Vorschriften«, sagte Sharko.

Der Attaché für innere Sicherheit reichte ihm die letzten Fotos: die der Kinder auf dem Operationstisch, die ihm vermutlich Bellanger oder Robillard per E-Mail geschickt hatten.

»Kinder lassen sich verschleppen oder verstecken, aber sicher nicht Operationssäle. Wenn es an diesem Ort etwas zu entdecken gibt, dann werden die Männer es finden. Niemand ist geschickter als ein russischer Offizier.«

Nach einer kurzen, lastenden Stille wechselte Lachery das Thema und fragte nach Neuigkeiten aus der französischen Hauptstadt, vom Quai des Orfèvres und von der Politik des Landes.

Die ersten Schilder wiesen auf die Nähe des Flughafens hin. Lachery erzählte, dass er gerne in Moskau lebe, Strukturen, Macht, Reichtum und Bewohner schätze. Er verglich die Menschen im Westen mit Pfirsichen, die Russen jedoch mit Orangen: Die im Westen seien freundliche und offene Menschen, die sich auf der Straße grüßen, aber ihren harten Kern verbergen, sobald man ihnen näherkommt. Die im Osten seien Leute, die auf den ersten Blick verschlossen erscheinen, die ihre Herzen aber öffnen, sobald man den äußeren Panzer durchdrungen hat. Er ergänzte noch, dass Moskau nicht Russland sei und dass dieses Land noch immer für das Erbe einer schweren Vergangenheit zahle.

Der Fahrer setzte sie vor dem Flughafen ab, der neben der

Autorennbahn lag. Dieser Terminal war nicht mit dem zu vergleichen, den sie vorhin verlassen hatten. Ein altes monolithisches Bauwerk, nicht sehr groß und renovierungsbedürftig. Als sie den Zustand und die lächerliche Größe einiger Maschinen bemerkte, wurde Lucie sichtlich nervös. Zwar galt in Frankreich das Flugzeug als das sicherste Transportmittel, doch sie war sich nicht so sicher, ob das auch auf Russland zutraf.

Die beiden Kommissare aus Moskau warteten am Treffpunkt. Der Botschaftsattaché stellte sie einander vor. Andrej Aleksandrow und Nikolai Lebedew waren jung, groß und trugen die gleiche Khaki-Uniform, bestehend aus Stoffhose mit roter Tresse, fellgefüttertem Parka mit Polizeiabzeichen und russischer Flagge, zusammengehalten von einem Gürtel, Stiefel bis zum Knie, die Schapka in der Hand. Angesichts der imposanten Statur der Männer ging Sharko davon aus, dass sie kugelsichere Westen trugen.

Sie begrüßten sich. Der feste Händedruck der Russen blieb auch Lucie nicht erspart. Lachery erklärte ihnen, dass die beiden Offiziere leidlich Englisch sprachen und ihnen auf dem Flug die letzten wichtigen Details des Falles erläutern würden.

Am Terminal wurde so ziemlich alles verkauft: Wurst, Schwarzbrot, Wodka, Gurken, Käse … Als die beiden Franzosen Rubel am Geldautomaten gezogen hatten, betraten sie ein Bekleidungsgeschäft und kamen mit einer russischen Ausstattung wieder heraus, was bei ihren Begleitern ein spöttisches Lächeln auslöste.

Nach der Gepäckabfertigung tranken sie noch einen Wodka – außer Lucie natürlich, die sich mit einem Tee begnügte – und gingen dann zu ihrem Terminal. Die Stimmung hatte sich etwas entspannt, der Zeitpunkt des Abflugs rückte näher.

Lachery verabschiedete sie höflich und respektvoll, wandte sich mit einigen wenigen russischen Worten noch einmal an die Offiziere und sagte dann zu Sharko und Lucie: »Wir bleiben in Kontakt, viel Glück.«

Zwanzig Minuten später gingen sie an Bord und flogen in Richtung der mächtigen Ausläufer des Urals.

Kapitel 69

Eine Explosion von Farben.

Auf seinen zahlreichen Reisen hatte Sharko noch nie ein solches Schauspiel erlebt. Russland hatte er sich immer als graue, flache und düstere Landschaft vorgestellt, die sich bis zum Horizont erstreckt. Aber in Wirklichkeit war es ganz anders. Die Stirn an das kleine Fenster gepresst, hatte er den Eindruck, der Entstehung eines Diamanten beizuwohnen. Über den Steppen verwandelten sich die Sonnenstrahlen in einen Funkenregen, Wasserfälle tobten, im Frost erstarrte Kiefern- und Birkenwälder klammerten sich an Berghänge.

Dann tauchte die große Stadt auf, ein Krebsgeschwür in einem anscheinend gesunden Organismus. Je tiefer die zweimotorige Maschine flog, umso deutlicher erkannte man die Fabriken. Stahlwerke, Erzbergbau, Schwerindustrie. Baufällige Lagerhallen, endlose Asphaltstraßen, Bulldozer, Traktoren und Gabelstapler sorgten für eine tiefschwarze Kulisse. Tausende Panzer und Militärmaschinen, Millionen von Patronen waren hier hergestellt worden, um den Feind zurückzudrängen.

Sharko drückte sich fest in seinen Sitz, als das Flugzeug auf dem Rollfeld aufsetzte.

Sie hatten es fast geschafft. Das Ende ihrer Ermittlung am Ende der Welt!

Drei Männer erwarteten sie im Flughafengebäude, die mit ihren grauen kantigen Gesichtern wie Zinnsoldaten aussahen. Sharko musste an die französischen Spezialeinheiten denken, diese hier waren die vergleichbare KGB-Version. Andrej Aleksandrow und Nikolai Lebedew stellten sie kurz vor. Die drei örtlichen Beamten sprachen kein Wort Englisch. Sie begnügten sich mit einem höflichen Lächeln für den Kommissar und einem strengen Blick für Lucie.

Nachdem die fünf Russen sich eine Weile unterhalten hatten, klopften sie sich freundschaftlich auf die Schulter, und Aleksandrow wandte sich an Lucie, die sich klein und ziemlich deplatziert fühlte.

»Sie sagen, es gebe ein gutes Touristenhotel. Das *Smolinopark* liegt etwa fünfundzwanzig Kilometer von hier an einem See. Sie finden dort Komfort und gutes Essen. Sie können mit dem Taxi hinfahren.«

Sharko spürte Lucies Nervosität, kam ihr zuvor und stimmte höflich zu. »Sehr gut. Geben Sie uns ein paar Minuten, wir kommen gleich.«

»Bitte machen Sie es kurz.«

Mit grimmigem Blick schaute Lucie ihnen nach. »Ich habe wirklich den Eindruck, dass diese Riesenmachos mich für eine naive Tussi halten. *Ein nettes Touristenhotel!* Also, hast du das gehört?«

Sharko rückte Lucies Schapka zurecht und prüfte dann, ob ihr Handy aufgeladen war. »Ich bin immer für dich da und möchte vor allem nicht, dass du dir Sorgen machst, hörst du? Nutze die Zeit im Hotel und ruh dich aus. Ruf deine Mutter an und beruhige sie. Ich glaube, die Jungs hier wissen, was sie tun.«

Lucie schmiegte sich an ihn. Wegen der dicken Parkas hatte sie das Gefühl, ein Michelin-Männchen zu umarmen. »Pass auf dich auf, Franck! Beschränk dich darauf, ihnen zu folgen. Du hast dein Leben schon öfter aufs Spiel gesetzt. Versprich es mir!«

»Ja, versprochen.«

Er begleitete sie zum Taxi. Ihre Gesichter brannten in der eisigen Luft. Während Aleksandrow dem Fahrer die Hoteladresse angab, kletterte Lucie in den warmen Innenraum. Sharko küsste seine Lebensgefährtin und sah dem Fahrzeug schweren Herzens nach.

Kaum war Lucie verschwunden, klingelte sein Handy. Lächelnd schaute er auf den kleinen Bildschirm. *Anonym.*

Er zog den dicken Handschuh aus und schob das flache Gerät zwischen Schapka und Ohr.

»Sharko.«

Keine Antwort, nur leises Atmen. Sharko hatte einen Kloß im Hals, er wusste, wer der Anrufer war.

Es war Glorias Mörder. Er warf einen Blick über die Schulter zu den wartenden Russen und wandte sich ab.

»Ich weiß, dass du es bist, Hurensohn!«

Wieder nichts! Sharko lauschte angestrengt, um ein Geräusch zu hören, das er identifizieren konnte. Fieberhaft suchte er nach den richtigen Worten. Dann sagte er: »Du wüsstest gerne, wo ich bin, oder? Du hast so große Zweifel, bist so verwirrt, dass du es nicht lassen konntest, mich anzurufen. Du kapierst nicht, warum ich nicht da bin. Sorry, da muss ich dir leider mitteilen, dass du nicht im Mittelpunkt meines Lebens stehst. Gloria bedeutete mir nichts mehr und du schon gar nicht.«

Immer noch nichts. Sharko war überzeugt, dass der Anrufer gleich auflegen würde.

»Man könnte glauben, ich hätte dir das Weihnachtsfest und deine schöne Schachpartie verdorben«, fuhr er fort. »Ich weiß, wie viel Arbeit dir die ganze Inszenierung gemacht hat. Und jetzt komme ich noch nicht einmal zu unserer Verabredung.«

Der Kommissar ging nervös auf und ab.

Plötzlich hallten zwei Worte in seinem Ohr wie ein Hammerschlag: »Du lügst!«

Wie angewurzelt blieb er stehen. Die Stimme des Mannes klang erstickt und wie aus weiter Ferne, als spreche jemand durch ein Stück Stoff.

»Du lügst, wenn du behauptest, Gloria würde dir nichts mehr bedeuten.«

Sharko spürte die Kälte nicht mehr, obwohl seine Hand einem Eisblock glich. Die Welt um ihn herum versank. Seine ganze Aufmerksamkeit galt dieser Stimme, die aus mehreren Tausend Kilometern Entfernung zu ihm drang. Nervös suchte er auf seinem Handy nach der Taste für eine Gesprächsaufzeichnung. Vergeblich, in der Eile konnte er die richtige Funktion nicht finden. Hastig hob er das Handy wieder ans Ohr, um nicht ein Wort seines Gesprächspartners zu verpassen, und fuhr fort: »Vielleicht lüge ich, vielleicht auch nicht. Unwichtig! Wichtig ist nur, dass dich meine Kollegen schnappen werden. Irgendwann, wenn du hinter Gittern sitzt, komme ich dich vielleicht besuchen. Alles nur eine Frage der Zeit. Und meine Frau und ich haben alle Zeit der Welt.«

Nach langem Schweigen ertönte wieder die Stimme. »Auch ich habe Zeit. Geduld ist eine meiner Stärken, falls es dir noch nicht aufgefallen sein sollte. Du und deine Schlampe! Ich werde auf euch warten, so lange wie es nötig ist ...«

Sharko wäre fast geplatzt und hätte am liebsten gebrüllt, dass er ihn umbringen würde.

»Ich werde da sein, wenn ihr euch in der Menschenmenge bewegt, an jeder U-Bahn-Haltestelle, in jedem Bus, auf jedem Bürgersteig, überall! Ich bin schon einmal in deiner Wohnung gewesen, hast du das vergessen?«

Sharko wusste nicht, ob er nur bluffte.

»Wenn wir uns das nächste Mal unterhalten, hat deine Schlampe mein Messer an der Kehle.«

Die Gesprächsverbindung wurde unterbrochen.

Sharko blieb einen Moment reglos stehen und starrte auf das Handy in seiner Hand. Dann rief er mit eiskalten Fingern die Liste der eingegangenen Anrufe auf, drückte auf die Wiederwahltaste. Doch die Nummer war anonymisiert.

»Verdammt!«

Die Russen wurden ungeduldig. Noch immer unter Schock, stieg der Kommissar hinten in einen der beiden Geländewagen und rieb seine kalten Hände.

Dieser Albtraum holte ihn sogar hier in Russland ein.

»Ziehen Sie niemals die Handschuhe aus!«, erklärte Aleksandrow mit rollendem Akzent. »Wenn Sie mit bloßen Händen die Außenfläche des Wagens berühren, bleibt Ihre Haut sofort daran kleben.«

Sharko bedeutete ihm, dass er das nächste Mal besser aufpassen würde. Die Wagen fuhren los, am Horizont ging langsam die Sonne unter. Die drei Polizeibeamten, die den Kommissar begleiteten, schienen ausgiebig über die Angelegenheit zu diskutieren, tauschten Papiere und Fotos aus. Sharko erkannte unter anderem die von Scheffer und Leonid Jablokow, dem Leiter von Mayak-4.

Der Kommissar dachte nach, versuchte, sich an alle Einzelheiten des Gesprächs mit Glorias Mörder zu erinnern. *Deine Schlampe wird mein Messer an der Kehle haben ...* Er hatte es geahnt: Bei seinem letzten Schachzug hatte er es auf Lucie abgesehen. Kein Zweifel, er wollte sie entführen wie Suzanne vor zehn Jahren.

Wieder griff er nach seinem Handy. Er musste Basquez von diesem Gespräch berichten. Es war zwar Heiligabend, doch das war Sharko gleichgültig. Vielleicht gab es einen Weg, den Anruf dieses verrückten Psychopathen zurückzuverfolgen. Dieser Albtraum musste ein Ende haben, damit er unbeschwert nach Frankreich zurückkehren konnte und Lucie und das Baby nichts zu befürchten hatten.

Sharko erschrak erneut: das Baby! Auch Suzanne war bei ihrer Entführung im zweiten Monat schwanger gewesen.

Eine grauenvolle Übereinstimmung!

Er begann, Basquez' Nummer in sein Handy zu tippen. Doch plötzlich hielt er inne.

Ungläubig starrte er auf das Telefon.

Mit einem Mal kam ihm eine Idee, die ihm einen Schauer über den Körper jagte. Wie fallende Dominosteine folgte eine Schlussfolgerung der nächsten.

Sharko analysierte diese Schlussfolgerungen.

Das war's! Ja, das passte perfekt.

Er schloss die Augen und war froh über seinen Sturz in den eisigen Wildbach. Der hatte ihm vielleicht geholfen, den Mörder endlich zu überführen.

Er hatte ihn! Großer Gott, er hatte denjenigen identifiziert, der diesen Terror verbreitete!

Sharko hielt inne. Während er sein Handy in die Tasche schob, fiel ihm wieder die Erklärung des Kriminaltechnikers ein, als sie sich über einen gefälschten Pass unterhalten hatten: *Die Abbildung der Marianne im Wasserzeichen ist spiegelverkehrt. Wie dumm! Alles kopieren die Fälscher perfekt, bis hin zur doppelten Naht. Und dann passiert ihnen eine so*

*grobe Nachlässigkeit. Es ist, als würden sie in der falschen
Richtung auf die Autobahn auffahren. Früher oder später
macht jeder Fälscher einen dummen Fehler.*

Kapitel 70

Sie waren zunächst durch einige im eisigen Winter erstarrte Dörfer gefahren. Rechts und links der Hauptstraße lagen
winzige Holzhäuschen mit kleinen Gärten, die kein fließen-
des Wasser hatten, sondern Brunnen, gespeist von radioaktiv
verseuchten Flüssen. Nach einer Weile tauchten stillgelegte
Industrieanlagen auf. Sharko empfand die Landschaft wie
eine postapokalyptische Welt menschlichen Wahnsinns, von
der nichts anderes geblieben war als klaffende Wunden.

Wenig später verwandelte sich die Straße in ein Chaos
aus gefrorenem Schlamm und großen Schlaglöchern, die
im Licht der untergehenden Sonne kaum noch zu erkennen
waren.

Die Lastwagenkonvois mit ihrer giftigen Ladung hatten
tiefe Spuren im schmutzigen Eis hinterlassen. Rundherum lagen zwischen den Hügeln riesige blassblaue Seen, die
glänzten wie radioaktive Metallplatten. Auf den letzten Kilometern hatte die Radioaktivität jegliches Leben zerstört und
war jetzt für Zehntausende von Jahren alleiniger Herrscher
über dieses Land.

Es war dunkel und noch kälter geworden. In der Abend-
dämmerung tauchte unvermittelt in einer Senke die ehemalige Uranmine Mayak-4 vor ihnen auf – eine riesige
Narbe, umgeben von Betonbarrieren und Stacheldraht. Der
nördliche Teil schien völlig verlassen. Radiochemiewerke,
Förderbänder, Bergbauanlagen oder Kräne waren zu Ruinen

zerfallen. Waggons waren auf vereisten, stark beschädigten Gleisen abgestellt.

Der südliche Abschnitt jedoch verriet menschliche Präsenz. Fahrzeuge in gutem Zustand standen auf einem Parkplatz, ein gelber Kipper fuhr gerade in einen Tunnel. Kleine Gestalten auf Gabelstaplern beluden einen Konvoi Lastwagen mit riesigen radioaktiven Fässern.

Die beiden Polizeifahrzeuge beschleunigten trotz der glatten Straßen, und Sharko klammerte sich mit der linken Hand am Griff der Autotür fest. Das Thermometer auf dem Armaturenbrett zeigte jetzt minus siebenundzwanzig Grad Celsius Außentemperatur. Eiskristalle klebten an den Scheiben und auf den Gummidichtungen. Einige Minuten später erreichten sie eine Kontrollstation, bewacht von zwei Männern, die vermutlich bewaffnet waren. Die Polizisten des vorderen Fahrzeugs stiegen aus und zeigten ihre Papiere vor. Nach einem lebhaften Wortwechsel deutete einer der Wachmänner schließlich auf ein gut erhaltenes, würfelförmiges Gebäude.

Einer der Offiziere trat an das Fahrzeug, um mit Andrej Aleksandrow zu sprechen. Als dieser das Fenster öffnete, drang eisige Kälte ins Innere.

Nach kurzem Austausch wandte sich der Moskauer Polizeibeamte an Sharko und sagte auf Englisch: »Dort drüben liegt das Büro des zuständigen Leiters, Leonid Jablokow. Wir fahren hin.«

Die Schranke öffnete sich, die beiden Wagen fuhren hindurch und hielten vor dem Gebäude. Auf der rechten Seite bemerkte Sharko eine hell erleuchtete Einfahrt, die in einen Hügel führte, wahrscheinlich ein Endlager. Überall standen Warnschilder.

Plötzlich überschlugen sich die Ereignisse. Im Licht der

Scheinwerfer bemerkte Aleksandrow eine Gestalt, die hinter den Büros verschwand und zu einem Auto rannte. Die Polizeifahrzeuge stellten sich quer, um den Weg zu versperren, Türen flogen auf, die Makarov-Pistolen wurden gezogen, Warnbefehle schallten durch die Dunkelheit. Sekunden später flog Jablokows Schapka zu Boden, Handschellen schlossen sich grob um seine Handgelenke. Starr vor Schreck sahen seine Mitarbeiter zu, wie er in sein Büro gestoßen wurde.

Sharko trat zu den Russen, die den Leiter des Zentrums gezwungen hatten, sich auf einen Stuhl zu setzen. Der kleine glatzköpfige Mann mit den abstehenden Ohren starrte auf den Betonfußboden, schwieg jedoch. Als sie ihm die Fotos von Dassonville und Scheffer vorlegten, verzog er keine Miene.

Der Ton wurde schnell rauer, es folgten Fragen und Drohungen. Die bewaffneten Männer fassten ihn nicht gerade mit Samthandschuhen an. Nach einigen Minuten verlor einer der Offiziere aus Tscheljabinsk die Geduld, er stieß den Stuhl um und trat Jablokow mit dem Stiefel ins Gesicht. Sharko begrüßte die Methode, auch wenn ihm die Tritte, die Jablokow in den Bauch bekam, übertrieben brutal erschienen.

»Da! Da!«, schrie der Russe am Boden, Tränen in den Augen, und presste die Hände auf den Magen.

Man ließ ihm ein wenig Zeit, sich wieder aufzurappeln. Die Gesichter der Ermittler waren verschlossen, und Sharko ahnte, dass seine erregten Kollegen nicht länger als nötig an diesem verfluchten Ort bleiben wollten. Sie setzten Jablokow schwer zu, brüllten ihm in die Ohren und stießen ihn herum. Als man ihm die Bilder von Dassonville und Scheffer erneut unter die Nase hielt, nickte der Leiter der Mayak-4. Sharko empfand eine enorme Befriedigung: Die beiden Männer befanden sich also doch in der Aufbereitungsanlage.

Leonid Jablokow sprach Russisch. Nach seinen Erklärungen öffnete einer der Offiziere einen Schrank, in dem sich Strahlenschutzmäntel befanden. Sharko tat es seinen Kollegen gleich und zog einen Mantel an, der ihm bis zu den Waden reichte. Nachdem man ihm die Handschellen abgenommen hatte, legte Jablokow ebenfalls Schutzkleidung an.

»Er will uns zum Endlager bringen«, sagte Andrej Aleksandrow. »Dort befinden sich offenbar die beiden Männer, die Sie suchen. Wir nehmen den Lastwagen.«

»Was machen sie da?«

»Jablokow wird es uns zeigen.«

Sharko graute vor dem, was sie entdecken würden. Er dachte an all die Menschen, die im Laufe dieser Ermittlung ums Leben gekommen waren, an all die Toten, die für immer wie Warnzeichen in seiner Erinnerung bleiben würden. Sein Blick richtete sich auf das alte Uranbergwerk, das, vor den Blicken des Westens verborgen, in dieser schrecklichen Gegend lag – ein idealer Ort für die grauenhaftesten Experimente.

Er befestigte die Kapuze, schob die Hände in die dicken Schutzhandschuhe und folgte den Männern. Aleksandrow forderte ihn auf, sich in die Fahrerkabine neben Jablokow zu setzen. Die anderen Polizisten hockten sich auf die Ladefläche des Kippladers und hielten sich fest, so gut es ging. Auch sie litten unter der Kälte, obwohl sie an die tiefen Temperaturen gewöhnt waren.

Der Russe setzte sich ans Steuer und folgte Jablokows Anweisungen. Sharko saß zusammengesunken auf seinem Sitz, als das Fahrzeug in den Tunnel einfuhr, der in den Berg führte. Das Tageslicht wich einer grellen Neonbeleuchtung. Hunderte ummantelte Kabel zogen sich am Gewölbe entlang, um Pumpen, Elektro- und Belüftungsanlagen mit Strom zu versorgen. Der Laster bog ab und folgte einer leicht abfallenden Straße. Der Ort wirkte relativ modern, die Wände waren glatt, die Straße breit und sauber. Sharko versuchte, sich vorzustellen, wie es hier wohl vor einem halben Jahrhundert ausgesehen haben mochte, als Zwangsarbeiter unter entsetzlichen Bedingungen mit der Spitzhacke Uranerz fördern mussten.

Nach dreihundert Metern hielt das Fahrzeug vor einem großen Aufzug, der an armdicken Stahlseilen hing. Er diente offenbar für den Transport der Atommüllfässer in das Endlager, das sich in über hundert Meter tiefer liegenden stabilen Schichten der Erdkruste befand.

Die Männer betraten die große Kabine, Jablokow steckte einen Schlüssel in das Bedienfeld und tippte einen Code ein. Er stieß ein paar Wörter hervor, die Aleksandrow eiligst übersetzte: »Er bringt uns auf eine Ebene, die auf keinem Plan verzeichnet ist. Es handelt sich um ein 2001 errichtetes geheimes Zentrum.«

»Zu der Zeit, als er die Leitung von Mayak-4 übernommen hat«, stellte Sharko fest.

Alle blickten auf die Höhenangaben – sie hatten noch keine fünfzig Meter zurückgelegt –, auf die Angaben über die steigende Temperatur sowie die mit jeder Sekunde abnehmende Radioaktivität. Als der Aufzug bei hundertzehn Metern unter der Erde hielt, schob Jablokow seine Kapuze zurück und zog die Handschuhe aus, und die anderen folgten seinem Beispiel. Schweißperlen standen auf den Gesichtern, denn es herrschte eine Temperatur von sechzehn Grad Celsius.

Die Stahltür öffnete sich und gab den Weg in einen schmalen beleuchteten und geraden Tunnel frei. Die Männer machten sich schweigend auf den Weg. Sharko blickte sich um, er hatte Mühe zu atmen und spürte, wie sich das Blut in seinem Körper staute – ein Gefühl von Platzangst überkam ihn. Jetzt war nicht der richtige Zeitpunkt, panisch zu werden. Endlich erreichten sie einen auf der rechten Seite des Tunnels in den Fels geschlagenen Raum.

Kein Zweifel, das war er!

Der Operationssaal auf den Fotos!

Eine beeindruckende Menge an chirurgischen Instrumenten, überall komplizierte und technisch modernste Apparate, Monitore und Schläuche. Der Krankenhausgeruch verursachte Übelkeit. Drei Männer mit Mundschutz und Handschuhen in blauen Operationskitteln standen neben einem transparenten Behälter und führten Messungen durch.

Beim Anblick der Polizisten und ihrer auf sie gerichteten Waffen erstarrten sie und hoben die Hände. Nachdem die drei Offiziere aus Tscheljabinsk sicher waren, die Situation im Griff zu haben, verließen sie den Raum und sicherten auch den Tunnel.

Zusammen mit seinen Moskauer Kollegen näherte sich der Kommissar den Männern, die Operationskittel trugen. Selbstsicher riss Sharko ihnen den Mundschutz herunter. Doch zu seiner großen Überraschung kannte er keinen der drei, die verängstigt für ihn Unverständliches erklärten.

Sharko betrachtete den geschlossenen Behälter, der aussah wie ein gigantisches, mit Elektronik bestücktes Aquarium. Jede der durchsichtigen Wände war mit dem Symbol für Radioaktivität versehen. Sharko nahm den Inhalt genauer in Augenschein.

Sein Blick fiel auf einen ausgestreckten nackten Körper mit rasiertem Schädel, Arme und Beine gespreizt wie der vitruvianische Mensch.

Nach eingehender Betrachtung hegte der Kommissar

keinen Zweifel mehr: Es handelte sich tatsächlich um Leo Scheffer.

Leo Scheffer lag reglos mit geschlossenen Augen auf dem Rücken und wirkte völlig entspannt. Ein Elektrokardiogramm gab alle fünf Sekunden einen Signalton von sich. Das Herz schlug also, wenn auch so langsam, dass die grüne Kurve fast völlig flach verlief. Sharko dachte sofort an suspendierte Animation.

Er hob den Kopf, und sein Blick fiel auf einen Schlauch, der den Behälter mit einer großen Metallflasche verband. Darauf war mit einem Marker »H2S« vermerkt – Schwefelwasserstoff. Rote Ziffern auf einem Monitor zeigten 987 Bq/kg an. Zwanzig Sekunden später stieg der Wert auf 988.

Sharko begriff, dass Scheffers Organismus sich nicht nur in einem reversiblen Todeszustand befand, sondern dass sein Körper in dem hermetisch verschlossenen Behälter gleichzeitig radioaktiver Strahlung ausgesetzt war.

Scheffer ließ sich freiwillig in den Zustand des Scheintodes versetzen und bestrahlen.

Entsetzt lief Sharko zu Andrej Aleksandrow, der mit Unterstützung seines Kollegen die Ärzte und Jablokow an die Wand gedrängt hatte.

»Sagen Sie ihnen, sie sollen Scheffer sofort aufwecken!«, stieß er hervor.

Das tat der Russe und wandte sich nach einem kurzen Wortwechsel wieder an Sharko. »Das tun sie, meinen aber, dass der Vorgang mindestens drei Stunden dauert, denn der Gehalt an Schwefelwasserstoff in seinem Organismus muss langsam verringert werden.«

Sharko nickte. »Sehr gut. Ich möchte diesem Mistkerl ins Gesicht sehen, wenn er die Augen öffnet …« Er musterte die drei Wissenschaftler mit undurchdringlicher Miene.

»Fragen Sie bitte, wo sich François Dassonville aufhält.«

Bevor Aleksandrow seiner Bitte nachkommen konnte, kehrte einer der Polizisten, die den Tunnel durchsucht hatten, aufgeregt zurück. Sharko verstand die Aufforderung, ihm zu folgen. Aleksandrows Kollege Nikolai Lebedew blieb mit gezogener Waffe zur Bewachung zurück.

Sharko folgte dem Offizier in den Tunnel. Nach einigen Metern erreichten sie den Eingang zu einem weitläufigen Saal. Aus dem Inneren fiel bläuliches Licht auf ihre Gesichter.

Es verschlug ihnen die Sprache.

Mit einem unguten Gefühl betrat Franck Sharko den Raum, aus dem das laute Dröhnen von Generatoren drang, und blieb entsetzt stehen.

Der spärlich beleuchtete Raum war vom Boden bis zur Decke mit einer Bleischicht ausgekleidet. Weiter hinten, zwischen großen hermetisch abgedichteten Fässern mit der Aufschrift »Stickstoff«, standen in zwei Reihen etwa zwanzig zwei Meter hohe Stahlzylinder auf Rollpaletten, die mit Vorhängeschlössern gesichert waren.

In das Metall eingelassene Leuchttafeln zeigten -170°C an.

Sharko kniff die Augen zusammen. Die vielen Anzeigen und Bedienfelder erinnerten ihn an ein Raumschiff, das zu einer unendlich langen Mission aufgebrochen war. Die Stahlzylinder waren mit dicken Metallrohren versehen, die in dem riesigen, zentralen Stickstoffbehälter endeten, und hatten ein etwa dreißig Zentimeter hohes und breites Sichtfenster.

Und in jedem Fenster sah man einen Kopf.

Kinder mit rasiertem Schädel schwammen in flüssigem Stickstoff. Fassungslos trat Sharko näher. Obwohl er wusste, dass die Bilder real waren, traute er seinen Augen nicht.

Auf den Zylindern befanden sich Angaben auf Englisch:

Experimental subject 1, 6th of January 2003, 700 Bq/kg ...
Experimental subject 3, 13th of March 2005, 890 Bq/kg ...
Experimental subject 8, 21st of August 2006, 1120 Bq/kg ...

Sharko bekam weiche Knie. Er wandte sich um und starrte entsetzt seinen Kollegen an. Plötzlich schien die Zeit stillzustehen. Angesichts dieser Ungeheuerlichkeit hielten die Männer den Atem an. Sie hatten organisches Material vor sich – schockgefrorene Kinder.

Der Kommissar nahm all seinen Mut zusammen und ging langsam zwischen den Fässern hindurch zur zweiten Reihe.

Hier waren neun der zehn Zylinder leer. Die Leuchtanzeigen für die Temperatur waren erloschen. Der einzige gefüllte Behälter zeigte jedoch das Gesicht eines Erwachsenen, teigige Züge, geschlossene Augen, die bläulichen Lippen leicht geöffnet.

Ein Körper zwischen Leben und Tod, dessen Herz nicht mehr schlug und dessen Gehirn keine elektrischen Ströme mehr aufwies. War er schon tot, oder lebte er noch? Oder beides gleichzeitig?

Für die Ewigkeit in den Stahl graviert stand in schwarzen Buchstaben auf dem Behälter: *François Dassonville, 24th of December 2011, 1420 Bq/kg.*

Sharko betrachtete das starre Gesicht, wandte sich dann ab und ging weiter. Auch die leeren Behälter waren mit Angaben zu Personen versehen, allerdings ohne Datum: »*Tom Buffett*«, der Multimilliardär aus Texas. Noch weitere Namen, die Sharko nicht kannte, vermutlich reiche Sponsoren der Stiftung, die sich einen Platz auf dieser ganz besonderen Zeitreise reserviert hatten.

Auf dem zehnten Zylinder ein letzter Name: *Leo Scheffer.*

Kapitel 71

Sie hoben Scheffers Körper aus dem Behälter, bedeckten ihn mit einer Rettungsdecke und legten ihn auf den OP-Tisch in der Mitte des Bunkers. Nach und nach, als sei das völlig normal, beschleunigte sich Scheffers Herzschlag, die Atemfrequenz stieg, und sein Gesicht bekam wieder Farbe. Sharko blieb links neben ihm stehen.

Er würde jeden Moment aufwachen.

Seit über zwei Stunden telefonierten die russischen Polizisten mit dem Hauptlager an der Oberfläche oder verhörten die drei Mediziner und Leonid Jablokow, um herauszufinden, womit sie es hier zu tun hatten. Sharko hatte von Andrej Aleksandrow nur einige kurze Erklärungen erhalten, die seine Vermutungen bestätigten. Offenbar hatten Scheffer und Dassonville dank dieser verfluchten Niederschrift und Jablokows Hilfe einen Weg gefunden, Menschen einzufrieren und sie später wieder zum Leben zu erwecken. Und was sie hier entdeckt hatten, war eine Art Testlabor.

Zehn Minuten später schlug Leo Scheffer die Augen auf und blinzelte heftig, bis sich seine Pupillen an das grelle Licht der Operationslampen gewöhnt hatten. Nach einer Weile bewegte er die Lippen.

»Welches Datum haben wir?«, murmelte er. »Wie viel Zeit ist vergangen?«

Langsam hob er die Hände zur Brust, als suche er eine Narbe. Sharko beugte sich über den Tisch, um in Scheffers Blickfeld zu gelangen.

»Nicht einmal ein Tag. Willkommen, Scheffer! Ich bin Franck Sharko, Kriminalkommissar vom Quai des Orfèvres. Und ich verhafte Sie wegen Mordes, Entführung, Folter und einer langen Liste anderer Anklagepunkte, die ich jetzt nicht alle aufzählen möchte.«

Leo Scheffer schien nicht alles verstanden zu haben. Er wollte sich aufrichten, doch Sharko hielt ihn fest.

»Wo ist die Niederschrift?«, fragte er barsch.

Mühsam sah der Forscher sich um. Sein Gesicht war hager, seine Züge wie in Stein gehauen. Als er im Hintergrund die strengen Mienen der Russen sah, schien er zu begreifen, dass die Sache gelaufen war. Er stieß einen langen Seufzer aus, befeuchtete mit der Zunge die trockenen Lippen und ließ den Kopf wieder auf den Tisch zurücksinken.

»Irgendwo.«

Sharko versuchte, ihn unter Druck zu setzen.

»Sie werden bis ans Ende Ihrer Tage im Gefängnis sitzen. Sie, der so große Angst vor der Vergänglichkeit hat, werden die Stunden bis zu Ihrer letzten Minute zählen und Tag für Tag erleben, wie Ihr Körper zerfällt. Allein deshalb wünsche ich mir, dass Sie noch lange leben.«

Scheffer reagierte nicht und hielt den Blick starr an die Decke gerichtet. Offensichtlich war er noch nicht ganz bei Bewusstsein.

»Alle, die daran beteiligt waren, kommen hinter Gitter«, fügte Sharko hinzu. »Wir werden alles vernichten: diese Anlagen, diesen Saal, die Protokolle, Ihre Forschungen. Aber vorher werden wir mit Ihrer Hilfe die Kinder, die in diesen verdammten Zylindern stecken, wieder ins Leben zurückholen.«

»Diese Kinder sind tot«, erwiderte Scheffer kalt. »Und Sie bluffen nur. Sie werden nichts zerstören, denn Sie brauchen das alles, um zu verstehen, was hier passiert! Was glauben Sie denn? Dass wir nur ein paar reiche Typen schockgefrieren wollten? Nur wegen des Geldes?«

»Wer ist wir? Was hatten Sie denn sonst vor?«

Scheffer biss sich auf die Lippen und schwieg.

Sharko ließ jedoch nicht locker. »Wir wissen, dass es Ihnen gelungen ist, schockgefrorene Kinder wieder zum Leben zu erwecken. Wo sind sie?«

»Tot, alle tot! Sie waren nur … Versuchsobjekte.«

Sharko hätte ihn am liebsten erwürgt und konnte sich nur mit Mühe beherrschen. »Ich wiederhole meine Frage. Wozu dienen diese Experimente genau?«

Scheffer verzog keine Miene.

»Derzeit redet alle Welt vom russischen Raumflugprogramm«, fuhr Sharko fort. »Die Eroberung des fernen Alls, jenseits des Jupiters. Stellen Sie sich die Sensation vor, wenn die Russen eine funktionierende Kältetechnik entwickeln könnten, ein Verfahren zum Einfrieren von Lebewesen, damit man sie Milliarden von Kilometern in den Weltraum schicken kann, ohne dass sie altern.«

Sharko sah für den Bruchteil einer Sekunde ein Aufblitzen in Scheffers Augen.

»Das also ist es …«

Doch Scheffer beantwortete keine einzige Frage mehr und wandte den Blick ab.

Der Kommissar fragte einen der Ärzte: »Wo ist die Niederschrift?«

Aleksandrow übersetzte die Fragen und Antworten. »Das sagt er nicht. Ihm zufolge weiß das niemand.«

»Warum wurden diese Kinder operiert? Woher kommen die Narben auf ihrer Brust?«

»Das ist eine Folge der extrakorporalen Blutzirkulation, die nötig ist, um die Körper nach einem Bad in flüssigem Stickstoff wieder ins Leben zurückzuholen. Nur so kann man das Blut langsam und effizient erwärmen, das Einsetzen des

Herzschlags gewährleisten sowie Gehirntätigkeit und Vitalfunktionen erneut ankurbeln. Deshalb wird der Brustkorb
geöffnet.«

»Warum sterben manche und andere überleben?«

»Wegen der Höhe der Radioaktivität. Der Cäsiumwert im
Organismus muss zwischen eintausenddreihundertfünfzig
und eintausendfünfhundert Becquerel pro Kilo betragen. Bei
einem geringeren Wert bilden sich Kristalle und zerstören
die Zellen, bei einem höheren werden die Organe unwieder-
bringlich geschädigt.«

Sharko ging nervös auf und ab. »Was wissen Sie noch?
Wer kümmert sich um die tiefgefrorenen Körper? Wie
funktioniert die ganze Organisation? Gibt es noch weitere
Zentren dieser Art? Gibt es eine Verbindung zum Raum-
fahrtprogramm?«

Da die Wissenschaftler nur auf medizinische Fragen antworten konnten, entstanden heftige Wortwechsel.

Mit verschlossener Miene wandte sich Aleksandrow wieder an Sharko. »Sie sagen, sie wüssten nichts. Sie halten sich
an Scheffers Protokolle. Oft kommen Leute hierher, Russen
und Ausländer aus verschiedenen Ländern, doch sie wissen
nicht, wer die sind.«

Sharko bedeutete den Russen, dass er für den Augenblick
keine weiteren Fragen mehr habe. Noch immer tief erschüttert, kehrte er zurück in den hinteren Raum, vorbei an den
Gesichtern der toten Kinder, und blieb vor Dassonvilles Zylinder stehen.

Er legte eine Hand auf das Sichtfenster. Dann trat er näher
an den Generator heran. Um ihn auszuschalten, brauchte
er lediglich den großen Hebel umzulegen. Schwer atmend
umfasste er den stählernen Handgriff und ließ ihn dann doch
wieder los.

»Das wäre zu einfach! Wir werden dich ins Leben zurückholen. Und du wirst uns alle Antworten liefern, die uns fehlen.«

Sharko blieb noch eine Weile dort stehen und betrachtete lange dieses Gesicht, bis Aleksandrow mit dem Handy in der Hand zu ihm trat und niedergeschlagen sagte:

»Der russische Geheimdienst wird gleich hier sein.«

»Der Geheimdienst? Was wollen die denn hier?«

»Volga Gribodowa, die Ministerin für Nuklearsicherheit, wurde tot aufgefunden, mit einer Kugel im Kopf.«

Kapitel 72

Sharko lehnte am Balkongeländer ihres Hotelzimmers und blickte auf einen kleinen See. In der Ferne blitzten weitere bläuliche Seen wie Saphire in der Sonne. Noch gab es Meisterwerke auf dieser Welt, auf die der Mensch keinen Einfluss hatte.

Lucie öffnete die Balkontür und schlang die Arme um den Mann, den sie liebte. Dabei rutschte ihr die Schapka vom Kopf, sodass der Verband auf ihrer Stirn zum Vorschein kam. Diese Ermittlungen hatten physische, aber auch psychische Spuren hinterlassen. Ihr fiel auf, dass Sharko gedankenverloren mit dem Handy spielte.

»Die Koffer sind gepackt. In zehn Minuten kommt das Taxi«, sagte sie. »Ich weiß, dass es dir schwerfällt, aber wir müssen abreisen.«

»Man wirft uns praktisch raus wie unerwünschte Schnüffler und zwingt uns, nach Frankreich zurückzukehren.«

»Sie finden, dass die Sache für uns erledigt ist. Jetzt kümmern sie sich um unsere Verdächtigen. Schließlich haben wir das Zentrum entdeckt und alles herausgefunden, wofür wir hierhergekommen sind.«

»Alles, außer der Niederschrift! Und den tatsächlichen Gründen für diese Gefrier- und Auftauprozesse. Ich werde nicht einfach aufgeben, das garantiere ich dir. Man behauptet, Volga Gribodowa habe Selbstmord begangen ... Aber die Ankunft des Geheimdienstes ... Lucie, du kannst dir doch denken, dass sich dahinter etwas verbirgt.«

Er kehrte wieder ins Zimmer zurück und schloss die Balkontür. Lucie schaute auf ihr Handy.

»Und der Botschaftsattaché, was hat er damit zu tun? Kann er uns nicht bei der Aufklärung helfen?«

Sharko seufzte. »Er hat mir ein paar Informationen zukommen lassen, bevor auch er aus unerklärlichen Gründen nicht mehr zu erreichen war. Offenbar schlägt Dassonvilles Herz wieder. Sie werden ihn in einen Aufwachraum verlegen und anschließend verhören. Wir haben nicht einmal die Hälfte dieses geheimen Kältetechnik-Zentrums gesehen. Es erstreckt sich nämlich über zwei Ebenen. Angeblich gibt es noch einen weiteren Saal mit tiefgefrorenen Gehirnen in Fässern. ›Neurokonservierung‹ heißt der Fachbegriff. Scheffer arbeitete offenbar auch an einem Forschungsprogramm zum Einfrieren von Gehirnen.«

»Aber ... warum?«

»Ich habe keine Ahnung, Lucie. Stell dir mal vor, man könnte brillante Gehirne in andere, gesunde Köpfe transplantieren, zwanzig oder dreißig Jahre nach dem Einfrieren. Und ich denke immer noch an die Eroberung des Weltraums ... Die künftige Besiedelung von Planeten. Gehirne benötigen deutlich weniger Raum in einem Shuttle als ein ganzer Mensch. Das erinnert mich an ...«

»... ausgewählte Pflanzensamen, um auf dem Feld neue

Kulturen anzulegen. Eine Art Selektion … Das alles übersteigt jedes Vorstellungsvermögen.«

Nachdem sie eine Weile geschwiegen hatten, fuhr Lucie fort: »Mit Dassonville hat es gut funktioniert. Scheffer beherrschte tatsächlich den kompletten Prozess des reversiblen Todes. Total verrückt!«

»Laut den Ärzten, die mit ihm zusammengearbeitet haben, befand sich die Arbeit von Scheffer noch im Experimentalstadium. Es waren noch Einzelheiten zu klären bezüglich des Schockgefrierens. Unsere Ermittlungen haben ihn wohl gezwungen, die Dinge zu beschleunigen und mit einem Selbstversuch aus unserer Welt zu verschwinden, um Jahre später in einer anderen Welt wiedergeboren zu werden.«

»Und um die Kristallisierung zu vermeiden, mussten sie sich so stark radioaktiv bestrahlen lassen, ihrem eigenen Körper dabei so übel mitspielen? Nur damit das Verfahren funktioniert?«

»Ja, aber im Gegensatz zu den Kindern von Tschernobyl, die tagtäglich unter der Verstrahlung leiden und deren Organe und Zellen langsam zerstört werden, ist die Bestrahlung mit Cäsium 137 bei Scheffer oder Dassonville zeitlich beschränkt. Nach einigen Monaten ist das Radionuklid vollständig verschwunden, ganz natürlich ausgeschwemmt durch ihren Stoffwechsel und eine gesunde Umgebung. Die Spätschäden sind minimal.« Sharko zog ein gefaltetes Papier aus der Tasche und hielt es ihr hin. »Hier, schau dir das mal an. Das habe ich zwischen den Protokollen und Dokumenten im Zentrum gefunden und in letzter Sekunde an mich genommen, bevor der Geheimdienst auftauchte und alles übernahm. Es ist ein Artikel, der Scheffers Interesse geweckt hat. Vermutlich kam ihm deswegen die irrsinnige Idee, eine Stiftung und ein Kältetechnik-Zentrum ins Leben zu rufen.«

Es handelte sich um einen Artikel in der *New York Times* aus dem Jahr 1988. Lucie übersetzte laut die markierte Stelle: » [...] *Josh Donaldson, ein reicher Geschäftsmann aus Kalifornien, litt an einem Gehirntumor und beantragte beim Obersten Gericht die Genehmigung, in Narkose versetzt und vor seinem Tod eingefroren zu werden. Er forderte das verfassungsmäßige Recht auf ›prämortale Kryokonservierung‹. Die Mediziner gaben Donaldson noch zwei Jahre. Der wollte aber nicht bis zum Ende warten, weil der Tumor bis dahin die Nervenzellen – seine Identität und seine Erinnerungen – zerstört hätte. Dementsprechend wäre das Einfrieren nach seinem Tod sinnlos. Das Gericht lehnte den Antrag jedoch ab. Donaldson ging in Berufung und verlor erneut. Das Gericht vertrat die Auffassung, dass sich jeder, der ihn bei diesem Projekt unterstützt, des Mordes schuldig macht. Sein riesiges Vermögen konnte ihn nicht retten, und er starb ein Jahr später [...]*.«

Lucie blickte auf. »Die Kryokonservierung repräsentiert in gewisser Weise einen Weg zur Unsterblichkeit oder auch Heilung. Weder Macht noch Geld sind in der Lage, Tod oder Krankheit zu besiegen. Aber Scheffer konnte es. So einer hält sich leicht für Gott.«

»Tom Buffett, einer der Sponsoren der Stiftung, leidet an einer unheilbaren Krebserkrankung. Ohne Kryokonservierung wird er in weniger als sechs Monaten sterben. Die Medizin kann nichts mehr für ihn tun. In seinem Stickstoffbad würde er auf den Fortschritt der Wissenschaft warten und hoffen können, eines Tages geheilt zu werden.«

Lucie gab Sharko die Kopie des Artikels zurück.

»Ich gebe noch nicht auf, Lucie, hier nicht und auch nicht in Frankreich. Sie behaupten, die Ministerin habe Selbstmord begangen. Ich glaube, dass sie umgebracht wurde, damit sie

nicht redet. Ich bin sicher, dass hier die obersten Führungs-
kreise mitmischen. Die Auslieferungsverfahren für Scheffer
und Dassonville werden viel Zeit in Anspruch nehmen, aber
eines Tages fallen sie uns in die Hände.«

Lucie zog ihren Koffer zum Ausgang. Es war Zeit zu gehen.

Die beiden Ermittler stiegen ins Taxi und aßen am Flughafen eine Kleinigkeit, bevor sie zwei Stunden später an Bord
der kleinen zweimotorigen Maschine gingen. Sie nahmen im
hinteren Teil Platz, wo der Lärm der Propeller weniger stark
war. Der Rückflug nach Frankreich würde insgesamt sieben
Stunden dauern. Nach einer Zwischenlandung in Moskau
sollte ihre Boeing an diesem 26. Dezember 2011 um 16:50
Uhr am Flughafen Charles-de-Gaulle landen.

»Ich habe dich noch gar nicht gefragt, wie dein Telefonge-
spräch mit deiner Mutter war«, sagte Sharko lächelnd.

»Sie hat sich gefreut, von mir zu hören. Ich habe sie in
letzter Zeit nicht sehr oft angerufen.«

»Und was sagt sie zu deiner Schwangerschaft?«

»Davon habe ich ihr noch nichts erzählt. Ich möchte es ihr
lieber persönlich sagen, wenn ich das erste Ultraschall-Bild
habe. Ich will ganz sicher sein, verstehst du?«

Sie blickte aus dem Fenster und betrachtete eine Weile
die Landschaft, die sich bis zum Horizont erstreckte. Dann
seufzte sie besorgt.

»Was ist denn los?«, fragte Sharko. »Bist du nicht glücklich?«

»Das Problem ist, dass wir nach Frankreich zurückkehren.
In Frankreich hat es jemand auf dich abgesehen. Was werden
wir machen? Wir können uns ja nicht ewig im Hotel verstecken und so lange warten, bis Basquez und seine Leute
ihn endlich erwischen.« Mit bebender Stimme fuhr sie fort:
»Dieser Killer hat sicher einen Schwachpunkt, an dem man

ansetzen könnte. Jedenfalls möchte ich nicht in dem Wissen leben, dass uns jederzeit etwas zustoßen kann.« Sie drückte ihm liebevoll die Hand. »Es macht mir wirklich Angst.«

Sharko versuchte, sie zu beruhigen.

»Alles wird gut, glaube mir! Basquez hat zwei Männer abgestellt, um das Gebäude noch einige Tage zu beobachten. Und wir können inzwischen im Hotel oder in einer anderen Wohnung warten, bis die Ermittlungen abgeschlossen sind. Anschließend ab nach Martinique oder Guadeloupe, so lange wir wollen. Schwimmen, Strand, Sonne. Was hältst du davon?«

Lucie zwang sich zu einem Lächeln. »Ich glaube, du hast recht. Ich würde aber lieber auf die Insel Réunion fliegen. Davon habe ich immer schon geträumt.«

»In Ordnung, La Réunion! Das wird dann auch dein Weihnachtsgeschenk.«

Lucie runzelte die Stirn. »Auch mein Weihnachtsgeschenk? Willst du damit sagen, dass …«

Franck küsste sie auf den Mund und streichelte über ihr Kinn. »Ja, ich habe noch etwas für dich in der Wohnung, aber nur eine Kleinigkeit.«

Die Reise verlief normal. Auf dem vierstündigen Flug von Moskau nach Paris dösten die beiden Ermittler ein wenig, konnten aber nicht richtig schlafen, weil ihre Gedanken nicht zur Ruhe kamen. Sie hofften, dass Bellanger und ihre Vorgesetzten sich dafür einsetzen würden, die Ermittlungen nicht den Russen zu überlassen. Sobald Sharko die Augen schloss, sah er die in flüssigem Stickstoff schwebenden Kinder.

Lucie hatte sich an ihn geschmiegt. Er spürte, dass sie ein wenig zitterte. Woran dachte sie wohl? An den Mörder, der ihnen irgendwo in der Hauptstadt auflauerte? Zärtlich ließ er den Kopf auf die Schulter seiner Lebensgefährtin sinken und legte die Hand auf ihre Brust. Als er das Schlagen ihres Herzens spürte, zog sich seine Kehle zusammen.

Das Glück war zum Greifen nah.

Sein blindes Bedürfnis nach Rache konnte alles zerstören.

Und wenn es schiefging? Wenn er gefasst würde? Durfte er Lucies Leben und das ihres Kindes zerstören? Seines Kindes.

Sharko ballte die Faust. Er wusste nicht mehr, was er tun sollte, und hatte mehr Zweifel denn je. *Gloria wurde von einem Mann, der Handschuhe trug, sexuell missbraucht ... Sie wurde gefoltert, mit einer Eisenstange niedergeschlagen ... Der Täter muss sterben! Kein Gerichtsprozess für einen solchen Mistkerl! Du musst es tun, in Gedenken an Gloria ...*

Er knirschte mit den Zähnen. Diese Stimme war stärker als alles andere und quälte ihn.

»Du tust mir weh, Franck.«

Der Kommissar schüttelte den Kopf. Er hatte nicht bemerkt, dass sich seine Finger um ihren Arm gekrampft hatten. Das alles machte ihn schier wahnsinnig. Er ließ los.

»Entschuldige, bitte.«

»Deine Augen sind ja blutunterlaufen! Was ist mit dir?«

Sharko atmete tief durch, aber die Stimmen in seinem Kopf hörten nicht auf. Schließlich antwortete er: »Nichts, es ist alles in Ordnung ...«

Kapitel 73

Lucie und Sharko hatten sich weder die Zeit genommen, richtig anzukommen, noch, sich auszuruhen. Zurück in Paris, stellten sie ihr Gepäck in dem Hotel in der Nähe der Bastille ab und fuhren direkt zum Quai des Orfèvres. Lebrun, der stellvertretende Leiter der Kripo, wollte sie unbedingt sprechen. Nicolas Bellanger war bereits im Büro. Seine Miene verhieß nichts Gutes.

Sie setzten sich, und Lebrun kam direkt zur Sache. »Dassonville und Scheffer sind tot.«

Sharko sprang auf. »Soll das ein Witz sein?«

»Setzen Sie sich, Sharko, und regen Sie sich erst gar nicht auf!«

Widerwillig nahm der Kommissar wieder Platz.

Lebrun fuhr fort. »Die offizielle Todesursache ist bei beiden Herzstillstand.«

»Das ist …«

»Angeblich hat ihr Organismus die Bestrahlung in Kombination mit dem Schwefelwasserstoff nicht vertragen. Während des Aufwachens sind sie gestorben. Russische Mediziner beschäftigen sich noch damit, aber wir wissen, mit welchen Ergebnissen zu rechnen ist.«

»Wo sind die Leichen? Gibt es Fotos? Beweise?«

Lebrun fuhr sich mit der Hand übers Gesicht, er schien verlegen zu sein. »Im Augenblick habe ich noch keine Klarheit. Jedenfalls stellen wir die Ermittlungen ein. Wir wissen, wer die Schuldigen sind, und sie wurden verhaftet oder sind tot. Wir warten auf die offiziellen Unterlagen, regeln die letzten Details, dann sind die Ermittlungen unsererseits abgeschlossen.«

»Keine Ermittlungen mehr? Was soll das denn heißen?«, rief Lucie.

»Das heißt, dass wir aufhören.« Er seufzte erneut.

»Der Befehl kommt von ganz oben.«

»Ganz oben? Sie meinen vom Innenminister?«

»Fragen Sie mich nicht. Ich weiß auch nicht mehr als Sie. Die Ministerin für Nuklearsicherheit der Region Tscheljabinsk bringt sich in Russland um. Das hat viel Staub aufgewirbelt. Wir müssen damit rechnen, dass die Diskussionen um die nukleare Sicherheit in den nächsten Tagen wieder aufflammen. Keine sechs Monate vor den Präsidentschaftswahlen ein äußerst heikles Thema. Also kein unnötiges Aufsehen, ist das klar? Sie können jetzt gehen …«

Bellanger und seine Mitarbeiter waren sprachlos. Im Flur platzte Sharko der Kragen. Er schlug mit der Faust gegen die Wand. »Verdammte Sauerei!«

Lucie blieb äußerlich ruhig, aber innerlich kochte sie. »Das ganze System ist korrupt«, sagte sie schließlich traurig. »Sobald man an Kernenergie, Raumfahrttechnik und was weiß ich rührt, ist plötzlich auf geheimnisvolle Weise Schluss. Menschen sterben oder verschwinden einfach. Das widert mich an!« Sie ging zu Sharko und schmiegte sich an ihn. »Sag mir, dass diese Kinder nicht umsonst gestorben sind.«

Sharkos Blick war starr auf die Wand gerichtet. »Wir haben jedenfalls unseren Job gemacht, so gut es ging.«

»Und jetzt hören wir einfach auf? Im Flugzeug hast du gesagt …«

»Was sollen wir denn sonst tun?«

Sharko strich Lucie über den Rücken. »Ich fahre in die Wohnung und hole ein paar Sachen zum Umziehen. Danach hole ich dich hier ab, und wir gehen ins Hotel.«

Lucie seufzte und überwand ihren Widerwillen. »Wenn du willst, komme ich mit.«

Er schaute seiner Gefährtin in die Augen und lächelte.

»Brauchst du nicht, bis gleich!«

Kapitel 74

Sharko kehrte nicht in seine Wohnung zurück.

Eine halbe Stunde später stand er auf dem Parkplatz des Fernand-Widal-Krankenhauses, nicht weit von dem Stellwerk entfernt, in dem er Gloria gefunden hatte. Die Aufregung hatte Müdigkeit und Überdruss vertrieben, und Russland war weit weg.

Kaum zu glauben! Er hatte Glorias Mörder von Anfang an direkt vor sich gehabt und ihn nicht erkannt. Dabei wusste der Kommissar, dass diese Art von Tätern es immer wieder schaffte, dicht an den Ermittlungen und in der Nähe der Polizei zu bleiben, um deren Orientierungslosigkeit zu genießen. War das nicht die wahre Bedeutung der Schachpartie die »Unsterbliche«? Die weiße Figur inmitten der schwarzen Figuren, die sich selbst im Weg standen.

Am Empfang teilte man ihm mit, Marc Jouvier, der Notarzt, der Gloria behandelt hatte, sei nicht im Dienst. Ein Stationsleiter erklärte ihm, Jouvier habe zwei Wochen Urlaub genommen und komme erst in zwölf Tagen zurück. Sharko notierte sich die Privatanschrift, ging zum Ausgang und schlug die schwere Tür hinter sich zu.

Marc Jouvier mochte vielleicht ein vorbildlicher Mitarbeiter sein, sobald er das Krankenhaus betrat, aber Sharko wusste jetzt, dass der Notarzt ein perverser Typ der schlimmsten Sorte war. Wahrscheinlich hatte er 2004 ein junges Paar umgebracht und ihnen dann nach dem Vorbild des »Roten Engels« eine Fünf-Centime-Münze in den Mund geschoben. Er hatte Gloria vergewaltigt, verprügelt und vergiftet. Und das Schlimmste war, dass er ihr vermutlich hier im Krankenhaus beim Sterben zugesehen hatte, während seine Kollegen verzweifelt versuchten, sie zu retten.

Sharko fuhr Richtung 1. Arrondissement, Handy und Waffe lagen auf dem Beifahrersitz. Dieses Telefon hatte er erst nach seinem Sturz in den Wildbach gekauft, und es hatte ihm die Identität des Mörders verraten. Die neue Nummer hatte Sharko nur seinen engsten Kollegen gegeben – und Marc Jouvier, als er Gloria Nowick ins Krankenhaus gebracht hatte. Und genau diese Nummer hatte der Notarzt gewählt, als er Sharko in Russland anrief. Damit hatte er sich in die Höhle des Löwen begeben, genau wie Sharko, als er Gloria in dieses Krankenhaus brachte, das einzige, das sich in der Nähe des verlassenen Stellwerks befand, und das einzige, das man nicht verfehlen konnte, wenn man den Schienen folgte …

Der Kommissar parkte etwa hundert Meter vor seinem Ziel, steckte die Waffe ein und stieg aus. Er spürte seinen Herzschlag bis in die Fingerspitzen und stellte sich vor, wie er Jouvier gegen eine Wand schmettern und verprügeln würde, bevor er ihm im Wald eine Kugel durch den Kopf jagte. Er versuchte, nicht an Lucie zu denken. Gloria, nur Gloria! Dann an Suzanne, die vor langer Zeit von dem »Roten Engel« vernichtet worden war. Und an seine Tochter, seine kleine Eloïse.

Sharko zögerte. Ein Anruf beim Quai des Orfèvres genügte, und alles würde gut ausgehen! Vielleicht könnte er endlich mit der Frau glücklich werden, die er über alles liebte.

Doch die Stimme der Rache hallte in seinem Kopf wider und drängte ihn weiter.

Marc Jouvier wohnte im zweiten Stock eines großen Wohnblocks mit eigener Tiefgarage. Sharko rannte die Treppen hinauf und stellte sich vor die Tür. Dann klopfte er, die Waffe im Anschlag. Keine Antwort.

Sharko kannte sich mit diesen Schlössern aus. Nach zwei Minuten hatte er die Tür geöffnet, ohne sie zu beschädigen, und betrat die Wohnung. Mit gezogener Pistole lief er durch alle Räume, fand jedoch niemanden vor. Er inspizierte die Kleiderschränke im Schlafzimmer. Jeans, Hemden, T-Shirts lagen ordentlich in den Fächern. Weit weg war Jouvier jedenfalls nicht, er würde bald zurückkommen.

Sorgfältig begutachtete der Kommissar jeden Winkel der Wohnung. Hier kamen sicher Kollegen und Freunde auf ein Glas Wein vorbei. Jouvier war offenbar Junggeselle, nichts wies auf die Anwesenheit einer Frau hin. Dieser Dreckskerl liebte Hightech-Geräte und, nach seiner CD-Sammlung zu schließen, Rock-Musik. Da Sharko nicht unverrichteter Dinge abziehen wollte, begann er damit, alles vorsichtig zu durchsuchen.

In den Schubladen fand er nichts, auch nicht unter dem Bett, kein geheimes Versteck in einem der Möbelstücke. Er kochte vor Zorn. Es musste doch irgendwo Spuren geben, Beweise dafür, dass Jouvier gefoltert und getötet hatte! Plötzlich entdeckte er in einem Schränkchen im Flur einen kleinen Schlüssel und betrachtete ihn genauer. Er war nicht gekennzeichnet und hatte keinen Anhänger, wahrscheinlich war es nur ein Zweitschlüssel. Er wendete ihn hin und her und hatte plötzlich eine Eingebung.

Eilig verließ er die Wohnung.

Kurz darauf stand er in der Tiefgarage, überzeugt, dass Jouvier eine große abschließbare Garage besaß, in der mindestens zwei Boote und ein Bootshänger Platz fanden. Schnell entdeckte er im zweiten Untergeschoss einige breite Stahltüren. Er probierte den Schlüssel in jedem Schloss aus, und schon beim dritten ertönte ein leises Klicken, und das Garagentor öffnete sich einen Spalt.

Sharko hob die Tür der Doppelgarage an und schaltete das Licht ein. Als Erstes entdeckte er auf dem Betonboden ein großes hölzernes Schachspiel. Die Figuren der »Unsterblichen« befanden sich in der Endposition: Schach!

Sharko streifte Handschuhe über, zog das Tor herunter und schloss sich ein. Völlige Stille und Abgeschiedenheit. Hier in den grauen kalten Mauern bewegte Jouvier also seine Schachfiguren. Und hier plante er das Szenario für seine Schandtaten.

Der Kommissar stellte sich vor, wie der Mörder in dieser Garage vor den vierundsechzig Feldern saß und die Figuren seiner weißen Armee hin und her bewegte.

Langsam ging er an dem Bootshänger entlang und hob am Ende der Garage eine Plane hoch. Darunter fand er Schrott, Nägel, ein paar Werkzeuge und verbeulte Fahrzeugkennzeichen. Sharko suchte noch eine Weile, bis er unter Obstkisten einen gut erhaltenen Karton fand, den er vorsichtig öffnete.

Er enthielt alte Schulhefte. Sharko zog sie heraus und betrachtete sie im Schein der Glühbirne. Im ersten Heft befanden sich ungeordnet Fotos, handschriftliche Notizen und schief eingeklebte Zeitungsartikel. Er setzte sich an die Wand und blätterte eine Seite nach der anderen um.

Die ersten Artikel stammten von 1986 und befassten sich alle mit derselben Meldung: Ein Polizeifahrzeug hatte bei einem Einsatz eine rote Ampel überfahren und dabei versehentlich einen Fußgänger gestreift. Der Fahrer kam ungeschoren davon, was man von dem Fußgänger, der nach neun Tagen im Koma verstorben war, nicht sagen konnte.

Das Opfer hieß Pierre Jouvier, der Vater des kleinen Marc, damals erst sieben Jahre alt. Sharko konnte sich das Trauma des Jungen gut vorstellen.

Der Kommissar blätterte weiter. Aus einem weiteren Artikel war das Gesicht des Polizisten, der den Unfall verursacht hatte, vorsichtig herausgeschnitten und auf die gegenüberliegende Seite neben ein anderes Foto geklebt worden. Es zeigte das Gesicht einer etwa zwanzigjährigen jungen Frau, angesichts der Ähnlichkeit vermutlich die Tochter des Polizisten.

Sharko runzelte die Stirn. Er hatte dieses Gesicht schon einmal gesehen. Aber wo?

Er schloss die Augen und dachte nach. Allmählich kam die Erinnerung an die Oberfläche und schnürte ihm die Kehle zu. Die Frau war 2004 zerstückelt und mit einem Fünf-Centime-Stück im Mund neben ihrem toten Ehemann auf einem Boot gefunden worden. Der Nachfolger des »Roten Engels« hatte sie bestialisch ermordet. Achtzehn Jahre nach dem tödlichen Unfall seines Vaters konnte Jouvier endlich an der Tochter des Täters Rache üben. Der kleine siebenjährige Junge war zu einem Verbrecher der schlimmsten Sorte geworden. Und man hatte bei den Ermittlungen keinen Zusammenhang herstellen können.

Sharko blätterte weiter. Kurze Sätze in filigraner Schrift drückten den Hass aus, den Jouvier gegenüber Polizisten hegte. Eine Seite nach der anderen enthüllte den Wunsch dieses Mannes, sie alle in der Hölle schmoren zu sehen. Beleidigungen, Beschimpfungen, Bedrohungen und kranke Phantasien. Hinter diesen geheimen Mauern wurde der aufopfernde Notarzt Jouvier zu einem anderen Mann, der die Maske fallen ließ.

Es folgten fröhliche Fotos. Eine Hochglanzaufnahme zeigte Jouvier neben dem »Roten Engel«. Die beiden schauten lachend in die Kamera und hoben ihr Glas. Sharko riss das Foto heraus und drehte es um: ›2002: Großes Wiedersehen auf dem Bauernhof‹. 2002 ... das Jahr, in dem der »Rote Engel« Suzanne gefangen gehalten hatte, der Höhepunkt seiner mörderischen Aktivitäten.

Die beiden Männer waren etwa gleich alt. Jouvier schrieb von einem Wiedersehen. Waren sie zusammen zur Schule gegangen oder ihre Eltern Nachbarn gewesen? Oder waren sich Jouvier und der Serienkiller Jahre zuvor rein zufällig begegnet? Egal. Irgendwie hatten sich die beiden gestörten und hasserfüllten Männer getroffen. Der Teufel und sein Jünger waren ein Team geworden.

Weitere Bilder folgten, allerdings ohne Anmerkungen. Vielleicht war die Beziehung der beiden Männer mehr als nur Freundschaft gewesen.

Dann fand Sharko den Auslöser für den Hass und die Hartnäckigkeit, mit der Jouvier ihn verfolgte: Er war nicht nur Polizist, sondern er hatte auch den »Roten Engel« umgebracht! Auf den nächsten Seiten folgten Dutzende Artikel über den Tod des Serienkillers. Dann der Kopf des Kommissars – ausgeschnitten, auf ein weißes Blatt geklebt und mit einem schwarzen Stift so heftig markiert, dass das Papier zerrissen war.

Sharko presste die Lippen zusammen. Ein weiteres Heft enthielt Fotos aus jüngerer Zeit: von ihm, von Gloria und Frédéric Hurault, der seine Zwillingstöchter umgebracht hatte. Die Eintragungen beschrieben seit zwei Jahren Tag für Tag die Entwicklung des mörderischen Plans. Jouvier hatte seine Opfer beobachtet und sorgfältig jede ihrer Gewohnheiten notiert. Es gab Streichungen, zahlreiche Hinweispfeile quer über die geschriebenen Sätze, mal kleiner, mal größer und in unterschiedlichen Farben. Der Werdegang eines kranken Geistes.

Gerade wollte Sharko ein anderes Heft zur Hand nehmen, als er draußen Reifen quietschen hörte. Er sprang auf und schaltete das Licht aus.

Völlige Dunkelheit.

Dann ein Motorengeräusch, das ein sich näherndes Fahrzeug ankündigte. Kurz darauf krochen gelbe Lichtstrahlen unter der Tür hindurch bis zu Sharkos Schuhen. Der Ermittler hielt die Luft an. Der Wagen hielt mit laufendem Motor vor der Garage. Kein Zweifel, er war es! Marc Jouvier! Der Kommissar hatte einen Handschuh ausgezogen, um den Abzug seiner Waffe besser spüren zu können.

Endlich war der heiß ersehnte Augenblick gekommen: die Stunde der Rache!

Ein leises Klicken, das Tor hob sich, und das grelle Scheinwerferlicht fiel auf den Garagenboden.

Beine, ein Oberkörper, dann Marc Jouviers Gesicht!

Er hatte gerade noch Zeit, die Augen verwundert aufzureißen, ehe Sharko sich auf ihn stürzte und ihn gegen die Wand schleuderte. Das Geräusch splitternder Knochen. Der Kommissar packte ihn bei den Haaren und presste sein Gesicht brutal auf das Schachbrett. Die Figuren rollten über den Boden. Jouvier stöhnte auf. Er war schmächtig und unfähig, sich zu verteidigen. Es war ein ungleicher Kampf. Es hagelte Schläge auf Rippen, Schläfen, Becken, Bauch. Sharko tobte sich aus, bis die Knochen krachten. Schließlich drückte er Jouvier die Pistole an die Stirn.

»Du sollst in der Hölle schmoren!«

Der andere Mann blutete aus dem Mund. Schmerzerfüllt starrte er Sharko mit seinen schwarz glänzenden Augen an, ohne eine Miene zu verziehen.

»Worauf wartest du noch …«, sagte er leise.

Franck atmete schwer. Schweißtropfen rannen ihm in die Augen. Sein Finger zitterte auf dem Abzug der Waffe.

Ein Schuss, und alles wäre vorbei!

Sharko schloss die Augen. Schwarze Punkte trübten seinen

Blick. Seltsamerweise sah er seine Hand über Lucies Bauch streicheln. Zärtlich bewegten sich seine Finger über ihre Haut. Er spürte die Wärme des kleinen Wesens, das bald das Licht der Welt erblicken würde. Plötzlich durchflutete diese Wärme seinen ganzen Körper. In diesem Moment umfing ihn Lucies uneingeschränkte Liebe, dann die von Suzanne und Eloïse.

Ganz langsam senkte er die Waffe und flüsterte Jouvier zu: »Für dich ist die Hölle alles andere, nur nicht der Tod.«

Epilog

Lucie kniete vor dem Weihnachtsbaum und stellte mit der Begeisterung eines kleinen Mädchens die Krippenfiguren auf. Esel, Ochse, Maria und Josef und in der Mitte das Jesuskind. Im Jahr zuvor war sie dazu nicht in der Lage gewesen. Sie hatte ständig an ihre Töchter denken müssen, hatte sie um den Weihnachtsbaum tanzen sehen und ihre Stimmen gehört. Das Fest endete mit Tränen.

Jetzt sagte Lucie sich, dass die Zeit doch alle Wunden heilt.

Aus der Küche drang der Duft von Meeresfrüchten. Sharko hatte seine Kochmütze aufgesetzt und war gerade dabei, Riesengarnelen in der Pfanne zu flambieren. Es war der 28. Dezember, aber das war egal, ihr persönliches Weihnachtsfest fand heute Abend statt.

Lucie hielt das Jesuskind in den Händen.

»Diese Geschichte mit der Schachpartie, die ›Unsterbliche‹, ist schon seltsam«, sagte sie, als sie zu ihrem Lebensgefährten in die Küche trat. »Unsterblichkeit ... die haben wir im hintersten Winkel von Russland gesucht. Beide Fälle wurden praktisch am Geburtstag von Jesus abgeschlossen. Wenn ich nicht so kopfgesteuert wäre, würde ich darin ein, wie soll ich sagen ... ein Zeichen sehen.«

»Es ist und bleibt aber nichts weiter als ein eigenartiger Zufall«, erwiderte Sharko. »Übrigens, auf russischer Seite ist die Sache noch lange nicht abgeschlossen, auch wenn viele Fragen beantwortet wurden. Die Art und Weise, wie sie uns aus dem Fall gedrängt haben, wurmt mich noch immer. Diese kranken Typen! Kompletter Wahnsinn!«

»Dazu noch so viele verschiedene Formen von Wahnsinn, und alle haben verheerende Schäden angerichtet. Und nicht zu vergessen Philippe Agonla. Eine weitere Form von Irrsinn. Ich gewinne immer mehr den Eindruck, dass die Verrückten auf unserer Erde überhandnehmen.«

Lucie stellte die kleine Figur mitten auf den Tisch und betrachtete sie eingehend. Tränen stiegen ihr in die Augen. »Ich mag gar nicht daran denken, was passiert wäre, wenn du … auf Jouvier geschossen hättest.«

»Ich habe es ja nicht getan.«

»Aber du bist losgezogen, um es zu tun. Du warst bereit, alles kaputt zu machen.«

Franck stellte seine Küchengeräte beiseite und musterte sie von Kopf bis Fuß. Am heutigen Abend wollte er nicht über diese Dinge sprechen, die Notizen in diesen verfluchten Heften für einige Stunden vergessen.

»Dein Kleid ist wunderschön. Du solltest so etwas viel öfter tragen.«

Lucie antwortete nicht sofort. Sie dachte an Jouvier, der jetzt in Polizeigewahrsam in einer Zelle saß. Man hatte den Notarzt ununterbrochen verhört, bis er endlich alles gestanden und das bestätigt hatte, was Sharko in der Garage herausgefunden hatte. Er und der »Rote Engel« hatten einige Semester gemeinsam studiert und waren gute Freunde geworden. Danach war jeder seiner Wege gegangen, bevor der Zufall sie wieder zusammenführte. Die beiden Männer – der eine dominant, der andere unterwürfig – fanden in einer krankhaften Liebesbeziehung zusammen, in der der Irrsinn eskalierte.

Doch dann beschloss Lucie, das Thema nicht zu diskutieren. Nicht heute Abend. »Na ja, du weißt schon, Kleider sind nicht so mein Ding.«

»Trotzdem …«

»Du siehst aber auch nicht schlecht aus in deinem neuen anthrazitfarbenen Anzug. Aber tu mir den Gefallen und wähle beim nächsten Mal eine andere Farbe, diese Farbe ist deprimierend.«

Sharko ging ins Schlafzimmer und kehrte mit einem kleinen, hübsch eingewickelten Päckchen zurück.

»Dein Geschenk.«

Lächelnd betastete Lucie das Päckchen. »Zu flach und zu dünn für ein Buch. Was ist es? Ein Fotorahmen?«

»Mach es auf, dann wirst du es gleich sehen.«

Lucie öffnete das Papier und riss die Augen auf. »Lieber Himmel, Franck, du hast doch nicht etwa …«

»Du hast doch schon als kleines Mädchen vom Quai des Orfèvres geträumt. Und da dachte ich mir, das Schild wäre eine nette Erinnerung für später. Natürlich sollte es nicht herumstehen, wenn Kollegen in die Wohnung kommen.«

Lucie brach in lautes Lachen aus. In der Hand hielt sie das blaue Hausschild von »36, quai des Orfèvres«.

»Du stehst doch sowieso schon auf der Abschussliste wegen der Prügel, die du Jouvier verpasst hast. Was glaubst du …«

»Es weiß ja niemand.«

»Wie bist du denn da rangekommen?«

»Das ist mein Geheimnis.«

Sie umarmten und küssten sich stürmisch.

Ein Glas Wein in der einen Hand und das Schild in der anderen, ging Lucie ins Wohnzimmer, um stimmungsvolle Musik aufzulegen. Sharko atmete tief durch, schloss die Augen und versuchte, nur noch an die Zukunft zu denken. Als er die Lippen zu einem Lächeln verzog, bildeten sich kleine Fältchen um seine Augen.

Es war das leicht verbitterte Lächeln eines müden und zornigen, aber quicklebendigen Mannes.

Wie seine Zukunft aussehen würde, wenn es ihm eines Tages gelingen sollte, sich aus diesem Beruf, der ihm so viel bedeutete, zu verabschieden, wusste er noch nicht. Doch zum ersten Mal seit Jahren war er im Einklang mit sich selbst.

Im Einklang und beinahe glücklich.

Anmerkung für den Leser

Die Recherchen zu »Sterbenskälte« habe ich im Januar 2011 abgeschlossen und danach gleich mit dem Schreiben begonnen. Vor der langen Phase der Materialsammlung rund um die Kernkraft, die 2010 begann, wusste ich über die Katastrophe von Tschernobyl nicht mehr als die großen Ereignisse: Explosion eines der Reaktoren, Aufstieg der radioaktiven Wolke über ganz Europa, die gesundheitlichen Folgen. Im Laufe meiner Nachforschungen entpuppte sich das, was bis dahin für mich nur ein schrecklicher Unfall gewesen war, als eine der schlimmsten Geiseln der Menschheit. Radioaktivität lässt sich nicht beseitigen, und auch dreißig Jahre später verwüstet sie noch immer die betroffenen Regionen der Ukraine und Weißrusslands, wo wenige Tage nach der Explosion unglücklicherweise auch noch Regen fiel, der die radioaktiven Partikel in den Boden spülte. Das Cäsium 137 setzt seine zerstörerische Arbeit fort, verursacht Krebs, Fehlgeburten, Missbildungen, mentale Entwicklungsstörungen. Dieses zerstörerische Werk wird noch Hunderte, Tausende von Jahren anhalten, und wenn nichts dagegen unternommen wird, können sich die Völker nie mehr davon erholen.

Und während die Begriffe *Jod 131*, *Plutonium*, *Leck im Reaktor*, *Sperrzone und Entsorgung* meine Gedanken begleiteten und mich das Schreckgespenst Tschernobyl täglich mehr beschäftigte, geschah am 11. März 2011 das Unglück in Fukushima. Es passierte, als ich gerade das siebte Kapitel meines Romans schrieb, in dem ich den Zustand eines Kindes beschrieb, dessen Körper langsam von der Radioaktivität zerfressen wird.

Ein erschreckender Zufall, ein entsetzlicher Schock!

In jener Zeit, in der die ganze Welt auf die Reaktoren des japanischen Kraftwerks blickte, war ich nicht in der Lage weiterzuschreiben. Ich sah die Männer, die man direkt ins Zentrum der Katastrophe schickte, mitten in die hochgradig atomverseuchte Unfallstelle, und fragte mich: »Genau das Gleiche hat sich vor dreißig Jahren abgespielt.« Räumung, Entsorgung, radioaktive Wolke, Jod-Tabletten für die Schilddrüse ... Damals habe ich erkannt, dass der Mensch trotz Fortschritt, Technologie und höchster Sicherheitsmaßnahmen die Kernkraft nicht beherrschen kann. Ich wage nicht, mir die heutige Welt vorzustellen, wäre der Kern eines Reaktors geschmolzen. Zum Glück haben, im Gegensatz zu Tschernobyl, Sicherheitsvorkehrungen das Schlimmste verhindert.

Also begann ich wieder zu schreiben, doch etwas hatte sich verändert. Die Vergangenheit hatte mich eingeholt, und ich habe lange gezögert, die Geschichte so weiterzuführen, wie ich sie begonnen hatte. Zu guter Letzt habe ich mich doch an meinen ursprünglichen Plan gehalten, aber einige Anspielungen auf Fukushima eingefügt, da dieses Ereignis unbedingt berücksichtigt werden musste.

Ich habe diesen Roman begonnen, weil ich überzeugt war, es würde nie wieder ein Tschernobyl geben.

Angesichts der Ereignisse habe ich ihn mit einer bitteren Gewissheit beendet.

Franck Thilliez

wurde 1973 in Annecy geboren und gehört zu den renommiertesten Thrillerautoren Frankreichs. Für seine Romane erhielt er verschiedene Auszeichnungen, u.a. den »Quais du Polar« und den »Prix SNCF du polar français«, die Rechte an seinen Büchern wurden in zahlreiche Länder verkauft, u. a. nach Amerika. Er lebt mit seiner Familie im Département Pas-de-Calais in Nordfrankreich.

Von Franck Thilliez bei Goldmann lieferbar:

Öffne die Augen. Thriller (📕 als E-Book erhältlich)
Monster. Thriller (📕 auch als E-Book erhältlich)

Unsere Leseempfehlung

480 Seiten
Auch als E-Book
erhältlich

In Bern wird die Leiche einer Frau gefunden, in deren Haut der Mörder ein geheimnisvolles Zeichen geritzt hat. Sie bleibt nicht sein einziges Opfer. Der niederländische Profiler Maarten S. Sneijder und BKA-Kommissarin Sabine Nemez lassen sich auf eine blutige Schnitzeljagd ein – doch der Killer scheint ihnen immer einen Schritt voraus. Währenddessen soll die junge Psychologin Hannah in einem Gefängnis für geistig abnorme Rechtsbrecher eine Therapiegruppe leiten, ist jedoch nur an einem einzelnen Häftling interessiert: Piet van Loon. Dieser wird jetzt zur Schlüsselfigur in einem teuflischen Spiel ...

www.goldmann-verlag.de
www.facebook.com/goldmannverlag

Um die ganze Welt des
GOLDMANN Verlages
kennenzulernen, besuchen Sie uns doch
im Internet unter:

www.goldmann-verlag.de

Dort können Sie
nach weiteren interessanten Büchern *stöbern*,
Näheres über unsere *Autoren* erfahren,
in *Leseproben* blättern, alle *Termine* zu Lesungen und
Events finden und den *Newsletter* mit interessanten
Neuigkeiten, Gewinnspielen etc. abonnieren.

Ein *Gesamtverzeichnis* aller Goldmann Bücher finden
Sie dort ebenfalls.

Sehen Sie sich auch unsere *Videos* auf YouTube an und
werden Sie ein *Facebook*-Fan des Goldmann Verlags!

www.goldmann-verlag.de
www.facebook.com/goldmannverlag